KB045324

대 산 세 계 문 학 총 서 **0** **1** **4**

탬벌레인 대왕 | 몰타의 유대인 | 파우스투스 박사

Tamburlaine the Great | *The Jew of Malta* | *Doctor Faustus*

Christopher Marlowe

탬벌레인 대왕 | 몰타의 유대인 | 파우스투스 박사

크리스토퍼 말로 지음
강석주 옮김

문학과지성사

2002

대산세계문학총서 **014**

탬벌레인 대왕 외

지은이__크리스토퍼 말로
옮긴이__강석주
펴낸이__우찬제 이광호
펴낸곳__㈜**문학과지성사**

등록__1993년 12월 16일 등록 제10-918호
주소__04034 서울 마포구 잔다리로7길 18(서교동 377-20)
전화__편집부 338)7224
팩스__편집부 323)4180 영업부 338)7221
전자우편__moonji@moonji.com
홈페이지__www.moonji.com

제1판 제1쇄__2002년 12월 12일
제1판 제2쇄__2017년 8월 31일

ISBN 89-320-1375-6
ISBN 89-320-1246-6(세트)

이 책은 대산문화재단의 외국문학 번역지원사업을 통해 발간되었습니다.
대산문화재단은 大山 愼鏞虎 선생의 뜻에 따라 교보생명의 출연으로 창립되어 우리 문학의 창달과 세계화를
위해 다양한 공익문화사업을 펼치고 있습니다.

Christopher Marlowe

탬벌레인 대왕 | 몰타의 유대인 | 파우스투스 박사
차례

일러두기

1. 「탬벌레인 대왕」과 「몰타의 유대인」은 맨체스터 대학에서 출간한 레블즈 플레이 The Revels Plays 시리즈를 원본으로 하여 번역하였다. 각주와 그밖의 텍스트에 관한 정보도 이 시리즈의 서문과 주해에서 주로 참고하였으며, 옥스퍼드 월드 클래식 Oxford World Classics 시리즈와 맥밀런에서 출간한 『영국 르네상스 시대의 드라마 *Drama of the English Renaissance*』를 함께 참고하였다.

　「파우스투스 박사」는 한국 대학의 영어영문학과에서 전통적으로 텍스트로 사용해온 『노턴 앤솔러지 *Norton Anthology*』에 실린 판본과 레블즈 플레이 시리즈를 함께 참고하여, A텍스트와 B텍스트를 모두 번역하였다. B텍스트의 경우 노턴 판에는 5막으로 나뉘어 있으나 레블즈 시리즈에는 20개의 장 구분만 있는데, 막과 장의 구분은 노턴 판을 따랐으며, 본문 가운데 약간의 차이가 있는 부분들은 상황에 따라 좀더 타당하게 여겨지는 쪽을 따랐음을 밝혀둔다. 막과 장의 구분에서 노턴 판을 따른 것은, 이 번역을 참고할 영문학도들의 편리를 위해서이다. 각주 역시 양쪽 판본을 함께 참고하였다

2. 가능하면 원문의 행 수를 지키고, 운문 표현을 살려 번역하였다.

3. 외국 인명과 지명의 우리말 표기는 국적에 따른 표기를 원칙으로 하였고, 「탬벌레인 대왕」 등에 등장하는 국적이 분명치 않은 고대 지명이나 인명들은 발음 기호에 따라 소리 나는 대로 표기하였다.

4. 작품에 등장하는 그리스 로마 신들의 이름은 그리스 신의 이름으로 표기하였다.

5. 방백은 이탤릭체, 영어가 아닌 다른 언어로 표현된 대사들은 필기체를 써서 구분하였다.

탬벌레인 대왕

Tamburlaine the Great

제1부

■ 등장 인물

뮤세테스   페르시아의 왕

코스로에   그의 동생

오르티기우스 ⎤

케네우스   ⎟

메나폰   ⎬ 페르시아의 영주들

미앤더   ⎟

테리다마스 ⎦

탬벌레인   스키타이의 양치기

테켈레스   ⎤

      ⎬ 탬벌레인의 추종자

우섬카사네 ⎦

바자제스   터키의 황제

알키다무스 아라비아의 왕

페세의 왕 ⎤

모로코의 왕 ⎬ 바자제스를 섬기는 왕들

알제리의 왕 ⎦

이집트의 술탄

다마스커스의 총독

아기다스   ⎤

      ⎬ 제노크라테를 섬기는 메디아의 영주들

마그네테스 ⎦

카폴린   이집트인

필레무스   전령

제노크라테 이집트 술탄의 딸

아니페   제노크라테의 하녀

자비나   터키의 황후

에베아   자비나의 하녀

다마스커스의 처녀들

정찰병, 전령들, 터키의 장수들, 영주들, 시민들, 무어인들, 군인들, 시종들

서막

운율에 맞춘 진부한 표현들의 혼란스런 분위기와
광대들이나 보여주는 그런 익살스런 행동들에서 벗어나
우리는 여러분을 위풍당당한 전쟁의 막사로 인도하리니,
그곳에서 여러분은 스키타이인 탬벌레인이
참으로 놀라운 말로 천하를 위협하고,
칼로 왕국들을 정복하는 것을 듣게 될 것입니다.
이 비극적인 거울 속에 비친 그의 모습을 보시고,
원하신다면 그의 운명에 박수를 보내주시기 바랍니다.

제1막

〈제1장〉

(뮤세테스, 코스로에, 미앤더, 테리다마스, 오르티기우스, 케네우스, 메나폰 등
등장.)

뮤세테스   코스로에, 난 기분이 상했다.
            하지만 내 기분을 그대로 표현할 수가 없구나.
            제대로 표현하려면 천둥이 울리듯 호통을 쳐야겠지.

사랑하는 동생아, 영주들에게 그 이유를 말해다오.

네가 나보다 더 지혜로우니 말이야.

코스로에 불행한 페르시아여, 한때는

위대한 정복자들의 영지였고,

그들의 용기와 지혜 덕에

아프리카와, 태양조차 차가운 눈보라와

얼어붙은 추위 때문에 감히 나타나지 못하는

유럽의 영역들을 지배했건만,

지금은 한 사람이 지배하고 통치하는데,

그가 탄생한 날에 달과 토성이 합쳐졌고,

태양과 수성은 그의 변덕스런 기질에 영향을

끼치는 것을 거부했도다![1]

지금 터키와 타타르군이 형님의 모든 영토를

난도질하려고 칼을 형님에게 겨누고 있소.

뮤세테스 동생아, 네가 의미하는 바는 충분히 잘 알겠다.

너의 천문학을 듣고 보니, 네가 나의 무능함을

탓하고 있다는 것을 알겠구나.

하지만 나에게는 나의 지혜를 알고

증거할 수 있는 귀족들이 있다.

나는 이런 행위의 대가로 너를 처형시킬 수도 있어.

미앤더, 그렇지 않은가?

미앤더 그런 사소한 잘못으로 처형은 불가합니다, 전하.

---

1 점성가들에 따르면 달과 토성의 영향력은 멍청함과 무기력을 나타낸다. 이 두 행성이 합쳐질 때 뮤세테스가 태어났기 때문에 그가 태양의 위엄과 밝음, 수성의 민첩함보다는 이 불행한 행성들의 특징을 지니고 있다는 뜻이다.

뮤세테스　그렇게 하겠다는 건 아니야, 그렇게 할 수도 있다는 거지.

　　　　　하지만 살려주겠다. 그래 살아라. 뮤세테스기

　　　　　그렇게 하는 거다. 미앤더, 충성스런 신하여,

　　　　　과인이 갖는 근심의 원인에 대해 밝히시오.

　　　　　한창 추수할 시기에 나타난 여우 새끼처럼

　　　　　상인들과 여행자들을 약탈하고,

　　　　　듣기로는 과인의 자리를 차지하려

　　　　　한다는 저 탬벌레인에 대해서 말이오.

　　　　　현명하다는 건 좋은 일이오.

미앤더　　저는 종종 전하께서 저 억센 스키타이[2]의 도적,

　　　　　탬벌레인에 대해 불평하시는 것을 들었습니다.

　　　　　그자는 육로를 통해 서쪽의 섬들[3]과 무역을 하는

　　　　　페르세폴리스[4]의 전하 휘하의 상인들을 강탈하고,

　　　　　무법한 무리들을 이끌고 매일 전하의 영토에서

　　　　　폭력적인 불법 행위를 일삼는데, 그자의 목적은

　　　　　어리석은 예언을 믿고 아시아 전역을 지배하는

　　　　　것입니다. 그리고 야만적인 군비를 이용하여

　　　　　동방의 군주가 되기 위함이지요.

　　　　　하지만 그자가 아시아에 침입하여

　　　　　페르시아의 들판에 그 떠돌이 깃발을 보이기 전에,

　　　　　전하께서는 테리다마스에게 천 명의 기병을 맡겨

　　　　　그자를 체포하여 전하의 권좌 앞에 산 채로

---

2 스키타이인들은 당시에 타타르족에 속하는 부족이었다. 스키타이는 크림 반도의 서쪽, 흑해의 북쪽 해안을 따라 위치하는 지역이다.

3 영국이나 서인도 제도를 가리킨다.

4 페르시아의 고대 수도.

데려오도록 명령하셨습니다.

뮤세테스 사실을 잘 말씀하셨소. 경의 충정은

과연 나의 다몬[5]이라고 칭할 만하오.

여러분 모두가 같은 생각이라면,

과인의 1천 기병을 즉시 보내 저 미천한

스키타이인을 체포하도록 합시다.

어떻게 생각하시오, 고귀한 영주들이여?

왕으로서 마땅히 내려야 할 결단이지 않소?

코스로에 형님이 내린 결정이니 누군들 거역할 수 있겠소.

뮤세테스 그렇다면, 임무를 알려주마, 용감한 테리다마스.

뮤세테스의 군대에서 최고의 장수,

페르시아의 희망, 그대는 과인의 왕국이 의지하는

지팡이처럼 우리를 지탱해주고, 적의 공격을

격퇴시키는 바로 두 다리이다.

그대는 이 1천 기병의 지휘관이다.

분노와 경멸로 가득 찬 기병들의 기개는

사악한 탬벌레인을 반드시 죽일 것을 맹세하였다.

용맹스럽게 나아가라. 하지만 올 때는 그리스의

헬레네를 데려오는 파리스처럼 웃으면서 돌아오라.

속히 돌아오라. 시간은 빠르게 지나가고,

우리의 생명은 연약하니, 오늘 죽을지도 모르는 일이다.

---

5 피티아스와의 우정으로 유명한 인물. 다몬은 친구 피티아스가 디오니시오스 왕에게 반역을 꾀하여 처형을 당하게 되자 자신의 목숨을 볼모로 해서 피티아스가 자식의 도리를 다한 후 돌아오게 해달라고 청한다. 약속한 날이 되어 다몬이 대신 사형당할 위기에 처했을 때, 피티아스는 약속을 지켜 나타나고, 두 친구의 우정에 감동을 받은 디오니시오스는 피티아스의 죄를 용서해준다. 그렇지만 영웅적 우정의 고전적인 본보기인 다몬과 피티아스의 우정은 뮤세테스의 퇴폐적인 제국에는 어울리지 않는다.

테리다마스   전하, 그리고 존경하는 영주님들, 걱정하지 마십시오.

달이 새로 바뀌기 전에,

탬벌레인과 그 타타르의 오합지졸들은

우리의 용맹스런 힘에 멸망하거나,

전하의 발에 엎드려 자비를 구할 것입니다.

뮤세테스   가라, 용감한 테리다마스. 그대의 말은 칼날이로다.

그대의 모습만 보아도 적들은 무릎을 꿇으리라.

속히 돌아오라. 과인은

눈처럼 하얀 이 군마들이 죽은 자들의 수급을

가득 실어, 무릎에서부터 발굽에

이르기까지 피로 물들어 있는

멋진 모습을 보기를 바라노라.

테리다마스   그럼 전하, 출진하겠습니다.   (퇴장.)

뮤세테스   테리다마스, 잘 가시오.

아, 메나폰, 다른 사람들이 명예를 얻기 위해

나아가는 때에 그대는 왜 이렇게 뒤에 남아 있는가?

가라, 메나폰. 스키타이로 가라.

그리고 한발 한발 테리다마스를 따라가라.

코스로에   안 됩니다. 그는 남겨두십시오. 메나폰에게는

도적과 싸우는 것보다 더 중대한 임무가 있습니다.

바빌로니아인들의 마음을 사로잡을 수 있도록

그를 아시리아의 총독으로 삼으십시오.

형님보다 더 영명한 군주가 다스리지 않으면

그들은 반란을 일으킬 겁니다.

뮤세테스   "나보다 더 영명한 군주가 다스리지 않으면"이라고?

미앤더, 이것이 저자의 말이다. 적어두어라.

코스로에 이 말도 덧붙이시오. 전 아시아가 왕의

어리석음을 보고 슬퍼한다고.

뮤세테스 좋아, 여기 나의 옥좌를 걸고 맹세하는데―

코스로에 그럼 옥좌에 입맞춤이라도 하시지요.

뮤세테스 과인의 지위에 걸맞게 최고급 비단으로 감싸인 옥좌를 걸고 맹세컨대,

이 경멸적인 언사에 대한 대가가 따를 것이다.

오, 충성과 의무는 어디 있는가?

카스피 해나 태평양으로 달아났는가?

뭐라고, 내가 너를 형제라고 불러야 하는가? 아니 적이지.

자연이 낳은 괴물이지! 감히 군주를 조롱하는

너의 혈통에 치욕이 있으리!

미앤더, 가자. 과인은 모욕을 당했구나, 미앤더.

　　　　(미앤더, 다른 이들과 함께 퇴장. 코스로에와 메나폰만 남는다.)

메나폰 어떠십니까, 전하, 아니, 왕의 위협을 듣고

당황하고 놀라신 겁니까?

코스로에 아, 메나폰, 난 왕의 위협 따윈 개의치 않아.

페르시아의 귀족들과

메디아 요새들의 대장들이

나를 아시아의 황제로 추대하려는 계획이 서 있네.

하지만 내 마음을 괴롭히는 것은 과거에는

페르시아 왕의 이름만 들어도

벌벌 떨던 우리의 이웃 국가들이

지금은 우리 왕국을

경멸하고 비웃는다는 거지.

그것이 나를 슬프게 하는 것일세.

적도 남방의 먼 지역에서 사람들이 무더기로

동인도 지역으로 몰려들고 있어.

그들은 우리 영토 전역에서 약탈한 황금과 보석들을

배에 가득 실어내고 있단 말일세.

메나폰 이는 오히려 전하께서 기뻐하셔야 할 일입니다.

행운이 전하께 기회를 주어

이 불구가 된 영토, 전하의 영토에 인접한

아프리카와 유럽 그리고 전하의 통치권에 인접한

국가들을 치유함으로써 황제의 영예를 얻게 해주니,

전하께서는, 한때 키루스⁶가 했던 것처럼,

막강한 군대를 이끌고 그리스로

들어가서, 기독교 국가의 자존심이

무너질까 두려워하는 그들에게 군대를 돌이키게

하는 것이 얼마나 쉽겠습니까!

코스로에 하지만 메나폰, 이 트럼펫 소리는 무엇이지?

메나폰 보십시오, 전하. 오르티기우스와 다른 귀족들이

전하를 황제로 추대하기 위해 왕관을 가져옵니다.

(오르티기우스와 케네우스가 다른 자들과 함께 왕관을 들고 등장.)

오르티기우스 위대하시고 고상하신 코스로에 전하시여!

우리는 페르시아의 다른 공국들과 이 위대한

---

6 키루스는 소아시아의 그리스령 도시들을 정복했다. 하지만 기원전 490년에 그리스를 침공하고 마라톤에서 패한 왕은 다리우스이다.

제국의 일반 백성들의 이름으로 전하께

이 황제의 관을 드립니다.

케네우스   우리의 용맹스런 군사들과 장수들은 지금까지 전장에서

아프리카의 많은 장수들을 포로로 사로잡아

페르세폴리스로 데려왔지요. 그 몸값 덕분에 그들은

황금 갑옷을 입고, 귀에는 비싼 보석들을 달고,

투구의 장식에는 반짝이는 보석을 박고

활보할 수 있었지요.

그러나 그들은 지금 급료도 받지 못하고

군기도 엉망인 채, 성내에서 빈둥거리면서

공공연히 왕을 비난하여 내란이 일어날

지경에 처해 있습니다.

그러니 이 갑작스런 폭동을 막기 위해서

우리는 전하를 황제로 추대하려 합니다.

이 일에 대해서 군사들은 마케도니아인들이

다리우스 대왕과 그의 대군을 멸망시켰을 때

보다도 더 큰 기쁨을 느낄 것입니다.

코스로에   좋소, 나는 페르시아 제국이 내 형의 통치하에서

시들고 쇠약해지는 것을 보아왔기 때문에,

기꺼이 황제의 관을 받아들이겠소.

비록 나의 즉위에 악의를 품는 자들이 있다 하더라도,

나는 제국의 이익을 위해 왕관을 쓰겠다고 맹세하오.

오르티기우스   그리고 원하던 성공을 확신하며,

우리는 전하께 동양의 군주,

아시아와 페르시아의 황제,

메디아와 아르메니아의 영주,

아시리아와 알바니아의 공작,

메소포타미아와 파르티아,

동인도와 최근에 발견된 섬들[7]의 주인이자,

넓고 광대한 흑해와 끊임없이 요동치는

카스피 해의 통치자의 왕관을 바칩니다.

위대한 황제, 코스로에 만세!

코스로에 조브 신[8]께서 내가 그대들의 충성을 보상하고,

이처럼 나를 따르는 군사들이 많은 지역에서

승리하는 것을 볼 만큼은 살게 해주시길!

군사 훈련을 여러분이 이처럼 열망하니

머지않아 내가 왕국의 유일한 왕으로

군림할 것을 의심치 않소.

그리고 우리는 테리다마스의 군대가 있는 곳으로

즉시 달려가 형님의 군대에 대항할

안전책을 확보해야 하오.

오르티기우스 전하, 경멸당한 전하의 형님이 기거하는 곳

바로 가까이에서 전하의 즉위를 추진할 의도였기에,

왕관을 가져오기 전에, 저희는 영주들이

분노하여 존엄한 전하의 지위를 손상시키거나

전하의 즉위를 막지는 못하리라는 것을 알고 있었습니다.

혹여 그들이 즉위를 막으려 한다 하더라도, 이미

그곳에서 어떤 적들로부터도 전하를

---

7 서인도 제도나 드레이크가 발견한 말레이시아 지역의 섬들일 가능성이 있다.

8 그리스 신화의 제우스(로마 신화의 주피터) 신을 말한다.

	피신시킬 1만 기병이 준비되어 있습니다.
코스로에	잘 알고 있소. 여러분 모두에게 감사하오.
오르티기우스	나팔을 높이 울려라. 왕께 신의 가호가
	있기를! (함께 퇴장.)

〈제2장〉

(탬벌레인이 제노크라테를 인도하여 등장. 테켈레스, 우섬카사네, 아기다스, 마그네테스, 다른 영주들과 보물을 들고 있는 병사들이 뒤따른다.)

탬벌레인	자, 아가씨, 이걸 보고 놀라지 마시오.
	우리가 취한 보석과 보물들은
	잘 보존하겠소. 그리고 이곳에서 당신은
	이집트의 위대한 군주인 당신 아버지 군대의
	보호를 받으며 시리아에 도착한 것보다
	안전할 것이오.
제노크라테	아, 양치기여! 나의 비참한 상황을 불쌍히 여겨주시오!
	비록 당신이 외모처럼 그렇게 천한 신분이라 하더라도
	불쌍한 처녀를 불법적으로 강탈하여 당신 추종자들의
	배를 채우게 하지 마시오.
	나는 어린 시절을 보냈던
	삼촌의 나라 메디아[9]를 떠나
	이 메디아의 영주들과 함께 멤피스로 여행 중인데,

---

9 페르시아에 인접한 카스피 해상에 위치한다.

아프리카를 통과하여 우리를 안전하게 인도하라는

삼촌의 친필 서한을 가지고 있기에,

강력한 터키의 군대를 지나왔소.

마그네테스 그리고 이제 스키타이에 도착했습니다.

우리는 위대한 황제[10]께서 하사하신 풍부한 선물 외에도

우리가 곤경에 처했을 때, 도움과 원조를

명하는 황제의 친서를 갖고 있소.

탬벌레인 하지만 이제 그대들은 이 편지들과 명령서가

더 위대한 자 앞에서는 아무 소용이 없음을 알게 될 것이오.

그리고 만약 그대들의 보물을

안전하게 지키고자 한다면,

내 영토 안에서는 나의 친서를 받아야만 하오.

하지만 나는 자유롭게 사는 것을 좋아하니까,

그대들은 내 영토에서 어떤 상급을 얻는 것만큼이나

쉽게 이집트 황제의 왕관을 얻을 수도 있소.

병사들과 왕국들이 나의 세력을 강화시키는 것을 돕고,

내가 노예 상태에서 벗어날 때까지

힘을 키우도록 도와주는 자들은 나의 친구요.

그런데 아가씨, 말해보시오. 약혼을 하셨소?

제노크라테 그렇소―말씀하신 대로.

탬벌레인 나는 군주요. 나의 행동이 그것을 증명할 거요.

비록 태어난 신분은 양치기지만.

하지만 아가씨, 이 아름다운 얼굴과 천상의 색조는

---

10 타타르의 황제.

아시아를 정복하는 자의 침상을 영예롭게 해야 하오.

그는 태양신이 지구를 돌듯이, 동양과 서양으로

제국을 넓혀나가

전세계를 떨게 할 작정이니까.

내가 입기 싫어하는 의복이 여기에 놓여 있군!

이 완벽한 갑옷과 휜 칼이 탬벌레인에게는

더 잘 어울린다오.

그리고 아가씨, 이러한 결과와 귀중한 손실[11] 중에

무엇을 당신이 중시하든 간에,

당신은 동양의 황후가 될 것이오.

그리고 이 천한 시골 젊은이들처럼 보이는

이들이 산천을 뒤흔드는

거대한 군대를 이끌 수 있소.

마치 땅속에서 폭발을 통해

길을 만드는 지진처럼 말이오.

테켈레스　위엄 있는 사자들이 일어서서 앞발을 내뻗고

짐승들의 무리를 위협하듯이,

갑옷을 입은 탬벌레인은 그렇게 보입니다.

나는 왕들이 그의 발 앞에 무릎 꿇고,

그가 불쾌한 표정과 무서운 얼굴로 포로가 된 그들의 머리에서

왕관들을 걸어차는 것을 보는 듯합니다.

우섬카사네　그리고 죽을 때까지 탬벌레인을 따르는 나와 그대,

테켈레스를 왕으로 봉하는 것도 보이지요.

---

11 탬벌레인과의 결혼이 가져올 결과와 그로 인해 기존의 약혼이 파기되는 손실을 암시하는 듯하다.

탬벌레인	고귀한 결단이오, 나의 소중한 친구들과 동지들이여!
	이분들은 아마도 우리의 견해를 경멸하고,
	우리가 어리석은 기대에 헛소리를 지껄인다고
	생각하는 것 같군. 하지만 그들이 우리의 사막을
	너무나 하찮게 여기고 우리가 뜬구름 같은 생각으로
	창칼에 의지하여 제국을 세운다고 상상하니,
	그들은 눈으로 우리가 정복자임을 확인할 때까지
	우리의 포로로 남아 있어야 할 것이오.
제노크라테	무고한 자들을 보호하시는 신들께서
	이처럼 불쌍한 여행자들을 핍박하는
	당신의 계획을 결코 돕지 않을 것이오.
	그러니 당신이 아시아의 위대한 황제로
	살면서 영원히 기억되기를 바란다면,
	적어도 우리를 자유롭게 해주세요.
아기다스	아가씨의 보물과 우리의 보물이 우리를 자유롭게
	풀어주는 몸값이 될 수 있으리라 생각하오.
	노새와 짐을 벗은 낙타를 우리에게 돌려주고,
	약혼자 알키다무스 영주께서
	그녀의 도착을 기다리고 있는
	시리아로 갈 수 있게 해주시오.
마그네테스	그리고 어디에서 휴식을 취하든지,
	우리는 탬벌레인에 대해 좋은 점만 전하겠소.
탬벌레인	제노크라테가 나와 함께 사는 것을 경멸하는가?
	아니면 여러분 귀족들이 나의 부하가 되는 것을 싫어하는가?
	내가 여러분보다 보물을 더 가치 있게 여긴다고 생각하는가?

인도의 풍요로운 땅에 있는 황금을 모두 준다 해도,

내 군사 중 가장 미천한 자도 팔지 않으리라.

제노크라테, 조브 신의 애인보다도 더 사랑스럽고,

새하얀 로도페 산보다도 더 빛나며,

스키타이의 산들 위에 덮인 새하얀 눈보다도 더 아름다운

당신이야말로 내가 태어날 때 하늘의 별들이 약속한

페르시아의 왕관보다도

탬벌레인에게는 더 귀중한 존재요.

페가소스보다도 더 빠른 말 위에 올라탄 당신을

백 명의 타타르인들이 시중들 것이오.

당신의 의복은 메디아의 비단으로 만들어질 것이며,

당신의 보석들보다도 더 화려하고

가치 있는 나의 보석들로 장식될 것이오.

당신은 우윳빛처럼 하얀 수사슴들이 끄는 상아로

만든 썰매를 타고 얼어붙은 연못 위를 달릴 것이며,

빙산의 꼭대기도 올라갈 수 있을 것이오.

그 빙산도 당신의 아름다움으로 녹아버리겠지만 말이오.

50개의 지류로 흐르는 볼가 강 위에서 얻은

전리품 전부를 5백 명의 군사와 함께

제노크라테에게 바치겠소. 그리고

나 자신도 아름다운 제노크라테에게 바치겠소.

테켈레스 (탬벌레인에게 방백) *아니! 사랑에 빠지셨소?*

탬벌레인 (방백) *테켈레스, 여자들이란 아첨을 좋아하지.*

하지만 이 사람은 내가 사랑에 빠진 여자이다.

(병사 한 명 등장.)

병사　　전갈입니다! 전갈!

탬벌레인　무슨 일이냐?

병사　　페르시아 왕이 보낸 천 명의 기병이 우리를 향해

　　　　진군해오고 있습니다.

탬벌레인　저런, 이집트의 귀족들이여, 그리고 제노크라테여!

　　　　보석들을 다시 찾을 수 있겠구려.

　　　　그리고 승승장구하던 나는 패배하겠군.

　　　　어떻소, 이것이 그대들이 원하는 것이 아닌가?

아기다스　우리는 당신 스스로 그것들을 되돌려주기를 바랍니다.

탬벌레인　그 희망과 행운의 열쇠가 1천 기병에게 있군.

　　　　잠시 기다리시오, 귀족 여러분, 그리고 아름다운 제노크라테!

　　　　가려면 내 명령이 있어야 하오.

　　　　1천 기병이라! 우리는 5백 명의 보병이고!

　　　　우리가 맞서 싸우기에는 너무나 벅찬 상대군.

　　　　그런데 그들의 군비는 풍족한가? 또 그들의 갑옷은 훌륭하다냐?

병사　　그들의 깃털 달린 투구는 금박을 입혔고,

　　　　칼은 에나멜 칠을 하였으며, 그들의 목에는

　　　　허리까지 내려오는 황금 사슬이 걸려 있습니다.

　　　　모든 면에서 참으로 화려하고 풍족합니다.

탬벌레인　그렇다면 우리가 용감하게 그들과 맞서 싸워볼까?

　　　　아니면 내가 웅변으로 그들을 설득하는 것을 보겠는가?

테켈레스　안 됩니다. 겁쟁이들과 비겁하게 도망치는 놈들이나

　　　　적이 가까이 있을 때 웅변을 기대합니다.

우리의 칼이 우리의 웅변을 대신할 겁니다.

우섬카사네 자, 산꼭대기에서 그들을 맞읍시다.

그리고 급습을 감행하여 놈들의 말을

언덕 아래로 몰아냅시다.

테켈레스 자, 나아갑시다!

탬벌레인 잠깐, 테켈레스! 먼저 협상을 요청하라.

(탬벌레인의 병사들 등장.)

짐들을 풀라. 그리고 보물들을 소중히 다루라.

우리의 황금이 보이도록 진열하여,

그 찬란한 빛에 페르시아 병사들이 놀라게 하라.

그들이 다가오면 그들에게 우호적으로 보이게 하라.

하지만 만약 그들이 욕을 하거나 습격을 해오면,

우리는 우리가 가진 것을 내놓기 전에

한 사람당 5백 명의 병사들과 싸울 것이다.

우리는 적의 장수를 목표로 칼을 들 것이며,

그의 탐욕스런 목을 베어버리든가, 아니면 포로로 사로잡아

그가 몸값을 치르고 고향으로 돌아갈 때까지,

그의 황금 목걸이가 그의 족쇄가 되게 할 것이다.

테켈레스 그들이 오는 소리가 들립니다. 그들과 맞설까요?

탬벌레인 그대로 서 있고, 한 발자국도 움직이지 말라.

내가 몸소 처리하겠다.

(테리다마스, 병사들을 데리고 등장.)

테리다마스   스키타이의 탬벌레인은 어디 있는가?

탬벌레인   누구를 찾는가, 페르시아인? 내가 탬벌레인이다.

테리다마스   (방백) 탬벌레인? 스키타이의 양치기가 저렇듯 위엄이 있고
저렇듯 화려하게 무장을 하다니!
그의 표정은 하늘과 신들마저 위협하는구나.
그의 불타는 듯한 눈은 대지 위에 고정되어 있는데,
마치 어두운 지하 세계의 문을 부수고,
지옥에서 머리 셋 달린 케르베로스를 끌어내리려고,
어떤 전략을 세우고 있는 것만 같구나.

탬벌레인   (테켈레스에게 방백) 만약 겉모습이 내면의 성품을 드러낸다면,
이 페르시아인은 고상하고 부드러운 자로 보이는구나.

테켈레스   (탬벌레인에게 방백) 그의 얼굴에 나타난 인상이 열정적인 기질을 나
타내줍니다.

탬벌레인   (테켈레스에게 방백) 그의 표정이 얼마나 위엄 있는가!
(테리다마스에게) 페르시아의 용감한 장수여, 그대를 보면서
나는 그대의 황제가 얼마나 어리석은지 알겠소.
그대의 이마에 새겨진 품격과 군인다운 얼굴
그리고 담대한 표정을 보건대, 대군을 이끌 만한
자격이 있는데도, 그대는 기껏해야
1천 기병의 대장이란 말인가?
그대의 왕을 버리고 나와 힘을 합치시오.
그러면 우리가 전세계를 정복하리라.
나는 운명의 여신들을 쇠사슬로 단단히 묶어놓고
내 손으로 행운의 수레바퀴를 돌리니,

태양이 그 궤도에서 떨어지는 일이 있을지언정,

탬벌레인이 죽임을 당하거나 패배하는 일은 없을 것이오.

그대 용감한 장수여, 칼을 뽑아

마력을 지닌 내 피부를 내리쳐보시오.

조브 신께서 하늘에서 손을 뻗쳐

그 칼을 막고 내가 상하지 않게 보호하실 것이오.

자, 그분이 어떻게 하늘에서 황금 더미를 내리시는지 보시오.

마치 나의 병사들에게 보상이라도 하려는 듯이 말이오!

그리고 내가 동방의 군주가 될 것이라는

분명하고도 확고한 표식으로,

그가 이 부유하고 용감한 이집트 왕의 따님을

나의 왕비이자 당당한 황후로 보내주셨소.

명망 높은 당신이 나와 힘을 합하고

나의 지휘하에 당신의 1천 기병을 통솔한다면,

이 이집트의 상급을 함께 나누는 것 외에도

당신의 1천 기병은 정복당한 왕국들과 약탈당한

도시들의 전리품을 마음껏 누릴 것이오.

우리 둘은 높이 솟아오른 절벽 위를 함께 걸을 것이고,

러시아의 배들로 카스피 해[12]의 넓은 바다를

헤치고 항해하는 기독교 상인들은, 카스피 해의 영주들과

마찬가지로, 우리에게 머리를 숙일 것이오.

우리 두 사람이 세계의 총독이 되어 다스릴 것이며,

위대한 왕들이 우리의 원로원 의원이 될 것이오.

---

12 동방으로 가는 가장 편리한 무역로 중의 하나가 카스피 해를 가로질러 러시아에서 페르시아에 이르는 항로를 포함하였다.

조브 신도 때로는 양치기로 변장을 했소이다.

그가 하늘로 올라갔던 그 발걸음을 따라

우리도 신들처럼 불멸의 존재가 될 수 있소.

지금 이 누추한 상황에 있는 나를 도와주시오.

(내가 누추하다고 하는 이유는, 나의 명성이 아직은 드러나지 않아,

멀리 있는 국가들이 나를 숭배하지 않기 때문이오.)

나의 이름과 위엄이 북풍이 놋쇠로 만든 날개를 부딪치고

큰곰 별자리가 그 영롱한 빛을 비추는 곳까지 멀리 퍼질 때면,

그대는 나와 동등한 위치를 얻어 탬벌레인과 함께

그의 권위를 누리게 될 것이오.

테리다마스 신들의 전령인 헤르메스 신조차도 이처럼

마음을 움직이게 하는 설득을 할 수는 없을 것이야.

탬벌레인 또한 아폴론 신의 신탁조차도 그대가 신뢰하는

나의 말보다 더 진실하지는 않소.

테켈레스 우리는 그의 친구들이오. 만약 페르시아의 왕이

현재의 공국들을 우리에게 준다고 하더라도,

우리는 우리의 친구가 거둘 승리를 통해 얻을 것과

그것을 교환하는 것은 손해라고 생각하오.

우섬카사네 우리 모두는 최소한 몇 개의 왕국을 얻을 것으로 기대하고 있소.

그밖에도 그 보장된 정복을 통해 누릴 명예가 있소.

왕들이 우리의 칼 앞에 엎드릴 것이고,

수많은 병사들이 우리를 우러러볼 것이오.

그들은 "이들이 바로 전세계가 우러러보는 분들이다"

라고 두려움에 떨며 그 혀로 고백할 것이오.

테리다마스 나의 감화받기 쉬운 영혼이 얼마나 강력한 유혹에 이끌리는가!

	이들이 바로 불굴의 스키타이 귀족들인가?
	하지만 내가 왕에게 반역자가 되어야 할 것인가?
탬벌레인	그게 아니라 탬벌레인의 진실한 친구가 되는 것이오.
테리다마스	당신의 말에 설복당했고, 당신의 모습에 정복당했소.
	나 자신과 나의 군사, 나의 말들을 당신에게 바칩니다.
	이 테리다마스의 목숨이 붙어 있는 한,
	당신과 고락을 함께하겠소.
탬벌레인	테리다마스, 나의 친구여, 나의 손을 잡으시오.
	이는 내가 하늘에 맹세하고, 신들에게 나의 맹세의
	증인이 되어줄 것을 청하는 것과 같소.
	이렇게 나의 가슴과 그대의 가슴은 영원히 하나가 될 것이오.
	우리의 육체가 자연으로 돌아가고,
	우리의 영혼이 하늘의 권좌로 올라갈 때까지.
	테켈레스와 카사네, 그를 환영하라!
테켈레스	명망 높은 페르시아인이여, 우리 모두 환영합니다!
우섬카사네	테리다마스가 우리와 오래도록 함께하기를!
탬벌레인	이들은 나의 친구들이오. 페르시아의 왕이 자신의
	왕관을 아끼는 것보다 내가 더 아끼는 친구들이오.
	우리가 스키타이에서 흠모하는 두 사람의 동상,
	필라데스와 오레스테스의 우정[13]에 걸고,
	그대들은 내가 그대들을 아시아의 왕으로
	삼기 전에 결코 나를 떠나서는 안 되오.

---

13 아버지 아가멤논을 죽인 어머니 클리템네스트라와 그녀의 정부 아이기스토스에 대한 복수로 오레스테스가 그들을 죽이고 복수의 여신들에게 고통을 당하는 모든 과정에서 필라데스는 오레스테스와 함께했고, 그들은 진정한 우정의 원형이 되었다.

	그들을 소중히 여기시오, 테리다마스.
	그러면 그들은 죽을 때까지 낭신을 떠나지 않을 것이오.
테리다마스	고귀한 탬벌레인이여, 나는 즐거운 마음으로
	당신에게도 그들에게도 결코 소홀하지 않고,
	당신의 명예와 안전을 위해 진력하겠습니다.
탬벌레인	참으로 고맙소, 훌륭한 테리다마스.
	자 나의 아름다운 아가씨, 그리고 영주님들,
	여러분이 나와 함께 남아준다면,
	여러분은 여러분의 공훈에 맞는 명예를 얻게 될 것이오.
	만약 그렇지 않다면 노예가 되어야 할 것이오.
아기다스	당신을 따르겠소이다. 행복한 탬벌레인.
탬벌레인	그렇다면 아가씨는 어떻게 하시겠소, 나는 의심하지 않소.
제노크라테	당신을 따를 수밖에 없군요. 불쌍한 제노크라테! (함께 퇴장.)

제2막

〈제1장〉

(코스로에, 메나폰, 오르티기우스, 케네우스와 병사들 등장.)

코스로에	우리는 이렇게 멀리까지 테리다마스를 향해 왔다.
	그리고 용맹스런 탬벌레인은
	행운의 절정에서 명성을 얻고

기적을 보여주고 있다.

말해보게, 그자를 본 적이 있지 않은가, 메나폰.

그자의 키는 어느 정도이고, 풍채는 어떠한가?

메나폰 위로 향하여 신처럼 되고자 하는 그의 열망처럼

큰 키에 당당한 외모를 갖추고 있습니다.

팔다리는 엄청나게 굵고, 관절들은 강하게 연결되어 있으며,

어깨는 참으로 넓어 그 옛날 아틀라스 신이 짊어진 짐을

견딜 수 있을 정도입니다. 그의 당당한 두 어깨 사이에는

온 세상보다도 더 가치 있는 진주[14]가 하나 놓여 있는데,

거기에는 예술의 놀라운 기술이 창조해낸

꿰뚫어 보는 두 눈이 고정되어 있습니다.

그의 불타는 듯한 두 눈은

그 안구 속에 우주 전체를 담고 있어,

명예롭고 존엄하게 치장된 옥좌를 향하는

그의 발걸음과 행동을 안내합니다.

통치권과 무력을 갈망하는

열정으로 인해 생겨난 창백한 안색,

주름진 그의 훤칠한 이마는 죽음을 나타내고,

이마의 부드러움은 애정과 생명을 나타냅니다.

그 둘레에 황갈색 머리칼 한 묶음이 내달려 있는데,

마치 사나운 아킬레우스의 머리칼처럼 곱슬거리며,

그 위로 하늘의 숨결조차 장난치며 즐거워하여,

유쾌하고도 위엄 있게 머리칼을 춤추게 합니다.

---

14 탬벌레인의 머리를 가리킨다.

그의 팔과 손가락들은 길고 눈처럼 희지만,
엄청난 힘과 용기를 보여줍니다.
그의 모든 면이 세계를 복종시킬 만한 자의
외모를 갖추고 있습니다.

코스로에 이 경이로운 인물의 얼굴과 풍채를
정말 생동감 있게 잘 표현하는구려.
그가 이룩한 업적으로 그의 이름을 높이기 위해
타고난 모습마저 행운이나 성운과 더불어 다투는군.
그의 장점들은 그가 자신의 운명을 성취하고
군주가 되리라는 것을 잘 보여주는구려.
그렇게 위급한 고비에 당면해서도 용기와 기지를
발휘하여, 충성을 맹세한 천 명의 우세한 적군을
설득할 수 있었다니.
그렇다면 우리의 군대가 칼을 빼어들고 그들과 합세하여,
치명적인 타격을 입힐 정도의 거리까지 다가와 있으니,
내 형의 생명의 궁전[15]으로 가는 길과 문이
협소하다 할지라도, 우리가 그것을 뚫지 못한다면
그는 참으로 운이 좋은 것이다.
그리고 그 위엄 있는 페르시아의 왕관이
그의 어리석고 멍청한 머리보다 더 무거워,
죽음의 공포로 인해 잘 익은 과일처럼 떨어질 때,
광활한 페르시아에서 고귀한 탬벌레인이
나의 섭정이 되고, 왕으로 남게 될 것이다.

---

15 뮤세테스의 심장을 가리킨다.

오르티기우스	참으로 적절한 시기에 저희가 전하를
	왕으로 추대하였습니다. 전하께서는 하늘이 정하신
	사람과 힘을 합하여 최선의 행동으로 저희의
	명예를 추구하고 계십니다.
케네우스	양치기들과 약간의 약탈물만을 가졌는데도
	그가 폭정과 부정을 멸시하며 감히 군주에게 대항하여
	자신의 자유를 방어하려 하는데,
	귀족들과 영주들의 무리를 이끌고 왕의 지원을 받으며
	보물과 함께 최고의 지략을 갖춘다면,
	그가 어떻게 하겠습니까?
코스로에	훌륭한 탬벌레인에게 그러한 것들을 지원해주리라.
	탬벌레인과 용감한 테리다마스가 아라리스
	강가에서 우리를 만나게 되면,
	우리의 군세는 4천 명의 강력한 군대가 될 것이다.
	그리고 모두 힘을 합쳐 지금 파르티아를 향해
	행군하고 있는 멍청한 왕과 대적할 것이다.
	그는 보잘것없이 무장한 내키지 않는 병사들을
	이끌고 나와 탬벌레인에게 복수를 하려 하고 있다.
	충실한 메나폰, 나를 즉시 탬벌레인에게 안내하라.
메나폰	그렇게 하겠습니다, 전하. (함께 퇴장.)

〈제2장〉

(뮤세테스, 미앤더, 다른 귀족들과 병사들 등장.)

뮤세테스	자, 충성스런 미앤디, 이 문제를 얘기해보자.
	솔직하게 말해서, 과인의 심장은 이 도적놈 탬벌레인과
	부정한 코스로에, 반역자 동생놈 때문에 분노로 터질 것 같다.
	그렇게 사기를 당하고 1천 기병을 빼앗겼으니
	어느 왕인들 슬프지 않겠는가?
	게다가 사랑하지도 않는 그런 비천한 악당놈이
	왕관을 차지하게 하다니!
	어떤 왕이든 슬퍼하리라 생각한다.
	그렇다면 좋다. 하늘에 걸고 맹세하노니,
	과인이 코스로에의 목을 취하고, 거만한 탬벌레인을
	칼끝으로 찔러 죽이지 않고는,
	새벽의 여신이 문틈으로 엿보지 못하게 하리라.
	미앤더, 나머지는 그대가 말하라. 과인의 말은 끝났다.
미앤더	이제 우리는 아르메니아의 사막을 지나왔고,
	조지아 언덕 아래에 막사를 쳤다.
	언덕 정상은 덤불 속에 숨어서 먹이를 기다리고
	있는 타타르의 도적놈들로 덮여 있으니,
	즉시 놈들과 일전을 벌여
	이 세상에서 그 역겨운 무리들을
	제거하는 일 외에 무엇을 해야 할 것인가?
	만약 우리가 놈들을 이곳에서 잠시라도 머무르게 해주면,
	놈들은 새로운 물자를 공급받아 힘을 모을 것이다.
	이 나라는 강탈과 불법적인 약탈물로 먹고 사는
	비열하고 사나운 놈들로 가득 차 있다.

그들은 사악한 탬벌레인의 병사가 되기에 적합한 놈들이다.

그리고 선물과 입에 발린 약속으로 1천 기병을

이끌던 자를 유혹하여 자신의 왕에 대한 충성을

배신하게 만든 놈은 꼭 자신과 같은 놈을 얻게 마련이다.

그러니 마음을 강하게 하라. 싸울 준비를 하라.

탬벌레인을 사로잡거나 살해하는 자는

알바니아 지역을 다스릴 것이다.

반역자 테리다마스의 목을 가져오는 자는

그자의 전리품과 그의 모든 수행원뿐만 아니라

메디아의 통치권을 갖게 될 것이다.

하지만 만약 코스로에가 (정찰병들의 보고에 따라,

우리가 알고 있는 것처럼) 탬벌레인과 함께 있다면,

그를 살려주어 왕의 자비로 개심케 하는 것이

전하께서 원하시는 것이다.

(정찰병 등장.)

정찰병 이 넓은 평원을 정찰 중이던 우리 기병

백 명이 스키타이인들의 군대를 보았는데,

보고에 의하면 그들의 군대가 전하의 군대보다

훨씬 많다고 합니다.

미앤더 그들의 수가 헤아릴 수 없이 많다 하더라도

군사 훈련이 되어 있지 않으니,

모두 다 승리보다는 눈앞의 이익만을 생각하고

약탈만을 탐하여 허둥댈 것이다.

용의 독이빨들에서 생겨나서 땅에서 솟아오른

잔인한 형제들[16]처럼 그들의 부주의한 칼들이

자신의 동료들의 목을 벨 것이고, 스스로 멸망하여

우리에게 승리를 안겨줄 것이다.

뮤세테스　충성스런 미앤더, 말해보게. 용의 독이빨에서

솟아오른 그런 형제들이 있었나?

미앤더　시인들이 그렇게 말한 것입니다, 전하.

뮤세테스　시인이 된다는 것은 정말 즐거운 일이야.

좋아, 좋아, 미앤더, 그대는 정말 학식이 깊군.

그대는 참으로 나의 보물일세.

계속하게. 그리고 명령을 내리게나.

그대의 지혜가 오늘 우리를 정복자로 만들어줄 것이다.

미앤더　그렇다면 고귀한 병사들이여, 난잡한

오합지졸로 이루어진 이 도적놈들을 포획하러 나가자.

놈들에게 재산과 부가 많이 있을지 모르지만

우리에게는 낙타에 가득 실은 황금이 있다.

여러분은 비록 평범한 병사들이지만 들판의

구석구석에 황금을 던져놓으라.

그리고 천한 타타르놈들이 황금을 줍는 동안,

황금보다는 명예를 위해 싸우는 여러분이

그 탐욕스런 도적놈들을 몰살시킬 것이다.

그리고 뿔뿔이 흩어진 놈들의 군대가 항복을 하고

---

16 그리스 신화에 등장하는 카드모스는 용에게 죽음을 당한 부하들의 복수를 위해 용을 죽이고, 이때 나타난 아테나 여신의 말을 따라 용의 이빨을 땅에 심는다. 그러자 땅에서 무장한 병사들이 솟아올라 서로 싸움을 시작하였다.

여러분이 도살당한 놈들의 시체를 밟고 개선할 때,

여러분은 놈들의 생명을 앗아간 황금을 똑같이

나누어 페르시아에서 귀족처럼 살 것이다.

북을 울리라, 그리고 용감하게 진군하라!

행운의 여신이 앞장서서 우리를 인도하신다.

뮤세테스 그가 말한 것은 진실이다, 병사들이여.

북을 울리라, 미앤더가 말하는데 왜 북소리가 들리지 않는가?

(함께 퇴장.)

〈제3장〉

 (코스로에, 탬벌레인, 테리다마스, 테켈레스, 우섬카사네, 오르티기우스와 병사들 등장.)

코스로에 자, 훌륭한 탬벌레인, 과인은 모든 희망을

그대의 놀라운 운명에 맡겼소이다.

우리의 습격이 어떻게 될 것이라고 생각하시오?

신탁에서도 분명히 알 수 있었지만,

과인은 그대의 판단이 정확하다고 믿소.

탬벌레인 조금도 틀리지 않습니다, 전하.

운명과 하늘의 신탁이 탬벌레인의 행동을

영예롭게 하고, 습격이 성공하도록 축복한다고

약속했습니다.

저를 믿으신다면, 의심하지 마십시오.

저의 운명과 용기는 전하의 군사가 움직이는 방향으로

따라갈 것이니, 세계의 수많은 군대들이 앞다투어

제가 이끄는 깃발 아래로 모여들 것입니다.

거대한 파르티아의 아라리스 강물을

모두 마셔버려 마르게 했다고 전해지는

유명한 크세르크세스[17]의 군대조차도

우리가 거느릴 군대에 비하면 소수에 불과합니다.

허공을 울리고 뒤흔드는 우리의 창들과,

조브 신의 무서운 천둥처럼 불꽃과 폭발하는 연기 속에

발사되는 포탄들은 외눈박이 거신들인 키클롭스와의

전쟁보다도 신들을 더욱 위협할 것입니다.

그리고 우리가 진군할 때 태양처럼 빛나는 갑옷과 투구로

우리는 하늘의 별들을 쫓아내버리고, 우리의 놀라운

군사력에 감탄하는 별들의 눈을 흐리게 할 것입니다.

테리다마스 전하, 그의 웅변이 얼마나 놀라운지 보셨지요.

하지만 그의 웅변을 압도하는 용맹스런 행동을

보시면 할말을 잃거나 그 훌륭함을 칭송하게 될 겁니다.

저도 제 보잘것없는 힘을 그에게 맡김으로써

칭송을 받고 용서를 받을 겁니다.

그리고 명망 높은 이 두 친구분은

공격을 감행할 것이고,

전하를 충심으로 섬기려고 노력할 것입니다.

테켈레스 애정과 충심을 다해

---

17 다리우스 1세의 아들로 페르시아 제국의 제4대 왕.

코스로에 전하를 섬기겠습니다.

코스로에 그대들의 충성을 내 왕관의 일부로 생각하겠소.

우섬카사네와 테켈레스 두 분,

람노스[18]의 황금 대문을 지키는 복수의 여신이

승리의 군대를 위해 길을 열어줄 때

그대들이 과인을 아시아의 유일한 황제로 만들어줄 것이고,

그대들의 용기는 명예롭고 고귀한 신분으로 보상받게

될 것이오.

탬벌레인 그렇다면, 코스로에 전하, 서둘러서 유일한 왕이 되십시오.

저는 친구들과 모든 병사들과 함께

오랫동안 기다려온 운명을 성취할 것입니다.

전하의 형인 왕이 지금 바로 가까이 와 있습니다.

그 어리석은 자와 맞서, 전하의 근엄한 어깨에서

카스피의 모든 거친 암석들과 모래들보다 더 무거운

짐을 털어버리십시오.

(전령 등장.)

전령 전하, 공격 태세를 갖춘

적의 대군을 발견했습니다.

코스로에 자, 탬벌레인, 이제 그대의 날개 달린 검을 휘둘러라.

그리고 페르시아 왕의 왕관에 닿을 수 있도록

그대의 고결한 팔을 구름 위까지 들어올려,

---

18 복수의 여신 네메시스의 신전이 있는 곳.

과인의 머리 위에 승리의 왕관을 안전하게 씌워다오.

탬벌레인 페르시아의 군대를 뚫고 지나갔던 그 날카로운

단검이 어디 있는지 보십시오.

이것들은 하늘의 천둥과 번개처럼 빠르게 단검을

날아가게 하는 날개들입니다.

그리고 빠른 만큼 확실하게 죽이지요.

코스로에 그대의 말은 내게 승리를 확신시켜주는군.

가라, 용감한 병사들이여, 앞서서 나아가

저 어리석은 왕의 나약한 군대를 쳐부숴라.

탬벌레인 우섬카사네와 테켈레스, 가자!

우리를 보기만 해도 적은 벌벌 떨 것이다.

황제 한 사람을 세우고도 남을 정도지.   (함께 퇴장.)

〈제4장〉

(전쟁터에서 뮤세테스 혼자서 왕관을 손에 든 채 나온다. 그리고 왕관을 숨기려
한다.)

뮤세테스 최초로 전쟁을 일으킨 놈에게 저주가 있으라!

그들은 알지 못했어, 아, 알지 못했어, 단순한 자들.

퍼붓는 포탄에 맞은 자들이, 북풍의 사나운 타격을

두려워하여 떠는 포플러 잎사귀들처럼, 어떻게

비틀거리는지 알지 못했어.

만약 자연이 지혜를 허락하지 않았더라면

나는 어떤 불쌍한 처지에 놓일 뻔했는가!

왕이란 모든 자들이 노리는 중심 표적이고,

왕관은 수천 명이 그 표적에서 쪼개내려고 하는 핀이지.[19]

그러니 이것을 몰래 숨겨놓는 것이 좋겠어.

좋은 책략이야.

어리석은 바보의 손이 닿지 않게 하는 거지.

그러면 나도 드러나지 않을 거고, 혹 드러난다 할지라도

그들이 내게서 왕관을 빼앗아 갈 수는 없어.

여기 이 평범한 구멍 속에다 감춰야겠다.

(탬벌레인 등장.)

탬벌레인   아니, 비열한 겁쟁이로군. 왕들도 모두 전쟁터에

           나가 있는데, 막사에서 도망치려 하다니.

뮤세테스   그렇지 않아.

탬벌레인   천한 악당놈! 감히 나를 속이려고 해?

뮤세테스   꺼져라. 나는 왕이다. 가거라, 날 건드리지 마라.

           만약 네놈이 무릎을 꿇고 내게 "자비를 베푸소서, 고귀한

           왕이시여"라고 말하지 않는다면, 네놈은 군율을 어기는 거야.

탬벌레인   당신이 바로 그 지혜로운 페르시아의 왕인가?

뮤세테스   그렇다, 바로 내가 왕이다. 내게 무슨 송사가 있느냐?

탬벌레인   당신이 세 가지만 대답해주기를 간청하겠다.

---

19 전쟁의 상황을 궁술 시합에 빗대어 표현한 것이다. 궁수의 목표는 과녁의 중심을 맞추는 것이다. 핀은 과녁의 중심에 있는 못으로 과녁을 고정시키는 역할을 한다. 따라서 핀을 쪼개는 것은 가장 뛰어난 궁술로 승리하는 것을 의미한다.

뮤세테스	대답할 만한 것이면 해주지.
탬벌레인	이것은 당신의 왕관인가?
뮤세테스	그렇다. 이것보다 더 멋진 왕관을 본 적이 있느냐?
탬벌레인	그걸 팔지는 않겠지, 그렇지?
뮤세테스	다시 한 번만 그 따위 소리를 하면 네놈을 사형시키겠다.
	그걸 내놓아라!
탬벌레인	안 돼. 이건 내가 포획했다.
뮤세테스	거짓말, 내가 너에게 주었잖아.
탬벌레인	그러니까 내 것이지.
뮤세테스	아니, 내 말은 네가 볼 수 있게 해주었다는 거야.
탬벌레인	좋아, 그럼 다시 가져라.
	여기 있다. 잠깐 동안 갖고 있어라. 병사들에게
	체포되어 온 너를 다시 볼 때까지 빌려주마.
	그때는 네 머리에서 왕관을 벗겨내는 것을 볼 것이다.
	너는 위대한 탬벌레인의 상대가 아니다. (퇴장.)
뮤세테스	오 하느님! 이자가 그 도적 탬벌레인이란 말인가?
	그자가 왕관을 빼앗아 가지 않다니 정말 놀랍군.
	(전쟁터에서 나팔 소리 울리고, 그는 안으로 달려들어간다.)

〈제5장〉

(코스로에, 탬벌레인, 테리다마스, 메나폰, 미앤더, 오르티기우스, 테켈레스, 우
섬카사네와 병사들 등장.)

탬벌레인	자, 코스로에 전하! 두 개의 왕관을 쓰십시오.
	이제 탬벌레인의 위대한 손까지도 전하를
	왕으로 추대했다고 생각하십시오.
	전하를 둘러쌀 수 있는 수많은 왕들이 가장 화려하게
	전하께 황제의 관을 바치는 것으로 생각하십시오.
코스로에	과인도 그렇게 생각하오. 참으로 뛰어난 무용을 지닌 자여.
	탬벌레인 외에는 아무도 왕관을 지키지 못할 것이오.
	과인은 그대를 페르시아의 섭정이자
	군대의 총대장으로 삼겠소.
	미앤더, 형님의 안내자였고,
	모든 일에서 최고의 고문이었던 그대,
	이제 형님이 전쟁에서 항복했고,
	그대도 복종하였으니 과인은 기쁘게 그대를
	용서하고 동일한 지위를 주노라.
미앤더	참으로 행복하신 황제시여, 겸손하게
	저의 신념과 충성을 다 바쳐 전하를
	섬길 것을 맹세합니다.
코스로에	고맙소, 충실한 미앤더. 그렇다면, 코스로에,
	과거의 찬란한 영광을 되살려 페르시아를 다스리라!
	이제 이웃의 왕들에게 사신을 보내어
	페르시아의 왕이 바뀌었음을 알리라.
	왕이 해야 할 일이 무엇인지 알지 못하는 자에서
	왕이 해야 할 일을 명령할 수 있는 자로 바뀌었다고 말이다.
	자, 이제 우리는 2만의 정예 병사들과 함께
	아름다운 페르세폴리스로 향할 것이다.

과인의 형의 막사에 있는 귀족들과 장수들에 대해서는

미앤더의 지시에 따라 살해를 자제하고

그들이 기쁘게 과인의 자비로운 지배에 굴복하게 하라.

오르티기우스와 메나폰, 충성스런 친구들이여.

이제 그대들이 보여준 충성에 보답하여,

그대들의 칭호를 더욱 위대하게 높여주리라.

오르티기우스 저희는 항상 전하의 이익을 목표로 하였고

전하께서 합당하신 명예를 얻으시기를 원했던 것처럼,

앞으로도 저희의 힘과 생명을 다 바쳐

전하의 명예를 보존하고 높일 수 있도록 노력할 것입니다.

코스로에 감사를 표하지는 않겠소, 사랑스런 오르티기우스.

말보다 더 좋은 보상이 과인의 마음을 증명해줄 것이오.

그리고 탬벌레인 경, 이제 과인의 형의 군대를

그대와 테리다마스에게 맡기겠소.

과인을 뒤따라 아름다운 페르세폴리스로 오시오.

그때 우리는 어리석은 형이 기독교도들에게

빼앗긴 인도의 금광들로 진군할 것이오.

그리고 명성과 몸값을 얻고 나서 그들을 풀어줄 것이오.

그럼, 탬벌레인, 남아 흩어진 군사들을 정비한 후에

과인을 따르도록 하시오.

잘 있으시오, 섭정과 그의 행복한 친구들이여!

과인은 형의 옥좌에 빨리 앉고 싶소.

메나폰 전하께서는 곧 소원을 이루실 겁니다.

그리고 페르세폴리스로 승리의 행진을 하실 겁니다.

(함께 퇴장. 탬벌레인, 테켈레스, 테리다마스, 우섬카사네 남는다.)

탬벌레인	"페르세폴리스로 승리의 행진을 한다!"
	왕이 된다는 것은 정말 대단하지 않은가, 테켈레스?
	우섬카사네와 테리다마스,
	왕이 되어 페르세폴리스로 승리의 행진을
	하는 것은 참으로 대단하지 않은가?
테켈레스	오, 전하, 그것은 달콤하고도 화려한 것이지요.
우섬카사네	왕이 된다는 것은 반은 신이 되는 것이지요.
테리다마스	신도 왕보다는 영광스럽지 않습니다.
	저는 그들이 하늘에서 누리는 즐거움을
	지상에서 왕이 누리는 기쁨과 비교할 수 없다고 생각합니다.
	진주와 황금으로 장식된 왕관을 쓴다는 것은
	삶과 죽음을 마음대로 하는 힘을 갖는 것이지요.
	원하기만 하면 갖게 되고, 명령만 하면 순종을 받고,
	쳐다보기만 해도 사랑을 얻고, 보는 것만으로도 원하는
	것을 얻는 그런 매력적인 힘이 왕의 눈에서 빛납니다!
탬벌레인	그럼 말해보라, 테리다마스, 그대는 왕이 되고 싶은가?
테리다마스	아닙니다. 비록 왕을 찬양하지만, 왕이 되지 않고도 살 수 있습니다.
탬벌레인	다른 친구들은 어떤가? 그대들은 왕이 되기를 원하는가?
테켈레스	될 수만 있다면, 기쁜 마음으로 되겠습니다.
탬벌레인	잘 말하였다, 테켈레스. 나도 마찬가지다.
	여러분도 그렇겠지, 나의 장수들이여, 그렇지 않은가?
우섬카사네	그렇다면 어떻게?
탬벌레인	그렇다면, 카사네, 왜 우리는 세상이 우리에게
	새롭게 부여하는 어떤 것을 바라면서도, 시도도 하지 않고
	나약하고 궁핍한 상태에 있어야 할까?

그래서는 안 된다고 생각한다. 나는 확신이 섰다.

만약 내가 페르시아의 왕관을 원한다면,

나는 너무나도 쉽게 그것을 얻을 수 있다.

우리가 왕위를 목표로 한다면,

모든 병사들이 곧 동의하지 않겠는가?

테리다마스 우리가 설득하면 그들은 동의할 것입니다.

탬벌레인 그렇다면, 테리다마스, 나는 먼저

페르시아 왕국을 차지해보겠다.

그후에 그대는 파르티아를, 저들은 스키타이와 메디아를 차지하는

거지.

만약 내가 힘을 키우면 모든 것이 분명해질 것이다.

터키인들과 교황, 아프리카와 그리스가 그들의 왕관을

가지고 우리에게 기어오게 될 것이다.

테켈레스 그렇다면 이 승리에 취해 있는 왕에게 사람을 보내

갓 얻은 왕관을 지키려면 전쟁을 해야 한다고 알릴까요?

우섬카사네 그럼 빨리 하세. 그의 옥좌가 데워지기 전에 말일세.[20]

탬벌레인 이건 정말 대단한 농담이 될 걸세, 친구들이여.

테리다마스 농담으로 2만의 병사들에게 대항한다고요?

저는 상급을 약속하는 것이 훨씬 중요하다고 생각합니다.

탬벌레인 테리다마스, 혼자서 날 판단하지 말게.

테켈레스는 그가 너무 멀리까지 가기 전에

즉시 서둘러 가서 선전 포고를 하라.

그러면 수고를 줄여 득이 될 것이다.

---

20 '권력을 확립하기 전'이라는 뜻이다.

그리고 나서 그대는 이 스키타이의 탬벌레인이

단지 농담 한마디로 페르시아의 왕관을 얻는 것을 보게 될 것이다.

테켈레스, 1천 기병을 이끌고 가라.

우리와 싸우기 위해 돌아와야 한다고 그에게 전하고,

우리는 단지 즐기기 위해서 그를 왕으로 삼았다고 전하라.

우리는 비겁하게 그를 습격하지는 않을 것이다.

오히려 그에게 경고와 더 많은 용사들을 허락하리라.

서둘러라, 테켈레스, 우리가 뒤따르리라.　　　　(테켈레스 퇴장.)

할말이 있는가, 테리다마스?

테리다마스　저도 따르겠습니다.　　　　　　　　　　　(함께 퇴장.)

〈제6장〉

(코스로에, 미앤더, 오르티기우스, 메나폰과 다른 병사들 등장.)

코스로에　이 사악한 양치기가 무얼 하겠다는 것인가,

건방지게 조브 신과 싸움을 벌였던 거인족처럼

하늘에 대항하여 언덕을 쌓으려 하고,

감히 분노한 제우스의 힘에 맞서겠다는 것인가?

하지만 그가 그들을 언덕 아래로 쫓아내고

그들의 타오르는 아가리에서 나오는 불을 눌러 꺼버렸듯이,

과인도 이 끔찍한 괴물[21]을 불꽃이 놈의 영혼을

---

21 탬벌레인을 가리킨다.

영원히 먹어치울 지옥으로 보낼 것이다.

미앤더   어떤 신성한 힘 아니면 지옥의 힘이 그자가

수태되었을 때 분노의 씨앗들을 섞어놓았습니다.

그는 인간에게서 태어난 것이 아니기에,

무섭도록 거만한 태도로

그렇듯 대담한 결심을 하고

자신의 야심을 선포하는 것입니다.

오르티기우스   어떤 신이나 악마 혹은 지상의 정령이나 괴물이

인간의 모습으로 나타났건,

어떤 성격이나 기질을 갖고 태어났건,

어떤 행성이나 운명이 그자를 지배하건,

맞서 싸울 마음의 준비를 합시다.

그리고 그런 악마 같은 도적놈을 혐오하고,

명예를 존중하고 권리를 옹호하여

그자가 지상에서 자라났건 지옥에서 혹은 하늘에서 자라났건,

그러한 적에 대한 증오로 무장을 합시다.

코스로에   훌륭한 결심이오, 충성스런 오르티기우스.

우리 모두는 지금까지 같은 공기를 마셔왔고,

죽으면 똑같은 자연의 요소로 분해될 것이니,

우리 모두가 삶과 죽음을 함께하겠다고

맹세하기를 바라오.

저 배은망덕한 자를 대적하도록 병사들의

기운을 북돋아줍시다.

저 권력을 탐하는 악독한 자,

피와 황제의 권력 외에는 아무도 끌 수 없는

타오르는 분노의 불꽃으로 그를 불태워버리라.

귀족들과 사랑하는 병사들이여, 이제 그대들의

왕과 국가를 파멸로부터 구해낼 결심을 하라.

그럼, 북을 울리라. 내 생명의 한계를

결정하는 별들이여, 나의 칼을

페르시아를 다스리는 권력을 조롱하고,

이처럼 신들에게 대항하는

그자의 비열한 가슴으로 향하게 하라.　　　　　(함께 퇴장.)

〈제7장〉

(싸움이 있고, 싸움이 끝난 후 상처 입은 코스로에, 테리다마스, 탬벌레인, 테켈레스, 우섬카사네와 병사들 등장.)

코스로에　비열하고 잔인한 탬벌레인,

내게서 이렇게 왕관과 생명을 빼앗아 가다니!

반역자이자 부정한 테리다마스,

행복한 삶이 시작되는 순간에,

옥좌에 아직 앉아보지도 못했는데,

파멸과 때 이른 종말을 맞게 하다니!

참을 수 없는 고통이 나의 슬픈 영혼을 괴롭힌다.

죽음이 말을 막는구나.

네놈의 칼이 만든 상처 속으로 죽음이 들어와서

심장의 모든 동맥과 정맥을 약탈한다.

잔인하고 탐욕스러운 탬벌레인!

탬벌레인　하늘의 조브 신이

망령든 아버지를 권좌에서 몰아내고

하늘의 최고의 자리에 앉은 것처럼,

통치권과 달콤한 왕관에 대한 갈증이

당신의 지위에 대항하여 싸우도록 나를 움직였다.

위대한 조브 신보다 더 좋은 선례가 어디 있겠는가?

우리의 가슴속에서 서로 지배하기 위해 싸우는

네 가지 요소[22]로 우리를 구성한 자연이

우리 모두에게 야심을 품도록 가르친다.

세계의 경이로운 건축 구조를 이해할 수 있고,

움직이는 행성의 진로를 측정할 수 있으면서도

여전히 무한한 지식을 추구하고

쉼 없이 움직이는 천체들처럼 항상 움직이는

능력을 가진 우리의 영혼이

최고의 열매에 이를 때까지

자신을 사용케 하고, 결코 쉬지 못하게 한다.

저 완벽한 축복이자 더 없는 행복,

지상의 왕관이라는 달콤한 열매에 이를 때까지.

테리다마스　그리고 그것이 나를 탬벌레인에게 동참하도록 만들었다.

위로 상승하지 않으려 하고, 군주다운 행동으로

최고의 지위 이상으로 날아오르려 하지 않는 자는

천박한 쓰레기 같은 자이기 때문이다.

---

22 흙, 공기, 불, 물을 말한다.

테켈레스 그리고 그것이 우리를 탬벌레인의 친구로 만들었고,

  페르시아의 왕에게 대항하여 우리의 칼을 처들게 했다.

우섬카사네 조브 신께서 늙은 크로노스를 쫓아냈을 때,

  포세이돈과 하데스[23]도 각각 왕관을 얻었던 것처럼,

  탬벌레인이 페르시아를 지배한다면

  우리도 아시아를 다스리게 되기를 바라기 때문이다.

코스로에 자연이 지금껏 만든 가장 기괴한 자들이로구나!

  네놈들의 횡포를 어떻게 받아들여야 할지 모르겠다.

  피가 모두 빠져버린 나의 육체가 차가워지는구나.

  그리고 피와 함께 생명이 상처를 통해 빠져나가는구나.

  내 영혼이 지옥으로 떠나려 한다.

  그리고 나의 모든 감각들을 부르는구나.

  서로를 보충해주고, 영양이 부족할 때 서로를

  필요로 하던 열과 수분이 마르고 차가워졌다.

  이제 무시무시한 죽음이 탐욕스런 발톱으로

  피 흘리는 나의 심장을 움켜쥐고

  하르피아이[24]처럼 나의 생명을 찢는구나.

  테리다마스와 탬벌레인, 나는 죽는다.

  무서운 복수가 너희 둘에게 임하기를!   (코스로에 죽는다.)

탬벌레인 (왕관을 집어 머리에 쓴다.) 복수의 여신들이 퍼붓는 모든 저주도

  이것처럼 훌륭한 보상을 내게 허락하지는 않을 것이다.

  테리다마스, 테켈레스 그리고 병사들이여,

---

23 제우스 신의 형제들. 포세이돈은 바다를 다스리는 권력을, 하데스(플루톤)는 지하 세계를 다스리는 권력을 얻었다.
24 그리스 신화에 등장하는. 얼굴은 여자이고 몸은 새의 형상을 지닌 괴물. 죽은 자의 영혼을 나른다고 알려져 있다.

이제 누가 페르시아의 왕이라고 생각하느냐?

모두들 탬벌레인 전하! 탬벌레인 전하!

탬벌레인 비록 분노한 전쟁의 신 아레스와

지상의 모든 권력자들이

이 왕관을 빼앗으려고 공모한다 하더라도,

나는 동방의 위대한 군주로서

이 왕관을 놓지 않으리라.

그대들이 탬벌레인의 지배를 인정해준다면 말이다.

모두들 탬벌레인 만세, 아시아의 통치자 만세!

탬벌레인 그렇다면 이제 신들이 회의를 열어 나를

페르시아의 왕으로 선언하는 것보다도

더 확실하게 이 왕관은 짐의 머리 위에 있을 것이다.　　(함께 퇴장.)

제3막

〈제1장〉

(바자제스, 페세의 왕, 모로코의 왕, 알제리의 왕, 장수와 다른 신하들 화려하게
등장.)

바자제스 북아프리카의 위대한 왕들과 나의 문무 고관들이여,

우리는 탬벌레인이라는 자의 지휘하에 있는

타타르인들과 동방의 도적들에 대해 듣고 있는바,

그자들은 감히 그대들의 황제에 대적하여

저 유명한 그리스의 콘스탄티노플에 대한 우리의

치명적인 포위 공격을 중단케 할 수 있다고 생각한다.

여러분도 알고 있듯이 우리의 군대는 무적이다.

우리는 달이 차기 시작할 때

지중해 바다를 채우는 작은 물방울만큼이나

많은 할례 받은 터키군들과

개종한 호전적인 기독교도 부대들을 보유하고 있다.

하지만 우리는 외국의 군대에

공격받는 것을 원치도 않고,

그리스인들이 항복하기 전에 우리의 포위를 거두거나

도시의 성벽 앞에서 지쳐 눕는 것을 원치 않는다.

페세 왕 위대한 황제이시자 용맹한 장군이시여,

장수들을 보내어 그자가 아시아를 벗어나지

못하도록 명령하시는 것이 어떠하신지요?

그렇게 하지 않으면 위대한 바자제스의 명령으로

치명적인 죽음을 당하게 될 거라고 말입니다.

바자제스 장군, 그대가 즉시 페르시아로 떠나라.

그리고 그자에게 말하라.

그대의 군주, 터키의 황제,

아프리카, 유럽 그리고 아시아의 두려운 군주이자

그리스와 지중해

그리고 흑해의 정복자인 위대한 왕,

전세계 최고의 군주가 명령하노니(간청한다고 말하지 말라)

과인의 분노를 일으키지 않으려거든

단 한 번이라도 아프리카에 발을 들여놓지 말 것이며,

그리스에 그의 깃발을 날리지 말라고 하라.

그가 용기가 있다고 들었기에 과인이 기꺼이

그와 휴전을 한다고 전하라.

하지만 만약 그가 어리석은 힘만을 믿고

과인에게 대항하려고 한다면, 그대는 그자와 함께

거기 남아 있으라.

태양이 하늘을 세 번 돌기 전에

그대가 돌아오지 않는다면,

우리는 그자가 사신의 말로는 마음을 바꾸지 않고

군대를 일으키는 것으로 받아들이고,

그대를 데리러 갈 것이다.

장수 이 지구상에서 가장 위대하고 강한 군주시여,

전하의 명령을 받들어,

위풍당당한 터키군의 사절에 어울리게

전하의 의향을 페르시아인들에게 전하겠습니다.　　(장수 퇴장.)

알제리 왕 그자가 페르시아의 왕이라고들 합니다.

하지만 만약 그자가 감히 전하의 포위 공격을 대적하려면,

열 배는 더 강해져야 할 것입니다.

전하의 위엄 앞에서는 모두가 벌벌 떨기 때문입니다.

바자제스 맞는 말이오, 알제리, 날 보기만 해도 두려워하지.

모로코 왕 봄조차도 전하의 대군에 압도당해 늦어집니다.

비도 지구상에 떨어질 수 없고,

태양도 그 고귀한 빛을 비출 수 없는 것은

엄청난 대군이 대지를 뒤덮고 있기 때문입니다.

바자제스 이 모든 것은 거룩하신 마호메트가 계신 것처럼 사실이오.

나무들도 모두 우리의 호흡에 시들어버리지.

페세 왕 전하께서는 콘스탄티노플을 함락시키는 데 어떤 방법이

가장 효과적이라고 생각하십니까?

바자제스 과인은 사로잡은 알제리의 공병들로 하여금

납으로 된 파이프를 통해 카르논 산에서

도시로 흘러드는 물을 차단하게 할 것이오.

2천 명의 기병은 닥치는 대로 샅샅이 뒤져

육로의 원군을 차단하고,

군함들은 바다 전역을 통제할 것이오.

그러면 우리의 보병들은 참호에 숨어

저승의 입구처럼 생긴 대포를 쏘아

성벽을 부수고, 우리는 입성할 것이오.

이렇게 그리스인들을 정복할 것이오.   (함께 퇴장.)

〈제2장〉

(아기다스, 제노크라테, 아니페, 그밖의 신하들 등장.)

아기다스 제노크라테 마마, 항상 평안하시던

마마를 근심케 하는 불안의

원인을 제가 추측해볼까요?

천사와 같으신 마마의 얼굴이 슬픔으로 인해

그렇게 창백하게 변해가는 것이 참으로 안타깝습니다.

탬벌레인에게 강제로 점령당하신 것에 대해서는

(마마를 가장 불쾌하게 만드는 것이겠지만)

이미 오래 전에 마음을 정리하신 것 같은데요.

제노크라테 그건 오래 전에 정리되었지만

그분의 넘치는 호의는

하늘의 여왕[25]이라도 감동케 할 정도여서,

저도 처음에 품었던 경멸적인 태도를

바꾸었지요. 하지만 그때 이후로 더 큰 열정이

끊임없이 제 마음을 사로잡아

지금처럼 저의 안색을 생기 없게 만들고,

만약 저의 감정이 극도에 달하게 된다면,

저는 소름 끼치는 송장처럼 될지도 모릅니다.

아기다스 하늘이 무너지고, 달님이 비추는

모든 만물이 사라지기 전까지는

그런 일이 제노크라테 마마께 일어나지 않기를!

제노크라테 아, 생명과 영혼이여, 그분의 가슴속에서만 조용히 머물고

나의 육체는 대지처럼 무감각하게 버려두라.

그렇지 않으면 너희[26]를 탬벌레인의 생명과 영혼에 결합시켜

내가 그분과 함께 살고 함께 죽을 수 있도록 해다오!

(탬벌레인과 테켈레스, 신하들 등장.)

아기다스 탬벌레인과 함께라고요! 아, 아름다운 제노크라테 님,

---

25 헤라 여신을 뜻한다.
26 제노크라테의 생명과 영혼을 뜻한다.

마마의 아버님을 무시하고 마마를 사로잡아

(마마를 보잘것없는 첩으로 생각하면서)

마마에게서 여왕의 명예를 가로막고 있는

저토록 비열하고 야만스런 자를

어쩔 수 없이 받아들이는 것 외에 마마의 고귀한

사랑으로 명예롭게는 하지 마소서.

만약 위대한 이집트 왕께서 마마의 소식을 들으신다면,

그분은 분명히 즉시 탬벌레인을 파멸시키고 마마를 이

끔찍한 노예 상태에서 구해내실 겁니다.

제노크라테   그런 말로 제 마음을 상처 입히지 마세요.

그리고 탬벌레인의 행동에 대해서는 합당하게 말하세요.

우리가 그분에게서 받은 환대는

무례함이나 노예 상태와는 거리가 멀고,

오히려 왕족으로서 예우를 받았다고 할 수 있어요.

아기다스   어떻게 마마는 그토록 험악하게 생기고 오직 전쟁에만

관심이 있는 자를 사랑할 수 있단 말입니까?

그자는 마마를 품에 안을 때 얼마나 많은 사람들을

죽였는지 말할 것이며,

마마께서 사랑스런 대화를 원할 때, 마마의 고상한 귀에

너무도 거슬리는 주제인 전쟁과 피로 가득한

자신의 무용담을 늘어놓을 것입니다.

제노크라테   흐르는 나일 강물을 통해 빛나거나 혹은

새벽의 여신이 품안에 그를 안을 때 빛나는 태양처럼,

저의 군주이자 사랑인 탬벌레인도 그렇게 빛납니다.

그분의 말은 무사 여신들[27]이 피에리데스[28]와 경쟁하거나

혹은 아테나[29]가 포세이돈과 더불어 경쟁했던 때,

명예를 걸고 불렀던 노래들보다도 더욱 달콤하답니다.

만약 제가 위대한 탬벌레인과 맺어진다면,

저는 제 자신을 가장 높으신 신의 여동생이신

헤라보다도 더 높이게 될 겁니다.

아기다스 하지만 사랑이 그렇게 쉽게 변하지 않기를 바랍니다.

젊은 아라비아의 군주께서 자신의 사랑을 찾아

마마를 구할 희망 속에 살아가게 해주십시오.

마마도 알다시피 그자가 양치기였을 때는

마마를 많이 사랑하는 것처럼 보였습니다.

하지만 이제 페르시아의 왕이 된 지금 그는 과거의

사랑스런 표정과 호의적인 말들 그리고 위안의 태도들을

중단하고, 일상적인 예의 이상을 보이지 않습니다.

제노크라테 제 뺨을 얼룩지게 하는 눈물은 바로 거기에서 연유하는 거랍니다.

제가 보잘것없어서 그분의 사랑을 잃을까 두려워하는 것이지요.

(탬벌레인 제노크라테에게 다가가 사랑스럽게 그녀의 손을 잡고, 분노의 눈길로 아기다스를 쏘아본다. 하지만 아무 말도 하지 않는다. 아기다스만 남고 모두 퇴장.)

아기다스 운명과 의심 많은 사랑에 배신당하고,

험악한 분노와 질투심에 위협당하고,

무서운 복수에 대한 두려움에 놀라,

---

27 음악과 예술을 관장하는 아홉 명의 여신.
28 피에로스의 아홉 딸들. 오비디우스의 『변신 이야기』에 보면 그들은 아홉 명의 무사 여신들과 시와 음악으로 시합하였지만, 결국 새로 변하고 만다.
29 전쟁과 지성의 여신으로 로마의 미네르바와 동일시된다.

어찌할 바를 모르겠구나. 하지만 무엇보다도

그가 자신의 분노를 은밀한 마음속에 감추며

침묵으로 감싸는 것이 더욱 두렵다.

그의 얼굴 표정에는 험악한 살기가,

그리고 두 눈에는 혜성[30]처럼

빛나는 가슴속의 분노가

복수를 다짐하며 빰을 창백하게 만드는구나.

마치 뱃사람이 엄청난 먹구름을 불러모으는

히아데스[31]를 보고,

(남풍과 북풍은 온통 땀에 젖은 날개 달린 군마들을

이끌고 곧 비를 퍼부을 것 같은 하늘을 질주하고,

전율하는 창들은 서로 부딪쳐 천둥 소리를 불러내며,

그들의 방패는 번갯불을 일으킨다)

두려움에 사로잡혀 돛을 내리고 바다의 깊이를 측정하며,

하늘을 향해 바람과 파도의 공포로부터 구원을 청하는

기도를 올리는 것처럼,

두려움에 놀란 내게 폭풍우를 보내

내 영혼의 파멸을 감지케 하는 찌푸린 얼굴 앞에

아기다스도 그렇게 할 수밖에 없구나.

(테켈레스가 칼을 뽑아들고 등장.)

테켈레스   아기다스, 왕께서 너를 어떻게 대하시는지 보았느냐?

---

30 재난의 징조로 알려져 있다.

31 비가 오는 것을 알려준다고 여겨졌던 일곱 성운.

왕께서 그것이 무엇을 의미하는지 예측하라고 명하신다.　　(퇴장.)

아기다스　전에도 예측을 했지만, 지금 나는 질투와 사랑에서

나오는 살기 어린 분노를 느낀다.

그는 말로 나를 두렵게 할 필요도 없었다.

창칼이 파멸이라는 적나라한 행위를

표현할 때는 말이 필요 없지.

아기다스, 너는 정녕코 죽으리라, 그러니 가장 쉬운 길을

선택하라, 너 자신의 손으로 죽는 것이

더욱 명예롭고 덜 고통스러운 것이니,

그후에 그와 하늘이 약속한

고통을 기다리라고 말하는구나.

그렇다면 서두르라, 아기다스, 운명을 연장함으로써

너에게 미칠 재앙을 막으라.

가라, 그가 너의 영혼을 고문할

지옥과 고통에서 벗어나,

폭군의 분노에 대한 공포에서 자유롭게 떠나라.

그리하여 아기다스가 스스로 목숨을 끊나니,

이렇게 한 번 찔러 영원히 잠들게 하라.　　(스스로를 찌른다.)

(테켈레스와 우섬카사네 등장.)

테켈레스　우섬카사네, 이자가 우리 전하의 뜻을

얼마나 제대로 알아차렸는지 보게나.

우섬카사네　맞는 말일세, 테켈레스, 이건 남자다운 행동이었네.

그가 참으로 현명하고 훌륭하였으니,

62

이제 그에 걸맞게 세 곱절은 더 훌륭한 장례를

치러주기로 하세.

테켈레스 동감일세, 카사네. 그를 명예롭게 해주세나.

(아기다스의 시체를 들고 함께 퇴장.)

〈제3장〉

(탬벌레인, 테켈레스, 우섬카사네, 테리다마스, 터키의 장수, 제노크라테와 아

니페, 다른 신하들 등장.)

탬벌레인 터키의 장수여, 그대의 왕이자 주인은

내가 비티니아에서 그를 맞서려 한다는 것을 알고 있다.

그자가 어떻게 나오는지 보게나! 쳇, 터키인들은 허풍으로

가득 차 있어. 그리고 자신들의 능력 이상으로 위협을 하지.

전쟁터에서 나와 대적하면서도 그대를 이곳에 보내다니!

안됐구나! 불쌍한 터키여! 너의 운명은 탬벌레인을

대적하기에는 너무도 나약하구나.

나의 진영을 잘 살펴보고, 있는 그대로 전하라.

나의 장수들과 군사들이 아프리카를 정복하려는

것처럼 보이지 않는가?

장수 당신의 군사들은 용맹하오. 하지만 그 수가 적으니,

우리 전하의 강력한 대군을 두렵게 할 수는 없소.

15개 동맹국의 왕들 외에도

전세계의 위대한 지배자이신 나의 군주께서는

지금 날쌘 모리타니아의 말들에

올라탄 무장한 만 명의 터키 기병을

트리폴리인들과 함께 싸움터에 내보내셨소.

그들은 그리스에서 두 번에

걸친 싸움을 치러낸 20만 명의 보병이오.

그리고 필요하다면,

이번 전쟁을 대비하여 요새들에서

20만의 대병을 더 모을 수도 있소.

테켈레스　많으면 많을수록 전리품도 커지지.

그들이 우리의 강력한 손에 당하게 되면,

우리의 보병들을 그들의 말에 태우고,

모든 터키군을 약탈할 작정이다.

탬벌레인　그런데 그 동맹국 왕들이 그대의 군주와 동행할까?

장수　그건 왕께서 원하시는 대로 따를 것이오. 하지만 일부는

최근에 그분이 굴복시킨 지역들을 다스리기 위해서 남아야 할 것이오.

탬벌레인　그렇다면 용맹스럽게 싸우라. 그들의 왕관은 그대들의 것이다.

내가 이 손으로 나를 아시아의 황제로 만들어준 그대들의

용맹스런 머리 위에 그들의 왕관을 씌워주리라.

우섬카사네　그자가 서부 아프리카와 그리스 전 지역의 군사들을

끌어모아 수백만 명을 몰고 온다 하더라도,

우리는 승리를 확신합니다.

테리다마스　터키의 황제보다도 더 강력한 두 왕을 순식간에

정복한 분께서 그자를 유럽에서 쫓아낼 것이며,

그자의 흩어진 군사들은 항복하거나 죽을 때까지

추격당할 것입니다.

탬벌레인 잘 말해주었소, 테리다마스. 그런 각오로 말해주시오.

"할 것이다"와 "하게 될 것이다"는 탬벌레인에게 가장

적합한 표현이오. 나의 별들이 적군을 대적하기 전에

나에게 승리에 대한 분명한 확신을 주기 때문이오.

신의 분노이자 응징이라 불리고,

세상의 유일한 두려움과 공포의 대상으로 불리는

나는 먼저 터키를 굴복시킬 것이다.

그러고 나서 너희들이 노예로 삼고 있는 기독교

포로들을 풀어줄 것이다.

너희는 그들의 몸을 무거운 쇠사슬로 묶어

지중해 해안에서 헐벗고 굶주리게 하고 있으며,

조금이라도 쉬거나 힘들어하면

곤봉으로 너무 심하게 매질하여,

그들은 뱃전 위에 누워 숨을 헐떡이며

매를 맞을 때마다 살려달라고 애걸하지.

이자들이 바로 알제리의 해적들이고,

저주받은 군대이자, 아프리카의 쓰레기들이다.

기독교인들의 피를 순식간에 파멸시키는

오합지졸 쓰레기 같은 놈들과 함께 생활하지.

하지만 내가 살아 있는 한, 그 도시는 탬벌레인이

아프리카에 발을 들여놓은 때를 저주하게 될 것이다.

(바자제스와 그의 장수들, 동맹국의 왕들 등장. 자비나와 에베아도 등장.)

바자제스 나의 장수들과 군사들이여,

그대들의 왕, 아프리카의 가장 위대한 군주가

하는 말을 잘 들으라.

탬벌레인 테켈레스, 그리고 군사들이여, 무기를 준비하라.

나는 저 바자제스와 맞서 싸우겠다.

바자제스 페세와 모로코 그리고 알제리의 왕들이여,

그대들이 전하라고 부르는 나를 저자가 바자제스라고 부르다니!

이 스키타이 노예놈의 건방진 태도를 기억하시길!

악당놈, 네놈에게 말하건대, 내 말을 이끄는 자들조차

그들의 이름에 명예로운 칭호를 갖고 있는데,

감히 네가 무례하게 나를 바자제스라고 부르느냐?

탬벌레인 그렇다면 알아두거라, 터키인이여,

내 말을 이끄는 자들이

너를 포로로 잡아 아프리카 전역을 끌고 다니리라.

그런데 감히 네가 나를 탬벌레인이라고 부르느냐?

바자제스 나의 혈족인 마호메트의 성소와

거룩한 코란에 걸고 맹세하노라.

내가 저자를 거세하여 내시를 만들어

내 첩들의 방에서 시중들게 할 것이라.

그리고 이렇게 거만하게 서 있는 그의 장수들은

내가 데려온 황후들의 마차를 끌게 할 것이니,

그녀들이 그들의 멸망을 지켜볼 것이다.

탬벌레인 페르시아를 정복한 나의 이 칼에 맹세코,

너의 파멸은 나를 전세계에 유명하게 만들어줄 것이다.

너를 어떻게 다룰지는 말해주지 않겠다.

하지만 나의 진영의 모든 병사들이 너의 비참한

모습을 보고 웃게 되리라.

페세 왕 위대한 터키의 황제가 저렇게 천한 탬벌레인

같은 자와 함께 말을 하는 것은 어찌된 일인가?

모로코 왕 무어인들과 용맹스런 바바리 병사들이여,

이러한 모욕을 어떻게 참을 수 있겠는가?

알제리 왕 말은 필요없다. 놈들에게 그리스인들의 창자를

꿰뚫었던 창 맛을 보여주어라.

바자제스 잘들 말씀해주셨소, 나의 용맹한 동맹 왕들이여.

그대들의 세 겹의 군대와 나의 대군이

이 비천한 태생의 페르시아인들을 삼켜버릴 것이오.

테켈레스 용맹하고, 명망 높으며, 위대한 탬벌레인 왕이여,

왜 이렇게 이자들의 생명을 연장시켜줍니까?

테리다마스 나는 어서 칼로 저 왕관들을 빼앗고 싶소.

우리가 아프리카의 왕이 되어 다스릴 수 있게 말이오.

우섬카사네 그런 보상이라면 어떤 겁쟁이라도 싸우려 하지 않겠는가.

탬벌레인 모두들 용감하게 싸워라, 그리고 왕이 되어라.

내가 말하노니, 나의 말은 신탁이로다.

바자제스 자비나, 유아 때에 독사 두 마리의 턱을

부수뜨렸던 헤라클레스보다도

더 용감한 세 아이들의 어미여.

그들의 손은 전쟁터에서 창을 쥐기에 적합하고,

어깨는 어른의 갑옷이 맞을 정도로 넓으며,

팔다리는 티폰[32]의 태에서 나온 녀석들보다도

---

32 그리스 신화에 나오는 반인반수(半人半獸)의 거대한 괴물로 에키드나와의 사이에서 키마이라, 케르베로스, 히드라 등의 괴물을 낳았다.

더 크고 우람하니,

그애들이 자기 아버지의 나이 때가 되면,

굳센 주먹으로 포탑도 부수뜨릴 것이오.

여기 옥좌에 앉아서

내가 이 거만한 탬벌레인과 그의 부하 장수들을

쇠사슬로 묶어 포로로 잡아 올 때까지,

머리에 내 왕관을 쓰고 있으시오.

자비나　그렇게 승리를 거두시기를 기원합니다!

탬벌레인　제노크라테, 가장 사랑스러운 여인이여,

진주나 보석보다도 더 아름다운,

탬벌레인의 유일한 배우자여.

당신의 눈은 하늘의 등불[33]보다도 더 밝고,

당신의 말은 달콤한 화음보다도 더 즐겁소!

당신의 모습은 어두운 하늘을 맑게 할 수 있으며,

제우스 신의 분노도 가라앉힐 수 있으리오.

나의 왕관을 쓰고, 그녀[34] 옆에 앉아 있으시오,

마치 그대가 온 세계의 황후인 것처럼.

제노크라테, 내가 당신의 발 앞에 노예로 끌고 올

바자제스와 그의 동맹 왕들에게 승리를 거두고,

나의 군사들과 함께 승리의 행진을 해오는 것을

볼 때까지는 움직이지 마시오.

그때까지 나의 위엄을 나타내는 왕관을 쓰고 있으시오.

그리고 우리가 무기로 싸우는 것처럼 그녀와 말로 싸우시오.

---

33 달빛을 뜻한다.
34 자비나를 가리킨다.

68

제노크라테　나의 사랑, 페르시아의 왕께서 승리하여 돌아오시고

상처 하나 입지 않으시기를!

바자제스　자, 이제 너는 최근에 온 유럽을 공포에 떨게 했던

터키 군대의 힘을 알게 될 것이다.

나에게는 비티니아 전역을 뒤덮기에 충분한

터키인들, 아라비아인들, 무어인들 그리고 유대인들이 있다.

수천 명이 죽는다 하더라도 그들의 시체가 나머지

병사들에게 방벽과 성채가 될 것이며,

히드라[35]의 머리들처럼, 나의 군대는 정복당해도

다시 이전처럼 강력하게 일어설 것이다.

비록 그들이 칼에 목을 잃는다 하더라도,

너희 병사들의 칼로는 내가 가진 목들을

다 칠 수 없으리라.

어리석고 거만한 탬벌레인이여,

네가 피해 도망갈 땅이 없는 광활한 들판에서

나를 대적한다는 것이 어떤 것인지 너는 모른다.

탬벌레인　우리의 용감한 칼이 우리의 길을 인도할 것이다.

우리는 살해당한 적군의 시체 위로 올라갈 것이며,

눈 덮인 타타르의 산들 위에서 자란 우리의 용감한

말들은 그들의 창자를 짓밟으리라.

나의 진영은 승리밖에는 알지 못했던

율리우스 카이사르의 군대와 같도다.

파르살루스[36]에서도 없었을 격렬한 전쟁을

---

35 머리가 아홉 개 달린 괴물로 레르네 지방에 살았다. 헤라클레스가 칼로 머리를 자르면 그 자리에서 새로운 머리가 자라났다.

나의 병사들은 기꺼이 맞이할 것이다.

공중에 떠다니는 수많은 영들이

우리의 포탄과 우리의 칼끝을 인도하여,

우리의 공격이 너의 어리석은 군사들을 상하게 하리니,

승리의 여신이 우리의 피의 향연이 펼쳐지는 것을 보면,

그녀는 나의 우윳빛처럼 새하얀 천막으로 날아가

그곳에서 편히 쉬리라.

자 오라, 나의 장수들이여, 무기를 들라.

이 싸움은 우리의 것이다. 터키인들도, 그들의 아내도

모두 우리의 것이다.   (수행원들과 함께 퇴장.)

바자제스   자, 왕들과 신하들이여, 페르시아인들의 피에

굶주린 우리의 칼을 높이 들라.   (수행원들과 함께 퇴장.)

자비나   천한 첩년 같으니, 위대한 터키의 황후인 내 옆에

너처럼 천한 것이 자리를 잡아야 하는가?

제노크라테   오만하고 못난 터키 여자여!

위대하고 훌륭하신 탬벌레인과 약혼한 나를

첩이라고 부르느냐?

자비나   탬벌레인에게, 그 위대한 타타르의 도적놈에게!

제노크라테   너의 군주와 너 자신이

그의 발 앞에서 자비를 구하고,

나에게 도와달라고 간청할 때에는

너의 건방진 말들을 후회하게 될 것이다.

자비나   너에게 간청한다고! 뻔뻔스런 계집, 너에게 말하노니,

---

36 카이사르(영어식 발음으로는 시저)가 폼페이우스를 멸망시킨 곳.

너는 내 하녀 중에 세탁부가 될 것이다.

에베아, 이 계집을 어떻게 생각하느냐? 하녀로 써도 되겠느냐?

에베아   마님, 그녀는 자신이 너무도 고상하다고 생각하지만,

저는 그녀에게 다른 옷을 입혀 고상한 손가락이

고생 좀 하게 만들겠어요.

제노크라테   들었느냐, 아니페? 너는 어떻게 말하겠느냐?

내 노예와 그 하녀를 어떻게 위협하겠느냐?

둘 다 건방진 태도 때문에 졸병들의 고기와 음료를

준비하게 할 것이다.

우리 가까이 오는 것은 경멸하니 말이다.

아니페   하지만 때때로 그들을 보내 제 시녀가 하기 싫어하는

일을 하도록 시키시지요.   (안쪽에서 나팔 소리가 울리다 멈춘다.)

제노크라테   페르시아를 다스리고, 나의 고결한 사랑을

훌륭한 왕으로 삼으신 신들과 영들이시여,

터키의 바자제스와 맞서 싸우는 그분을 강하게 하시어,

적들이 사냥꾼에게 쫓기는 겁먹은 노루 떼처럼

그분의 분노를 피해 달아나게 하소서.

그분의 승리를 볼 수 있게 하소서!

자비나   마호메트시여, 하느님께 간청하시어,

스키타이인들의 머리를 부수고, 그들을 죽게 하는

포탄들을 하늘에서 내리게 하시고,

처음 기독교인들과 대항하여 싸웠을 때,

당신의 거룩한 성전에 보물을 바쳤던

그분과 함께 싸우소서!   (다시 나팔 소리 울린다.)

제노크라테   지금쯤 터키군은 피 속에 뒹굴고 있고,

탬벌레인은 아프리카의 군주일 것이다.

자비나 틀렸다. 내게는 나의 황제께서 _그리스군_을 물리치시고,

그들을 포로로 잡아 아프리카로 데려오실 때처럼

나팔 소리가 들린다.

네년의 거만함에 걸맞게 다루어줄 터이니,

죽을 때까지 나의 노예로 살 준비를 하라.

제노크라테 만약 마호메트께서 하늘에서 내려와 내 주인이

살해당하거나 패했다고 맹세한다 하더라도,

그는 내 주인이 살아 있고 정복자가 되리라는

사실 외에는 달리 나를 설득하지 못할 것이오.

(바자제스는 도망가고 탬벌레인은 그를 뒤쫓는다. 전투가 끝나고 그들이 다시 등장한다. 바자제스가 패배하였다.)

탬벌레인 자, 터키의 왕이여, 누가 승리자인가?

바자제스 그대이다. 이 저주받은 치욕적인 운명 때문이다.

탬벌레인 너의 거만한 동맹국 왕들은 어디 있느냐?

(테켈레스, 테리다마스, 우섬카사네 등장.)

테켈레스 저희가 그들의 왕관을 갖고 있습니다. 그들의 시체는 들판에 뻗어 있습니다.

탬벌레인 각자가 왕관을 얻었구나! 참으로 잘 싸웠도다.

그것들을 보물 창고에 가져다두어라.

제노크라테 이제 그렇게 귀하게 얻으신 전하의 왕관을

다시 돌려드리겠습니다.

탬벌레인　아니오, 제노크라테, 그녀에게서 왕관을 빼앗으시오.

그리고 내게 아프리카 황제의 관을 씌워주시오.

자비나　안 된다, 탬벌레인. 비록 네가 최고의 것을 얻었지만,

너는 아프리카의 군주가 되지 못하리라.

테리다마스　그녀에게 왕관을 바쳐라, 터키 계집. 과거에는 네가 최고였지.

　　　　　　　　　　　(그녀에게서 왕관을 빼앗아 제노크라테에게 준다.)

자비나　무도한 악당들! 도적들! 부랑자놈들!

네놈들이 감히 나를 이렇게 욕보일 수 있느냐?

테리다마스　여기 있습니다. 마마께서 황후이시고, 저 여자는 아무것도 아닙니다.

탬벌레인　지금은 참으시오, 테리다마스. 그녀의 시대는 지나갔소.

그 영광스런 시절을 받쳐주던 기둥들이 나의

발 앞에 송두리째 무너졌소.

자비나　비록 남편이 포로이긴 하지만, 몸값을 치르고 풀려날 수 있다.

탬벌레인　세상 전부를 가져온다 해도 바자제스의 몸값을 치를 수 없을 것이다.

바자제스　아, 아름다운 자비나! 우리는 싸움에 졌소.

터키의 황제가 외국의 적에게 이렇게 대패한 적은

없었소.

이제 기독교 이단자들은 기쁨에 넘쳐 미신에 사로잡힌

그들의 종을 울려대며, 나의 파멸을 위한

모닥불을 피우며 즐거워할 것이오.

하지만 죽기 전에 나는 저 사악한

우상 숭배자들의 더러운 뼈를 불태워버릴 것이오.

비록 오늘의 영광은 잃었지만,

아프리카와 그리스는 나를 다시 이 땅의 군주로 세워줄

충분한 요새들을 갖고 있소.

탬벌레인 그 요새들을 내가 정복하여

나를 아프리카의 위대한 군주로 삼으리라.

그렇게 동방에서부터 멀리 서방에 이르기까지

탬벌레인은 강력한 힘을 확장시키리라.

매년 베네치아 만(灣)으로 항해하여

해협에서 기독교인들의 난파를 찾아 떠도는

해적선들과 노예선들을 아산트 섬에 닻을 내리게 하고,

페르시아의 함대와 군사들이

동방의 바다를 따라

페르세폴리스에서 멕시코까지

인도 대륙 주변을 항해하고

다음으로 지브롤터 해협으로 나아갈 때까지,

그들을 기다리게 할 것이다.

그리고 그곳에서 그들은 군대를 합쳐

포르투갈 만과 영국 해안에 있는 모든 바다를

공포에 떨게 할 것이다.

이렇게 하여 나는 마침내 전세계를 얻으리라.

바자제스 하지만 몸값을 치를 테니 날 풀어다오, 탬벌레인.

탬벌레인 뭐라고, 탬벌레인이 너의 황금을 탐내리라고 생각하느냐?

나는 죽기 전에 인도의 왕으로 하여금 나와의 화친을

조건으로 광산을 바치고, 나의 분노를

가라앉히기 위해 보물을 파내도록 할 것이다.

자, 둘 다 묶어라. 한 사람이 바자제스를 끌고 가고,

여자는 제노크라테의 시녀가 끌고 가라. (그들은 두 사람을 묶는다.)

바자제스	아 악당놈들, 감히 나의 신성한 갑옷에 손을 대다니!
	오 마호메트여, 오 잠자는 마호메트여!
자비나	오 저주스런 마호메트, 우리를 이렇게 무례하고 야만스런
	스키타이인들의 노예로 만들다니!
탬벌레인	자, 그들을 끌고 가라. 그리고 오늘의 즐거운 승리를 위해
	연회를 베풀어라. (함께 퇴장.)

제4막

〈제1장〉

(이집트의 술탄과 서너 명의 귀족들, 카폴린, 전령 등장.)

술탄	깨어나라, 멤피스의 병사들이여! 스키타이의
	나팔 소리를 들어라! 다마스커스의 탑들을
	무너뜨리는 대포 소리를 들어라!
	볼가[37]의 악당이 술탄의 딸인 제노크라테를
	자신의 첩으로 삼고,
	도적과 부랑배들의 군대를 이끌고
	우리를 치욕스럽게 하는 깃발을 쳐들었다.
	그런데도 겁쟁이에다 천한 너희 이집트인들은

---

37 카스피 해로 흘러드는 러시아의 강.

천둥 같은 대포 소리가 살갗 위로 울려 퍼질 때에도

한가하게 노닥거리는 악어들처럼,

꽃이 핀 나일 강둑 위에 누워 잠이나 자고 있다.

전령   그렇지 않습니다. 위대한 술탄이시여,

압도하는 무서운 눈빛으로

병사들의 마음을 다스리는 불꽃처럼 격렬한

탬벌레인의 사나운 모습을 보신다면,

전하께서도 놀라실 것입니다.

술탄   너 이놈, 비록 탬벌레인이 지옥의 염라 대왕만큼이나

끔찍하다 하더라도, 나 술탄은 그자에게서

한 발짝도 물러서지 않으리라.

하지만, 말해보거라. 그자의 군세는 어떠한가?

전령   위대하신 전하,

대지를 제멋대로 박차며 날뛰는 힘이

넘치는 말들에 올라탄

단단히 무장한 30만 명의 기병이 있으며,

칼과 창 그리고 쇠로 만든 미늘창을 흔들면서,

무수한 가시가 박힌 나무처럼 뻣뻣하게 곤두서서

포탄으로 위협하며 자신들의 근거지를

에워싸고 있는 50만의 보병이 있습니다.

더구나 그들의 무기와 군수품은

병사들의 기세를 압도할 정도입니다.

술탄   아니, 비록 그들의 숫자가 하늘의 별들,

혹은 4월의 소나기 방울들,

혹은 가을에 떨어지는 낙엽의 숫자만큼이나

많다 하더라도, 술탄은 그의 용맹한 군대를 이끌고

분노로 그들을 흩어놓고 멸절시키리니,

한 놈도 살아서 자신의 파멸을 슬퍼할 자가 없을 것이다.

카폴린   전하께서 군사들을 점검하고 왕을 위한 대군을

모을 시간이 있다면, 그렇게 하실 수 있을 겁니다.

하지만 영리한 탬벌레인은 전하께서 아직

준비되어 있지 않은 것을 이용할 겁니다.

술탄   이용할 수 있는 것은 모두 이용하라지.

비록 온 세계가 그자를 위해 싸울 공모를 하더라도,

아니, 그자가 인간이 아닌 악마라 하더라도,

그자가 우리를 무시하여 억류하고 있는

사랑하는 제노크라테의 복수를 위해

이 팔은 그자를 에레보스[38]로 보내버릴 터이니,

밤의 어둠 속에 자신의 치욕을 감추어야 할 것이다.

전령   제발 전하께서는 모든 것이 그의 결단에 달려 있다는

사실을 이해해주시기 바랍니다.

그가 막사를 치는 첫째 날은 흰색이 그들의

색깔입니다. 그리고 그는 자신의 은빛 투구 위에

눈처럼 새하얀 깃털을 매달아,

전리품으로 만족하고 피를 보지 않겠다는

자신의 온유한 마음을 나타냅니다.

하지만 새벽의 여신이 다시 떠오를 때면,

진홍빛처럼 새빨간 색이 그의 장식품이 됩니다.

---

38 이승과 저승 사이에 있는 암흑계로 죽은 자들의 영혼이 저승으로 가는 나룻배를 타기 위해 뱃사공을 기다리는 곳.

그때에는 그의 불붙은 분노는 피로 식혀야만 합니다.

칼을 휘두를 수 있는 자는 그 누구도 살려두지 않습니다.

하지만 만약 이러한 위협도 굴복을 가져오지 않으면,

그의 색깔은 검은색이 됩니다. 검은 막사,

창, 방패, 말, 갑옷, 투구 장식 그리고 칠흑 같은

깃털들이 죽음과 지옥을 위협한답니다.

남녀노소, 신분 고하를 막론하고,

그는 칼과 불로 모든 적들을 파멸시킵니다.

술탄   무자비한 악당 같으니!―정당한 전쟁도,

군율도 모르는 농사꾼이로다!

약탈과 살인이 그자의 전업이다.

그 천한 놈이 전쟁의 영광스런 이름을 침해하는구나.

보아라, 카폴린, 이 미천한 놈 때문에

나의 아름다운 딸과 사랑을 잃어버린

훌륭한 아라비아의 왕이

우리와 동맹을 맺어 그가 당한 치욕을

복수할 수도 있으리라.   (함께 퇴장.)

〈제2장〉

(흰옷을 입은 탬벌레인, 테켈레스, 테리다마스, 우섬카사네, 제노크라테, 아니페 등장. 두 명의 무어인이 철창 속에 갇힌 바자제스를 끌고, 그의 아내는 그를 뒤따라 등장한다.)

탬벌레인	나의 발판을 가져오라.　(무어인들이 바자제스를 철창에서 꺼낸다.)
바자제스	하늘에 계신 마호메트의 거룩한 사제들이시여,
	살을 베어 그대들의 붉은 피로 제단을
	물들이며 희생제를 치렀던 사제들이시여.
	하늘을 진노케 하고, 별들로 하여금 황야에 있는
	늪지에서 독약을 빨아들이게 하여, 이 오만한 폭군의
	목구멍 속에 부어넣으소서!
탬벌레인	수천 개의 영원히 빛나는 별들로 장식된,
	지구의 최초의 운행자이신 최고의 신께서
	나의 멸망을 공모하기보다는,
	천상의 가옥을 먼저 태워 없애실 것이다.
	하지만, 이놈, 내게 이런 일이 일어나기를 바라는
	너는 낮고 치욕스런 땅 위에 엎어져서,
	내가 옥좌에 올라갈 수 있도록
	위대한 탬벌레인의 발판이 되어야 한다.
바자제스	내가 그런 치욕을 당하기 전에
	먼저 네놈의 칼로 나의 창자를 갈라,
	나의 영혼을 죽음과 지옥의 희생 제물로 삼으라.
탬벌레인	천한 놈, 탬벌레인의 노예!
	나의 존엄하신 몸을 받치고 있는 땅을
	만지거나 포옹할 가치조차 없는 놈이로다.
	엎드려라, 이놈, 엎드려! 엎드려! 나는 네놈을
	조금씩 조금씩 찢어 죽이거나, 제우스 신의
	천둥 같은 목소리에 쪼개진 거대한 삼나무처럼
	네놈의 사지를 찢어 흩뿌릴 수도 있다.

바자제스 그렇다면, 내가 저주받은 악마를 경멸하는 것처럼,

악마들이여, 나를 보라! 그대 지옥의 신[39]이여,

칠흑 같은 홀(笏)로 이 증오스런 땅을 쳐서

갈라진 땅이 우리 두 사람을 즉시 삼켜버리게 하라.

(탬벌레인은 그를 밟고 옥좌로 올라간다.)

탬벌레인 이제 대기 중의 세 영역[40]을 깨끗이 치우라.

그리하여 하늘의 군주께서 황제들이 당하는

처벌과 응징을 보시게 하라.

나의 탄생을 주관했던 별들이여, 미소를 지으라.

그리고 이웃 별들의 밝음을 흐리게 하라.

달빛을 빌리는 것을 경멸하라.

이 지구상의 최고의 별인 나 탬벌레인은

온화한 모습으로 맨 먼저 동쪽에서 떠올라

지금은 자오선에 고정되어 있으니,[41]

회전하는 너희 별들에게 불을 올려보내

태양이 너희의 빛을 빌리게 하리라.

나의 칼은 이 터키인을 사로잡았던

비티니아에서도 그의 갑옷에 불을 일으켰다.

마치 얼어붙은 구름의 창자 속에 갇혀 있던

거센 숨결이 통로를 찾아 창공을 뚫고

땅 위에 번갯불을 던지듯이 말이다.

---

39 하데스를 말한다.
40 공기, 물, 불의 영역.
41 탬벌레인은 자신을 태양에 비유하고 있으며, 자신의 행운이 절정에 와 있음을 과시하고 있다. 또한 태양과는 달리 정점에 고정되어 저물지 않을 것임을 말하고 있다.

하지만 내가 풍요로운 페르시아로 개선하거나

다마스커스와 이집트의 평야를 떠나기 전에,

하늘의 기둥을 태워버릴 뻔했던

클리메네의 유명한 미치광이 아들[42]이 그랬듯이,

우리의 칼과 창 그리고 포탄이

온 하늘을 유성들로 가득 채울 것이다.

그때 하늘이 피처럼 붉게 물들 때,

나 자신 오직 피와 전쟁만을 생각하기 위해

그렇게 했노라고 말할 것이다.

자비나　비열한 왕아, 잔인하고 부당하게

페르시아의 옥좌를 찬탈하고,

전쟁터에서 나의 남편을 만나기 전에는

황제를 본 적도 없었던 네가,

너의 포로가 되었다고 황금으로 된 지붕을 인

태양처럼 밝게 빛나는 궁전에서 환대받아야 할

황제의 몸을 철창 속에 가두고,

어떻게 감히 이처럼 욕보일 수 있단 말이냐?

아프리카의 왕들은 그분의 발에도 키스를 했거늘,

그런 분을 너의 가증스런 발로 짓밟는단 말이냐?

테켈레스　전하, 이 포로들의 버릇없는 입을 막기 위해서는

좀더 심한 고통을 강구해야 하겠습니다.

탬벌레인　제노크라테, 당신 노예를 좀더 잘 단속하시오.

---

42 파에톤을 가리킨다. 그리스 신화에 나오는 인물로 클리메네와 태양신 아폴론 사이에서 태어났다. 과욕을 부려 아버지의 태양 불마차를 몰다가 미숙함 때문에 하늘과 대지를 불바다로 만들었다. 보다 못한 제우스 신의 번개에 맞아 죽었다.

제노크라테 그녀는 제 하녀의 노예입니다. 이런 욕설이

나오지 않도록 제 하녀가 단속할 겁니다.

그녀를 혼내주어라, 아니페.

아니페 그럼, 이 경고를 잘 들거라, 노예년아,

네가 감히 전하를 욕보이다니,

관두지 않으면 발가벗겨 채찍질당하게 하겠다.

바자제스 위대한 탬벌레인, 나의 파멸 때문에 위대해졌으나,

지나친 거만은 너를 비천한 상태로 몰락시킬 것이다.

네 명의 강력한 왕들을 거느려야 마땅할

위대한 바자제스의 등을 밟다니.

탬벌레인 너의 이름들, 칭호들 그리고 너의 권위는

바자제스에게서 떠나 나에게 있다.

그리고 그것들은 세상의 왕들을 대항할 것이다.

그를 다시 가두어라.   (신하들이 바자제스를 다시 철창에 가둔다.)

바자제스 이곳이 위대한 바자제스가 있어야 할 곳인가?

나를 이처럼 대하는 자에게 파멸이 임하길!

탬벌레인 그가 살아 있는 한, 바자제스도 그렇게 갇혀 지내리라.

그리고 내가 이처럼 승리를 거두는 곳에서,

바자제스의 아내여, 너는 하인들이 나의 식탁에서

가져다주는 남은 찌꺼기를 남편에게 먹여야 한다.

그에게 이 찌꺼기 외에 다른 음식을 주는 자는

그자와 함께 가두어 굶겨 죽이리라.

이것이 나의 생각이고 그렇게 할 것이다.

땅 위의 모든 왕들과 황제들이 내 발 앞에 그들의

왕관을 바친다 하더라도, 그의 몸값을 치르지 못할 것이며,

그를 철창에서 꺼내지 못하리라.

오늘부터 플라톤의 경이로운 해[43]에 이르기까지

탬벌레인에 대해 얘기할 후세들은

내가 바자제스를 어떻게 다루었는지 말할 것이다.

비티니아에서부터 우리가 머물고 있는 이 아름다운

다마스커스로 그를 끌고 온 이 무어인들이

어디를 가든지 그를 끌고 가리라.

테켈레스 그리고 사랑하는 신하들이여,

이제 우리는 그 아름다움으로 멤피스의 들판을

빛나게 했던 피라미드의 그림자와도 같은

다마스커스의 높은 탑들을 볼 수 있다.

도시의 성벽 위에 날개를 펼치는

그들의 깃털로 장식된 새의 황금 상도

우리의 공격에서 다마스커스를 보호할 수 없으리라.

이 도시의 사람들은 은과 금으로 된 의상을 입으며,

모든 집은 보물로 장식되어 있다.

사람들, 보물 그리고 도시는 우리의 것이다.

테리다마스   지금 전하의 흰색 막사가 성문 앞에 세워졌고,

우호의 부드러운 깃발이 올려졌습니다.

저는 총독이 다마스커스를 전하께 바치고

항복할 것을 의심치 않습니다.

탬벌레인   그러면 그는 자신과 나머지 사람들의 생명을 구할 것이다.

하지만 만약 그가 나의 진홍색 막사 위에 피의 깃발이

걸릴 때까지 항복하지 않는다면, 그는 죽는다.

---

43 천체의 운행에서 행성들이 원래의 위치로 돌아오는 해.

우리를 그렇게 오래 기다리게 한 자들도

마찬가지이다. 내가 검은색 갑옷을 입고

죽음의 깃발을 달고 나아가는 것을 볼 때는,

온 세상이 그 도시 안에 들어 있다 하더라도,

단 한 사람도 도망치지 못하고 우리의 칼에 멸망하리라.

제노크라테   저를 위해서 조금만 동정을 베풀어주세요.

이곳은 저의 나라이고, 제 아버지의 나라입니다.

탬벌레인   제노크라테, 내가 한 번 맹세한 이상 절대 안 되오.

자, 그 터키놈을 데리고 가라.   (함께 퇴장.)

〈제3장〉

(술탄, 아라비아의 왕, 카폴린이 깃발을 들고 병사들과 함께 등장.)

술탄   우리는 칼리도니아의 야생 멧돼지를 잡기 위해

나선 용감한 아르골리스의 기사들에게

둘러싸인 멜레아그로스[44]처럼,

혹은 아오니아의 아름다운 들판을 망치고 약탈하기 위해

성난 테미스[45]가 보낸 늑대에게 대항하는 건장한 테베의

젊은이들과 함께 나아가는 케팔로스[46]처럼 행진한다고 생각하오.

약탈, 해적질 그리고 탈취 행위만을 일삼는

---

44 오비디우스의 『변신 이야기』에 등장하는 유명한 영웅으로, 아르테미스 여신이 칼리도니아를 파괴하기 위해 보낸 멧돼지를 죽이기 위해 영웅들을 모았고 마침내 그 멧돼지를 직접 죽였다.
45 우라노스와 가이아의 딸이며 티탄족으로서 제우스의 두번째 아내이다. 지상에서 그녀의 지배 영역은 광대하며, 정의의 수호신으로 숭배되었다.

50만 개의 머리를 가진 괴물,[47] 인간들의 쓰레기,

신의 분노와 응징의 대상이 이집트에서 날뛰며,

우리를 괴롭힌다오.

왕이여, 이것이 바로 잔인한 탬벌레인이오,

흉악한 악당이자 천한 도적이

살인을 저지르고 페르시아의 왕관을 빼앗았는데,

감히 우리의 영토에서 우리를 통제하려 하오.

이 건방진 짐승의 오만함을 다스리기 위해,

아라비아의 군사들과 술탄의 군대를 연합하여

우리 군대가 하나 되어 속히 다마스커스에 대한

포위 공격을 물리칩시다.

그런 미천한 떠돌이 약탈자가

왕관을 쓰고 왕 노릇을 하는 것은

위대한 제왕들의 위엄과 높은 위상에

먹칠을 하는 것이오.

아라비아 왕 명망 높으신 술탄이시여, 최근에 비티니아의

변방에서 위대한 바자제스가 패배한 것을

들으셨습니까?

그가 그 고귀한 터키 황제와 황후를 노예로 삼아

학대한다는 소식도 들으셨습니까?

술탄 들었소, 그의 슬픈 운명에 대한 소식도 들었소.

하지만, 위대한 아라비아의 왕이여.

---

46 오비디우스의 『변신 이야기』에 등장하는 사냥꾼으로, 그의 창과 사냥개는 목표물을 놓친 적이 없었다.

47 탬벌레인 군대의 규모를 말한다.

항해사가 항구에 서서

낯선 배가 거센 바람에 찢어지고,

암초에 걸려 산산조각이 나는 것을 보면서도

태연한 것과 마찬가지로 술탄은 그의 파멸에 대한 소식에

당황하지 않소이다.

다만 그의 비참한 처지를 불쌍히 여겨,

하늘과 그에게 신성한 맹세를 하고,

이비스[48]의 거룩한 이름으로

그 맹세를 더욱 굳게 하는 바이오.

저 탬벌레인은 그 거룩한 군주에게 그처럼 굴욕적인 대우를

하고, 또한 아름다운 제노크라테를 정욕을 채우기 위해

그렇게 오랫동안 첩으로 데리고 있었던 날들과

시간들을 후회하게 될 것이오.

아라비아 왕   슬픔과 분노는 복수를 애타게 기다립니다.

탬벌레인으로 하여금 자신이 범한 잘못으로 인해

하늘과 우리가 그에게 퍼붓는 천벌을 깨닫게 합시다.

저는 어서 그자의 투구에 창을 날려,

승리에 취한 그자의 무기와 겨루어보고 싶습니다.

도처에서 그에 대한 잘못된 칭찬의 소리를 들어보건대,

그 명성은 너무 지나친 것이었습니다.

술탄   카폴린, 우리 군사력을 점검해보았느냐?

카폴린   이집트와 아라비아의 위대한 황제들이시여,

두 분의 군대를 합한 숫자는

---

48 이집트인들에게 신성한 새로 알려져 있다.

15만의 기병과 20만의 보병으로

모두 무장을 한 용맹스럽고

강한 병사들입니다.

그들은 사막의 숲 가운데서 야생 짐승을 쫓는

사냥꾼들처럼 기운이 넘칩니다.

아라비아 왕 나는 벌써 승리를 예감하는도다.

탬벌레인, 나는 너와 너의 군사들이

완전히 파멸하리라는 것을 예견한다.

술탄 그렇다면 군기를 높이 올리라, 그리고 북을 울려

우리 군사들을 다마스커스의 성벽으로 향하게 하라.

자, 탬벌레인, 위대한 술탄이 아라비아의 왕과 함께

도적질과 약탈 외에는

너무도 보잘것없고 미천한

너의 명성을 떨어뜨려주마.

그리고 스키타이와 페르시아의 수치스러운 너의

병사들을 짓밟아 흩어지게 하리라.　　　　　(함께 퇴장.)

〈제4장〉

(연회장에 탬벌레인이 온통 붉은색의 옷을 입고 등장. 테리다마스, 테켈레스, 우섬카사네, 철창에 갇힌 바자제스와 자비나, 다른 이들 등장.)

탬벌레인 이제 다마스커스 주변에 피의 색깔을 나타내는

붉은색 깃발을 걸도록 하라.

그들이 나의 분노를 맛보기 전에 두려움으로 인해

반죽음 상태가 되어 벌벌 떨면서 성벽 위를 거닐 동안,

우리는 마음껏 주연을 베풀고 전쟁의 신에게

포도주를 가득 채워 바치리라.

이는 곧 우리의 투구를 황금으로 채우고,

콜키스의 황금털 양가죽을 취한 이아손[49]처럼

다마스커스의 보물들이 여러분을 부자로 만들어줄 것이다.

그런데 바자제스, 너도 뭘 좀 먹겠느냐?

바자제스 오냐, 잔인한 탬벌레인, 기꺼이 네놈의 피 묻은 심장을

먹을 준비가 되어 있다.

탬벌레인 아니지, 네 자신의 심장을 얻기가 더 쉬울 거다. 너의

심장을 꺼내어 너와 너의 아내를 먹여주어라. 자, 제노크라테,

테켈레스 그리고 나머지 제군들이여, 마음껏 들도록 하라.

바자제스 처먹어라, 하지만 제발 목구멍에 걸리기를!

인간의 눈에 보이지 않는 복수의 여신들이여,

아베르누스의 연못 밑바닥까지 헤엄쳐 들어가

그곳에서 지옥의 독약을 가져다 그것을

탬벌레인의 술잔에 짜넣으소서!

아니면, 레르네의 날개 달린 독사들이여,

너희들의 독을 뿜어 이 폭군의 접시에 쏟아 부어라!

자비나 그리고 이 연회가 사악한 트라키아의 왕에게

자기 자식의 살을 먹인

---

49 그리스 신화에서 아르고나우테스의 원정을 주도한 주인공. 아버지 아이손의 이복 아우 펠리아스에게 왕위를 돌려받기 위해 황금털 양가죽을 구하는 모험의 길에 나선다. 콜키스의 공주 메디아의 도움으로 무사히 황금털 양가죽을 구하고 목적을 달성한다.

프로크네의 연회[50]처럼 불길하게 하소서.

제노크라테 　전하, 어찌하여 이 천한 노예들의 괘씸한 저주를

　　　　　　참고 계시나요?

탬벌레인 　사랑스런 제노크라테여, 적들의 저주 속에서도

　　　　　나는 영광을 얻으며, 오히려 그 저주를 그들의

　　　　　머리 위로 돌리는 천상의 능력을

　　　　　내가 갖고 있음을 보여주기 위함이라오.

테켈레스 　그들이 하는 대로 내버려두십시오, 마마. 그들에게는

　　　　　이런 악담이 기분 전환이 되니까요.

테리다마스 　하지만 왕께서 그들을 먹이기를 원하시면,

　　　　　그건 그들에게 더 좋은 일이 되겠지요.

탬벌레인 　이봐, 왜 먹지 않으려 하지? 식성이

　　　　　까다로워서 네 자신의 살은 먹을 수 없느냐?

바자제스 　먼저, 악마의 군단이 네놈을 갈가리 찢어놓을 것이다.

우섬카사네 　이놈, 네가 누구에게 말하고 있는지 아느냐?

탬벌레인 　오, 내버려두어라. 여기 드시게. 내 칼끝에서 가져가시지.

　　　　　그렇지 않으면 칼끝을 네 심장에 밀어넣어버릴 테니.

　　　　　　　　　　　　(바자제스는 음식을 받아 발로 짓밟는다.)

테리다마스 　전하, 저자가 발로 음식을 짓밟습니다.

탬벌레인 　악당놈, 음식을 집어먹어라. 그렇지 않으면

　　　　　네놈 팔의 근육을 잘라

　　　　　고기 조각으로 만들어 먹게 하겠다.

---

50 프로크네와 결혼한 테레우스는 그녀의 여동생 필로멜라를 유혹하였고, 그녀의 혀를 잘라 이 사실을 감추려 하였다. 이에 대한 복수로 프로크네는 자신의 아들 이티스를 죽여 그 살을 테레우스에게 먹였다. 『변신 이야기』 참조.

우섬카사네	아닙니다. 저자에게 자기 아내를 죽이게 하는 것이
	더 좋을 듯합니다. 그러면 그녀는 굶어 죽지 않아도 될 것이며,
	그는 앞으로 한 달 동안은 음식 걱정이 없을 테니 말입니다.
탬벌레인	여기 내 칼이 있다. 그녀가 살이 쪄 있을 때 처치해라.
	조금만 더 오래 살면,
	그녀는 근심 걱정으로 쇠잔해질 테니,
	그때에는 먹을 가치도 없을 거야.
테리다마스	마호메트께서 이것을 참으실까?
테켈레스	막을 수 없을 때는 마호메트도 참을 수밖에 없을걸.
탬벌레인	어서 고기를 먹어라. 아니, 한입도 안 먹어!
	아마 오늘 물을 주지 않은 모양이구나.
	그에게 물을 갖다주어라.

(마실 물을 갖다주자, 바자제스는 그것을 땅에 내던진다.)

좋아, 배 고파서 먹게 될 때까지 굶어라.

그런데 제노크라테여, 이 터키인과 그의 아내가

연회에서 좋은 구경거리가 되지 않겠소?

제노크라테	그렇습니다, 전하.
테리다마스	흥겨운 음악보다도 훨씬 더 좋은 구경거리라고
	생각합니다.
탬벌레인	하지만 음악은 제노크라테를 기쁘게 해줄 것이오. 그런데
	말해보시오, 왜 당신은 그렇게 슬픈 얼굴이오? 만약 당신이 노래를
	원한다면, 이 터키인이 목소리를 짜내게 하겠소. 무엇 때문이오?
제노크라테	전하, 제 아버지의 도시가 포위되고,
	제가 태어났던 나라가 황폐해지는 것을 보면서,
	어찌 제 영혼이 괴롭지 않겠습니까?

만약 전하께 조금이라도 사랑이 남아 있다면,

혹은 전하를 향한 제 사랑이

전하께 기쁨을 줄 수 있다면,

아름다운 다마스커스의 성벽에서 포위망을 푸시고,

제 아버지와 휴전을 체결해주십시오.

탬벌레인 제노크라테, 이집트가 조브 신의 땅이라 하더라도,

나는 칼로 조브 신을 굴복시킬 것이오.

나는 내가 정복하려고 하는 지역들을 빼놓고

세계를 세 개의 지역[51]으로 나눈 어리석은 지리학자들을

찍소리 못하게 만들겠소. 그리고 이 펜[52]으로

그것들을 지도상에 그려넣고, 지역들과 도시들과

마을들을 나와 제노크라테 당신의 이름을 따라

지을 것이오.

여기 다마스커스에서 나는 자오선을 시작하는

지점을 만들 작정이오. 그렇다면 당신은 내가

그런 손실을 입고서 당신 아버지의 사랑을 얻기를

바라오? 말해보시오, 제노크라테.

제노크라테 명예는 항상 행복한 탬벌레인의 것이군요.

하지만 아버지의 목숨만은 살려주세요.

탬벌레인 걱정 마시오. 그는 안전할 것이오.

그리고 아름다운 제노크라테의 친구들도 모두

안전할 것이오, 만약 나를 황제로 삼는 것을

그들이 인정하고 받아들이기만 한다면 말이오.

---

51 유럽, 아시아, 아프리카. 즉 그때까지 알려져 있던 세계를 뜻한다.
52 칼을 가리킨다.

이집트와 아라비아는 나의 것이 되어야 하오.

(바자제스에게) 먹어라, 이 노예놈아. 내 접시로

음식을 먹으니 행복한 줄 알아라.

바자제스   내 빈 위장은 쓸모 없는 열기로 가득 차 있고,

잔혹한 기질들이 나의 연약한 부분들에서 생겨나,

잔인한 죽음을 서두르기에 생명을 보존한다.

나의 혈관들은 창백하고, 근육들은 단단하고 메말랐으며,

관절들은 마비되었다. 먹지 않으면 죽게 되겠지.

자비나   먹어요, 바자제스. 저들이 어떻게 조롱하든 삽시다.

어떤 선한 힘이 우릴 불쌍히 여겨 해방시켜주기를 기대하며.

탬벌레인   여기 있다, 터키인. 깨끗한 접시를 원하느냐?

바자제스   그래, 폭군아, 고기도 더 가져와라.

탬벌레인   잠깐, 음식 조절을 하셔야지. 너무 많이 먹으면

소화 불량에 걸릴 테니 말이야.

테리다마스   그럴 겁니다, 전하. 특히 그렇게 걷지도 않고

운동도 거의 하지 않으니 말입니다.

(두번째로 왕관의 행렬[53]이 들어온다.)

탬벌레인   테리다마스, 테켈레스 그리고 카사네, 여기 그대들이

탐내는 진미가 왔군. 안 그런가?

테리다마스   그렇습니다, 전하. 하지만 왕들 외에는 누구도 이것들을

먹어서는 안 되지요.

---

53 아마도 연회에 왕관 모양의 요리가 나오는 것 같다. 먼저 왕관들이 탬벌레인에게 바쳐지고, 왕관 모양의 음식이 테이블에 놓이는 상황으로 볼 수 있다.

테켈레스	우리는 그것들을 보는 것만으로도 충분합니다.
	탬벌레인 폐하만이 그것들을 즐길 자격이 있지요.
탬벌레인	좋아, 여기 이집트의 술탄, 아라비아의 왕 그리고
	다마스커스의 총독을 위한 것이 있다.
	이제, 이 세 왕관을 취하고
	나를 따르는 왕들이 되겠다고 맹세하라.
	여기에서 나는 테리다마스를 알제리의 왕으로,
	테켈레스를 페세의 왕으로, 그리고 우섬카사네를
	모로코의 왕으로 삼는다. 이걸 어떻게 생각하지, 터키인?
	이들은 너를 따르는 왕들이 아니다.
바자제스	내가 보증하건대, 너도 그리 오래가지는 못할 거다.
탬벌레인	알제리와 모로코 그리고 페세의 왕들이여,
	하늘의 얼어붙은 곳에서부터
	축축한 아침의 지긋지긋한 곳에 이르기까지,
	그 다음에는 육로로 이 뜨거운 지역에까지
	탬벌레인과 운명을 함께해온 그대들은
	그 용맹함과 너그러움으로
	내가 하사하는 이 왕관을 받을 자격이 있다.
	그대들의 출신은 그대들의 명성에 아무런 흠이 되지 않으리니,
	타고난 재능[54]이 바로 명예를 누리는 원천이기 때문이다.
	그리고 그럴 만한 가치가 있는 자들이 왕이 되는 거지.
테리다마스	전하께서 그렇게 허락하시니,
	만약 우리가 그 지위에 어울릴 만한 모습과 행동을

---

54 낮은 신분이나 출신과 반대되는 개념.

보이지 못한다면, 왕관들을 다시 빼앗아 가시고

우리를 노예로 삼으소서.

탬벌레인 잘 말했소, 테리다마스. 신성한 운명이 나를

강력한 이집트의 제왕으로 세우게 될 때,

우리는 남극까지 나아가 우리의 발 밑에 있는[55]

민족들을 정복하여 어떤 황제도 이루지 못한

명성을 얻을 작정이오.

제노크라테, 아직은 당신에게 왕관을 씌우지 않겠소.

내가 더 큰 명예를 얻게 될 때까지.　　　　　(함께 퇴장.)

제5막

〈제1장〉

(다마스커스의 총독이 서너 명의 시민들과 월계수 가지를 손에 든 네 명의 처녀
들과 함께 등장.)

총독 전쟁의 신이라고 부를 만한 이자는 아직도

우리의 성벽을 포격하고 우리의 탑들을 쓰러뜨리고 있소.

그리고 술탄의 군대에 구원을 기대하며

더 이상 저항하는 것은

---

55 남반구에 있는 지역들을 말한다.

우리 스스로를 파멸시킬 뿐이고,

우리의 생명을 절망적으로 만드는 것이오.

이제 그의 군막들은 끔찍하게도 가장

잔인한 최후의 색깔로 바뀌었소.

도처에서 나부끼는 그의 칠흑 같은 새까만 깃발들이

우리 도시를 약탈의 위협에 떨게 하고 있소.

만약 우리가 군례를 따라

그의 자비에 우리의 안전을 맡긴다면,

자신의 칼에 걸고

전세계를 떨게 할 의도로

그가 신체의 일부처럼 지키는 관행을 따라,

우리를 죽이기까지는 않으리라고 생각하오.

그러니 생명과 명예가 그의 손에 달린

이 순결한 처녀들이

그들의 흠 없는 기도와 눈물 자국 난 뺨

그리고 진심 어린 겸손한 탄원으로

그의 분노를 누그러뜨려,

그가 관대한 정복자로서 우리를 대할 것을

기대해봅시다.

처녀 1   만약—여러분의 아내들과 자녀들을 포함한

우리 모두의 머리와 가슴에서

흘린 피와 비참한 눈물로 간청한—

진심 어린 탄원과 기도가

단지 위험이 닥쳤을 때

여러분의 완고한 마음을 움직여

우리의 안전을 조금이라도 걱정하게 했더라면,

지금처럼 우리를 죽음으로 몰아넣는 이러한 위험한 상황이

생기지도 않았을 것이고, 각하께서는

우리처럼 연약한 여자들의 도움을 의지하지도 않았을 겁니다.

총독 자, 사랑스런 처녀들이여, 명예를 소중히 여기고,

외국의 군대와 거칠고 오만한 적의 지배에

놓이는 것을 싫어하는 나라의 뜻을 생각하시오.

우리는 구원의 희망이 모두 사라지기 전까지는

그렇게 비겁하게 우리 자신과 여러분들을

노예로 만들지는 않을 것이오.

이제 여러분의 안전과 명예, 자유 그리고 생명은

우리 자신의 안전, 명예, 자유,

그리고 생명과 똑같은 운명에 처해 있으니,

우리가 불행한 운명을 견디는 것처럼

탬벌레인의 분노와 전쟁의 힘을 견뎌주시오.

그렇지 않으면 이 극단적인 상황을

완화시키는 역할을 하여 기쁜 얼굴로

우리가 구원받았음을 알려주시오.

처녀 2 그렇다면 이제 저희는 하늘의 신과

이집트의 수호신들 앞에 무릎을 꿇고

진심으로 저희의 말에 은혜를,

그리고 저희의 표정에 연민을

내려주시도록 간청하오니,

이 방법이 좋은 결과를 맺어

탬벌레인의 눈과 귀를 통해 자비심을

그의 마음에 불러일으켜주소서.

저희가 바치는 이 승리의 표시[56]가 정복자의 무자비한

머리를 묶어 그의 이마에 깊이 파인 주름을 감추고,

그의 불쾌한 얼굴을 연민과 자비가 넘치는

행복한 표정으로 가려주소서.

저희에게 맡기소서, 각하 그리고 사랑하는 동족들이여.

순진한 처녀들이 설득할 수 있다면 해보겠습니다.

총독 안녕, 사랑스런 처녀들이여, 우리의 도시와 자유 그리고

생명은 그대들이 안전하게 돌아오느냐에 달려 있소.

(처녀들은 남고, 총독과 시민들은 퇴장.)

(탬벌레인, 테켈레스, 테리다마스, 우섬카사네, 그밖의 인물들 등장. 탬벌레인은 온통 검은색 옷을 입고 매우 불쾌한 표정이다.)

탬벌레인 뭐야, 새 새끼들이 놀라 둥지에서 떨어졌는가?

안됐군, 불쌍한 바보들 같으니! 너희들은 다마스커스의

함락을 처음부터 느꼈어야 하지 않는가?

그들은 나의 관행을 알고 있다. 분노와 증오심으로

칠흑처럼 시커먼 나의 군막에서 살육의 기운이 뻗어나와

항복을 말하기에는 너무 늦어버린 지금보다는,

처음 나의 하얀 깃발을 통해 자비의 여신이

그녀의 부드러운 빛을

너희들의 오만한 눈에 비추어주었을 때

---

56 월계수 가지를 말한다.

그들이 너희를 보낼 수는 없었는가?

처녀 1 명예와 고귀함의 상징이시며,

천하에 가장 행복하신 왕이자 황제시여.

전하를 위해 신들이 세상을 만드셨고,

전하의 옥좌에는 거룩한 여신들이 앉아 계시며,

전하께서는 자연의 오묘함과 하늘의 위엄을

함께 지니고 계시옵니다.

저희의 비참한 처지를 불쌍히 여겨주소서!

오 다마스커스를 불쌍히 여겨주소서!

노인들을 불쌍히 여기소서, 그들의 백발은

항상 명예와 존경의 대상이었사옵니다.

결혼의 침대를 불쌍히 여기소서,

그 침대에서 애정과 기쁨에 넘쳐

최고의 행복을 누리던 많은 귀족들이

지금은 전하의 강력하고 물러설 줄 모르는 군대가

그들의 몸을 갈라놓고 영혼의 안식을 빼앗을 것이라

생각하여 뺨과 심장이 시들고 고통 받으며 두려움에

떠는 아내들을 부둥켜안고 있습니다.

이제 밀랍처럼 창백하고 죽을 정도까지 쇠약해진

그들은 그들의 자유와 사랑 혹은 생명 때문이라기보다는

오히려 슬픔 때문에 저희의 무자비한 총독이

(천사들이 키스하고 복수의 신들도 두려워하는 홀을 지닌)

전하의 자비를 거절하는 것을 막지 못했습니다.

오, 다음에는 결코 전하의 지배를 거부하는 마음을

품어본 적이 없는 저희 자신과 같은 이들, 우리의

아이들 그리고 저희의 생명을 위해,

오 불쌍히 여기소서, 불쌍히, 거룩하신 황제시여.

이 비참한 도시가 전하는 항복의 의식을.

그리고 그 표시로서 통치자마다 받았던

이 황금 화관을 취하시어,

진정한 이집트의 왕관으로, 충성스런 신하들처럼,

전하의 고귀하신 이마를 감싸는

귀한 물건이 되게 하옵소서.

탬벌레인 처녀들아, 너희들은 내가 명예를 걸고 반드시 실행할

일을 막으려 헛되이 애쓰는구나.

나의 칼을 보아라! 칼끝에 무엇이 보이느냐?

처녀 1 두려움 외에는 아무것도, 전하. 오직 무서운 칼날만 보일 따름입니다.

탬벌레인 그렇다면 너희들의 두려움이 무디고 희미하구나.

거기에는 죽음이 앉아 있다. 칼날 옆을 순회하며

오만한 죽음의 심판관이 앉아 있다.

하지만 너희들이 죽음을 보지 못하는 것이 기쁘구나.

그는 지금 나의 기병들의 창 위에 앉아 있는데,

그의 뼈밖에 없는 형체가 그들의 창끝에 매달려 살아간다.

테켈레스, 즉시 기병 몇 명에게 가서 명령하라.

이 처녀들을 끌고 가 그들의 창 위에 진홍빛 옷을 입고

앉아 있는 나의 하인, 죽음을 보여주라고.

처녀들 오 저희를 불쌍히 여겨주소서!

탬벌레인 끌고 가라, 그들에게 죽음을 보여주라.

(테켈레스와 병사들이 처녀들을 끌고 간다.)

이 오만한 이집트인들을 살려두지 않겠다.

기혼 강[57]의 황금빛 파도가 품고 있는 모든 재물을 준다 해도,

또 사랑의 여신 아프로디테가 전쟁의 신을 버리고

나와 함께 동침한다 해도,

나의 관행을 바꾸지 않으리라.

그들은 생명을 약속하는 나의 제안을 거절했다.

그들은 나의 관행이 분노한 행성들이나 죽음 혹은

운명과도 같이 치명적이라는 것을 안다.

(테켈레스 들어온다.)

기병들이 처녀들에게 죽음을 보여주었는가?

테켈레스   그렇습니다, 전하. 그들의 시체를

다마스커스의 성벽 위에 높이 내걸었습니다.

탬벌레인   그들에게는 테살리아[58]의 독약만큼이나 치명적인 장면일 것이다.

하지만 장수들이여, 나머지 자들에게도

칼의 심판을 내리기 위해 나아가시오.   (탬벌레인만 남고 모두 퇴장.)

아, 아름다운 제노크라테, 천사와 같은 제노크라테,

아름다움이라는 말도 그대에게는 너무나도 추한 표현이오.

조국에 대한 사랑으로 인한 당신의 슬픔과

아버지가 당하는 불행을 지켜보는 두려움 때문에,

머리를 흐트러뜨리고 뺨을 눈물로 적시는구려.

그리고 아침에 아름다움을 뽐내는 꽃의 여신처럼

공중에 은빛 머리털을 흔들며

---

57 에덴 동산에 흐르던 강들 중의 하나.
58 『변신 이야기』에 등장하는 마술과 이상한 약들로 유명한 마법의 땅.

눈물로 녹아 내린 진주가 지상에 소나기처럼 쏟아지고,

그대의 빛나는 얼굴에는 사파이어를 뿌리는구려.

그대의 얼굴에는 무사 신들의 어머니인 미의 여신이 앉아

눈물이 흐르는 그대의 눈에서 영감을 받아

그녀의 상앗빛 펜으로 수많은 생각들을 표현하는구려.

그대의 눈은, 어둠이 하늘을 덮기 시작할 때,

엄숙하고 고요한 걸음걸이로 어두운 밤의 덮개인

달과 행성 그리고 유성들을 빛나게 하는구려.

그대의 눈 속에서 천사들이 크리스털 갑옷을 입고,

이집트의 자유와 술탄의 생명을 위해,

나의 야심과 결과를 알 수 없는 전투를 하는구려.

술탄의 생명은 저렇게도 제노크라테에게 중요하고,

그녀의 슬픔은 다마스커스를 향하는 나의 모든 군사들보다

더욱 끈질기게 내 영혼을 설득하는구나.

페르시아의 황제도, 터키의 황제도

제노크라테처럼 나의 마음을

이처럼 패배감으로 힘들게 하지는 않았다.

그렇다면 아름다움이란 무엇인가?

시인들이 사용하였던 모든 펜들은

주인의 생각을 사로잡는 느낌을 표현하였고,

그들의 가슴과 마음 그리고 숭배하는 주제에 대한 명상에

영감을 불러일으키는 모든 달콤함을 표현하였다.

만약 그들이 그들의 영원 불멸의 시편들에서

천상의 모든 결정체를 뽑아낸다면,

우리는 마치 거울처럼 거기에서,

인간 정신의 가장 고상한 것을 인식하게 된다.

만약 이러한 것들이 한 편의 시의 정수와 아름다움의

가치 속에 결합된 모든 것을 만들었다면,

어떠한 미덕도 말로 표현할 수 없는

적어도 한 가지 생각, 한 가지 매력, 한 가지 경이가

그들의 혼란스런 머리 속을 떠다닐 것이다.

하지만 나의 남성다움과 군사와 전쟁에 대한 나의 규율,

나의 본성 그리고 나의 두려운 이름이

나약하고 무기력한 생각을 품는 것은

얼마나 어울리지 않는가!

다만 남자의 영혼을 움직이는

아름다움의 갈채를 제외하고는.

그리고 명성과 용기, 승리에만

정신이 팔린 모든 전사들은

아름다움의 가치를 결코 잊어선 안 된다.

이처럼 나는 신들의 분노를 멈추게 하고,

불같이 번쩍거리는 하늘의 휘장에서조차

양치기가 피우는 불꽃의 따뜻함을 느끼게 하여

잡초 무성한 오두막들 속에서 행군케 하는

이 두 가지를 다 생각하고 억제하면서,

내 비록 태생은 천하지만,

온 천하에 미덕만이 영광을 가져오고

인간을 진정으로 고귀하게 만드는 것이라고

공표할 것이다.

거기 누가 안에 있느냐?

(시종 두세 명이 등장.)

바자제스는 오늘 음식을 먹었느냐?

시종 그러하옵니다, 전하.

탬벌레인 그를 데려오라. 그리고 도시를 약탈했는지

알려다오. (시종들 퇴장.)

(테켈레스, 테리다마스, 우섬카사네, 병사들 등장.)

테켈레스 도시는 우리 것입니다, 전하. 그리고 새로운 물자와

전리품들을 얻었습니다.

탬벌레인 잘했소, 테켈레스, 무슨 소식이 있는가?

테켈레스 술탄과 아라비아의 왕이 함께 맹렬한 기세로

우리를 향해 행군해오고 있습니다.

마치 우리와 함께 죽을 각오를 하고 있는 것 같습니다.

탬벌레인 다른 소식은 없을 줄 아오, 테켈레스.

(시종들이 철장에 갇힌 바자제스를 데려온다. 자비나도 함께 등장.)

테리다마스 승리는 우리의 것입니다, 전하.

하지만 용감한 술탄의 목숨만은 구하게 해주십시오.

제노크라테 님께서 그분의 운명을 매우 슬퍼하고 있습니다.

탬벌레인 그렇게 할 것이오, 테리다마스.

온 세상을 정복하는 것만큼이나 귀중한

사랑스런 제노크라테를 위해서.

그리고 자, 나의 발판이여, 만약 내가 싸움에 지면

너는 자유와 복권을 희망하겠지?

나의 장수들이여, 우리가 전투 준비를 마칠 때까지

그를 여기 있게 하시오.

우리를 위해 기도하거라, 바자제스. 우리는 간다.

(바자제스와 자비나만 남고 모두 퇴장.)

바자제스   가서 다시는 승리하여 돌아오지 말아라.

수백만의 군사가 너를 에워싸고,

너의 육체를 갈가리 찢어놓기를!

날카로운 화살들이 네놈의 말에게 꽂히기를!

시커먼 코키투스 호수[59]에서 온

복수의 여신들이 대지를 가르고,

횃불로 네놈을 죽음의 창끝으로 몰아넣기를!

빗발치는 탄환들이 너의 마법에 걸린 피부를 관통하고,

그리고 그 탄환들에는 모두 치명적인 독약이 묻어 있기를!

혹은 요란하게 터지는 대포들이 너의 팔다리를 모두

부수고, 너를 독수리처럼 높이 날려보내기를!

자비나   싸움터에 있는 모든 칼과 창들은 그놈의 가슴에서

제자리를 찾아 깊숙이 박히기를!

그놈의 모든 구멍에서 피가 흘러나와,

계속되는 고통이 그놈의 가슴을 찢어놓고,

광기가 놈의 저주받은 영혼을 지옥으로 보내기를!

---

59 지하 세계의 강.

바자제스   아, 착한 자비나! 우리는 그자의 힘을 저주할 수는 있소.

하늘은 얼굴을 찡그리고, 대지는 분노로 떨지도 모르오.

하지만 그자의 칼을 지배하는 별의 운(運)은

스틱스[60] 강이나 운명 그 이상으로 하늘을

지배하고 신들을 다스린다오.

그러니 우리는 이 혐오스런 모습으로

치욕과 배고픔과 공포 속에서 영원히 지내야 하며,

우리 자신에게 되돌아오는 생각들로 창자를 움켜쥐고,

우리의 고통을 끝낼 희망은 없을 것이오.

자비나   그렇다면 마호메트도, 신도, 악마도, 행운도 없으며,

우리의 이 굴욕적이고 끔찍한 노예 생활을

끝낼 희망도 없다는 말인가요?

대지여 입을 벌리라, 그리하여 지옥의 악마들이

절망적이고 무서운 지옥을 보여주게 하라.

끊임없이 신음하고 고통 받으며 벌벌 떠는 영혼들이

낙원으로 가는 통행권을 얻기 위해

추한 뱃사공[61] 주위를 떠도는

에레보스의 지긋지긋한 강둑과 마찬가지로

절망적인 지옥을!

우리가 왜 살아야 하는가? 오, 비참한 거지, 노예들 같으니!

바자제스, 우리는 이처럼 오랫동안 핍박을 받고 살면서

왜 공중 높이 둥지를 지어,

온 천하가 이 지옥과 같이 끔찍한

---

60 지하 세계에 흐르는 강 가운데 하나. 죽은 자의 영혼은 이 스틱스 강을 건너간다.
61 죽은 자의 영혼을 배에 태워 스틱스 강을 건너게 해주는 뱃사공 카론을 말한다.

노예 생활을 하는 우리를 보고,

과거의 영광을 조롱하게 해야 하나요?

바자제스 오 생명이여, 괴로운 나에게는 지옥의 구석구석을

썩은 공기로 가득 채워, 모든 영혼들에게

치유할 수 없는 고통을 전염시키는

스틱스 강의 뱀들이 내뿜는 역겨운 독액보다도

더 역겹구나.

오 도둑놈의 멍에와 속박에 사로잡힌

나의 왕관, 나의 명예 그리고 나의 명성을 잊지 못하는

구역질 나는 감각들이여,

왜 너희는 아직도 하루하루의 저주받은 빛을 먹고 살면서

나의 고통스런 영혼 속으로 완전히 가라앉지 않느냐?

나의 아내, 나의 왕비이자 황후를 보라.

고귀하게 자라나고 위대한 자의 후원을 입어,

15개 속국의 왕비들 중의 왕비였건만,

지금은 캄캄하고 비참한 상태에 던져져서,

가장 천한 허드렛일로 더럽혀지고,

치욕과 경멸과 그리고 불행의 노예가 되었다.

불행한 바자제스, 연민으로 자비나의 마음을 위로해야 하는데,

너의 회한의 말들이 우리의 영혼을 끝없는 눈물로 녹아 내리게

하는구나. 날카로운 허기가 엄습하여 나를 고통으로

몰아넣지만, 이어지는 생각들이 허기를 잊게 하는구나.

오 불쌍한 자비나! 오 나의 여왕! 나의 여왕!

가슴이 타버릴 것 같으니 좀 식히고 안정시키도록

물을 좀 가져다주시오.

그래서 얼마 남지 않은 삶 동안 당신의 품속에

나의 영혼을 쏟아 붓고 싶소.

그동안 마음대로 표현할 수도 없는 속박의 형벌에 대한

분노와 증오 때문에 제대로 나타내지도 못했던

사랑의 표현을 하고 싶소.

자비나   사랑하는 바자제스, 피와 생명의 기운이 남아 있어 그것으로

비탄에 젖은 당신의 고통을 식히고 씻어줄 수 있는 한,

제가 당신의 생명을 연장시키겠어요.   (밖으로 나간다.)

바자제스   바자제스, 이제 너의 고통의 날들을 마감하라.

내가 죽을 수 있는

모든 다른 수단은 막혀 있으니,

정복당한 너의 머리를 부수라.

오 영생하는 조브 신이 주관하는 태양이여,

저주받은 날이여! 나의 고통이 전염되어,

그대의 더럽혀진 얼굴을 끝없는 어둠 속에 숨기고,

빛나는 하늘의 창문들을 닫으라!

흉측한 어둠이여, 녹슨 마차를 타고

시커먼 먹구름에 싸인 폭풍우에 휩싸여,

결코 사라지지 않는 안개로 대지를 삼키라!

그리고 어둠의 말들이 콧구멍에서

억센 바람과 무서운 천둥 소리를 내뿜어,

탬벌레인이 이 두려움 속에서 살게 하고,

나의 고통스런 영혼은 공기 중에 녹아 있다가,

그놈의 고통 받는 영혼을 계속 고문할 수 있기를!

그리고 나서 돌로 만든 차가운 창살이

나의 시들어버린 심장 한복판을 꿰뚫어,

나의 역겨운 삶의 항해를 준비케 하라!

(철창에 자신의 머리를 부딪쳐 죽는다.)

(자비나 등장.)

자비나　이게 무슨 광경인가? 남편이 죽다니!

머리가 둘로 갈라져 있어, 머리를 부딪쳐서!

바자제스의 머리, 나의 전하, 나의 왕.

오 바자제스, 나의 남편, 나의 주인!

오 바자제스! 오 터키! 오 황제시여!

그에게 물을 줄까? 아니야. 우유와 불을 가져와서,

나의 피를 그에게 다시 드려야지. 나를 갈기갈기 찢어다오.

내게 뜨겁게 달군 공이 달린 칼을 다오. 그를 내려놓아라!

그를 내려! 내 아이에게 가거라! 어서 가! 어서! 어서!

아, 그 아이를 구해라! 그 아이를 구해, 구하라니까!

내가 명령한다. 태양은 졌어. 흰색, 빨간색, 검은색

리본을 이리로, 이리로, 이리로! 고기를 그의 얼굴에 던져라.

탬벌레인, 탬벌레인! 병사들을 매장해라. 빌어먹을! 죽음이야,

탬벌레인, 빌어먹을! 내 마차를 준비해라, 내 의자, 내 보석들.

간다, 간다, 간다고!　　　(철창을 향해 달려가서 머리를 부딪친다.)

(제노크라테가 아니페와 함께 등장.)

제노크라테　비참한 제노크라테! 살아서 다마스커스의 성벽이

이집트인들의 피로 물드는 것을 보다니,

아버지의 신하들이고 너의 동족들인데.

거리는 사람들의 절단된 팔다리로 온통 뒤덮여 있고,

부상당한 자들은 아직 살기 위해 숨을 헐떡인다.

하지만 무엇보다도 끔찍한 것은,

분노한 전쟁의 신조차도 칼을 꺾고 부드럽게 사랑을 구할,

태양처럼 빛나고 천사와 같이 흠 없는 처녀들이

기병들의 창끝에 내걸려 아무런 죄도 없이

잔인한 죽음을 당하는 것을 보는 것이야.

천둥처럼 울리는 말발굽으로 적병을 짓밟는

잔인하고 강한 타타르의 모든 말들도

그들의 기수들이 모두 떨리는 창을 들어올렸을 때,

처녀들의 아름다운 모습을 보고서는

땅을 박차고 스스로를 제어하였지.

아, 탬벌레인! 제노크라테를 사랑으로 삼은

당신이 바로 이 일의 장본인인가요?

당신의 생명은 제노크라테에게는

그녀 자신의 생명보다도, 아니 당신 자신의 사랑 외에는

그 어떤 것보다도 더 소중한데.

그런데 또 다른 잔혹한 장면을 보는구나!

아, 불쌍한 눈이여, 내 가슴의 적들이여,

너는 어떻게 이 끔찍한 장면들로 배를 채우고,

더 많은 잔인하고 슬픈 이야기들을 내게 들려주느냐!

아니페, 그들이 숨을 쉬는지 살펴보아라.

아니페 두 사람 다 숨도, 감각도, 움직임도 없습니다.

아, 마님! 그들의 치욕적인 삶과 탬벌레인 전하의
잔인함이 이런 결과를 초래했어요.

제노크라테 대지여, 너의 내부에서 샘물을 던져 올려
그들의 때아닌 죽음을 슬퍼하라!
슬픔과 공포의 표시로 그들의 몸뚱이를 흔들라!
출생 때에 그들에게 명예를 주었다가 이렇게 야만적인
죽음을 맞이하게 한 하늘이여, 얼굴을 붉히라!
변덕스러운 황제의 자리를 자랑하고
지상의 허황된 권력을 중시하는 자들이여,
이 터키의 황제와 황후를 보라!
아, 탬벌레인! 내 사랑! 사랑스런 탬벌레인!
권력과 변덕스런 왕관을 얻으려 싸우는 탬벌레인이여,
이 터키의 황제와 황후를 보세요!
행복한 별의 운명의 지배를 받아,
매일 밤 이마에 정복을 꿈꾸며 잠을 자지만,
두려움과 고통을 느끼며
전쟁의 변화를 피하려 하는 당신이여,
이 터키의 황제와 황후를 보세요!
아, 위대한 조브 신과 거룩한 마호메트여,
저의 사랑을 용서하소서! 오 그가 지상의 운명과
동정심을 경멸하는 것을 용서하소서.
그리고 무자비하게 이룬 정복이
이 위대한 터키의 황제와 불행한 황후의 경우처럼
똑같이 그의 생명을 위협하지 않게 해주소서!
그들이 그토록 오랫동안 비참한 상태로 사는 것을 보고서도,

연민을 느끼지 못한 저를 용서해주소서!

아, 너에게는 어떤 일이 일어날 것인가, 제노크라테?

아니페　마님, 안심하세요, 마님께서 사랑하시는 분은

운명의 여신마저 그의 명령을 따르게 하시니,

마님의 머리를 장식할 명예를 위해 싸우는

그분의 강력한 팔이 생명을 유지하는 한, 운명의 여신은

더 이상 수레바퀴를 돌리지 않을 것이라 믿으세요.

(전령 필레무스 등장.)

제노크라테　다른 중대한 소식들이 있느냐, 필레무스?

필레무스　마님, 마님의 아버님과 마님의 첫번째 약혼자

아라비아의 왕이 지금 다가옵니다.

마치 아이네아스에게 대적하는 투르누스[62]처럼,

탬벌레인 전하와의 싸움을 준비하여,

창으로 무장하고 이집트의 들판으로 나오고 있습니다.

제노크라테　이제 부끄러움과 의무, 사랑과 두려움이 고난 당한

나의 영혼에 말할 수 없는 슬픔을 가져오는구나.

나의 빈약한 기쁨이 의무감 때문에 나의 고통스런 가슴에서

찢겨져 이처럼 둘로 나뉘었는데,

나는 누가 승리하기를 바라야 한단 말인가?

나의 아버지와 나의 첫 약혼자는

내 생명과 현재의 연인을 대적하여 싸워야 한다.

---

62 베르길리우스는 『아이네이스』 7장에서 투르누스와 아이네아스의 싸움을 전하는데, 아이네아스
는 투르누스의 약혼자였던 라비니아와 결혼하였다.

내가 마음을 바꾼다면 그것은 나의 신념을 저주하고,

나의 행위를 천하에 불명예스럽게 만드는 것이다.

하지만 트로이의 전쟁을 끝내기 위해서 신들이

라비니아의 투르누스를 가로막고

결국 아이네아스의 사랑을 축복해주었던 것처럼,

나의 슬픔을 끝내고,

나의 나라와 나의 사랑을 안정시키기 위해서는,

탬벌레인 님이 그들이 저항할 수 없는 힘으로

떳떳한 승리를 거두어,

내 희망에 명예를 더해주어야만 해.

그러면 신들이 이미 정하신 것처럼,

아버지를 안전하게 모시고,

훌륭하신 아라비아의 왕을 옹호해야겠지.

(그들은 전투 상황을 살핀다. 탬벌레인은 승리를 구가한다. 잠시 후에 아라비아
의 왕이 상처를 입고 등장.)

아라비아 왕　　어떤 저주받은 힘이 이 악명 높은 폭군이 이끄는

병사들의 잔인한 손들을 인도하여

도망쳐도 그들로부터 피할 수 없고,

운명조차도 그들의 승리를 막을 수 없단 말인가?

치명적인 상처를 입은 아라비아여, 땅에 누워라.

제노크라테를 위하여 이렇게 무기를 들었고,

또한 그녀를 위하여 이렇게 무장을 하고 죽는 것이니,

그녀의 아름다운 눈이 사랑의 증거로

	피를 흘리는 너의 모습을 보게 하여라.
제노크라테	왕이시여, 그 사랑의 증거로는 너무나 비싼 대가군요.
	제노크라테를 보세요! 저주받은 존재,
	그녀의 운명은 결코 슬픔을 끝내지 못했습니다.
	전하의 고귀한 몸이 저를 위해 입은 상처만큼이나
	전하 때문에 제 마음이 입은 상처를 보세요.
아라비아 왕	그렇다면 나는 만족스럽게 죽을 것이오.
	천사와 같은 제노크라테를 보았으니,
	당신의 모습이 내 상처의 아픔을 잊게 해주는 것처럼,
	기쁘게 나의 생명을 가져갈 것이오.
	지금처럼 깊게 상처만 입지 않았더라면.
	아! 이제야 느껴지는 죽음의 고통이
	내 혀에 단 한 시간만이라도 허락하여,
	이 무익한 속박 속에서 당신의 아름다움을
	유지하게 해준 그간의 사건들에 대해 대화를 나누고,
	당신이 누리는 기쁨과 사랑에 대해
	은밀히 들을 수 있다면 좋으련만.
	하지만 죽음은 나에게 더 이상의 기쁨을 허락하지 않아,
	이제 나의 흐려지는 정신에서 모든 슬픔을 없애주는
	당신의 아름다운 모습을 보면서,
	나는 모든 근심을 잊고 편안하게 죽음을 맞이하겠소.
	당신의 손이 기꺼이 나의 눈을 감겨줄 테니 말이오. (죽는다.)

(탬벌레인이 술탄을 인도하여 나타나고, 테켈레스, 테리다마스, 우섬카사네, 그 밖의 인물들 등장.)

탬벌레인   어서 오십시오, 제노크라테의 훌륭한 아버지시여,

그 칭호는 술탄의 이름보다도 더 높은 칭호입니다.

비록 나의 오른손이 전하를 사로잡았지만,

고귀하신 따님이 여기에서 전하를 자유롭게 할 것입니다.

그녀는 이전에는 유프라테스나 나일 강만큼이나

광대하고 깊은 피의 강물로 물들였던 제 칼의 분노를

잠잠하게 하였습니다.

제노크라테   오, 얼마나 기쁜 장면인가,

왕이신 나의 아버지께서 강력한 내 연인과의

싸움에서 무사하시구나!

술탄   드디어 만났구나, 나의 사랑스런 딸 제노크라테,

비록 이집트와 왕관을 잃어버렸지만 말이다.

탬벌레인   전하, 그 승리를 거둔 장본인이 바로 접니다.

그러니 전하의 패배를 슬퍼하지 마십시오.

제가 전하께 모든 것을 다시 돌려드리고,

지금까지 이집트의 왕관이 지녔던 것보다

더 강한 힘을 전하의 나라에 더해드리겠습니다.

전쟁의 신은 자신의 자리를 제게 양도하고,

저를 천하의 우두머리로 삼았습니다.

조브 신은 무장한 저를 보면서 저의 힘이

그를 하늘의 권좌에서 끌어내릴까 두려워

얼굴이 창백해집니다.

제가 가는 곳마다 운명의 여신들과 섬뜩한 죽음의 신마저

제 칼에 경의를 표하기 위해,

이리저리 뛰면서 땀을 뻘뻘 흘립니다.

그리고 별로 비가 내리지 않는 이곳 아프리카에

제가 승리의 대군을 이끌고 도착한 이후로

심한 상처들로 인해 생겨난 구름들이

핏빛 소나기로 변했으니,

그 한 방울 한 방울이 지구를 뒤흔들고

두려움에 떨게 하는 유성이 되어 떨어집니다.

수많은 영혼들이 스틱스 강둑에 앉아,

카론의 배가 다시 돌아오기를 기다립니다.

지옥과 천당에는 제가 무수한 싸움터에서 보낸

수많은 사람들의 영혼이 가득 차 있고,

그들은 지옥을 통해 하늘에까지 저의 명성을 전파합니다.

그리고 전하, 이 이상한 광경을 보십시오.

황제들과 왕들이 제 발 앞에 숨진 채 누워 있습니다.

터키의 황제와 그의 황후가, 항상 그러하듯이,

우리가 싸움터에 있는 동안 그들만 남아 있었는데,

불행하게도 자신들의 굴욕적인 생애를 끊어버렸습니다.

그들과 함께 아라비아의 왕도 생명을 잃었습니다.

힘을 보여주는 모든 광경은 저의 승리를 영광스럽게

하는 것이고, 그런 장면들이 탬벌레인에게 어울립니다.

그런 장면에서 마치 거울처럼 그의 명예가 드러납니다.

그 명예는 누군가 그와 대적하려 할 때 피를 흘리게 하는 겁니다.

술탄 하늘의 신과 마호메트가 그대의 손을 강하게 만들었도다,

명성 높은 탬벌레인이여! 모든 왕들이 그대에게

자신들의 왕관과 왕국을 바쳐야만 할 걸세.

나는 나의 파멸을 기뻐한다네,

만약, 지금 그렇게 보이는 것처럼,

그대가 제노크라테를 명예롭게 대해주었다면 말일세.

탬벌레인 왕께서 보시는 것처럼, 그녀의 지위와 신체는 부족함이 없습니다.

따님의 육체의 불순한 오점에 대해서라면,

따님의 천사 같은 육체가 순결함을 하늘에 맹세합니다.

그리고 이젠 따님의 고귀한 몸을 페르시아의 왕관으로

영광스럽게 하는 것을 더 이상 지체하지 않겠습니다.

하지만 여기 제 운명의 후원자이자

충분한 자격으로 왕관을 얻었고,

제 손으로 세운 왕들이 있습니다.

이제 그들 모두와 저의 손을 합하여

따님을 페르시아의 여왕으로 추대하겠습니다.

고귀하신 술탄과 제노크라테여!

술탄 나는 감사한 마음으로 따르겠네. 그리고 내 딸의 사랑으로

그대에게 끝없는 영광이 있기를 바라네.

탬벌레인 그렇다면 저는 아름다운 제노크라테가 우리 두 사람을

곧 기쁘게 하는 데 동의해주리라는 것을 의심치 않습니다.

제노크라테 그렇게 하지 않는다면 제 자신임을 포기하겠어요.

탬벌레인 그럼 지금까지 그처럼 높은 자리를 위해 오랫동안

기다려온 왕관을 그녀의 머리에 얹읍시다.

테켈레스 제가 그 일을 맡겠습니다.

결혼식이 이제 저희에게 휴식을 가져다줄 테니까요.

우섬카사네 전하, 여기 왕관이 있습니다. 머리에 얹는 것을 도우십시오.

탬벌레인 그렇다면 앉으시오, 천사 같은 제노크라테여.

여기에서 우리는 그대를 페르시아의 여왕,

그리고 탬벌레인이 굴복시킨

모든 왕국과 영지의 여왕으로 추대하오.

이마에 내 승리의 전리품과 업적을

드러내고 있는 나의 사랑은,

거신들이 굴복했을 때, 그녀의 오빠 조브 신에게

산들을 집어 던졌던 헤라 여신과도 같소.

혹은 무장을 하고 나의 정복의 의지에 더욱

용기를 주는 레토의 딸[63]과도 같소.

사랑스런 제노크라테여, 그대를 기쁘게 하기 위하여,

바바리에서부터 서인도 제도에 이르기까지

이집트인들, 무어인들 그리고 아시아인들이

매년 당신의 아버지께 공물을 바칠 것이오.

그리고 그의 막강한 힘은 아프리카의 변방에서부터

갠지스 강가에 이르기까지 확장될 것이오.

그리고 이제 그대들의 용맹스런 싸움으로

왕국들을 얻은 나의 왕들과 사랑하는 병사들이여,

그대들의 갑옷을 벗어버리고, 진홍빛 옷을 입고,

수많은 귀족들로 둘러싸인

그대들의 왕국으로 올라가라.

그리고 그대들의 지역을 다스릴 법률을 제정하라.

그대들의 무기를 알키데스의 기둥[64]에 걸어두고,

---

63 그리스 신화의 아르테미스(로마 신화에서는 디아나) 여신을 가리킨다.
64 지브롤터 해협을 가리킨다.

탬벌레인을 위해서 온 천하와 휴전하라.
우리는 당신의 첫 약혼자였던 아라비아의 왕을
터키의 황제와 그의 황후와 함께
명예롭게 장사지낼 것이오.
이 모든 엄숙한 장례식이 끝나고 난 후,
우리의 성대한 결혼 예식을 치를 것이오.   (함께 퇴장.)

제1부 대단원의 막.

제2부

■ 등장 인물

탬벌레인   페르시아의 왕
칼리파스
아미라스   } 탬벌레인의 아들
켈레비노스
테리다마스   알제리의 왕
테켈레스   페세의 왕
우섬카사네   모로코의 왕
오르카네스   나톨리아의 왕
예루살렘의 왕
트레비존드의 왕
소리아의 왕
아마시아의 왕
가젤러스   바이론의 총독
우리바사
지그몬드   헝가리의 왕
프레데릭   부다의 영주
볼드윈   보헤미아의 영주
칼라피네   바자제스의 아들
알메다   칼라피네의 간수
페르디카스   칼리파스의 하인
바빌론의 총독
막시무스
발세라의 대장
그의 아들
다른 장수들
영주들, 시민들, 군사들, 의사들, 전령들, 시종들
제노크라테   페르시아의 여왕, 탬벌레인의 부인
올림피아   발세라의 대장 부인
터키의 첩들

서막

지난번 탬벌레인이 무대 위에 올랐을 때,

그가 받았던 대단한 찬사가

우리의 시인으로 하여금 제2부를 쓰게 하였습니다.

제2부에서는 죽음이 탬벌레인의 화려한 영광을 끊고,

무서운 운명이 그의 모든 승리를 던져버립니다.

하지만 아름다운 제노크라테는 어떻게 되었는지,

그리고 그녀의 슬픈 장례식을 기념하기 위하여

그가 얼마나 많은 도시들을 희생시켰는지,

이제 그 스스로 자세하게 펼쳐보일 것입니다.

제1막

〈제1장〉

(나톨리아의 왕 오르카네스, 바이론의 총독 가젤러스, 우리바사 등장. 그들의 수행원들이 북과 나팔을 불며 따른다.)

오르카네스   위대한 바자제스의 아들,

아버지를 철창 속에 가두었던 악당의

포로 신세가 되어 이집트에 살고 있는

거룩한 군주, 위대한 칼라피네가 임명하였던

이곳 동부의 훌륭한 총독[65]들이시여,

이제 우리는 아름다운 나톨리아에서부터 2백 리그를

행군해왔고, 완전 무장을 한 우리의 용맹한 군사들은

다뉴브 강둑 위에서 휴식을 취하고 있습니다.

이곳에서 헝가리의 왕인 지그몬드가 휴전을

결정짓기 위해 나를 만나야 할 것이오.

그런데 우리가 그 기독교인과 평화 협정을 맺어야 하겠소,

아니면 강을 건너 전쟁터에서 그를 대적해야 하겠소?

가젤러스 나톨리아의 왕이시여, 평화 조약을 맺으소서.

우리는 기독교인들의 피를 충분히 흘렸고,

맞서 싸워야 할 더 큰 적이 있습니다.

바로 지금 아시아에서 터키를 불태울 목적으로

그 침략의 발을 가이론의 입구 가까이 들여놓은

거만한 탬벌레인입니다.

전하께서는 그자에게 대항하여 힘을 보여주셔야 합니다.

우리바사 게다가 지그몬드 왕은 기독교국에서

강인한 헝가리인들, 슬라브족들, 독일인 기병대,

머프족들,[66] 덴마크인들을 데려왔는데,

그들은 도끼창, 미늘창 그리고 무시무시한 도끼로

무장하고 있어 분명히 우리가 위태롭게 될 것입니다.

오르카네스 가장 짧은 위도 너머,

---

65 'viceroy'라고 불렸으며 왕이나 왕비가 다른 나라나 지역을 다스리도록 보낸 사람을 뜻한다.
66 독일인이나 스위스인들을 비하하여 부르는 말이다.

얼어붙은 바다로 둘러싸여 있고,

거대한 폴리페메[67]만큼이나 크고 억센 거인들이

살고 있는 대초원으로부터

북극권을 가로질러 수백만의 병사들이 내려오고,

이들에게 유럽의 군대가 합류한다 할지라도,

우리 터키 병사들의 칼날이 그들의 목을 모두 꿰뚫어

이 넓은 초원을 피로 물들일 것이오.

트레비존드로 흐르는 다뉴브 강물이

고향에 있는 우리의 친구들에게

전쟁 선물로 이 기독교도들의 살해당한 시체들을

진홍빛 물결 속에 담아 나를 것이오.

다뉴브 강물이 흘러들어가는 지중해는

이 전쟁으로 인해 핏빛 바다로 변할 것이오.

이탈리아의 거만한 선원들은

조수와 함께 떠밀려 자신들의 배에 부딪히는

이 기독교도들의 시체 더미를 만나게 될 것이며,

황소 위에 올라탄 채,

전세계의 부와 재물에 마음을 빼앗긴 아름다운 유럽은[68]

황소에서 내려 서글픈 상복을 입게 될 것이오.

가젤러스　　하지만, 온 천하의 총독이신 용감한 오르카네스 왕이시여,

탬벌레인이 우리의 영토를 정복할 목적으로

모든 군사들을 모아 그의 막사와 함께

---

67 호메로스의 『오디세이아』에 등장하는 외눈박이 거인 키클롭스를 가리킨다.
68 오비디우스의 『변신 이야기』에서 소로 변신한 제우스가 에우로파를 유괴하는 사건은 풍요의 의
미를 담고 있다. 유럽은 에우로파에서 유래한 이름이다.

카이론에서 북쪽으로 알렉산드리아와

변방 도시들을 향해 행군하고 있기 때문에,

헝가리의 왕 지그몬드와

평화 협상을 맺고,

거만한 탬벌레인이 나톨리아를 향해 감행하려는

대공격에 대비해 군사력을 비축하는 것이 필요합니다.

오르카네스 바이론의 총독이시여, 현명한 말씀을 해주셨소.

제국의 중심인 나의 왕국을

한번 잃게 되면 모든 터키가 파멸할 것이오.

그 때문에 기독교도들은 평화를 얻게 될 것이오.

슬라브족들, 독일 기병대, 머프족들 그리고 덴마크인들은

오르카네스는 두려워하지 않고, 탬벌레인을 두려워하오—

아니 그도 아니고, 그를 위대하게 만든 운명을 두려워하지요.

우리는 그리스인들, 알바니아인들, 시칠리아인들, 유대인들,

아라비아인들, 터키인들 그리고 무어인들,

나톨리아인들, 소리아인들, 시커먼 이집트인들,

일리리아인들, 트라키아인들 그리고 비티니아인들의 군대를

일으켰고, 힘없는 지그몬드를 삼키기에는 충분하지만,

탬벌레인을 대적하기에는 충분치 않소.

그자는 온 세계의 족속을 전쟁터로 이끌어옵니다.

스키타이에서부터 뱃사람들이 한 번도 본 적이 없고,

성난 인도양의 사나운 파도가 몰아치는

인도 지역까지,

온 아시아가 탬벌레인의 편이오.

심지어는 북회귀선의 중앙에서부터

남회귀선 아래에 있는 아마존까지,

그리고 에게 해에 이르기까지 멀리 퍼져 있소.

온 아프리카도 탬벌레인의 편이오.

그러니, 총독들이여, 기독교도들과는

평화 협정을 맺어야 할 것이오.

(지그몬드, 프레데릭, 볼드윈 등장. 그들의 수행원들이 북과 나팔을 불면서 뒤따른다.)

지그몬드 오르카네스여, 우리의 사절들이 그대에게 약속했듯이,

우리는 평화 협정이냐 처절한 전쟁이냐를 결정하기 위해

동료들과 함께 다뉴브 강물을 건너왔소.

원하는 것을 택하시오. 로마인들이 그러했듯이,

나는 여기 그대에게 칼 한 자루를 주겠소.

전쟁을 원한다면, 이 칼을 나를 향해 휘두르시오.

평화를 원한다면, 그 칼을 내 손에 다시 건네주시오.

그러면 내가 평화를 확인하기 위해 그 칼을 칼집에 넣겠소.

오르카네스 잠깐, 지그몬드, 그대는 내가

마치 거대한 지구가 천상의 축을 중심으로

흔들릴 때처럼 대포로 빈의 성벽을 뒤흔들어

대지 위로 무너뜨렸던 사람이라는 것을 잊었는가?

내가 두려움에 눈조차 제대로 뜨지 못하던

시민들의 머리 위로 총탄과 화살을 소나기처럼

무섭게 퍼부어대서

그때 당시에 팰러틴 백작이었던 그대 자신과,

보헤미아의 왕 그리고 오스트리아의 공작이

전령을 보내 무릎을 꿇고 그대들 모두의 이름으로

내게 휴전을 간청했던 사실을 그대는 잊었는가?

또한 나의 포위 공격을 중단케 하기 위해

날개 속에 조브 신의 무서운 천둥을 담고 다니는

기품 있는 새가 새겨진 나의 막사 앞에

황금을 실은 마차들을 보냈던 것을 잊었는가?

그대가 이것을 생각한다면 어떻게 전쟁을

선포할 수 있단 말인가?

지그몬드 　빈이 포위당했을 때, 나는 팰러틴 백작의

신분으로 그곳에 있었소. 하지만 지금은 왕이오.

그리고 당시의 상황은 최악이었소.

하지만 지금은, 오르카네스여,

이 초원을 뒤덮고 있는 나의 대군을 보시오.

바그다드의 높은 탑 위에 서 있는 자들에게 보이는

아라비아의 사막처럼, 혹은 눈 덮인 아펜니노 산 위에서

휴식을 취하는 여행자들에게 보이는 태양처럼

거대하고 넓게 퍼져 있는데, 말해보시오.

내가 몸을 낮게 굽혀야 할지,

아니면 나톨리아의 왕과 평화 협정을 맺어야 할지.

가젤러스 　나톨리아의 왕과 헝가리의 왕이시여,

우리는 동맹을 확인하기 위해서 터키에서 온 것이지,

전쟁터에서 서로 대적하기 위해서 온 것이 아닙니다.

두 분께는 평화 협상이 어울린다고 생각합니다.

프레데릭 　우리도 같은 생각으로 유럽에서 왔소이다.

　　　　　　　만약 두 분께서 우리의 생각을 거절하고 조롱한다면,

　　　　　　　당신들이 발을 떼기도 전에 우리의 막사에 도열해 있는

　　　　　　　병사들이 당신들을 공격할 것이오.

오르카네스　우리가 이렇게 궁지에 몰렸구먼, 하지만 지그몬드가

　　　　　　　친구가 되어 협정을 체결코자 한다면,

　　　　　　　여기 그의 칼이 있으니, 특사들의 보고를 통해

　　　　　　　전에 정해진 조건에 따라

　　　　　　　평화 조약을 맺읍시다.

지그몬드　　그렇다면 나도 여기 칼집에 칼을 꽂고, 그대의 손을 잡으니,

　　　　　　　다시는 그대와 그대의 동맹국에 대항하여

　　　　　　　칼을 뽑거나 무기를 들지 않겠소.

　　　　　　　내가 살아 있는 한 그대와 협정을 유지할 것이오.

오르카네스　하지만, 지그몬드, 맹세로써 그것을 확실히 하시오.

　　　　　　　하늘과 그대가 믿는 그리스도의 이름으로 맹세하시오.

지그몬드　　세상을 창조하시고 내 영혼을 구원하신

　　　　　　　하느님의 아들이자 동정녀의 아들이신

　　　　　　　자비로우신 예수 그리스도의 이름으로 내가 엄숙히 선언하고,

　　　　　　　이 평화 협정을 위반하지 않겠다고 맹세하노라.

오르카네스　하느님의 친구이신 거룩하신 마호메트,

　　　　　　　그분의 거룩한 코란이 우리에게 남아 있고,

　　　　　　　관 속에 갇혀 세상을 떠날 때

　　　　　　　그 영광스런 몸이 공중으로 떠올라 장엄한 메카의

　　　　　　　사원 지붕 위에 걸려 있었던 그분의 이름으로

　　　　　　　나는 이 평화 협정을 위반하지 않겠다고 맹세하노라.

　　　　　　　우리의 손으로 서명한 협정의 조건과

우리의 엄숙한 맹세에 따라, 우리 각자는

동맹의 증거로서 협정서를 하나씩 보관할 것이오.

자, 지그몬드, 만약 어떤 기독교국의 왕이

그대 왕국의 경계를 침범한다면,

나톨리아의 오르카네스가 다뉴브 강물 너머로

이 동맹을 분명히 했다는 말을 전하시오.

그러면 그들은 두려움에 떨며 즉시 후퇴할 것이오.

모든 국가들 가운데 나는 그만큼 두려운 존재라오.

지그몬드 만약 어떤 이교도의 군주나 왕이

나톨리아를 침입하면, 지그몬드는

전쟁에 익숙한 10만 명의 기병을 보내고,

제국의 힘이자 원동력인

독일의 강력한 창기병들로 후원할 것이오.

오르카네스 고맙소, 지그몬드, 하지만 내가 전 소아시아,

아프리카 그리고 그리스와 싸울 때는

나의 군율과 북소리를 따르시오.

자, 이제 우리의 막사로 가서 연회를 즐깁시다.

나는 이제 주력 부대를 아름다운 나톨리아와

트레비존드로 급파하여 거만한 탬벌레인과의

대전을 대비하게 하리라.

친구인 지그몬드여, 그리고 헝가리의 귀족들이여,

연회에 참석하여 우리와 함께 잠시 즐깁시다.

그러고 나서 우리의 영토로 떠납시다.　　　　　　(함께 퇴장.)

〈제2장〉

(칼라피네가 그의 간수인 알메다와 함께 등장.)

칼라피네   착한 알메다, 바자제스의 아들인 칼라피네의
　　　　　　가엾은 처지를 동정해다오.
　　　　　　서방 세계의 군주로 태어났으면서도,
　　　　　　여기 이렇게 잔인한 탬벌레인에게 억류되어 있지 않은가.

알메다　　전하, 소인은 진심으로 전하의 처지를 동정하고,
　　　　　　전하가 풀려나기를 바랍니다. 하지만 한번 분노하시면
　　　　　　죽음을 피할 수 없는 소인의 군주, 위대한 탬벌레인 전하께서
　　　　　　당신께 이 이상의 자유를 허락지 않습니다.

칼라피네　아, 만약 지금 내가 행동으로 보여줄 것의
　　　　　　반만이라도 말로 표현할 수 있다면,
　　　　　　나는 네가 나와 함께 이곳을 떠나리라는 것을 안다.

알메다　　아프리카 전체를 준다 해도 안 됩니다. 그러니 저를 유혹하지 마십시오.

칼라피네　하지만 내 말을 좀 들어다오, 착한 알메다.

알메다　　 죄송합니다만, 그런 말씀은 안 됩니다.

칼라피네　카이로를 지나 도주하여 —

알메다　　분명히 말씀드리지만 도주에 관한 말씀은 안 됩니다.

칼라피네　조금만 더, 착한 알메다.

알메다　　 좋아요, 무슨 말씀이죠?

칼라피네　다로테 강물은 카이로를 지나
　　　　　　알렉산드리아 만까지 흘러간다.
　　　　　　그런데 그곳에는 터키의 함대 가운데

배 한 척이 정박해 있지.

바로 내가 어떤 수단을 써서라도 풀려나기를

바라며, 강가에서 나를 기다리는 거야.

내가 배에 오르면, 배는 돛을 올리고

즉시 키프로스와 크레타 섬 사이에 있는

지중해로 나아가 재빠르게

터키의 바다에 도착하게 될 거야.

그렇게 되면 너는 백 명도 넘는 왕들이 무릎을 꿇고

내가 돌아온 것을 환영하는 모습을 보게 될 거야.

황금으로 번쩍거리는 수많은 왕관들 중에서

네가 원하는 것을 아무거나 골라.

모두 다 네 마음대로야.

기독교 노예들을 실은 천 척의 배를 너에게 공짜로

주겠어. 그 배들은 해협[69]을 가르며 나아가

스페인 해안에서 풍요로운 미국의 황금을 가득 실은

거대한 군선들을 끌어올 것이야.

음악과 연애시에 능통하고,

피그말리온의 상앗빛 소녀나 혹은

암소로 변한 사랑스런 이오만큼이나 아름다운

그리스의 처녀들이 너의 시중을 들 거야.

벌거벗은 흑인들이 너의 마차를 끌 것이며,

네가 의기양양하게 거리를 지날 때,

네 마차 바퀴 밑의 도로는 터키의 카펫으로 덮일 것이고,

---

69 지브롤터 해협.

성벽 주위에는 아름다운 아라스 천[70]이 걸리고,

너의 기품 있는 눈이 바라볼 진기한 물건들로 장식될 거야.

진홍빛 비단옷을 입은 수백 명의 장수들이

바바리 말을 타고 네 앞으로 나아갈 것이고,

네가 나아갈 때는, 태양이 지구의 한쪽 끝에서 떠올라

반대쪽으로 기울어갈 때 온 세상을 뒤덮는

아름다운 베일처럼 밝게 빛나는 보석들로 장식된

황금빛 휘장이 ─ 아니, 이 이상이야.

말로 다할 수 없을 정도지.

알메다　　그 배가 여기에서 얼마나 멀리 떨어져 있다고 그랬죠?

칼라피네　착한 알메다, 여기에서 반 리그도 채 안 돼.

알메다　　하지만 배에 타다가 들키지는 않을까요?

칼라피네　그 배는 산의 우묵한 경사면과

울퉁불퉁한 암석이 구부러진 곳 사이에 감싸여 있고,

돛대와 항해 도구들을 내린 상태에서,

너무도 은밀하게 숨어 있어서, 누구도 배를 발견해낼 수 없어.

알메다　　좋습니다. 하지만 말씀해주세요, 전하. 만약 제가 전하를

탈출시켜드린다면, 방금 하신 약속을 그대로 지키시겠습니까?

저의 이번 공로로 저를 왕으로 삼아주시겠습니까?

칼라피네　내가 황제 칼라피네이니,

마호메트의 손에 걸고 맹세한다.

나는 너를 왕으로 삼을 것이고, 너는 나의 친구가 되리라.

알메다　　그렇다면 아직은 탬벌레인 대왕의 수하에서 당신의 간수라는

---

70 플랑드르의 아라스 지방에서 생산되었던 고급 천으로 벽에 거는 융단을 만드는 데 쓰였다.

신분을 지니고 있는 알메다이지만, 저도 여기에서 맹세합니다.

비록 그가 이 대단한 모험을 방해하기 위해

천 명의 군사들을 보낸다 하더라도,

저는 전하를 보호하고 인도하는 위험을 기꺼이

감수하고, 전하를 다시 이곳으로 데려오는

일이 생긴다면 죽음을 각오하겠습니다.

칼라피네 고맙다, 착한 알메다, 그렇다면 서두르자.

시간이 지나서 우리의 마음이 약해지지 않도록.

알메다 전하께서 원하시는 때라면 소인은 준비가 되어 있습니다.

칼라피네 지금 즉시 가자. 잘 있거라, 저주스런 탬벌레인!

이제 내가 아버지의 죽음에 복수를 해주리라.　　　　　(함께 퇴장.)

〈제3장〉

(북과 나팔 소리가 들리며 제노크라테와 세 아들, 칼리파스, 아미라스, 켈레비노스를 데리고 탬벌레인 등장.)

탬벌레인 자 아름다운 제노크라테, 세상을 비추는 밝은 눈이여.

그대의 빛은 하늘의 별들을 밝게 비추고,

그대의 활기 찬 얼굴은 찌푸린 하늘을 맑게 하여,

수정처럼 맑은 옷을 입히는구려.

자, 이집트와 터키 제국이 나누어지는

여기 아름다운 라리사[71] 평원 위에서 쉬시오.

---

71 시리아와 터키 제국의 국경 가까이 있는 해안 도시.

다들 황제가 되고 세계를 호령하는 자가 될

그대의 아들들 사이에서 말이오.

제노크라테   다정한 탬벌레인, 당신은 언제 이 무기들을 떠나

격렬한 전쟁의 위험과 상처로부터

신성한 옥체를 보존하시겠어요?

탬벌레인   그때는 하늘이 두 축 위에서 움직이는 것을 멈추고,

나의 군사들이 행군하는 대지가 높이 솟아올라

초승달에 닿을 때일 것이오.

그전에는 안 되오, 다정한 제노크라테.

올라앉으시오, 그리고 사랑스런 여왕처럼 쉬시오.

자, 그녀는 화려하고 엄숙하게 앉았고,

나에게는 내가 정복한 모든 부유한 왕국들보다도

더 귀중한 나의 아들들이 그녀 곁에 앉아서

어머니의 얼굴을 쳐다보는구나―

하지만 녀석들의 얼굴이 탬벌레인의 아들들처럼

용감해 보이지 않고 호색적으로 보이는구나.

뒤섞여 하나가 된 물과 공기는

녀석들에게 용기와 지혜가 없음을 말해준다.[72]

호저(豪猪)의 가시처럼 뻣뻣하고, 칠흑처럼 새까맣고,

쇠나 강철처럼 단단해야 하는데,

우유처럼 하얗고 오리털처럼 부드러운 그들의 머리카락은

전쟁을 치르기에는 너무 우아하게 보인다.

---

72 르네상스 시대의 기질론에 따르면, (냉담한 기질과 일치하는) 물의 축축하고 차가운 성질과 (다혈질에 일치하는) 공기의 축축하고 뜨거운 성질은 부정적인 기질을 형성한다고 여겨졌다. 흙과 불의 혼합에서 생겨나는 견고함과 강인함이 없기 때문이다.

현악기를 연주하는 데 적합해 보이는 그들의 손가락,

여자의 목덜미 근처를 어루만지는 것이 어울릴 그들의 팔,

공중에서 깡충거리며 춤추는 것이 어울릴 그들의 발을 보니

이 아이들이 나의 아들들이 아니라

사생아들이 아닌가 하는 의심이 드오.

하지만 나는 그들이 탬벌레인 외에는 남자를 쳐다본 적이 없는

당신의 자궁에서 나왔다는 것을 알고 있소.

제노크라테 자비로우신 전하, 아이들은 어미의 얼굴을 갖고 있습니다.

하지만 그들도 군인이 되면 아버지의 강인한 마음을 가질 거예요.

그중에 막내인 이 사랑스런 아이는

얼마 전에 스키타이의 군마에 올라타고

빠르게 원을 그리면서 장갑을 향해 돌진했답니다.

그리고 가느다란 막대기로 장갑을 때리고 나서 즉시 고삐를

잡아당겨 말을 세웠는데, 말이 앞발을 너무 높이 들어올려,

저는 아이가 말에서 떨어졌다고 생각하여 소리를 질렀답니다.

탬벌레인 잘했다, 내 아들아.

너에게 방패와 창과 갑옷, 말, 투구 그리고 짤막한 칼을 주고,

내가 너에게 적을 공격하는 법과

무서운 창들이 난무하는 중에도 상처 입지 않고 달리는 법을 가르쳐
주마.

만약 네가 전쟁을 좋아하고 나를 따른다면,

너는 왕이 되어 나와 함께 다스릴 것이며,

황제들을 철창에 가두게 될 것이다.

만약 네가 너의 형들보다 뛰어나고,

모든 면에서 그들보다 빛나는 미덕을 보여준다면,

	형들보다 먼저 왕이 될 것이고, 너의 자손들이
	왕관을 얻게 될 것이다.
켈레비노스	예, 아버지, 제가 살아 남는다면, 아버지는
	제가 아버지처럼 제 휘하에 수많은 왕들을 거느리고
	엄청나게 많은 병사들과 함께 행군하여
	모든 세계가 그들을 보고 두려움에 떠는 것을 보실 거예요.
탬벌레인	아들아, 너의 말은 네가 내 아들이라는 확신을 주는구나.
	내가 늙어 무기를 다룰 수 없을 때,
	네가 세상을 두렵게 하고 떨게 하는 존재가 되거라.
아미라스	아버지, 왜 저도 동생처럼 세상을 두렵게 하고
	떨게 하는 존재가 되지 못하나요?
탬벌레인	너희 모두 다 세상을 두렵게 하고 떨게 하는 존재가 되거라.
	그렇지 않으면 너희는 탬벌레인의 아들들이 아니다.
칼리파스	아버지, 동생들은 무력을 추구하지만,
	저는 자비로운 어머니와 함께 있게 해주세요.
	동생들은 전세계를 정복하기에 충분합니다.
	하지만 전 아버지께서 정복하신 것을 지키는 일만으로 충분합니다.
탬벌레인	위대한 탬벌레인의 아들이 아니라,
	어떤 겁쟁이에게서 나온 사생아 같은 놈.
	네가 용감하고 불굴의 정신을 갖지 않는 한,
	너는 내가 굴복시킨 모든 지역에 한 발자국도
	들여놓지 못하리라.
	페르시아의 왕관을 쓸 자는
	머리에 깊은 흉터를 지니고, 가슴에는 커다란 상처를 갖고 있으며,
	분노하면 눈에서 불꽃이 일고,

찌푸리는 미간의 주름 속에는 복수, 전쟁, 죽음

그리고 잔인함이 담겨 있어야 한다.

땅이 새빨간 피로 뒤덮여 있고,

죽은 자들의 머리가

여기저기 나뒹구는 전쟁터에서

나의 옥좌는 번창할 것이기 때문이다.

그리고 그 옥좌에 앉고자 하는 자는

무장한 채로 턱까지 잠긴 피 속을 헤쳐나가야 한다.

제노크라테 전하, 그런 말씀은 우리 왕자들이 아직

전쟁터에서 처참한 곤경을 겪어보지 않았으니

그들의 마음을 당황스럽게 할 뿐입니다.

켈레비노스 아닙니다, 어머니, 아버지의 말씀은 우리에게 필요합니다.

만약 아버지의 옥좌가 피의 바다 속에 있다면,

저는 왕의 자리를 잃기보다는

배를 준비하여 거기까지 항해할 겁니다.

아미라스 그리고 저는 왕의 자리를 잃기보다는

피의 연못을 헤엄쳐 나가거나,

죽은 시체들로 다리를 만들 겁니다.

그 다리의 아치는 터키인들의 뼈로 만들어야겠지요.

탬벌레인 좋아, 사랑스런 아들들아, 너희 둘 다 황제로 만들겠다.

너희들의 정복의 팔을 동방에서부터 서방에까지 펼치거라.

그리고, 이놈아, 너도 왕관을 쓸 작정이라면,

우리가 터키의 우두머리와 그자의 총독들을 모두 만날 때,

그 머리에서 왕관을 낚아채어라. 그리고 너의 칼로

그자의 해골을 쪼개어라.

칼리파스	만약 누군가가 그를 붙잡고 있으면, 제가 치겠어요.

칼리파스　만약 누군가가 그를 붙잡고 있으면, 제가 치겠어요.

그리고 제 칼로 그자의 목을 베겠어요.

탬벌레인　그를 붙잡기도 하고 베기도 하여라, 그렇지 않으면 내가 너를 벨 것이다.

우리는 즉시 그들과 대적하러 진격할 것이다.

테리다마스, 테켈레스 그리고 카사네가

각각 대군을 이끌고 이 터키군과 맞서기 위해

라리사 평원에서 나를 만나기로 약속하였다.

내가 터키를 내 제국의 일부로 삼을 것을

거룩한 마호메트의 이름으로 맹세했기 때문이지.

나팔 소리가 들린다. 제노크라테, 그들이 오는군.

(테리다마스와 그의 부대가 북과 나팔을 울리며 등장.)

잘 왔소, 테리다마스, 알제리의 왕이여.

테리다마스　전세계의 지배자이신, 위대하고 존엄하신

탬벌레인 대왕이시여,

여기 전하의 존엄하신 발 앞에 저의 왕관과 저 자신,

그리고 제가 가진 모든 군사들을 바칩니다.

탬벌레인　고맙소, 충성스런 테리다마스.

테리다마스　저의 깃발 아래에는 만 명의 그리스군과

알제리와 아프리카의 변방 지역에서 온

40만의 용감한 병사들이 있는데,

모두 나톨리아를 약탈할 것을 맹세했습니다.

5백 척의 소형 해적선들이 바다 위에서

전하의 명령을 따르기 위해 대기하고 있으며,

알제리에서 진수하여 트리폴리까지 이른 이 배들은

재빠르게 나톨리아의 바다 앞까지 이르러

해안에 있는 성들을 포격하여 무너뜨릴 것입니다.

탬벌레인 잘 말해주었소, 알제리 왕이여. 그대의 왕관을 다시 받으시오.

(테켈레스와 우섬카사네 함께 등장.)

모로코의 왕과 페세의 왕이여, 잘 오셨소.

우섬카사네 장엄하시고 비할 데 없는 탬벌레인 왕이시여,

저와 저의 이웃 페세의 왕은

이 터키 원정에서 전하를 돕기 위해

10만 명의 숙련된 병사들을 데려왔습니다.

아자모르에서 바다 가까이 있는 튀니스까지

바바리 지역은 전하를 위해서 주민들을 모두 출진시켰으며,

제 휘하에 있는 모든 무장한 병사들을

제 왕관과 함께 기쁘게 전하께 바칩니다.

탬벌레인 고맙소, 모로코의 왕이여, 그대의 왕관을 다시 받으시오.

테켈레스 지상의 신이신 위대한 탬벌레인 왕이시여,

전하의 표정은 이 열등한 세상을 뒤흔들어놓습니다.

저는 여기 전하께 페세의 왕관과 함께

전쟁에 숙련된 무어인들의 대군을 바칩니다.

그들의 숯처럼 새카만 얼굴은 적군을 퇴각하게 만들며,

공포에 떨게 만드는데, 이는 마치 지옥의 조브 신[73]이

---

73 지하 세계를 다스리는 하데스를 말한다.

이 터키군과의 싸움에서 전하를 돕기 위해

번쩍이는 깃발과 수백만의 고통스런 영혼들을 거느린

추한 복수의 여신들과 함께 지옥의 캄캄한 영역을

돌파하는 것과 같을 것입니다.

막강한 테셀라[74]에서 빌레둘[75]에 이르기까지

모든 바바리족이 전하를 위해 출진했습니다.

탬벌레인 고맙소, 페세의 왕이여, 여기 그대의 왕관을 다시 받으시오.

사랑하는 친구들이자 동료 왕들인 그대들이

함께 있으니, 나는 기쁨에 넘치오.

비록 조브 신의 호화로운 궁전의 수정문들이

모두 활짝 열려 있어, 내가 들어가서 천상의 장엄한

광경을 본다 하더라도, 그것은 그대들의 모습을 보는 것보다

나를 더 기쁘게 할 수 없을 것이오.

이제 우리 잠시 동안 이 평원 위에서 연회를 열고,

그후에 북풍이 수천의 시커먼 먹구름을 몰아올 때

떨어지는 빗방울의 수보다도 많은 우리의 군사들을

이끌고 터키로 진격할 것이오.

나톨리아의 거만한 오르카네스와

그의 총독들은 두려움에 사로잡혀

데우칼리온의 홍수[76] 때처럼 돌멩이들이 군사들로

변한다 할지라도 패배할 수밖에 없을 것이오.

나는 터키인들의 피로 홍수를 만들 것이니,

---

74 오란의 남쪽 지역.
75 북아프리카의 한 지역.
76 오비디우스의 『변신 이야기』를 보면, 대홍수 후에 데우칼리온과 피라가 던지는 돌멩이에서 사람들이 다시 태어난다.

조브 신이 사자를 보내 내게 칼을 칼집에 꽂고

전쟁터를 떠나라고 명할 것이오.

태양은 그 광경을 차마 볼 수 없어서

바다의 여신 테티스의 무릎 속으로 머리를 숨길 것이고,

자신의 말들을 목자자리에 맡길 것이오.

이 싸움에서 세계의 반이 멸망할 것이오.

하지만 지금은, 나의 친구들이여, 그대들의 안부를 묻고 싶다.

나와 떨어져 있는 동안에 어떻게 지냈는가?

우섬카사네 전하, 저희 바바리의 병사들은

등에 무기를 메고 4백 마일을 행군했으며,

15개월이 넘도록 포위 공격을 했습니다.

술탄의 궁전에서 전하를 떠난 이후로

우리는 구알라티아[77] 남부와 스페인 해안에 있는

모든 영토를 정복했습니다.

우리는 협소한 지브롤터 해협을 지켰으며,

카나리아 제도의 모든 섬들이 우리를 왕과 군주로

부르도록 만들었지만, 한 번도 즐겨본 적이 없습니다.

또 단 하루도 전쟁을 떠나거나 경계를 늦춘 적이 없으니,

그들을 잠시 쉬게 해주십시오, 전하.

탬벌레인 그렇게 하라, 카사네, 참으로 휴식이 필요한 때이다.

테켈레스 저는 나일 강을 따라 요한 대왕[78]이라고 불리는

위대한 기독교의 사제가 우윳빛 하얀 옷을 입고

앉아 있는 마흐다까지 진군했습니다.

---

77 리비아 사막 서쪽에 위치한 지역.

78 중세에 아시아, 아프리카에 기독교 왕국을 건설했다고 전해지는 전설적인 성직자이자 왕.

그리고 그자가 쓰고 있는 로마 교황의 삼중관을 빼앗고,

제 왕권에 복종을 맹세케 했습니다.

그 다음에는 그곳을 떠나 카자테스로 진군했는데,

거기에서는 아마존 여인들이 저를 대적했습니다.

그들이 여자인지라 저는 그들과의 동맹을 허락하였고,

군사들을 이끌고 아프리카의 서부 지역인 잔지바르로

진군하였습니다. 그곳에서 저는 에디오피아 해,[79]

강물들 그리고 호수들을 보았습니다만—

온 땅에서 어른은커녕 아이도 보이지 않았습니다.

그래서 저는 마니코로 진로를 정했는데,

거기에서도 저항이 없어 진영을 이동했습니다.

그리고 마침내 바이아테르 해안 근처에서

흑인들이 거주하는 쿠바르에 이르렀고,

그들을 정복하고 난 후, 서둘러 누비아로 향했습니다.

거기에서 왕이 사는 보르노를 약탈하고,

왕을 붙잡아 사슬에 묶어 제가 전에 머물렀던

다마스커스로 끌고 왔습니다.

탬벌레인   잘했다, 테켈레스. 테리다마스는 어떤가?

테리다마스   저는 아프리카의 경계를 떠나

유럽으로 항해를 했습니다.

거기에서 저는 티로스 강가에 있는 스토카,

파달리아 그리고 코데미아를 정복했습니다.

그 다음에는 바다를 가로질러

---

79 대서양.

오블리아에 이르렀고, 악마들이 춤추는

니그라실바는 불태워버렸습니다.

그곳에서 떠난 후, 저는 거주민들이

마레마기오레[80]라고 부르는 만을 건넜습니다.

하지만 저의 병사들은 나톨리아가 전하의 발 앞에

무릎을 꿇을 때까지 휴식을 취하지 않을 겁니다.

탬벌레인 그렇다면 우리는 승리할 것이다. 연회를 베풀고 즐기라.

요리사들이 산해진미를 만들어

전세계의 진미로 우리를 즐겁게 해줄 것이다.

병사들은 라크리마크리스티[81]와 칼라브리안

포도주를 주발에 담아 단숨에 들이켜라.

그래, 우리가 그를 정복하면 산호와 동양의 진주가

혼합된 황금빛 음료를 마시게 되리라.

자, 그동안 연회를 열고 즐기도록 하자.   (함께 퇴장.)

제2막

〈제1장〉

(지그몬드, 프레데릭, 볼드윈, 그들의 수행원들 등장.)

---

80 흑해.
81 남부 이탈리아의 달콤한 적포도주.

지그몬드   자 말해보시오, 부다와 보헤미아의 영주들이여,
          어떤 충동이 이처럼 여러분을 흥분시키고,
          용기를 자극하여 갑작스런 무장을 하도록 하였소?

프레데릭   전하께서는 이 이교도 터키인들이 최근에
          줄라 시와 다뉴브 강 사이에서 얼마나 잔인하게
          기독교도들을 살해하였는지 기억하시리라 믿습니다.
          바르나와 불가리아의 중심부를 관통하여
          거의 로마의 성벽에 이르기까지,
          그들이 우리 군대를 몰살시킨 것이
          바로 얼마 전입니다.
          그렇다면 전하께서 기회와 힘을 이용하여
          이 이교도들에게 복수할 때가 바로 지금입니다.
          전하께서는 모든 터키인들의 심장을
          공포에 떨게 하는 탬벌레인이 곧
          당도하리라는 것을 아십니다.
          나톨리아는 쿠테이아와 오르미니우스 산 사이에서
          우리의 군대와 맞서 배치시켰던 전군의 대부분을
          철수시켜, 그들을 벨가사르, 아칸타, 안티오크,
          그리고 카에사리아로 보내서 소리아와
          예루살렘의 왕들을 돕게 하였습니다.
          그렇다면, 전하, 이 기회를 이용하십시오.
          나머지 군사들을 급습하십시오.
          그러면 그들의 파멸에 힘입어
          우리는 모든 이교도 군대의 용기를 꺾어
          감히 기독교도와 전쟁을 하지 못하도록

할 수 있습니다.

지그문드   하지만 그대들은 최근에
오르카네스 왕과 맺은 동맹, 우리의 진실에 대한
증거로 그리스도의 이름으로 맹세한
평화 조항과 동맹을 잊었단 말이오?
이것은 우리의 명예로운 선언을 위반하는
배신이고 폭력이오.

볼드윈   조금도 그렇지 않습니다, 전하—신앙도
진실한 종교도 없는 그런 이교도들에 대해
우리가 기독교 국가의 신성한 법률이 명령하는
약속 이행의 의무에 얽매일 필요가 없습니다.
그들이 불경스럽게 맹세한 약속이라는 것도
결국은 필요에 의한 정책적인 것이니
우리에게 믿을 만한 맹세로 여겨지지 않는 것처럼,
그들에게 한 맹세가 무기와 승리에 대한
우리의 자유를 침해해서는 안 됩니다.

지그문드   비록 그들이 한 맹세가 우리의 안전에
큰 도움이 되지 않는다는 것을 알지만,
그들의 약속과 그들의 명예 그리고 그들의 종교를
이처럼 비방하는 그런 나쁜 태도들이
우리에 대해서도 그와 똑같은 추측을 하게 해서는 안 되오.
우리의 믿음은 확실하오, 따라서 완전하고,
종교적이고, 의롭고, 그리고 손상되지 않아야 하오.

프레데릭   전하, 그렇게 엄격하게 율법에 의한 믿음을
지키는 것은 미신입니다.

기독교도들의 죽음을 복수하고 저 추악하고 불경스런

이교도를 응징하기 위해서 하느님이 주신 기회를

우리가 놓쳐야 하겠습니까?

만약 우리가 이 주어진 승리를 무시한다면,

하느님의 명령을 듣고도 죽이고 저주하지 않으려 했던

발람[82]과 나머지 사람들에게, 또 사울[83]에게 떨어진 것처럼,

가장 높으신 분의 복수와 그분의 무서운

팔의 분노가 우리의 죄 많은 머리 위로

혹독하게 쏟아져 내릴 것입니다

지그몬드   그렇다면 영주들이여, 즉시 무장을 하고 출정하시오.

우리의 병사들에게 가능한 신속히

이교도들을 공격하여 우리의 하느님이

주신 승리를 취하도록 명령하시오.   (함께 퇴장.)

〈제2장〉

(오르카네스, 가젤러스, 우리바사가 그들의 수행원을 데리고 등장.)

오르카네스   가젤러스, 우리바사 그리고 병사들이여,

이제 우리는 장대한 오르미니우스 산을 떠나

---

82 구약 성서 「민수기」 22장 이후에 등장하는 선지자. 하지만 그는 말로의 묘사와는 달리 이스라엘 자손들을 저주하라는 발락의 명령을 듣지 않고, 하느님의 명령을 따라 이스라엘 자손을 축복하였다.
83 구약 성서 「사무엘 상」 15장에서 이스라엘의 왕 사울은 아멜렉 사람들을 쳐서 진멸하라는 하느님의 명령을 어기고 아멜렉의 왕 아각을 살려두고 귀한 것들을 남겨두어, 결국 하느님의 진노를 받았다.

아름다운 나톨리아로 진군할 것이오. 거기에서 우리의

이웃 왕들이 잔인한 탬벌레인과 대적하기 위해

우리와 우리의 군대를 기다리고 있소.

가까운 라리사 평원에는 엄청난 대군이 집결해 있으며,

수많은 군사들의 무기에서 나오는 천둥 같은 소리는

사람들과 하늘까지도 뒤흔들고 있소.

가젤러스   이제 우리는 과거에 그가 거만 떨며

자랑하였던 것보다도 더 큰 힘으로

그의 세력을 뒤흔들어놓을 것입니다.

수백 명의 왕들이 그에게 전쟁을 선포할 것이고,

수십만의 병사들이 그들을 뒤따를 것입니다—

비록 치명적인 천둥 번개가 구름의 내장을 뚫고 나와

저 거만한 스키타이인을 돕기 위해서

우리의 머리 위에 우박처럼 쏟아진다 하더라도,

우리의 용기와 강철로 만든 투구

그리고 헤아릴 수 없이 많은 병사들은

그에게 저항하고 승리할 수 있을 것입니다.

우리바사   전에 우리 군대의 놀라운 힘에

두려워하지 않을 수 없었던 기독교도의 왕이

전하께서 평화 협정을 허락하신 것에

대해 참으로 기뻐하리라고 생각됩니다.

(전령 등장.)

전령   무장하십시오, 전하 그리고 영주님들!

저 배신자 기독교도들의 군대가 전하의

군사 수가 줄어든 것을 이용하여,

우리를 향해 진격해오고 있습니다.

우리의 생명을 빼앗으려고 전쟁을 선포할 작정입니다.

오르카네스   배신자들, 악당, 빌어먹을 기독교도들!

그자는 그리스도의 이름으로, 나는 마호메트의 이름으로

우리 둘 다 엄숙한 맹세로 확인한 평화 조항들이

여기 있지 않은가?

가젤러스   그런 배신으로 우리의 멸망을 꾀하고,

자신들의 예언자 그리스도를 무시하는

그들의 머리 위에 지옥의 혼돈이 내려라.

오르카네스   기독교도들 속에 그런 속임수가, 아니

높으신 하느님의 형상을 입은 인간의 심장에

그런 배신이 있을 수 있는가?

그렇다면 기독교도들이 말하는 것처럼 그리스도가 있다 하더라도,

그들의 행동은 그리스도의 이름으로 그를 부인하는구나.

만약 당신이 영생하는 조브 신의 아들이고

쭉 뻗은 팔에 힘이 있다면,

만약 당신이 우리의 거룩한 예언자 마호메트처럼

자신의 이름과 명예를 중요하게 여긴다면,

여기 우리의 희생 제물로 이 서류들을 가져가고,

당신 종들의 거짓 맹세를 증거하소서!

(평화 조항들을 갈기갈기 찢는다.)

모습을 드러내라, 그대 달빛 빛나는 하늘이여,

높은 권좌에 앉아 계시며, 결코 주무시지 않고,

한곳에만 계시지 않고,

모든 곳에서 모든 대륙을

기묘하고 신성한 힘과 활기로 채우시는

그분이 무한한 힘과 순수함으로 이 배신자의

거짓 맹세를 보고 응징하실 수 있도록

천상의 제국으로부터 길을 내라.

전능하신 신으로 존경받는 그리스도시여,

만약 당신이 모든 신실한 사람들의 숭배를 받을 만한

완전한 신이라는 것을 증명하고자 한다면,

지금 이 배신자의 영혼에 복수하여

뒤에 남긴 나의 군대가

(우리의 죄 많은 생명을 구하기에는 너무 적지만)

이 거짓된 기독교도들의 불충한 세력을

쳐부수고 깨트리기에 충분하게 하소서.

무기를 드시오, 영주들이여, 그리스도에게 외칩시다—

만약 그리스도가 있다면, 우리가 승리할 것이오.   (함께 퇴장.)

〈제3장〉

(전쟁터에서 들리는 소리. 지그몬드가 부상을 입고 나온다.)

지그몬드　기독교도 병사들이 모두 패배했어.

하느님께서 높은 곳에서 나의 저주스럽고 증오스런

거짓 맹세를 벌하셨다.

오 죄에 대한 정당하고도 끔찍한 벌을 받는구나.

내가 받아 마땅한 이 치명적인 상처에서 비롯되는

고통스런 치욕이여, 죽음으로

나의 모든 속죄를 끝내게 하라.

죄의 대가인 이 죽음으로 인해

무한한 자비 속에 내생을 누릴 수 있기를.   (죽는다.)

(오르카네스, 가젤러스, 우리바사 등 등장.)

오르카네스　이제 기독교도들은 자신들의 피 속에 누워 있구나.

그리스도도 마호메트도 나의 친구였다.

가젤러스　여기 거짓 맹세한 배신자 헝가리 왕을 보십시오.

악행의 대가로 피범벅이 되어 숨이 끊어져 있습니다.

오르카네스　이제 그의 야만스런 시체는 짐승들과 새들의

먹이가 될 것이다. 그리고 감각이 없는 모든

나무들의 잎사귀를 지나는 바람들이

그의 가증스런 죄를 속삭이고 야유할 것이다.

이제 그의 영혼은 지옥의 강물 속에서 고통당하고,

지옥의 독기 서린 나무, 불길 속에서 저주받은 악마들의

머리통과 같은 열매들로 접목되지만

거만한 꽃의 여신처럼 번성하는

그 쓰디쓴 열매, 조아컴[84]을 먹으리라.

꺼지지 않는 불꽃의 사슬에 매인 악마들이 그의 영혼을

---

84 코란에 나오는 열매 이름.

지옥의 불타는 심연 속으로 이끌고 가리니,

고통에서 고통으로 이어지는 변화는 끝이 없으리라.

가젤러스, 그대는 어떻게 생각하시오?

우리가 그리스도의 정의와 능력에서

비롯되었다고 여기는 그의 파멸에 대해.

그리스도의 정의와 힘이 달빛처럼

분명하게 나타나지 않소?

가젤러스 전하, 이건 단지 전쟁의 운일 따름입니다.

그 운의 힘이 종종 기적을 보이기도 하지요.

오르카네스 하지만 나는 우리의 이번 승리에서 한몫을

도운 마호메트를 모욕하지 않는 범위에서

그리스도가 영광을 받아야 한다고 생각하오.

그리고 이 이단자가 자신의 신앙을 더럽히고

하늘과 땅에 반역자가 되어 죽었으니,

우리는 그의 시체를 이 평원 가운데 두고

새들의 먹이가 되는 것을 지켜볼 것이오.

우리바사, 가서 즉시 이를 시행하시오.

우리바사 그렇게 하겠습니다, 전하.　　(우리바사와 병사들이 시체를 끌고 퇴장.)

오르카네스 자, 가젤러스, 서둘러 우리의 군대,

예루살렘과 소리아, 트레비존드 그리고

아마시아에서 온 우리의 형제들을 만나서,

나톨리아의 주발에 그리스의 포도주를

가득 채워 우리의 행복한 승리와

그의 모진 운명을 기념합시다.　　　　　(함께 퇴장.)

〈제4장〉

　(커튼이 드리워져 있고, 제노크라테가 그녀의 침대에 누워 있다. 탬벌레인이 그녀 곁에 앉아 있고, 침대 주위에서 세 명의 의사가 약제를 섞고 있다. 테리다마스, 테켈레스, 우섬카사네와 세 아들〔칼리파스, 아미라스, 켈레비노스〕이 있다.)

탬벌레인　환한 대낮의 아름다움도 시커멓게 변해버렸다.
　　　　　은빛 파도 위에서 영광스럽게 춤추던
　　　　　하늘의 황금빛 태양도 이제 불꽃을
　　　　　태울 연료가 없어 희미하게 또 치욕스럽게
　　　　　자신의 신전을 심술궂은 구름으로 감싸,
　　　　　지구를 끝없는 밤으로 어둡게 하려 한다.
　　　　　그에게 빛과 생명을 주었던 제노크라테,
　　　　　그녀의 눈은 그 상앗빛 눈썹으로부터 불꽃을 쏘아
　　　　　모든 영혼을 생명의 열기로 새롭게 하였건만,
　　　　　지금은 경쟁 상대를 인정하지 않으려는
　　　　　성난 하늘의 심술 때문에,
　　　　　편안한 최후의 숨결 속에 모든 것을 지옥 같은
　　　　　죽음의 안개로 가려 혼란스럽게 하는구나.
　　　　　이제 천사들이 보초들처럼 불멸의 영혼들에게
　　　　　신성한 제노크라테를 환영하도록 경고하기 위해
　　　　　하늘의 성벽 위를 걸어다니는구나.
　　　　　아폴론, 킨티아[85] 그리고 이 지긋지긋한 지구를

---

85 아르테미스의 별칭.

부드럽게 바라보는 쉼 없는 별들도

더 이상 아래쪽으로 빛나지 않고,

신성한 제노크라테를 환영하기 위해

하늘을 장식하는구나.

한번 맛보면 순결한 눈에 영원한 빛을 주는

수정 강물은 정제된 은처럼 신성한 제노크라테를

환영하기 위해 낙원을 통과해 흐른다.

왕의 왕 앞에서 노래하고 연주하는 천사들이

그들의 목소리와 악기들을 신성한 제노크라테를

환영하기 위해 사용한다.

그리고 이 달콤하고도 정교한 화음 속에서

이 음악을 우리의 영혼에 일치시키는 신이

엄숙하게 자신의 손을 내밀어

신성한 제노크라테를 환영한다.

그렇다면 어떤 신성한 황홀경에 사로잡혀

나의 생각이 하늘의 궁전으로 옮겨가,

내 생명도 사랑스런 제노크라테의 날들처럼

짧아질 수 있기를 바라노라.

의사들이여, 의술이 그녀에게 아무런 도움도 되지 않느냐?

의사 전하, 곧 아시게 될 것입니다―

황후께서 이번 위기를 넘기시면, 최악의 상황은 넘긴 것입니다.

탬벌레인 어떠신지 말씀해보시오, 나의 아름다운 제노크라테.

제노크라테 전하, 저도 다른 황후들과 마찬가지입니다.

이 나약하고 덧없는 육신이

건강을 유지하는

정해진 생기의 양을 모두 빨아들였을 때,

그것은 어쩔 수 없이 시들어갑니다.

탬벌레인 그런 변화가 내가 생명을 걸었던

상냥한 나의 사랑에게는 결코 일어나지 않기를.

건강한 아름다움을 지닌 그녀의 천사 같은

모습은 태양과 별들에게 빛을 주고,

그녀의 부재는 태양과 달을 어둡게 만든다.

마치 태양과 달이 지구의 반대편에서

뱀자리 위에 오르거나 혹은 휘감기는

별꼬리를 따라 떨어지는 것처럼 말이오.

더 살아주시오, 내 사랑, 그래서 내 생명을 보호해주시오.

그렇지 않고 죽는다면, 나도 데려가시오.

제노크라테 전하, 더 사셔야 해요. 오 제 주인께서 살게 하소서.

전하의 존엄한 옥체를 천한 흙으로 감싸시느니보다

즉시 그 성급한 기질을 녹여 없애버리시고,

하늘에 전하의 왕국을 만드소서.

만약 제 죽음 때문에 전하께서 죽는다는 생각을 하면,

하늘나라에서 전하를 만나겠다는 저의 장래의

행복과 희망은 절망으로 변해버려 저의 비참한 가슴을

찢어놓을 것이고, 분노가 저의 현재의 안식을

뒤흔들어놓을 것입니다.

하지만 절 죽게 해주세요, 여보, 죽게 해주세요.

애정과 끈기를 가지고 전하의 진정한 사랑을 죽게 해주세요.

전하의 슬픔과 격정은 저의 내세의 삶을 해칩니다.

하지만 죽기 전에 전하께 키스하게 해주세요.

그리고 전하께 키스하며 죽게 해주세요.

하지만 제 생명이 조금 더 연장되었으니,

제 사랑하는 아들들과 진실된 고귀함으로

제게 아름다운 추억을 만들어주신 영주들께도

작별 인사를 하게 해주세요.

사랑하는 아들들아, 잘 있거라. 죽음에 임해서는

나를 본받지만, 살아서는 아버지의 훌륭함을 본받거라.

음악을 들려주세요, 제 발작이 가라앉을 겁니다, 전하.

(그들이 음악을 요청한다.)

탬벌레인   감히 내가 사랑하는 여인의 몸에 고통을 주고

영원하신 하느님의 응징을 행하는 자를

괴롭히는 패씸하고도 참을 수 없는 질병아!

전세계에 사랑과 경이로 상처를 주며

사랑의 신 에로스가 앉아 있던 그 두 눈이 지금은

슬프게도 창백한 죽음으로 채워져 있구나.

그리고 그 죽음의 창들은 내 영혼의 중심을 꿰뚫는구나.

천사 같은 그녀의 아름다움은 하늘도 매료시켰고,

그녀가 만약 트로이 공격 이전에 살았더라면,

아름다움 때문에 그리스군으로 하여금 전쟁을 일으키게 하고

수천 척의 배를 테네도스에 끌어들였던 헬레네는

그 이름이 그렇게 자주 쓰였던

호메로스의 일리아드에 등장하지 못했을 것을ㅡ

또한 고대 로마가 그 탄생을 자랑스러워했던 자유분방한

시인들이 잠시만이라도 그녀를 보기만 했더라면,

레스비아나 코린나[86]의 이름은 등장하지도 않았을 것을ㅡ

제노크라테가 모든 풍자시와 애가의

주인공이 되었을 것이다.　　　(음악이 울리고, 제노크라테는 죽는다.)

아니, 그녀가 죽었는가? 테켈레스, 칼을 뽑아라.

그리고 대지를 쳐라, 그것이 둘로 쪼개지도록 말이다.

우리가 지옥의 지하 감옥으로 내려가

나의 아름다운 제노크라테를 데려간 대가로

운명의 여신들[87]의 머리채를 잡아채어

그들을 지옥의 세 강물 속에 던져넣어버리리라.

카사네, 테리다마스, 무기를 들어라!

구름보다도 더 높게 흙담을 쌓아라.

그리고 대포로 하늘의 성을 부수고,

태양의 빛나는 궁전을 공격하고

별들이 빛나는 모든 창공을 산산조각 내어라.

음탕한 조브 신이 그녀를 하늘의 여왕으로 삼으려고

나의 사랑을 이곳에서 가로채 갔기 때문이다.

어떤 신이 그대에게 넥타르와 암브로시아[88]를 주면서

그대를 품안에 안는다 하더라도,

천사와 같은 제노크라테여, 여기 나를 보시오.

날뛰고, 애태우며, 절망하고, 미쳐서

야누스[89] 신전 문들의 녹슨 들보들을

---

86 카툴루스나 오비디우스의 연애시에 등장하는 아름다운 여인들.
87 클로토, 라케시스, 아트로포스, 이 세 여신은 탄생과 죽음을 관장하였다.
88 그리스 신화에 나오는 것으로 넥타르는 신들의 음료이고 암브로시아는 신들의 음식이다.
89 고대 로마 신화에 등장하는 시작과 태양의 뜨고 짐을 알리는 문의 신으로서, 보통 머리 하나에 서로 반대쪽을 바라보는 두 개의 얼굴을 가지고 있는 모습으로 묘사된다. 로마에 있는 그의 신전의 문들은 전시에는 열리고, 평화로운 시기에는 닫혀 있었다.

무너뜨렸던 나의 창들을 부러뜨리고,

죽음을 외치며, 이 핏빛 깃발 아래 나와 함께

진군하도록 전쟁을 강요하고 있다오.

만약 당신이 탬벌레인을 불쌍히 여긴다면,

하늘에서 내려와 나와 다시 살아주오!

테리다마스　아, 충실하신 전하, 참으십시오, 황후께선 돌아가셨습니다.

이렇게 분노하신다고 마마를 살려낼 수는 없습니다.

말로 마마를 살릴 수 있다면, 저희 목소리가 하늘을 찢었을 것입니다.

눈물로 살릴 수 있다면, 온 지구를 눈물로 적셨을 것입니다.

슬픔으로 살릴 수 있다면, 저희의 고통스런 심장이 피를 토했을 것입니다.

아무것도 효과가 없습니다. 황후께선 돌아가셨습니다, 전하.

탬벌레인　황후가 죽었기 때문이라! 그대의 말은 내 영혼을 꿰뚫는다.

아, 친절한 테리다마스, 더 이상 그렇게 말하지 말아라.

비록 그녀는 죽었지만, 그녀가 살아 있다고 생각하게 해다오.

그녀의 부재로 죽어가는 내 마음을 살리기 위해서 말일세.

그대의 영혼이 어디에 있든지,

그대는 납이 아닌 황금 천으로 싸여

계피와 용연향 그리고 몰약으로 방부 처리되어

나와 함께 있을 것이며, 내가 죽을 때까지 매장되지 않을 것이오.

그 다음에 마우솔로스 왕[90]의 무덤과 같은 화려한 무덤 속에서

우리 둘이 함께 쉴 것이며 내가 칼로 정복한

많은 왕국의 서로 다른 언어로 쓰인

---

[90] 기원전 4세기경 카리아의 왕. 그의 유명한 무덤은 세계 7대 불가사의 중의 하나이며 그의 미망인이 세운 것으로 알려져 있다.

하나의 비문을 갖게 될 것이오.

이곳이 나에게서 나의 사랑을 빼앗아 갔으니,

나는 이 저주받은 도시를 불태워버리리라.

불에 탄 집들은 마치 애도하는 것처럼 보일 것이고,

나는 이곳에 그녀의 동상을 세워,

애도하는 나의 군사들과 함께 제노크라테를 그리며

고개를 숙인 채 그 둘레를 행군할 것이다.　　　(커튼이 닫힌다.)

제3막

〈제1장〉

(트레비존드와 소리아의 왕이 한 사람은 칼을, 다른 한 사람은 홀을 들고 등장. 이어서 나톨리아의 오르카네스와 예루살렘 왕이 황제의 관을 들고 들어오고, 뒤이어서 칼라피네와 다른 영주들이 알메다와 함께 들어온다. 오르카네스와 예루살렘 왕이 칼라피네에게 왕관을 씌우고 다른 자가 그에게 홀을 바친다.)

오르카네스　　위대한 황제 바자제스의 아드님이자 상속자

　　　　　　칼라피누스 키리켈리베스, 아니 키벨리우스시여,

　　　　　　하느님과 그의 친구이신 마호메트의 도움을 입은

　　　　　　나톨리아, 예루살렘, 트레비존드, 소리아, 아마시아,

　　　　　　트라시아, 일리리아, 카르모니아 그리고 최근에

　　　　　　그의 위대한 아버지를 섬기던 130개 왕국들의

황제시여. 터키의 황제, 칼라피누스 만세!

칼라피네 참으로 훌륭한 나톨리아의 왕과 그밖의 다른 분들이시여,

나는 그대들의 충성을 나의 제국이 산출하는

모든 이익으로 보답하겠소.

비록 그분의 저주스런 운명이

그것을 해체시켜버렸지만,

나의 왕이시자 아버지이신 바자제스께서

누리던 것처럼 왕권이 그렇게 강하고

빈틈없게 행사될 수 있다면,

그대들은 이 스키타이의 도적,

이 거만한 페르시아의 왕위 찬탈자가

내 아버지의 부당한 죽음에 대한 대가를 치르면서,

우리의 명예와 주권을 인정하는 것을 보게 될 것이오.

그리하여 세상의 불명예의 기록에서

영예로운 우리의 이름이 지워지게 될 것이오.

이제 나는 그대들의 충성심이

이 저주스런 원수에게

복수할 준비가 되어 있음을 의심치 않소.

(뛰어난 덕목으로 존경받던 황제)

위대한 바자제스의 아들이

아버지의 치욕에 대한 비통한 기억으로

진정한 터키의 정신을 되살리리니,

오랫동안 강력한 탬벌레인의 칼을 뒤따랐던

거만한 행운의 여신이 이제 예의 그 변덕을 부려

이번 전쟁에서 우리의 명예를

드높여줄 것을 의심할 필요가 없소.

나의 친절한 간수의 도움을 통해 하늘이

내가 견뎌낸 그 모든 잔인함으로부터

탈출하게 해주었으니,

우리의 불행을 불쌍히 여긴 조브 신께서

우리의 머리 위에 행운을 내려주시어

저 저주스런 탬벌레인의 자만심을 응징하실 것이오.

오르카네스 저에게는 10만의 군사가 있습니다—

그중 일부는 거짓 맹세한 기독교도를 정복할 때

소수로 대군을 맞서 싸운 병사들이니,

그들은 수적으로 나일 강이나

유프라테스 강을 모두 마실 만하며

전세계를 정복하기에 충분하다고 생각하십시오.

예루살렘 왕 저도 역시 예루살렘, 유대, 가자 그리고 스칼로니아의

국경에서 모집한 그만큼의 군사를 가지고 있습니다.

시나이 산 위에는 그들의 깃발이 펼쳐져 있어서

이웃 국가들에 좋은 날씨를 보여주는

형형색색의 구름처럼 보입니다.

트레비존드 왕 그리고 저는 흑해에 접해 있는

트레비존드, 키오, 파마스트로 그리고 아마시아와

유명한 유프라테스 강의 끝에 접한

리소, 산키나 그리고 인접한 마을들로부터

그만큼의 군사를 이끌고 왔습니다.

그들의 용기는 그 저주스런 스키타이인이 그들의 마을에

놓은 불꽃과 함께 타올랐으며, 그 악당의 잔인한

가슴을 불태울 맹세를 했습니다.

소리아 왕 저는 알레포, 솔디노, 트리폴리 그리고 저의 도시 다마스커스에서
징집한 7만의 강군을 이끌고 이웃 왕들을 만나 돕기 위해
소리아에서부터 진격해왔습니다.
이 탬벌레인과의 싸움에 참여하는
모든 자들은 그를 전하의 발 앞에
산 채로 잡아 데려올 것입니다.

오르카네스 그렇다면 사기가 오른 우리의 이번 전투는
옛 표현을 따르자면 차오르는 달의 형상을
띠게 될 것이고, 그 달의 양끝이 이 거만한
스키타이인들의 유독한 머리통들을
더럽혀진 공기 중으로 흩뿌릴 것입니다.

칼라피네 좋소, 나의 고귀한 영주들이여, 이 사람은
내 원수의 속박에서 나를 풀어준 나의 친구이니,
나의 약속을 지켜 그를 왕으로 삼는 것이
명예롭고 필요한 일이라고 생각하오.
적어도 그것이 신사가 해야 할 바라고 알고 있소.

알메다 왕이 되는 데 신분은 중요치 않습니다, 전하.
탬벌레인도 처음에는 보잘것없는 존재였으니까요.

예루살렘 왕 전하께서 전하의 약속을 실행할 날을
정하십시오. 전하께서 왕국을 주시는 것은
어려운 일이 아닙니다.

칼라피네 그렇다면 곧 내 약속을 지키겠소, 알메다.

알메다 그럼, 감사합니다, 전하. (함께 퇴장.)

〈제2장〉

(탬벌레인이 우섬카사네와 자신의 세 아들[칼리파스, 아미라스, 켈레비노스]을 데리고 등장. 네 명의 병사들이 제노크라테의 유해를 메고 애도의 북소리를 울리며 뒤따르고, 도시는 불타고 있다.)

탬벌레인   그렇게, 이 저주스런 도시의 탑들을 불태워라.

가장 높은 대기의 상층부까지 타오르고

활활 타오르는 유성이 되어 사람들에게

죽음과 파멸을 예언하도록,

증기 더미에 불을 붙여라.[91]

나의 천체 위에는 이 땅을 죽음과 기근으로

위협하면서, 새롭게 공급되는

세상의 찌꺼기로 채워지고, 하늘이 녹아 없어질 때까지

남아 있을 불타는 별이 떠 있게 하여라.

날아다니는 용들과 번개, 무서운 천둥 소리가

이 아름다운 평원을 까맣게 태우고,

복수의 여신들이 몸을 숨기는 레테,[92] 스틱스 그리고

플레게톤[93]으로 둘러싸인 섬처럼 시커멓게 보이게 해라.

나의 사랑하는 제노크라테가 죽었기 때문이다.

칼리파스   어머니를 기념하여 세워진 이 기둥에는

---

91 르네상스 시대의 기상학에서는, 숨을 통해 나오는 발산물은 수증기보다 가벼우며 가장 높은 영역까지 올라가 인접한 불에 의해 정화된다고 여겼다. 그러고는 사람들 눈에 용이나 창의 모양으로 나타난다는 것이다.
92 그 물을 마시면 과거의 모든 일을 잊는다고 하는 지하 세계에 흐르는 망각의 강.
93 지하 세계에 흐르는 불의 강.

160

아라비아어, 히브리어, 그리스어로 이렇게 쓰여 있다.

탬벌레인 대왕이 불태운 이 도시를

다시 세우지 말라.

아미라스 그리고 페르시아와 이집트의 군대가 만든

이 애도의 깃발이 이곳에 세워지리니,

이는 그녀가 왕녀였으며

동방의 군주의 아내였음을 알리기 위함이다.

켈레비노스 그리고 여기 이 서판(書板)은 그녀의 모든 미덕과

완전함을 기록한 증거가 되리라.

탬벌레인 그리고 여기 제노크라테의 초상은 전세계가

흠모했던 그녀의 아름다움을 보여주기 위함이다.

여기에 걸려 있는 천사와 같은

아름다운 제노크라테의 초상은

하늘의 신들을 끌어들일 것이며,

남극에 박혀 있어 그 아름다운 얼굴을

적도를 넘어 보여준 적이 없던 별들이

단지 제노크라테의 얼굴을 보기 위해서

순례자들처럼 우리의 반구로 움직이게 할 것이다.

그대는 라리사 평원을 아름답게 만들지 않고,

나의 군대의 보호 속에 있을 것이다.

내가 포위하는 모든 도시와 성에서

그대는 나의 위엄 있는 장막 위에 세워질 것이며,

내가 전쟁터에서 군대를 만났을 때,

마치 전쟁의 여신 벨로나가 나의 모든 적들의 머리 위로

날카로운 칼들과 유황불들을 던지는 것처럼,

저 표정이 나의 진영에 그와 같은 영향을 미치리라.

자, 나의 영주들이여, 그대들의 장을 다시 한 번 셔들어라.

이제 더 이상 슬퍼하지 말아라, 나의 충성스런 카사네.

아들들아, 그만 슬퍼해라—이 도시는

너희 어머니의 죽음 때문에 완전히 타버렸으니

영원히 슬퍼하리라.

칼리파스 제가 어머니를 위해 바다만큼의 눈물을 흘린다 하더라도,

그것이 제 슬픔을 덜어주지는 못할 것입니다.

아미라스 저 도시처럼 제 마음도 어머니의 죽음으로 인한

슬픔 때문에 다 타버렸습니다.

켈레비노스 어머니의 죽음이 제 마음을 사로잡아버렸습니다.

슬픔 때문에 말이 막힙니다.

탬벌레인 하지만 아들들아, 이제는 그만 슬퍼하고 내 말을 들어라.

나는 너희들에게 전쟁의 기본을 가르칠 작정이다.

나는 너희에게 땅 위에서 잠자는 법을 배우게 하고,

무장을 한 채 축축한 늪지를 헤쳐나가게 하며,

뜨거운 열기와 얼어붙는 추위, 배고픔과 목마름,

전쟁에 수반되는 것들을 견뎌내게 할 것이다.

그리고 그후에는 성벽을 기어오르고,

요새를 포위하며, 시가지에 침입하고,

전 도시를 파멸시키는 것을 배우게 할 것이다.

그 다음에는 너희들의 병사를 강하게 하는 법을 가르쳐주겠다.

평평하고 트인 땅에서는 어떤 대형이 가장 적당한지도 말이다.

평평하고 트인 지형에는 오각 형태가 적절한데,

그 이유는 다른 지형보다 더 낮게 가라앉아 있는 구석에서

요새는 가장 공격받기 쉽고,

공격이 필사적이라면 가장 치명적이기 때문이다.

도랑은 깊이 파야 하고,

바깥쪽의 외벽들은 좁고 가팔라야 하며,

성벽들은 높고 넓어야 하고, 방벽과 성벽을 받쳐주는

방어물들은 화포 진지들과 두꺼운 버팀벽을 이용하여

크고 강하게 만들어야 하며, 내부에는 6만 명의 병사들이

들어갈 공간이 있어야 한다.

또한 요새에는 비밀 도랑과 지하 땅굴 그리고

도랑을 방어하기 위한 비밀 통로가 있어야 한다.

그리고 포 공격으로부터 방벽을 지키기 위해

높은 흙담과 감춰진 길이 있어야 하고,

보병들을 숨겨두기 위한 난간들,

커다란 대포들을 설치할 포탑들, 사방 측면에서

요새의 바깥 성벽들로 급히 달려나갈 수 있고

상대편의 포를 떨어뜨리고 적군을 살해하여

성벽이 무너지는 것을 막을 수 있게 해주는

병기 창고가 있어야 한다.

육지에서의 싸움을 배우고 나면,

아주 쉽고도 분명하게

물을 다스리는 법을 가르쳐주겠다.

너희가 호수와 연못, 깊은 강, 항구, 시내

그리고 작은 바다를 발을 적시지 않고 통과해가고,

성난 파도 속에서도 무시무시한 암석으로 둘러싸여

도저히 정복할 수 없는 천연의 요새를 만들 수 있도록 말이다.

이것이 끝났을 때, 그때야 너희는 진정한 군인이고

위대한 탬벌레인의 훌륭한 아들들이 되는 거다.

칼리파스   하지만 아버지, 이것은 너무도 위험합니다.

저희는 배우기도 전에 부상을 당하거나 죽을 수도 있습니다.

탬벌레인   못난 놈, 네가 탬벌레인의 아들이면서도

죽기를 두려워하고 휜 칼로 네 살을 베어

상처를 내는 것을 두려워한단 말이냐?

네놈은 포탄이 말과 총탄이

뒤섞인 창병들의 대열에 명중하여,

부서진 팔다리가 하늘 높이 솟아올라,

태양 빛에 빛나는 흙먼지처럼 공중에 매달리는 것을 보았을 텐데—

겁쟁이놈, 그런 상황에서도 죽음을 두려워할 수 있단 말이냐?

네놈은 나의 기병들이 적군을 공격하여,

총탄으로 팔을 관통하고, 손을 잘라,

그들의 피로 창을 물들이고,

밤에는 나의 막사 안에서 함께 모여 술을 마시며,

소화되면 붉은 피로 변하는 거품 가득한 포도주로

그들의 빈 혈관을 채우는 것을 보지 못했느냐—

그것을 보았으면서도 부상이 무서워 전쟁터를 피한단 말이냐?

나를 보아라, 수많은 왕들을 정복했고

대군을 이끌고 온 천하를 진군하였지만 상처 하나 입지 않고

전투에서 단 한 방울의 피도 흘리지 않았던 나를.

그런데 너희를 가르치기 위해서

자신의 살을 찌르는 너희 아버지를 보아라.   (자신의 팔을 벤다.)

아무리 깊더라도, 상처는 아무것도 아니다.

피는 전쟁의 풍요로움을 치장해주는 신이다.

자, 내가 군인처럼 보이지 않느냐, 그리고 내게

커다란 영광이며 위엄이 되는

이 상처는 마치 황금 칠을 하고

다이아몬드, 사파이어, 루비 그리고 풍요로운

인도의 가장 귀한 진주로 치장한 의자가

하늘 아래 이곳에서 임자를 찾은 것과 같으니,

내가 다마스커스의 성으로 끌고 온

아프리카의 정복자[94]를 치장했던 당당한 옷을 입고,

나는 그 자리에 앉아 있다.

자, 아들들아, 손가락으로 내 상처를 만져보고,

내 피로 너희들의 손을 씻어라.

나는 그 모습을 보고 웃으면서 앉아 있을 테니ㅡ

자, 아들들아, 상처에 대해 어떻게 생각하느냐?

칼리파스   전 상처에 대해서 어떻게 생각해야 할지 모르겠습니다.

이것은 보기에 안타까운 모습이라고 생각합니다.

켈레비노스   그건 아무것도 아닙니다. 제게도 상처를 내주세요, 아버지.

아미라스   제게도요, 아버지.

탬벌레인   그렇다면, 얘야, 팔을 내밀어라.

켈레비노스   아버지, 여기 있어요. 아버지 팔처럼 힘차게 베어주세요.

탬벌레인   네가 상처를 두려워하지 않으니 그것으로 충분하다.

아들아, 우리가 터키 군대를 만나기 전까지는

네가 피 한 방울도 흘리지 않게 하겠다ㅡ

---

94 바자제스를 가리킨다.

하지만 그들과 싸울 때는 타격과 피로 물든 부상과 죽음을

두려워하지 말고, 수많은 군사들 사이에서 전력을 다해 싸워야 한다.

불타는 라리사 성벽과 전쟁에 대한 나의 설명

그리고 너희가 목격한 나의 이 상처가

내 아들들인 너희들에게 용기를 품도록 가르쳐

위대한 탬벌레인의 후계자로서 부족함이 없게 해라.

우섬카사네, 이제 이 증오스러운 터키놈들의 마을들,

성채들 그리고 도시들을 불태우고,

저 저주스런 배신자 알메다와 함께

도주한 겁쟁이 탈주자를

대포와 칼로 궁지에 몰아넣을 때까지,

앞서 보낸 테켈레스와 테리다마스를

좇아 진격하자.

우섬카사네 저는 자비로우신 전하를 배신한,

저 저주스런 반역자 알메다의 창자를

제 칼로 꿰뚫어주고 싶습니다.

탬벌레인 그렇다면 겁쟁이 칼라피네가 감히 군대를 모아

우리의 힘에 대항할지 보자. 우리는 그의 사로잡힌 목을

짓밟고 그 아비가 겪은 고초를 세 배로 더해

돌려줄 것이다.   (함께 퇴장.)

〈제3장〉

(테켈레스와 테리다마스, 그의 수하들 등장.)

테리다마스	이렇게 우리는 탬벌레인 왕이 계신 곳에서
	북쪽으로 행군하여 소리아의 국경 지점까지 이르렀다.
	그리고 이곳은 그들의 가장 중요한 요새인 발세라이고,
	거기에는 이 땅의 모든 보물들이 보관되어 있다.
테켈레스	그렇다면 우리의 경포,
	미니언 포, 팔크넷 포, 세이커 포를 참호에 끌고 와서
	도랑을 부서진 성벽으로 채우고,
	황금을 빼앗으러 들어갑시다.
	어떻게 생각하느냐, 병사들아, 그렇게 하지 않겠느냐?
병사들	하겠습니다, 전하, 곧 시작합시다.
테리다마스	그렇지만 잠시만 기다리게. 북을 울려 협상을 요구해라.
	탬벌레인의 친구들인 두 왕이 이런 대군을 이끌고
	성벽 앞에 서 있는 것을 안다면 그들이 조용히
	항복할지도 모르지.

(성벽 위에 대장과 그의 아내 올림피아 그리고 아들이 등장.)

대장	무엇을 원하시는가, 여러분?
테리다마스	대장, 그대가 우리에게 요새를 양도하기를 원하오.
대장	너희들에게! 아니, 내가 성이 지겨워졌다고 생각하시는가?
테켈레스	아니지, 대장, 만약 그대가 탬벌레인의 친구들에게 저항한다면,
	그대는 생명이 지겨워진 거지.
테리다마스	이 아프리카와 알제리의 공병들은
	포화 속에서도 그대의 요새보다도 더 높게

흙과 나뭇가지로 된 언덕을 쌓아 올릴 것이고,

그대의 흙담과 숨겨진 길 너머로

그대의 방벽이 무너져

부서진 조각들이 참호를 메울 때까지

집중 포화를 퍼부을 테니―

우리가 입성할 때는, 하늘도 그대와 그대의 아내

그리고 그대 가족들의 몸값을 치르지 못할 것이오.

테켈레스 대장, 이 무어인들은 그대의 병사들과 그대에게

신선한 물을 공급해주는 납으로 된

송수관을 끊어버릴 것이고, 식량 공급이 끊기고

죽은 자 외에는 아무도 빠져나갈 수 없는 그대의 성벽

앞에 있는 참호 속에 대기하고 있을 것이오.

그러니 대장, 조용히 항복하시오.

대장 너희들이 탬벌레인의 친구들이고,

거룩한 마호메트의 형제들이라 할지라도,

나는 항복하지 않을 것이다. 그러니 하고 싶은 대로 해보아라.

산을 쌓고, 포격을 가하고, 참호를 파고, 성을 훼손하고,

수로를 차단하고, 너희가 할 수 있는 모든 수단을 다 동원해라.

하지만 나의 마음은 변함이 없으니, 그럼 잘 있거라.

(성 위에서 사라진다.)

테리다마스 공병들아, 가서 내가 말뚝을 박아놓은 곳에

내가 설명한 크기대로 참호를 파라.

성벽을 향하여 흙을 쌓아 올려라,

그것이 너희를 막아줄 수 있을 때까지 몸을 낮추고 작업해라,

저들의 사격에 당하지 않도록 말이다.

| 공병들 | 알겠습니다, 전하. | (공병들 퇴장.) |

테켈레스 기병 백 기로 하여금 평원을 수색하여 원군이

성을 구하러 오는지 감시하게 하겠소.

테리다마스, 우리 둘은 함께 병사들을 참호로 에워싸고,

우리의 대포로 그들의 성벽에까지 충분히

수평 사격을 할 수 있을지 알아보기 위해,

야곱의 막대⁹⁵로 참호로부터 성의 높이와 거리를

측정해봅시다.

테리다마스 그렇다면 참호를 따라 포 진지로

우리의 화포를 끌어오는 것을 보시오.

거기에 우리는 적의 사격으로부터 우리 포대원들을

구하기 위해 6피트 넓이의 방어벽을 설치할 것이오.

그 방어벽 사이로 우리의 대포가 발사될 것이고,

성벽의 함몰, 연기, 불, 먼지, 무너지는 소리에다가

그 울림 그리고 병사들의 함성이 대기를 귀멀게 하고,

수정같이 맑은 하늘을 흐리게 할 것이오.

테켈레스 즉시 나팔과 북을 울려, 경보를 발해라.

병사들아, 남자답게 싸워라, 성은 너희들의 것이다.   (함께 퇴장.)

〈제4장〉

(대장이 그의 아내〔올림피아〕와 아들을 데리고 등장.)

---

95 고도 측정기.

올림피아　자, 여보, 어서 서둘러 적군의 손을 벗어날 수 있는

동굴을 따라 이곳을 피합시다.

이 함락된 성을 구할 희망은 없어요.

대장　치명적인 총탄이 허리를 관통하여

심장을 무겁게 짓누르고 있으니, 나는 살 수 없소.

간을 관통한 것 같소. 그리고 거기에서 시작하여 신체 전체에

피를 공급하는 혈관들이 손상되고 터져서,

내장이 모두 그 상처에서 흘러나오는

피로 범벅이 되어 있소.

안녕, 사랑스런 아내여! 사랑하는 아들아, 잘 있거라! 나는 죽는다.

(죽는다.)

올림피아　죽음아, 어디로 갔느냐, 우리 둘은 살아 있는데?

다시 돌아오라, 달콤한 죽음아, 우리 둘을 죽여다오!

1분이면 우리의 삶을 끝내고, 하나의 무덤이면

우리의 시체를 담을 수 있는데, 죽음아, 왜 오지 않느냐?

그래, 이것이 너를 부르는 전령이 될 것이 틀림없어—

자, 추악한 죽음아, 너의 검은색 날개를 펼쳐서,

우리 두 사람의 영혼을

그분의 영혼이 있는 곳으로 데려가다오.

말해보거라, 사랑하는 아들아, 죽어도 괜찮겠느냐?

잔인하기 그지없는 이 스키타이인들과 연민이라고는

결코 찾아볼 수 없는 무어인들은 우리를 토막 내어,

수레바퀴에 던지거나, 아니면 그보다 더한

어떤 고통을 생각해낼 것이다—그러니 사랑하는

어미의 손에 죽어라, 너의 새하얀 목을 부드럽게 찔러

	짧은 순간에 네게서 고통과 생명을 없애줄 테니.
아들	어머니, 어서 절 죽이세요, 그렇지 않으면 제 스스로 자결하겠어요.
	제가 살아서 죽은 아버지를 볼 수 있을 거라고 생각하세요?
	어지신 어머니, 제게 칼을 주세요, 아니면 절 찌르세요—
	스키타이인들이 저를 유린하지 못하게 할 거예요.
	사랑하는 어머니, 찌르세요, 아버지를 만날 수 있도록.

(그녀는 아들을 찌른다.)

올림피아	아 거룩한 마호메트여, 이것이 죄라면
	하늘에 계신 하느님께 용서를 구하시어
	당신께 가기 전에 제 영혼을 씻어주소서!

(테리다마스, 테켈레스, 수행원들 등장.)

테리다마스	아니 이런, 부인, 무슨 짓을 하는 거요?
올림피아	내 아들에게 해준 것처럼 나를 죽이는 거요.
	잔인한 스키타이인들이 그를 절단하지 못하도록,
	내 아들의 시체는 그 아버지의 시체와 함께 불태웠소.
테켈레스	장수의 아내다운 용감한 행동이었군.
	그대를 탬벌레인 대왕께 데려가겠소.
	그분께서 그대의 용감한 행위를 들으신다면,
	그대를 총독이나 왕과 결혼시킬 것이오.
올림피아	죽은 남편은 어떤 총독이나 왕 혹은 황제보다도
	나에게 더욱 귀한 분이었소.
	그를 위해서 여기에서 나의 삶을 끝낼 것이오.
테리다마스	하지만 부인, 우리와 함께 탬벌레인에게 갑시다.

당신은 마호메트보다도 더 위대한 사람을 보게 될 것이오.

그분의 고결한 모습에는

천상의 세계인 조브 신의 궁전이 보여주는

화려한 외양이나 수정 옷을 입은

사랑스런 테티스 여신처럼 킨티아가 앉아 있는

빛나는 침실보다도 더 큰 위엄이 있소.

그분은 자신의 발 아래에 운명을 밟고 서 있으며,

위대한 전쟁의 신을 자신의 노예로 삼고 있소.

죽음과 운명의 세 여신이 칼을 빼들고

진홍빛 옷을 입고 그분의 시중을 든다오.

그분 앞에는 사자의 등에 올라탄 네메시스[96]가

피로 가득한 투구를 쓰고

죽은 자들의 해골을 뿌려 길을 만든다오.

그분의 옆에는 무서운 복수의 여신들이 따르면서,

그가 세상을 저주하도록 명령할 때 귀기울인다오.

바람의 옷을 걸치고, 깃털로 장식된 가슴에

독수리의 날개를 단 명성이 황금 나팔을 울리며

절정에 이른 그분의 성공 위를 떠돈다오.

그래서 천상의 영광스런 틀을 떠받치는

하늘의 양축에까지 위대한 탬벌레인의 이름은

퍼져 있다오. 아름다운 부인이여,

그대의 눈은 그분을 보게 될 거요. 오시오.

올림피아   겸손히 무릎을 꿇고 여기 남아

---

96 복수의 여신.

아들과 남편의 육신을 삼킨 타오르는 불꽃 속으로

몸을 던지기를 갈망하는

여인의 슬픈 눈물을 불쌍히 여겨주세요.

테켈레스 　부인, 이처럼 아름다운 얼굴을 불에 그슬리게 하느니

차라리 우리 두 사람을 함께 불태우겠소.

자연은 영원한 혼돈에 형태를 부여할 때

하늘의 반짝이는 별들을 그려냈던 것보다,

그대의 얼굴에서 더 뛰어난 기술을 보여주었소.

테리다마스 　부인, 나는 이제 당신을 사랑하게 되었으니,

우리와 함께 가야 하오—다른 길은 없소.

올림피아 　그렇다면 나를 데려가세요. 어디로 가든지 상관 않으니,

나의 이 운명적인 여행의 끝이

또한 저주스런 생명의 끝이 되게 해주세요.

테켈레스 　아니오, 부인, 이는 기쁨의 시작이오.

그러니 기꺼이 따라오시오.

테리다마스 　병사들아, 이제는 지금쯤 나톨리아에서

터키의 군사들을 공격할 준비를 하고 있는

장수와 합류하러 가자.

너희가 이 성을 약탈하여 얻은 황금과 은

그리고 진주는 똑같이 나누어라.

우리의 보물 상자에서 그 두 배에 해당하는 보물이

이 부인의 몫이 될 것이다. 　　　　　　　(함께 퇴장.)

〈제5장〉

(칼라피네, 오르카네스, 예루살렘의 왕, 트레비존드의 왕, 소리아의 왕, 알메다,
그들의 수행원 등장. 그들에게 한 전령이 들어온다.)

전령　명망 높으신 황제, 위대한 칼라피네시여,
　　　온 천하를 다스리시는 신의 보좌관이시여.
　　　이곳 알레포에 페르시아의 왕 탬벌레인이
　　　대군을 이끌고 와 있습니다—
　　　그 숫자는 전하의 사냥개들이 큰 소리로 짖으며
　　　상처 입은 사슴을 추격하던 그곳, 이다 숲에서
　　　흔들리는 나뭇잎보다도 더 많습니다—
　　　그자는 나톨리아의 성벽을 포위하여 공격하고,
　　　도시를 불태우고 땅을 초토화할 작정입니다.
칼라피네　나의 왕군은 그자의 군대에 뒤지지 않는다.
　　　나의 군대는 프리기아의 끝에서부터 짠 소금물로
　　　키프로스를 씻어내는 바다에 이르기까지,
　　　언덕과 계곡 그리고 평원을 뒤덮는다.
　　　터키의 총독들과 귀족들이여,
　　　병사들을 독려하여 그대들의 칼을 휘둘러
　　　탬벌레인과 그의 아들들, 그의 대장들
　　　그리고 그의 추종자들을 난도질하라—
　　　마호메트에 걸고, 단 한 놈도 살려두지 않겠다!
　　　이 싸움이 벌어질 들판은 우리의 승리를 기념하여
　　　페르시아인들의 무덤으로 불리리라.

오르카네스	스스로를 조브 신의 분노, 전세계의 황제,
	지상의 신이라고 부르는 그자는 이제
	그가 의도하는 전쟁에서 승리의 행진을 끝내고,
	이곳 나톨리아에서 전하의 손에
	죽어야 한다는 것을 알고,
	수많은 악마들이 그의 영혼을 환영하기 위해
	모두들 꺼지지 않는 불의 낙인을
	휘두르며 끔찍한 발톱을 뻗고, 이를 갈면서
	문을 지키는 지옥의 호수에 거꾸로 처박힐 것입니다.
칼라피네	총독들이여, 그대들 군사의 수를 말해보시오.
	그리고 우리의 왕군이 어느 정도나 되는지.
예루살렘 왕	지난번 저희가 전하께 보여드린 이후로
	팔레스타인과 예루살렘에서
	히브리 병사 6만이 이곳에 와 있습니다.
오르카네스	아라비아의 사막, 아름다운 세미라미스[97]가
	그 화려한 수도를 재건한,
	저 자랑스런 나라의 변방에서
	지난번 저희가 전하께 숫자를 말씀드린 이후로
	4만의 용감한 보병과 기병이 왔습니다.
트레비존드 왕	지난번 전하께 말씀드린 이후로
	아시아에 있는 트레비존드에서
	귀화한 터키인들과 억센 비티니아인들이
	5만이 넘게 저의 진영으로 왔습니다.

---

97 고대 오리엔트의 전설적인 여왕. 니노스 왕의 아내로 바빌론의 수도를 재건하였다.

그들은 싸울 때 퇴각을 모르고,

승리하지 않으면 결코 물러서지 않는 병사들입니다.

소리아 왕 할라에서 온 소리아의 병사들이 원기를 회복했고

지난번 전하께 말씀드린 이후로

전하의 땅의 이웃 도시들로부터

만 명의 기병과 3만의 보병이 왔습니다.

그래서 왕군은 60만의 용감한 군사들로

구성되어 있습니다.

칼라피네 그렇다면 탬벌레인, 죽음의 길로 잘도 왔구나.

자, 용감한 총독들이여, 페르시아인들의 무덤인

전쟁터로 갑시다. 그리고 마호메트에게

산더미같이 쌓인 죽은 병사들을 바칩시다.

그분은 우리 적들의 파멸을 보시기 위해

조브 신과 함께 지금 하늘을 여십니다.

(탬벌레인이 그의 세 아들〔칼리파스, 아미라스, 켈레비노스〕과 우섬카사네, 다른 병사들과 함께 등장.)

탬벌레인 아이구 저런, 카사네! 마치 수수께끼나 풀고 있는 듯이

함께 앉아 있는 저 왕들의 무리를 보게나.

우섬카사네 전하, 전하의 모습이 그들을 창백하고 파랗게 질리게 만듭니다.

불쌍한 자들, 저들의 죽음이 가까운 것 같습니다.

탬벌레인 그래, 그렇군, 카사네. 내가 여기 있지.

하지만 그들의 목숨을 살려 노예로 삼겠다.

보잘것없는 터키의 왕들이여, 나는

헥토르가 그리스의 긍지를 압도하고

자신의 명성에 필적하는 사나운 아킬레우스에게

용사다운 모습을 보여주기 위해

그리스군 진영으로 왔던 것처럼 왔으니—

그와 마찬가지로 너희들에게 경의를 표한다.

그것은 헥토르가 (지금까지 칼을 휘둘렀던 자들 중에

가장 뛰어난 기사인) 아킬레우스에게 했던 것처럼

만약 내가 너희 중의 누구에게든지 싸움을 청하면

너희들이 얼마나 두려움에 떨며 그것을 거절하고,

전갈이나 만난 것처럼 나의 장갑을 피할 것을 알고 있기 때문이다.

오르카네스 지금 너는 군세가 약한 것이 두려운 모양이구나.

개인적인 싸움을 걸려고 하는 것을 보니.

하지만, 양치기의 아들로 천하게 태어난 탬벌레인아,

죽음을 각오하라. 이 칼이 너의 목줄을 끊어주리라.

탬벌레인 악당놈, 그 양치기의 아들이 태어날 때

하늘이 그 탄생을 축복하여

세상이 없어질 때까지 대립할

두 별들[98]을 하나로 합쳤으며,

위대한 탬벌레인을 가장 뛰어난

정복자로 만들기로 작정하였으니,

네가 탬벌레인의 출생을 욕하듯이,

이제 그가 네놈과 저 칼라피네를 혼내주리라.

저기 있는 저 악당,[99] 저놈,

---

98 목성과 금성.
99 알메다를 가리킨다.

주인을 배신한 터키의 개 같은 놈을 매수하여

도망친 못된 칼라피네 말이다.

칼라피네 더러운 입을 닥쳐라, 거만한 스키타이인. 이제 내가

아버지와 내가 당한 치욕을 복수하리라.

예루살렘 왕 마호메트에 맹세코, 그를 사슬에 묶어

그리스의 섬들 주변에서 약탈과 강탈을 일삼는

해적선에서 기독교도들과 함께 노를 젓게 하여,

다시 옛날에 하던 짓으로 돌아가게 하리라.

저놈은 틀림없이 욕심사나운 도적이 되리라.

칼라피네 아니오, 싸움이 끝나면, 우리 모두는

함께 모여 그의 육체와 영혼을 가장 많이

괴롭힐 수 있는 어떤 고통을 생각해낼 것이오.

탬벌레인 이놈, 칼라피네. 네놈이 다시는 도망가지 못하도록

네놈 목에 차꼬를 채우리라. 다시는 이렇게

네놈을 잡으러 오는 고생을 하지 않도록 말이다.

하지만 너희 총독들은 재갈을 물고

나의 말들처럼 마구를 차고 내 마차를 끌어야 할 것이다.

그리고 멈추기만 하면, 채찍으로 맞게 될 것이다.

나는 너희들에게 여물을 먹고 마구간에 있는

판자 위에서 자는 법을 배우게 해주겠다.

오르카네스 하지만 탬벌레인, 그전에 네가 먼저 우리에게

무릎을 꿇고 목숨을 애걸하게 될 것이다.

트레비존드 왕 우리 군대의 졸병들이 너를 묶어

장군의 천막으로 끌고 오리라.

소리아 왕 모든 병사들이 너를 잔인하게 죽이거나,

영원한 고통의 분노 속에 묶어놓을 것을 맹세했다.

탬벌레인 좋다, 여러분, 배불리 먹어놓으시오.

이제 곧 여러분은 나와 대적해야 할 터이니.

켈레비노스 보세요, 아버지, 간수 알메다가 우리를 보고 있어요.

탬벌레인 악당놈, 배신자, 더러운 탈주자,

대지가 네놈을 삼켜주었으면 하고 바라도록 해주겠다.

네놈은 나의 분노한 얼굴에서 죽음을 보지 못하는가?

가거라, 이놈, 나의 분노를 달래려면

바위에서 거꾸로 떨어져라,

아니면 네놈의 창자를 찢고 심장을 쪼개어라.

그렇지 않으면 내가 벌겋게 달군 쇠와

펄펄 끓는 납덩어리로 네놈의 가증스런 살덩이를 태우고,

너의 모든 관절을 바퀴에 매달아 부러뜨리고 찢어놓으리라.

그래도 네놈이 살아 있다면, 이 천지간에 어떤 것도

탬벌레인의 분노로부터 네놈을 감싸줄 수 없으리라.

칼라피네 그래, 아무리 네가 분노해도 그는 왕이 될 것이다.

알메다, 이리 와서 이 왕관을 받으라.

나는 여기에서 그대를 메카에 가깝고 마레로소와

접경을 이루는 아리아단의 왕으로 삼노라.

오르카네스 저런, 받으시게, 이 사람!

알메다 전하, 받게 해주십시오.

칼라피네 그대는 저자의 허락을 받겠다는 건가? 어서 받아.

탬벌레인 이놈, 왕관을 받아라, 그리고 몇 배로 그 보상을

치르거라.

자, 이제 너도 왕이니 무장을 해야지.

오르카네스	그렇게 할 것이다. 그의 방패 장식에 네 머리를 매달 것이다.
탬벌레인	아니, 자신이 간수였다는 섯을 기억하도록
	깃발 위에다 열쇠 꾸러미를 매달도록 하여라.
	그래서 내가 놈을 붙잡았을 때, 그 열쇠 꾸러미로
	놈의 머리를 부수고, 내 마차를 끌고 나서 땀을 흘리며
	돌아왔을 때 마구간에 놈을 넣고 잠글 수 있도록 말이다.
트레비존드 왕	꺼져라, 자 저 악당을 죽이러
	싸움터로 갑시다.
탬벌레인	(한 병사에게) 여봐라, 채찍을 준비하고, 내 마차를
	막사로 가져와라. 싸움이 끝나자마자,
	승리를 기념하여 진영을 달려보리라.

(테리다마스, 테켈레스, 그들의 부하들 등장.)

	이제 어떠신가, 하찮은 왕들이여―여기 너희들의 머리를
	곤두서게 할 귀신들이 있으니, 그들의 발 앞에
	왕관을 바치고 항복하거라.
	잘 왔다, 테리다마스와 테켈레스―
	여기 이 오합지졸들이 보이는가, 그리고 이자를 아는가?
테리다마스	예, 전하. 칼라피네의 간수 아니었습니까.
탬벌레인	맞아, 그런데 지금은 왕이라는군. 테리다마스, 우리가 싸울 때
	놈을 잘 지켜보게. 그 페르시아의 어리석은 왕이
	그랬던 것처럼 놈이 왕관을 숨기지 않도록 말이야.
소리아 왕	아니다, 탬벌레인. 그는 결코 그렇게 급박한 상황에
	놓이지 않을 것이다.

탬벌레인	그건 모르는 일이지.
	자, 나의 병사들과 사랑하는 친구들이여,
	지금까지 해왔던 것처럼 정복자답게 싸워라.
	이 즐거운 날의 영광은 그대들의 것이다.
	나의 엄숙한 표정이, 내 위에 앉아 우리의 군대 사이를
	떠돌며 우리 모두를 왕으로 삼기 위해 월계수 화환으로
	장식한 아름다운 승리의 여신을 사로잡을 것이다.
테켈레스	싸움이 벌어지면 풍요로운 나톨리아가 우리 것이 되고,
	우리 병사들이 등에 진주와 보물들을 지고 옮기느라
	땀을 흘릴 것을 생각하니 웃지 않을 수 없구나.
탬벌레인	너희는 모두 곧 군주가 될 것이다.
	터키인들이여, 와서 싸우자, 아니면 우리에게 승리를 헌납해라.
오르카네스	그건 안 되지, 대적해주마, 천한 탬벌레인아.　　　(각자 따로 퇴장.)

제4막

〈제1장〉

(경보. 아미라스와 켈레비노스가 칼리파스가 자고 있는 막사에서 나온다.)

아미라스	마치 하늘의 신조차도 눈이 부시게 하는
	많은 태양들처럼 이 거만한 터키인들의
	황금빛 왕관들이 화려하게 빛나는구나.

자, 동생아, 우리의 생각보다도 더 빠르게

무서운 기세로 날아 그 승리의 날개로

적들을 쓰러뜨리는 아버지의 칼을 따르자꾸나.

켈레비노스 막사에서 게으른 형을 불러내세요.

만약 아버지가 싸움터에서 형이 없는 걸 아시면,

그분의 가슴의 화로에서 불붙은 분노가

형의 심장에 죽음의 번개를 내려칠 겁니다.

아미라스 이봐, 형! 아니, 우리를 죽이고

아버지를 격퇴하려는 적군의 북소리와 대포 소리가

귓전을 울리는데도 이렇게도 깊이

잠에 빠져 있단 말이오?

칼리파스 꺼져라, 바보들 같으니, 아버지께는 내가 필요치 않아.

사실 너희도 필요치 않지. 너희는 성숙한 지혜보다는

철없는 용기를 과시하는 것으로 다른 사람들에게 비칠 뿐이야.

비록 우리 진영의 반이 나와 함께 잠을 잔다 하더라도,

아버지는 충분히 적을 두렵게 할 수 있어.

우리의 도움이 아버지에게 어떤 이익이 될 거라고

생각한다면, 그건 그분의 위엄에 불명예를 끼치는 거야.

아미라스 아니, 그렇다면 형은 아버지가 형의 비겁함을 미워하고

몸소 무수한 군사들의 무리 가운데서 적들을 물리치시며,

아직 피를 묻히지 못한 우리의 칼을 사용하도록

전투에 참여하라고 형에게 자주 경고했는데도

감히 싸움터에 나가지 않겠다는 거요?

칼리파스 이봐, 사람을 죽이는 것이 어떤 것인지 나도 알아—

그건 나의 양심에 가책이 되는 일이야.

나는 살인을 하면서 아무런 즐거움도 느끼지 못하고,

갈증을 푸는 데는 포도주면 충분하지 피에는 관심 없어.

켈레비노스 　오 겁쟁이! 부끄럽지도 않아, 빨리 나와.

형은 남자의 체면과 가문을 더럽히고 있어.

칼리파스 　가거라, 가 용감한 애송이야, 가서 내 몫까지 싸워라.

그리고 여기 장래가 촉망되는 나의 다른 형제를 데려가거라.

제2의 군신과 같이 될 인재이니 말이다.

너희 둘이 전쟁터에서 대단한 명예를 얻고

많은 적들을 죽였다는 소식을 듣게 되면,

나는 마치 내가 너희들과 함께 있는 것처럼

기뻐할 것이다.

아미라스 　그럼, 가지 않을 거요?

칼리파스 　그래.

아미라스 　머나먼 타타르의 중심부에 자리잡고 있는

조나문디의 높은 산들이 진주로 변해

날 못 가게 말린다 하더라도, 나는 아버지께서

이 용감한 군사들 속에서 승리한 후에

우리들을 위해 마련한 명예를

당신의 아들들이 얻지 못한 것을 알았을 때,

폭발할 그 분노를 감당할 자신이 없어.

칼리파스 　너희는 명예를 취하거라, 나는 편안함을 취할 테니.

나의 지혜가 나의 비겁함을 용서할 것이다.

내가 필요치도 않는데 싸움터로 나간단 말이냐?

　　　　　　　　　　　　(경보. 아미라스와 켈레비노스, 달려들어간다.)

총탄들이 여기저기 닥치는 대로 날아다니는데,

내가 나가서 수천 명을 죽인다 하더라도

단 한 방이면 그 대가를 치르게 될 것이야.

아예 싸움을 하지 않는 자보다 훨씬 더 빠르게 말이지.

내가 나가서 해가 되거나 이득이 되지 않더라도

나는 상처를 입을 수 있어. 아버지의 왕위를 이어

내가 갖게 될 전 재산으로도 고칠 수 없는 상처를 말이야.

카드나 해야겠다. 페르디카스!

(페르디카스 등장.)

페르디카스   여기 대령입니다, 저하.

칼리파스   이리 오너라, 너와 나는 카드나 하며

시간을 보내자꾸나.

페르디카스   좋습니다, 저하. 그런데 무슨 내기를 할까요?

칼리파스   나의 아버지가 터키인들을 정복했을 때, 이긴 사람이

터키의 기녀들 중 가장 아름다운 여자에게 키스하는 것으로 하자.

페르디카스   좋습니다.   (그들은 열려 있는 막사 안에서 게임을 한다.)

칼리파스   나보고 겁쟁이라는구나, 페르디카스. 하지만 나는

그들의 집합 나팔 소리도, 칼도, 또 대포도 두렵지 않아.

황금빛 가운을 입고 있다가 내가 싫어할까 봐 가운을 벗어버리고,

함께 침대에 드는 벌거벗은 여자를 두려워하지 않는 것과 같지.

페르디카스   그런 두려움이라면 결코 저하를 물러나게 하지 않을 겁니다.

칼리파스   아버지가 내 용기를 시험하기 위해서, 단 한 번만이라도

그런 전투의 전면에 나를 서게 해주신다면 좋겠어.   (경보.)

웬 호들갑이람! 곧 그들 중 누군가가

다칠 거야.

　(탬벌레인, 테리다마스, 테켈레스, 우섬카사네, 아미라스, 켈레비노스가 터키의 왕들〔나톨리아의 오르카네스, 예루살렘의 왕, 트레비존드의 왕, 소리아의 왕〕과 병사들을 이끌고 등장.)

탬벌레인　자, 이 포로놈들아, 내 아들들이 너희들의 거만함을 부끄럽게 하고
　　　　　너희들의 유약한 명예를 칼로 이끄는 것을 보아라.
　　　　　아들들아, 그들을 끌고 와라. 그리고 전쟁이 신들을
　　　　　빛나게 하는 삶이 아닌지, 그리고 무기와 군인다운 기개로
　　　　　여전히 훈련받고자 하는 열망이 너희들의 영혼을
　　　　　고무시키지 않는지, 나에게 말해다오.
아미라스　우리 군대에 대항하여 더 많은 군사들을 끌어 모으도록
　　　　　이 왕들을 다시 풀어줄까요, 전하?
　　　　　그래서 그들이 이 패배가 우연이 아니라
　　　　　당할 수 없는 무적의 힘과 용기 때문이라고 말하도록 말입니다.
탬벌레인　아니, 아니, 아미라스. 그렇게 운명을 유혹하지 말아라.
　　　　　너의 용기를 새로운 적들과의 만남에서 빛나게 하고,
　　　　　기가 꺾인 정복당한 적들로 채우지 말아라.
　　　　　그런데 이 겁쟁이, 악당, 내 아들이 아니라
　　　　　내 이름과 위엄을 손상시키는 반역자는 어디 있느냐?
　　　　　　　　　　　　　(안으로 들어가서 칼리파스를 끌고 나온다.)
　　　　　게으름의 표상이며 노예의 본보기이고,
　　　　　내 명성의 치욕이고 경멸 거리 같으니.
　　　　　내 눈빛으로 불이 붙고, 치욕으로 상처 입고,

불만으로 살해당한 나의 심장이 어떻게 네놈의 가증스런

영혼을 군법으로 다스리려는 나의 손을 막을

생각을 품을 수 있겠느냐?

테리다마스 하지만 전하, 제발 그를 용서하십시오.

테켈레스, 카사네 저희 모두가 전하의

용서를 청합니다.   (그들은 무릎을 꿇는다.)

탬벌레인 일어서라, 이 비천하고 쓸모 없는 놈들아!

너희는 아직도 군법을 모르느냐?

아미라스 전하, 이번 한 번만 그를 용서해주십시오.

그러면 이후로는 저희가 그를 전쟁터로 끌고 나가겠습니다.

탬벌레인 일어서라, 아들들아. 내가 너희에게 군대와

군율이 어떤 것인지 가르쳐주겠다.

오, 내가 최초로 숨을 내쉬었으며,

군인다운 육체의 정열을 기뻐하였던 곳,

사마르칸트여, 아름다운 도시여,

깊은 사랑으로 그대를 감싸는

자에르티스의 강물[100]조차도

그대의 더럽혀진 이마에서 씻을 수 없는

타고난 수치, 그대의 치욕을 부끄러워하라,

부끄러워해!

조브 신이여, 지구와 이 모든 우주가

탬벌레인의 영혼을 담을 수 없으니,

하늘의 별들을 움직일 수 있도록

---

100 타타르 지역에서 서쪽에 있는 카스피 해로 흘러드는 강물.

나에게 용기와 기개, 야심을 주어 당신의 권좌에

대항하는 힘을 준비케 해주는 당신의 영혼과 똑같은

불멸의 영혼을 소유한 탬벌레인의 살을

물려받았지만, 불멸의 존재가 될 가치가 없는

놈의 비겁한 영혼을 다시 받으시오.   (칼리파스를 찌른다.)

당신의 위대한 친구 마호메트에 걸고 맹세하노니,

용기도, 힘도, 지혜도 아닌 어리석음, 태만,

그리고 빌어먹을 게으름과 같은

우주의 네 요소들 중의 더러운 찌꺼기와 쓰레기,

대지의 지저분한 쓰레기에서 생겨난

그런 영혼을 내 자식에게 보냈으니,

거대한 아틀라스 신이 지고 있는 짐을 흔드는 기세에,

시커먼 구름으로 몸을 감싸고

벌벌 떨면서 대기 중에 몸을 숨기는

당신의 머리를 향해 산들을 집어 던졌던

자보다도 더 큰 적을 당신은 만들었소.

탬벌레인의 힘이 태양처럼 밝게 빛나지만,

그것을 보지 못하는

너희 아시아의 더러운 똥개들아,

이제 너희는 탬벌레인의 힘을 느끼게 될 것이고,

그가 지닌 최고의 권력을 보고

너희와 그의 차이를 인정하게 될 것이다.

오르카네스 우리들과 너의 차이는 너의 이 야만적이고

저주스런 포학 행위가 잘 보여준다.

예루살렘 왕 너의 승리는 너무도 폭력적으로 얻어진 것들이라,

너의 포학함으로 야기된 피와 불의 유성들로 가득 찬

하늘이 곧 너의 머리 위에 피와 불꽃을 쏟아 부을 것이다.

그 타는 듯이 쏟아지는 피와 불꽃이

너의 펄펄 끓는 머리를 꿰뚫고, 우리의 피로

너에게 흘린 우리의 피를 복수할 것이다.

탬벌레인   악당놈들! (만약 너희가 군법을 포학 행위라고 부른다면)

나는 이 끔찍하고 포학한 행위를

하늘이 싫어하는 거만함을 응징하기 위해

위로부터 내려온 명에 따라 행하는 것이다.

나는 자비롭거나 고상한 행위 때문에

전세계의 군주가 되지도 않았고,

그 때문에 조브 신이 나를 왕으로 삼지도 않았다.

하지만 내가 더 위대한 이름, 즉

신의 응징과 세상의 공포를 나타내기에,

나는 전쟁, 피, 죽음, 잔인함에서

그 이름에 걸맞게 전력을 다해야 한다.

그리고 하늘의 존엄한 힘을 지닌 나에게

대항하는 촌뜨기 놈들에게 재앙을 내려야 한다.

테리다마스, 테켈레스 그리고 카사네,

이 거만한 터키놈들의 천막과 막사를

뒤져서 놈들의 첩들을 끌어내어,

그들로 하여금 이 계집 같은 놈을 매장하게 하라.

병사 하나라도 그렇게 나약한 놈 때문에

용감한 손가락을 더럽히게 하지 않으리라.

그 후에 터키의 매춘부들을 나의 막사로 데려오라.

내가 기분 내키는 대로 그들을 처리하리라.

그동안, 그를 안으로 들여가라.

병사들 알겠습니다, 전하.   (병사들이 칼리파스의 시체를 메고 퇴장.)

예루살렘 왕 오 저주받은 괴물, 아니, 지옥의 마귀—

마귀도 네놈처럼 잔인하지는 않고,

그렇게 심한 증오심을 갖고 있지는 않을 것이다!

오르카네스 복수해주오, 라다만티스와 아이아코스[101]여.

그의 형벌로 인해 더욱 커진 그대들의 증오가

우리의 영혼을 괴롭히는 그 증오를 몰아내주소서!

트레비존드 왕 결코 빛이 그의 두 눈에 힘을 주지 않아서,

분노와 불꽃으로 구성된 그의 시력이

그 통렬한 고통을 그의 가슴에 전해주기를!

소리아 왕 활기, 정맥 또한 동맥이 다시는 저 잔인한 자의

저주받은 몸에 피를 공급해주지 않아,

습기와 양심의 가책을 받은 피가 부족하여

분노로 말라버리고 열기로 터져버리길!

탬벌레인 그래, 짖어라, 개들아! 내가 너희놈들의 혀에 재갈을 물려,

목구멍 아래까지 번쩍이는 쇠줄로 단단히 묶어

나의 분노로 인해 받는 고통 때문에

네놈들이 울부짖게 만들리라.

그래서 대지가 너희가 당하는 고통을

멀리까지 울려 퍼지게 하리라.

마치 발정한 수소의 무리가

---

101 제우스의 아들이며 죽은 자들의 심판관들.

암컷을 찾아 슬피 울부짖고,

그들을 뒤쫓아오는 복수의 여신에 놀라

끔찍한 소리로 대기를 가득 채우듯이 말이다.

나는 지금까지 사용한 적이 없는 병기를 동원하여

너희들의 도시와 너희들의 황금 궁전을

정복하고, 약탈하고, 완전히 불태워버리리라.

그리고 구름 위까지 치솟을 불꽃으로

하늘을 불태우고 별들을 녹여버리리라.

마치 그것들이 자기 나라의 자존심이 뜨겁게

타오르는 것 때문에 흘리는 마호메트의 눈물인 양 말이다.

그리고 눈으로 또는 귀로 불멸의 조브 신이

"그만 하라, 나의 탬벌레인"이라고

말하는 것을 내가 들을 때까지,

나는 무장한 병사들처럼 하늘의 탑들 위를

행군하는 유성들이 창공에서 서로 창을 겨누게 하고

나의 놀라운 승리를 기념하기 위하여

대기 중에 그들의 불타는 창들을 부러뜨리면서,

전세계를 두려움에 떨게 하리라.

자, 그들을 나의 막사 안으로 끌고 들어가라.   (함께 퇴장.)

〈제2장〉

(올림피아가 홀로 서 있다.)

올림피아   불쌍한 올림피아, 눈물이 그치지 않는 너의 두 눈이
          이곳에 도착한 이후로 태양을 보지 못하고
          천막 안에만 갇혀 너의 뺨을 얼룩지게 하고,
          너를 죽음처럼 보이게 만들었구나.
          그의 목적은 단지 너를 욕보이기 위한 것이니
          가증스런 청혼에 복종하느니 차라리
          생명을 끊는 방법을 생각해내라.
          너의 짜디짠 눈물로 젖은 이 대지는
          너를 독살할 식물을 주지도 않을 것이고,
          너의 한숨으로 그렇게 자주 얻어맞은 이 공기는
          너를 감염시킬 독기와 독향을 뿜지도 않을 것이고,
          네가 갇힌 동굴이 너를 죽일 칼을 주지도 않을 것이니,
          이 방법을 한번 써보자.

(테리다마스 등장.)

테리다마스 잘 만났소, 올림피아, 내 막사에서 당신을 찾았지만
          당신의 아름다움이 빛을 주던 그곳에
          어둠과 암흑만이 있는 것을 보았을 때,
          나는 화가 나서 당신을 찾아 들판을 달려왔소.
          음탕한 조브 신이 아들인 날개 달린 헤르메스를
          보내 당신을 데려가려 한 것이라 생각하고서 말이오─
          하지만 이제 당신을 찾았으니, 그 걱정도 사라졌소.
          말해주시오, 올림피아, 나의 청혼을 받아주시겠소?
올림피아   제 가슴을 쥐어짜는 슬픔과 비탄 외에는

제 모든 감정을 함께 묻어버린

저의 주인인 남편과 아들의 죽음이

사랑 따위를 생각하지 못하게 합니다.

오직 슬픔에 잠긴 영혼에게

더 적합한 주제인 죽음만을 생각하지요.

테리다마스   올림피아, 당신의 모습이 달이 조수에 미치는 영향보다도

더 큰 영향과 힘을 미치는 자를

불쌍히 여겨주시오. 당신이 내 앞에 있기만 하면

나의 기쁨은 밀물처럼 차오르고, 당신이 나를

떠날 때면 썰물처럼 다시 빠져나가니 말이오.

올림피아   아, 전하, 저를 불쌍히 여기시고 칼을 빼어,

이 감옥을 부수고 빠져나가 남편과 사랑하는

아들을 만나려는 제 불쌍한 영혼이

갈 길을 만들어주세요.

테리다마스   아직도 남편과 아들밖에 모른단 말이오?

내 사랑, 그들은 잊어버리고 내 말을 더 들어보시오.

당신은 아름다운 알제리의 당당한 여왕이 될 것이오.

황금 천으로 만든 화려한 옷을 입고

위풍당당한 의자에 앉아 있는 아프로디테처럼

내 궁전의 대리석으로 만든 작은 탑 위에 앉아,

당신의 고귀한 눈이 원하는 모든 것을 명령하는 거요.

그러면 나는 무장을 벗어버리고 당신 곁에 앉아

사랑의 밀어를 나누며 여생을 보낼 것이오.

올림피아   그런 말씀은 제 귀에 전혀 즐겁지 않고,

모든 마침표가 죽음으로 끝나는 그곳에서

모든 글이 다시 죽음으로 시작됩니다.

저는 황후가 된다 하더라도, 사랑할 수가 없어요.

테리다마스 안 되오, 부인, 도저히 설득할 수가 없다면,

당신을 굴복시키기 위해서 다른 수단을 쓰겠소.

그것은 사랑 때문에 생긴 분노요.

나는 욕심을 채우고야 말겠소, 그리고 당신을

굴복시키고 말겠소. 막사로 다시 오시오.

올림피아 잠깐만, 상냥하신 전하, 만약 전하께서 제 명예를 지켜주신다면,

저는 그 대가로 전하께 온 세상을 뒤져도 찾을 수 없는

선물을 드리겠어요.

테리다마스 그게 무엇이오?

올림피아 한 노련한 연금술사가 가장 순수한 향유와

모든 광물들의 가장 순전한 추출물에서

정제해낸 연고랍니다.

이 연고 속에는 신비한 과학에 의해 단련된

대리석의 결정체와 정령들의 입에서 나오는

마법의 주문들이 들어 있어서,

만약 전하께서 전하의 부드러운 피부에 이것을 바르기만 하면,

총도, 칼도, 창도 전하의 살을 뚫을 수가 없습니다.

테리다마스 저런, 부인, 지금 이렇게 날 조롱하겠다는 거요?

올림피아 그걸 증명하기 위해, 제 목에 연고를 바르겠어요.

제 목을 찔렀을 때, 전하의 칼끝을 보세요.

그러면 칼끝이 무뎌져 있는 것을 알게 될 겁니다.

테리다마스 만약 당신이 남편을 사랑했고, 그게 그렇게 귀중한 것이라면,

왜 남편에게 그것을 좀 주지 않았소?

올림피아　저도 그렇게 할 생각이었어요, 전하.

하지만 그의 갑작스런 죽음 때문에 그렇게 하지 못했지요.

그리고 지금 여기에서 쉽게 증명할 수 있다는 것을

숨기진 않겠어요. 그걸 저에게 시험해보세요.

테리다마스　그렇게 하겠소, 올림피아, 그리고 동방의

가장 귀중한 선물로 보관하겠소.　　　(그녀는 목에 연고를 바른다.)

올림피아　자 찌르세요, 전하, 그리고 전하의 칼끝을 확인하세요.

강하게 찌르면 칼끝이 무뎌져 있을 겁니다.

테리다마스　그렇다면 각오하시오, 올림피아—　　　　　(그녀를 찌른다.)

아니, 내가 그녀를 죽였는가? 나쁜 놈, 네 자신을 찔러라!

내 사랑을 죽인 이 팔을 잘라버려라.

그녀에게서 이 시대의 현자들은 세상에 대한 명상을

통해서 발견하는 수만큼이나 많은 놀라운 기적들을

발견할 수 있었을 것을!

이제는 지옥이 엘리시온[102]보다도 더 아름답구나.

하늘의 저 밝은 눈보다도 더 밝은 등불이었는데.

거기에서 별들은 자신들의 빛을 빌려왔건만,

어두운 지옥의 땅을 방황하고 있으니,

이제는 저주받은 영혼들이 고통에서 풀려났구나.

복수의 여신들이 모두 그녀의 얼굴만을 응시하고 있기 때문이다.

지하 세계의 왕이 가면을 쓰고 당당히 그녀 앞에 나타나

내 사랑에게 구애를 하고 있구나.

보물 창고의 문을 열어제치고

---

102 천국을 뜻한다.

이 순결의 여왕을 맞이하기 위해서.

그녀의 시신은 내 왕국의 보물이 허락하는 한

최대한 화려하게 장례를 치러줄 것이다.   (그녀의 시신을 메고 퇴장.)

〈제3장〉

(탬벌레인이 입에 재갈을 물린 트레비존드의 왕과 소리아의 왕이 끄는 마차를 타고 왼손에는 고삐를, 오른손에는 채찍을 들고 그들을 몰아 등장한다. 테켈레스, 테리다마스, 우섬카사네, 아미라스, 켈레비노스가 등장하고, 나톨리아의 오르카네스와 예루살렘의 왕이 대여섯 명의 병사들에게 이끌려 등장한다.)

탬벌레인   어이, 이 건방진 아시아의 말라빠진 말들아!

아니, 너희는 위대한 탬벌레인과 같은 마부와

그렇게도 훌륭한 마차가 바로 뒤에 있는데도

하루에 겨우 20마일밖에 끌 수 없단 말이냐?

겨우 내가 너희를 정복했던 아스팔티스에서부터

이렇게 너희를 명예롭게 해주는 이곳 바이론까지.

하늘의 태양을 이끌고, 콧구멍으로 새벽을

뿜어내며, 구름 위까지 격렬한 발굽을 내딛는

말들도 주인에게서 천한 너희들이 위대한

탬벌레인에게서 받는 것과 같은

명예로운 대접을 받지 못했다.

아이게우스[103] 왕이 사람 고기를 먹여 키우고

---

103 인육을 먹여 키운 야생마들의 주인은 테세우스의 아버지인 아이게우스가 아니라 트라케의 왕

너무도 다루기 어렵게 만들어 힘이 넘쳤기에,

헤라클레스가 길들였던 트라게의 익센 말들은

나의 이 무적의 팔에 정복당한 너희들보다도

더 놀라운 용기로 굴복을 거부했다.

너희를 사납게 만들고 나의 기호에 맞게 만들기 위해,

나는 너희에게 피가 뚝뚝 흐르는 날고기를 먹게 할 것이며,

가장 독한 머스카델[104]을 통째로 마시게 할 것이다.

만약 너희가 그렇게 하면서 살 수 있으면, 그렇게 살거라.

그리고 나의 마차를 바람보다도 더 빠르게 끌어라.

만약 그렇게 못한다면, 짐승들처럼 죽어라. 아무짝에도

쓸모 없으니 단지 시커멓고 불길한 까마귀들 밥이 되거라.

이처럼 나는 당연히 높으신 조브 신의 채찍이며,

나의 이름과 나의 위엄을 드러내는

내 권위의 상징을 본다.

아미라스   아버님, 저도 마차를 타게 해주세요. 이 게으른 두 왕들이

끄는 마차를 저도 타볼 수 있도록 말이에요.

탬벌레인   너는 아직 어려서 그렇게 쉽지 않단다. 용감한 아들아.

그들의 동료 왕들이 새로 기운을 차리는 동안

내일은 저들이 나의 마차를 끌게 할 것이다.

오르카네스   오 지하 세계를 지배하는 그대,

조브 신과 똑같이 위대하신 왕이시여.

풍요로운 시칠리아에 그 땅의 모든 영광을

디오메데스였다. 그리스 신화에서 헤라클레스에게 주어진 여덟번째 임무가 바로 이 말들을 복종시키는 것이었다. 말로는 여기에서 엘리스의 왕 아우게이아스의 마구간을 청소하라는 헤라클레스의 다섯번째 임무와 혼동하여 아이게우스의 이름을 사용한 것으로 보인다.
104 독하고 달콤한 포도주.

둘러보러 나타나셨던 것처럼 나타나소서.

그리고 사랑과 명예를 위해서, 그리고 그녀를

왕비로 삼기 위해서 데메테르의 정원에서 열매를 즐기는

아름다운 페르세포네를 데려가셨던 것과 마찬가지로,

증오와 치욕을 위해서, 그리고 당신의 무서운 힘을

경멸하는 이 거만한 자를 복종시키기 위해서,

분노 속에 나타나시어 그의 거만함을 보시고,

그를 가장 깊은 지옥으로 거꾸로 끌어가소서!

테리다마스   길들여지지 않은 말들처럼

가증스런 주둥아리의 울타리[105]를 뛰어넘어

자신들의 주제를 모르고 날뛰며,

경멸스러운 저주를 하는 그들의 혀를 제어하기 위해서,

전하께서는 재갈을 준비하셔야만 하겠습니다.

테켈레스   아니, 우리가 그들의 주둥아리의 울타리를 부수고,

제멋대로 구는 망아지들을 초원에서 끌어내겠소.

우섬카사네   전하께서는 이 멋모르는 망아지 혀들의

불손한 욕설을 제어할 적당한 수단을

이미 준비하셨소이다.   (켈레비노스가 오르카네스에게 재갈을 물린다.)

켈레비노스   어떠신가요, 전하? 왜 말씀을 못하시나요?

예루살렘 왕   아, 폭군의 배에서 나온 잔인한 개구쟁이 같으니.

어쩌면 자신의 저주스런 아버지처럼

조롱과 못된 학대를 자행하기 시작하는가!

탬벌레인   그렇다, 터키인이여, 말해주겠는데, 만약 조브 신께서

---

105 이빨.

내가 이 지상에는 어울리지 않는다고 생각하시어

셋으로 나뉜 세계를 모두 정복하기 전에

나를 하늘의 뛰어난 세 별들 위로 더 뛰어난

아름다운 알데바란 별에 어울리게 하늘로 불러 올리신다면,

이 소년이 이보다도 더 훌륭한 모습으로 성장해서

내가 점령하지 않고 남겨둘 왕국들을 모두 점령할 것이다.

이제 내게 터키의 첩들을 데려와라.

나의 쓸모 없었던 아들의 장례식에

그들을 데리고 갈 것이다.   (첩들이 불려온다.)

아스팔티스 평원에서 사자처럼 용감하게 싸웠던

나의 병사들은 지금 어디 있느냐?

병사들 여기 있습니다, 전하.

탬벌레인 용감한 병사들아, 각자 여왕들을 데려가거라—

터키 왕들의 첩이었던 여왕들 말이다.

그들을 데려가서 그들과 그들의 보석도 나누어라.

그들이 똑같이 차례로 너희 모두의 시중을 들게 하여라.

병사들 감사합니다, 전하.

탬벌레인 경고하는데, 음욕 때문에 다투지 말아라.

그것을 어기는 자는 모두 살려두지 않겠다.

오르카네스 비열한 폭군, 죄 없는 여자들에게

병사들의 욕정을 채우는 폭행을 가해서

너의 가증스런 승리의 행운에

먹칠을 할 셈이냐?

탬벌레인 걱정 말고 살아라, 노예들아. 그리고 게으른 네놈들의 뒤에

창녀들을 데리고 나를 대적하지 말아라.

첩들	오 살려주세요, 전하, 저희의 명예를 지켜주세요!
탬벌레인	이놈들, 너희들의 전리품을 가지고 어서 가지 못하겠느냐?

(병사들 여자들을 데리고 서둘러 퇴장.)

예루살렘 왕	오 무자비하고, 극악무도한 잔인함!
탬벌레인	명예를 지켜달라고! 명예는 그것이 무엇인지 알기도 전에
	너희가 오래 전에 잃어버린 것이지.
테리다마스	전하, 그들이 우리를 정복해서 창녀들을 위한
	구경거리로 만들 작정이었던 모양입니다.
탬벌레인	그러니 이제 그들이 우리의 구경거리가 될 것이다.
	그리고 병사들이 놈들의 창녀들을 데리고 놀겠지.
	우리가 다음에 서둘러 원정할 바빌론으로
	진군할 준비를 할 때까지, 병사들이 그들의
	전리품을 마음껏 즐기게 해라.
테켈레스	그렇다면 전하, 고삐를 늦추지 말고
	즉시 그곳을 정복할 준비를 하시지요.
탬벌레인	그렇게 하자, 테켈레스—그럼 출발해라, 말들아!
	자, 대아시아의 왕들아, 도시들을 내려치고
	왕관들을 다스려, 너희들의 재물과 보물을
	나의 창고에 쌓는 이 채찍 소리를 들을 때,
	몸을 웅크리고 벌벌 떨어라.
	나톨리아의 북쪽에 있는 흑해,
	서쪽의 지중해, 북북동의 카스피 해,
	그리고 남쪽의 홍해—
	이 모든 해양이 우리가 페르시아로 운반할
	전리품들을 싣게 될 것이다.

그때는 나의 고향 사마르칸트와

그 고귀한 영지의 긍지이자 아름다움인

시원한 자에르티스 해류의 투명한 파도들이

멀고먼 대륙에까지 이름을 드높이리라.

바로 그곳에 나의 왕궁이 세워질 것이고,

왕궁의 빛나는 탑들은 하늘을 당황스럽게 할 것이며,

트로이의 탑이 가진 명성을

지옥으로 던져버릴 것이기 때문이다.

나는 태양처럼 황금빛 갑옷을 입고 내가 정복한

왕들의 무리를 이끌고 마차를 타고 거리를 누비리라.

그리고 나의 투구에는 하늘에서 춤추는 다이아몬드로

반짝이는 세 겹으로 된 깃털을 꽂으리라.

이는 내가 셋으로 나뉜 전세계의 황제임을 알리기 위함이다.

아프로디테 여신의 얼굴보다도 더 하얀 꽃들로 화려하게 장식되어,

하늘에서 모든 작은 숨결들이 불어올 때마다

그 아름다운 꽃들이 온통 떨리는

항상 푸른 셀리누스[106] 지방 가장 높은 언덕 위에

홀로 높게 서 있는 한 그루의 아몬드 나무처럼 말이다.

그 다음에는 위엄 있는 독수리들이 이끄는 불꽃을 두른

빛나는 자신의 마차에 올라탄 크로노스 신의 아들이

모든 신들이 그의 화려한 모습을 지켜볼 때,

별들로 장식되고 빛나는 수정으로 포장된

은하수 길을 따라 달리는 것처럼,

---

106 시칠리아 지방에 건설되었던 도시로 제우스의 신전이 있었으며, 베르길리우스의 작품에서 승리자에게 수여하는 종려나무가 자라는 곳으로 언급된다.

나도 나의 마차에 올라, 이 육신으로부터 분리된 영혼이
은하수 길에 올라 그곳에서 그를 만날 때까지,
사마르칸트의 거리들을 달릴 것이다.
바빌론으로, 영주들이여, 바빌론으로 가자!　　　　　(함께 퇴장.)

제5막

〈제1장〉

(바빌론의 총독이 막시무스와 다른 수행원들을 대동하고 성벽 위에 등장.)

총독　막시무스 뭐라고 그랬지?

막시무스　각하, 적군의 공격으로
우리의 멸망은 불을 보듯 빤하니,
정복자의 손에서 우리의 생명을 구하고
도시를 보존할 희망이 거의 없습니다.
그러니 각하, 휴전의 깃발들을 내걸어
탬벌레인의 무시무시한 분노가
우리의 복종으로 누그러질 수 있다고
믿는 백성들의 기도에 부응하소서.

총독　비겁한 놈, 너는 나라의 명예나 너의 이름보다도
천한 목숨을 더 귀중하게 생각하느냐?
나의 생명과 지위가 나에게 소중한 것처럼,

이 도시와 조국의 번영은 네가 가치 있다고 생각하는

그 어떤 것 못지않게 나에게 소중하지 않겠느냐?

우리의 성벽이 모두 무너진다 하더라도,

이 유명한 림나스팔티스 호수가 그 요동치는 물결 속으로

떨어지는 모든 것들로 항상 새롭게 장벽을 쌓아,

죽음이나 지옥의 입구보다 더 강력한 성벽이 있는데도

우리가 그자의 군대를 물리치고 안전하게

살아 남을 희망이 없다는 거냐?

이렇게 우리가 적을 대비한 방어 시설이 있고,

그자의 위협적인 용모 외에는 두려움이 없는데

어떤 나약함이 우리의 용기를 꺾는단 말이냐?

(다른 자[위에 있던 시민]가 등장하여 총독 앞에 무릎을 꿇는다.)

시민   각하, 만약 각하께서 지금까지 동정을 베푸셨고

이제 저희의 생명을 구해주시려면,

항복을 하시고 휴전의 깃발을 내걸어

탬벌레인이 우리의 불행을 불쌍히 여겨

자애로운 정복자처럼 우리를 대하게 하소서.

비록 마지막 날의 끔찍한 포위 공격 때에는

어른이건 아이건 살려두지 않는다고 여겨지지만,

여기에는 조지아의 기독교도들이 있고

그가 그들의 상태를 항상 불쌍히 여기고 구해주었으니,

각하께서 그들을 보내시면, 그의 용서를 얻을 것입니다.

총독   어쩌면 나와 이 영원한 도시 바빌론은

이렇게 자신들의 수치스러운 노예 상태를 자청하는

겁쟁이 도망자 무리들에게 둘러싸여 있으며

그런 무리들로만 가득 차 있단 말인가!

(또 다른 시민 등장.)

두번째 시민 각하, 만약 저희의 마음을 얻으시려면,

도시를 포기하고 저희의 아내들과 아이들을 구하소서.

저는 탬벌레인의 분노를 견디느니

차라리 이 성벽 위에서 몸을 던지든지

아니면 가장 빠른 방법으로 죽음을 선택하겠습니다.

총독 악당들, 겁쟁이들, 국가의 반역자들,

땅에 떨어져 지옥으로 통하는 구멍을 뚫어라.

수많은 지옥의 마귀들이 끝없는 고통으로

너희들의 비열한 가슴을 괴롭히도록!

나는 상관하지 않겠다. 그리고 내 생명이 남아 있는 한,

이 도시는 결코 항복하지 않을 것이다.

(테리다마스와 테켈레스가 병사들과 함께 등장.)

테리다마스 그대, 바빌론의 무모한 총독이여,

생명을 구하고, 우리의 수고를 덜기 위해,

빨리 도시를 우리 손에 넘기시오.

그렇지 않으면 지금까지 어느 반역자가 겪었던 것보다

견디기 힘든 고통을 당하게 된다는 것을 각오하시오.

총독 폭군아, 나는 너의 목구멍 속으로 반역자를 돌려보내고,

네가 아무리 위협해도 도시를 방어할 것이다.

성벽을 방어할 병사들을 불러모아라.

테켈레스 항복해라, 어리석은 총독—우리는 3일째의 포위 때까지

우리에게 감히 저항했던 거만한 놈들의 경우에 비해

그 어느 때보다도 더 많은 기회를 주었다.

우리는 최후의 공격을 감행할 준비가 되어 있다.

그때에는 더 이상 협상은 없을 것이다.

총독 마음껏 공격해라. 우린 결코 항복하지 않을 것이다.

(경보가 울리고, 병사들이 사다리를 타고 성벽을 기어오르며 위쪽으로 퇴장.)

(온통 검은색의 옷을 입고, 트레비존드와 소리아의 왕이 이끄는 마차를 탄 탬벌레인이 우섭카사네, 아미라스, 켈레비노스, 병사들과 함께 등장한다. 나머지 두 왕〔나톨리아의 오르카네스와 예루살렘의 왕〕도 함께 등장.)

탬벌레인 아름다운 바빌론의 당당한 건물들,

구름보다도 더 높게 솟은 웅장한 기둥들,

심해를 항해하던 선원들의 길잡이였던 그 기둥들이

화포 공격으로 무너져 떠내려와

지금은 림나스팔티스 호수의 입구를 가득 채우고

무너진 성벽으로 연결되는 다리 역할을 하는구나.

벨로스, 니노스 그리고 알렉산더 대왕[107]이 의기양양하게

---

107 이 세 사람은 탬벌레인 이전의 바빌론의 지배자들이었다. 벨로스는 포세이돈의 아들로 바빌론을 세운 전설적인 인물이고, 니노스 역시 니네베 제국을 세운 전설적인 인물이며 그의 왕비인 세미라미스는 유명한 바빌론의 성벽을 세웠다. 그리고 마케도니아의 알렉산더는 당시에 쇠약해진 바빌로니아 제국을 정복했던 인물이다.

개선하던 그곳에 탬벌레인이 개선한다.

그가 탄 마차의 바퀴들이 아시리아인들의 뼈를 부수었고,

이 왕들[108]과 함께 수많은 시체 더미 위를 달렸도다.

이제 아시아의 왕들과 귀족들에게 둘러싸여

아름다운 세미라미스가 장엄한 춤을 추었던

그곳으로 나의 병사들이 진군한다.

그리고 멋지게 차려입은 아시리아의 여인들이

호화스런 헤라 여신처럼 화려하게 지나다니던 거리에는,

험악한 말들과 찌푸린 표정을 한 나의 기병들이

사나운 칼날을 휘두르는구나.

(테리다마스와 테켈레스가 바빌론의 총독을 이끌고 등장.)

누구를 데려왔는가, 왕들이여?

테리다마스   고집스런 바빌론의 총독입니다.

이자 때문에 저희가 도시를 함락시키느라 그 모든 수고를

했으니, 바로 전하를 업수이여긴 자입니다.

탬벌레인   가서, 그놈을 묶어라—이 점령당한 도시의

폐허 위에 그놈을 사슬로 묶어 매달아놓으리라.

이놈, 불의 요소 바로 밑에 있는 영역이

혜성과 불타는 별들로 가득 차고

불꽃을 내뿜는 그들의 행렬이 대지 위에 떨어져

내리는 것보다도 더 무서운 나의 주홍빛 막사들도

---

108 포로가 되어 탬벌레인의 마차를 끄는 왕들을 가리킨다.

너를 두렵게 할 수 없었으니—아니,

위대한 조브 신의 분노한 전령이며,

지구상의 모든 왕들을 칼로 굴복시킨

나 자신도 너를 굴복시킬 수 없어

성문이 여전히 닫혀 있었다.

악당놈, 내가 만약 지옥의 녹슨 문들을

건드리기만 하면, 머리 셋 달린 케르베로스가

울부짖어 지하의 조브 신을 깨워

내 앞에 엎드려 무릎을 꿇게 할 것이다.

하지만 내가 너에게 집중 사격을 가했는데도,

성벽이 무너지기 전까지는 들어올 수 없었다.

총독 만약 내 육신이 그 무너지는 것을 막을 수 있었더라면,

네가 들어올 수 없었을 것이다, 잔인한 탬벌레인아.

나를 굴복하게 만들 수 있는 것은 너의 잔인한 막사도 아니고,

최고신의 응징이라고 부르는 너 자신도 아니다.

비록 너의 대포들이 도시의 성벽들을 흔들어놓았어도,

나의 가슴은 떨지 않았고, 용기를 잃지도 않았다.

탬벌레인 좋다, 이제 떨게 해주마. 가서 놈을 끌어올려라.

사슬로 묶어 성벽 위에 매달아라.

그리고 병사들을 시켜 놈을 쏘아 죽이게 해라.

총독 지옥의 마녀에게서 태어난 추악한 괴물 같으니.

이 땅에 학정을 자행하라고 지옥에서 보냈구나.

네 멋대로 해보아라. 죽음도, 탬벌레인도, 고문도,

고통도 나의 두려움을 모르는 마음을 굴복시킬 수는 없다.

탬벌레인 그럼 끌어올려라. 몸뚱어리에 흠집을 내주리라.

총독	하지만 탬벌레인, 림나스팔티스 호수 속에는
	바빌론의 값어치보다도 더 많은 황금이 있다.
	도시가 포위당했을 때 내가 숨겨놓은 것이지―
	내 목숨을 살려주면 그걸 너에게 주겠다.
탬벌레인	그렇다면, 그렇게 용감하다고 하면서도, 목숨을 구하려고 하느냐?
	황금은 어디에 있느냐?
총독	바빌론의 서쪽 성문 바로 맞은편에
	움푹 꺼진 둑 아래 있다.
탬벌레인	너희들 중 몇 명은 그곳으로 가서 황금을 가져와라. (병사들 퇴장.)
	나머지는 사형 집행을 계속해라!
	그놈을 즉시 끌고 가라. 더 이상 말하지 못하게 해라.
	너의 용기를 내가 꺾어놓은 것 같군. (병사들이 총독을 끌고 간다.)
	이 일이 끝나면 우리는 바빌론을 떠나
	서둘러서 페르시아로 갈 것이다.
	이 말들은 헐떡거리고, 지쳐빠졌다.
	마구를 벗기고 새 말을 데려와라.
	(병사들이 트레비존드와 소리아 왕의 마구를 벗긴다.)
	이제 그들이 나를 명예롭게 하기 위해 최선을 다했으니,
	데리고 가서 둘 다 즉시 매달아라.
트레비존드 왕	비열한 폭군, 야만적이고 잔인한 탬벌레인!
탬벌레인	끌고 가거라, 테리다마스, 놈들을 처치하는 것을 확인해라.
테리다마스	알겠습니다, 전하.
	(테리다마스가 트레비존드와 소리아의 왕을 끌고 퇴장.)
탬벌레인	자, 아시아의 총독들이여, 잠시 동안 너희들의 임무를 다하고
	너희 동료들과 같은 운명을 받아들여라.

오르카네스　우리가 너의 마차를 끌고

천한 노예들처럼 수치스럽고 굴욕적인 노역으로

제왕의 품위를 떨어뜨리느니 차라리

너의 스키타이의 말이 먼저 우리의 팔다리를 찢게 해다오.

예루살렘 왕　탬벌레인, 너의 무기를 나에게 빌려다오,

내가 그것을 내 가슴속에 꽂아넣을 수 있도록.

천 번을 죽어도 우리 영혼을 괴롭히는 이 생각보다

더 우리 가슴을 고통스럽게 할 수는 없을 것이다.

아미라스　전하, 그들을 재갈 물리지 않으면, 계속해서 지껄일 것입니다.

탬벌레인　그들에게 재갈을 물려라, 그리고 나는 마차로 가겠다.

(병사들이 그들에게 재갈을 물린다. 바빌론의 총독이 사슬에 묶여 매달려 나타
난다. 테리다마스 다시 등장한다.)

아미라스　자 보십시오, 전하, 총독이 얼마나 용감하게 매달려 있는지를!

탬벌레인　정말 용감하구나, 아들아, 잘했구나!

왕께서 먼저 쏘시오, 그 다음에 다른 자들이 따라 쏠 것이오.

테리다마스　그럼 먼저 쏘겠습니다.　　　　　　　　　　(테리다마스 쏜다.)

총독　목숨만 살려주시오. 이 상처가 위대한

탬벌레인의 무서운 분노를 가라앉힐 수 있기를.

탬벌레인　안 된다, 비록 아스팔티스 호수 전체가 황금이고

그것을 네 목숨을 위한 몸값으로 내게 바친다 하더라도,

너는 죽어야 한다. 모두 한꺼번에 쏴라.　　　　(모두들 쏜다.)

자, 이제야 그가 바그다드의 통치자처럼 매달려 있구나.

무너진 성벽에 갈라진 균열들만큼이나 많은

208

탄환들을 자신의 살 속에 꽂은 채.

이제 가서 시민들의 손과 발을 묶고,

그들을 도시의 호수 속에 거꾸로 집어 던져라.

타타르인들과 페르시아인들이 그곳에서 살게 하리라.

그리고 도시를 다스리기 위해서,

이곳 바빌론에 페르시아 왕의 지배를 받아온

모든 아프리카 국가들이

나에게 공물을 바칠 성채를 세우리라.

테켈레스 그들의 아내들과 아이들은 어떻게 할까요,

전하?

탬벌레인 테켈레스, 모두 다 수장시켜라. 남자, 여자, 아이 할 것 없이 모조리.

도시에 단 한 명의 바빌로니아인도 남겨두지 말아라.

테켈레스 즉시 시행하겠습니다. 가자, 병사들아.   (테켈레스와 병사들 퇴장.)

탬벌레인 자, 카사네, 터키인들의 코란과,

내가 신이라고 생각해온 마호메트의 신전에서

발견된 미신적인 내용의 책들을 모두 어디 쌓아두었느냐?

그것들을 모두 태워버리리라.

우섬카사네 여기 있습니다, 전하.

탬벌레인 좋아, 즉시 불을 붙여라.   (그들이 불을 붙인다.)

내가 보건대, 사람들은 헛되이 마호메트를 숭배한다.

나의 칼은 수백만의 터키인들을 지옥으로 보냈고,

그들의 모든 사제들과 친척들 그리고 친구들을 살해했다.

그런데도 마호메트는 나에게 손끝 하나 대지 않고, 나는 살아 있다.

복수의 분노로 가득 찬 진정한 신이 계신다.

천둥과 번개가 그분에게서 터져 나오고,

나는 그분의 응징을 대신하는 자이며, 그분께 복종할 것이다.

그러니 카사네, 책들을 불 속에 던져라.   (그들이 책을 불태운다.)

자, 마호메트, 만약 당신이 어떤 능력이 있다면,

당신 스스로 내려와서 기적을 행하시오.

당신은 숭배받을 가치가 없으니

당신 종교의 내용이 담긴 책들을

불태우는 불꽃을 견뎌야 한다.

왜 당신은 무서운 회오리바람을 내려보내

사람들이 하느님의 옆자리라고 말하는

당신의 권좌로 코란을 불어 올려가지도 않고—

당신의 권위에 대항하여 칼을 휘두르며

당신의 어리석은 법전들을 경멸하는

탬벌레인의 머리 위에 복수를 하지 않는가?

좋다, 병사들아, 마호메트는 지옥에 있다.

그는 탬벌레인의 목소리를 들을 수 없다.

숭배하려면 다른 신을 찾아보아라.

만약 있다면, 하늘에 계신 하느님 말이다.

그분만이 유일하신 분이고, 그분 외에는 없다.

(테켈레스 다시 등장.)

테켈레스   전하의 말씀대로 행했습니다.

아스팔티스 호수 속에 빠져 죽은 수천 명의 사람들 때문에,

호수의 물이 둑 위까지 넘쳐흘렀습니다.

그리고 사람의 시체를 뜯어먹은 물고기들이 놀라서,

아위[109]를 먹었을 때

높이 떠올라 공기를 마시려 헐떡이는 것처럼,

파도 위로 튀어 올랐다가 가라앉곤 합니다.

탬벌레인　좋소, 총독들이여, 그렇다면 이제 남은 것은

충분한 수비대를 남겨두고

우리의 모든 승리를 축하하기 위해 즉시

페르시아를 향해 출발하는 것 외에 무엇이 있겠소?

테리다마스　그렇습니다, 전하, 서둘러 페르시아로 가시지요.

그리고 이 총독을 성벽에서 내려

도시 주변의 높은 언덕으로 옮기게 해주십시오.

탬벌레인　그렇게 하시오. 그것에 관해서는, 병사들이여 —

그런데 잠깐, 갑자기 몸에 이상이 느껴진다.

테켈레스　무엇이 감히 탬벌레인 전하를 아프게 한다는 겁니까?

탬벌레인　무언가 있어, 테켈레스, 하지만 무언지는 모르겠어.

그렇지만 진군하시오, 총독들이여. 그것이 무엇이든 간에,

질병도 죽음도 결코 나를 정복할 수는 없소.　　　　(함께 퇴장.)

〈제2장〉

(칼라피네, 아마시아의 왕, 장군들과 병사들이 북과 나팔을 연주하며 등장.)

칼라피네　아마시아의 왕이여, 이제 우리의 강력한 대군이

---

109 미나리과의 약용 식물.

유프라테스와 티그리스 강물이 빠르게 흐르는

대아시아로 진군하고 있소.

그리고 이곳에서 우리는 림나스팔티스 호수로

둘러싸인 위대한 바빌론을 바라볼 수 있을 것이오.

그곳에는 탬벌레인이 자신의 전군을 이끌고 머무르고 있으며,

군사들은 포위 공격으로 인해 지치고 무기력해 있소.

우리는 그의 군대가 바빌론 공격에서 잃은 기력을

회복하기 전에 그를 대적할 준비를 하고,

하느님이나 마호메트가 도와주신다면

최근에 겪은 쓰라린 패배를 설욕할 수 있을 것이오.

아마시아 왕   전하, 우리가 그를 정복하리라는 것을 의심하지 마십시오.

바닷물만큼이나 많은 피를 마시고도 아직도 갈증을

채우려 더 많은 피를 원하고 있는 그 괴물을

우리 터키의 칼들이 지옥으로 거꾸로 보내줄 것입니다.

그리고 용감한 왕들이 끌고 다닌 그 더러운 시체를

새들이 먹을 것이고, 천한 태생의 폭군 탬벌레인을

영광스럽게 할 무덤은 결코 없을 것입니다.

칼라피네   내 부모님의 치욕스런 삶, 그들의 비참한 죽음,

나 자신의 포로 생활, 나의 총독들이 탬벌레인으로 인해

겪은 굴종을 생각할 때, 나는 그의 극악무도함에

복수하기 위해서 수천 번의 죽음이라도

견딜 각오가 되어 있소.

아 거룩하신 마호메트시여, 수백만의 터키인들이

탬벌레인의 손에 죽임을 당하고, 왕국들이 폐허가 되고,

훌륭한 도시들이 약탈당하고 불태워지는 것을 보셨고,

당신을 섬기는 유일한 군대가 남았으니,
당신의 충직한 하인 칼라피네를 도우셔서
이 모든 패배를 극복하고 저주받은 탬벌레인에게
승리를 거두도록 해주소서.

아마시아 왕　두려워 마십시오, 전하. 자줏빛 구름에 둘러싸여
머리에는 아폴론 신의 왕관보다도 더 밝은 화관을 쓰신
위대한 마호메트께서 무장한 군사들을 이끌고
이 탬벌레인을 대적하는 전하를 돕기 위해
하늘에서 진군하시는 것이 보입니다.

대장　유명하신 장군, 위대하신 칼라피네시여.
비록 하느님과 거룩한 마호메트께서
몸소 전하의 군대를 막기 위해 오신다 하더라도,
전하의 강력한 대군은 그 모두를 대적하여
거만한 탬벌레인을 무릎 꿇리고,
전하의 발 앞에서 자비를 구하게 할 것입니다.

칼라피네　대장, 탬벌레인의 군대는 강하고,
그의 운은 더욱 강력하며, 세상을 그토록
놀라게 한 그 승리들은 우리 모두의 힘을
좌절시킬 정도로 강력한 것이오.
하지만 달님의 거만함도 차면 다시
기우는 법, 그의 거만함도 그러하기를 나는 바라오.
우리는 이곳에 적어도 20개의 왕국에서
선발한 용병들을 데리고 있소.
농부도, 사제도, 상인도 집에 남아 있지 않소.
터키 전체가 칼라피네와 함께 무장을 하고 있지.

우리는 탬벌레인과 그의 진영이 정복되기 전까지는

결코 막사와 무기를 떠나지 않을 것이오.

지금이 바로 세상의 폭군을 정복하여

나를 영원한 존재로 만들어야 할 때요.

자, 병사들이여, 숨어서 그를 기다리자.

만약 그가 진영에 없는 것을 발견하면

그들이 다시 재결합하기 전에,

공격하여 확실한 승리를 거두자.　　　　　　　(함께 퇴장.)

〈제3장〉

(테리다마스, 테켈레스, 우섬카사네 등장.)

테리다마스　　울어라, 하늘이여, 눈물 속으로 사라져버려라!

떨어져라, 그의 탄생을 주관했던 별들이여,

하늘의 모든 빛나는 별들을 소환하여

무익한 불꽃들을 지상에 던지고

그들의 나약한 영향력을 공중에 뿌리게 하여라.

너희들의 아름다움을 영원한 구름으로 감추어라.

지옥과 어둠이 캄캄한 천막을 세우고,

죽음이 암흑의 영들로 이루어진 군대를 이끌고

탬벌레인의 심장에 대적하여 전쟁을 벌이기 때문이다.

너희들이 성스러움으로 그분의 옥좌에 변함없는

충성을 표하고, 그분의 지위를

하늘의 영광으로 삼았음에도 불구하고

이 비겁자들이 보이지 않게 그분의 영혼을 습격하여

그분을 정복하려 한다.

하지만 만약 그분이 죽으면, 너희들의 영광은 망신 거리가 되고,

대지는 시들고 지옥이 하늘을 차지했다고 말하리라.

테켈레스 오 그렇다면, 영원한 왕권을 지배하고

지구라는 이 거대한 존재를 다스리는 신들이여.

당신들의 최고 지위가 우리에게 가르침을 주는 것처럼

만약 당신들이 거룩한 신앙의 가치를 잊지 않는다면,

당신들의 명성을 잊지 말고, 변덕을 부리지 마시오.

당신들이 보낸 자의 파멸에서 승리를 누리는

적들의 기쁨을 참지 마시오.

그의 탄생, 생애, 건강 그리고 위엄이

특별히 하늘의 보살핌과 축복을 받은 것처럼,

하늘이여, 하늘이 없어질 때까지, 그의 탄생, 그의 삶,

그의 건강 그리고 그의 위엄을 영예롭게 하소서.

우섬카사네 하늘이여, 그대의 이름이 영광을 잃은 것과

그대의 발판이 머리 위에 씌워진 것을 보고 부끄러워하라.

그대의 오만한 가슴속에 있는 천박함이

그렇게 못난 부끄러움을 유지하여,

악마들이 천사들의 권좌에 오르고,

천사들이 지옥의 연못으로 떨어지는 것을 보지 않게 하라.

비록 그들이 자신들의 고통의 날이 끝났다고 생각하고

그들의 힘이 조브 신의 힘과 대등하여

그 힘으로 그대의 지위에 대항한다 하여도,

그들에게 탬벌레인의 힘을 느끼게 하라.
그대의 대리인이자 위엄의 표상인 그는
그들이 생각하는 것보다 훨씬 더 위대하다.
만약 그가 죽으면, 그대의 영광은 망신 거리가 되고,
대지는 시들고 지옥이 하늘을 차지할 것이다.

(탬벌레인이 사로잡힌 두 왕, 나톨리아의 오르카네스와 예루살렘의 왕이 끄는
마차를 타고 등장. 아미라스, 켈레비노스, 의사들 등장.)

탬벌레인 어떤 대담한 신이 이처럼 내 육체에 고통을 가하여
위대한 탬벌레인을 정복하려 하는가?
질병이 이제 내가 인간이라는 것을 증명할 것인가?
지금까지 세상의 두려움이라고 불려온 나를.
테켈레스 그리고 여러분, 와서 칼을 잡고
내 영혼을 괴롭히는 자를 위협하라.
자 우리 하늘의 신들을 맞서 진군하여
하늘에 검은 깃발을 꽂아
신들의 죽음을 알리자—
아 친구들이여, 어떻게 해야 할까? 참을 수가 없다.
와서, 탬벌레인의 건강을 이처럼 시기하는
신들과 맞서 싸우는 전쟁터로 나를 옮겨다오.

테리다마스 아, 현명하신 전하, 성급한 말씀은 삼가십시오.
그런 말씀은 전하의 병을 더욱 악화시킵니다.

탬벌레인 내가 왜 앉아서 이 고통 속에 시들어가야 한단 말이냐?
아니다, 북을 울려라, 그리고 이에 대한 보복으로,

오라, 우리의 창을 겨누어 양어깨로 세상의 축을

받치고 있는 그의 가슴을 꿰뚫어버리자.

내가 죽으면 하늘과 땅이 모두 무너져버리게 말이다.

테리다마스, 서둘러 조브 신의 궁전으로 가거라.

그가 즉시 아폴론 신을 보내 나를 치료하지

않으면, 내가 직접 가서 그를 끌어내리리라.

테켈레스   조용히 앉아 계십시오, 전하, 이 고통은 멈출 것이고,

지속될 리 없습니다. 고통이 너무 격렬합니다.

탬벌레인   지속되지 않는다고, 테켈레스? 아니, 나는 죽을 것이다.

보아라, 두려움 때문에 창백하고 파랗게 질려 떨면서도,

나의 노예, 흉측한 괴물, 죽음이

살기 어린 창으로 나를 겨누고 서 있는 것을.

내가 노려볼 때마다 달아나지만,

내가 눈길을 돌리면 어느 틈엔가 다시 숨어 들어오는 것을.

이놈, 사라져라, 전쟁터로 어서 가거라!

나와 나의 군대가 너의 배에 수천 명이나 되는

시체의 영혼들을 태워주러 가리라—

그가 어디로 가는지 보아라! 하지만 봐라, 내가 가지 않으니

그가 다시 돌아오지 않는가! 테켈레스, 진군하자.

영혼들을 지옥으로 보내 죽음을 지치게 하자.

의사   전하 제발 이 약을 드십시오.

이 약은 전하의 흥분과 분노를 가라앉혀주고

기분을 부드럽게 해줄 것입니다.

탬벌레인   말해보거라, 그대는 지금 나의 병에 대해 어떻게 생각하느냐?

의사   저는 전하의 소변을 검사했습니다.

소변의 침전물이 진하고 거무스름하다는 것은
전하의 병이 심각함을 알려줍니다.
전하의 혈관들은 쓸데없는 열로 가득 차 있습니다.
따라서 전하의 혈액 속의 습기가 말라버리는 것이죠.
습기와 열은 어느 정도까지는 자연력이 아니라
더욱 신성하고 순수한 물질의 일부이지요.
그런데 생명의 원천인 그 두 가지가
거의 완전히 고갈되고 소모되어버렸으니,
전하의 죽음을 불러오는 것입니다.
그밖에도, 전하, 전하와 같은 기질을
가지신 분들에게는 오늘이 무척이나 위험합니다.
심장의 생기를 정맥들과 나란히 전달하는
전하의 동맥들이 말라버리고 활기가 없습니다.
활기를 불러일으키는 물질들이 없는
영혼은 의술로도 지탱할 수 없습니다.
하지만 전하께서 오늘만 넘기신다면,
분명히 모든 것을 곧 회복하실 것입니다.

탬벌레인   그렇다면 나는 내 생명의 원천이 되는 모든 부분들을
편안케 하고, 죽음을 물리쳐 하루 이상을 살리라.

(안에서 경보가 울린다. 전령 등장.)

전령   전하, 최근에 전하를 피해 달아났던 젊은 칼라피네가
지금 새로운 군대를 모집하여, 전장에 전하가
안 계신다는 말을 듣고, 곧바로 우리를 공격할 태세입니다.

탬벌레인 보아라, 의사들이여, 조브 신께서 어떻게
나의 고통을 치료하기 위해 준비한 약을 보내셨는지.
내 얼굴만 봐도 그들은 도망칠 것이며, 나는 쫓아가
그 악당의 군사 중에서 단 한 놈이라도 살아 또다시
싸움을 걸어오지 못하게 할 것이다.

우섬카사네 전하께서 그렇게 강건하시어,
옥체를 잘 보존하실 수 있어 기쁩니다.
전하의 모습만 봐도 적군은 혼비백산할 것입니다.

탬벌레인 그럴 것이다, 카사네. 끌어라, 노예들아!
죽음을 무릅쓰고라도 가서 내 얼굴을 보여주리라.

(경보. 탬벌레인이 다른 모든 인물들과 함께 들어갔다가 다시 나온다.)

탬벌레인 역시 이 악당, 겁쟁이놈들은 태양이 나타나면
사라지는 여름날의 수증기처럼 두려움에 도망쳐버렸다.
조금만 더 전장을 달릴 수 있었더라면,
저 칼라피네는 다시 나의 노예가 되었으리라.
하지만 기력이 다한 것이 느껴진다.
이 보잘것없는 세상에 비해 훨씬 더 고귀하고
더 높은 권좌에 나를 앉히려고 하는 신들에게
나는 헛되이 대항하고 그들을 저주하고 있다.
지도를 다오. 내가 전세계를 정복하려면 얼마나
많이 남아 있는지 보아야겠다.
나의 아들들이 내가 못다 한 것을 완성하리라.

(한 병사가 지도를 가져온다.)

여기에서 내가 페르시아를 향하여 진군을 시작했지.

아르메니아와 카스피 해를 따라서 밀이야.

그 다음에는 비티니아로 갔어. 그곳에서 내가

터키 황제와 그의 황후를 사로잡았지.

그 다음에는 이집트와 아라비아로 진군해 들어갔다.

그리고 나는 알렉산드리아에서 멀지 않고,

백 리그도 채 떨어져 있지 않아서,

지중해와 홍해가 서로 만나는 이곳에

두 해양에 이르는 운하를 만들 작정이었지.

사람들이 손쉽게 인도로 항해할 수 있도록 말이야.

그곳에서부터 보르노 호수 가까이에 있는 누비아까지.

그리고 그렇게 이디오피아 해를 따라서

남회귀선을 가로지르며

나는 멀리 잔지바르에 이르기까지 모든 왕국을 정복했다.

그리고 나서 아프리카의 북부를 지나

마침내 그리스까지 왔어. 그리고 그곳에서 현재

내가 내키진 않지만 머무르고 있는 아시아에 이르렀지—

이곳은 내가 최초로 진군을 시작했던 스키타이에서

앞뒤로 5천 리그 가까이 떨어져 있는 곳이다.

여기를 보아라, 아들들아, 얼마나 많은 땅덩이가

북회귀선의 중심으로부터 서쪽으로

이 지구가 솟아오르는 곳까지 놓여 있는지.

우리의 시야에서 사라지는 태양이 바로 그곳에서

우리의 반대편에 사는 사람들과 함께 하루를 시작한다.

그런데 이곳을 정복하지 않은 채 내가 죽어야 하는가?

자, 아들들아, 여기에는 수많은 금광들이 있으며,

아시아와 그 옆 대륙보다도 더 가치 있는

헤아릴 수 없이 진기한 것들과 보석들이 있다.

그리고 남극으로부터 동쪽으로 지금껏

밝혀진 적이 없는 더 많은 땅[110]을 보아라.

그곳에는 하늘을 아름답게 하는 모든 별들만큼이나

밝게 빛나는 진주 덩어리들이 있다.

그런데 이곳을 정복하지 못한 채, 내가 죽어야 하는가?

사랑하는 아들들아, 여기 죽음이 내게 허락지 않는 곳이 있다.

너희들이 죽음을 무릅쓰고라도 정복하도록 해라.

아미라스   오, 전하, 전하께서 겪는 고통으로 인해 아프고 상심하여

피 흘리는 저희의 가슴이 어떻게 기쁜 생각을 하고

생기를 유지할 수 있겠습니까?

전하의 기상이 저희 불쌍한 자식들에게 생기를 불어넣어주시고,

저희의 육신은 전하의 육신과 하나이옵니다.

켈레비노스   전하의 고통이 저희의 영혼을 꿰뚫으니, 아무런 희망도 없습니다.

전하의 생명으로 인해 저희가 생명을 유지하기 때문입니다.

탬벌레인   하지만 아들들아, 나는 내가 지니고 있는

강인한 정신을 더 이상 유지할 충분한

힘이 없으니, 이제 나의 정신력을 똑같이

너희 둘의 가슴속에 나누어주어야 한다.

나의 육신은 너희들의 고귀한 모습으로 나뉘어,

비록 내가 죽는다 하더라도, 나의 정신을 보존할 것이고

---

110 오스트레일리아를 가리킨다. 당시 아직 발견되지는 않았지만, 막연하나마 소문이 나 있었음을 알 수 있다.

너희의 모든 후손들 속에 영원히 살아 있으리라.

그렇다면 이제 나를 내려다오. 내가 내 아들에게

나의 왕위와 칭호를 물려줄 수 있도록.

(아미라스에게) 먼저 나의 채찍과 황제의 관을 받아라.

그리고 나의 화려한 마차 위로 오르거라.

내가 죽기 전에 왕관을 쓴 너의 모습을 볼 수 있도록.

왕들이여, 내가 마지막으로 움직이는 것을 도와주시오.

테리다마스   전하, 우리 자신의 영혼이 파멸하는 것보다도

더 우리를 좌절시키는 슬픈 일입니다.

탬벌레인   올라앉거라, 아들아, 네가 얼마나 네 아버지의

위엄 있는 자리에 잘 어울리는지 보게 해다오.

(신하들이 그에게 왕관을 씌운다.)

아미라스   얼마나 단단한 심장을 가지고 있어야 나는

내가 가진 생명과 영혼의 짐을 기뻐할 수 있을까?

내 육신이 극단의 고통 속에 녹아버리지만 않는다면,

고통에 정제된 내 육신이 세상의 지위가 주는

기쁨으로 인해 동요되는 내 마음의

움직임을 나타낼 수 있을 것을!

오 아버지, 저 무자비한 죽음과 지옥이

제 기도에 귀를 닫아버리고,

인간의 운명을 좌우하는 저 짓궂은 하늘의 힘이

제게 기쁨의 결실을 주는 것을 거부한다면,

오직 죽기만을 바라는 제 마음의

내적 갈망을 거스르며

어떻게 이 증오스런 발걸음을 옮기며,

	기쁨이 없는 군주의 지위를 헛되이 원하겠습니까?
탬벌레인	사랑이 명예를 앞서게 하지 말거라, 아들아.
	또한 불가피한 것은 의연하게 받아들이는
	대범함을 가져라.
	올라앉아라, 아들아, 그리고 명주로 만든 고삐들로
	말들의 단단히 조여진 배를 제어하여라.
테리다마스	전하, 아버님의 말씀에 순종하셔야 합니다.
	이는 운명이고, 숙명입니다.
아미라스	하느님이 나의 증인이시라, 내가 얼마나 고통스럽고
	아픈 가슴을 안고 이 자리에 오르는지 —
	하늘이시여, 아버님이 돌아가시기 전에,
	그분의 극심한 고통과 아픔을 제게 보내주소서!
탬벌레인	이제 아름다운 제노크라테의 관을 가져와라.
	그리고 그것을 내가 운명할 의자 옆에 놓고
	나의 장례식에 동참케 해라.
우섬카사네	그럼 전하께서는 아무런 차도를 못 느끼시고,
	피눈물 속에 잠겨 있는 우리의 가슴은 전하께서
	회복되시리라는 희망과 기쁨을 가질 수 없단 말입니까?
탬벌레인	그렇다, 카사네, 내 영혼을 고통스럽게 하는
	지하의 군주와 눈 없는 괴물은 그대가 나를 위해
	흘리는 눈물을 볼 수가 없거든. 그러니
	그 잔인함을 더욱 드러내는군.
테켈레스	그렇다면 어떤 신이든지 불러내 거룩한 힘으로
	죽음의 분노와 포악에 대적하여 맞서게 하소서.
	그래서 그의 눈물에 목마른 지칠 줄 모르는 증오가

자기 자신을 향하도록 말입니다.

(병사들이 제노크라테의 관을 가지고 들어온다.)

탬벌레인 자, 두 눈아, 마지막으로 실컷 보아라.

그리고 내 영혼이 두 눈의 시각을 얻게 될 때,

관과 황금 천을 뚫고 나와

하늘의 기쁨으로 너희의 갈망을 채우거라.[111]

그렇게 다스리거라, 아들아, 네 아버지의 손으로

마차를 몰아 저 노예들을 응징하고 지배하여라.

네가 모는 마차는 클리메네의 미친 아들[112]이 몰아

달님의 하얀 뺨을 시커멓게 그슬리고

온 세상을 에트나 산처럼 불길에 휩싸이게 했던

그 마차와 다름없이 귀중한 것이다.

그에게서 교훈을 얻어, 그의 지위만큼이나 위험한 왕권을

경외심을 불러일으키는 눈빛으로 행사하는 것을 배우도록 하여라.

만약 너의 몸이 태양 빛처럼 순수하고 강렬한 기상으로 넘쳐나지 않으면,

이 교만하고 반항적인 말들이 지닌 본성은

가느다란 머리털 같은 작은 기회라도 붙잡아

히폴리토스[113]의 경우처럼 카스피 해의 절벽보다도

더 가파르고 날카로운 암석들 사이로

---

111 이 대사는 인간의 육체와 감각이 영혼을 가두고 있다는 당대 스토아 학파의 믿음을 반영하고 있다. 즉 죽음으로 인해 육체에서 자유로워진 영혼은 훨씬 더 뛰어난 영적인 감각을 소유하게 된다는 것이다. 따라서 영혼이 육체에서 자유로워지면 영적 시각을 소유하게 되어 제노크라테의 영혼을 볼 수 있으리라는 탬벌레인의 기대를 나타낸 것이다.
112 탬벌레인은 이 대사를 통해 자신의 마차를 태양신의 불마차에 비유하고 있다.
113 사랑을 거절당한 계모 파이드라의 무고로 아버지 테세우스의 저주를 받아 달리는 전차에서 떨어져 죽었다.

조금씩 조금씩 너를 끌어들일 것이다.

네가 타는 마차는 하늘의 마차가 파에톤의 교만함을

견디지 못했던 것처럼 나보다 모자라는 기개를

지닌 주인의 조종을 참지 못할 것이다.

잘 있거라 아들들아, 나의 소중한 친구들이여 안녕히.

내 영혼이 그대들의 달콤한 욕망이 내게서 떠난 것을

보고 우는 것이 느껴지오.

하느님의 채찍인 탬벌레인이 죽어야 하기 때문이오.　　　(죽는다.)

아미라스　하늘과 땅이여 부딪쳐라, 그리고 여기 있는 모든 것을 끝장내라.

땅은 자신의 결실 중 가장 자랑스러운 것을 써버렸고,

하늘은 자신이 고른 최고의 살아 있는 불꽃을 꺼버렸으니 말이다.

하늘과 땅이 아버님의 때아닌 죽음을 슬퍼하게 하라.

그 둘의 가치가 더 이상 아버님에게 필적하지 못하리라.

(함께 퇴장.)

대단원의 막.

몰타의 유대인

The Jew of Malta

마키아벨리 프롤로그 변사
바라바스 몰타의 유대인
페르네즈 몰타의 총독
이타모어 바라바스의 노예
셀림칼리마스 터키 황제의 아들
칼라피네 터키의 장수
돈 로도윅 총독의 아들
돈 마티아스 그의 친구
마틴 델 보스코 스페인의 해군 중장
자코모 수사
베르나딘 수사
필리아보르자 벨라미라와 결탁한 도둑
아비게일 바라바스의 딸
캐서린 마티아스의 어머니
벨라미라 고급 창녀
수녀원장
수녀
두 상인, 세 유대인, 몰타의 기사들, 터키의 장수들, 관리들, 노예들, 몰타의 시민들, 터키
의 병사들, 전령, 목수들

장소 : 몰타

서막

(마키아벨리[1] 등장.)

마키아벨리   세상 사람들은 마키아벨리가 죽었다고 생각하지만,

그의 영혼은 알프스 산맥 너머로 날아가 있었을 뿐이고,

이제 기즈[2]가 죽었으니 이 나라[3]를 둘러보고

친구들과 함께 즐거운 시간을 갖기 위해 프랑스에서 왔습니다.

어떤 사람들에게는 내 이름이 혐오스러울지 모르지만,

나를 사랑하는 자들은 그들의 험담에서 나를 보호해줍니다.[4]

그리고 그들에게 내가 마키아벨리라는 것을 알게 하고,

사람들과 사람들이 하는 말에 가치를 두지 않게 해주지요.

나는 나를 가장 증오하는 자들에게서 존경을 받습니다.

어떤 자들은 드러내놓고 나의 책들을 비난하지만,

---

1 15, 16세기 이탈리아의 정치가이자 정치 철학자로서, 유명한 『군주론』을 썼다. 그 책에서 마키아
벨리는 당시 이탈리아의 상황에서 군주가 권력을 유지하고 정책을 시행하기 위해서는 전통적인 도
덕이나 신의 섭리에 얽매이지 말고 다양한 수단과 방법을 사용해야 한다고 주장하였다. 이러한 마키
아벨리의 정치 사상은 당대 르네상스기 유럽 사회에서 목적 달성을 위해서는 수단 방법을 가리지 않
는 교활하고 이기적인 사상으로 비난받았다. 하지만 한편으로 그의 사상은 중세의 봉건 계급적 억압
에서 벗어나 개인의 성공과 자유를 추구하는 많은 사람들이 따르는 르네상스의 새로운 정신을 대변
하기도 하였다.
2 기즈의 세번째 공작 앙리는 프랑스 앙리 3세의 명령에 의해 1588년 12월 23일 암살당했는데, 말로
는 「파리의 대학살」 제21장에서 이 사건을 극화하기도 했다. 기즈는 위그노 교도(프랑스의 신교도)
들의 원수였고, 그들은 기즈를 사악하고 위험한 존재로 여겼다.
3 영국.
4 마키아벨리의 진정한 추종자들은 그의 학설을 이용하면서도 전통적인 사고 방식을 가진 사람들을
놀라게 하지 않으려고 그의 이름을 언급하는 것을 피한다는 뜻이다.

그들은 나의 책을 읽을 것이고, 그렇게 하여

베드로의 의자[5]에 이르게 될 것입니다. 그리고 그들이

나를 버릴 때, 그들은 나의 추종자들에게 독살당합니다.

나는 종교를 어린아이들의 장난감으로밖에 생각지 않고,

죄는 없고 무지[6]만이 있는 것이라 생각합니다.

공중의 새들이 과거의 살인 사건들을 말해줄까요?

나는 그런 바보 짓을 들으면 딱한 생각이 듭니다.

많은 사람들이 왕관을 소유할 권리에 대해 말할 것입니다.

카이사르는 황제의 자리에 오를 어떤 권리[7]를 갖고 있었습니까?

먼저 힘이 왕들을 만들었고, 법률은 드라코[8]의 법전처럼

피로 쓰였을 때, 가장 확실한 효력을 가졌습니다.

그래서 튼튼하게 지어진 요새는 편지들보다 훨씬 더

큰 힘을 발휘한다는 말이 나오는 것입니다.

팔라리스[9]가 이 격언을 준수했더라면,

위대한 자들의 시기심 때문에 놋쇠로 만든 황소[10] 속에서

---

5 엘리자베스 시대의 작가들은 공통적으로 로마 교황권에 대해 깊은 적대감을 갖고 있었다. 하지만 그들이 노골적으로 교황들을 마키아벨리의 제자라고 비난했던 것 같지는 않다. 말로는 여기에서 아마도 교황 알렉산더 6세를 생각하고 있는 것 같다.
6 세속적인 성공을 이루는 방법에 대한 무지.
7 폭군의 전형적인 특징 중의 하나는 그에게 권력에 대한 합법적인 권리가 없다는 것이었다. 고전 시대부터 왕위에 대한 합법적인 권리가 없었던 율리우스 카이사르를 폭군으로 여겨야 할지 여부를 놓고 논란이 있었다.
8 기원전 621년 아테네의 법률을 재편찬한 입법자. 그 법률은 너무도 엄격해서 웅변가 데마데스는 드라코의 법률들이 피로 쓰였다고 말했다.
9 위 내용은 분명히 『팔라리스의 편지들』을 언급하는 것이다. 이 책은 그리스어로 된 편지 모음집으로 기원전 6세기경 악명 높은 시칠리아의 전제 군주 팔라리스가 쓴 것이다. 그리고 이는 문학과 학문에 대한 지나친 관심이 국가의 군사력을 약화시키는지 여부에 관한 르네상스 시대의 논쟁과 관련되어 있다. 마키아벨리는 편지를 사랑한 팔라리스의 성격을 치명적인 약점으로 여겼고, 당시의 이탈리아 군주들이 강한 요새로 상징되는 군사력 대신에 모호한 글쓰기에 과도한 관심을 갖는 것을 꾸짖었다.
10 팔라리스가 자신의 적들을 산 채로 태워 죽이기 위해 사용한 장치. 이것을 발명한 페릴러스는 그

울부짖지는 않았을 것입니다. 하지만 가난한 평민들에게는

시기의 대상이 되어야지, 동정의 대상이 되어선 안 되겠지요.

그런데 내가 가야 할 곳이 어디죠?

나는 훈계를 하려고 이곳 영국에 온 것이 아니라,

한 유대인의 비극을 전하러 왔습니다.

그는 자루들 속에 가득 찬 돈을 보고 미소 짓지만,

그 돈은 내 말대로 하지 않았으면 얻어지지 않았지요.

바라건대, 그에게 합당한 만큼 호의를 보여주십시오.

그리고 그가 나를 좋아한다는 이유로

더 나쁜 대우를 받지 않도록 해주시길.   (퇴장.)

제1막

〈제1장〉

(황금 더미가 쌓여 있는 집무실. 바라바스[11]의 모습이 보인다.)

바라바스   그래 이만큼은 회수가 되었군.

속에서 처형당한 첫번째 희생자였다고 한다. 알려진 바에 의하면 팔라리스 자신도 그 장치에 의해
죽었다고 한다.
11 성서에 나오는 살인자이자 강도로서 십자가형에 처해졌으나 유대인들의 요구로 예수 대신 풀려
난 인물의 이름. 기독교 전통에서 바라바스는 적그리스도의 한 유형으로 여겨졌다. 우리말 성서에는
바라바라고 표기되어 있는데, 성서의 우리말 표기는 히브리어와 중국어를 기준으로 만든 것이라고
하나 정확하지 않아 이를 따를 필요는 없다. 참고로 성서의 바라바는 'barabbas'이고, 이 작품의 바
라바스는 'barabas'이다.

그리고 세번째로 보낸 페르시아 선박들에 대해서는,

위험이 있었지만 다 해결되었다.

내 스페인 기름과 그리스 포도주를 샀던

샘늄 사람들[12]과 우즈 사람들과의 거래에서는,

여기 지갑에 몇 푼 안 되는 그들의 돈을 챙겨넣었지.

쳇, 이런 쓰레기를 계산하는 게 얼마나 골치 아픈지!

아라비아인들에게 행운이 있으라, 그들은

물건 값을 황금 덩어리로 정말 후하게 치르지.

그 정도면 한 사람이 평생 먹고 살 돈이

단 하루 만에 쉽게 나오는 거야.

몇 푼 안 되는 돈도 만져본 적이 없는 불쌍한 하인놈은

이렇게 많은 동전을 보면 놀라 자빠지겠지.

하지만 쇠로 만든 돈궤에 돈이 가득하고

돈을 세느라고 손가락 끝이 닳아빠져

평생을 피곤하게 살아온 자는

그 정도 나이면 그렇게 수고하는 것을 싫어하고

1파운드를 위해 땀을 뻘뻘 흘리다 죽는 일은 하지 않을 거야.

가장 순수한 형태의 금속을 파는

인도 광산에서 온 상인들을 내게 보내다오.

동방의 암석들에서 자유롭게 부를

캘 수 있고, 집 안에는 진주들을 조약돌들처럼

쌓아놓을 수 있는 부자 무어인들을 보내다오.

그들은 그것들을 공짜로 얻어, 무게 단위로 팔지.

---

12 가난한 유목민.

모두 반짝이는 오팔, 사파이어, 자수정, 풍신자석,

단단한 토파즈, 연둣빛 에메랄드,

아름다운 루비, 번쩍이는 다이아몬드,

그리고 진귀하고 값비싼 보석들이어서,

공정하게 평가된다면 그들 중 어느 것이나

단 1캐럿의 양만으로도

죽음의 위기에 처한 위대한 왕들을

구해내기 위한 몸값으로 사용할 수 있으리라.

내 재산은 모두 이런 것들로 되어 있지.

그러니 생각해보건대, 분별 있는 자들은

천한 장사와는 다른 매매 수단을 마련해야 해.

그리고 부가 늘어나는 대로,

작은 방에 막대한 재산을 넣어두는 거야.

그런데 참 지금 바람이 어떻게 불고 있지?

내 물총새의 부리[13]가 어느 방향을 향하고 있지?

하, 동쪽인가? 그래, 풍향계가 어떻게 서 있는지 보자!

동남쪽이군. 그렇다면 내가 이집트와

그 주변의 섬들로 보낸 배들은

나일 강의 구불구불한 강둑에 이르러,

알렉산드리아에서 향료와 비단을 싣고,

이제 돛을 올린 나의 상선들은

크레타 연안을 지나 지중해를 통해 부드럽게

몰타를 향해 미끄러져 들어오고 있으면 좋겠군.

---

13 물총새를 내걸어놓으면 그것이 풍향계 역할을 하여 바람이 부는 방향으로 돈다는 고대의 미신에 근거한 표현이다.

(한 상인 등장.)

　　　　그런데 지금 오는 게 누구지? 어쩐 일이오?

상인 1　바라바스, 당신 배들이 안전하게 몰타의 정박지에

　　　　정박했소. 그리고 선원들도 모두 자신의

　　　　물건들을 가지고 안전하게 도착했는데,

　　　　당신이 직접 와서 관세를 지불할 것인지

　　　　알아보러 나를 보냈소.

바라바스　배들이 안전하고, 물건들을 많이 싣고 있다고 그랬소?

상인 1　그렇소.

바라바스　그럼 가서 그들에게 육지로 올라오라고 하고,

　　　　입항 신고서를 가지고 오라고 말하시오.

　　　　세관에서는 내 신용 덕분에 마치 내가 거기에

　　　　있는 것처럼 아무 문제가 없으리라 생각하오.

　　　　가서 그들에게 60마리의 낙타와 30마리의 노새

　　　　그리고 물건들을 실을 20대의 마차를 보내시오.

　　　　당신은 내 배들 중 한 척의 선장이니,

　　　　당신 신용이면 그 일을 하는 데 충분하지 않겠소?

상인 1　세관 그 자체가 마을에 있는 수많은 상인들보다

　　　　더 중요하게 여겨지는 판국이니,

　　　　내 신용으로는 어림도 없을 것이오.

바라바스　가서 그들에게 몰타의 유대인이 당신을 보냈다고 말하시오.

　　　　쳇, 그들 중에 바라바스를 모르는 자가 누가 있겠소?

상인 1　그럼 가겠소.

바라바스	그렇다면, 적어도 뭔가는 안전하게 도착했군.
	이보시오, 당신은 내 배 중에 어느 배의 선장이오?
상인 1	스페란자 호이지요.
바라바스	알렉산드리아에서
	내 상선들을 보지 못했소?
	당신이 이집트나 카이로에서 왔을 리는 없지만,
	나일 강의 지류가 합쳐지는 바다의
	입구에서 분명히 알렉산드리아를 지나
	항해를 했을 거요.
상인 1	나는 그들을 보지도 못했고, 그들에 대해 묻지도 않았소.
	하지만 선원들 중의 일부가 이렇게 말하는 것을 들었죠.
	그들은 많은 재산을 가진 당신이 어떻게 그처럼 항해에
	부적합한 배를 믿고, 그렇게 멀리까지 보내는지 의아해하더군요.
바라바스	쳇, 똑똑한 친구들이군. 난 그 배의 튼튼함을 알고 있어.
	가서 당신 일이나 하시오. 배에서 짐을 내리시구려.
	그리고 내 대리상에게 선화 증권을 가져오라고 전하시오. (상인 퇴장.)
	하지만 난 아직도 이 상선들이 궁금하군.

(상인 2 등장.)

상인 2	바라바스, 알려드립니다. 당신의 상선들이
	알렉산드리아에서 페르시아의 비단과 황금
	그리고 동양의 진주 같은 보물들을 가득 싣고,
	몰타의 정박지로 들어옵니다.
바라바스	그런데 혹시 당신은 이집트 주변을 항해하던

다른 배들과 함께 오지 않았소?

상인 2   그들은 보지 못했는데요.

바라바스 아마도 기름과 다른 일 때문에

크레타 연안을 따라 항해하는 모양이군.

그런데 당신은 그 배들의 도움이나 안내도 없이

그렇게 멀리까지 나갔으니 고생이 많았겠소.

상인 2 우리는 스페인 함대의 호위를 받았답니다.

터키 군함들이 1리그 거리 내로 추격해올 때도

그들이 우리를 떠나지 않았죠.

바라바스 오, 그들은 시칠리아로 가고 있었군. 좋아, 가보시오.

그리고 상인들과 선원들에게 서두르라고 말하시오.

육지에 올라서, 물건들을 내리는 것을 보라고 말이오.

상인 2 그럼 갑니다.   (퇴장.)

바라바스 이렇게 육지와 바다를 통해 내 재산이 굴러 들어오는군.

그리고 나는 이렇게 모든 방면에서 부자가 되는 거야.

이것이 유대인들에게 약속된 축복이지.

늙은 아브라함의 행복[14]도 여기에 있었어.

하늘이 인간에게 더 이상 무엇을 해줄 수 있겠는가?

이렇게 대지의 뱃속을 쪼개고,

바다를 하인으로 삼고,

바람은 상품들을 성공적으로 인도하여,

이처럼 풍요롭게 쏟아 부어주는데.

내 행운만 아니라면 누가 나를 미워하겠는가?

---

14 구약 성서에 나오는 이야기로, 유대인의 조상이라 할 수 있는 아브라함이 하느님으로부터 받은 그 자신과 후손에 관한 축복을 말한다(「창세기」 15~17장 참조).

또 재산이 없으면 누가 명예를 얻겠는가?

유대인인 나는 기독교도처럼 가난하게 살며 동정을 받느니,

오히려 이렇게 미움을 받으며 살겠어.

그들의 신앙 속에는 아무런 열매도 없어.

단지 그들의 종교적 믿음에 맞지 않는

악의, 거짓 그리고 지나친 교만만이 있을 뿐이야.

아마도 어떤 불행한 자나 양심을 갖고 있겠지.

그리고 그 양심 때문에 거지 꼴로 사는 거야.

사람들은 우리를 흩어진 민족이라고 부르지.

그건 모르겠지만, 우리는 신앙을 뽐내는 그자들보다

훨씬 더 많은 재산을 끌어 모았어.

그리스의 위대한 유대인 키리아 자이림이 있고,

바이르셋[15]에는 오베드, 포르투갈에는 노네스,

몰타에는 내가 있고, 이탈리아에도 약간 있으며,

프랑스에는 많이 있는데, 모두 부자지.

물론 어떤 기독교도보다도 훨씬 더 부유하지.

우리가 왕이 되지는 못한다는 건 인정해.

그건 우리 잘못이 아니야. 애석하게도,

우린 숫자가 적어. 그리고 왕위란 계승되거나,

아니면 힘으로 빼앗는 거지. 흔히 들어왔듯이,

폭력적인 것은 영원할 수 없어.

최고의 권력을 그렇게 갈망하는 기독교 왕들은

우리를 평화롭게 다스려야 하는 거지.

---

15 어느 지역인지 분명치 않다. 아마도 성서에 나오는 지명이 잘못 표기된 것 같다.

나는 재정적인 부담도 없고, 자식이 많은 것도 아니고,

오직 아가멤논이 이피게니아를 아꼈던 것처럼[16]

내가 아끼는 외동딸이 하나 있을 뿐이야.

내가 가진 것은 모두 그 아이 것이지. 그런데 누가 오는 거지?

(세 사람의 유대인 등장.)

유대인 1   쳇, 그게 정책적인 거라고 말하지 말게.

유대인 2   자 그러니, 바라바스에게 가세.

그가 이 문제들에 대해 가장 좋은 의견을 낼 수 있을 거야.

마침 그가 여기 오는군.

바라바스   아니, 어쩐 일인가, 동족들이여?

왜 이렇게들 모여서 내게로 오는 건가?

유대인들에게 어떤 사건이 생겼는가?

유대인 1   바라바스, 터키에서 온 호전적인 함대가

우리의 정박지에 정박해 있네.

그리고 그들[17]은 오늘 터키의 대사 무리를

환영하려고 의사당에 모여 있다네.

바라바스   그야, 내버려두게. 전쟁을 하려고 오는 건 아닐세.

전쟁을 할 테면 하라지, 우리가 이길 테니까.

(방백) *아니, 서로 싸우고, 정복하고, 모두 죽이라지.*

그럼 나와 내 딸 그리고 내 재산은 안전할 테니 말이야.

---

16 이 표현은 극적인 아이러니라고 할 수 있다. 트로이 전쟁에서 그리스군의 총지휘관이었던 아가멤논은 딸 이피게니아를 아르테미스 여신에게 희생 제물로 바쳐야 하는 상황에 처하기 때문이다.
17 몰타의 귀족들.

유대인 1	만약 동맹을 확인하기 위한 것이라면,
	그들이 이렇게 적대적인 태도로 나오지는 않아.
유대인 2	그들이 와서 우리 모두를 괴롭힐까 두렵군.
바라바스	멍청한 친구들 같으니, 수가 많은 게 어떻다는 건가?
	이미 동맹을 맺고 있는 그들에게 무슨 평화 협상이 필요하겠어?
	터키인들과 몰타인들은 동맹 관계에 있네.
	쯧쯧, 뭔가 다른 문제가 있는 거야.
유대인 1	아니, 바라바스, 그들은 평화 아니면 전쟁 때문에 온 거야.
바라바스	아마도 둘 다 아니고, 그저 베네치아로 가는 데
	아드리아 해를 통과하는 문제 때문일 걸세.
	그들이 여러 번 공략했지만 결코 자신들의 전략을
	성공시켜본 적이 없는 베네치아와 관계된 것일 거야.
유대인 3	정말 현명하군. 그럴 수 있지.
유대인 2	하지만 의사당에서 회의가 있고,
	몰타에 있는 유대인들은 모두 참석해야 한다네.
바라바스	흠, 몰타에 있는 유대인들이 모두 참석해야 한다구?
	그래, 충분히 그럴듯하군. 좋아 그럼, 모두들
	준비하고, 그냥 형식적으로 참석하자구.
	만약 우리들과 관련되는 어떤 일이 생긴다면,
	내가 분명히 보살피겠네—(방백) 나 자신만 말이야.
유대인 1	자네가 그러리라는 걸 믿네. 자, 형제들이여, 가세.
유대인 2	모두 떠나자. 잘 있게. 훌륭한 바라바스.
바라바스	그렇게 하게. 안녕, 자레스, 잘 가게, 테마인테. (유대인들 퇴장.)
	그럼, 바라바스, 이제 이 문제를 조사해보자.
	너의 모든 감각과 지혜를 불러내라.

이 어리석은 친구들은 문제를 완전히 오해하고 있어.

몰타는 오랫동안 터키인들에게 공물을 바쳐왔어.

그리고 내가 생각건대, 터키인들은 의도적으로

그 공물의 양을 늘려왔지. 몰타의 재물을

모두 바쳐도 모자랄 정도로 말이야.

그리고 이제 그걸 빌미로 도시를 빼앗을 생각이군.

그래 그들이 노리는 것이 바로 그거야.

세상이 어떻게 돌아가든, 나는 한 가지만은 분명히 해야지.

늦지 않게 최악의 상황은 막아야 하고,

내가 가진 것은 신중하게 지켜야 하는 거야.

항상 내 자신의 이익이 우선이지.

그래, 들어오라지, 도시를 빼앗으라지.　　　　　　　　　(퇴장.)

〈제2장〉

(몰타의 총독〔페르네즈〕, 기사들, 관리들이 등장하여 터키의 장수들과 칼리마스를 만난다.)

페르네즈　자, 터키의 장수들이여, 우리에게 무엇을 원하시오?

장수 1　몰타의 기사들이여, 우리는 로도스 섬,

키프로스, 크레타 그리고 지중해 사이에 있는

다른 많은 섬들에서 왔소.

페르네즈　키프로스, 크레타 그리고 다른 섬들이 우리와 몰타에

무슨 상관이 있소? 당신들의 요구 사항이 무엇이오?

칼리마스	지불되지 않은 지난 10년간의 공물 때문에 왔소.
페르네즈	아이고, 전하, 그 액수는 임청납니다.
	전하께서 우리 입장을 생각해주시기 바랍니다.
칼리마스	존귀하신 총독, 당신에게 호의를 베푸는 것이
	내 권한에 속한다면 좋겠소. 하지만 이건 내가 감히
	함부로 거역할 수 없는 아버님의 명령이오.
페르네즈	그럼 우리에게 협의할 시간을 주십시오, 위대한 셀림칼리마스.
칼리마스	모두들 비켜서라, 기사들께서 결정을 내리도록.
	그리고 전령을 보내 군함들이 닻을 내리지 않게 해라.
	일이 잘되면 이곳에서 지체하지 않을 것이니라.
	자, 총독, 어떻게 결정을 하셨소?
페르네즈	전하의 입장이 정 그러하시니,
	지난 10년간의 공물을 반드시 바치겠습니다.
	하지만 몰타의 주민들에게서 그걸
	모으기 위해서는 시간이 필요합니다.
장수 1	그건 우리 권한 밖의 일이오.
칼리마스	뭐라고, 칼라피네, 예의를 지켜라!
	시간이 얼마나 필요한지 알아보자, 아마도 길지 않을 것이다.
	그리고 억지로 상황을 강요하는 것보다
	평화롭게 얻는 것이 더 군주다운 것이다.
	어느 정도의 기간이 필요하오, 총독?
페르네즈	한 달이면 됩니다.
칼리마스	한 달의 유예 기간을 주겠소. 하지만 약속을 지키시오.
	자, 군함들을 다시 바다로 진수시켜라.
	당신이 약속한 유예 기간을 바다에서 기다리겠소.

그리고 돈을 받으러 우리의 전령을 보내겠소.

잘 있으시오, 훌륭한 총독, 그리고 몰타의 기사들이여.

페르네즈 칼리마스 님께 행운이 임하기를 바랍니다.

(칼리마스와 터키의 장수들 퇴장.)

누가 가서 몰타의 유대인들을 이곳으로 불러오라.

그들에게 오늘 참석하라고 소환하지 않았는가?

관리 1 소환했습니다, 각하, 여기 그들이 옵니다.

(바라바스와 세 유대인 등장.)

기사 1 그들에게 무슨 말을 하실지 결정하셨습니까?

페르네즈 그렇다. 내게 맡기라. 히브리인들이여, 가까이 오라.

터키 황제의 명을 받고 황제의 아들,

위대한 칼리마스께서 지난 10년간 밀린

공물을 거두어들이기 위해 도착하였다.

그러니, 그것이 우리의 문제임을 알고—

바라바스 그렇다면, 각하, 평화를 계속 유지하기 위해서는

각하께서 당연히 그들에게 공물을 바치시겠지요.

페르네즈 쉿, 바라바스, 그것만으론 해결이 안 돼.

10년간의 공물이 어느 정도가 될 것인지는

계산했지만, 전쟁 때문에 국고를 탕진해

우리는 그걸 감당할 수가 없다.

그래서 너희들의 도움을 요청하려는 것이다.

바라바스 아이고, 각하, 저희는 군인이 아닙니다.

그렇게 막강한 군주에게 대항하여 저희가 무슨 도움이 되겠습니까?

기사 1	쳇, 유대인, 네가 군인이 아니라는 건 알고 있다.
	너는 상인이다. 그리고 논을 가지고 있지.
	바라바스, 우리가 원하는 건 너의 돈이다.
바라바스	아니, 각하, 제 돈이라구요?
페르네즈	너와 나머지 유대인들의 돈이지.
	간단히 말해, 너희들에게서 돈이 나와야 한다.
유대인 1	아이고, 각하, 저희 대부분은 가난합니다.
페르네즈	그럼 부유한 자가 너희 몫을 채워줘야지.
바라바스	이방인들도 나리들의 공물에 세금을 내야 하나요?
기사 2	이방인들도 우리와 함께 재산을 모을 수 있잖아?
	그럼 그들도 우리와 같이 공물을 바쳐야지.
바라바스	저런, 똑같이 말입니까?
페르네즈	아니다, 유대인, 이교도에 합당한 만큼이다.
	하느님 앞에 저주받은 너희들의 밉살스러운
	모습을 눈감아준 것 때문에,
	이 공물들과 고통스런 상황이 발생했다.
	그러므로 우리는 이렇게 결정한다.
	포고령의 조항들을 읽어라.
관리 1	(읽는다.) '첫째, 터키인들에게 바치는 공물은 모두
	유대인들에게서 거두어들일 것이며, 그들은 각자
	자기 재산의 반을 내놓아야 한다.'
바라바스	아니, 재산의 반이라고? (방백) *내 재산은 아니겠지.*
페르네즈	계속 읽어라.
관리 1	(읽는다.) '둘째, 돈을 내기를 거부하는 자는 즉시
	기독교도가 되어야 한다.'

바라바스　아니, 기독교도라고? (방백) 흠, 어떻게 해야 할까?

관리 1　(읽는다.) '마지막으로, 이를 거부하는 자는 가진
　　　　재산을 모두 몰수당할 것이다.'

세 유대인　오, 각하, 반을 내겠습니다!

바라바스　오, 멍청한 놈들 같으니, 히브리인도 아니야!
　　　　너희들은 이렇게 비굴하게 너희 재산을
　　　　그들의 결정에 순순히 맡길 셈이냐?

페르네즈　바라바스, 너는 기독교도가 되겠느냐?

바라바스　아니, 총독 각하, 개종을 하지는 않겠습니다.

페르네즈　그렇다면 재산의 반을 내거라.

바라바스　이렇게 하는 것이 무얼 의미하는지 아십니까?
　　　　제 재산의 반은 한 도시의 재산과 맞먹습니다.
　　　　각하, 그것은 그렇게 쉽게 얻어진 것이 아닙니다.
　　　　그러니 그렇게 가볍게 내놓지도 않겠습니다.

페르네즈　재산의 반은 포고령이 정한 벌금이야.
　　　　그걸 내지 않으면 전 재산을 몰수하겠다.

바라바스　하늘에 맹세코! 잠깐 기다려주시오, 반을 내겠습니다.
　　　　나의 형제들과 똑같이 해주십시오.

페르네즈　안 된다, 유대인, 너는 조항을 거부했다.
　　　　이제는 취소할 수 없다.　　　(페르네즈의 지시를 받고 관리들 퇴장.)

바라바스　그렇다면 각하께선 제 재산을 훔칠 셈인가요?
　　　　도둑질이 당신들 종교의 원칙인가요?

페르네즈　아니다, 유대인, 많은 사람들의 파멸을 막기 위해서
　　　　특별히 너의 재산을 취하는 것뿐이다.
　　　　많은 사람이 한 사람을 위해서 파멸하는 것보다는

한 사람이 손해를 보는 것이 낫지.

하지만, 바라바스, 우리는 널 추방하지는 않겠다.

네가 재산을 모은 이곳 몰타에서 조용히 살아라.

그리고 할 수만 있다면 더 많이 모아라.

바라바스 기독교도들이여, 무엇으로, 어떻게 내가 재산을 늘리겠소?

무(無)에서는 아무것도 나오지 않소이다.

기사 1 너는 처음에 아무것도 없는 상태에서 약간의 부를 얻었고,

그 약간에서 더 많이, 또 거기에서 더욱 더 많이 얻었다.

너희의 최초의 저주[18]가 너희 머리 위에 가혹하게 임하여,

너희를 가난하게 하고 온 세상의 조롱 거리로 만든다 하더라도,

그것은 우리 잘못이 아니라 너희가 타고난 죄 때문이다.

바라바스 뭐라고요! 당신들의 잘못을 변명하기 위해 성경을 끌어들이는 거요?

내게 설교하여 내 재산을 가로챌 생각은 마시오.

유대인 중에는 악한 자들도 있죠, (방백) 기독교인들은 모두 다 그렇지만.

그런데 내가 혈통을 이어받은 종족이

죄 때문에 모두 저주를 받는다면,

나도 그들의 죄 때문에 고통을 당해야 할까요?

의롭게 행동하는 자는 살아야지요.

나리들 중 누가 나를 의롭지 않다고 비난할 수 있습니까?

페르네즈 시끄럽다, 비열한 바라바스!

마치 우리가 네가 하는 짓을 모르는 것처럼

이렇게 자신을 옹호하는 것이 부끄럽지도 않으냐?

---

18 「마태복음」 27장 25행을 암시한다. 이는 유대인들이 바라바를 풀어주고 예수를 십자가에 못박아 죽이는 행위에 대한 책임을 자신들과 후손들에게 돌리라고 말하는 장면이다.

만약 네가 너의 의로움을 의지한다면,

인내하거라, 그러면 재산이 늘어날 것이다.

재산이 넘치는 것은 탐욕에서 기인하는 것이다.

그리고 탐욕은, 오, 그것은 끔찍한 죄지!

바라바스   그렇습니다, 하지만 도둑질은 더 나쁘지요. 쳇, 그러니 내게서 뺏지

마시오.

그건 도둑질이오. 각하께서 이렇게 나를 강탈하면,

나도 도둑질을 해야 하고, 그 이상도 해야 할 것이오.

기사 1   존귀하신 총독 각하, 저자의 항의를 듣지 마십시오.

그의 집을 수녀원으로 만드십시오.

그의 집에는 많은 거룩한 수녀들이 살게 될 겁니다.

(관리들 등장.)

페르네즈   그렇게 할 것이다. 자, 관리 여러분, 일을 끝냈는가?

관리 1   예, 각하, 바라바스의 물건들과 재산을 모두

몰수했습니다. 그것들은 가치로 따지면

몰타에 있는 모든 재물을 합친 것보다도 많습니다.

그리고 다른 유대인들의 재산은 반만 빼앗았습니다.

그 다음에 나머지를 준비할 것입니다.

바라바스   그럼 잘됐군요, 각하, 만족스러우십니까?

당신들은 내 물건들, 내 돈, 내 재산, 내 배들,

내 가게 그리고 내가 아꼈던 모든 것들을 가졌습니다.

모두 다 가졌으니, 더 이상 요구할 게 없겠군요—

만약 당신들의 무자비하고 냉혹한 심장이

단단한 가슴속에 있는 동정심만 억제하지 않으면,

이제 내 목숨을 빼앗을 차례군요.

페르네즈 아니다, 바라바스, 우리의 손을 피로 물들이는 것은

우리와 우리의 신앙에 어긋나는 일이다.

바라바스 아니, 나는 불쌍한 자들의 목숨을 빼앗는 것이

그들에게 불행의 원인을 제공하는 것보다

훨씬 적은 손해를 입히는 것이라 생각합니다.

당신들은 내 재산, 내 일생의 수고,

늙은 나이의 위안 거리, 내 자손들의 희망을 가져갔소.

그러니 결코 당신들의 잘못을 무마하지 못합니다.

페르네즈 진정하라, 바라바스. 너에게 정의가 행해진 것뿐이다.

바라바스 각하의 엄격한 정의가 제게 참으로 부당한 일을 했습니다.

하지만 악마의 이름으로 그걸 가지시지요.

페르네즈 자, 들어갑시다. 그리고 터키에 바치는 이번 공물을

위해 물건들과 돈을 끌어 모으시오.

기사 1 세심하게 살피는 것이 필요합니다.

만약 날짜를 어기면, 동맹을 깨트리는 것이 되고,

그것은 어리석은 속임수로밖에 보이지 않을 겁니다.

(페르네즈, 기사들, 관리들 퇴장.)

바라바스 그래, 속임수, 그게 저들의 본업이지.

그럴듯하게 말하는 정직성이 아니야.   (무릎을 꿇는다.)

이집트에 내린 재앙들과 하느님의 저주,

대지의 불모성 그리고 모든 인간의 증오를

그들에게 내리소서, 위대하신 하느님이시여!

여기 이렇게 무릎 꿇고, 땅을 치면서,

248

나를 이렇게 고통 속으로 몰아넣은

그들의 영혼을 저주하오니, 끝없는 형벌과

헤아릴 수 없는 엄청난 고통이 임하게 하소서.

유대인 1 오 진정하게, 점잖은 바라바스.

바라바스 오 어리석은 형제여, 이런 날을 보려고 태어나다니!

왜 자네들은 나의 슬픔을 보고도 이렇게 무관하게 서 있나?

왜 내가 당한 부당함을 생각하고 울어주지 않는 건가?

왜 내가 비탄에 빠져, 고통 때문에 죽지 않는가?

유대인 1 저런, 바라바스, 우리도 이번 일로 우리가

당한 잔인한 처우를 참기 힘들다네.

그들이 우리 재산의 반을 빼앗은 것을 알지 않는가.

바라바스 왜 자네들은 그들의 강탈에 복종했나?

자네들은 여럿이었고, 나는 오직 혼자였어.

그리고 내게서만 그들이 전 재산을 빼앗았어.

유대인 1 하지만, 바라바스 형제여, 욥을 생각하게.

바라바스 욥에 대해서 뭘 말하겠다는 거지? 난 그의 재산이

이렇게 쓰여 있는 것을 알고 있어. 그는 양 7천 마리,

낙타 3천 마리, 황소 2백 마리,

그리고 암당나귀 5백 마리를 갖고 있었지.

하지만 그 모든 것들에 대해,

공정하게 가치를 매긴다면,

나는 집과, 상선들

그리고 이집트에서 최근에 도착한 다른 배들 속에,

욥의 가축들과 욥 자신을 살 정도로 많이 갖고 있었고,

사고 나서도 아직 먹고 살기에 충분할 정도였지.

그러니, 버림받은 바라바스, 태어난 날을

저주해야 할 사람은 그가 아니라, 바로 나다.

이제부터는, 캄캄한 어둠의 구름이 내 육신을 감싸고

이 극단적인 슬픔을 내 눈이 볼 수 없도록 숨겨줄

밤이 영원히 지속되기만을 바란다.

오직 나만이 부질없이 수고하여 이 땅에서

헛되고 무익한 세월을 보냈으니,

고통스런 밤들만이 내게 남아 있구나.

유대인 2   선량한 바라바스, 참게나.

바라바스   알겠네, 알겠어.

나를 혼자 내버려두게. 큰 재산을

소유해본 적이 없는 자네들은 궁핍이 즐겁겠지.

하지만 전쟁터에서 적군에게 에워싸여

자신의 병사들이 살육당하고, 그 자신은

무장 해제당하여 다시 회복할 방법을 모르는

자에게 적어도 슬퍼할 자유를 주게.

이처럼 갑작스런 사건을 겪었으니 슬퍼하게 해주게.

이것은 내 영혼의 고통을 통해 말하는 것이네.

깊은 상처는 그렇게 쉽게 잊혀지지 않는 걸세.

유대인 1   자, 그가 슬퍼하도록 내버려두세.

우리의 위로는 그를 더욱 화나게 할 뿐이야.

유대인 2   그럼 가세. 하지만 저렇게 고통을 당하는

사람을 보는 것은 참으로 못할 짓이군.

잘 있게, 바라바스.   (세 유대인 퇴장.)

바라바스   그래, 잘 가게.   (일어난다.)

천박하고 단순한 놈들 같으니.

제놈들은 제기랄 아무런 지혜도 없으면서

나를 한번 물에 닿기만 하면 부서져버릴

감각도 없는 진흙 덩어리로 생각하는군.

아니야, 바라바스는 더 좋은 운(運)을 갖고 태어났고

보통 사람들보다 더 훌륭한 주형으로 만들어졌어.

그들은 현재밖에 생각할 줄 모르지.

멀리 내다볼 줄 아는 자는 자신의 깊은 지혜를 찾아

솜씨 있게 앞일을 미리 준비하지.

불행이란 언제든지 일어날 수 있으니까 말이야.

(바라바스의 딸 아비게일 등장.)

그런데 내 사랑스런 아비게일이 어딜 가는 거지?

오 무엇 때문에 내 사랑스런 딸이 이렇게 슬퍼하는 거지?

아니, 애야, 약간의 손해 때문에 슬퍼하지 말아라!

아비가 너를 위해 충분히 보관해두었단다.

아비게일 저 때문이 아니에요. 아버지 때문에,

늙으신 바라바스 때문에 아비게일은 슬프답니다.

하지만 이 무익한 눈물을 흘리지 않는 법을 배우겠어요.

제 고통에서 우러나온 사나운 목소리로

소리치며 의사당으로 달려가

의사당에 있는 자들을 모두 꾸짖고,

그들이 아버지께 행한 잘못을 시정할 때까지

제 머리칼을 쥐어뜯으며 그들의 심장을 찢어놓겠어요.

바라바스	아니다, 아비게일, 돌이킬 수 없는 것들은
	항의한다고 해서 고쳐지는 게 이니란다.
	조용히 하거라, 딸아. 참으면 마음이 편안해진단다.
	이 갑작스런 상황에서 우리를 도울 수 없는 시간이
	나중에 우리에게 어떤 기회를 줄지도 모른다.
	그밖에도, 애야, 너와 나를 위한
	아무런 준비도 없이 내가 그렇게 많은 것을
	포기할 정도로 분별없을 거라고는 생각지 말아라.
	커다란 진주들 외에도, 포르투갈 금화 1만 개,
	화려하고 비싼 보석들 그리고 헤아릴 수 없는 보석들을
	이런 최악의 상황을 대비하여
	몰래 숨겨두었단다.

아비게일 어디에요, 아버지?

바라바스 집 안이지.

아비게일 그럼 아버지가 그것들을 찾을 수는 없겠네요.

그들이 아버지의 집과 물건들을 모두 압수했으니 말이에요.

바라바스 하지만 그들은 내가 한 번 더 내 집에

들어갈 수 있도록 허락해줄 거다.

아비게일 허락하지 않을 거예요.

총독이 저를 내쫓고 그곳에 수녀들을

기거하게 했으니까요. 그들은 아버지 집을 수녀원으로

만들 작정이에요. 수녀원에는 여자들 외엔 아무도

못 들어가지요. 남자들은 전혀 못 들어가요.

바라바스 내 돈, 내 돈, 내 모든 재산이 다 사라졌구나!

불공평한 하늘이여, 내가 이런 재앙을 겪을 짓을 했는가?

아니, 재수없는 별들아, 너희들은 나를 가로막아

가난 속에 이렇게 비참하게 만들 셈이냐?

그리고 비탄 속에서 내가 참지 못하는 것을 아니까,

내가 공기 중으로 사라져, 존재했다는 기억마저

남기지 않도록 스스로 목을 매달 정도로

미쳐버릴 거라고 생각하느냐?

아니, 나는 살아야겠다. 내 삶을 증오하지도 않겠다.

그리고 너희가 나를 이렇게 바다 한가운데

빠져 죽거나 헤엄치도록 내버려두고, 절망적인 상황으로

몰아넣으니, 나는 내 감각들을 불러 나 자신을 깨우리라.

애야, 방법이 있다. 너는 이 기독교도들이

나를 억압하여 빠뜨린 곤경을 알고 있다.

내 말을 잘 듣거라. 극단적인 상황에서는

수단 방법을 가리지 말아야 한다.

아비게일 아버지, 명백하게 우리에게 해를 입힌 자들에게

손해를 주는 일이라면 그것이 무엇이든 간에,

아비게일이 못하겠습니까?

바라바스 　　　　　　　　　　그래, 그렇지.

그럼 들어봐라. 그들이 내 집을 수녀원으로 만들었고,

수녀들이 그곳에 있다고 말했잖느냐.

아비게일 그랬지요.

바라바스 　　　　　그렇다면, 아비게일, 네가 수녀원장에게 간청하여

그곳에 들어가야 한다.

아비게일 아니, 수녀가 되라구요!

바라바스 　　　　　　　　　그래, 애야. 종교는

많은 악행을 의심받지 않게 숨겨주거든.

아비게일 알겠어요, 하지만 아버지. 그들이 절 의심할 거예요.

바라바스 할 테면 하라지. 하지만 너는 빈틈없게 행동하여

그들에게 경건하게 보이도록 하여라.

그들을 예의바르고 친밀하게 대하거라.

그리고 그들이 너를 완전히 믿고 받아들일 때까지

너의 죄가 큰 것처럼 그들에게 보이게 하거라.

아비게일 아버지, 이렇게까지 속여야 할까요?

바라바스   쳇!

정직하게 시작했다가 점차 속임수를 쓰는 것은

처음부터 의도적으로 속임수를 쓰는 것과 다를 바 없다.

거짓 맹세는 보이지 않는 위선보다

더 나은 것이다.

아비게일 좋아요, 아버지, 제가 그들의 환심을 샀다고 해요.

그 다음에는 어떻게 하죠?

바라바스   그 다음에는 이렇게 하거라.

다락방 마루를 따라 깔려 있는

널빤지 밑 깊숙이, 내가 너를 위해 아껴온

황금과 보석들을 숨겨두었단다.

그런데 그자들이 오는구나. 잘해야 한다, 아비게일.

아비게일 그럼, 아버지, 저와 함께 가요.

바라바스   아니다, 아비게일. 이런 경우에는

내가 보이지 않는 게 좋다.

나는 너 때문에 화가 난 것처럼 꾸밀 작정이니까.

빈틈없어야 한다, 애야, 내 돈이 달려 있으니 말이다.

(자코모 수사, 베르나딘 수사, 수녀원장과 수녀 등장.)

자코모　　자매들이여, 이제

　　　　　새 수녀원에 거의 다 왔소.

수녀원장　더 좋군요. 우리는 사람들 눈에 띄지 않는 걸 좋아합니다.

　　　　　30년 전에 일부 수녀들이

　　　　　군중들 속으로 멀리 떠나버렸죠.

자코모　　하지만, 수녀님, 이 집과

　　　　　새 수녀원에서 나오는 물은

　　　　　마음에 드실 겁니다.

수녀원장　그렇겠지요. 그런데 누가 오는 거지요?

아비게일　(앞으로 나선다.) 훌륭하신 수녀원장님 그리고 행복한 수녀님들을 안

　　　　　내하는 분들이시여.

　　　　　괴로운 소녀의 영혼을 불쌍히 여겨주소서.

수녀원장　넌 누구지?

아비게일　불행한 유대인, 몰타의 유대인,

　　　　　불쌍한 바라바스의 절망에 빠진 딸입니다.

　　　　　한때는 그가 훌륭한 집을 소유하고 있었지만,

　　　　　지금은 수녀원으로 바뀌고 말았지요.

수녀원장　그래, 알겠다. 우리에게 할말이 뭐지?

아비게일　제 아버지가 느끼는 고통, 죄 때문에 또는

　　　　　저희 안에 믿음이 없어서 생겨나는 고통이 두려워서

　　　　　저는 제 고통스런 영혼을 속죄하기 위해

　　　　　수녀원의 수녀가 되어

제 일생을 참회하며 보내고 싶습니다.

자코모 의심할 바 없군요, 형제. 이건 하느님의 뜻입니다.

베르나딘 맞아요, 가슴 설레게 하는 뜻이군요. 자,

그녀를 환영하도록 합시다.

수녀원장 알겠다, 딸아. 널 수녀로 받아주마.

아비게일 먼저 초심자로서 제가 수녀님들의 엄격한 규율에

제 외로운 삶을 맞추는 것을 배우게 해주세요.

그리고 제가 늘 지내왔던 곳에 기거하게 해주세요.

수녀님들의 성스러운 교훈을 열심히 배우면

제가 많은 혜택을 얻을 것이 분명합니다.

바라바스 (방백) 내가 숨겨둔 보물 전부의 값어치가 나가는 혜택이지.

수녀원장 자, 딸아, 우리를 따라오너라.

바라바스 (앞으로 나선다.) 아니, 어떻게 된 거냐, 아비게일, 무엇 때문에 네가

이 증오스러운 기독교도들과 함께 있지?

자코모 그녀를 방해하지 마라, 불신자야.

그녀는 속세를 버렸다.

바라바스 　　　　　　　　뭐라, 속세를 버렸다고?

자코모 그리고 수녀가 되었지.

바라바스 아비의 치욕이자 파멸의 자식 같으니.

이 끔찍한 악마들 사이에서 무얼 하겠다는 거냐?

내 축복을 걸고 명령하는 것이니, 이 악마들과

저주받은 이단을 떠나거라.

아비게일 아버지, 저에게 ─

바라바스 　　　　　　안 돼, 돌아와, 아비게일.

(그녀에게 속삭인다.) *보석들과 황금을 생각해라.*

　　　　　　그걸 덮고 있는 판자에 이런 표시가 있다.　　　（십자가 표시를 한다.）

　　　　　　저주받은 것, 아비의 눈앞에서 꺼져버려!

자코모　　바라바스, 당신은 비록 잘못된 믿음을 갖고 있고,

　　　　　　당신 자신의 고통을 보지 못한다 하더라도,

　　　　　　딸은 더 이상 장님으로 만들지 마시오.

바라바스　장님이라고? 설득해봐야 소용없어.

　　　　　　그걸 덮고 있는 판자에 이런 표시가 있다.　　　（십자가 표시를 한다.）

　　　　　　딸년이 이렇게 되는 것을 보느니 차라리 죽는 게 나아.

　　　　　　너마저 고통 속에 있는 나를 버릴 작정이냐,

　　　　　　철없는 것아? (그녀에게 방백) *가거라, 잊지 말아라—*

　　　　　　유대인들이 그렇게 잘 속아넘어간단 말이냐?

　　　　　　(그녀에게 방백) *내일 아침 일찍 문 앞에 있겠다.*

　　　　　　안 돼, 내게 오지 마라! 네가 정 저주를 받겠다면,

　　　　　　날 잊어라, 날 찾지 마라, 그리고 꺼져버려.

　　　　　　(방백) *잘 가거라, 내일 아침이다, 잊지 말아라.*

　　　　　　꺼져라, 꺼져, 이 못된 년.

（바라바스, 한쪽으로 퇴장. 아비게일, 수녀원장, 수사들과 수녀는 다른 쪽으로
퇴장. 그들이 나갈 때 마티아스 등장.）

마티아스　이게 누구야? 아름다운 아비게일, 부자 유대인의 딸이

　　　　　　수녀가 되었나? 아버지의 갑작스런 불행이

　　　　　　그녀를 이 지경에 이르게 했군.

　　　　　　아, 그녀는 기도로 인생을 허비하는 것보다

　　　　　　사랑을 속삭이기에 더 적합한 여자였는데.

한밤중에 일어나 엄숙한 미사에 참석하는 것보다는
사랑하는 연인의 팔에 안겨,
함께 눕는 게 훨씬 좋을 여자인데 말이야.

(로도윅 등장.)

로도윅 아니, 어쩐 일인가, 돈 마티아스, 우울한가?

마티아스 내 말을 들어보게, 로도윅. 내 생각엔
내가 지금껏 본 중에 가장
어처구니없는 광경을 보았다네.

로도윅 도대체, 그게 뭐였는가?

마티아스 열네 살도 채 되지 않은 아리따운 젊은 처녀,
아프로디테의 화원에서 가장 아름다운 꽃이
풍요로운 대지의 즐거움을 누리지도 못한 채 꺾여
묘하게도 수녀로 변해버렸다네.

로도윅 도대체 그 여자가 누구인가?

마티아스 저 부자 유대인의 딸이지.

로도윅 아니, 최근에 재산을 몰수당한 바라바스 말인가?
그녀가 그렇게 아름다운가?

마티아스 비할 데 없이 아름답지.
자네가 그녀를 보기만 했더라면, 심장이 놋쇠로 만든
이중 벽으로 막혀 있다 하더라도, 사랑에 빠지거나
아니면 적어도 연민에 빠졌을 걸세.

로도윅 자네가 말한 것처럼 그녀가 그렇게 아름답다면,
가서 그녀를 만나보는 것도 손해 나지는 않겠군.

어떤가, 그렇게 해볼까?

마티아스　난 반드시 그렇게 해야겠네, 다른 방법이 없어.

로도윅　나도 그렇게 해보겠네, 특별한 일이 없는 한.

　　　　잘 가게, 마티아스.

마티아스　　　　　잘 가게, 로도윅.　　　　　　　　(함께 퇴장.)

제2막

〈제1장〉

(바라바스가 등불을 들고 등장.)

바라바스　우묵한 부리로 병든 자의 죽음을 알리고,

　　　　고요한 밤의 그림자 속에서

　　　　검은 날개로 병을 전염시키는

　　　　불길한 까마귀처럼 이렇게,

　　　　억울한 일을 당한 불쌍한 바라바스가

　　　　불길한 저주를 품고 이 기독교도들에게 달려간다.

　　　　날개 달린 듯 달리는 시간의 불확실한 즐거움들은

　　　　날아가버렸고, 내게 절망만 남겨주었다.

　　　　내 재산들은 더 이상 남아 있지 않고,

　　　　군인의 흉터처럼 자신의 불구에 더 이상 아무런

　　　　위안이 되지 않는 황량한 기억만 남아 있다.

오 그대, 불기둥으로 음침한 그늘을 뚫고

이스라엘의 자손들을 이끌었던 분이시여,

아브라함의 후손을 위로하시고, 오늘 밤에

아비게일의 손을 인도하소서. 또한 이후에는

낮이 영원한 어둠으로 변하게 하소서.

아비게일의 응답을 얻기 전까지는,

결코 잠을 잘 수도 없고,

혼란스런 마음을 가눌 수도 없다.

(위쪽에서 아비게일 등장.)

아비게일　이제야 운좋게도 아버지가 가르쳐준

판자를 살펴볼 시간을 얻어냈어.

그런데 여기로군. 보이진 않지만, 아버지가

숨겨둔 황금, 진주 그리고 보석들을 찾았어.

바라바스　내가 번창할 때 내게 옛날얘기를 해주던

할머니들의 말이 생각나는군.

그들은 보물이 숨겨진 장소 주변에는 밤중에

귀신들과 유령들이 나타난다고 말해주었지.

지금 내가 그 유령들 중의 하나라는 생각이 드는군.

살아 있는 동안엔 내 영혼의 유일한 희망이 이곳에 살고,

죽으면 내 혼이 이곳을 떠돌아다닐 테니 말이야.

아비게일　아버지의 재산은 이 행복한 곳에만

있기에는 너무나 훌륭한 것이었어!

이곳은 그리 행복한 곳은 아니야. 하지만 우리가 헤어질 때,

아버지가 아침에 나를 찾아오겠다고 말했지.

그렇다면, 친절한 잠이여, 아버지가 어디에서 쉬든 간에

모르페우스[19]를 시켜 그분이 황금빛 꿈을 꾸게 해다오.

그리고 그 꿈에 놀라 이곳으로 오셔서

내가 발견한 보물을 받으시게 해다오.

바라바스   너희들에게 주려고 재산을 모은 게 아니야.[20]

계속 돌아다녀봐야 이렇게 우울하게 앉아 있는 거나 마찬가지야.

그런데 잠깐, 저기 동쪽에서 반짝이는 게 무슨 별이지?

내 생명을 인도하는 별, 만일 아비게일이라면.

거기 누구요?

아비게일   거기 누구시죠?

바라바스   쉿, 아비게일. 나다.

아비게일   그렇다면, 아버지, 여기 아버지의 행복을 받으세요.

바라바스   그걸 가졌느냐?

아비게일   여기 있어요 ―(자루들을 던진다.) 받으셨어요?

더, 더, 더 많이 있어요.

바라바스   오, 내 딸,

내 황금, 내 재산, 내 행복,

내 영혼을 살리고, 내 원수들을 죽여주지.

환영한다, 내 행복의 근원!

오 아비게일, 너도 여기에 있으면 좋으련만.

그러면 내 소망이 완전히 이루어질 텐데.

하지만 네가 그곳을 빠져나오도록 계획을 세우겠다.

---

19 잠의 신 힙노스의 아들인 꿈의 신.
20 원문에는 스페인어로 쓰여 있다.

	오 내 딸, 오 황금, 오 아름다움, 오 나의 행복! (자루들을 꺼안는다.)
아비게일	아버지, 이제 자정이 되어가요.
	이 시간쯤이면 수녀들이 깨어나기 시작해요.
	그러니 의심을 받지 않으려면, 이제 헤어져요.
바라바스	잘 있거라, 내 기쁨, 내 손가락을 통해

바라바스　잘 있거라, 내 기쁨, 내 손가락을 통해

영혼으로부터 우러나오는 키스를 보낸다.　　　　(아비게일 퇴장.)

이제 태양이 하루의 눈꺼풀을 열고,

까마귀 대신에 종달새가 깨어나니

나는 공중에서 그 새와 함께 날아다니며

어미 새가 새끼들을 노래하듯이, 이렇게 노래하리라.

돈이 주는 이 행복한 즐거움.[21]　　　　　　　　(퇴장.)

〈제2장〉

(페르네즈, 마틴 델 보스코, 기사들과 관리들 등장.)

페르네즈　자 장군, 말해보시오, 그대가 어디로 가는 것이고,

언제 그대의 배가 우리의 정박지에 닻을 내렸으며,

왜 허락도 없이 해안에 상륙했는지.

보스코　　몰타의 총독이시여, 목적지는 이곳입니다.

나의 군함, 플라잉 드래곤은 스페인 소속이고,

나도 그러합니다. 내 이름은 델 보스코,

---

21 스페인어로 쓰여 있다.

스페인 왕국의 해군 중장입니다.

기사 1 각하, 사실입니다. 그러니 그를 잘 대접하시지요.

보스코 우리의 짐은 그리스인들, 터키인들, 아프리카 무어인들이오.

최근 코르시카 연안에서

우리가 터키의 함대에 닻을 내려 예를 표하지 않았기에

그들의 느려터진 갤리 선들이 우리를 추격해왔죠.

하지만 갑자기 바람이 일기 시작했고,

우리는 바람을 안기도 하고, 등지기도 하면서, 쉽게 싸웠답니다.[22]

일부는 화포로 부수었고, 많은 배를 침몰시켰죠.

하지만 그중의 한 척은 우리의 상급이 되었습니다.

선장은 죽었고, 나머지는 우리의 노예로 남아 있습니다.

우리는 그들을 이곳 몰타에서 팔고자 합니다.

페르네즈 마틴 델 보스코, 당신에 대해서 들은 적이 있소.

몰타에 온 것을 우리 모두 환영하오.

하지만 당신이 사로잡은 터키인들을 파는 것은

인정할 수가 없소. 아니 속국으로서의 동맹 관계 때문에

감히 그렇게 할 수가 없소.

기사 1 델 보스코, 당신이 우리를 아끼고 존중하듯이,

터키에 대적하도록 우리 총독님을 설득해주시오.

우리의 휴전 협정은 단지 황금 때문에 이루어진 것이오.

그들이 요구하는 액수면 우리도 전쟁을 해야 할 것이오.

보스코 몰타의 기사들이 터키인들과 동맹을 맺고,

---

22 처음에는 바람이 잔잔했으므로 델 보스코의 범선이 노를 저어 움직이는 터키 갤리 선의 추격을 받았으나, 일단 바람이 불기 시작하자 범선이 훨씬 빠르게 자유자재로 달려 쉽게 터키군을 물리칠 수 있었다는 것을 알려준다.

그것도 막대한 황금을 주고 비굴하게 구걸할 셈인가?

총독 각하, 기억하시오. 유럽인들에게는 치욕스럽게도,

각하의 출신지인 기독교국 로도스 섬을 최근에

빼앗겼다는 것과, 각하는 터키인들과 대적하도록

이곳에 배치되었다는 것을.

페르네즈 장군, 알고 있소. 하지만 우리의 힘은 미약하오.

보스코 칼리마스가 요구하는 액수가 얼마입니까?

페르네즈 10만 크라운이오.

보스코 나의 주군인 스페인 왕께서 이 섬에 대한 권리를 갖고 있소.

그리고 그분께서는 터키군을 속히 여기에서 쫓아낼 생각입니다.

그러니 내 말을 들으시오, 그리고 황금을 보관하고 있으시오.

나는 왕께 구원을 요청하는 편지를 쓸 것이며,

당신이 해방되는 것을 볼 때까지 출발하지 않겠소.

페르네즈 이런 조건이라면 당신의 터키인들을 사겠소.

관리들아, 가서 즉시 그들을 정렬시켜라.　　　　　　(관리들 퇴장.)

보스코, 당신을 몰타의 장군으로 삼겠소.

우리와 우리의 용감한 기사들이 이 야만스럽고 믿음 없는

터키인들을 대적하여 당신을 따를 것이오.

보스코 그대들도 그대들이 뒤를 잇는 자들을 본받아야 할 것이오.

터키의 무시무시한 군대가 로도스 섬을 포위했을 때,

도시를 지키고 있던 자들의 수는 비록 적었지만,

그들은 끝까지 싸웠고, 그 불행한 소식을 기독교계에

전해줄 단 한 사람도 살아 남지 못했소.

페르네즈 우리도 끝까지 싸울 것이오. 자, 물러가자.

거만한 칼리마스여, 황금 대신에

우리가 너에게 불과 연기에 휩싸인 탄환을 보내주리라.

네가 원하는 공물을 요구해보라. 우리는 결심했다.

명예는 황금이 아닌 피로 얻어지는 것이다.　　　　　(함께 퇴장.)

〈제3장〉

(관리들이 이타모어와 다른 노예들을 이끌고 등장.)

관리 1　이곳이 시장이다. 여기에 이들을 세워두자.

　　　　그들을 매매하는 건 걱정 마라, 즉시 팔릴 테니 말이야.

관리 2　모든 노예의 가격은 각자의 등뒤에 쓰여 있어.

　　　　그 가격은 받아야 해, 그렇지 않으면 팔 수 없지.

(바라바스 등장.)

관리 1　여기 그 유대인이 오는군. 재산을 몰수당하지만 않았다면,

　　　　그가 노예를 모두 사고 우리에게 값을 치를 텐데.

바라바스　이 돼지를 먹는 기독교도들(타이터스와 베스파시안[23]이

　　　　우리를 정복할 때까지 관심조차 끌지 못했던 불쌍한 놈들,

　　　　할례를 무시하는, 선택받지 못한 민족)의 핍박에도 불구하고,

　　　　나는 과거와 마찬가지로 부자가 되었다.

---

23 팔레스타인의 유대인들은 기원후 66년에 로마 통치에 저항하여 반란을 일으켰지만, 점차 로마의 지휘관 베스파시안에 의해 진압되었다. 그는 69년에 황제가 되었고, 그의 아들 타이터스는 70년에 예루살렘을 포위하고 점령하여 정복을 완성하였다.

그들은 내 딸이 수녀가 되기를 바랐지.

하지만 그녀는 지금 집에 있어. 그리고 나는

총독의 집만큼이나 웅장하고 훌륭한 집을 하나 샀지.

몰타가 나를 아무리 핍박해도 나는 거기에 살 거야.

총독의 손을 잡고, 그를 내 편으로 삼아야지.

그래, 그의 아들도 끌어들여야지, 그렇지 않으면 힘들어질 거야.

나는 손해를 그렇게 빠르게 잊을 수 있는

레위 부족이 아니야.

우리 유대인들은 호감을 얻으려 할 때는 스패니얼 개처럼

꼬리칠 수 있고, 이빨을 드러낼 때는 꽉 물어버린다.

하지만 표정만은 양처럼 천진하고 온순하지.

나는 피렌체²⁴에서 그들이 나를 개라고 부를 때,

내 손에 키스하며, 양 어깨를 들어올리고,

맨발의 수사처럼 낮게 머리를 수그리는 법을 배웠어.

그들이 상점 진열대²⁵ 위에서 배를 곯거나, 아니면

우리 유대인의 집회에서 자선 모금을 구걸하는 것을

구경하고, 그 자선 냄비가 내게 왔을 때,

자비심으로 그 안에 침을 뱉을 수 있기를 바라면서 말이야.

여기 총독의 아들, 돈 로도윅이 오는군.

그의 아버지 때문에 내가 아끼는 자이지.

(로도윅 등장.)

---

24 마키아벨리의 고향.
25 상점이나 가게에서 물건을 진열하는 데 사용했지만, 밤에는 걸인들이나 거리의 방랑자들이 침대로 쓰기도 했다.

로도윅	그 부자 유대인이 이리로 걸어갔다고 들었는데.
	찾아내서 그자의 환심을 얻어
	아비게일의 모습을 한번 봐야지.
	돈 마티아스가 그렇게 아름답다고 했으니 말이야.
바라바스	(방백) 이제 비둘기보다는 뱀이 되기 위해 모습을 드러내야겠어.
	즉 속임을 당하기보다는 속이기 위해서지.
로도윅	유대인이 저기 걸어가는군. 자 아름다운 아비게일을 위해서.
바라바스	(방백) 그래, 그래, 확실히 그녀는 네 마음대로 할 수 있어.
로도윅	바라바스, 당신도 알다시피 나는 총독의 아들이다.
바라바스	나리께서 그분의 아버지이기도 하다면 좋을 텐데요.
	제가 나리께 바라는 건 그게 전부입니다.
	(방백) 이 자식은 이제 막 털을 그을린 돼지 머리처럼 보이는군.

(돌아서 가버린다.)

로도윅	어디로 가는가, 바라바스?
바라바스	더 이상 가지 않습니다. 이건 저희들의 관습이지요.
	나리와 같은 귀한 분들과 얘기를 할 때면,
	저희는 저희 자신을 깨끗이 하기 위해 하늘을 우러러봅니다.
	축복의 약속이 저희에게 있으니까요.
로도윅	좋소, 바라바스, 내가 다이아몬드를 얻을 수 있도록 도와주겠나?
바라바스	오, 나리. 나리 아버님께서 제 다이아몬드들을 가지셨습니다.
	하지만 나리께 드릴 다이아몬드가 하나 남아 있지요.
	(방백) 내 딸 얘기지―하지만 내 딸을 갖게 해주지.
	나는 그녀를 장작 더미 위에 제물로 바칠 작정이다.
	내겐 그를 위해 준비한 독약과

허옇게 썩어가는 나병이 있지.

로도윅 박편이 없으면 다이아몬드가 어떻게 빛을 내겠는가?[26]

바라바스 제가 말씀드리는 다이아몬드는 박편을 대본 적이 없지요.

(방백) *하지만 그가 손을 대면 박편이 씌워지겠지.*

로도윅 나리, 그 다이아몬드는 밝고 아름다운 빛을 냅니다.

로도윅 사각형인가, 아니면 뾰족한가? 말해보게.

바라바스 뾰족합니다, 나리— (방백) *하지만 너를 위한 것은 아니야.*

로도윅 난 뾰족한 게 훨씬 좋네.

바라바스   저도 그렇습니다.

로도윅 밤에는 어떻게 보이는가?

바라바스   달빛보다 더 빛을 발하지요.

나리께서는 낮보다는 밤에 그걸 더 좋아하실 겁니다.

로도윅 가격은 얼마인가?

바라바스 (방백) *네 목숨이지*— 오 나리,

가격은 따지지 마십시오. 제 집에 오십시오.

나리께 그걸 드리겠습니다— (방백) *앙갚음 말이야.*

로도윅 아니, 바라바스, 먼저 값을 치르겠네.

바라바스 훌륭하신 나리,

나리 아버님께서 제게 이미 값을 치르셨습니다.

그분께서는 완전한 사랑과 기독교도의 동정심으로

저를 종교적으로 깨끗하게 되도록 이끌어주셨고,

마치 영적인 문제에 대해 조언을 해주시는 것처럼

저의 치명적인 죄를 깨닫게 해주셨으며,

---

26 박편은 보석을 더욱 빛나게 하기 위해 보석 밑에 대는 얇은 금속판을 의미한다. 로도윅은 아비게일이 그 아름다움을 더욱 빛내려면 남편이 필요하다는 것을 암시하고 있다.

제 의지를 묵살하고 제가 원하든 원하지 않든

제가 가진 것을 모두 몰수하셨고, 저를 문 밖으로 쫓아내셨으며,

제 집을 참으로 순결한 수녀님들을 위한 장소로 만드셨습니다.

로도윅   자네의 영혼이 결실을 거두리라는 것을 의심치 않네.

바라바스   예, 하지만 나리, 추수하려면 아직 멉니다.

저는 수고의 대가로 돈을 챙기는

수녀님들과 거룩한 수사님들의 기도가

놀랍고, (방백) 참으로 아무에게도 도움이 되지 않지.

그분들이 게으르지 않고, 끊임없이 정력적인 것을 보니,

제때에 결실을 거둘 것 같습니다.[27]

완전한 거룩함에 이르는 결실 말입니다.

로도윅   착한 바라바스, 성스러운 수녀들을 비꼬지 말게.

바라바스   아닙니다, 저는 타오르는 열정으로 그렇게 하는 겁니다.

(방백) 오래지 않아 그 집을 불태울 생각이지.

비록 당분간은 수가 늘고 번성할지 모르지만,

저 수녀원을 가만 두지는 않을 거야.

나리, 제가 말씀드린 다이아몬드에 관해서는,

집으로 오십시오. 나리의 훌륭하신 아버님을 위해서라도

가격은 개의치 마십시오.

(방백) 어렵긴 하겠지만 네가 죽는 꼴을 볼 거야.

하지만 전 지금 노예를 한 명 사러 가야 합니다.

로도윅   그럼, 바라바스, 자네와 동행하겠네.

바라바스   그럼 오십시오. 여기가 시장입니다. 이 노예의 가격은

---

27 '정력적'이라는 말은 수녀와 수사들의 성 관계를 영적인 수행에 비유하여 표현한 것이고, '결실'은 성 관계의 결과 아이들이 생겨나는 것을 뜻한다.

얼마인가? 2백 크라운! 터키인들이 그렇게

값이 많이 나가나?

관리 1 그게 그 노예의 가격이오.

바라바스 음, 그가 당신이 요구하는 가격만큼의 돈을 훔칠 수 있을까?

이 친구는 지갑을 훔치는 새로운 기술을 갖고 있는 것 같군.

만약 그렇다면, 그는 3백 플레이트[28]의 값어치가 있지.

이 노예가 팔리면, 시에서 평생 동안 그를

교수형시키지 않겠다는 인증을 해준다면 말이지.

재판이 열리는 날이면 도둑들은 끝장이야,

죄 사함을 받는 것 외엔 방법이 없지.

로도윅 그런데 이 무어인은 겨우 2백 플레이트인가?

관리 1 그렇습니다, 각하.

바라바스 왜 이 터키인은 저 무어인보다 더 비싸지요?

관리 1 그가 더 젊고, 더 많은 능력을 갖고 있기 때문이오.

바라바스 아니, 현자의 돌[29]이라도 갖고 있느냐? 만약 갖고 있으면,

그걸로 내 머리통을 쪼개보아라. 용서해줄 테니 말야.

노예 아닙니다, 나리. 전 이발과 면도를 할 수 있습니다.

바라바스 글쎄, 이놈 봐라. 너 늙은 면도사가 아니냐?

노예 아이고, 나리. 전 청년입니다.

바라바스 청년이라고? 널 사겠다. 그리고 잘만 하면

허영 마나님[30]과 결혼시켜주지.

---

28 스페인의 은화 단위.

29 당시 연금술사들이 보통의 금속을 금이나 은으로 만드는 힘이 있다고 믿어 애써 찾았던 것이다.

30 도덕극에 등장하는 인물. 바라바스는 노예를 「청년 Youth」 또는 「유쾌한 유벤투스 Lusty Juventus」와 같은 도덕극에 등장하는 인물로 취급하면서, 도덕극의 주인공 청년 Youth이 허영 Vanity을 버리고 미덕 Virtue과 결합하는 내용을 장난 삼아 거꾸로 표현하고 있다.

노예	나리를 섬겨—
바라바스	나쁜 속임수나 악행을 저지르겠지. 그래, 면도를 하는 척하면서, 내 재산을 탐내 내 목을 벨 수도 있겠지. 말해보거라, 건강한 몸을 갖고 있느냐?
노예	예, 아주 건강합니다.
바라바스	더욱 나쁘군. 나는 병약한 노예를 골라야겠어. 양식을 아끼기 위해서라도 말이야. 너를 먹여 살리려면, 하루에 한 스톤³¹의 소고기로도 안 될 거야. 약간 더 마른 놈을 보여주시오.
관리 1	여기 있소. 어떻소?
바라바스	어디에서 태어났느냐?
이타모어	트라키아입니다. 아라비아에서 자라났습죠.
바라바스	더욱 좋아. 네가 적당하군. 백 크라운이라구? 그를 사겠소. 돈 여기 있소. (돈을 준다.)
관리 1	그럼 낙인을 찍고 데려가시오.
바라바스	(방백) 그래, 낙인을 찍어야지. 네가 최고야. 이놈은 내 도움을 받아, 많은 악행을 저질러야 하거든. 나리, 안녕히. (이타모어에게) 가자, 이놈, 넌 내 것이다. (로도윅에게) 다이아몬드 말씀인데, 그건 나리 것이 될 겁니다. 나리, 부담 갖지 마시고 제 집에 오십시오. 제가 가진 모든 것은 나리의 명령대로 될 겁니다. (로도윅 퇴장.)

(마티아스와 캐서린 등장.)

---

31 영국의 중량 단위. 몸무게를 나타낼 때는 14파운드에 해당하고, 고기의 경우는 8파운드를 나타
낸다.

마티아스   (방백) 무엇 때문에 서 유대인과 로도윅이 저렇게 은밀하지?

아름다운 아비게일에 관한 것이 아닌가 걱정되는군.

바라바스   (이타모어에게) 저기 돈 마티아스가 온다. 기다리자.

(방백) 그는 내 딸을 사랑하지, 그리고 내 딸도 그를 귀하게 여겨.

하지만 나는 둘의 희망을 꺾어버리고, 총독에게

복수하기로 맹세를 했지.

캐서린   이 무어인이 가장 말쑥하구나, 그렇지 않니? 말해보거라, 애야.

마티아스   아닙니다, 이놈이 더 좋습니다, 어머니. 이놈을 잘 보세요.

바라바스   (마티아스에게 방백) 자네 어머니 앞이니까 나를 모르는 척하게.

그녀가 준비 중에 있는 결혼을 의심하지 않도록.

어머니를 집에 모셔다드린 후에 내 집에 오게.

나를 아버지로 생각하게나. 잘 가거라, 아들아.

마티아스   그런데 돈 로도윅과 무슨 얘기를 했지요?

바라바스   쳇, 이보게, 우리는 다이아몬드 얘기를 했어, 아비게일이 아니야.

캐서린   마티아스야, 저 사람은 그 유대인 아니냐?

바라바스   마카비[32]에 관한 해설서에 관해서라면,

제가 그걸 갖고 있습죠, 나리. 말씀만 하십시오.

마티아스   예, 어머니, 저 사람과 나눈 얘기는 책 한두 권을

빌리는 것에 관한 것이었어요.

캐서린   그 사람과 얘기하지 말아라. 그는 하늘에서 버림받았다.

(관리에게) 돈을 받으시게. (마티아스에게) 자, 어서 가자.

마티아스   유대인, 그 책을 잊지 말아라.

---

32 르네상스 시대에 귀하게 여겨졌던 두 권의 경외서(성서 편집 과정에서 제외된 문서). 이 책들은
억압과 핍박에 영웅적으로 저항하는 유대인들을 보여준다.

바라바스	그러구말굽쇼, 나리.　　　　　　　(마티아스, 캐서린, 노예 퇴장.)
관리 1	자, 그럭저럭 수지가 맞았어, 가세나.　　　(관리들과 노예들 퇴장.)
바라바스	이제, 너의 이름 그리고 너의 출생,
	신분, 직업을 말해보거라.
이타모어	정말이지, 나리, 제 출신은 미천합니다. 제 이름은 이타모어이고,
	직업은 나리께서 원하시는 건 무엇이든 좋습니다.
바라바스	직업이 없느냐? 그럼 내 말을 잘 들어라.
	네가 단단히 기억해야 할 것을 가르쳐주겠다.
	첫째, 애정, 동정심, 사랑, 헛된 희망
	그리고 비겁한 두려움을 버려라.
	어떤 것에도 마음이 흔들려선 안 되고, 누구도 동정해선 안 된다.
	기독교도들이 고통스러워할 때 미소 짓는 것을 빼고는.
이타모어	오 훌륭하신 주인님, 주인님의 코를 숭배합니다.[33]
바라바스	내 자신에 대해 말하자면, 나는 밤중에 외출하여,
	담장 아래에서 신음하는 병든 자들을 죽이고,
	때로는 돌아다니며 우물 안에 독을 넣지.
	그리고 때때로, 기독교도 도둑들이 잘 지낼 수 있도록
	기꺼이 돈을 잃어주지.
	내 집 발코니에 서서, 그들이 내 집 문을 지나
	줄줄이 묶여 끌려가는 것을 보기 위해서 말이야.
	젊었을 때 나는 의학을 공부했고, 이탈리아인들을
	대상으로 최초로 진료를 시작했다.
	거기에서 성직자들에게 많은 장례 의식을 부탁했고,

---

33 바라바스가 커다란 코를 갖고 있음을 암시한다.

교회 관리인들의 팔은 무덤을 파고 조종을 울리느라

쉴 틈이 없게 해주었지.

그리고 그후에 나는 프랑스와 독일 사이에 일어난

전쟁에 공병으로 참전을 하였는데,

카를 5세를 돕는 척하면서,

책략을 써서 아군과 적군을 다 살해했지.

그후에는 고리대금업을 했는데,

강탈하고, 속이고, 몰수하는 등,

중개업에 속하는 속임수를 써서,

1년이 지난 후에는 감옥들을 파산자들로 가득 채웠고,

고아원에는 어린 고아들이 넘쳐나게 했으며,

매달 몇몇은 미치게 만들었고,

어떤 자는 내가 고리대금 이자로 얼마나

괴롭혔던지 기다란 두루마리 편지를 가슴에 매단 채,

고통 때문에 스스로 목을 매달았지.

하지만 그들을 괴롭힌 덕분에 내가 얼마나 축복을 받았는지 보아라.

나는 도시 전체를 살 만큼의 많은 돈을 갖고 있다.

그럼, 이제 네가 어떻게 살아왔는지 말해다오.

이타모어   사실대로 말씀드리면, 주인님,

기독교도들의 마을에 불을 지르고,

환관들을 쇠사슬로 매달고, 갤리 선의 노예들을 묶는 일을 했습죠.

한때는 여인숙에서 마구간 지기 노릇을 했는데,

밤중에는 여행자들의 방에 몰래 숨어 들어가

그들의 목을 잘랐습죠.

한번은 순례자들이 무릎 꿇고 기도하는 예루살렘에서,

대리석 바닥 위에다 가루약을 뿌려놓았습죠.

그래서 무릎이 곪아터진 그 불구자들이 목발을 짚고서

절뚝거리며 기독교국으로 돌아가는 것을 보면서,

배꼽이 빠지게 웃었습지요.

바라바스　야, 이건 대단하군! 나를 네 동료로

생각하거라. 우린 둘 다 악당이야.

둘 다 할례를 받았고, 둘 다 기독교도들을 증오하지.

성실하고 비밀만 지키면, 널 부자로 만들어주마.

하지만 물러서 있거라. 돈 로도윅이 이리로 오는군.

(로도윅 등장.)

로도윅　오, 바라바스, 잘 만났네.

자네가 말한 그 다이아몬드는 어디 있는가?

바라바스　제게 있습니다, 나리. 저와 함께 안으로 들어가시지요.

얘, 아비게일, 문을 열어라.

(아비게일이 편지들을 가지고 등장.)

아비게일　때맞춰 오셨군요, 아버지. 여기 오르무스에서

온 편지가 있어요. 그리고 심부름꾼은 안에 있어요.

바라바스　편지들을 다오. 얘야, 내 말 알아듣겠느냐?

총독의 아드님이신 로도윅 나리를

순결을 바치는 것만 빼고는 네가 할 수 있는

모든 예의를 다 갖춰 대접해드려라.

그분을 잘 대하거라, 마치 — (아비게일에게 방백) 불레셋족[34]인 것
처럼.

속이고, 맹세하고, 거절하고, 사랑한다고 맹세하거라.

그는 아브라함의 자손이 아니니라.

전 좀 바쁩니다, 나리, 용서하십시오.

아비게일, 날 위한다면 나리를 환영한다고 말씀드려라.

아비게일   아버지와 나리를 위해 환영하지요.

바라바스   얘야, 한마디만 더. (아비게일에게 방백) 그에게 키스하고, 친절하게
말하거라.

그리고 노련한 유대인처럼 일을 꾸며서

나오기 전에 두 사람이 결혼을 약속해야 한다.

아비게일   오 아버지, 제가 사랑하는 사람은 돈 마티아스예요.

바라바스   나도 안다. 하지만 저 사람을 사랑하도록 해라.

반드시 그렇게 해야 한다.

아니, 이건 분명히 내 대리업자의 필체구나.

안으로 들어가거라. 난 그 거래를 생각해보겠다.

(로도윅과 아비게일 퇴장.)

거래는 성사되었어, 로도윅은 죽을 테니 말이야.

대리업자가 보내온 건 내게 술 백 통을 빚진

상인이 도망을 쳤다는 소식이군.

까짓 거 별거 아니지. 내겐 충분한 재산이 있어.

지금쯤 그가 아비게일에게 키스했을 거야.

그리고 서로가 서로에게 사랑을 맹세하겠지.

---

34 불레셋족은 성경에 나오는 족속으로 유대인의 적이었다. 다윗에게 죽임을 당한 골리앗이 바로
불레셋족 사람이었다.

하늘이 유대인들에게 만나[35]를 내려주었던 것처럼

그자와 돈 마티아스는 확실하게 죽을 것이다.

그의 아버지는 내 철천지 원수였어.

(마티아스 등장.)

돈 마티아스 어딜 가나? 잠깐만 기다리게.

마티아스   사랑하는 아름다운 아비게일에게말고 어딜 가겠어요?

바라바스   내가 내 딸을 자네에게 주려고 한다는 것은

          자네도 알고, 하늘이 사실임을 증명할 수 있네.

마티아스   그래요, 바라바스, 그렇지 않다면 내게 큰 잘못을 하는 거지요.

바라바스   오, 내가 그런 생각을 꿈에라도 했을라구!

          내가 눈물을 흘리더라도 용서하게. 총독의 아들이

          내 의지와는 상관없이 아비게일을 가지려 한다네.

          그는 딸애에게 편지, 팔찌, 보석, 반지들을 보낸다네.

마티아스   그녀가 그것들을 받나요?

바라바스   딸애가? 아니지, 마티아스, 아니야, 돌려보낸다네.

          그리고 그가 오면, 딸애는 문을 단단히 닫아걸고 나오지 않아.

          하지만 그는 열쇠 구멍으로 그녀와 얘기를 나누려 하고,

          그러면 딸애는 창문으로 달려가 밖을 내다보며,

          언제 자네가 와서 그를 문에서 끌어낼 것인지 기다린다네.

마티아스   오 비열한 로도윅!

바라바스   지금도 내가 집에 왔을 때, 그가 살짝 들어갔다네.

---

35 모세의 지도 아래 이집트(애굽)를 탈출한 이스라엘 백성이 광야에 이르러 굶주릴 때 하느님이
내려준 신비로운 음식. 구약 성서 「출애굽기」 참조.

그리고 분명히 아비게일과 함께 있을 거야.

마티아스 　내가 그자를 그곳에서 끌어내겠소. 　　　　　　　(칼을 뽑는다.)

바라바스 　제발 그러지 말고 칼을 도로 집어넣게.

　　　　　자네가 날 사랑한다면, 내 집 안에서는 싸움을 하지 말게.

　　　　　하지만 몰래 안으로 들어가게, 그리고 그를 못 본 척하게나.

　　　　　그가 가기 전에 아비게일을 얻을 희망이

　　　　　별로 없다고 내가 경고하겠네.

　　　　　어서 가게, 그들이 이리로 오고 있어.

(로도윅과 아비게일 등장.)

마티아스 　아니, 손을 맞잡고서? 도저히 참을 수 없어.

바라바스 　마티아스, 날 사랑한다면, 말하지 말게.

마티아스 　좋아, 이번엔 넘어가지. 다음 번에 두고 보자. 　　　　　(퇴장.)

로도윅 　바라바스, 저 사람은 과부의 아들이 아닌가?

바라바스 　맞습니다, 조심하십시오, 그가 나리를 죽이려 합니다.

로도윅 　날 죽인다고? 아니, 그 천한 농사꾼이 미쳤는가?

바라바스 　아닙니다, 아니에요. 아마도 나리께서는

　　　　　결코 귀하게 여기시지 않는 제 하찮은 딸년을

　　　　　잃을까 봐 걱정하는 겁니다.

로도윅 　아니, 따님이 돈 마티아스를 사랑하는가?

바라바스 　딸애가 나리께 미소로 응답하지 않습니까?

아비게일 　(방백) 그분이 내 사랑이야. 나는 억지로 미소 짓는 거지.

로도윅 　바라바스, 내가 자네 딸을 오랫동안 사랑해온 것을 자네도 아네.

바라바스 　딸애도 어릴 때부터 나리를 사랑해왔습죠.

로도윅 이젠 더 이상 내 마음을 숨기고 있을 수 없어.

바라바스 저도 나리에 대한 애정을 숨길 수 없습니다.

로도윅 이 사람이 자네의 다이아몬드일세. 말해보게, 내가 가져도 될까?

바라바스 가지시고, 달고 다니세요. 아직 더럽혀지지 않았습니다.

오, 하지만 귀하신 나리께서 유대인의 딸과 결혼하는 것은

싫어하시리라는 것을 알고 있습니다.

하지만 전 딸애에게 많은 금화를 줄 작정입니다.

기독교식 기념 문자를 새긴 결혼 반지와 함께 말이죠.

로도윅 내가 바라는 것은 자네의 재산이 아니라, 자네의 딸일세.

하지만 자네가 동의해주기를 바라네.

바라바스 약속하지요. 하지만 딸애와 얘기를 좀 해야겠군요.

(아비게일에게 방백) 이 카인의 후손이자 여부스[36] *족속,*

유월절을 지내본 적도 없고,

가나안 땅도, 이제 오실

우리의 구세주도 결코 보지 못할

이 고상한 구더기, 로도윅을

속여넘겨야 한다. 그에게 네 손을 허락하거라.

하지만 돈 마티아스가 올 때까지 네 마음은 지키거라.

아비게일 아니, 제가 로도윅과 약혼을 해야 하나요?

바라바스 기독교도를 속이는 것은 죄가 아니다.

그들 자신이 속임수를 원칙으로 삼고 있으니 말이다.

이단자들과의 약속은 지킬 필요가 없어.

유대인이 아닌 자들은 모두 다 이단자들이지.

---

36 다윗 왕이 정복하기 전에 예루살렘에 살고 있던 족속. 여기에서는 진정한 하느님을 섬기지 않는 족속을 의미한다.

이건 맞는 말이다. 그러니, 얘야, 걱정 말아라.

제가 딸애에게 부탁을 했으니, 승낙을 할 겁니다.

로도윅 그렇다면, 상냥한 아비게일, 나와의 결혼을 약속해주시오.

아비게일 (방백) *아버지가 저렇게 명령하시니, 어찌할 도리가 없어—*

죽음 외에는 어떤 것도 제 사랑[37]과 저를 갈라놓지 못할 겁니다.

로도윅 이제야 내가 그렇게 원했던 것을 얻게 되었군.

바라바스 (방백) *난 그렇지 않아, 하지만 나도 그럴 수 있기를 바란다.*

아비게일 (방백) *오 불쌍한 아비게일, 무슨 일을 저지른 거지?*

로도윅 왜 갑자기 얼굴색이 변하는 거지요?

아비게일 모르겠어요, 하지만 안녕히 계세요. 전 가봐야겠어요.

바라바스 (이타모어에게 방백) *그녀를 붙잡아라. 하지만 더 이상 말을 하지 않게 해라.*

로도윅 갑자기 말을 안 하다니. 무슨 변화가 있군.

바라바스 오, 그건 개의치 마십시오. 갓 약혼한 처녀들이

한동안 슬퍼하는 것은 유대인들의 관습입니다.

상냥하신 로도윅 님, 그녀를 괴롭히지 마시고 내버려두십시오.

그녀는 나리의 아내이고, 나리는 제 상속인이 되실 겁니다.

로도윅 오, 그게 관습인가? 그렇다면 마음이 놓이는군.

아름다운 아비게일이 나를 미워하는 것을 보느니,

차라리 밝은 하늘이 어두워지고

자연의 아름다움이 시커먼 먹구름에 질식당하는 게 낫지.

(마티아스 등장.)

---

37 여기에서 아비게일의 말은 이중적인 뜻을 갖는다. 즉 그녀의 사랑은 마티아스를 의미한다. 하지만 로도윅은 자신을 지칭하는 것으로 생각한다.

저기 그 악당이 오는군. 이제 내가 복수를 하겠다.

바라바스 일을 시끄럽게 마소서, 로도윅 님. 제가 나리께

아비게일을 분명히 맺어드린 것으로 충분합니다.

로도윅 좋아, 살려주지. (퇴장.)

바라바스 자, 내가 아니었더라면, 자네는 문에 들어서다가

칼에 찔렸을 걸세. 하지만 지금 그 얘기는 그만 하세.

여기에서는 어떤 논쟁도 있어선 안 되고, 칼싸움도 안 돼.

마티아스 저자를 쫓아가게 허락해주시오, 바라바스.

바라바스 안 돼, 만약 어떤 상처라도 입히는 날이면,

나도 자네의 행동에 연관이 될 걸세.

다음 번에 그를 만날 때 그에게 복수하게나.

마티아스 이번 일의 대가로 그놈의 심장을 갖고야 말겠어.

바라바스 그렇게 하게. 자, 내 자네에게 아비게일을 주지.

마티아스 불쌍한 마티아스가 어떤 더 큰 선물을 얻을 수 있겠소?

로도윅이 내 아름다운 사랑을 빼앗아 갈까?

아비게일은 내 생명보다도 더 귀중해.

바라바스 내가 걱정하는 게 바로 그걸세. 자네의 사랑을 방해하기 위해

그가 자네 어머니와 함께 있으니, 그를 쫓아가게.

마티아스 뭐라고요, 그놈이 내 어머니께 갔다고요?

바라바스 아니, 원한다면, 어머니가 직접 올 때까지 기다리게.

마티아스 기다릴 수 없어요. 만약 어머니께서 오시면,

그녀는 슬퍼서 죽고 말 거예요. (퇴장.)

아비게일 눈물이 나와서 그에게 작별 인사를 할 수가 없어요.

아버지, 왜 이렇게 두 사람 모두 화를 내게 만드신 거죠?

바라바스	그게 너에게 어떻다는 거냐?
아비게일	전 그늘을 다시 친구로 만들겠어요.
바라바스	그들을 다시 친구로 만든다고?
	몰타에 유대인이 없어서
	기독교도에게 홀딱 빠져야겠다는 거냐?
아비게일	돈 마티아스와 결혼하겠어요. 그는 제 사랑이에요.
바라바스	그래, 그렇게 될 거다. (이타모어에게) 아가씨를 안으로 모셔 가라.
이타모어	예, 알겠습니다. (아비게일을 안으로 들인다.)
바라바스	자 말해보아라, 이타모어, 이 일을 어떻게 생각하지?
이타모어	주인님, 저는 이번 일로 주인님께서 두 사람을 모두 없애버릴
	궁리를 하신다고 생각하는데요. 그렇지 않습니까?
바라바스	맞다. 그리고 아주 교묘하게 처리해야지.
이타모어	오 주인님, 이런 일에는 제가 솜씨가 있습죠!
바라바스	그래, 그럴 테지. 그 일을 할 사람은 바로 너다.
	이걸 받아라. 그리고 그걸 즉시 마티아스에게 전해라.
	(그에게 편지를 한 통 준다.)
	그리고 그에게 로도윅이 보낸 편지라고 말해라.
이타모어	독약이 들어 있지요, 그렇지 않나요?
바라바스	아니, 아니다. 하지만 그렇게 될 수 있지.
	그건 로도윅이 보낸 것처럼 꾸민 도전장이다.
이타모어	걱정 마세요. 제가 그를 흥분시켜 편지가 그자에게서
	온 것으로 믿도록 만들 테니까요.
바라바스	너의 기민함을 좋아하지 않을 수가 없구나.
	하지만 성급히 굴지 말고, 능숙하게 처리해라.
이타모어	이번 일에 보이는 제 솜씨에 따라, 나중에 저를 쓰십시오.

282

바라바스 그럼 가거라.   (이타모어 퇴장.)

자, 그러면 나는 로도윅에게 가야지.

그리고 둘이 서로 증오하고 적의를 품을 때까지

교활한 악마처럼 거짓말을 꾸며대야지.   (퇴장.)

제3막

〈제1장〉

(창녀 벨라미라 등장.)

벨라미라 이 도시가 포위된 후부터는 내 수입이 줄어들었어.

단 하룻밤에 금화 백 냥을

공짜로 받던 때도 있었는데.

지금은 원치도 않는데 정숙해져야 할 판이군.

하지만 그렇다고 내 아름다움이 사라지지는 않아.

베네치아에서는 상인들, 그리고 파도바에서는

아주 재치 있는 신사들, 학자들 그러니까 학식 있고

돈 잘 쓰는 양반들이 오곤 했었지.

그런데 지금은 필리아보르자[38] 빼고는 오는 사람이 없어.

그 사람은 아주 드물게 내 집에 오는 편이지.

---

38 소매치기를 뜻하는 이탈리아어 '타글리아보르자tagliaborza'를 연상케 하는 이름이다.

그런데 지금 그가 오는군.

(필리아보르자 등장.)

필리아   받아라, 이것아. 네 마음대로 써도 된다.

                            (자루에서 돈을 꺼내 그녀에게 준다.)

벨라미라 은화군요. 난 은화 싫은데.

필리아   그래, 하지만 그 유대인이 금화를 갖고 있어.

        어떤 일이 있어도 내가 그걸 반드시 갖고 말겠어.

벨라미라 말해봐요, 이걸 어떻게 손에 넣게 되었죠?

필리아   글쎄, 정원들 사이로 난 좁은 골목길들을 걷다가

        우연히 그 유대인의 집무실을 훔쳐보게 되었는데,

        그곳에서 돈자루들을 보았어. 그래서 밤중에 내 갈고리들을

        이용해서 기어올라갔지. 그리고 한참 고르고 있는 참에,

        집 안에서 시끄러운 소리가 들린 거야. 그래서 이것만 들고서

        도망쳐 나왔지. 그런데 그 유대인의 하인이 이리 오는군.

(이타모어 등장.)

벨라미라 자루를 숨겨요.

필리아   저자 쪽을 보지 마라. 자리를 피하자. 제기랄, 뭘 그렇게

        저자를 쳐다보는 거야. 너 때문에 곧 들통나겠어.

                     (벨라미라와 필리아보르자 퇴장.)

이타모어 오, 이제껏 본 중에 가장 아름다운 얼굴이군!

        옷 입은 걸 보니 창녀가 틀림없어. 저런 여자를

얻을 수만 있다면, 그 유대인의 은화 백 냥이라도 줄 텐데.
좋아, 그자들이 만나 죽도록 싸우게 만들 그런 도전장을
내가 전달했지. 정말 흥미진진한 구경거리군.　　　　　　(퇴장.)

〈제2장〉

(마티아스 등장.)

마티아스　　여기가 그 장소다. 이제 아비게일은 마티아스가
　　　　　　그녀를 얼마나 아끼는지 알게 될 것이다.

(로도윅 뭔가를 읽으면서 등장.)

로도윅　　뭐라고, 그 천한 놈이 감히 이런 더러운 언사를 쓴단 말인가?
마티아스　　그렇다, 할 수 있거든 복수를 해보거라.　　　　(서로 싸운다.)

(바라바스 위쪽에서 등장.)

바라바스　　오 용감하게 싸우는군. 그렇지만 심장을 찌르진 못하는군.
　　　　　　자, 로도윅, 자 마티아스 힘내라. 그렇게. (두 사람 다 쓰러져 죽는다.)
　　　　　　그래, 이제야 제대로 된 용기들을 보여주었군.
목소리　　(안쪽에서 들려온다.) 그들을 떼어놓아라, 그들을 떼어놓아!
바라바스　　그래, 이제 죽었으니까 떼어놓아라. 안녕, 안녕.　　(위쪽에서 퇴장.)

(페르네즈, 캐서린, 몰타의 시민들 등장.)

페르네즈 이게 어찌된 일이냐? 내 아들 로도윅이 죽다니!

　　　　　이 두 팔을 너의 무덤으로 삼을 것이다.

캐서린　　이게 누구냐? 내 아들 마티아스가 죽다니!

페르네즈 오 로도윅, 네가 터키놈들에게 죽었더라면,

　　　　　이 불행한 페르네즈가 너의 원수를 갚아주었을 텐데.

캐서린　　당신 아들이 내 아들을 죽였으니, 복수를 하고야 말겠소.

페르네즈 보시오, 캐서린, 당신 아들이 내 아들에게 이 상처들을 입혔소.

캐서린　　오 날 더 이상 괴롭히지 마시오. 난 충분히 괴로우니.

페르네즈 오 나의 한숨들이 생기로 변하고, 나의 눈물들이

　　　　　피로 변하여, 그가 살아날 수만 있다면.

캐서린　　누가 그들을 원수로 만들었소?

페르네즈 모르겠소. 무엇보다도 그것이 가장 마음 아프오.

캐서린　　내 아들은 당신 아들을 사랑했어요.

페르네즈　　　　　　　　　　　　　　　　로도윅도 그랬소.

캐서린　　내 아들을 죽인 그 칼을 내게 주세요.

　　　　　나도 함께 죽겠어요.

페르네즈 안 됩니다, 부인. 참으세요. 그 칼은 내 아들의 것이었소.

　　　　　그러니 그 칼로는 페르네즈가 죽는 게 마땅하오.

캐서린　　잠깐, 그들을 죽게 만든 자를 찾아냅시다.

　　　　　그들이 흘린 피를 복수할 수 있도록 말이에요.

페르네즈 그럼 아들들의 시체를 거두어, 거룩한 기념비를 세운

　　　　　한 무덤 안에 함께 매장을 하도록 합시다.

　　　　　나는 그 제단 위에다 매일 한숨과 눈물의

희생 제물을 바칠 것이고,

그들의 우정을 갈라놓아, 우리를 이토록

고통스럽게 만든 자를 밝혀낼 때까지,

기도로 부당한 하늘을 찌를 것이오.

갑시다, 캐서린, 우리가 잃은 것이 똑같으니,

진정한 슬픔을 함께 나눕시다.   (시체를 메고 함께 퇴장.)

〈제3장〉

(이타모어 등장.)

이타모어   원, 저렇게 교묘하게 음모를 꾸며, 저렇게 멋지게

처리한 악행을 본 적이 있었던가.

둘 다 애태우게 하다가, 둘 다 멋지게 속여넘기다니!

(아비게일 등장.)

아비게일   아니, 이타모어, 왜 그렇게 웃는 거지?

이타모어   오 아가씨, 하하하!

아비게일   아니, 무슨 일이지?

이타모어   오, 주인님 때문입죠.

아비게일   하!

이타모어   오, 아가씨, 전 정말 지금까지 본 적이 없는 훌륭하고,

참으로 대단하며, 은밀하고, 교묘하며, 병처럼 코가

부푼 분을 주인님으로 모시고 있답니다.

아비게일 이놈아, 왜 우리 아버지를 이렇게 놀리느냐?

이타모어 오, 주인님께서는 참으로 훌륭한 계책을 갖고 계십니다.

아비게일 어디에 쓸 건데?

이타모어 아니, 모르십니까?

아비게일 그래, 몰라.

이타모어 마티아스와 돈 로도윅이 당한 불행을
          모르십니까?

아비게일 몰라, 그게 어떤 거지?

이타모어 저런, 악마가 도전장을 고안해냈고, 주인님께서 그걸
          쓰셨으며, 제가 그걸 전달했습죠. 처음에는 로도윅에게
          그리고 다음에는 마티아스에게 말입니다.
          그 다음에는 그들이 만났고, 각본대로,
          안타깝게도 둘 다 명을 다했습죠.

아비게일 그럼 아버지가 그들의 죽음을 꾸몄다는 말이냐?

이타모어 소인이 이타모어입니까?

아비게일 그래.

이타모어 그만큼 분명하게 아가씨 아버지께서 도전장을 쓰셨고, 제가 전달했
          습죠.

아비게일 좋아, 이타모어. 너에게 이걸 부탁하자.
          새로 만든 수녀원으로 가서 성 야코보의
          수사님들 중 아무라도 찾아서, 내가 그분들과
          말씀을 나누기를 청한다고 말씀드려라.

이타모어 아가씨, 한 가지만 대답해주시겠어요?

아비게일 좋다, 무슨 질문이냐?

이타모어	아주 은밀한 건뎁쇼. 수녀들이 때때로 수사들과
	재미를 보지 않나요?
아비게일	꺼져라, 이놈, 그게 네 녀석의 질문이냐? 어서 가.
이타모어	그럽지요, 아가씨. (퇴장.)
아비게일	냉혹한 아버지, 잔인한 바라바스,
	이것이 당신의 계략이 노렸던 건가요,
	내가 그들에게 각각 호의를 보이게 만들고,
	내 호의 때문에 그들이 둘 다 죽음을 당하게 했나요?
	그의 아버지 때문에 당신이 로도윅을 좋아하지 않은 건 알아요.
	하지만 돈 마티아스는 당신에게 해를 입힌 적이 없어요.
	하지만 총독이 당신의 재산을 빼앗은 적이 있기 때문에,
	당신은 잔인한 복수심에 사로잡혔고,
	그에게 복수를 할 수 없으니까, 그의 아들을 노렸고,
	그의 아들을 죽이려면, 마티아스를 이용할 수밖에 없었고,
	마티아스를 죽이려면, 나를 죽이는 수밖에 없었겠지.
	하지만 나는 이제야 알겠어. 지상에 사랑이라곤 없으며,
	유대인들에겐 동정심이, 터키인들에겐 신앙심이 없다는 것을.
	저주스런 이타모어가 수사님과 함께 오는군.

(이타모어와 자코모 수사 등장.)

| 자코모 | 안녕, 아가씨.[39] |
| 이타모어 | 아니, 그런 인사를 하십니까?[40] |

---

39 라틴어로 쓰여 있다.
40 당시 여성들은 수사들에게 무릎을 굽혀 인사를 하였다. 아비게일이 예를 갖추어 자코모 수사에

아비게일	잘 오셨습니다, 훌륭하신 수사님. 이타모어, 자리를 비켜다오.

(이티모어 퇴장.)

거룩하신 수사님, 감히 한 가지 청을 드립니다.

자코모	어떤 청이지요?
아비게일	저를 수녀로 받아주십사 하는 청입니다.
자코모	아니, 아비게일, 내가 그대를 받아들이기 위해

애를 썼던 때가 얼마 지나지 않았는데,

그때는 그대가 거룩한 삶을 좋아하지 않았잖소.

아비게일	그때는 제 생각이 너무 나약하고 확신이 없었으며,

제가 세상의 어리석은 것들에 얽매여 있었습니다.

하지만 지금은 슬픔을 대가로 얻어진 경험이

저로 하여금 다른 것들을 보게 해주었습니다.

슬프게도, 저의 죄 많은 영혼은 너무나 오랫동안

영생을 주시는 하느님의 아들을 멀리 떠나,

치명적인 불신앙의 미로를 헤매었습니다.

자코모	누가 그대에게 이것을 가르쳐주었소?
아비게일	수녀원장님이세요.

그분의 간절한 훈계를 받아들입니다.

그러니, 자코모 수사님, 절 받아주세요.

비록 수녀가 되기에는 부족한 존재지만.

자코모	아비게일, 그렇게 하겠소. 하지만 더 이상 마음이 변해선 안 되오.

그건 당신의 영혼에 매우 무거운 짐을 지우게 될 것이오.

아비게일	그건 제 아버지의 잘못이었어요.

게 인사하는 것을 보고 이타모어가 놀라서 하는 말이다.

자코모	아버지의 잘못이라고? 어떻게?
아비게일	아니에요, 잘못 말씀드린 거예요. (방백) 오, 아버지,
	비록 아버지는 내게 혹독한 대접을 받아 마땅하지만,
	내 입술로 아버지의 생명을 위태롭게 하지는 않겠어요.
자코모	자, 갈까요?
아비게일	기꺼이 수사님을 따르겠어요. (함께 퇴장.)

〈제4장〉

(바라바스 편지를 읽으면서 등장.)

바라바스	뭐라고, 아비게일이 다시 수녀가 된다고?
	경솔하고 고약한 것 같으니! 아니, 네가 아비를 잃었더냐,
	내겐 아무것도 알리지 않고 제멋대로,
	다시 수녀원으로 들어갔단 말이냐?
	여기 내가 회개하기를 바란다고 쓰여 있군.
	회개! 더러운 년! 이게 무슨 뜻일까?
	그애가 돈 마티아스와 로도윅을 죽게 한 것이
	내가 꾸민 일이라는 것을 알고 있을까 걱정이군.
	만약 그렇다면, 이건 조사해볼 필요가 있어.
	그애가 믿는 신앙이 나와 달라졌으니,
	그애가 나를 사랑하지 않는 것이 분명해.
	혹은 사랑한다 하더라도, 내가 행한 일은 싫어하는 거지.

(이타모어 등장.)

그런데 누가 오는 거지? 오 이타모어, 가까이 오너라.

가까이 와, 내 사랑, 가까이 와라, 네 주인의 생명,

나의 충직한 하인, 아니, 나의 분신!

이제는 너만이 나의 희망이다.

그리고 그 희망 위에 나의 행복이 세워지는 거지.

언제 아비게일을 보았느냐?

이타모어 　오늘입죠.

바라바스 　누구와 함께 있더냐?

이타모어 　어떤 수사였습죠.

바라바스 　수사라고? 나쁜 놈, 그놈이 일을 꾸몄군.

이타모어 　어떻게요, 주인님?

바라바스 　내 딸 아비게일을 수녀로 만들었어.

이타모어 　틀림없습죠. 아가씨가 소인을 보내 그자를 불렀으니까요.

바라바스 　오 불행한 날이여!

고약하고, 경솔하고, 변덕스런 아비게일!

하지만 갈 테면 가라지. 이타모어, 이제부터는

그년의 오명 때문에 결코 마음 아파하지 않을 테다.

그년에게 내 재산을 한푼도 물려주지 않을 것이고,

내 집 문 안에 얼씬도 못하게 할 것이며,

형제를 죽인 벌로 아담이 카인을 저주했던 것처럼,

그년은 내 혹독한 저주를 받고 죽을 것이다.

이타모어 　오 주인님!

바라바스 　이타모어, 그년을 섬기지 말아라. 난 화가 났다.

그년은 나와 내 영혼에 가증스런 존재다.

만약 네가 내 말을 듣지 않는다면,

너도 날 미워한다고 생각할 수밖에 없다.

이타모어 누구, 저 말입니까, 주인님? 아이고, 소인은 바위에라도

달려들고, 바닷속이라도 거꾸로 뛰어듭지요.

주인님을 위해서라면 무슨 짓이라도 합지요.

바라바스 오 충직한 이타모어, 하인이 아닌 나의 친구!

여기에서 널 나의 유일한 상속자로 삼겠다.

내가 죽으면 내가 가진 모든 것은 네 것이다.

내가 살아 있는 동안은 반을 사용해라. 나처럼 마음대로 써라.

여기 내 열쇠들을 받아라—너에게 곧 그것들을 주겠다.

가서 옷을 사 입어라—너는 별로 원하지 않겠지만.

어쨌든 너는 그렇게 할 수 있다는 것을 알아두어라.

하지만 먼저 가서 저녁 식사를 위해서

불 위에 올려놓은 밥솥을 가져오너라.

이타모어 (방백) 주인님께서 배가 고프신 게 분명하군. 갑니다, 주인님.

(퇴장.)

바라바스 이렇게 모든 악당은 재물을 쫓거든.

부자가 되는 건 희망 사항일 뿐인데도 말이야.

하지만 쉿.

(이타모어가 솥을 가지고 등장.)

이타모어 여기 있습니다, 주인님.

바라바스 잘했다, 이타모어.

	아니, 국자도 함께 가지고 왔느냐?
이타모어	예, 주인님. 속담에 있길, 악마와 함께 먹는 자는 긴 수저가
	필요하다고 했습니다. 그래서 소인이 국자를 가져왔습죠.
바라바스	아주 잘했다. 이타모어, 그럼 이제 비밀을 지키거라.
	그리고 내가 극진히 사랑하는 너를 위해
	아비게일이 죽는 것을 보게 될 거다.
	네가 자유롭게 나의 상속자가 될 수 있도록 말이다.
이타모어	저런, 주인님, 쌀죽으로 그녀를 독살하실 작정이세요?
	쌀죽은 생명을 보존하고, 그녀를 통통하게 살찌게 만들고,
	주인님 생각보다 더 많은 영양분을 공급해줄 텐데요.
바라바스	그래, 하지만 이타모어, 이게 보이느냐? (독약을 꺼낸다.)
	이건 예전에 안코나[41]에서
	한 이탈리아인에게서 산 귀한 독약 가루다.
	이 약은 몸을 굳게 하고, 감염시키며,
	깊숙이 독을 퍼뜨리지. 하지만 독을 먹은 후
	40시간 동안은 증상이 나타나지 않는다.
이타모어	어떻게 하실 건데요, 주인님?
바라바스	이렇게 하는 거다, 이타모어.
	오늘 밤 이곳 몰타에서는 한 가지 관습이 행해진다.
	(소위 성 야코보의 밤이라고 하지.) 그리고 그때,
	사람들은 자신들의 정성을 수녀원으로 보내지.
	다른 것들 속에 이것을 가져가서, 거기에 놓아라.

---

41 아드리아 해에 접한 이탈리아의 항구 도시. 16세기 초반에 이곳은 다른 곳과는 달리 유대인들에게 관대하여 유대인 공동체가 번성했던 것으로 알려져 있다. 하지만 카라파 추기경이 교황 바오로 4세가 된 1555년에, 그의 지시에 따라 안코나에 있는 모든 유대인들은 강제로 개종당했고, 이단이라 하여 화형당했고, 추방당했다.

수녀들이 자선품을 받아들이는 어두운 입구가 있어.

거기에서 수녀들은 전달자를 보아서도 안 되고,

누가 그것들을 보냈는지 물어서도 안 되는 거야.

이타모어   그래서 어떻게?

바라바스   아마도 거기에는 어떤 의식이 있는 거 같다.

이타모어 네가 그곳에 가서 이 솥을 바치거라.

잠깐, 먼저 양념을 쳐야지.

이타모어   그러세요, 제가 도와드릴게요, 주인님. 먼저 소인이

맛을 보겠어요.

바라바스   그래라. (이타모어 맛을 본다.) 지금은 어떻느냐?

이타모어   주인님, 정말이지 이런 맛있는 죽을 망쳐야 하는 것이

싫은뎁쇼.

바라바스   (독을 넣는다.) 쉿, 이타모어, 그래도 남는 것보다는 낫다.

고기국을 배가 터지게 먹게 된다는 것을 잊지 마라.

내 지갑, 내 돈궤 그리고 나 자신도 너의 것이다.

이타모어   알겠습니다, 주인님. 갑니다.

바라바스   잠깐, 먼저 그걸 저어야겠다, 이타모어.

알렉산더 대왕이 한입 마시고 죽은 독배만큼이나[42]

이것이 그년에게 치명적이 될 거야.

그리고 보르지아의 포도주[43]가 그의 아비인 교황을

독살시킨 것처럼 그년에게도 작용할 수 있도록 하자.

요컨대 히드라의 피, 레르네의 독,

---

42 알렉산더 대왕은 기원전 323년에 바빌론에서 열병으로 죽었지만, 그의 죽음에 대한 다른 해석에 따르면 그의 추종자 안티페이터가 준비한 독배를 마시고 죽었다고도 한다.
43 16세기에 교황 알렉산드르 6세(로드리고 보르지아)는 그의 아들인 체자레 보르지아가 다른 희생자들을 죽이기 위해 준비한 독이 든 포도주를 잘못 마시고 죽은 것으로 널리 알려져 있었다.

헤본의 즙,[44] 그리고 코키투스의 입김,

그리고 스틱스 강의 모든 독들아,

그 뜨거운 지옥을 빠져나와 이 속에 너의

독액을 뿜어내어라. 그리고 마귀처럼 자신의 아버지를

떠난 그년을 독살시켜라.

이타모어 　(방백) *참 대단한 축복을 내리시는군! 쌀죽에 이렇게까지*
맛이 곁들여진 적이 있던가? 이젠 그걸 어떻게 할까요?

바라바스 　오 사랑스런 이타모어, 가서 내려놓고 오너라.

그리고 일을 마치자마자 곧 다시 오너라.

네가 해야 할 다른 일이 있으니 말이다.

이타모어 　플랑드르의 암말들[45]이 있는 마구간 전체를 독살할 수 있는 물약이

여기 있습죠. 소인이 이걸 즉시 수녀들에게 배달하겠습니다.

바라바스 　거기다가 말 유행병도 같이 옮기기를. 가거라.

이타모어 　갑니다.

보수나 주십시오. 일은 끝낸 거나 마찬가지니까요. (솥을 들고 퇴장.)

바라바스 　단단히 보상을 해주마, 이타모어. 　　　　　　　　　(퇴장.)

〈제5장〉

(페르네즈, 마틴 델 보스코, 기사들, 터키의 장수 등장.)

---

44 셰익스피어의 「햄릿」에서 클로디어스가 선왕 햄릿을 독살하는 데 사용한 것으로 유령이 폭로하
는 독즙.
45 다루기 힘든 말의 품종을 가리키는 표현이지만, 여기에서 이타모어는 매우 음탕한 여자들, 즉 수
녀들을 빗대어 말한 것이다.

페르네즈	어서 오시오, 훌륭하신 터키의 장수여, 칼리마스 님은 어떠시오?
	어떤 바람이 불어 이렇게 몰타까지 오시게 되었소?
장수	세계 곳곳을 다니면서도 황금을 탐하는
	바람이지요.
페르네즈	황금을 바라신다고요?
	황금은 서인도에서 얻을 수 있는 것이지요.
	몰타에는 금광이 없답니다.
장수	칼리마스 님께서 몰타의 총독께 이렇게 말씀하십니다.
	총독께서 청한 유예 기간이 다하고
	약속을 이행할 날이 다가왔으니,
	공물을 받으러 나를 보내신다고요.
페르네즈	간단히 말하자면, 당신이 이곳에서 받아 갈 공물은 없소.
	또한 이교도들이 우리를 약탈하여 살게 하지도 않겠소.
	우리 스스로 먼저 도시의 성벽들을 허물고,
	섬을 황폐하게 하며, 성전들을 무너뜨리고,
	우리의 재산을 시칠리아로 옮기며,
	파괴적인 바다를 향한 길을 열어놓을 것이오.
	그러면 꼼짝 않는 제방을 부딪치는 커다란 파도가
	썰물과 함께 그 위에 넘쳐흐르게 될 것이오.
장수	좋소, 총독, 당신이 약속한 공물을
	분명하게 거부하여 동맹을 깨뜨렸으니,
	스스로 성벽을 허문다는 말은 하지 마시오.
	당신들 스스로 그렇게 수고할 필요가 없을 것이오.
	셀림칼리마스 님께서 몸소 오시어
	놋쇠로 만든 포탄들로 당신의 탑들을 무너뜨리고,

당신의 이 용납할 수 없는 잘못 때문에

거만한 몰타를 횡무지로 만들어버리실 것이오.

그럼 잘 있으시오.

페르네즈　잘 가시오.　　　　　　　　　　　　　　(장수 퇴장.)

자, 몰타의 병사들이여, 주위를 살펴보고

칼리마스를 환영할 준비를 하자.

쇠살문을 내려 닫고, 대포를 장전하라.

그리고 그대들이 이익을 위해 무기를 들듯이,

이제 용감하게 그들과 맞서라.

이번 응답으로 동맹은 깨졌으며,

전쟁 외에는 방법이 없고,

전쟁만이 우리가 바라는 것이다.　　　　　　(퇴장.)

〈제6장〉

(자코모 수사와 베르나딘 수사 등장.)

자코모　오 형제님, 형제님, 수녀님들이 모두 아픕니다.

의술로도 고칠 수가 없고, 그들 모두 죽을 겁니다.

베르나딘　수녀원장께서 고해를 하시려고 날 부르셨소.

오 얼마나 슬픈 고해가 이루어질 것인지!

자코모　아름다운 마리아께서도 나를 부르셨소.

그녀의 숙소로 가야겠소. 이 주변에 그녀가 누워 있소.　(퇴장.)

(아비게일 등장.)

베르나딘   아니, 아비게일만 빼고 모두 죽었는가?

아비게일   저도 죽을 거예요. 죽음이 다가오는 걸 느끼니까요.

              저와 말씀을 나누었던 수사님은 어디 계시나요?

베르나딘   오, 그는 다른 수녀들을 만나러 갔소.

아비게일   그분을 부르러 보냈지만, 당신께서 오셨으니,

              당신께서 저의 고해 신부가 되어주세요. 그리고 먼저,

              이 집 안에서 제가 죄를 회개하면서

              경건하게, 순결하게 살았음을 알아주세요.

              하지만 제가 이곳에 오기 전에—

베르나딘   오기 전에, 뭡니까?

아비게일   저는 하늘에 너무나 큰 죄를 범해

              거의 구원을 받을 희망이 없어요.

              그리고 무엇보다도 한 가지 잘못이 저를 더 괴롭힙니다.

              마티아스와 돈 로도윅을 알고 계시죠?

베르나딘   그렇소, 그들이 어떻다는 겁니까?

아비게일   제 아버지가 저를 그들 두 사람에게 약혼시켰어요.

              처음에는 돈 로도윅에게—저는 그분을 결코 사랑하지 않았어요.

              제가 사랑했던 분은 마티아스였어요.

              그분을 위해서 저는 수녀가 되었어요.

베르나딘   그래서요. 그들이 어떻게 해서 죽었는지 말해보시오.

아비게일   두 분 다, 저의 사랑을 질투해서, 서로를 시기했어요.

              그리고 제 아버지의 술책에 의해서, 거기에 대략

              써 있는 대로, 두 사람 다 죽임을 당했어요.   (쪽지를 준다.)

베르나딘 오 이런 끔찍한 짓이!

아비게일 죄 사함을 받기 위해서 이것을 당신께 고백합니다.

　　　　이걸 누설하지 마세요. 그렇게 되면 제 아버지는 죽습니다.

베르나딘 고해가 발설돼서는 안 된다는 것은 알고 있소.

　　　　교회법이 그걸 금하고 있지요.

　　　　그걸 발설하는 사제는 먼저 사제의 지위를 잃고,

　　　　죄를 선고받고, 화형을 당하지요.

아비게일 저도 그렇게 들었습니다. 그러니 비밀을 단단히 지켜주세요.

　　　　죽음이 심장을 덮치는구나. 아, 상냥하신 수사님,

　　　　제 아버지가 구원받을 수 있도록 그를 개종시켜주세요.

　　　　그리고 제가 기독교도로 죽는 것을 지켜봐주세요.　　　　(죽는다.)

베르나딘 그래, 그것도 순결한 처녀로. 그것이 가장 가슴 아프군.

　　　　하지만 그 유대인에게 가서 그자를 혼내주고,

　　　　그자가 나를 두려워하도록 만들어야겠어.

(자코모 수사 등장.)

자코모　　오 형제님, 수녀들이 모두 죽었소. 그들을 매장합시다.

베르나딘 먼저 이 시체를 묻는 걸 도와주시오. 그리고 나서

　　　　나와 함께 가서 그 유대인을 혼내주는 걸 도와주시오.

자코모　　아니, 그가 무슨 짓을 했습니까?

베르나딘 밝히는 게 두려울 정도의 짓이오.

자코모　　아니, 그가 어린이를 십자가에 못박았나요?[46]

---

46 유대인들이 흔히 범한다고 얘기되던 잔인한 행위 중의 하나이다. 즉 유대인들이 예수의 십자가 고행을 조롱하기 위해 어린 기독교도 아이들을 유괴하여 십자가에 못박았다는 이야기가 있었다.

베르나딘　아니오, 하지만 더 나쁜 짓이오. 이건 고해를 통해 들은 말이오.

아시다시피 그걸 발설하면 죽습니다.

자, 가봅시다.　　　　　　　　　　　　　(시체를 메고 함께 퇴장.)

제4막

〈제1장〉

(바라바스와 이타모어 등장, 안에서 조종이 울린다.)

바라바스　기독교도의 조종 소리에 비교할 만한 음악은 없지.

다른 때는 땜장이들의 냄비 두들기는 소리처럼 들리더니

저 종소리가 얼마나 달콤하게 들리는가! 이제 수녀들은 죽었다.

독이 효험이 없을까 봐 걱정이 되었지.

또 효험이 있더라도, 소용이 없을 수도 있었을 테니까.

매년 임신을 하고서도 끄떡 없이 살았으니 말이야.

이젠 모두 다 죽었어. 한 명도 살아 있지 않아.

이타모어　훌륭하세요, 주인님. 하지만 이게 알려지지 않을 거라고 생각하시나

요?

바라바스　우리 두 사람이 비밀을 지키면 어떻게 알려지겠느냐?

이타모어　주인님은 제 걱정은 하지 않으시는군요.

바라바스　만약 걱정이 된다면 네 혀를 잘라버릴 것이다.

이타모어　당연히 그러셔야죠.

하지만 이곳 가까운 곳에 수도원이 있습죠.

주인님, 제가 수도승들을 모두 독살하게 해주십시오.

바라바스   그럴 필요 없다. 이제 수녀들이 모두 죽었으니,

슬픔 때문에 그들도 모두 죽을 것이다.

이타모어   주인님은 따님의 죽음이 슬프지 않으세요?

바라바스   아니, 오히려 그년이 그렇게 오래 산 것이 애통스럽다.

유대인으로 태어나서, 기독교도가 되다니!

악당, 마귀년 같으니!

(자코모 수사와 베르나딘 수사 등장.)

이타모어   보세요, 보세요, 주인님, 두 기생충 성직자가 이리로 옵니다.

바라바스   그들이 오기 전에 나도 냄새를 맡았다.

이타모어   (방백) 고맙구나, 코야. 자, 자리를 피하시지요.

베르나딘   잠깐만, 사악한 유대인. 회개하고 기다려라.

자코모   너는 죄를 범했으니, 저주를 받아야 한다.

바라바스   (이타모어에게 방백) 우리가 독이 든 죽을 보낸 것을 아는 모양이다.

이타모어   저도 그런 생각이 드네요, 주인님. 그러니 그들을 공손히 대하세요.

베르나딘   바라바스, 네가 한 짓은—

자코모   그래, 네가 한 짓은—

바라바스   맞습니다. 제가 한 짓은 돈 버는 일입죠. 그게 어쨌다는 겁니까?

베르나딘   너는—

자코모   그래, 너는—

바라바스   무엇 때문에 그러십니까? 저도 제가 유대인이라는 걸 압니다.

베르나딘   네 딸은—

자코모	그래, 네 딸은—
바라바스	오 그년에 대해서 말하지 마십시오. 그럼 전 슬퍼서 죽습니다.
베르나딘	그걸 기억해라—
자코모	그래, 그걸 기억해라—[47]
바라바스	제가 굉장한 고리대금업자였다는 건 말씀드려야겠군요.
베르나딘	네가 저질렀잖아—
바라바스	간통 말입니까?

바라바스 하지만 그건 다른 나라에 있을 때였습죠.

그리고 게다가, 그 여잔 죽었는뎁쇼.

베르나딘	그래, 하지만 바라바스, 마티아스와 돈 로도윅을 기억해라.
바라바스	아니, 그들이 어떻다는 겁니까?
베르나딘	그들이 가짜 도전장 때문에 만났다고는 말하지 않겠다.
바라바스	(방백) *그년이 고백했어, 그럼 우리 둘 다 끝장이야.*

제 비밀을 모두 아시는군요!—(방백) *하지만 속임수를 써야 해.*

오, 거룩한 수사님들, 제가 지은 죄악들이

제 영혼을 무겁게 짓누릅니다. 제발 말씀해주십시오.

지금 기독교도가 되면 너무 늦지 않습니까?

전 지금까지 유대교 신앙에 열심이었습니다.

가난한 사람들에게 냉혹한 자, 돈을 위해서라면

제 영혼이라도 팔아버렸을 비참한 자였습니다.

원금 백 원에 이자 백 원을 챙겼으니,

쌓아놓은 재산으로 말하자면 몰타에 있는 유대인 모두를

---

47 이렇게 베르나딘 수사가 말을 잇지 못하는 것은 아비게일의 고해 성사를 발설하지 않으려는 것이고, 자코모 수사는 바라바스의 죄가 구체적으로 무엇인지 모르기 때문에 베르나딘의 말을 따라 할 뿐이다.

합쳐도 그보다 못하지 않습죠. 하지만 재물이 무슨 소용입니까?

전 유대인입니다. 그러니 구원을 받지 못합니다.

참회로 제 죄를 씻을 수만 있다면,

죽을 때까지 제 자신을 채찍질할 수도 있으련만—

이타모어 저도 그럴 수 있습지요. 하지만 참회로는 안 될 텐데—

바라바스 금식하고, 기도하고, 털로 짠 셔츠를 입고,

예루살렘까지 무릎으로 기어가겠어요.

포도주 저장실, 밀을 가득 쌓아둔 다락,

향료와 약품들로 채워진 창고들,

금화와 순금 덩어리로 가득 찬 금궤들,

그밖에도 얼마나 많은 양의 둥글고 질 좋은

동양의 진주들이 제 집에 쌓여 있는지 모릅니다.

알렉산드리아에는 아직 팔지 않은 물건들이 있죠.

하지만 어제 배 두 척이 이곳을 떠났는데,

그 항해는 만 크라운은 벌어들일 겁니다.

피렌체, 베네치아, 안트베르펜, 런던, 세빌리야,

프랑크푸르트, 뤼베크, 모스크바 등 어디든지

제가 받을 빚이 있고, 이들 대부분의 지역에

엄청난 금액의 돈이 은행에 저축되어 있습니다.

이 모든 것을 어떤 수도원에 바치겠습니다.

제가 세례를 받고 그곳에서 살 수 있도록 말입니다.

자코모 오 훌륭한 바라바스, 우리 수도원으로 오시오.

베르나딘 오 아니오, 훌륭한 바라바스, 우리 수도원으로 오시오!

그리고 바라바스, 당신도 알다시피—

바라바스 (베르나딘에게) 제가 큰 죄를 지었다는 것은 압니다.

304

수사님께서 절 개종시키고, 제 모든 재산을 갖게 될 겁니다.

자코모　오 바라바스, 그들의 규율은 엄격하다오.

바라바스　(자코모에게) 알고 있습니다. 그러니 당신 수도원에 있겠어요.

베르나딘　그들은 셔츠도 입지 않고, 맨발로 다닌다오.

바라바스　(베르나딘에게) 그렇다면 제겐 맞지 않군요. 전 결심했습니다.
　　　　　당신께서 절 개종시키고, 제 재산을 모두 가지십시오.

자코모　훌륭한 바라바스, 내게 오시오.

바라바스　(베르나딘에게) 제가 그에게 대답하는 걸 보셨지요. 그런데도 그가
　　　　　가질 않는군요. 그를 쫓아버리세요. 그리고 저와 함께 집으로 가시지요.

베르나딘　오늘 밤에 당신에게 가겠소.

바라바스　(자코모에게) 오늘 밤 한 시에 제 집으로 오세요.

자코모　(베르나딘에게) 대답을 들었을 테니, 이젠 가보시오.

베르나딘　왜, 당신이나 가시오.

자코모　당신의 명령을 듣고 가지는 않겠소.

베르나딘　가지 않겠다고? 그럼 가게 만들어주지, 악당 같으니.

자코모　뭐라, 날 악당이라고 불러?　　　　　　　　　　(서로 싸운다.)

이타모어　그들을 떼어놓으세요, 주인님, 떼어놓으세요.

바라바스　이런 약한 모습을 보이시다니. 형제님들, 안심하십시오.
　　　　　베르나딘 수사님, 이타모어와 함께 가십시오.
　　　　　제 마음을 잘 아시지요. 저 사람은 제가 처리하겠습니다.

자코모　왜 그가 당신 집에 가는 거지? 그를 쫓아버리시오.

바라바스　그에게 뭔가 주어서 입을 막으려는 겁니다.

　　　　　　　　　　　　　　　　　(이타모어와 베르나딘 수사 퇴장.)

저 사람 외에는 누구도 도미니크 수도회를
헐뜯는 것을 들어본 적이 없습니다.

그런데 제가 그의 말을 믿는다고 생각하십니까?

아니, 형제님, 당신께서 아비세일을 개종시키셨습니다.

전 그걸 보답하기 위해 자선금을 내지 않을 수 없습니다.

그리고 그렇게 하겠습니다—오 자코모, 꼭 오십시오!

자코모   하지만 바라바스, 누구를 당신의 대부로 하겠소?

즉시 고해 성사를 해야 할 테니 말이오.

바라바스   걱정 마세요, 그 터키인[48]을 제 대부의 한 사람으로 삼겠습니다.

하지만 수도원의 누구에게도 발설하지 마십시오.

자코모   분명히 그렇게 하리다, 바라바스.   (퇴장.)

바라바스   이제 걱정은 지나갔고, 나는 안전하다.

딸년의 고해를 들은 자가 내 집 안에 있으니 말이야.

자코모가 오기 전에 내가 그를 살해하면 어떨까?

지금 내겐 두 사람의 생명을 빼앗기 위한, 유대인도

기독교도도 들어본 적이 없는, 그런 계획이 있어.

한 명은 내 딸을 개종시켰으니 죽어 마땅하고,

다른 한 명은 내 생명을 위태롭게 할 정도로 많이

알고 있으니, 그자가 살아서는 안 되는 거지.

하지만 이 똑똑한 두 사람이 내가 내 집, 내 재물,

모든 것을 버리고, 단식을 하고 기꺼이 채찍질을

당할 거라고는 생각지 않겠지? 난 그런 짓은 하지 않아.

자, 베르나딘 수사, 내가 당신에게 간다.

내 당신을 환대하고, 숙소를 제공하고, 달콤한 말을 들려주지.

그리고 그후에, 나와 나의 충직한 터키인이—

---

48 이타모어를 말한다.

더 이상 소란 없이 일을 끝내야지.

(이타모어 등장.)

이타모어, 말해라, 수사가 잠들었느냐?

이타모어   그렇습니다, 이유는 모르겠지만,

제가 아무리 해도 옷을 벗으려고 하지도 않고,

침대로 가지도 않고, 옷을 입은 채로 잠들었습니다.

그가 우리의 의도를 의심하는 거나 아닌지 걱정입니다.

바라바스   아니다, 그건 수사들의 관습이다.

하지만 만약 그가 우리의 의도를 안다면, 도망칠 수 있을까?

이타모어   아닙죠, 그가 아무리 크게 소리를 질러도 아무도 들을 수 없습죠.

바라바스   그래, 맞다. 그래서 내가 그를 그곳으로 보냈지.

다른 방들은 거리를 향해 트여 있어.

이타모어   꾸물거리십니다, 주인님. 무엇 때문에 이렇게 기다리지요?

오, 그자가 숨이 끊어지는 걸 얼마나 보고 싶은지!

(커튼을 열고 베르나딘이 잠든 모습을 보여준다.)

바라바스   자아, 애야.

허리띠를 끌러, 멋진 올가미를 만들어라.

수사야, 일어나라!   (올가미를 그의 목에 건다.)

베르나딘   아니, 날 목 졸라 죽일 작정이냐?

이타모어   그래, 당신이 고해를 듣는 짓을 하니까.

바라바스   우리를 탓하지 말고, "고백하고 교수당하라"는 속담을 원망해라.

세게 끌어당겨라.

베르나딘   아니, 정말 날 죽일 셈이냐?

바라바스   세게 당기라고 하잖아! 당신은 내 재산을 가질 수도 있었지.

이타모어   그렇습죠, 우리 생명도 함께 말입니다. 그러니 힘껏 낭기세요.

(그들이 그를 질식시킨다.)

깔끔하게 처리됐습니다, 주인님. 올가미 자국도 없어요.

바라바스   그럼 제대로 되었구나. 그를 들쳐 메어라.

이타모어   아닙니다, 주인님. 잠깐만 제 말대로 해보시지요.

(시체를 일으켜 세운다.)

그를 자신의 지팡이에 기대어 서게 하지요. 훌륭해, 마치

베이컨을 구걸하는 것처럼 서 있군 그래.

바라바스   누가 이 수사가 죽었다고 생각하겠느냐?

지금이 밤 몇 시지, 사랑스런 이타모어?

이타모어   한 시가 되어갑니다.

바라바스   그럼 자코모가 여기에서 멀리 있지 않겠구나.   (함께 퇴장.)

(자코모 수사 등장.)

자코모   지금이 바로 내가 성공을 얻을 시간이구나.

오 행복한 시간이여,

이제 나는 한 이교도를 개종시키고,

그의 재산을 내 보물 창고에 가져올 것이다!

하지만 가만, 이자는 베르나딘이 아닌가? 맞군.

내가 이리로 올 거라는 걸 알고서,

내게 뭔가 나쁜 짓을 하려고 일부러 여기 서서,

유대인에게 가는 것을 방해하는군.

베르나딘!

대답하지 않을 테냐? 널 보지 못할 거라 생각하는 모양인데.

지나갈 수 있도록 비켜줬으면 좋겠어.

아니, 비키지 않겠다고? 오냐, 그럼 완력으로라도 지나가겠다.

마침 지팡이 하나가 보이는군.

날 막고 싶은 모양이지만, 지금은 안 돼.

(베르나딘을 친다. 그가 쓰러진다.)

(바라바스와 이타모어 등장.)

바라바스	아니, 어떻게 된 거요, 자코모 수사, 무슨 짓을 한 겁니까?
자코모	아니, 날 때리려 한 자를 때린 것뿐이오.
바라바스	이게 누구지? 베르나딘? 아이고, 그가 죽었어!
이타모어	맞습니다, 주인님. 죽었어요. 그의 코가 머리에서 떨어져 나간 걸 좀 보세요.
자코모	여보시오들, 내가 한 짓이오. 하지만 당신들 두 사람 외에는 아무도 그걸 모르니, 날 좀 살려주시오.
바라바스	그럼 내 하인과 나도 공범으로 당신과 함께 교수형 당하겠군요.
이타모어	안 됩니다, 그를 재판관에게 끌고 가시지요.
자코모	선한 바라바스, 날 가게 해주시오.
바라바스	안 됩니다, 용서하십시오. 법률은 지켜야만 합니다. 저는 이 베르나딘 수사가 기독교도가 되라고 끈질기게 졸라대서, 그를 쫓아냈고, 저기에 그가 앉아 있었다는 증거를 제출해야만 합니다. 지금 전 약속을 지켜 제 재산과 물건들을 당신 수도원에 바치려고 이렇게 일찍

일어났고, 당신이 지체를 했기 때문에,

수도원으로 갈 작정이었죠.

이타모어 쳇, 주인님, 거룩한 수사들이 악마로 변해서 서로를

죽이는데, 기독교도가 되시겠습니까?

바라바스 아니다. 이번 일 때문에 나는 유대인으로 남겠다.

하느님이 날 축복하시길! 아니, 수사가 살인자라니!

유대인이 그런 짓을 저지르는 걸 언제 보겠느냐?

이타모어 터키인도 그 이상은 범할 수 없을 겁니다.

바라바스 내일은 법정이 열리는 날이다. 당신은 거기에 출두해야 합니다.

가자, 이타모어, 이곳에서 그를 끌고 가는 것을 돕자.

자코모 악당들, 나는 거룩한 수사다. 내게 손대지 마라.

바라바스 법률이 당신을 처리할 겁니다. 우린 단지 당신을 인도하는 거지요.

아, 당신의 불행에 눈물을 흘리지 않을 수 없군요.

그 지팡이도 가지고 가지요. 그것도 보여드려야 하니까요.

법률은 증거 하나하나가 모두 분명히 드러나길 원하니 말입니다.

(함께 퇴장.)

〈제2장〉

(벨라미라와 필리아보르자 등장.)

벨라미라 필리아보르자, 이타모어를 만났나요?

필리아 만났지.

벨라미라 그럼 내 편지를 전했어요?

필리아	전했지.
벨라미라	그럼 어떻게 생각하세요, 그가 올까요?
필리아	그렇게 생각해. 정확히 알 수는 없지만, 편지를 읽을 때
	마치 딴 세상 사람처럼 보였으니 말이야.
벨라미라	왜 그렇죠?
필리아	그자처럼 천한 노예가 나처럼 키 큰 남자를 통해
	당신처럼 아름다운 여자로부터 인사를 받았으니
	그렇지.
벨라미라	그가 뭐라고 했어요?
필리아	그럴듯한 말은 한마디도 없이 그저 고개만 끄떡거리더군.
	마치 "아 그렇습니까?"라고 말하는 작자처럼 말이야.
	그래서 내 무서운 얼굴을 보고 당황해하는 그자를
	떠나 왔지.
벨라미라	어디서 그를 만났어요?
필리아	내 관할 구역이지, 교수대로부터 40피트 떨어지지 않은 곳에서,
	면죄시를 외우면서 한 수사가 처형당하는 걸 보고 있더군.
	그래서 내가 그 수사에게 "오늘은 네 차례, 내일은 내 차례"라는
	옛 교수형 격언으로 인사를 했어. 그리고 그자를 교수형
	집행인에게 맡겨버렸지. 하지만 집행이 끝났으니, 봐 저기
	그가 오는군.

(이타모어 등장.)

이타모어	나는 지금까지 이 수사처럼 죽음을 묵묵하게 받아들이는 자를 본 적
	이 없어. 그는 교수 밧줄이 목에 닿기도 전에 세상을 하직할 준비가 되

어 있었지. 사형 집행인이 올가미를 씌웠을 때, 그는 마치 구제해야 할
또 다른 영혼이 있는 것처럼 열심히 기도를 했지. 좋아, 그가 이디로 가
건, 서둘러 그를 따라가진 않겠어. 그런데 이제야 생각이 나는데, 처형
장에 갈 때, 까마귀 날개처럼 생긴 콧수염을 달고, 탕파처럼 생긴 손잡
이가 달린 칼을 가진 어떤 친구를 만났지. 그가 내게 벨라미라라는 아
가씨가 보낸 편지를 주었는데, 마치 내 신발을 자신의 입술로라도 깨끗
이 닦으려는 듯한 태도로 내게 인사했지. 편지의 내용인즉, 나보고 그
녀의 집으로 오라는 거야. 이유는 모르겠어. 아마도 그 여자가 나도 알
지 못하는 매력을 내게서 발견했는지도 몰라. 나를 처음 본 순간부터
나를 사랑하게 되었다고 썼으니 말이야. 그러니 누가 그런 사랑에 보답
하려 하지 않겠어? 여기가 그녀 집이야, 그녀가 이리로 오는군. 자리를
피할 수 있으면 좋을 텐데. 난 그녀를 바라볼 주제가 못 돼.

필리아 이분이 당신이 편지를 보낸 그 귀족이시오.

이타모어 (방백) *귀족이라고? 저자가 날 놀리는군. 나 같은 보잘것없는*
터키인에게 무슨 귀티가 흐르겠어? 가야겠군.

벨라미라 정말 멋진 젊은이 아니에요, 필리아?

이타모어 (방백) *또, 멋진 젊은이라! 이보시오, 당신이 멋진 젊은이에게*
편지를 가져오지 않았소?

필리아 그랬습죠, 나리. 저나 나머지 식솔들처럼 나리의 명령에
순종하는 이 귀부인께서 보낸 것입죠.

벨라미라 여성이기에 정숙함을 지켜야 하겠지만,
더 이상 억제할 수가 없습니다. 잘 오셨어요, 낭군님.

이타모어 (방백) *아이고 이거 완전히 길을 잘못 들었군.*

벨라미라 어디를 그렇게 급히 가세요?

이타모어 (방백) *주인님께서 돈을 좀 훔쳐서 몸단장을 해야겠어.*

—용서하시오. 난 가서 배에서 짐 내리는 것을
지켜봐야 하오.

벨라미라 이렇게 무정하게 절 떠나실 수 있어요?

필리아 그녀가 나리를 얼마나 사랑하는지 알기만 하신다면!

이타모어 아니, 그녀가 나를 얼마나 많이 사랑하는지는 중요하지 않아.
사랑스런 벨라미라, 당신을 위해 주인님 재산이 내 것이면 좋을 것을.

필리아 나리께서 원하면 가지실 수 있습죠.

이타모어 만약 그것이 땅 위에만 있으면 내가 훔칠 수 있을 거야. 하지만
마치 자고 새가 알을 숨기듯이 그는 재물을 땅 밑에 묻어서
숨긴다네.

필리아 그럼 그걸 찾아내는 것이 불가능한가요?

이타모어 도저히 불가능해.

벨라미라 (필리아에게 방백) 그럼, 이 천한 악당놈을 어떻게 하지?

필리아 *내게 맡기고, 넌 그를 다정하게 대해.*
하지만 나리께서는 그 유대인의 비밀들을 알고 계시겠죠.
만약 밝혀지면 그가 해를 당할 그런 비밀 말입니다.

이타모어 그래, 예를 들면—아니, 그만두지. 그가 재산의 반을 내게
보내도록 만들겠어. 그도 죄를 면해서 즐거울 거야. 펜과 잉크를
가져와! 그에게 편지를 쓰겠다. 곧 돈을 갖게 될 거야.

필리아 적어도 백 크라운은 보내라고 하세요.

이타모어 백만 크라운이지. (편지를 쓴다.) '바라바스
주인님—'

필리아 그렇게 유순하게 쓰지 마시고, 협박조로 쓰세요.

이타모어 '이놈 바라바스, 내게 백 크라운을 보내라.'

필리아 적어도 2백 크라운은 더 추가하세요.

이타모어	'명령하건대, 이 편지를 전하는 자를 통해 내게 3백 크라운을
	보내라. 이것이 니의 지불 명령서가 될 것이다. 만약 보내지 않으면,
	그걸로 그만이지.'
필리아	사실을 고백하겠다고 쓰세요.
이타모어	'그렇지 않으면 모든 걸 고백하겠다.' 가거라, 그리고 즉시
	돌아와라.
필리아	제게 맡기세요. 유대인 대접을 해줄 테니까요. (퇴장.)
이타모어	유대놈을 목매달아라!
벨라미라	자, 고귀하신 이타모어, 제 무릎에 누우세요.
	하녀들은 어디 있느냐? 연회를 준비해라.
	상인에게 가서 비단을 가져오라고 일러라.
	내 사랑 이타모어 님께서 이런 누더기를 입어야겠느냐?
이타모어	보석상도 이리로 오라고 일러라.
벨라미라	전 남편이 없어요. 귀여운 분, 당신과 결혼하겠어요.
이타모어	좋소, 하지만 우린 이 보잘것없는 땅을 떠나
	그리스, 아름다운 그리스로 항해할 것이오.
	난 그대의 이아손, 그대는 나의 황금 양털이 될 것이오.
	초원 위에는 형형색색의 꽃과 식물들이 펼쳐져 있고,
	디오니소스 신의 포도원이 주변을 온통 뒤덮고,
	나무들과 숲은 멋진 초록빛을 뽐내는 그곳에서
	나는 아도니스가 되고, 그대는 사랑의 여왕이 될 것이오.
	초원들, 과수원들 그리고 앵초꽃길들이
	사초와 갈대 대신에 사탕수수 열매를 맺소.
	하늘에 계신 하데스 신의 뜻에 따라, 그 과수원들 속에서
	그대는 나와 함께 살며 내 사랑이 될 것이오.

(필리아보르자 등장.)

이타모어　어떻게 되었느냐? 돈을 받았느냐?

필리아　받았습니다.

이타모어　하지만 그렇게 쉽게 얻다니, 그 젖소가 젖을 아끼지 않고
　　　　내어주더냐?

필리아　편지를 읽고 나서 그자는 노려보며 발을 구르고,
　　　　옆으로 돌아섰습죠. 전 그자의 턱수염을 잡고 이렇게 내려보면서
　　　　돈을 보내는 게 최선이라고 말을 했습죠. 그때 그자가
　　　　저를 껴안고 포옹을 했답니다.

이타모어　좋아서가 아니라 두려움 때문이었겠지.

필리아　그 다음에 그자는 유대인 특유의 비아냥거리는 웃음을 터트렸죠.
　　　　그리고 나리 때문에 저를 사랑한다고 말했습니다. 나리가
　　　　참으로 충직한 하인이었다고 말입죠.

이타모어　나를 이 따위로 대우하고서도 정말 뻔뻔스럽군. 정말 멋진
　　　　옷이지, 안 그렇느냐?

필리아　사실은 그자가 제게 10크라운을 주었습니다.

이타모어　겨우 10크라운이라고? 그자에게 푼돈도 남겨두지 않겠어.
　　　　종이를 많이 다오. 그걸로 우리는 황금 왕국을 얻게 될 것이다.

필리아　5백 크라운을 보내라고 쓰십시오.

이타모어　(쓴다.) '유대인 놈아, 목숨이 아깝거든 5백 크라운을
　　　　보내어라. 그리고 편지 전달자에게 백 크라운을 주어라.'
　　　　그에게 내 뜻을 분명히 전해라.

필리아　나리께 그 돈을 분명히 가져다드리겠습니다.

이타모어	만약 그자가 왜 그렇게 많이 요구하느냐고 묻거든, 난
	백 크라운 징도로 편지를 쓰는 것은 수치로 어긴다고 해라.
필리아	나리는 훌륭한 시인이십니다. 다녀오겠습니다. (퇴장.)
이타모어	돈을 받으시오. 나를 위해 돈을 써주시오.
벨라미라	제가 소중히 여기는 건 당신의 돈이 아니라 바로 당신이에요.
	벨라미라는 돈은 이렇게 아끼지만— (돈을 옆으로 치운다.)
	당신을 이렇게 아낀답니다. (그에게 키스한다.)
이타모어	그 키스를 다시 한 번! (방백) 그녀는 내 입술을 홀려놓는군.
	그녀가 나를 처다보는 눈을 보아! 마치 별처럼 반짝이는군.
벨라미라	자, 내 사랑, 안으로 들어가 함께 자요.
이타모어	오 한 번의 잠에 만 번의 밤을 보내리니, 우리가 깨기 전에
	7년의 세월을 함께 잠들 수 있을 것이오!
벨라미라	오세요, 음탕한 분, 먼저 식사를 하고 다음에 주무세요. (함께 퇴장.)

〈제3장〉

(바라바스가 편지를 읽으면서 등장.)

바라바스	'바라바스, 내게 3백 크라운을 보내라.'
	순진한 바라바스, 오 그 사악한 창녀!
	그놈이 날 바라바스라고 부르진 않았었는데.
	'그렇지 않으면 고백하겠다.' 그래, 그렇게 되는군.
	하지만 그놈을 잡기만 하면, 모가지를 비틀어버리겠어!
	놈이 털이 텁수룩하고 누더기를 걸친 험상궂은 노예놈을 보냈어.

말을 할 때 기분 나쁜 턱수염을 끄집어내서,

귀 근처까지 두세 번 말아올리는 놈이야.

얼굴은 칼 가는 숫돌처럼 생겼고,

양손엔 벤 상처들이 있고, 손가락 몇 개는 완전히 잘렸어.

또 말을 할 때는 돼지처럼 툴툴거리며

생긴 것은 오직 사기나 속임수를 일삼는

놈처럼 보여. 그런 악당이

수많은 매춘부들의 기둥서방 노릇을 하지—

그런데 그런 놈에게 3백 크라운을 보내야 하다니!

좋아, 내가 바라는 건 그놈이 그곳에 영원히 머물지 않는 거야.

그놈이 오기만 하면— 오 그놈이 여기 있기만 하면 좋을 텐데!

(필리아보르자 등장.)

필리아   유대인, 돈을 더 받아야만 하겠다.

바라바스   아니, 얘기하신 액수가 모자라나요?

필리아   아니야, 하지만 3백 크라운으로는 그분이 만족하지 못해.

바라바스   그가 만족하지 못한다고요?

필리아   못한다네, 선생. 그러니 5백 크라운을 더 받아야만 하겠어.

바라바스   내 차라리—

필리아   오 흥분하지 말고, 돈을 보내는 게 좋을 거야. 봐,

여기 그분의 편지가 있어.

바라바스   사람을 보내는 것보다 그가 직접 오는 것이 낫지 않겠소?

그에게 와서 가져가라고 하시오. 당신에게 주라고 쓴

돈은 즉시 주겠소.

필리아	그렇지, 그리고 나머지 돈도. 그렇지 않으면—
바라바스	(방백) *이 악당을 없애버려야겠군.* 저와 식사를 함께
	하시지요. 성의껏 모시겠습니다. (방백) *독살시키는 거지.*
필리아	고맙지만 싫소. 돈을 주시겠소?
바라바스	줄 수 없소. 열쇠를 잃어버렸소.
필리아	오, 그런 문제라면 내가 자물쇠를 열어줄 수 있지.
바라바스	아니면 제 집무실 창문으로 기어올라갈 수 있겠죠?
	제 말뜻을 이해하실 겁니다.
필리아	충분히 알아. 그러니 네 집무실 얘기는 하지 말고,
	돈을 내봐. 아니면, 유대인, 널 교수형 시키는 것은
	내 손에 달렸다는 걸 알아둬라.
바라바스	(방백) *배신을 당했어.*
	제가 아끼는 건 5백 크라운이 아닙니다.
	돈은 아무래도 상관없습니다. 절 화나게 하는 건 이겁니다.
	제가 자기를 제 자신처럼 사랑하는 걸 아는 자가
	이런 오만한 태도로 편지를 쓰다니. 이보세요,
	아시다시피 전 자식이 없습니다. 이타모어 외에
	누구에게 제가 모든 재산을 물려주겠습니까?
필리아	말만 많고 돈은 내놓지 않는군. 돈을 내놔!
바라바스	그에게 아주 겸손하게 안부를 전해주시오.
	그리고 누구신지는 모르지만 당신의 훌륭하신 귀부인께도.
필리아	말해봐, 돈을 낼 거야?
바라바스	아이구, 여기 있습니다. (돈을 준다.)
	(방백) *오 저렇게 많은 금화를 주어야 하다니!*
	여기, 가져가시오. 기꺼이—

네놈이 교수형 당하는 것을 반드시 볼 것이다. 오, 사랑 때문에

목이 메는군. 이타모어처럼 사랑했던 하인은 없었어.

필리아   알겠소이다.

바라바스   언제 제 집에 오시겠습니까?

필리아   당신에게 손해를 주러 곧 가지. 잘 있으시오.   (퇴장.)

바라바스   흥, 만약 온다면 네가 당하는 거지, 악당놈아.

나처럼 고통을 당한 유대인이 있었던가?

누더기 넝마를 걸친 악당놈이 와서 3백 크라운을,

그리고 다음에는 5백 크라운을 요구해?

좋아, 놈들 모두를 없애버릴 방법을 찾아야겠어.

그것도 즉시. 그놈이 악의를 가지고 알고 있는 사실을

모두 말해버린다면, 나는 죽은 목숨이니 말이야

방법이 있어.

변장을 하고 그 노예놈을 만나서,

내 돈을 가지고 어떻게 흥청거리는지 봐야지.   (퇴장.)

〈제4장〉

(벨라미라, 이타모어, 필리아보르자 등장.)

벨라미라   맹세할게요, 낭군님, 그러니 쭉 들이켜세요.

이타모어   그러길 원하오? 그걸 시작합시다. 내 말 들리오?   (속삭인다.)

벨라미라   글쎄, 그렇게 할 거예요.

이타모어   그렇다면 모두 마셔버리겠소. 자 당신도 한잔.

벨라미라 글쎄, 전 한번 마시면 끝장을 보는 성격이에요.

이타모어 날 사랑한다면 한 방울도 남기지 마시오.

벨라미라 당신을 사랑하냐구요? 세 잔을 채워주세요.

이타모어 당신을 위해 세 잔하고도 50타를 축배하지.

필리아 대단해, 무장한 기사님 같다니까.

이타모어 이봐, 포도주를 가져와! 이래봬도 사나이다.

벨라미라 이제 유대인에게 갑시다.

이타모어 하, 유대인에게! 내게 돈을 보내는 게 좋을 거다.

필리아 그가 아무것도 보내지 않으면 어떻게 하실 거죠?

이타모어 아무 짓도 안 하지. 하지만 난 비밀을 알아. 그는 살인자야.

벨라미라 그가 그렇게 용감한 자인 줄은 몰랐어요.

이타모어 마티아스와 총독의 아들 알지? 그와 내가 둘을 죽였지.

하지만 손도 대지 않고 해치웠어.

필리아 오 그렇게 용감할 수가.

이타모어 내가 죽을 가져다가 수녀들을 독살시켰어. 그리고 그와 내가

올가미를 단단히 조여 수사 한 명을 질식시켜 죽였지.

벨라미라 당신들 두 사람 힘만으로?

이타모어 우리 두 사람이지. 그건 아무도 모르고, 나 자신을 위해서도

알려져서는 안 되지.

필리아 (벨라미라에게 방백) 총독에게 이 사실을 알려야겠어.

벨라미라 *그래야겠지. 하지만 먼저 돈을 더*

뜯어내자.

자, 점잖으신 이타모어. 제 무릎에 누우세요.

이타모어 조금씩 오래오래 사랑해줘. 풍악을 울려라.

내가 그대의 무릎에서 뒹구는 동안.

(변장한 바라바스가 류트를 들고 등장.)

벨라미라 프랑스 악사군요! 오세요, 솜씨를 들어봅시다.

바라바스 제 류트가 소리를 내려면 조율을 해야 합지요. 먼저, 팅, 팅.

이타모어 한잔하시겠소, 프랑스인? 건배합시다—염병할 놈의
          이 딸꾹질!

바라바스 감사합니다, 나으리.

벨라미라 필리아보르자, 그 악사에게 모자에 꽂혀 있는 꽃다발을
          내게 달라고 말 좀 해주세요.

필리아   이봐, 우리 아가씨께 네 꽃다발을 드려야겠다.

바라바스 말씀대로 합지요, 아가씨.   (꽃다발을 준다.)

벨라미라 이타모어 낭군님, 꽃들에서 정말 달콤한 향기가 나네요.

이타모어 내 사랑, 그대의 숨결과 같군. 바이올렛 꽃도 이와 같진 않지.

필리아   내 생각엔 그 꽃들이 접시꽃 같은 고약한 냄새를 풍기는데.

바라바스 (방백) 그래, 이제야 놈들 모두에게 복수를 했군.
          그 향기는 죽음의 향기였어. 내가 그걸 독향으로 만들었지.

이타모어 연주해라, 악사, 그렇지 않으면 류트 줄을
          잘라버리겠다.

바라바스 용서하십시오. 아직 조율이 되지 않습니다. 이제, 이제야
          모두 맞는군요.

이타모어 저자에게 1크라운을 줘라, 그리고 내게 포도주를 더 채워줘.

필리아   자 2크라운을 받아라. 연주해라.

바라바스 (방백) 저 악당이 얼마나 후하게 내 돈을 나에게 주는가.

필리아   손가락을 아주 잘 사용하는군.

바라바스   (방백) 내 돈을 훔쳐갈 때 네놈도 그랬지.

필리아   징말 빠르게 조율하는군.

바라바스   (방백) 내 창문에서 내 돈을 빼갈 때, 네놈은 더
      빨랐어.

벨라미라   악사 선생, 몰타에 오래 있었나요?

바라바스   두서너 달입죠, 아가씨.

이타모어   바라바스라고 하는 유대인을 모르느냐?

바라바스   매우 잘 압지요, 나리. 당신은 그 사람 하인 아닌가요?

필리아   하인이라구!

이타모어   난 그 촌놈을 경멸한다. 그자에게 그렇게 말해라.

바라바스   (방백) 그는 이미 그걸 알고 있다.

이타모어   그 유대인은 정말 이상한 놈이야. 절인 메뚜기와
      양념을 친 버섯을 먹고 살거든.

바라바스   (방백) 이런 나쁜 놈이 있나! 총독도 나처럼 먹지는 못해.

이타모어   그는 할례를 받은 이후로 깨끗한 셔츠를 입어본 적이 없지.

바라바스   (방백) 오 악당! 나는 하루에 두 번씩이나 갈아입는다.

이타모어   그가 쓰는 모자는 유다가 스스로 목을 매달았을 때,
      그 딱총나무 밑에 남겨둔 거지.

바라바스   (방백) 그 모자는 중국의 황제가 선물로 내게 보내준 거야.

필리아   놈이 기분이 상했네. 어딜 가는 거야, 악사?

바라바스   용서하십시오, 나리. 몸이 좋지를 않습니다.   (퇴장.)

필리아   잘 가거라, 악사. 유대인에게 편지를 한 통 더 쓰시지요.

벨라미라   제발, 낭군님, 한 번만 더, 엄하게 쓰세요.

이타모어   아니, 이번에는 말로 전달하겠어. 가서 네게 천 크라운을
      보내라고 말해라. 수녀들이 쌀을 좋아했다는 것과

베르나딘 수사가 옷을 입은 채로 잠을 잤다는 것—

어느 얘기나 효과가 있을 거야.

필리아 이젠 저도 그 내용을 아니까, 제가 알아서 족치겠습니다.

이타모어 그 내용은 한가지야. 자, 안으로 들어가자.

유대인을 파멸시키는 건 자비를 베푸는 거지, 죄가 아니야.

(함께 퇴장.)

제5막

〈제1장〉

(페르네즈, 기사들, 마틴 델 보스코, 관리들 등장.)

페르네즈 자, 여러분, 무장을 하시오.

몰타가 잘 방어되는지 지켜보시오.

여러분은 결심을 단단히 해야 합니다.

아주 오랫동안 우리 주변을 맴돌던 칼리마스가

우리를 삼키든가, 아니면 성벽 앞에서 죽을 것이기 때문이오.

기사 1 그는 죽게 될 겁니다. 우리는 항복하지 않을 테니까요.

(벨라미라와 필리아보르자 등장.)

벨라미라 오, 저희를 총독님께 데려다주세요.

페르네즈   그녀를 물리쳐라. 그 여자는 창녀다.

벨라미라   하지만 총독님, 세가 누구이건 간에 제 말을 들어주세요.
          누가 각하의 아들을 죽였는지 알려드리겠어요.
          살인자는 마티아스가 아니라, 바로 그 유대인이었어요.

필리아   그자는 두 신사분을 죽인 것 외에도 자신의 딸과 수녀들을
          독살했고, 수사 한 분을 목 졸랐고, 그밖에도 어떤 악행을
          저질렀는지 모릅니다.

페르네즈   증거만 있다면 좋을 것을!

벨라미라   강력한 증거가 있습니다, 각하. 그의 대리인이었던 그의 하인이
          지금 제 집에 있습니다. 그가 모든 걸 고백할 겁니다.

페르네즈   가서 즉시 그를 데려와라. (관리들 퇴장.) 나는 항상
          그 유대인이 의심스러웠어.

          (관리들이 바라바스와 이타모어를 데리고 등장.)

바라바스   내 스스로 가겠다. 이놈들아, 날 이렇게 끌고 가지 말아라.

이타모어   저도 그래요. 경관 나리, 전 도망칠 수가 없어요.
          아이구 배야!

바라바스   (방백) 독약 가루 1드램만 더 사용했더라면, 모든 걸 확실히
          해치울 수 있었을 텐데. 나는 얼마나 멍청한 놈이었던가!

페르네즈   불을 준비하고, 쇠를 달궈라. 고문대를 가져와라.

기사 1   잠깐만 기다리십시오, 각하. 그가 고백할지도 모릅니다.

바라바스   고백! 무슨 말씀이신지. 나리님들, 누가 고백을 해야 합니까?

페르네즈   너와 너의 터키 하인놈이지. 내 아들을 죽인 놈은 바로 너였어.

이타모어   죄를 지었습니다, 각하, 고백합니다. 각하의 아드님과

마티아스는 두 분 다 아비게일과 약혼을 했습니다.

그가 가짜 도전장을 만들었습죠.

바라바스 누가 그 도전장을 전달했느냐?

이타모어 제가 전달했습죠. 하지만 누가 썼느냐구요? 바로 베르나딘을

목 조르고, 수녀들과 자신의 딸조차 독살시킨

자입지요.

페르네즈 그놈을 끌고 가라! 꼴도 보기 싫다.

바라바스 무슨 죄목으로? 몰타인들이여, 내 말을 들어주시오.

저 여자는 창녀이고, 저자는 도둑입니다.

그리고 이놈은 제 하인놈이죠. 법대로 해주시오.

이중의 누구도 내 생명에 불이익을 줄 수는 없소이다.

페르네즈 다시 한 번 말하니, 그놈을 끌고 가라! 법대로 해주리라.

바라바스 (방백) 악마들아, 멋대로 해보아라. 그래도 나는 살 것이다.

이자들이 고백한 대로, 그들을 처벌하시오.

(방백) 그 독향이 곧 효과를 나타낼 거야.

(관리들이 바라바스, 이타모어, 벨라미라, 필리아보르자를 끌고 퇴장.)

(캐서린 등장.)

캐서린 내 아들 마티아스가 유대인에게 살해당했다구?

페르네즈, 내 아들을 죽인 건 바로 당신 아들이었소.

페르네즈 진정하시오, 부인. 바로 그자였소.

그자가 그들을 서로 싸우게 만든 가짜 도전장을 꾸몄소.

캐서린 그 유대인은 어디 있소? 그 살인자는 어디 있냔 말이오?

페르네즈 감옥에 있소. 법률이 선고를 내릴 때까지.

(관리 1 능장.)

관리 1   각하, 그 창녀와 그녀의 정부가 죽었습니다.

         그리고 그 터키인과 유대인 바라바스도 마찬가집니다.

페르네즈   죽었다고?

관리 1   죽었습니다, 각하. 여기 시체를 가져옵니다.

(관리들이 죽은 바라바스를 옮겨온다.)

보스코   그자가 이렇게 갑작스럽게 죽다니 정말 이상하군.

페르네즈   이상할 것 없습니다. 하늘은 정의로우니까요.

         그들의 죽음은 그들의 삶과 같았소. 그러니 그들을 생각지 마시오.

         그들이 죽었으니, 매장하여라.

         유대인의 시체는 성벽 너머로 던져버려라.

         독수리와 야생 짐승들의 먹이가 되도록.

                        (관리들, 바라바스를 던진다.)

         자, 이제 가서 도시를 지키자.   (바라바스만 남고 모두 퇴장.)

바라바스   (일어난다.) 아니, 혼자뿐인가? 수면제에 행운이 있기를!

         이 저주받은 도시에 복수를 해주리라.

         내 도움으로 칼리마스가 입성할 테니 말이야.

         나는 그들의 자식과 아내를 죽이고,

         교회를 불태우고, 집을 무너뜨리는 것을 도울 것이다.

         내 재산과 내 땅도 되찾아야지.

         나는 총독이 노예가 되어 갤리 선에서 노를 저으며,

죽을 때까지 채찍질당하는 것을 보고 싶어.

(칼리마스, 터키의 장수들, 터키인들 등장.)

칼리마스 저기 누구지, 첩자인가?

바라바스 그렇습니다, 전하. 전하께서 도시를 기습 점령할 수

있는 장소를 염탐할 수 있는 첩자입지요.

제 이름은 바라바스, 유대인입니다.

칼리마스 네가 바로 공물 때문에 재산을 모두 빼앗겼다는

바로 그 유대인인가?

바라바스   바로 그렇습니다, 전하.

그리고 그때 이후로 그들은 제 하인놈을 고용하여

저에게 수많은 악행을 뒤집어씌웠지요.

저는 감옥에 갇혔지만 그들의 손에서 탈출했습니다.

칼리마스 감옥을 부쉈는가?

바라바스 아닙니다, 아니에요.

전 양귀비와 차가운 흰독말풀 즙을 마셨습니다.

그리고 잠이 들어, 제가 죽은 걸로 생각한 그들은

성벽 너머로 저를 던졌습니다. 그래서 제가 여기 있게

된 것이고, 전하의 명령을 따를 준비가 되어 있습니다.

칼리마스 참으로 용감하구나. 하지만 말해보거라, 바라바스.

네가 말한 대로 몰타를 우리의 것으로 만들어줄 수 있느냐?

바라바스 걱정 마십시오, 전하. 바로 이곳에, 수문이 있고,

그래서 그 너머 바위 속이 비어 있습니다.

그리고 도시의 하수도와 수로를 만들기 위해서

의도적으로 땅을 파놓았습니다.

이제 선하께서 성벽을 공격하시는 동안,

제가 5백 명의 병사들을 이끌고 지하 통로를 통해,

도시의 중심부에서 솟아올라,

전하께서 들어오시도록 성문을 열겠습니다.

이렇게 하면 도시는 전하의 것입니다.

칼리마스 만약 그것이 사실이라면, 너를 총독으로 삼겠다.

바라바스 그게 사실이 아니라면, 절 죽여주십시오.

칼리마스 네가 네 스스로에게 선고를 내렸다. 즉시 공격하라.   (함께 퇴장.)

〈제2장〉

　　(경보. 칼리마스와 터키인들 그리고 바라바스가 페르네즈와 기사들을 포로로 하여 등장.)

칼리마스 이제 교만함을 버려라, 기독교 포로들아.

그리고 정복자에게 무릎을 꿇고 자비를 구해라.

거만한 스페인에게 너희가 걸었던 희망은 지금 어디 있느냐?

페르네즈, 말해보아라. 이렇게 습격을 당하는 것보다는

약속을 지키는 것이 훨씬 더 낫지 않았겠느냐?

페르네즈 무슨 말을 하겠소이까? 우리는 포로이고 처분대로 따를 뿐이오.

칼리마스 그렇다, 나쁜 놈들, 너희는 처분을 따라야 한다. 그리고 터키의

멍에 아래에서 신음하면서 우리의 분노를 참아내야 하리라.

그리고 바라바스, 얼마 전에 약속한 대로,

공적의 대가로 그대를 총독으로 삼노라.

그들을 마음대로 처리하시오.

바라바스   감사합니다, 전하.

페르네즈 오 불행한 날이여, 저런 배신자이자

더러운 유대인의 수중에 떨어지다니!

하늘이 이보다 더 비참한 고통을 줄 수 있을까?

칼리마스 이건 나의 명령이다. 그리고 바라바스, 그대를

보호하기 위해 나의 최정예 보병 부대를 주겠소.

내가 그대에게 했듯이, 그들을 잘 대해주시오.

자, 용감한 장수들이여, 갑시다, 폐허가 된 도시를

돌아다니며, 파괴 현장을 둘러보겠소.

안녕, 용감한 유대인, 안녕, 훌륭한 바라바스.

바라바스 모든 행운이 칼리마스 님을 따르기를!   (칼리마스와 장수들 퇴장.)

이제 우리의 안전을 위한 첫번째 단계로

총독과 이 대장들, 그의 동료들과

일당들을 감옥으로 보내라.

페르네즈 오 악당, 하늘이 네놈에게 복수할 것이다.

바라바스 끌고 가라, 더 이상 듣고 싶지 않다.

(터키 병사들이 페르네즈와 기사들을 끌고 퇴장.)

이렇게 책략으로 너는 하찮은 지위도 아니고,

작은 권력도 아닌 것을 얻었다.

이제 나는 몰타의 총독이다. 그건 사실이야.

하지만 몰타는 나를 증오해. 그리고 나를 증오하니까,

내 생명이 위험하지. 그렇다면 불쌍한 바라바스,

내 생명이 그들의 손에 달려 있다면,

총독이 되는 것이 무슨 이득이 있어?

아니야, 바라바스, 이건 신중히 생각해봐야 해.

나쁜 방법으로 권력을 얻었으니,

확고한 책략으로 그걸 과감하게 유지해야 해.

적어도 아무런 이득도 없이 그걸 포기해서는 안 돼.

권력을 지니고 있으면서

친구도 얻지 못하고, 재산을 불리지도 못하는 자는

이솝 우화에 나오는 당나귀 같은 놈이지.

맛있는 빵과 포도주를 짊어지고 있으면서도

엉겅퀴 잎사귀를 뜯어먹으려고 그걸 버리는 놈인 거지.

하지만 바라바스는 좀더 신중할 것이다.

늦지 않게 시작해야지. 기회의 뒤편은 대머리란 말이야.[49]

기회를 놓치지 말아라. 네가 아무리 간절히 원하더라도

너무 늦으면 이룰 수가 없으니 말이다.

이 안쪽으로 모셔라.

(페르네즈가 간수와 함께 등장.)

페르네즈 총독 각하?

바라바스 (방백) 그래, '각하,' 이렇게 노예들은 배우게 마련이지.

자, 총독, 거기 서시오. ―안에서 기다려라!   (간수 퇴장.)

내가 당신을 부른 이유는 이렇소.

---

49 르네상스 시대의 예술과 문학은 '기회'를 수레 위에 탄 나체 여성으로 그리거나 묘사하는데, 그녀는 긴 앞머리를 갖고 있지만 뒤쪽은 대머리다. 그녀는 종종 '시간'으로 불리기도 하는데, 따라서 지나가버리기 전에 붙잡아야 한다는 것을 암시한다.

당신은 당신의 생명과 몰타의 행복이 내 손에

달려 있다는 것을 알고 있소. 그리고 바라바스는

그 둘을 마음대로 없애버릴 수가 있소.

자, 총독, 아주 솔직하게 말해보시오.

몰타와 당신의 운명이 어떻게 되리라고 생각하시오?

페르네즈 바라바스, 모든 것이 너의 권력 안에 있으니,

나는 몰타가 파멸할 수밖에 없으리라고 생각한다.

너는 아주 잔인 무도하니 말이다.

난 죽음이 두렵지 않고, 너에게 애걸하지도 않겠다.

바라바스 총독, 잘 말했소! 그렇게 화내지 마시오.

내가 바라는 것은 당신의 생명이 아니오.

사시오, 아니 내가 살려주겠소.

그리고 몰타의 파멸에 대해서 생각해봅시다.

나 바라바스가 어찌 이런 좋은 도시를 파괴하는 것이

합당한 길이라고 생각할 수 있겠소?

당신이 예전에 말했던 것처럼, 이 섬에서,

이곳 몰타에서, 나는 재산을 모았고,

이 도시에서 크게 성공했소.

그리고 지금은 마침내 총독의 자리에 올랐소.

당신네들도 그것이 잊혀지지 않으리라는 것을 알 거요.

어려움을 당해야 그 진심을 알 수 있는 친구처럼,

나는 절망적인 상황에 처한 몰타를 구해낼 것이오.

페르네즈 그대가 몰타가 잃어버린 것을 회복시켜주겠소?

바라바스가 기독교도들에게 선을 베풀겠소?

바라바스 총독, 터키군이 당신과 당신의 땅에 씌운

굴욕적인 굴레에서 벗어나게 해준다면,

당신은 내게 무엇을 주겠소?

만약 내가 당신에게 칼리마스의 목숨을 주고,

그의 병사들을 습격하여, 그들을 도시의

성벽 밖에 있는 건물에 가두고 문을 닫아건 후에,

그들 모두를 불로 태워버린다면, 내게 무엇을 주겠소?

이런 성과를 올린 자에게 무엇을 주겠소?

페르네즈 당신이 의도한 대로 성공만 하시오.

당신이 얘기한 대로 우리를 진심으로 대해주시오.

그러면 난 시민들에게 편지를 보내

비밀리에 당신에게 보상해줄 엄청난 액수의

돈을 끌어 모으겠소―아니, 그 이상이오.

그렇게만 해준다면, 계속 총독의 자리에 있어도 좋소.

바라바스 아니오. 말한 대로 하시오, 페르네즈, 그리고 당신은 자유요.

총독, 당신을 풀어줄 테니, 나와 함께 사시오.

도시를 돌아다니면서 친구들을 만나시오.

쳇, 그들에게 편지를 보내지 말고, 직접 가시오.

그리고 당신이 돈을 얼마나 모을 수 있는지 보여주시오.

악수합시다. 내가 몰타를 해방시키겠소.

이렇게 역할을 맡는 거요. 난 화려한 축연을 베풀어

젊은 셀림칼리마스를 초대하겠소. 그리고 당신도

그 축연에 참석하여 내가 일러주는 대로

한 가지 계략을 수행하기만 하면 되는 거요.

물론 당신의 생명을 위태롭게 할 일은 없소.

그럼 내가 몰타의 영원한 해방을 보장하리다.

페르네즈   나도 찬성이오. 날 믿으시오, 바라바스.

그 축연에 참석하여, 당신이 시키는 대로 하리다.

그때가 언제요?

바라바스   총독, 즉시 시행할 것이오.

칼리마스가 도시를 둘러보고 나서

터키를 향해 출발할 것이기 때문이오.

페르네즈   그럼, 바라바스, 나는 돈을 모아

저녁에 가져오겠소.

바라바스   그렇게 하시오. 하지만 실패해선 안 되오. 자 안녕히, 페르네즈.

(페르네즈 퇴장.)

이렇게 서둘러서 일을 처리하는 거지.

이렇게 어느 쪽도 사랑하지 않으면서,

양편과 공조하여 내 이득을 챙기는 거야.

그리고 내게 더 많은 이득을 가져다주는 자가

나의 친구가 될 것이다.

이것이 바로 우리 유대인들이 영위해온 삶의 방식이지.

그리고 그것은 이치에 어긋나는 것이 아니야, 왜냐하면

기독교도들도 똑같이 하지 않는가 말이야.

좋아, 이제 이 계획을 달성하려면,

먼저, 위대한 셀림의 병사들을 기습하는 거야,

그리고 나서 축연 준비를 하는 거지.

단 한순간에 모든 일이 이루어질 수 있어.

난 내 계략이 사전에 드러나는 것을 싫어해.

내 비밀스런 의도가 어떤 결과를 가져올지

나는 알지. 그들이 그걸 알게 될 때는 죽은 목숨이지.   (퇴장.)

〈제3장〉

(칼리마스와 장수들 등장.)

칼리마스　이렇게 우리는 도시를 둘러보았고, 병사들이 약탈하는 것을
　　　　보았으며, 폐허를 새로 복구하도록 명령했다.
　　　　우리가 이 도시로 진격할 때
　　　　우리의 대포들로 산산이 무너뜨렸던,
　　　　도시를 내려다보는 두 개의 높은 탑을 다시 세운 것이지.
　　　　이제야 형세를 알겠군.
　　　　우리가 정복한 이 섬이 얼마나 안전한 곳에 위치해 있는지.
　　　　이 섬은 지중해에 둘러싸여 있고,
　　　　시라쿠사의 디오니시오스[50]가 통치했던 시칠리아의
　　　　지원을 받는 칼라브리아를 향해
　　　　다른 작은 섬들과 함께 강력한 대항력을 갖추고 있어.
　　　　우리가 이 섬을 이렇게 쉽게 정복한 것이 놀랍군.

(전령 등장.)

전령　몰타의 총독, 바라바스가 위대한 칼리마스 님께
　　　전하는 소식을 가지고 왔습니다.
　　　전하께서 터키를 향해 항해하기 위해

---

50 기원전 6세기 초반에 악명 높았던 시칠리아의 폭군.

바다로 나가신다는 말을 듣고,

총독은 전하께서 오셔서 그의 성채를 보시고

섬을 떠나기 전에 함께 연회를

즐기시기를 간절히 청합니다.

칼리마스   그의 성채에서 함께 연회를?

전쟁으로 인한 약탈을 겪은 지 얼마 안 된 도시에서

나의 수행원들이 축연을 베푸는 것이 부담스럽고

너무 골치 아픈 일이 아닐까 걱정되는군.

하지만 기쁘게 바라바스를 방문하겠다.

그는 우리에게 그만한 공로를 세웠으니 말이다.

전령   전하, 그 점에 대해서는 총독이 이렇게 말했습니다.

그는 굉장히 큰 진주를 보관하고 있는데,

너무나도 아름답고, 너무도 귀중한 것이어서,

그저 평범하게 가치를 매겨도,

그 값어치는 셀림 전하와 전하의 모든 병사들을

한 달 동안 환대할 수 있을 정도라는 것입니다.

그래서 그는 전하를 대접할 때까지

떠나지 마시기를 간절히 청하는 것입니다.

칼리마스   병사들에게 몰타의 성벽 안에서 축연을 베풀 수는 없다.

그가 식탁을 길거리에 차린다면 별 문제이지만.

전령   전하, 성벽 밖에 수도원으로 사용되는 건물이

있습니다.

병사들에겐 거기에서 축연을 베풀어줄 것입니다. 하지만

전하와 장수들은 용감한 수행원들과 함께 집으로 모실 겁니다.

칼리마스   좋다, 총독에게 우리가 청을 받아들인다고 전해라.

오늘 저녁 그와 함께 축연을 즐기리라.

전령 알겠습니다, 전하.

칼리마스 용감한 장수들이여, 이제 막사로 갑시다.

그리고 총독의 대축연을 빛내기 위해

우리가 어떻게 준비해야 할지 생각해봅시다.   (함께 퇴장.)

〈제4장〉

(페르네즈, 기사들, 마틴 델 보스코 등장.)

페르네즈 동지들이여, 내 말을 들으시오.

도화관을 들고 있는 자가 불을 점화하여

대포가 발포되는 소리를 들을 때까지는

누구도 뛰어나오지 않도록 특별히 조심하시오.

소리가 들리면 그때 밖으로 나와 날 구해주시오.

난 기쁘게 고난을 겪겠소.

여러분은 이 억압에서 해방될 것이오.

기사 1 이렇게 터키의 노예로 살지 않기 위해서라면,

저희가 무슨 짓이든 못하겠습니까?

페르네즈 그럼, 모두들 가시오.

기사들   안녕히, 총독 각하.   (함께 퇴장.)

〈제5장〉

(바라바스 위쪽에서 망치를 들고 목수들과 함께 등장. 매우 분주하다.)

바라바스　끈은 어떠냐? 이 경첩은 단단히 고정되었느냐?

　　　　고리들과 도르래는 모두 확실한가?

목수들　모두 단단합니다.

바라바스　어느 것도 느슨해서는 안 돼. 모든 것이 내 뜻대로 되었군.

　　　　자네들은 정말 훌륭한 기술을 가졌군 그래.

　　　　자, 목수들이여, 저기 있는 돈을 나누어 가지도록 해라.

　　　　가서 포도주들을 맘껏 마셔라.

　　　　지하실로 내려가 내 포도주를 모두 맛보아라.

목수들　그러겠습니다, 각하, 감사합니다.　　　　　　(목수들 퇴장.)

바라바스　그리고 마음에 들거들랑, 마음껏 마셔라―그리고 죽는 거지.

　　　　내가 살아 있는 한, 온 세상을 멸망시킬 수도 있어.

　　　　자, 셀림칼리마스, 초대에 응하겠다는 소식을

　　　　전해다오. 그러면 모든 게 잘되는 건데 말이야.

(전령 등장.)

　　　　자 여봐라, 어떻게 되었느냐, 그가 온다고 했느냐?

전령　오시겠다고 했습니다. 그리고 모든 병사들에게 해안에

　　　상륙하여 몰타의 거리로 진군해올 것을 명령했습니다.

　　　각하께서 성채에서 그들에게 연회를 베풀 수 있도록 말입지요.

바라바스　이제 모든 일이 내가 원하는 대로 되었구나.

총독이 가져올 돈만 남았군.

(페르네즈 등장.)

지금 가져오는구먼. 자, 총독, 모두 얼마입니까?

페르네즈 10만 파운드입니다.

바라바스 파운드라고 했소, 총독? 좋소, 더 이상은 안 될 테니,

그걸로 만족하겠소. 아니, 그걸 그대로 두시오.

만약 내가 약속을 지키지 않으면, 내게 주지 마시오.

그리고 총독, 이제 내 계책을 들어보시오.

먼저, 그의 군대는 이미 지시를 받아,

수도원으로 들어갔소. 그리고 그곳의

지하 곳곳에는 포신에 화약이 가득 찬 대포들이

설치되어 있어, 한순간에 그곳을 산산조각

낼 것이며, 주변에 있는 모든 돌들을

무너뜨릴 것이니, 단 한 명도 도망쳐

목숨을 부지할 수 없소.

그리고 칼리마스와 그의 수행원들에 대해서는,

이곳에 내가 멋진 전망대를 만들어놓았소.

그 전망대의 바닥은 이 밧줄을 끊어버리면

산산이 무너져내려, 도저히 빠져나올 수 없는

깊은 구덩이로 빠지게 되지요.

여기 칼을 갖고 있으시오. 그리고 그가 와서

장수들과 함께 즐겁게 식탁에 앉았을 때,

탑으로부터 신호를 알리는 총성이 울릴 테니

그때 밧줄을 끊어버리고, 집을 불태워버리시오.

어떻소, 정말 멋진 계책이지 않소?

페르네즈   오, 훌륭합니다! 여기 돈을 받으시오, 바라바스.

당신 말을 믿소이다. 내가 약속한 것을 받으시오.

바라바스   아니오, 총독. 먼저 당신을 만족시켜드리겠소.

당신이 어떤 것도 의심하지 않게 해주겠소.

숨어 있으시오. 그들이 오고 있으니까.   (페르네즈 물러난다.)

에헴, 반역 행위로

도시를 얻고, 속임수로 그걸 되팔다니,

이건 정말 대단한 장사가 아닌가?

자 세상 사람들아, 해 아래 이보다 더 위대한

속임수가 있었다면 말해보아라.

(칼리마스와 터키의 장수들 등장.)

칼리마스   자, 장수들이여, 저기 위

전망대에서 바라바스가 우리를

환대하기 위해서 얼마나 바쁜지 보라.

그에게 인사합시다. 안녕하신가, 바라바스!

바라바스   잘 오셨습니다, 위대한 칼리마스 전하.

페르네즈   (방백) *저 악당놈이 그를 조롱하는 것 좀 보게.*

바라바스   위층으로 올라오시는 것이

괜찮으시겠습니까, 위대하신 전하?

칼리마스   그러겠소, 바라바스.

자, 장수들이여, 올라갑시다.

페르네즈	(앞으로 나선다.)　　　　　　잠깐 기다리시오, 칼리마스.
	바라바스가 그대를 위해 준비한 것보다
	더 훌륭한 호의를 내가 베풀겠소.
기사들	(안에서) 공격 신호를 울려라!

(대포 소리가 울리고 밧줄이 끊어지자, 커다란 가마솥이 드러난다. 그 속에 바라바스가 빠져 있다. 마틴 델 보스코와 기사들 등장.)

칼리마스	아니, 이게 무슨 일이냐?
바라바스	도와주시오, 기독교도들, 도와주시오!
페르네즈	보시오, 칼리마스, 이건 당신을 잡기 위한 계책이었소.
칼리마스	배신이다, 배신. 장수들아, 피하라!
페르네즈	안 되오, 셀림. 도망가지 마시오.
	먼저 그의 최후를 지켜본 후에, 할 수 있거든 도망가시오.
바라바스	살려주시오, 셀림. 살려주시오, 기독교도들이여.
	총독, 왜 모두들 그렇게 몰인정하게 서 있는 거요?
페르네즈	저주받은 바라바스, 천한 유대인, 내가 너나
	너의 불행을 불쌍히 여겨야 하느냐?
	아니, 나는 이렇게 반역의 대가를 지켜볼 것이다.
	네가 그런 짓을 하지 않았더라면 좋았을 것을.
바라바스	그럼 날 도와주지 않을 테요?
페르네즈	싫다, 악당놈, 싫어.
바라바스	나쁜 놈들, 이젠 너희가 날 도울 수 없다는 것을 알아라.
	그럼, 바라바스, 마지막 운명의 순간을 각오하라.
	그리고 고통의 분노에 이끌리어 단호하게

목숨을 끝장내라.

총독, 당신 아들은 바로 내가 죽였다는 것을 알아라.

그들을 서로 싸우게 만든 도전장을 내가 만들었다.

칼리마스, 내가 너의 파멸을 계획했었다는 것을 알아라.

내가 이 책략을 벗어나기만 했더라면,

나는 너희 모두를 혼란에 빠뜨렸을 것이다.

저주받은 기독교의 개들, 그리고 터키의 이교도놈들!

하지만 이제 참을 수 없는 고통으로 나를

괴롭히는 뜨거운 열이 올라오는구나.

죽어라, 생명아. 영혼아, 떠나라. 마음껏 저주하고 죽어라!　(죽는다.)

칼리마스　기독교도들이여, 이게 무슨 짓인가?

페르네즈　그는 당신의 목숨을 노리고 이 속임수를 꾸몄소.

자, 셀림, 유대인들의 부정한 행위를 주목하시오.

그는 이렇게 당신을 다루려는 결심을 했소.

하지만 내가 오히려 당신의 목숨을 구한 것이오.

칼리마스　이것이 우리를 위해 준비한 연회였던가?

여기를 떠나자, 더 이상 해를 당하지 않도록.

페르네즈　안 되오, 셀림, 기다리시오. 당신은 우리에게

사로잡힌 몸이니, 그렇게 쉽게 떠나게 하진 않겠소.

더구나 그대를 보내준다 하더라도, 사정은 마찬가지요.

새로운 병사들을 모아 출항 준비를 시키지 않으면,

당신의 갤리 선들을 사용할 수가 없을 테니 말이오.

칼리마스　쳇, 총독, 그런 걱정은 마시오.

나의 병사들이 모두 배에 승선해 있고,

내가 그곳으로 오기를 기다리고 있소.

페르네즈   저런, 당신은 나팔 소리가 울리는 것을 듣지 못했소?

칼리마스   들었소. 그게 어쨌다는 거요?

페르네즈   그때 그 건물이 폭발한 거요.

그리고 당신 병사들은 모두 몰살당했소.

칼리마스   오 끔찍한 배신!

페르네즈   유대인이 보여준 호의지요.

배신으로 우리를 파멸시켰던 그자가

배신으로 당신을 우리에게 넘겨주었으니 말이오.

그러니 당신 아버지가 몰타와 우리가 입은 피해를

보상할 때까지 당신은 떠날 수 없다는 것을 아시오.

몰타가 해방되지 않으면 셀림 당신은 결코

터키로 돌아가지 못할 것이오.

칼리마스   아니, 차라리 나를 터키로 돌아가게 해주시오, 기독교인.

내가 그곳에서 당신들의 평화를 중재하겠소.

나를 이곳에 억류하는 것은 아무런 이득이 되지 않을 것이오.

페르네즈   염려 마시오, 칼리마스. 당신은 포로로 남아서

여기 몰타에서 살아야만 하오. 온 세계가 당신을

구하러 온다 해도 이젠 우리가 우리를 지킬 것이니,

몰타를 정복하여 우리를 위태롭게 하는 것보다 바닷물을

모두 마셔 마르게 하는 것이 더 빠를 것이오.

자, 행군하라. 운명이나 행운을 찬미하지 말고,

오직 하늘만을 찬미하라.   (모두 퇴장.)

대단원의 막.

파우스투스 박사 A텍스트

The Tragical History of Doctor Faustus

A텍스트

■ 등장 인물

코러스

존 파우스투스 박사

바그너   학생, 박사의 하인

발데스
코르넬리우스   }   파우스투스의 친구

세 학자

선한 천사

악한 천사

메파스토필리스

루시퍼

벨제버브

노인

광대

로빈
라페   }   여관의 말구종

술집 주인

말 장수

교황

로레인의 추기경

황제 카를 5세

황제 궁중의 기사

반홀트의 공작

반홀트의 공작 부인

7대 죄악 : 교만, 탐욕, 시기, 분노, 폭식, 게으름, 음란

알렉산더 대왕, 그의 왕비

트로이의 헬레네

시종들, 수도사들, 악마들

〈서장〉

(코러스[1] 등장)

코러스 우리의 시인은 전쟁의 신 아레스가 카르타고인들을

후원하였던 트라시메누스[2]의 전쟁터에 나가 있는 것도 아니고,

정권이 빈번이 뒤바뀌는 왕궁에서

사랑 놀음에 빠져 있는 것도 아니며,

또한 거만하고 무례한 행동으로

자신의 훌륭한 시를 과시하려는 것도 아닙니다.

다만, 신사 여러분—이제 우리는, 좋을 때나 나쁠 때나,

파우스투스가 겪는 운명을 보여드리려 합니다.

먼저 여러분의 참을성 있는 판단력에 호소하며,

파우스투스의 어린 시절에 대해 말씀드립니다.

그는 독일에 있는 로데[3]라고 불리는 마을에서,

비천한 가문의 부모에게서 태어났습니다.

성장하면서 그는 비텐베르크[4]로 갔으며,

그곳에서 친지들의 도움으로 자랐습니다.

그는 신학 공부에 깊이 몰두하였으며,

---

1 배우 한 사람이 한 막이나 극 전체의 서문을 암송하였고, 때때로 에필로그까지 전달하였다.
2 트라시메누스 호수의 전투(기원전 217년)는 카르타고의 장군 한니발이 거두었던 위대한 승리들 중의 하나였다.
3 독일의 중부 지방에 있는 로다 지방을 지칭한다. 1992년부터 스타트로다라고 불린다.
4 마틴 루터가 공부했던 유명한 대학이 있다. 셰익스피어의 비극 「햄릿」에서 주인공 햄릿과 호레이쇼도 그곳에서 수학한 것으로 나온다.

학문의 풍성한 정원에서 열심히 정진하여,

영예롭게도 곧 박사의 칭호를 받았으며,

신성한 신학 문제에 대해 능숙하게 토론을

할 수 있었으며, 게다가 누구보다도 뛰어났습니다.

하지만 오만함에서 생겨난 지적 교만에 사로잡혀,

밀랍으로 붙인 그의 두 날개는 너무 높게 날아올랐으며,

하늘은 결국 밀랍을 녹여 그의 파멸을 꾀했습니다.[5]

이유인즉, 그는 학문의 귀한 선물들로 포식을 하고,

악마의 유혹에 빠져,

결국 저주받은 마법에 탐닉하게 되었던 것입니다.

그에게 마법만큼 달콤한 것은 없었습니다.

그는 가장 귀중한 신의 축복[6]보다도 마법을 더 좋아할 정도였습니다.

자신의 서재에 앉아 있는 이 사람이 바로 그 사람입니다.　　　(퇴장.)

〈제1장〉

(파우스투스[7]가 자신의 서재에 앉아 있다.[8])

---

5 말로는 코러스의 입을 통해 파우스투스의 지적 교만을 그리스 신화에 등장하는 이카로스의 죽음에 비유하고 있다. 이카로스는 아버지 다이달로스가 만들어준 밀랍으로 붙인 날개를 달고 하늘을 날다가, 태양에 너무 가까이 날아오른 탓에 태양열에 밀랍이 녹아 바다에 떨어져 죽었다.
6 영혼의 구원을 가리킨다.
7 'Faustus'의 영국식 발음은 포스터스이며 말로 당대에 포스터스로 지칭된 기록도 남아 있으나, 본 번역에서는 독일식 발음을 따라 파우스투스로 옮겼다. 현재 미국을 비롯하여 대부분의 국가들에서는 작품의 내용이 독일을 배경으로 하고 있다는 점과 괴테의 작품 『파우스트』의 영향 때문에 파우스투스라고 발음하는 것이 일반화되어 있다.
8 코러스가 무대를 떠나기 전에, 커튼을 당겨 파우스투스를 보여준다.

파우스투스 너의 학문들을 정리해라, 파우스투스. 그리고

네가 전공으로 삼을 학문의 깊이를 헤아려보아라.

학위는 얻었으니, 겉으로는 성직자로 행세해라.

하지만 모든 학문의 근원을 겨냥하여,

아리스토텔레스의 작품들 속에서 생사를 정하자.

매혹적인 분석학이여, 그대는 나를 사로잡았도다!

논쟁을 잘하는 것이 논리학의 목적이다[9] —

논쟁을 잘하는 것이 논리학의 주요 목적인가?

이 분야에서 더 위대한 기적을 바랄 수는 없는가?

그렇다면 더 이상 읽지 말자. 너는 이미 그 목적을 이루었다.

파우스투스의 지력에는 보다 위대한 주제가 어울린다.

존재와 비존재[10]여 잘 가거라. 갈렌[11]이여, 나와라.

*철학자가 멈추는 곳에서 의사가 시작한다*고 하는군.

의사가 되어라, 파우스투스. 재물도 모으고,

놀라운 치료술로 영원한 명성을 얻어라.

의학의 목적은 우리 몸의 건강이다.

아니, 파우스투스, 너는 그 목적을 이루지 않았는가?

너의 일상적인 이야기가 의학의 금언이 아닌가?

너의 처방들로 인해 전 도시들이 흑사병을 면했고,

수많은 절망적인 질병들이 치유되었으며,

그 처방들이 의술의 본보기로 전시되고 있지 않은가?

하지만 너는 여전히 파우스투스, 한 인간일 뿐이다.

---

9 원문에서도 그리스어나 라틴어로 표현되어 있는 부분을 다른 글씨체를 써서 구별하였다. 본 번역에서는 필기체를 사용하였다.

10 철학을 지칭한다.

11 2세기 그리스의 의사 갈레누스를 일컫는다. 그는 고대 의학의 탁월한 권위자로 알려져 있었다.

네가 인간을 영원히 살 수 있게 하거나,

혹은 죽은 자들을 다시 살려낼 수 있다면,

의학은 높이 평가받을 수 있을 것을.

의학이여, 잘 가거라! 유스티니아누스[12]는 어디 있지?

만약 한 가지 물건이 두 사람에게 상속된다면,

한 사람이 그 물건을 가질 것이고, 다른 사람은

그것과 동일한 가치가 있는 것을 갖게 될 것이다.

하찮은 유산에 대한 보잘것없는 소송이군!

아버지는 아들에게 유산 상속을 안 할 수 없으니, 그 예외는—

이런 것이 유스티니아누스 법전의 주제이고,

법률의 일반적인 내용이로군.

이런 학문은 그저 쓰레기 같은 돈이나 노리는

천박한 놈에게나 어울리지,

내가 하기에는 너무 굴욕적이고 세속적이야.

결국 신학이 최고군.

제롬의 성경[13]이나 잘 보아라, 파우스투스.

죄의 삶은 사망이다. 하!

죄의 대가가 죽음이라고? 이건 좀 심하군.

만약 우리가 죄가 없다고 말한다면,

우리는 우리 자신을 속이는 것이고, 우리 안에 진리가 없다.

아니, 그렇다면 우리는 죄를 지어야만 하고,

결과적으로 죽어야만 하겠군.

그래, 우리는 영원한 죽음을 당할 수밖에 없다.

---

12 6세기 로마의 황제이자 법률의 권위자로서 『유스티니아누스 법전』을 만들었다.

13 성 제롬(성 히에로니무스. 제롬은 영어 이름임)이 라틴어로 번역한 성경.

이걸 무슨 교리라고 부르냐구? 케세라, 세라.

될 대로 되라는 거시! 신학이여, 안녕!

마법사들의 이 기본 원리들과

마법 서적들이야말로 신성하다.

선, 원, 문자, 기호들—

그래, 이것들이야말로 파우스투스가 가장 원하는 것들이다.

오 이것들을 열성적으로 연구하는 마법사에게

얼마나 훌륭한 이익과 기쁨, 권력, 명예

그리고 전능함의 세계가 약속되어 있는가!

움직이지 않는 양극 사이에서 움직이는 모든 것들을

내 마음대로 할 수 있을 것이다. 황제들과 왕들은

자신들의 각자의 영역에서만 권력을 누릴 뿐이고,

바람을 일으키거나 구름을 쪼갤 순 없지.

하지만 마법을 능숙하게 행하는 자의 지배력은

인간의 정신만큼이나 멀리까지 미칠 수 있다.

숙련된 마법사는 반은 신이나 마찬가지이지.

자 나의 두뇌들아, 신성을 얻기 위해 전력을 다해라!

(바그너 등장.)

바그너, 나의 귀중한 친구들, 독일인 발데스와

코르넬리우스를 찾아 안부를 전하고,

나를 방문해달라고 정중하게 말씀드려라.

바그너　알겠습니다.　　　　　　　　　　　　　　　　　(퇴장.)

파우스투스　그들의 조언이 내가 기울이는 모든 수고보다도 더 큰 도움이 될 거야. 아무리 애써봐야 그렇게 빠를 순 없지.

(선한 천사와 악한 천사 등장.)

선한 천사 오 파우스투스, 그 저주받은 책을 치우시오.

다시는 그것을 들여다보지 마시오. 그것이 그대의 영혼을 유혹하고

하느님의 엄한 분노를 그대의 머리 위에 쌓지 않도록 말이오.

성경, 성경을 읽으시오. 그 책은 불경스러운 책이오.

악한 천사 계속하시오. 파우스투스. 그 유명한 마법 속에는

자연의 모든 보물이 담겨 있소.

천상을 지배하는 조브 신[14]처럼 당신은 이 지상에서,

만물의 주인이자 지배자가 되는 거요.   (천사들 퇴장.)

파우스투스 내 마음이 이러한 열망으로 얼마나 가득 차 있는지!

정령들에게 내가 원하는 것을 가져오게 하고,

내가 궁금해하는 모든 것들을 풀게 하고,

내가 원하는 어떤 모험이든 감행하게 만들까?

그들에게 인도[15]로 날아가 황금을 가져오게 할 거야.

빛나는 진주를 찾아 대양을 샅샅이 살피게 하고,

달콤한 과일들과 제왕들이 먹는 산해진미를 찾아

신세계[16]의 구석구석을 뒤지게 해야지.

그들에게 기이한 철학을 해석하도록 부탁하고,

이국의 모든 왕들의 비밀을 들어야겠다.

---

14 엘리자베스 당대에 종종 기독교의 하느님의 이름과 대체되어 사용되었다.

15 서인도 제도나 미국 혹은 오빌을 뜻한다.

16 서반구를 가리킨다.

그들에게 독일 전체에 황동으로 벽을 쌓게 하고,

라인 강물이 아름나운 비텐베르크를 감싸게 헤야지.

또 대학의 강의실을 비단으로 가득 채우게 하여,

학생들이 그 비단으로 멋진 옷을 해 입게 해야지.

정령들이 가져오는 돈으로 군사들을 모집하여,

우리 땅에서 파르마의 군주[17]를 쫓아내고,

온 국토의 유일한 왕이 되어 다스려야지.

그래, 안트베르펜의 다리를 파괴한 화선[18]보다도

더 신묘한 전쟁 무기들을 정령들을 시켜

만들게 해야겠다.

어서 오게, 발데스 그리고 코르넬리우스.

자네들의 현명한 조언으로 내가 은총을 받게 해주게.

(발데스와 코르넬리우스 등장.)

발데스, 친애하는 발데스와 코르넬리우스.

자네들의 말대로 마침내 난 마법과

은밀한 기술을 익히기로 결심했네.

하지만 자네들의 말 때문만이 아니라,

어떠한 학문에도 더 이상 흥미를 느끼지 못하는

나 자신의 생각도 한몫 한 거지,

머리 속이 오직 마법에 대한 생각뿐이니 말일세.

---

17 1579년부터 사망 연도인 1592년까지 제국의 일부였던 네덜란드와 덴마크 등을 다스린 스페인의 총통. 그는 당시에 가장 뛰어난 군인이었고, 1588년 스페인의 무적 함대와 함께 영국을 침공했다.
18 1585년 4월 네덜란드인들이 보낸 화선이, 파르마가 안트베르펜을 방어하기 위해 스헬데 강 위에 설치한 다리를 파괴했다.

철학은 불쾌하고 불분명하고,

법률과 의학은 둘 다 보잘것없는 자들에게나 어울리며,

신학은 그 셋보다도 훨씬 더 천박하지.

불쾌하고, 거칠며, 경멸받아 마땅하고, 시시하다네.

나를 사로잡은 것은 바로 마법, 마법이라네!

그러니, 친구들이여, 내가 이것을 하도록 도와주게나.

간결한 삼단논법으로 독일 교회의 목사들을 쩔쩔 매게 만들고,

무세우스[19]가 지옥에 왔을 때,

그의 달콤한 노래를 듣고 망령들이 몰려들었듯이,

비텐베르크의 한창 피어나는 젊은이들을 논쟁으로 끌어들였던

나는 망령들을 불러모아 전 유럽에서 칭송이

자자했던 아그리파[20]처럼 대단한 마법사가 될 것이야.

발데스   파우스투스, 이 책들, 자네의 지혜 그리고 우리의 경험이

합쳐지면 온 세상이 우리를 성인으로 추앙하게 될 걸세.

인디언과 무어인들이 스페인 주인에게 복종하듯이,

모든 만물의 정령들이 우리 세 사람에게 항상

순종하게 될 걸세.

우리가 원할 때면 사자들처럼 우리를 지킬 것이며,

창으로 무장한 독일의 창기병들처럼,

혹은 라플란드의 거인들[21]처럼

---

19 호메로스 이전의 신화적인 그리스의 가인이며, 오르페우스의 아들 혹은 제자로 알려져 있다. 하지만 음악으로 지옥의 영혼들을 매료시킨 것은 오르페우스였다. 말로가 무세우스와 오르페우스를 혼동한 것이 틀림없다.
20 코르넬리우스 아그리파(1486~1535). 독일의 인문주의자이자 유명한 마법사였으며, 죽은 자의 영혼을 불러내는 능력을 지닌 것으로 알려져 있었다.
21 라플란드는 현재의 노르웨이, 스웨덴, 핀란드의 북부 지역을 가리키며, 거인들은 「탬벌레인 대왕」에도 등장하는 외눈박이 거인 키클롭스를 가리킨다.

우리 옆을 따라다닐 걸세.

때로는 사랑의 여왕의 하얀 젓가슴보다

더 아름다운 경쾌한 이마를 가진 여자들이나

결혼하지 않은 처녀들처럼 우리를 섬길 걸세.

그들은 베네치아에서 거대한 상선들을 끌고 올 것이며,

아메리카로부터는 매년 늙은 펠리페 왕[22]의 보고를

채우는 황금 양가죽을 가져올 걸세.

만약 박식한 파우스투스가 의지만 확고하다면 말이야.

파우스투스 발데스, 자네의 삶의 의지가 강렬한 만큼이나 나는 이 일에

확고한 관심을 가지고 있네. 그러니 그런 조건은 달지 말게.

코르넬리우스 마법이 행할 기적들을 보면 자네는 마법 외엔

어떤 것도 연구하지 않겠다고 맹세하게 될 걸세.

점성학에 기초가 있고, 외국어에 능통하며,

광물의 속성에 일가견이 있는 자는 마법에 필요한

모든 기초 지식을 갖고 있는 셈일세.

그러니, 파우스투스, 명성을 얻는 건 의심하지 말게.

델포이의 신탁[23]에 몰려든 것보다 더 많은 사람들이

마법을 보러 몰려들 테니 말일세.

정령들이 내게 말하길, 그들은 바다를 마르게 할 수도 있고,

해외에서 난파된 온갖 배에서 보물을 가져올 수도 있으며,

그래, 우리 조상들이 지구의 거대한 내부 속에

숨겨놓은 모든 재물들도 가져올 수 있다는 거야.

그러니 말해보게, 파우스투스, 우리 셋에게 부족한 게 뭘까?

---

22 스페인 최전성기의 왕 펠리페 2세(1527~1598)를 지칭한다.
23 델포이에 있는 아폴론 신의 신탁.

파우스투스	없네, 코르넬리우스. 오 자네 말을 들으니 날아갈 것 같군!
	자, 와서 마법을 행하는 것을 내게 보여주게.
	어떤 울창한 숲 속에서 주문으로 정령을 불러내어
	이러한 기쁨을 만끽할 수 있도록 말일세.
발데스	그럼 서둘러서 외딴 숲으로 가게.
	베이컨과 아바누스[24]의 책들,
	히브리 시편 그리고 신약 성경을 갖고 가게.
	그밖에 필요한 것들은 우리의 모임이
	끝나기 전에 자네에게 알려주겠네.
코르넬리우스	발데스, 먼저 그에게 마법의 주문들을 알려주게.
	그 다음에 다른 의식들을 모두 익히게 되면,
	파우스투스는 혼자서 마법을 할 수 있을 걸세.
발데스	먼저 자네에게 기초 원리들을 가르쳐주겠네.
	그리고 나면 자네가 나보다 더 완벽해질 걸세.
파우스투스	그럼 가서 함께 식사하세. 그러고 나서
	마법의 모든 본질적인 특징을 함께 토론하세나.
	잠자기 전에 내가 할 수 있는 것을 해볼 걸세.
	그 때문에 죽더라도 오늘 밤에 주문을 걸어보겠네. (함께 퇴장.)

〈제2장〉

(두 사람의 학자 등장.)

---

24 로저 베이컨(1214~1294)은 중세의 수도사이자 과학자였고 마법사로 널리 알려져 있었으며, 아바누스는 13세기 이탈리아의 연금술사였던 피에트로 다바노를 가리킨다.

학자 1   파우스투스가 어떻게 되었는지 궁금하군. 이렇게 증명한다
         라는 표현으로 우리 학교를 뒤흔들어놓곤 했었는데.

학자 2   곧 알게 될 걸세. 그의 하인[25]이 이리로 오는군.

(바그너 등장.)

학자 1   이봐, 자네 주인은 어디 계시는가?

바그너   하늘에 계신 하느님이나 아시겠죠.

학자 2   아니, 그럼 모른단 말인가?

바그너   아니요, 압지요. 하지만 반드시 아는 건 아닙지요.

학자 1   이런, 이런, 농담은 그만 하고 주인이 어디 계신지 말해보게.

바그너   그렇게 억지로 강요하는 것은 학위를 가진 학자들께서
         취하실 태도가 아닙지요. 그러니 실수를 인정하고
         정중한 태도를 보이세요.

학자 2   아니, 자네가 안다고 말하지 않았는가?

바그너   증인이 있습니까?

학자 1   그래, 내가 들었다.

바그너   제 동료에게 제가 도둑인지 물어보세요.

학자 2   그럼 말하지 않겠다는 거군.

바그너   잘못 아셨군요, 말씀드리지요. 하지만 나리들께서 바보가
         아니라면, 그런 질문은 결코 하지 않으실 텐데. 우리 주인님은
         자연물[26]이 아닌가요? 그리고 자연물은 움직이는 것 아닌가요?

---

25 가난한 학생은 생계를 유지하기 위해 하인 역할을 했다.

26 자연물 natural, movable matter은 물리학의 대상에 대한 학문적 정의였다. 바그너는 지금 대학

그렇다면 왜 제게 그런 질문을 하시죠? 제가 원래 냉정하고,
화를 쉽게 내지 않고, 색을 밝히는 경향(사랑을 말하는 거지요)이
있어서 그렇지, 나리들께서는 식당²⁷ 근처에 오지도 못하실 겁니다.
물론 두 분께서 다음 재판에서 교수형 당하는 것을 보게 될 것을
의심치 않지만요. 이렇게 두 분께 승리를 거두었으니, 청교도와 같은
얼굴을 하고 연설을 시작합죠. 자, 사랑하는 형제님들, 제 주인님은
지금 발데스 나리와 코르넬리우스 나리와 함께 식사 중이신데,
이 포도주가 말을 할 수 있다면 두 분께 알려드릴 테지요.
그럼 하느님의 축복과 보호를 받으시기를, 사랑하는 형제님들.²⁸

(퇴장.)

학자 1 오, 그렇다면 그가 그 저주받은 마법에 빠진 것이 아닌지 걱정스럽군.
그 두 사람은 온 세상에 마법으로 소문난 자들이니 말이야.

학자 2 그는 나와는 상관없는 타인이지만, 그의 영혼이 처한 위험은
한탄할 일일세. 하지만 가서 학장에게 알리세나.
학장의 간곡한 설득이 그의 마음을 바꾸게 할지 모르니까.

학자 1 그래, 하지만 그의 마음을 돌이킬 방법이 없을까 걱정이네.

학자 2 그래도 우리가 할 수 있는 일을 알아보세.　　　(함께 퇴장.)

〈제3장〉

(파우스투스가 주문을 외우기 위해 등장.)

주변에서 그가 들은 학문 용어를 흉내내고 있다.
27 the place of execution. 이 문맥에서는 식당을 뜻하지만 당시에는 교수형장이 좀더 보편적인 의
미였다. 곧바로 이어지는 바그너의 대사가 이를 알려준다.
28 청교도 목사의 설교를 흉내내고 있다.

파우스투스 지금은 밤의 어두운 그림자가 오리온 성좌의

이슬에 젖은 모습을 보기 위하여[29]

남극의 세계로부터 하늘로 뛰어올라

자신의 새까만 숨결로 하늘을 어둡게 하고 있으니,

파우스투스여, 주문을 시작하여

너의 기도와 희생 제의를 보고 악마들이

너의 명령에 순종하는지 시험해보라.

이 원 안[30]에 앞뒤로 철자를 바꾸어 쓴

여호와의 이름이 있다.

거룩한 성인들 이름의 약자,

천체에 관련된 모든 숫자들,

12궁도와 수많은 떠돌이 별들의 기호들도 함께 있다.

이것들이 정령들을 나오게 하는 표지들이지.

그렇다면 파우스투스, 두려워 말고 단호하게

최고의 마법을 시도하라.

지옥의 신들이여 나를 지키소서! 삼위일체의 신이여 안녕히!

어서 오라 불, 공기, 물 그리고 흙의 정령들이여! 동방의 군주

루시퍼, 불타는 지옥의 군주 벨제버브 그리고 마왕이여, 원컨대

메파스토펠러스를 나타나게 하소서. 뭘 기다리고 있는가?

여호와, 지옥, 지금 내가 뿌리는 성수, 지금 내가 긋는 성호에 걸고

맹세하노니, 메파스토펠러스가 나의 부름에 따라 지금 당장

나타나기를!

---

29 오리온 성좌는 초겨울에 나타난다.
30 마법의 원이 땅 위에 그려지면, 그 안에서 정령들이 나타난다.

(악마 등장.)

명령하노니 돌아가서 모습을 바꾸어 오너라.

내 시중을 들기에는 너무 추한 모습이다.

가라, 늙은 프란체스코 수사의 모습으로 돌아오라.

그 거룩한 모습이 악마에게 가장 잘 어울리느니라.　　　　(악마 퇴장.)

나의 거룩한 말에 힘이 있군그래.

누가 이 마법에 능숙하게 되기를 원치 않겠는가?

이 메파스토필리스가 얼마나 유순하고

겸손하고 순종적인가!

그것이 바로 마법과 내 주문의 힘이다.

자, 파우스투스, 그대는 위대한 메파스토필리스에게

명령할 수 있는 최고의 마법사이다.

돌아오라, 메파스토필리스, 수사의 모습으로.

(메파스토필리스 등장.)

메파스토필리스　자, 파우스투스, 내게 뭘 원하는가?

파우스투스　네게 명하노니, 내가 살아 있는 동안, 내 시중을 들며

파우스투스가 명령하는 것은 무엇이든지 행하라.

달을 그 위치에서 떨어지게 하든지,

바닷물로 온 세상을 뒤덮으라는 명령이라도 말이다.

메파스토필리스　나는 위대한 루시퍼의 하인이다.

그러니 그분의 허락이 없이는 그대를 따를 수 없다.

그분의 명령을 떠나서는 어떤 것도 해서는 안 돼.

파우스투스 네가 내 앞에 나타나도록 그가 명령하지 않았더냐?

메파스토필리스 아니다, 내 스스로 이곳에 온 것이다.

파우스투스 내 주문이 널 불러내지 않았느냐? 말해보아라!

메파스토필리스 그것 때문에 오긴 했지만, 우연[31]이었지.

우리는 누군가 하느님의 이름을 조롱하거나

성서와 구세주 그리스도를 모독하는 것을 들으면,

그의 교만한 영혼을 얻으러 날아간다.

그가 스스로를 저주받을 위험에 빠뜨리는

그런 수단을 사용하지 않는 한 우리는 오지 않아.

그러므로 마법을 행하는 가장 빠른 지름길은

성 삼위일체를 단호하게 모독하고,

지옥의 제왕에게 헌신적인 기도를 올리는 것이지.

파우스투스 파우스투스는 이미 그렇게 했고, 이 원칙을 믿고 있다.

즉 파우스투스가 몸을 바쳐 섬길 분은

오직 벨제버브 외엔 없다는 걸 말이야.

저주라는 말도 내겐 두렵지 않아.

내겐 낙원이나 지옥이 다를 바 없으니 말이야.

내 영혼이 옛 철학자들과 함께하기를![32]

하지만 인간의 영혼에 대한 하찮은 얘기들은 그만두고,

말해보라, 너의 주인 루시퍼는 어떤 존재인가?

메파스토필리스 모든 정령들의 우두머리이자 지배자이지.

---

31 궁극적인 원인이 아니라 순간적인 원인이었음을 뜻한다.

32 파우스투스는 진정한 지옥은 기독교에서 말하는 죄인들을 처벌하기 위한 장소가 아니라 기독교의 저주와 처벌을 믿지 않았던 옛 철학자들과 함께 철학을 논의하는 고전적인 낙원이라고 생각한다.

파우스투스	그 루시퍼도 한때는 천사가 아니었느냐?
메파스토필리스	하느님에게 가장 사랑을 받던 천사였지.
파우스투스	그럼, 어떻게 그가 악마들의 제왕이 되었지?
메파스토필리스	오, 야심에 찬 거만함과 무례함 때문이지. 그것 때문에 하느님이 그를 천국에서 내쫓았어.
파우스투스	그럼 루시퍼와 함께 사는 너는 어떤 존재인가?
메파스토필리스	루시퍼와 함께 타락한 정령, 루시퍼와 함께 하느님께 반역을 꾀하고, 루시퍼와 함께 영원히 저주받은 정령이지.
파우스투스	네가 저주받은 곳은 어디인가?
메파스토필리스	지옥.
파우스투스	그럼 어떻게 지옥에서 나왔지?
메파스토필리스	아, 이곳이 지옥이니 나도 그곳에서 나온 게 아니지. 하느님의 얼굴을 마주보고 하늘의 영원한 기쁨을 맛보았던 내가 그 영원한 축복을 빼앗겼을 때, 무한한 지옥의 고통을 당하지 않을 것이라 생각하는가? 오 파우스투스, 나의 연약한 영혼을 공포에 떨게 하는 이 하찮은 질문들을 그만두라.
파우스투스	아니, 위대한 메파스토필리스가 천국의 기쁨을 빼앗긴 것 때문에 그렇게 힘들어하는가? 파우스투스에게서 남자다운 강인함을 배워 네가 결코 소유할 수 없는 그 기쁨을 경멸하라. 가서 위대한 루시퍼에게 이 소식을 전하라. 파우스투스가 조브 신에게 대항하는 생각을 품어

영원한 죽음을 초래했으니,

24년의 기간을 주어 온통

쾌락 속에서 살 수 있도록 허락한다면,

내가 영혼을 루시퍼에게 바치겠다고 말하라.

다만 네가 항상 내 시중을 들면서

내가 요청하는 것은 무엇이든지 나에게 주고,

내가 묻는 것은 무엇이든지 대답해주며,

나의 적들은 죽이고 나의 친구들은 도와주며,

항상 나의 뜻에 순종하는 것을 전제로 말이다.

가라, 그리고 위대한 루시퍼에게 돌아갔다가

자정에 서재로 나를 만나러 오라.

그리고 그때 네 주인의 결심을 알려다오.

메파스토필리스 그렇게 하겠다, 파우스투스. (퇴장.)

파우스투스 내가 하늘의 별들만큼 많은 영혼들을 갖고 있다면,

그들 모두를 메파스토필리스에게 줄 텐데!

그로 인해 난 전세계의 위대한 황제가 될 것이며,

공중에 다리를 만들어 사람들의 무리를 이끌고

바다를 건너갈 것이다.

아프리카 연안을 둘러싸고 있는 산들을 합쳐

스페인과 연결된 나라를 만들 것이며,

두 나라가 나의 왕국에 복종하게 할 것이다.

로마 제국의 황제도 내 허락 없이는 살지 못할

것이며, 독일의 군주도 마찬가지다.

이제 나는 원하는 것을 얻었으니

메파스토필리스가 다시 돌아올 때까지

이 마법에 전념하여 살아야겠다.   (퇴장.)

〈제4장〉

(바그너와 광대 등장.)

바그너 야 꼬마야, 이리 와라.

광대   뭐, 꼬마라고? 제기랄, 꼬마라니! 이런 턱수염을 단 꼬마들을 많이 본
       모양이군그래. 꼬마라. 그것 참!

바그너 이봐, 돈 들어오는 게 없느냐?

광대   들어오지만, 보시다시피 나가기도 하지.

바그너 불쌍한 놈, 벌거벗고 있는 모습에 가난이 익살을 부리는군. 너는 헐
       벗은 데다, 일자리도 잃었으니, 너무 배가 고파 피가 철철 흐르는 날것
       이라도 양고기 한 조각이면 악마에게 영혼이라도 팔 거야.

광대   아니, 날고기인데도 양고기 한 조각에 악마에게 영혼을 판다고? 천
       만에, 그렇지 않아. 그렇게 비싼 값을 지불한다면, 잘 구워서 맛있는 양
       념을 쳐야만 하겠다.

바그너 이봐, 내 하인이 되어 내 시중을 들래? 그럼 내가 널 나의 어떤 학생[33]
       으로 삼아줄 테니까.

광대   어쭈, 시구를 사용하셔?[34]

바그너 아니지, 수를 놓은 비단[35]과 참제비고깔[36]을 사용하지.

---

33 존 릴리의 『라틴 문법』이라는 책에 나오는 학생들의 몸가짐에 관한 시의 첫 구절. 바그너는 이것
을 '박식한 이의 하인'이란 뜻으로 인용한다.
34 바그너가 라틴어를 사용하자 이를 못 알아듣고, 유식한 체한다고 비아냥거리는 것이다.
35 원문의 beaten silk는 자수를 놓은 비단을 뜻하지만, 바그너는 광대에게 채찍질을 하겠다는 의미

광대 뭐, 뭐, 참제비고땅[37]이라고? 그래 네 애비가 남겨준 땅이라고는 그 깟뿐이라고 생각했어. 이것 봐, 네 터전을 빼앗게 되면 미안한데.

바그너 이놈아, 참제비고깔이라고 했어.

광대 오, 오, 참제비고깔이라! 아이구, 그럼. 네 하인이 되면 내 몸에 해충이 들끓게 되겠군.

바그너 시중을 들건 말건 그렇게 될 거야. 하지만 이놈아, 농담은 그만두고 당장 7년 동안 내 하인이 되어 일해라. 그렇지 않으면, 네 몸 안에 있는 모든 이[蟲]들을 마귀로 변하게 하여, 너를 갈가리 찢게 만들 테니 말이다.

광대 제 말 좀 들어보실래요? 그렇게 수고하실 필요가 없어요. 그들은 이미 저하고 너무나도 친숙하니까요—제기랄, 이라는 놈들은 마치 고기와 피 값을 지불한 것처럼 내 살을 뜯어먹고 있으니 말이야.

바그너 좋아, 이게 보이느냐? 여기, 이 은화들을 받아라.

광대 은해[38]라구? 그것들이 뭔데?

바그너 프랑스 은화지.

광대 아이구, 프랑스 은화를 얻느니, 차라리 가치 없는 영국 동전을 많이 갖는 게 낫지! 그런데 이것들을 가지고 뭘 하지?

바그너 흥, 이봐, 이제 언제 어디에서든지 악마가 한 시간 내로 널 데리러 올 거다.

를 동시에 드러내고 있다.

36 살충제로 쓰이는 식물.

37 바그너가 참제비고깔stavesacre이라고 말한 것을 광대가 일부러 참제비고땅knavesacre이라고 말장난을 하고 있다. 'Knave's Acre'는 런던의 한 빈민가 이름으로, 천민들이 사는 지역이라는 의미를 갖는다.

38 바그너는 '은화guilders'라고 하는데, 광대는 '석쇠, 쇠창살gridirons'이라고 잘못 알아듣는다. 그래서 '은해'라고 번역하였다. guilders는 네덜란드 동전인데 여기에서 프랑스어로 표현되고 있다. 광대가 잘못 알아듣는 것은 프랑스의 것을 경계하는 애국심을 나타낸다고 볼 수 있다.

광대 싫다, 싫어, 여기 은화를 도로 받아라.

바그너 아니, 절대 그럴 수 없어.

광대 도로 받아야만 해.

바그너 내가 그에게 돈을 줬다는 사실에 증인을 서주시오.

광대 내가 다시 돌려준 것을 증언해주시오.³⁹

바그너 좋아, 곧 악마 둘을 불러내어 널 데려가게 할 테다. 발리올! 벨처!

광대 발리오하구 벨처 이리 오라고 해라, 내가 패줄 테니. 악마가 되고 나
서 그렇게 맞아본 적이 없을걸. 놈들 중의 한 놈을 죽여버리면 사람들
이 뭐라고 할까? "저기 짧은 통바지를 입은 친구가 보이나? 그가 악마
를 죽였어"라고 하겠지. 그럼 나는 온 교구에서 '악마 잡이'로 불릴걸.

(두 악마 등장. 광대는 소리를 지르며 위아래로 뛰어다닌다.)

바그너 발리올, 벨처! 악마들아, 사라져라!   (악마들 퇴장.)

광대 음, 사라졌나? 놈들에게 복수를 해야지! 놈들은 흉측하게 긴 손톱을
갖고 있더군. 수악마하고 암악마였어. 어떻게 놈들을 구별하는지 알려
주지. 수악마들은 모두 뿔이 달려 있어, 그리고 암악마들은 쪼개지고
갈라진 발을 달고 있지.

바그너 자, 애야, 날 따라오너라.

광대 하지만 이것 봐. 내가 너를 섬기면, 바니오와 벨초를 부르는 법을 가
르쳐주겠나?

바그너 너 자신을 개나, 고양이, 생쥐 혹은 쥐, 그밖에 무엇으로든지 바꾸는
법을 가르쳐주지.

---

39 광대와 바그너 두 사람 모두 관객들을 향해 증인을 서달라고 말하고 있다.

광대   아니? 기독교도가 개, 고양이, 생쥐 혹은 쥐로 변한다고? 안 돼, 안

돼. 자네가 날 뭔가로 변하게 하려거든, 톡톡 튀어다니는 조그만 벼룩

같은 것으로 만들어주게. 여기저기 어디든지 갈 수 있도록 말이야. 그

럼 난 예쁜 처녀들의 속치마 속으로 들어가 간지럽히며 그 속에서 살

거야!

바그너   자, 이놈아, 가자.

광대   하지만, 바그너, 내 얘기는?

바그너   발리올, 벨처!

광대   아이고, 나리, 제발 바니오와 벨처는 잠들게 해주세요.

바그너   이놈아, 바그너 주인님이라고 불러라. 그리고 왼쪽 눈을 항상 직선으

로 나의 오른쪽 발꿈치에 고정시키고 조심스럽게 걸어라. 내 발자국을

뒤따라서 말이다.   (퇴장.)

광대   아이구 참, 횡설수설이로군! 좋아, 따라가야지. 그를 섬겨야겠어, 정

말이야.   (퇴장.)

〈제5장〉

(파우스투스 자신의 서재에 등장.)

파우스투스   파우스투스, 너는 이제 저주를 받아야만 하고

구원을 받을 수 없다.

그렇다면 하느님이나 천국을 생각하는 것이 무슨 소용이냐?

그런 헛된 생각들일랑 집어치우고, 절망해라.

하느님에게 절망하고 벨제버브를 믿어라.

자 후퇴하지 말아라. 아니, 마음을 단단히 해라!

왜 흔들리는가? 오 내 귀에 무슨 소리가 들린다.

"마법을 버리고 다시 하느님께 돌아오라!"

그래, 파우스투스는 다시 하느님께 돌아갈 것이다.

하느님께로? 그분은 널 사랑하지 않아.

네가 섬기는 하느님은 네 자신의 욕망에 불과해.

벨제버브에 대한 사랑이 바로 거기에서 연유하는 거지.

나는 벨제버브를 위해 제단과 교회를 세우고

갓 태어난 아기들의 미지근한 피를 바칠 것이다.

(선한 천사와 악한 천사 등장.)

선한 천사   사랑하는 파우스투스, 그 저주받을 마법을 떠나라.

파우스투스   회개, 기도, 후회, 그런 게 무슨 소용인가?

선한 천사   오 그대를 천국으로 인도해주는 수단이지.

악한 천사   그것들은 오히려 망상이나 광기의 열매야.

                그걸 열심히 믿는 자들을 바보로 만드는 수단이지.

선한 천사   착한 파우스투스, 천국과 천국의 일들을 생각하라.

악한 천사   아니, 파우스투스, 명예와 재물을 생각하라.   (천사들 퇴장.)

파우스투스   재물이라!

                오, 메파스토필리스가 내 시중을 든다면,

                엠덴[40]이 내 것이 될 것이다.

                어떤 신이 너를 해칠 수 있겠는가? 파우스투스, 넌 안전하다.

---

40 독일의 북서쪽에 있는 이 항구 도시는 16세기 유럽에서 가장 큰 무역의 중심지였다.

더 이상 의심하지 말라! 오라, 메파스토필리스,

위대한 루시퍼로부터 기쁜 소식을 가져오라.

지금, 자정이 아닌가? 오라, 메파스토필리스.

오라, 오라, 메파스토필리스!

(메파스토필리스 등장.)

자, 너의 주인 루시퍼가 뭐라 했는지 말해보아라.

메파스토필리스 나는 파우스투스가 살아 있는 동안 시중을 들고,

그는 그 대가로 영혼을 팔 것이라 했소.

파우스투스 파우스투스는 이미 그것을 각오했다.

메파스토필리스 하지만 이제 당신은 그것을 엄숙하게 양도해야 하고,

당신 자신의 피로 양도 증서를 써야만 하오.

위대한 루시퍼는 그 보증만을 원하오.

만약 당신이 이를 거부하면, 나는 지옥으로 돌아가야만 해.

파우스투스 잠깐, 메파스토필리스, 내 영혼이 그에게

무슨 이익이 되는지 말해보아라.

메파스토필리스 그의 왕국을 확장하는 거지.

파우스투스 그가 이처럼 우리를 유혹하는 것이 그 때문인가?

메파스토필리스 *불행한 자는 동무를 얻고자 한다.*

파우스투스 아니, 너희에게도 다른 사람을 괴롭히는 데 따른 고통이 있는가?

메파스토필리스 인간의 영혼 못지않게 고통을 느끼지.

하지만 말해보시오, 파우스투스, 영혼을 팔겠소?

그러면 내가 당신의 노예가 되어 시중을 들 것이며,

당신이 원하는 것보다 더 많은 것을 줄 것이오.

368

파우스투스   알겠다, 메파스토필리스, 너에게 영혼을 주겠다.

메파스토필리스   그렇다면, 파우스투스, 용감하게 팔을 찔러

당신의 영혼을 묶고, 언젠가 위대한 루시퍼가

그것을 자신의 것으로 청구할 수 있게 하시오.

그러면 당신도 루시퍼처럼 위대하게 될 테니.

파우스투스   자, 메파스토필리스, 너에 대한 사랑으로

파우스투스는 팔을 찌르고, 그 피로 내 영혼을

영원한 밤의 군주이자 지배자,

위대한 루시퍼에게 바칠 것을 서약한다.

여기 내 팔에서 흐르는 피를 보라.

이 피로 인하여 내 소망이 이루어지기를.

메파스토필리스   하지만, 파우스투스,

그것을 양도 증서 형식으로 써주시오.

파우스투스   그렇게 하지. 하지만 메파스토필리스,

피가 응고되어 더 이상 쓸 수가 없다.

메파스토필리스   피를 녹일 수 있도록 즉시 불을 가져다주겠소.   (퇴장.)

파우스투스   피가 이렇게 멈추는 것은 무슨 징조일까?

내가 이 계약서를 쓰는 것이 내키지 않는 걸까?

새로 쓸 수 있도록 왜 피가 흐르지 않는 걸까?

"파우스투스는 영혼을 그대에게 준다." 오, 거기서 멈췄군.

왜 주어선 안 되지? 네 영혼은 네 자신의 것이 아닌가?

그럼 다시 쓰자. "파우스투스는 영혼을 그대에게 준다."

(메파스토필리스가 화로를 가지고 등장.)

메파스토필리스	파우스투스, 여기 불이 있소. 피를 녹이시오.
파우스투스	이제야 피가 다시 흐르기 시작하는군.
	즉시 끝을 맺겠다.
메파스토필리스	그의 영혼을 얻으려면 무슨 짓이든 못하겠는가!
파우스투스	다 이루었다.[41] 이 계약서는 완성됐다.
	파우스투스는 영혼을 루시퍼에게 양도했다.
	그런데 내 팔에 새겨진 이 글씨는 무엇이지?
	인간이여, 달아나라. 어디로 달아나란 말인가?
	하느님께로 가면, 그분이 날 지옥으로 던져버릴 거야.
	내가 헛것을 본 거야. 아무 글씨도 없지 않은가.
	오, 있어. 분명하게 보이는군. 여기에 쓰여 있군.
	인간이여, 달아나라! 하지만 파우스투스는 달아나지 않으리라.
메파스토필리스	그의 마음을 즐겁게 해줄 뭔가를 가져다주어야겠군. (퇴장.)

(메파스토필리스가 악마들과 함께 다시 등장. 악마들은 파우스투스에게 왕관과 화려한 의상을 주고 춤을 춘다. 그러고는 퇴장.)

파우스투스	말해보라, 메파스토필리스. 이건 뭘 의미하는 거지?
메파스토필리스	아무것도 아니오, 파우스투스, 당신 마음을 즐겁게 하고
	마법이 행할 수 있는 것을 보여준 것뿐이오.
파우스투스	하지만 내가 원할 때, 저런 정령들을 불러낼 수 있을까?
메파스토필리스	물론, 파우스투스, 이보다 더 큰 일들도 할 수 있소.
파우스투스	그렇다면, 영혼을 천 개라도 바칠 용의가 있어!

---

41 이는 신성 모독적인 표현이다. 기독교 전통에서 "다 이루었다"는 그리스도가 십자가 위에서 인류의 죄를 대속하고 돌아가기 직전에 한 말이기 때문이다.

메파스토필리스, 여기 내 몸과 영혼의

양도 증서인 이 계약서를 받으라.

하지만 네가 우리 두 사람 사이의 모든 계약 조항을

이행한다는 조건을 전제로 하는 거야.

메파스토필리스 파우스투스, 우리 사이에 한 모든 약속을 반드시

지킬 것을 지옥과 루시퍼를 걸고 맹세하오.

파우스투스 그럼 내가 읽는 것을 들어보라. 다음과 같은 계약을 맺는다.

"첫째, 파우스투스는 외형적으로나 실질적으로 영(靈)이 될 수 있다.[42]

둘째, 메파스토필리스는 그의 하인이 되어 그의 명령에

순종할 것이며,

셋째, 메파스토필리스는 그를 위해 무슨 일이든지 하고,

무엇이든지 가져올 것이며,

넷째, 그는 그의 방이나 집 안에 보이지 않는 형태로 있을 것이며,

마지막으로, 존 파우스투스가 부르면 언제든지 그가 원하는

어떤 형태나 모습으로든지 나타날 것이다.

나, 비텐베르크의 박사, 존 파우스투스는 이러한 조건으로 육체와 영혼을

동방의 왕자, 루시퍼와 그의 사자인 메파스토필리스에게 바친다.

그리고 나아가서 위의 항목들을 어기지 않는다면 24년의 기간이

만료된 후에 존 파우스투스의 육체와 영혼, 살, 피 혹은 재물을

어디든지 그들이 정한 거주지로 가져갈 수 있는 전권을

그들에게 허락한다.

존 파우스투스"

---

42 정령의 초자연적인 힘을 갖는다는 것을 뜻한다.

메파스토필리스	말해보시오, 파우스투스, 이것을 증서로 양도하겠소?
파우스투스	그래, 가져가라. 악마가 네게 상을 내리리라.
메파스토필리스	자, 파우스투스, 무엇이든지 물어보시오.
파우스투스	먼저 지옥에 대해서 물어보겠다.
	말해보라, 사람들이 지옥이라 부르는 곳이 어디 있는가?
메파스토필리스	하늘 아래에.
파우스투스	그래, 하지만 어디쯤에?
메파스토필리스	우리가 영원히 고통 받으며 머무르는
	이 우주의 4원소 내부에 있소.
	지옥은 경계가 없고, 둘레가 쳐진 곳도 아니오.
	우리가 있는 곳이 바로 지옥이니까 말이오.
	그리고 우리는 그 지옥에 영원히 있어야 하는 거지.
	간단히 말하면, 온 세상이 파멸되고
	모든 피조물이 정화될 때, 천국이 아닌 곳은
	모두 지옥이 될 것이오.
파우스투스	난 지옥이 우화에 불과하다고 생각한다.
메파스토필리스	그래, 그렇게 생각하시오. 겪어봐야 생각이 바뀌겠지.
파우스투스	아니, 넌 파우스투스가 저주를 받을 거라고 생각하는가?
메파스토필리스	물론이지, 여기 루시퍼에게 영혼을 바친 것을
	증거하는 증서가 있으니 말이오.
파우스투스	그래, 육체도 주었지. 하지만 그게 어떻다는 거야?
	파우스투스가 현세의 삶 이후에 어떤 고통이 있으리라고
	상상할 정도로 어리석다고 생각하는가?
	아니야, 쓸데없는 생각, 늙은 아낙네들의 이야깃거리일 뿐이야.
메파스토필리스	하지만 나 자신이 그렇지 않다는 것을 증명하는 본보기지.

나는 저주받았고 지금 지옥에 있으니 말이오.

파우스투스 뭐, 지금 지옥에? 아니, 여기가 지옥이라면 나는 기꺼이 저주를

받겠다! 걷고, 논쟁하고, 기타 등등. 하지만 이런 건 집어치우고,

내게 아내를 구해주게. 전 독일에서 가장 아름다운 처녀를.

나는 바람기가 있는 데다 음탕하여 아내가 없이는 살 수가 없어.

메파스토필리스 아내라고? 제발, 파우스투스, 아내 얘기는 하지 마시오.[43]

파우스투스 아니, 착한 메파스토필리스, 꼭 가져야겠으니 한 사람만

데려오라.

메파스토필리스 좋아, 아내를 구해주지. 내가 올 때까지 거기 앉아 있으시오.

악마의 이름으로 아내를 데려다주지.   (퇴장.)

(꽃불놀이를 배경으로 여장을 한 악마를 데리고 다시 등장.)

말해보시오 파우스투스, 아내가 맘에 드시는가?

파우스투스 제기랄, 이건 진짜 음탕한 창녀로군!

메파스토필리스 쳇, 결혼이란 의례적인 장난에 불과하오.

만약 날 사랑한다면, 더 이상 아내 생각은 마시오.

내가 가장 아름다운 창녀들을 골라 매일 아침

당신 침대로 데려다줄 테니 말이오.

그녀가 페넬로페[44]처럼 정숙하건,

시바의 여왕처럼 현명하건,

타락하기 전의 루시퍼처럼 아름답건 간에,

당신 눈에 좋은 여자라면 당신 마음도 좋아할 것이오.

---

43 결혼은 신성한 것이기 때문에 메파스토필리스는 파우스투스에게 아내를 구해줄 수 없다.
44 정숙하기로 유명한 오디세우스의 아내.

잠깐, 이 책을 받아 철저히 숙독하시오.

이 글들을 반복해서 읽으면 황금을 얻을 수 있고,

땅 위에 이 원을 그리면 회오리바람, 태풍,

천둥 그리고 번개를 부를 수 있소.

이것을 세 번 정성을 다하여 불러보시오.

그러면 무장을 한 병사들이 나타나

당신이 원하는 것을 이루어줄 것이오.

파우스투스   고맙다, 메파스토필리스, 하지만 난 모든 주문과 마법이

담겨 있어 내가 원할 때 정령들을 불러낼 수 있는 그런

책을 갖고 싶다.

메파스토필리스   여기 이 책 안에 그것들이 있소.   (책을 펼친다.)

파우스투스   하늘의 모든 부호들과 행성들에 관한 정보가

담겨 있는 책을 갖고 싶어. 그들의 움직임과 특징을

알 수 있도록 말이야.

메파스토필리스   그것들도 여기 있지.   (그쪽을 펼친다.)

파우스투스   한 권만 더 있었으면 좋겠군. 그럼 만족하겠어.

지구상에서 자라는 모든 식물들과 약초들 그리고

나무들을 볼 수 있는 책 말이야.

메파스토필리스   여기에 있소.

파우스투스   오 아니잖은가!

메파스토필리스   쳇, 분명하다니까.   (그쪽을 펼쳐보인다.)

파우스투스   하늘을 바라볼 때면 나는 후회를 하고

사악한 메파스토필리스 너를 저주한다.

네가 내게서 그 기쁨들을 빼앗아 갔기 때문이다.

메파스토필리스   저런, 파우스투스,

천국이 그렇게 대단한 것이라고 생각하는가?

천국은 당신이나 이 땅 위에서 숨쉬는

어떤 인간의 반만큼도 아름답지 않아.

파우스투스 그걸 어떻게 증명하지?

메파스토필리스 천국은 인간을 위해 만들어졌지. 그러니 인간이 더

훌륭한 거야.

파우스투스 천국이 인간을 위해 만들어졌다면, 그건 날 위해 만들어진 거야.

난 이 마법을 포기하고 회개를 할 테다.

(선한 천사와 악한 천사 등장.)

선한 천사 파우스투스, 회개하라. 하느님께서 널 불쌍히 여기실 것이다.

악한 천사 너는 악령이다. 하느님께서 불쌍히 여기실 리 없다.

파우스투스 내가 악령이라고 누가 내 귀에 중얼거리는가?

비록 내가 악마일지라도 하느님께서는 날 불쌍히 여기실 것이다.

그래, 회개를 하면, 하느님께서 날 불쌍히 여기실 거야.

악한 천사 맞아, 하지만 파우스투스는 결코 회개할 수 없을걸.   (천사들 퇴장.)

파우스투스 내 마음이 완악해져서 회개할 수가 없어.

구원, 신앙 혹은 천국과 같은 말을 입에 올릴 수조차 없어.

오직 내 귀엔 무서운 메아리만 천둥처럼 울려 퍼진다.

"파우스투스, 넌 저주받았다!" 그 다음엔 비수와 단검들,

독약, 총, 교수용 올가미들 그리고 독을 바른 검들이

나 자신을 죽이기 위해 내 앞에 놓여 있다.

달콤한 쾌락이 깊은 절망을 정복하지 않았더라면,

오래 전에 나는 자살을 감행했을 것이다.

눈이 먼 호메로스가 내게 알렉산드로스[45]의 사랑과

오이노네의 죽음을 노래하게 만들지 않았던가?

매혹적인 하프 소리로 테베의 성벽을

쌓았던 자[46]가 메파스토필리스와 함께

음악을 연주하지 않았던가?

그렇다면 내가 왜 죽어야 하고 비굴하게 절망해야 하지?

결심이 섰다. 파우스투스는 후회하지 않을 것이다.

오라, 메파스토필리스, 우리 다시 논쟁하자.

신성한 천문학의 이치를 밝혀보자.

말해보라, 달 위에 더 많은 천체들이 있는가?

모든 천체들이 우주의 중심인 이 지구처럼

하나의 구체로 이루어져 있는가?

메파스토필리스   우주의 4원소처럼, 천체도 마찬가지로

서로의 궤도 속에 포섭되어 있다.

그리고 파우스투스, 모두가 하나의 축을 중심으로 얽혀서

움직이며, 그 축의 끝은 우주의 대극이라고 불리지.

토성, 화성 혹은 목성의 존재도 꾸며낸 건

아니지만, 떠돌이 별들에 불과하지.

파우스투스   하지만 그들이 모두 시공간적으로 같은 움직임을 갖는단 말인가?

메파스토필리스   모든 별들은 우주의 축들을 중심으로 24시간 동안

동쪽에서 서쪽으로 움직인다. 하지만 황도대[47]를

---

45 알렉산드로스는 오이노네의 연인이었던 파리스의 또 다른 이름이다. 그는 나중에 그녀를 버리고, 헬레네를 유괴하여 트로이 전쟁을 일으킨 장본인이 되었다. 오이노네는 파리스가 전투에서 입은 상처를 치료하는 것을 거절하였고, 그가 상처 때문에 죽자 가책을 느껴 자살하였다.
46 전설적인 연주가 암피온은 솜씨가 몹시도 훌륭하여 돌들이 저절로 움직여 테베의 성벽을 쌓았다고 전해진다.

중심으로 할 때는 그 움직임이 다르다.

파우스투스 쳇, 이런 시시한 질문들은 바그너도 대답할 수 있다!

메파스토필리스가 더 대단한 능력이 없나?

행성들의 이중의 운행을 누가 모르는가?

첫번째 운행은 하루 만에 끝이 나고, 두번째 운행은

토성은 30년, 목성은 12년, 화성은 4년, 태양, 금성,

수성은 1년, 달은 28일이 걸리지. 쳇, 이런 것들은

대학 신입생들도 알고 있는 것이야. 하지만, 말해보아라,

모든 천체에 천사나 지적인 영이 있는가?[48]

메파스토필리스 그렇지.

파우스투스 얼마나 많은 천체들이 있지?

메파스토필리스 아홉이지. 다시 말해, 일곱 개의 행성, 창공,

그리고 최고천(最高天)[49]이 있다.

파우스투스 좋아, 그럼 이 문제도 풀어다오. 행성들의 합(合),[50] 충(衝),[51]

시좌(視坐),[52] 식(蝕) 현상들이 모두 똑같이 일어나지 않고,

왜 어떤 해에는 많이, 어떤 해에는 적게 일어나느냐?

메파스토필리스 천체 내에서 행성들의 속도가 서로 다르기 때문이지.

파우스투스 좋아, 알겠다. 누가 세상을 만들었지?

메파스토필리스 대답하지 않겠다.

파우스투스 착한 메파스토필리스, 말해보아라.

---

47 모든 별들이 회전할 때 중심이 되는 축.
48 당시 사람들은 천사나 지적인 존재가 천체를 돌린다고 믿었다.
49 아홉번째 천체가 움직이지 않는 최고천이다.
50 두 개 이상의 천체가 외관상 근접하는 현상.
51 두 행성이 지구를 사이에 두고 서로 가장 멀리 있는 상태.
52 사람의 운명을 정하는 별의 위치.

메파스토필리스 나를 화나게 하지 마라, 파우스투스.

파우스투스 악당 같으니, 무엇이든 내게 말하겠다고 약속하지 않았느냐?

메파스토필리스 그랬지, 그 약속은 우리 왕국에 해가 되지 않아. 하지만

이건 해가 돼. 당신은 저주받았으니 지옥에 대해 생각해라.

파우스투스 파우스투스, 세상을 만드신 하느님을 생각해라!

메파스토필리스 지금 한 말 기억해두어라! (퇴장.)

파우스투스 그래, 가라, 저주받은 악령아, 추한 지옥으로.

고뇌에 찬 파우스투스의 영혼을 저주한 건 바로 네놈이야.

너무 늦지 않았는가?

(선한 천사와 악한 천사 등장.)

악한 천사 너무 늦었다.

선한 천사 결코 늦은 게 아니야, 파우스투스가 회개를 한다면.

악한 천사 회개를 하면, 악마들이 널 갈가리 찢어놓을걸.

선한 천사 회개하라, 그들은 너의 살갗 하나 다치지 못하리라. (천사들 퇴장.)

파우스투스 오 그리스도, 나의 구세주!

불쌍한 파우스투스의 영혼을 구해주소서.

(루시퍼, 벨제버브, 메파스토필리스 등장.)

루시퍼 그리스도는 올바르신 분이기 때문에 너의 영혼을 구할 수 없다.

너의 영혼에 관심을 가진 자는 나밖에 없다.

파우스투스 오 끔찍한 모습을 한 너는 누구인가?

루시퍼 나는 루시퍼다. 그리고 이쪽은 내 동료 지옥의 왕자지.

파우스투스	오 파우스투스, 그들이 네 영혼을 데리러 왔어!
루시퍼	우리는 네가 우리에게 해를 입히고 있다는 말을 하러 왔다.
	너는 약속에 어긋나게 그리스도를 부르고 있어.
	하느님을 생각해서는 안 돼. 악마를 생각해라.
	그리고 악마의 어미도.
파우스투스	앞으로는 그러지 않겠소. 이번 일은 용서해주시오.
	파우스투스는 결코 하늘을 쳐다보지 않고,
	하느님의 이름을 부르거나 그에게 기도하지도 않으며,
	성서들을 불태워버리고, 성직자들을 죽이며,
	정령들을 시켜 교회를 무너뜨리겠다고 맹세하오.
루시퍼	그렇게 해라, 우리가 널 더욱 만족스럽게 해주리라. 파우스투스,
	우린 네게 재미있는 것을 보여주려고 지옥에서 왔다. 앉아라.
	7대 죄악이 그들 본래의 모습으로 네 앞에 나타날 테니.
파우스투스	그 광경은 천지 창조의 첫째 날 낙원을 보고 아담이 느꼈던
	것과 똑같은 즐거움을 내게 줄 것이오.
루시퍼	낙원이나 창조에 관한 얘기는 하지 말고, 구경이나 해라.
	악마에 관한 얘기 외에는 하지 마라. 들어와.

(7대 죄악 등장.)

	자 파우스투스, 그들에게 각자의 이름과 성질을
	물어보아라.
파우스투스	첫번째, 넌 무엇이냐?
교만	나는 교만이다. 나는 양친이 있는 것을 경멸하지. 난 오비디우스의
	벼룩[53]과

같아서 처녀의 몸 어느 구석에도 기어들어갈 수 있지. 때로는 가발처럼 그녀의 이마 위에도 앉고. 다음에는 목걸이처럼 그녀의 목 둘레를 기어 다니고, 그리고 나서 깃털로 만든 부채처럼 그녀의 입술에 키스를 하지. 정말이야—그렇게 하고말고. 그런데 제길, 이게 무슨 냄새지? 땅에 향수를 뿌리고 아라스 천으로 덮지 않으면, 더 이상 말하지 않겠다.

파우스투스 두번째, 너는 무엇이냐?

탐욕 나는 탐욕이다. 낡은 가죽 자루를 뒤집어쓴 늙은 시골뜨기가 나를 낳았지.

지금 내 소망을 이룰 수만 있다면, 이 집은 물론 너희들 모두를 황금으로 변하게 하여 내 금고 속에 넣고 안전하게 자물쇠를 채우는 것이 내가 원하는 거지. 오 나의 사랑스런 황금!

파우스투스 세번째, 너는 무엇이냐?

분노 나는 분노다. 내겐 아비도 어미도 없다. 나는 잉태된 지 한 시간도 채 되기 전에 사자의 입에서 튀어나왔지. 그후로는 이 칼들을 차고 온 세상을 돌아다녔어. 싸울 상대가 없을 때는 나 자신에게 상처를 내면서 말이야. 나는 지옥에서 태어났으니, 지옥을 주시하지. 당신들 중의 누군가가 내 아비일 테니 말이야.

파우스투스 네번째, 넌 무엇이냐?

시기 나는 시기다. 굴뚝 청소부와 굴 따는 아내에게서 태어났지. 나는 읽을 줄을 모르니 모든 책들을 다 불태워버렸으면 좋겠다. 다른 사람이 먹는 것을 보면 몸이 말라. 오 온 세상에 기근이 닥쳐서 모두 다 죽어버리고, 나 혼자만 살아 남으면 좋을 것을.

---

53 중세의 음탕한 시 「벼룩」은 한때 오비디우스의 작품으로 잘못 알려져 있었다. 이 시에서 시인은 벼룩을 부러워하는데, 벼룩은 원하는 곳이라면 어디든지 갈 수 있기 때문이라고 말한다.

그때에 내가 얼마나 살이 찌는지 당신이 봐야 하는데! 그런데

왜 당신은 앉아 있고 나는 서 있어야 하지? 내려와, 복수다!

파우스투스 꺼져라, 시기심 많은 악당! 다섯번째, 너는 무엇이냐?

대식 누구, 나 말인가? 나는 대식이다. 내 부모는 다 죽고,

내게 보잘것없는 푼돈을 남겨주었어. 그걸로는 하루에 30끼니와

열 번의 간식밖엔 안 돼. 날 만족시키기에는 너무 부족하지.

오, 나는 왕족의 혈통을 타고났어. 할아버지는 베이컨의

아래쪽 살이었고, 할머니는 커다란 적포도주 한 통이었지.

내 대부들은 피터 피클드헤링[54]과 마틴 마틀마스비프[55]였다.

오, 하지만 내 대모님! 그녀는 쾌활한 귀부인이어서

모든 마을과 도시에서 사랑을 받았는데, 이름은 마저리

마치비어[56]였어. 자, 파우스투스, 내 얘기를 모두 들었으니

나를 저녁 식사에 초대하지 않겠나?

파우스투스 싫다, 교수형이나 당해라. 네놈은 내 음식을 모두 먹어치울 거야.

대식 그럼 악마한테 목 졸려 뒈져라!

파우스투스 너나 뒈져라, 이놈. 여섯번째, 넌 무엇이냐?

게으름 나는 게으름일세. 나는 햇빛이 따사로운 강둑에서 태어나, 그곳에

계속 누워 있었지. 그러니 그대가 나를 그곳에서 데려온 것은 내게

큰 해를 입힌 거야. 대식과 호색을 시켜 날 다시 그곳으로 데려다주게.

막대한 돈을 준다고 해도 더 이상 말을 하지 않겠다.

파우스투스 그럼, 일곱번째이자 마지막인 넌 무엇이냐, 왈가닥 아가씨?

호색 누구, 나 말인가요? 나는 기름에 튀긴 건어보다는 날양고기[57]

---

54 소금에 절인 청어리.

55 마틴마스는 매년 11월 11일로 관습적으로 겨울을 나기 위해서 가축을 죽여 소금에 절이는 절기
였다. 마틴 마틀마스비프는 마틴마스에 절인 고기를 가리킨다.

56 3월에 빚는 독한 맥주.

한 토막을 더 좋아하는 여자지요. 내 이름의 첫 자는 호색으로
시작한답니다.

루시퍼　　지옥으로 사라져라, 사라져!　　　　　　　　(7대 죄악 퇴장.)

자 파우스투스, 마음에 드는가?

파우스투스　이 광경을 보니 내 영혼이 생기를 얻는다.

루시퍼　　쯧쯧, 파우스투스, 지옥에는 이런 모든 기쁨이 있는 거야.

파우스투스　오, 지옥을 보고 다시 돌아올 수만 있다면, 얼마나

행복할까!

루시퍼　　파우스투스, 그렇게 해주겠다. 자정에 널 데리러 올 거다.

그동안 이 책을 숙독하고 철저하게 보아두어라. 그러면 네가

원하는 어떤 형태로든 변신할 수 있을 테니 말이야.

파우스투스　참으로 고맙소, 위대한 루시퍼.

이 책을 내 생명처럼 조심스럽게 보존하겠소.

루시퍼　　자, 잘 있거라, 파우스투스. 악마를 생각하거라.

파우스투스　안녕히, 위대한 루시퍼. 오라, 메파스토필리스.　　(모두 퇴장.)

〈제6장〉

(마부 로빈이 손에 책을 한 권 들고 등장.)

로빈　　오, 이건 정말 놀라운데! 파우스투스 박사의 마법책 중에서

한 권을 훔쳤는데, 나도 한번 원형[58]을 찾아 써먹어봐야겠어.

---

57 엘리자베스 시대에 흔히 음탕한 의미로 사용되었다. 여기에서는 남성의 성기를 가리킨다.
58 마법을 거는 데 사용하는 원을 의미하기도 하고, 성적(性的) 파트너를 의미할 수도 있다.

이제 교구에 있는 처녀들을 모두 내가 원하는 대로 내 앞에서
벌거벗고 춤추게 만들 거야. 그렇게 해서 지금까지 내가
보거나 느낀 것 이상의 것들을 보게 되는 거지.

(라페가 로빈을 부르며 등장.)

라페　로빈, 어서 피해. 어떤 신사분이 말을 기다리는데,
　　　자신의 마구들을 깨끗하게 정리하고 청소해야 한다는 거야.
　　　우리 안주인하고 그것 때문에 실랑이 중인데, 안주인이 널
　　　찾아내라고 날 보낸 거야. 어서, 피해.

로빈　비켜, 비켜, 그렇지 않으면 넌 사지가 절단되어 날아갈 거야, 라페!
　　　비켜, 내가 엄청나게 위험한 일을 시작할 참이니까 말이야.

라페　이봐, 그 책으로 뭘 하려는 거야? 넌 읽을 줄도
　　　모르잖아.

로빈　읽을 수 있어. 주인과 안주인은 내가 읽을 수 있다는 걸 알게 될 거야.
　　　주인 이마엔 뿔이 나고, 안주인은 안방에서 날 맞겠지. 안주인은 나와
　　　동침하게 되어 있어. 그렇지 않으면, 내 마법은 실패야.

라페　아니, 로빈, 그게 무슨 책이지?

로빈　무슨 책? 지옥의 악마가 만들어낸 것 중에서
　　　가장 훌륭한 마법책이지.

라페　너, 그걸로 마법을 걸 수 있어?

로빈　무엇이든 아주 쉽게 할 수 있지. 먼저, 너에게 유럽에 있는
　　　어느 술집에서도 공짜로 고급 포도주를 마시게 할 수 있지.
　　　그게 내 마법 중의 하나야.

라페　우리 목사님은 그게 헛소리라고 하던데.

로빈   사실이야, 라페. 그리고 게다가, 네가 식모인 낸 스핏에게

마음이 있으면, 네가 원할 때마다 언제든지 오게 하고

네 마음대로 할 수 있어, 그것도 한밤중에.

라페   오 대단한 로빈! 내가 낸 스핏을 마음대로 할 수 있을까?

그런 조건이라면, 너의 악마가 살아 있는 동안 그에게 공짜로

말 여물을 먹여주겠어.

로빈   이제 그만, 착한 라페. 가서 우리 장화나 씻자.

우리 손을 더럽게 하니까 말이야. 그 다음에 악마의 이름으로

주문을 걸어보는 거야.   (함께 퇴장.)

〈코러스 2〉

(바그너 혼자 등장.)

바그너   박식한 파우스투스는,

조브 신의 높은 창공에 관한 책에 쓰인

천문학의 비밀을 알기 위해,

목에 멍에를 씌운 용들이 끄는

화려한 마차를 타고,

올림포스[59]의 꼭대기까지 올라갔습니다.

그는 이제 우주의 구조를 입증하기 위해[60] 떠났습니다.

추측건대 그는 맨 먼저 로마에 도착하여

---

59 그리스 신화에 등장하는 신들의 거처.
60 '지도의 정확성을 시험하기 위해'라는 뜻이다.

교황과 그의 궁정을 볼 것이며,

오늘 참으로 엄숙하게 집행될

거룩한 베드로의 축제일[61]에 참여할 것입니다.　　　　　(퇴장.)

〈제7장〉

(파우스투스와 메파스토필리스 등장.)

파우스투스　　자, 메파스토필리스, 우리는 하늘 높이 솟은

산봉우리들, 부싯돌로 만든 성벽과 깊게 파인

호수들로 둘러싸여 있고, 어떠한 침략자에게도

정복당한 적이 없는 트리어[62]의

위풍당당한 도시를 기쁘게 지나왔다.

다음에는 파리에서부터, 프랑스의 영토를 따라가면서,

마인 강이 라인 강으로 흘러들어가는 것을 보았고,

라인 강변은 열매가 풍성한 포도 숲들로 덮여 있었지.

다음에는 나폴리의 풍요로운 캄파니아로 갔다.

그곳에는 아름답고도 호화스러운 건물들이 있었고,

거리들은 곧게 뻗어 있었으며 고운 벽돌로 포장되어

있었고, 도시는 네 구역으로 똑같이 나누어져 있었다.

그곳에서 우리는 대학자 마로[63]의 황금 무덤과

---

61 6월 29일.
62 프러시아에 있는 트레베스.
63 기원전 19년에 죽어 나폴리에 묻힌 로마의 시인 베르길리우스를 가리킨다. 중세에 베르길리우스

그가 단 하룻밤에 바위를 뚫어 만든, 길이가

1마일이나 되는 길도 보았다.

그곳에서 베네치아, 파도바 그리고 나머지 도시들에도

갔는데, 그중의 한 곳에는 하늘 높이 솟아오른 꼭대기가

하늘의 별들을 위협하는 찬란한 사원[64]이 서 있었지.

이렇게 파우스투스는 여기까지 시간을 보내왔다.

하지만 말해보아라, 지금 쉬고 있는 이곳은 어디인가?

내가 전에 명령했듯이, 나를 로마의 성내로

인도했느냐?

메파스토필리스 그렇다, 파우스투스. 우리가 갖지 못할 것이란 없다.

이곳은 교황의 내실인데 우리가 사용할 것이다.

파우스투스 교황이 우리를 환영해주었으면 좋겠군.

메파스토필리스 쯧, 상관없어. 어차피 우리는 교황의 음식을 마음대로

먹게 될 테니까.

그런데, 파우스투스, 이제 당신은 로마에

눈을 즐겁게 할 무엇이 있는지 알 수 있을 거야.

이 도시는 같은 수의 토대를 떠받쳐주는

일곱 개의 언덕 위에 서 있다는 것을 알아두라.

도시 한가운데를 뚫고 티베르 강이 흐르고,

로마를 두 구역으로 나누는 강둑들이 있는데,

그 위로 네 개의 위풍당당한 다리가 놓여 있어

로마의 각 지역으로 통하는 안전한 통로가 된다.

폰테 안젤로라고 불리는 다리 위에는

는 마법사로 여겨졌다.

64 베네치아에 있는 성 마가의 사원.

견고한 성이 한 채 서 있는데,

그 성벽 안에는 수많은 무기가 저장되어 있으며,

황동으로 주조된 쌍포는 1년 365일에 일치하는

숫자만큼 저장되어 있다는 것을 알게 될 거다.

그외에도 성문들과 율리우스 카이사르가

아프리카에서 가져온 높은 오벨리스크도 있지.

파우스투스 자, 지옥의 통치를 받는 왕국들과,

스틱스 강, 아케론 강 그리고 영원히 불타는

플레게톤 강의 타오르는 호수에 걸고

맹세하노니, 화려하고 장엄한 로마의 지형과

기념물들을 참으로 보고 싶다.

자, 떠나자.

메파스토필리스 아니, 잠깐, 파우스투스. 그대가 교황도 만나고

성 베드로의 축제에 참여하고 싶어할 거라는 걸 안다.

이 축제에서 자넨 대머리 수도사들도 볼 수 있을 텐데,

그들의 최고선은 배를 채우는 일이지.

파우스투스 좋아, 장난을 좀 쳐보는 것도 좋겠지.

그들의 바보스런 꼴이 우릴 즐겁게 해줄 거야.

그럼, 마법을 걸어 날 보이지 않게 해다오. 로마에 머무르는 동안

아무에게도 보이지 않게 내 마음대로 할 수 있도록 말이야.

메파스토필리스 (파우스투스에게 주문을 걸며) 자, 파우스투스,

하고 싶은 대로 해라. 결코 눈에 띄지 않을 테니.

(트럼펫 소리. 교황과 로레인 추기경이 성찬에 참석하고자 수도사들을 대동하고
등장.)

교황	로레인 추기경님, 가까이 앉으시겠습니까?
파우스투스	먹어라, 아끼면 악마가 목을 조를지도 몰라!
교황	방금 말한 게 누구지? 수도사, 주위를 살펴보아라.
수도사 1	아무도 없는 줄로 아뢰옵니다.
교황	추기경님, 이 맛있는 음식은 밀라노의 주교가 보내준 것입니다.
파우스투스	고맙소이다. (교황으로부터 고기를 낚아챈다.)
교황	아니 이런! 누가 내게서 고기를 낚아챘지? 살펴보지 않겠느냐? 추기경님, 이 음식은 피렌체의 추기경이 보낸 것입니다.
파우스투스	아 그래? 내가 먹어주지. (접시를 낚아챈다.)
교황	아니, 또?—추기경님, 그대를 위해 한잔하지요.
파우스투스	나는 당신을 위해 한잔하지. (교황으로부터 잔을 가로챈다.)
로레인	교황 전하, 어떤 영혼이 연옥에서 빠져나와 교황님께 용서를 구하기 위해 이곳에 와 있다는 생각이 듭니다.
교황	그럴 수도 있지요. 수도사들은 이 영혼의 분노를 가라앉히도록 진혼가를 준비하라. 다시 한 번, 추기경님, 듭시다.

(교황이 성호를 긋는다.)

파우스투스	저런! 아니, 성호를 긋느냐? 좋아, 충고하는데, 그 따위 속임수는 더 이상 쓰지 마라. (교황이 다시 성호를 긋는다.) 흥, 두번째로군. 세번째는 조심하게. 내 경고하겠어.

(교황이 또다시 성호를 긋고, 파우스투스는 교황의 따귀를 갈긴다. 모두 도망.)

파우스투스	자, 메파스토필리스, 이젠 뭘 하지?

388

메파스토필리스   나도 몰라, 우리는 종, 책 그리고 촛불로

저주를 받을 걸세.[65]

파우스투스   뭐라고? 종, 책 그리고 촛불, 촛불, 책 그리고 종아,

앞뒤로 바꾸어서 파우스투스에게 지옥의 저주를 내려보아라.

곧 돼지가 꿀꿀거리고, 송아지가 메에 하고, 당나귀가 울어대는

소리를 듣게 될 테니. 성 베드로의 축제니까 말이다.

(수도사들이 모두 진혼가를 부르러 등장.)

수도사 1   자, 형제들이여, 경건한 마음으로 우리 임무를 수행합시다.

(모두들 노래한다.)

식탁에서 교황님의 고기를 훔친 자에게 저주가 있으라.

주님께서 그를 저주하시기를!

교황님의 얼굴을 때린 자에게 저주가 있으라.

주님께서 그를 저주하시기를!

산델로 수도사의 머리를 갈긴 자에게 저주가 있으라.

주님께서 그를 저주하시기를!

우리의 거룩한 진혼가를 방해하는 자에게 저주가 있으라.

주님께서 그를 저주하시기를!

교황님의 포도주를 가로챈 자에게 저주가 있으라.

주님께서 그를 저주하시기를!

그리고 모든 성인들께서 그를 저주하시기를! 아멘.

(파우스투스와 메파스토필리스가 수도사들을 때린다. 그리고 그들 가운데 불꽃

---

65 교회에서 파문할 때 종을 울리고, 책을 덮고, 촛불을 끄는 마지막 절차를 말하는 것이다.

을 던지고, 모두 함께 퇴장.)

〈제8장〉

(로빈과 라페가 은잔을 가지고 등장.)

로빈   자, 라페, 우리가 이 파우스투스 박사의 마법책 덕분에 부자가 될 거
       라고 내가 말하지 않았어? 증거를 보아라! 여기 마부들에게 도움이 되
       는 게 있군. 이 책이 있는 한, 말들은 더 이상 건초를 먹지 않게 될 거
       야.

(술집 주인 등장.)

라페   하지만 로빈, 술집 주인이 이리로 오고 있어.
로빈   쉿, 저자를 마법으로 골탕을 먹여주겠어. 급사, 돈은 다 지불한 걸로
       아네. 잘 있게. 가자, 라페.
주인   잠깐만, 나리 한 말씀만. 은잔을 사셨으니 가시기 전에 값을 주셔야
       지요.
로빈   내가 은잔을 샀다고? 라페, 나한테 은잔이라구? 무슨 헛소리를, 자
       넨 기타 등등[66]이야. 나한테 은잔이라구? 뒤져봐.
주인   허락하신다면 그렇게 하겠습니다.   (로빈의 몸을 뒤진다.)
로빈   자 이래도 할말이 있나?

---

66 배우가 즉흥적으로 욕을 할 수 있도록 비워둔 것이다.

주인 당신 동료에게 말을 좀 해봐야겠소. 당신 말이오!

라페 나? 나 말이오? 마음대로 뒤져보시오. 이보시오, 정직한 사람들을 이런 문제로 괴롭히다니, 부끄러운 줄 알아야지.

주인 (라페를 뒤진다.) 여하튼, 당신들 중의 한 사람이 은잔을 숨기고 있어.

로빈 틀렸어, 이 친구야, 그건 바로 내 앞에 있지. 이것 봐, 정직한 사람들을 고소하는 법을 가르쳐주지. (라페에게) 준비해라. (술집 주인에게) 은잔 때문에 널 혼내주겠다―옆으로 비켜 서 있는 게 좋을걸―내가 벨제버브의 이름으로 너를 고소하니 말이야―은잔을 잘 지켜, 라페!

주인 이것 봐, 뭘 하는 거야?

로빈 내가 하려는 걸 알려주지. (책을 읽는다.) "쌍크토불로룸 페뉴프뉴스 티콘!" 이봐, 널 혼내줄 테다. 은잔을 잘 지켜, 라페. "폴뉴프뉴그모스 벨세보늠스 프뉴맏토 파코스티포스 톤스티스 메파스토펄뉴스……"

(메파스토필리스 등장, 그들의 등에 폭죽을 장치하고 그들은 도망쳐 다닌다.)

주인 아이구 하느님! 이게 무슨 짓이오, 로빈? 알겠소, 당신이 은잔을 가져가지 않았소.

라페 쳐 중의 쳐로다! 은잔 여기 있소, 주인 양반.

로빈 저희에게 자비를! 이젠 어떻게 하지? 악마님, 용서해주세요. 다시는 마법책을 훔치지 않겠습니다.

(메파스토필리스가 그들에게 다시 등장.)

메파스토필리스 사라져라, 악당놈들, 이런 짓을 한 대가로 한 놈은 원숭이,

다른 놈은 곰, 세번째 놈은 당나귀가 되어라.   (주인 퇴장.)

지옥의 제왕의 통치하에

위대한 군주들도 두려운 마음으로 무릎을 꿇고,

그 제단에 수천의 영혼이 엎드리는데,

내가 이 천한 놈들의 주문 때문에 얼마나 귀찮은지!

이 저주받은 놈들을 기쁘게 해주려고 내가

콘스탄티노플에서 여기까지 불려왔다.

로빈 아니, 콘스탄티노플에서? 정말 대단한 여행을 하셨군요. 저녁 식사

값으로 지갑에 6펜스를 줄테니 받아 가지고 가시겠소?

메파스토필리스 좋아, 못된 놈들, 뻔뻔스러움에 어울리게 너는 원숭이로,

그리고 너는 개로 변해라. 그리고 꺼져버려!   (퇴장.)

로빈 오, 원숭이라고? 그거 훌륭하군. 아이들과 재미있게 놀 수 있을 거

야. 밤하고 사과도 많이 먹을 거야.

라페 그리고 나는 개가 된다구.

로빈 그래, 네 머리는 귀리 죽 그릇에서 나올 줄을 모를 거야. (함께 퇴장.)

〈코러스 3〉

(코러스[바그너] 등장.)

코러스 파우스투스는 즐거운 마음으로 진기한 것들과

왕들의 화려한 궁중들을 살펴보고 난 후,

여행을 중단하고 집으로 돌아왔습니다.

그곳에서는 그의 부재를 슬퍼하던 사람들,

즉 그의 친구들과 가까운 동료들이

그의 안전한 귀향을 친절한 말로 반겼습니다.

그리고 세계와 하늘을 여행하며 그가 겪은

것들을 서로 나누는 자리에서

그들은 천문학에 대해 물었습니다.

이에 대해 파우스투스는 너무도 능숙하게 답변을 하여

모두들 그의 지혜에 존경과 경이를 표했습니다.

이제 그의 명성은 모든 나라에 퍼졌습니다.

카롤루스 5세[67]도 그의 명성을 흠모하는

자 중의 하나였는데, 지금 그의 궁중에서 파우스투스는

귀족들이 함께 모인 자리에서 성찬을 대접받고 있습니다.

그곳에서 그가 마법을 시도하여 어떤 일을 했는지는

말씀드리지 않을 테니, 여러분의 눈으로 직접 확인하십시오. (퇴장.)

〈제9장〉

(황제, 파우스투스, 기사가 수행원들을 데리고 등장.)

황제 파우스투스 박사, 과인은 그대의 마법에 관한 이상한 보고를

들었소. 즉 과인의 제국뿐만 아니라 전세계적으로도 놀라운

마법으로 그대를 따를 자가 없다는 것을 말이오. 그대는 명하는 것은

무엇이든지 행하는 친근한 정령을 데리고 다닌다고들 하더군.

---

67 신성 로마 제국의 황제 카를 5세(1519~1556).

그래서 과인이 요청하는 것은 그대의 놀라운 기술을 보여주어,

괴인이 들은 것들을 두 눈으로 확인할 수 있게

해달라는 것이오. 이 왕관의 명예를 걸고 맹세하노니, 그대가

무엇을 행하든지 결코 이상하게 여기지 않을 것이며

그로 인해 책망을 하지도 않을 것이오.

기사 (방백) *정말이지, 저자는 마법사처럼 보이는군.*

파우스투스 존귀하신 폐하, 비록 제가 사람들이 퍼뜨린 말에 미치지

못하고, 전하의 황공하옵신 은혜에 보답할 길이 없사오나,

전하에 대한 충성과 의무로 전하께서 제게 명하시는 것은

무엇이든지 기꺼이 행하겠습니다.

황제 그렇다면 파우스투스 박사, 과인의 말을 잘 들으시오. 때때로 과인이

혼자 방에 있을 때면, 조상들의 영광에 대한 온갖 생각이

떠오른다오―그분들이 어떻게 용감하게 승리를 거두고, 놀라운 부를

얻었으며, 어떻게 그렇게 많은 왕국들을 정복하여 우리가 계승케

되었는지. 또 나중에 우리의 왕권을 소유할 후손들이 그 높은

명성과 위대한 권위에 이르지 못하지 않을까 하여 과인은 두렵소.

그 제왕들 중에서도 전세계적으로 탁월한 위업을

달성하신 알렉산더 대왕이 계시오.

밝게 빛나는 그분의 영광스런 업적들이

밝은 후광과 함께 온 세계를 비추고 있소.

그분에 관한 이야기를 들을 때면,

그분을 뵙지 못한 것이 너무나도 아쉽소.

그러니 만약 그대가 마법으로

그 유명하신 정복자 왕을 매장시킨

무덤에서 그분을 불러낼 수 있다면,

그분의 아름다운 왕비도 함께 말이오,

두 분 다 원래대로의 모습, 움직임 그리고 생존시에

입었던 의상 그대로 불러낼 수 있다면,

그대는 과인이 원하는 것을 만족시켜줄 것이며,

과인이 살아 있는 동안 내내 칭송을 받게 될 것이오.

파우스투스 존귀하신 폐하, 정령의 힘과 기술을 통해 소인이

행할 수 있는 데까지 폐하의 명을 수행하도록 하겠습니다.

기사 (방백) 흥, 그 정도는 *아무것도 아니지.*

파우스투스 하지만 전하께 말씀드릴 것은, 저는 돌아가신 두 분의

살아 있는 육체를 전하의 눈앞에 보여드릴 능력이

없다는 것입니다. 두 분의 육신은 흙으로 변한 지 오래입니다.

기사 (방백) *그래, 그래, 박사 선생, 진실을 고백하니까 이제야*

당신에게서 품위가 좀 보이는군.

파우스투스 하지만 알렉산더 대왕과 그분의 왕비를 생생하게 닮은

정령들이 그분들의 생존시의 모습 그대로, 가장 화려한 모습으로

전하의 눈앞에 나타날 것입니다. 그 모습은 분명히 전하를

충분히 만족시켜드리리라 확신합니다.

황제 어서 하시오, 박사. 그들을 즉시 보게 해주시오.

기사 들었소, 박사? 알렉산더 대왕과 왕비를 황제 폐하 앞에

불러내라구!

파우스투스 그럼 어떻게 해야 하지요?

기사 그건 아르테미스 여신이 나를 수사슴으로 변하게 하는 것과 같은

일이지.

파우스투스 아니죠, 하지만 악타이온이 죽을 때, 당신을 위해 뿔을 남겨두었죠.[68]

메파스토필리스, 가라!　　　　　　　　　　　(메파스토필리스 퇴장.)

기사	아니, 당신이 주문을 걸러 간다면, 나도 가야겠다. (기사 퇴장.)
파우스투스	(방백) *나를 그렇게 방해했으니, 이제 곧 앙갚음을 해주지.* 그들이 나타납니다, 전하.

(메파스토필리스가 알렉산더 대왕과 왕비와 함께 등장.)

황제	박사, 이 부인께서는 생존시에 목에 사마귀나 점이 있었다고 들었소. 정말 그런지 어떻게 알 수 있겠소?
파우스투스	폐하께서 직접 가셔서 확인해보시지요.
황제	(왕비의 목을 검사해본다.) 이들은 분명 정령들이 아니라, 돌아가신 두 분의 실제 육신이로다. (알렉산더와 왕비 퇴장.)
파우스투스	폐하께서 방금 전에 여기에서 저를 기쁘게 해준 기사분을 지금 불러주실 수 있겠습니까?
황제	그를 불러오너라.

(기사가 머리에 뿔을 달고 등장.)

황제	아니, 저런, 자네는 독신인 줄 알았더니, 이제 보니 부인이 있었군. 자네에게 뿔을 줄 뿐만 아니라 달고 다니게도 하는 부인 말일세. 머리를 만져보게나.
기사	이 저주받은 고약한 개 같은 몹쓸 놈, 흉측한 바위 틈에서 자란 놈이

---

68 전통적으로 오쟁이진 남편의 이마에는 뿔이 난다고 알려져 있다. 악타이온은 그리스 신화에 등장하는 사냥꾼으로 숲 속에서 우연히 아르테미스 여신이 목욕하는 장면을 보게 된 죄로 사슴으로 변해 자신이 기르던 사냥개들에게 쫓겨 죽었다.

감히 신사를 욕보이느냐?

악당놈, 당장 원상태로 돌려놓아라.

파우스투스 오, 그렇게 빨리는 안 되지요. 급해서 좋을 건 없습니다.

황제 폐하를 알현할 때 당신이 나를 얼마나 방해했는지

잊으셨나요? 마땅한 보답을 받았다고 생각하는데요.

황제 훌륭하신 박사, 과인이 청하니 그를 풀어주시오. 충분히

벌을 받았소.

파우스투스 폐하, 그가 전하 앞에서 제게 준 모욕 때문이라기보다는 전하를

기쁘게 해드리기 위해서 제가 이 버릇없는 기사를 마땅히

징계했을 뿐입니다. 전하를 기쁘게 해드리는 것만이

제가 원하는 것이오니, 기꺼이 그의 뿔을 없애겠습니다.

그리고 기사 나리, 앞으로는 학자에 대해 말을 조심하시오.

메파스토필리스, 그를 즉시 변신시켜라. 자, 전하, 제 임무를

마쳤으니, 저는 물러가겠습니다.

황제 잘 가시오, 박사. 하지만 가기 전에, 풍성한 상을 내릴 테니

그리 아시오. (황제, 기사, 수행원들 퇴장.)

파우스투스 자, 메파스토필리스, 조용하고 말없는 발걸음으로

달리는 쉼 없는 여정이 나의 살아 있는 날들과 생명의 실을

짧게 하고, 나의 마지막 세월들을 마칠 것을 요구한다.

그러니, 착한 메파스토필리스, 서둘러

비텐베르크로 돌아가자.

메파스토필리스 그럼, 말을 타고 가겠나 아니면 걸어가겠나?

파우스투스 아니, 이 아름답고 상쾌한 녹지를 지날 때까지

걸어서 가겠다. (함께 퇴장.)

〈제10장〉

(파우스투스와 말 장수 등장.)

말 장수 하루 종일 퍼스티언[69]인가 하는 분을 찾아 다녔는데,
여기 계시는군요. 안녕하십니까, 박사 나리.

파우스투스 아, 말 장수 아닌가! 잘 만났군.

말 장수 나리의 말을 사러 40달러를 가져왔습니다.
어떻습니까?

파우스투스 그렇게 팔 수는 없네. 말이 맘에 들면 50달러를 내게.

말 장수 아이구, 나리. 더 이상 돈이 없어요.
(메파스토필리스에게) 제발 거들어주시게.

메파스토필리스 말을 넘겨주시지요. 그는 정직한 사람이고, 부양 책임이
큰 사람입니다. 아내도 아이도 없지만.

파우스투스 좋아, 그럼, 돈을 내게. (돈을 받는다.) 내 하인이 자네에게
말을 데려다줄 걸세. 하지만 말을 데려가기 전에 한 가지만
말해두겠는데, 어떠한 경우든지 말을 타고 물 속에 들어가지
말게.

말 장수 아니, 나리, 말이 물을 마시지 못하나요?

파우스투스 물론 마시지. 어떤 물이나 마실 걸세. 하지만 말을 타고
물 속으로 들어가지는 말게. 그놈을 타고 울타리나 개천,
어디든지 넘어가도 좋지만, 물 속으로 들어가진 말게.

말 장수 알겠소이다―이제야 한밑천 잡게 되었어. 나는 40달러에

---

69 파우스투스를 잘못 발음한 것이지만 퍼스티언fustian은 허풍쟁이라는 뜻이 있으므로 단순한 발음
착오만으로 보기는 어렵다.

내 말을 팔지는 않겠어. 그 말이 히힝, 히힝 하고 울 기력만 있어도,

나는 대단한 돈벌이를 할 수 있을 거야. 놈은 뱀장어처럼 미끈한

엉덩이를 가지고 있거든. 그럼, 안녕히. 하인이 말을 가져다준다구요?

하지만, 아참. 제 말이 아프거나 병이 나서 제가 말 오줌을

나리께 가져오면, 무슨 병인지 말해주시겠소?

파우스투스   꺼져라, 악당놈! 내가 말 의사인 줄 아느냐?   (말 장수 퇴장.)

넌 뭐냐, 파우스투스, 죽음을 선고받은 자 아닌가?

너의 운명의 시간이 다가오고 있다.

절망이 나의 마음에 불신을 몰아온다.

한숨 자면서 이 절망감을 쫓아버리자.

쳇, 그리스도께서는 십자가 위에서 도둑을 구하셨지.

그렇다면 파우스투스, 편안한 마음으로 쉬어라.

(의자에 앉아서 잠이 든다.)

(말 장수가 물에 젖은 모습으로 울면서 등장.)

말 장수   아이고, 아이고! 퍼스티언 박사 어디 있나! 로퍼스[70] 의사 나리는

그런 박사가 아니었어. 그자가 내 피를 다 뽑아버렸어. 내게서

40달러를 쓸어 가버린 거지. 다시는 그자를 볼 수 없을 거야.

하지만 내가 바보였지, 그자의 말을 듣지 않았으니. 말을 타고

물 속에 들어가지 말라고 했었는데. 나는 말에 대해 그가 알려주지

않은 어떤 비밀이 있을 거라고 생각하고 모험심 많은 젊은이처럼

마을 끝에 있는 깊은 연못으로 타고 들어갔어. 연못의 중간쯤에

---

70 엘리자베스 여왕의 시의였던 포르투갈 출신의 유대계 의사 로페즈를 말한다. 1594년에 엘리자베스 여왕을 독살하려 했다는 죄목으로 사형당했는데, 당시에 매우 유명한 의사였다는 것을 알 수 있다.

들어가자마자, 말은 사라져버리고 나는 건초 더미 한 다발 위에 앉아 있어서 완전히 물에 빠져 죽을 뻔했어. 하지만 이 박사를 찾아내서 내 40달러를 다시 돌려 받아야겠어. 그렇지 않으면, 그자를 혼내주겠어! 오, 저기 박사의 하인놈이 있군. 이봐, 사기꾼 건달아! 네 주인은 어디 있느냐?

메파스토필리스 왜 그러십니까? 지금은 주인님을 만날 수 없습니다.

말 장수 하지만 나는 꼭 만나야겠다.

메파스토필리스 곤히 잠드셨어요. 다음에 오시지요.

말 장수 지금 당장 그자와 얘기를 해야겠어, 그렇지 않으면 귀에 걸려 있는 안경을 깨버리겠다.

메파스토필리스 주인님은 8일 밤 동안이나 주무시지 못했어요.

말 장수 8주 동안이나 잠을 못 잤다 하더라도 그자를 만나야겠다.

메파스토필리스 저기 곤히 잠들어 계시는 걸 보시오.

말 장수 아, 바로 이놈이야. 안녕하신가, 박사 나리. 박사 나리, 퍼스티언 박사 나리! 40달러, 40달러가 건초 한 더미로 변해버렸단 말이야!

메파스토필리스 보세요, 듣지 못하시잖아요.

말 장수 (귀에 대고 소리친다.) 호, 호! 호, 호! 그래도 안 일어나? 반드시 일어나게 하고 말 테다.

　　　　(말 장수가 파우스투스의 다리를 잡아당긴다. 그러다 다리를 뽑아버린다.)

　　　　아이고, 큰일났네! 이걸 어쩌지?

파우스투스 오, 내 다리, 내 다리! 사람 살려, 메파스토필리스! 경찰을 불러라! 내 다리, 내 다리!

메파스토필리스 악당놈, 경찰에게 가자.

말 장수 아이고, 나리, 놓아주세요. 40달러를 더 드릴 테니까요.

메파스토필리스	돈은 어디 있어?
말 장수	지금은 없습니다. 제 여관으로 오세요. 그럼 돈을 줄 테니.
메파스토필리스	빨리 사라져. (말 장수 도망쳐 퇴장.)
파우스투스	갔나? 잘 가거라. 파우스투스는 다시 다리가 생겼으니, 그 말 장수는 수고 값으로 건초 한 단을 얻었군. 게다가 40달러를 더 내야 할걸.

(바그너 등장.)

	그래, 바그너, 무슨 소식이냐?
바그너	반홀트의 공작님께서 나리를 뵙기를 간절히 청하십니다.
파우스투스	반홀트 공작님! 훌륭한 분이시지. 그분께는 내 마법을 기꺼이 보여드려야지. 자, 메파스토필리스, 그분께 가보자! (함께 퇴장.)

〈제11장〉

(파우스투스와 메파스토필리스 무대로 되돌아온다. 반홀트의 공작, 공작 부인이 그들에게 등장.)

공작	정말이오, 박사님, 이 즐거운 광경이 참으로 나를 기쁘게 해주었소.
파우스투스	공작 각하, 그렇게 만족하셨다니 저도 기쁩니다. 하지만 부인께서는

그 광경에서 아무런 기쁨도 얻지 못하신 것 같습니다. 임신을 하신
부인들은 진귀한 음식을 좋아하신다고 들었습니다. 그게 무엇입니까,
부인? 말씀해주십시오. 무엇이든 가져다드리겠습니다.

공작 부인 고맙습니다, 박사님. 저를 즐겁게 해주시고자 친절을 베푸시니,
제가 진심으로 원하는 것을 말씀드리겠어요. 지금은 1월이라
만물이 죽은 겨울이지만, 만약 여름이라면 어떤 음식보다도
잘 익은 포도 한 접시를 청하고 싶습니다.

파우스투스 아, 부인, 그건 간단합니다. 메파스토필리스, 떠나라!

(메파스토필리스 퇴장.)

부인을 위해서라면, 이보다 더한 것을 원하시더라도
가져다드리겠습니다.

(메파스토필리스가 포도를 가지고 다시 등장.)

여기 있습니다, 부인. 맛을 보시겠습니까?

공작 정말이지, 박사님, 이건 다른 무엇보다도 나를 놀라게
만드는구려. 만물이 죽은 이 계절, 그것도 1월인데
어디에서 이 포도를 가져왔단 말이오.

파우스투스 공작 각하, 1년은 전 지구상에서 두 반구로 나뉩니다.
그래서 우리가 사는 곳이 겨울일 때, 반대편에 있는 반구, 즉
인도, 시바 그리고 극동에 있는 나라들은 여름이랍니다.
바로 그곳에서 제가 거느린
재빠른 정령을 시켜 각하께서 보시는 바와 같이 이 포도들을
가져오게 한 것입니다. 어떻습니까, 부인? 맛이 좋습니까?

공작 부인 정말이지, 박사님, 이것들은 제가 먹어본 중에 가장 달콤한

포도입니다.

파우스투스 만족하신다니 저도 기쁩니다, 부인.

공작 자, 부인, 안으로 들어갑시다. 당신은 이 박식한 분이 베풀어준 친절에

보상을 잘 해드려야만 하오.

공작 부인 그렇게 하겠어요. 제가 살아 있는 동안 이 친절을

잊지 못할 거예요.

파우스투스 그렇게 말씀해주시니 감사드립니다.

공작 자, 박사님, 우리를 따라와 보상을 받으시지요.　　　　(함께 퇴장.)

〈코러스 4〉

(바그너 혼자 등장.)

바그너 주인님이 곧 죽을 작정이신 것 같습니다.

전 재산을 제게 주셨으니 말입니다.

하지만 궁금한 것은, 만약 죽음이 가까웠다면

주인님이 지금 하시고 있는 것처럼

학생들과 함께 진탕 먹고 마시지는 않겠지요.

내 평생에 본 적이 없는

성찬을 차려놓고 말입니다.

그들이 오는군요. 연회가 끝난 것 같습니다.　　　　(퇴장.)

〈제12장〉

(파우스투스와 메파스토필리스가 둘 혹은 세 명의 학자들과 함께 등장.)

학자 1 파우스투스 박사님, 누가 전세계에서 가장 아름다운
아가씨인가 하는 토론에서, 우리는 그리스의 헬레네가
가장 흠모할 만한 아가씨라고 결정을 했습니다.
그러니, 박사님, 전세계가 흠모하는 그 유례없는
그리스의 아가씨를 우리가 볼 수 있도록 호의를
베풀어주신다면, 우린 박사님께 참으로 많은 신세를
지는 거라고 생각할 것입니다.

파우스투스 여러분, 여러분의 우정이 거짓이 아님을 알고 있으니,
파우스투스는 자신을 아끼는 사람들의 정당한
요청을 거부하지는 않소이다.
여러분께 그리스의 그 유례없는 아가씨를 보여드리겠소.
파리스가 그녀와 함께 바다를 가로질러
그 전리품들을 풍요로운 다르다니아[71]에 가져왔을 때와
그 화려함이나 위엄이 다르지 않은 그대로의 모습으로.
그럼, 입을 다무시오. 위험은 말에 있으니까.

(음악 소리. 헬레네가 무대를 지나간다.)

학자 2 전세계가 흠모하는 아름다움을 지닌 그녀를

---

[71] 트로이.

404

찬미하기에는 나의 지혜가 너무 짧구나.

학자 3   분노한 그리스군이 어떤 것에도 비할 수 없는
천상의 아름다움을 지닌 이 여왕을 약탈당한 것 때문에
10년간의 전쟁을 치렀지만 놀랄 일이 아니로다.

학자 1   우리가 자연의 걸작 중의 걸작 그리고
최고로 뛰어난 것을 보았으니,
이제 떠나세. 그리고 이 놀라운 공적으로 인해
파우스투스가 영원히 행복하고 축복받기를.

파우스투스   여러분, 잘 가시오. 여러분께도 행복과 축복을 비오.   (학자들 퇴장.)

(노인 등장.)

노인   아, 파우스투스 박사, 그대의 발걸음을
참된 인생의 길로 인도하고 싶다.
그 달콤한 길을 통해 그대는 목적을 이루고
또한 천상의 휴식도 얻으리라.
심장을 찢고, 피를 흘려, 눈물과 뒤섞어라—
그대의 가장 더럽고 역겨운 추행을 진심으로
회개하여 흘리는 눈물 말이다.
가증스럽고 흉악한 죄악들로 인해
부패한 그대의 영혼에서는 악취가 풍겨
구세주의 자비 외에는 어떠한 연민의 정도
그것을 쫓아버릴 수 없다.
그분의 피만이 그대의 죄악을 씻을 수 있다.

파우스투스   파우스투스, 어디 있느냐? 불쌍한 놈, 무슨 짓을 한 거냐?

넌 저주받았다. 파우스투스, 저주받았어! 절망하고 죽어라!

(메파스토필리스가 그에게 단검을 준다.)

지옥이 권리를 요구하며 천둥 같은 목소리로

말한다. "파우스투스, 오라. 갈 시간이 다되었다."

파우스투스는 이제 너와의 약속을 지킬 것이다.

노인 아, 잠깐, 착한 파우스투스. 절망적인 행동을 멈춰라!

그대의 머리 위에 천사가 떠도는 것이 보인다.

그리고 귀중한 은혜가 가득 찬 유리병으로

그대의 영혼에 똑같은 은혜를 부어주려 한다.

그러니 자비를 구하고, 절망하지 말라.

파우스투스 오 친구여, 그대의 말들이

비탄에 잠긴 내 영혼을 위로하는 것이 느껴진다.

내 죄에 대해 생각하게 잠시 나를 내버려두게.

노인 파우스투스, 나는 가겠지만 절망에 찬 그대의 영혼이

파멸할까 두렵다.   (노인 퇴장.)

파우스투스 저주받은 파우스투스, 자비는 어디 있는가?

나는 회개한다. 하지만 또 절망한다.

지옥이 나의 가슴을 점령하려고 신의 은총과 싸운다.

죽음의 올가미를 피하려면 어떻게 해야 할 것인가?

메파스토필리스 배신자, 파우스투스, 나의 주인님께 불복종한

대가로 너의 영혼을 체포한다. 돌아오라,[72]

그렇지 않으면 너의 육체를 갈가리 찢어놓으리라.

파우스투스 착한 메파스토필리스, 너의 주인님께 나의

---

[72] 루시퍼에 대한 충성으로 돌아오라는 뜻이다.

부당한 뻔뻔스러움을 용서해달라고 청해라.

그리고 나는 나의 피로 루시퍼에게 했던

이전의 맹세를 다시 한 번 다짐하겠다.

메피스토펠리스　그럼 거짓 없는 마음으로 빨리 그렇게 해라.

더 큰 위험이 닥쳐오지 않도록 말이야.

파우스투스　이보게, 감히 나를 설득하여 루시퍼로부터

떼어놓으려는 저 천한 늙은이를 고문하게.

지옥이 줄 수 있는 가장 큰 고통을 주란 말이야.

메피스토펠리스　그는 믿음이 커서 나는 그의 영혼을 건드릴 수 없다.

하지만 그의 육신을 괴롭힐 수 있는 방법을 시도해

보겠다. 별로 효과는 없겠지만 말이야.

파우스투스　착한 종아, 나의 가슴이 갈망하는 것을 풀기 위해

내가 원하는 것을 한 가지만 들어다오.

방금 전에 본 아름다운 헬레네를 나의 애인으로

삼을 수 있도록 해다오. 그녀의 달콤한 포옹은

나의 맹세로부터 나를 떼어놓으려는 저 생각들을

완전히 없애버리고, 루시퍼에게 했던 맹세를

지킬 수 있게 해줄 것이다.

메피스토펠리스　그 부탁이나 다른 것도 파우스투스가 원하는 것은

눈 깜짝할 사이에 이루어질 것이다.

(헬레네 등장.)

파우스투스　이것이 바로 수천 척의 군함을 진수시키고, 하늘 높이

솟은 일리움[73]의 탑들을 불태웠던 얼굴인가?

사랑하는 헬레네, 키스로 나를 불멸케 해다오.
그녀의 입술이 내 영혼을 빨아들인다. 보라 내 영혼이
날아간다! 자, 헬레네, 내 영혼을 돌려다오.
나는 이곳에서 살리라. 천국이 이 입술에 있고,
헬레네가 아닌 것은 모두 찌꺼기에 불과하다.

(노인 등장.)

나는 파리스가 될 것이다. 그리고 그대의 사랑을 위해
트로이 대신 비텐베르크가 약탈당하게 할 것이며,
약해빠진 메넬라오스[74]와 결투를 벌일 것이고,
깃털 달린 투구에 그대의 휘장을 달 것이다.
그래, 아킬레우스의 발꿈치에 상처를 입히고
돌아와 헬레네에게 키스를 해야지.
오 그대는 수많은 아름다운 별들이 빛나는
저녁 하늘보다도 더 아름답도다!
그대는 불행한 세멜레[75]에게 나타났던
번쩍이는 제우스보다도 더 밝으며,
바람둥이 아레투사[76]의 파란 팔에 안긴
하늘의 군주[77]보다도 더 사랑스럽구나.

---

73 트로이.
74 헬레네의 전 남편으로 그리스군의 총사령관 아가멤논의 동생.
75 제우스의 사랑을 받은 테베의 처녀. 그녀는 제우스가 신성한 광휘 속에 그녀를 방문해줄 것을 청했다가, 제우스가 나타났을 때 그의 불꽃에 타 죽었다.
76 샘의 요정.
77 태양을 뜻한다.

오직 그대만이 나의 애인이 될 것이다.   (파우스투스와 헬레네 퇴장.)

노인 저주받은 파우스투스, 불쌍한 인간.

자신의 영혼에서 하늘의 은총을 내몰고,

신의 심판대를 피해 달아나다니!

(악마들 등장.)

시련으로 하느님께서 나의 믿음을 시험하시듯이,

사탄이 교만하게 나를 시험하기 시작하는군.

더러운 지옥아, 나의 믿음은 너를 이겨낼 것이다!

교만한 악마들아, 하늘이 너희들의 패배에 미소 짓고,

너희들의 초라한 모습을 비웃는다.

지옥은 물러가라! 나는 하느님을 향해 날아갈 테니.   (함께 퇴장.)

〈제13장〉

(파우스투스 학자들과 함께 등장.)

파우스투스 아, 여러분!

학자 1 어디가 아프시오?

파우스투스 아, 사랑하는 친구여, 그대와 함께 지냈더라면

계속해서 살 수 있었을 텐데. 하지만 이제 나는 영원히 죽어야

하오. 살펴보시오, 그가 오지 않소? 그가 오지 않아?

학자 2 파우스투스가 무슨 말을 하는 거지?

학자 3   너무 혼자만 있어서 몸이 좋지 않은 걸세.

학자 1   만약 그렇다면, 의사를 불러 그를 치료해야겠군.

         과식일 뿐이니, 걱정하지 마시오.

파우스투스   몸과 영혼을 모두 저주하는 치명적인 죄를

         과식한 것이오.

학자 2   하지만 파우스투스, 하늘을 우러러보고 하느님의 자비가

         무한하다는 것을 기억하시오.

파우스투스   하지만 파우스투스의 죄악은 결코 용서받을 수 없소. 이브를

         유혹한 뱀은 용서받을 수 있어도, 파우스투스는 아니오. 아,

         여러분, 인내심을 갖고 내 말을 들어보고 두려워 떨지 마시오.

         지난 30년 동안 이곳에서 학생이었던 것을 기억하면 내 가슴은

         두근거리고 떨리지만, 오 비텐베르크를 보지 않았더라면,

         책이라곤 읽지 않았더라면 좋았을 것을! 모든 독일이, 아니

         전세계가 증거할 수 있는 놀라운 일들을 내가 행하지 않았던가.

         그런데 그 때문에 파우스투스는 독일과 세계를 둘 다 잃었소.

         그래 천국, 하느님의 보좌, 축복받은 자들의 자리, 기쁨의 왕국을

         모두 잃어버리고, 영원히 지옥에 머물러야 한다오. 지옥, 아, 지옥에,

         영원히! 사랑하는 친구들, 지옥에 영원히 있으면 파우스투스는 어떻
게 되겠소?

학자 3   하지만 파우스투스, 하느님을 부르시오.

파우스투스   하느님을, 파우스투스가 버린 그분을? 하느님을, 파우스투스가

         모독한 그분을? 오, 나의 하느님, 눈물을 흘리고 싶어도 악마가

         나의 눈물을 빨아들여버리니! 눈물 대신에 피를 뿜어라.

         그래, 생명과 영혼도! 오, 놈이 내 혀를 막는다. 내 손을

         들어올리고 싶지만, 보라, 그들이 내 손을 붙잡는다, 내 손을 붙잡아!

모두들	파우스투스, 누구 말이오?
파우스투스	루시퍼와 메파스토필리스 말이오. 아, 여러분, 마법을 얻는 대가로 그들에게 내 영혼을 주었다오.
모두들	하느님 맙소사!
파우스투스	정녕 하느님께서 금하신 일이지. 하지만 파우스투스는 그 짓을 했다오. 24년 동안의 헛된 쾌락을 위해서 파우스투스는 영원한 기쁨과 축복을 잃어버렸다오. 나는 그들에게 내 피로 증서를 써주었소. 기한이 만료되었으니, 지금이 바로 그 시간이고 그들이 나를 데려갈 거요.
학자 1	왜 이 일을 진작 우리에게 말하지 않았소? 성직자들이 당신을 위해 기도해주었을 텐데.
파우스투스	나도 그렇게 하려고 자주 생각했었지만, 내가 하느님 이름을 부르기만 하면 악마가 나를 갈기갈기 찢겠다고 위협했소. 내가 하느님께 귀를 기울이기만 하면 나의 몸과 영혼을 데려가려고 말이오. 그리고 이제는 너무 늦었소. 여러분, 나와 함께 죽지 않으려면, 어서 떠나시오.
학자 2	오 파우스투스를 구하기 위해 우리가 무엇을 할 수 있을까?
파우스투스	나에 대해선 말하지 말고, 그대들 생명을 구하고 떠나시오.
학자 3	하느님께서 나를 강하게 하실 거요. 난 파우스투스와 함께 있겠소.
학자 1	하느님을 시험하지 말게, 친구. 하지만 우리는 옆방으로 가서 그를 위해 기도하세.
파우스투스	그래, 날 위해 기도해주시오, 날 위해 기도를! 그리고 어떤 소리를 듣더라도 내게 오지 마시오. 어떤 것도 날 구할 수 없으니.
학자 2	당신도 기도하시오. 우리는 하느님께서 그대에게 자비를 베풀도록 기도하겠소.
파우스투스	여러분, 잘 가시오. 만약 내가 아침까지 살아 있으면 그대들을 만나러 가겠소. 그렇지 않으면, 파우스투스는 지옥으로 간 것이오.

모두들	잘 있으시오, 파우스투스.　　　(학자들 퇴장. 시계가 열한 번 친다.)
파우스투스	아, 파우스투스.

이제 살아 있을 시간이 한 시간밖에 남아 있지 않다.

그 다음에는 영원히 저주받아야만 한다.

끊임없이 움직이는 하늘의 별들아, 움직이지 말아다오.

시간이 멈추어 자정이 오지 않도록.

태양아, 솟아라, 다시 솟아서 영원한 낮을 만들어다오.

그렇지 않으면 이 한 시간이 1년, 한 달, 일주일, 아니

하루만이라도 되게 해다오. 파우스투스가 회개를 하고

영혼의 구원을 받을 수 있도록.

오 밤의 말들이여, 천천히, 천천히 달려라.

별들은 여전히 움직이고, 시간은 흐르고, 시계는 치겠지.

악마는 올 것이고, 파우스투스는 저주를 받아야만 한다.

오, 나의 하느님께 뛰어오르리라! 누가 나를 끌어내리는가?

보라, 보라, 그리스도의 피가 창공에 흐르는구나! ─

한 방울이면 내 영혼을 구할 텐데─반 방울만이라도! 아 그리스도여!

그리스도의 이름을 부른다고 나의 심장을 찢지 마라.

그래도 나는 그분을 부를 것이다─오 날 용서해다오, 루시퍼!

피는 어디 있지? 사라졌어. 보아라, 하느님께서 팔을 뻗어

성난 표정을 보이시는 것을.

산들과 언덕들아, 다가와 내 위로 무너져서,

하느님의 무서운 분노로부터 나를 숨겨다오.

싫어, 싫다고?

그럼 곤두박질하여 땅속으로 숨으리라.

대지여, 입을 벌려라! 오, 대지도 나를 품어주지 않는구나.

나의 탄생을 주관했던 별들이여,

너희들의 영향으로 죽음과 지옥이 정해졌으니,

이제 파우스투스를 자욱한 안개처럼

저기 흘러가는 구름 속으로 끌어올려다오.

너희들이 대기 속으로 숨을 토할 때, 나의 사지가

너희들의 안개 자욱한 입에서 떨어져 나와,

내 영혼이 하늘로 올라갈 수 있도록 말이다.　　(시계가 한 번 친다.)

아, 30분이 지났어. 곧 시간이 다 지날 거야.

오 하느님,

저의 영혼에 자비를 베푸실 생각이 없으시면,

저를 위해 피를 흘려 대속하신 그리스도를 위해서

끝없이 계속되는 이 고통을 끝내주소서.

파우스투스가 지옥에서 천년, 아니 10만 년을

살고 나서, 결국은 구원을 얻게 해주소서!

오, 저주받은 영혼들에게는 끝이라는 게 없지!

왜 영혼이 없는 피조물로 태어나지 못했던가?

또, 왜 네가 가진 영혼은 불멸인가?

아, 피타고라스의 윤회설—그것이 사실이라면,

이 영혼은 내게서 떠나고, 나는 어떤 야만스런 짐승으로

변했을 것을. 짐승들은 모두 행복하다.

죽으면 그들의 영혼은

곧 우주의 요소들로 분해되니까 말이다.

하지만 나의 영혼은 지옥의 고통을 겪으며 영원히 살아야 한다.

나를 낳은 부모는 저주를 받아라!

아니, 파우스투스, 너 자신을 저주해라, 너에게서

천국의 기쁨을 빼앗아 간 루시퍼를 저주해라. (시계가 열두 번 친다.)

시계가 친다, 시계가 친다! 이제, 육체야 공기로 변해버려라.

그렇지 않으면, 루시퍼가 너를 산 채로 지옥으로 끌어가리라.

(천둥과 번개.)

오 나의 영혼이여, 작은 물방울들로 변하여,

바다로 떨어져 결코 발견되지 말아라.

나의 하느님, 나의 하느님, 저를 그렇게 무섭게 보지 마소서!

(악마들 등장.)

독사들과 뱀들아, 잠시만 숨을 쉬게 해다오!

추악한 지옥아, 아가리를 벌리지 마라─오지 마라, 루시퍼─

나의 마법책들을 불태우겠다─아, 메파스토필리스!

(악마들 파우스투스를 끌고 퇴장.)

〈에필로그〉

(코러스 등장.)

코러스　곧게 자랐을지도 모르는 가지가 꺾였으며,

　　　　이 박식한 사람의 내부에서 한때 자라났던

　　　　아폴론 신의 월계수[78] 가지도 불타버렸습니다.

---

78 아폴론 신의 성수(聖樹)로 여겨져온 월계수는 지혜와 학식의 상징이다.

파우스투스는 갔습니다. 그의 지옥으로의 추락을 생각하십시오.

악마와 함께한 그의 운명은 현명한 사람들에게는

그 불법적인 것들에 단지 놀라움을 느끼게 할지 모릅니다.

마법의 심연은 재능 있는 지식인들에게 하늘이 허락하는

이상의 것을 행하도록 유혹하기 때문입니다.　　　　(퇴장.)

대단원의 막.

파우스투스 박사 B텍스트

The Tragical History of the life and death of Doctor Faustus

B텍스트*

■ 등장 인물

코러스
존 파우스투스 박사
바그너   박사의 하인
선한 천사와 악한 천사
발데스와 코르넬리우스   파우스투스의 친구들이며 마법사
세 학자   비텐베르크 대학의 학생들
루시퍼, 메피스토필리스, 벨제버브   악마들
로빈과 딕   광대들
7대 죄악
아드리안 교황
레이먼드   헝가리의 왕
브루노   황제가 임명한 교황의 경쟁자
프랑스와 파도바의 추기경들
랭스의 대주교
마르티노, 프리드리히, 벤볼리오   독일 궁중의 귀족들
카롤루스(카를) 5세
작센의 공작
반홀트의 공작과 공작 부인
말장수
짐마차꾼
술집 여주인
노인
다리우스, 알렉산더 대왕, 그의 왕비, 트로이의 헬레네의 혼령들
시종들, 수사와 수도사들, 군인들, 피리 부는 자, 두 큐피드

---

* A텍스트와 중복되는 주석은 반복하지 않았다. A텍스트의 주석을 참조하라.

제1막

(코러스 등장.)

코러스 우리의 시인은 전쟁의 신 아레스가 카르타고인들을

후원하였던 트라시메누스의 전쟁터에 나가 있는 것도 아니고,

정권이 빈번이 뒤바뀌는 왕궁에서

사랑 놀음에 빠져 있는 것도 아니며,

또한 거만하고 무례한 행동으로

자신의 훌륭한 시를 과시하려는 것도 아닙니다.

다만, 신사 여러분—이제 우리는, 좋을 때나 나쁠 때나,

파우스투스가 겪는 운명을 보여드리려 합니다.

먼저 여러분의 참을성 있는 판단력에 호소하며,

파우스투스의 어린 시절에 대해 말씀드립니다.

그는 독일에 있는 로데라고 불리는 마을에서,

비천한 가문의 부모에게서 태어났습니다.

성장하면서 그는 비텐베르크로 갔으며,

그곳에서 친지들의 도움으로 자랐습니다.

그는 신학 공부에 깊이 몰두하였으며,

학문의 풍성한 정원에서 열심히 정진하여,

영예롭게도 곧 박사의 칭호를 받았으며,

신성한 신학 문제에 대해 능숙하게 토론을

할 수 있었으며, 게다가 누구보다도 뛰어났습니다.

하지만 오만함에서 생겨난 지적 교만에 사로잡혀,

밀랍으로 붙인 그의 두 날개는 너무 높게 날아올랐으며,

하늘은 결국 밀랍을 녹여 그의 파멸을 꾀했습니다.

이유인즉, 그는 학문의 귀한 선물들로 포식을 하고,

악마의 유혹에 빠져,

결국 저주받은 마법에 탐닉하게 되었던 것입니다.

그에게 마법만큼 달콤한 것은 없었습니다.

그는 가장 귀중한 신의 축복보다도 마법을 더 좋아할 정도였습니다.

자신의 서재에 앉아 있는 이 사람이 바로 그 사람입니다.　　(퇴장.)

〈제1장〉

(파우스투스가 자신의 서재에 앉아 있다.)

파우스투스　너의 학문들을 정리해라, 파우스투스. 그리고

네가 전공으로 삼을 학문의 깊이를 헤아려보아라.

학위는 얻었으니, 겉으로는 성직자로 행세해라.

하지만 모든 학문의 근원을 겨냥하여,

아리스토텔레스의 작품들 속에서 생사를 정하자.

매혹적인 분석학이여, 그대는 나를 사로잡았도다!

논쟁을 잘하는 것이 논리학의 목적이다―

논쟁을 잘하는 것이 논리학의 주요 목적인가?

이 분야에서 더 이상 위대한 기적을 바랄 수는 없는가?

그렇다면 더 이상 읽지 말자. 너는 이미 그 목적을 이루었다.

파우스투스의 지력에는 보다 위대한 주제가 어울린다.

존재여 비존재여 잘 가거라. 갈렌이여, 나와라.

철학자가 멈추는 곳에서 의사가 시작한다고 하는군.

의사가 되어라, 파우스투스. 재물도 모으고,

놀라운 치료술로 영원한 명성을 얻어라.

의학의 목적은 우리 몸의 건강이다.

아니, 파우스투스, 너는 그 목적을 이루지 않았는가?

너의 일상적인 이야기가 의학의 금언이 아닌가?

너의 처방들로 인해 전 도시들이 흑사병을 면했고,

수많은 절망적인 질병들이 치유되었으며,

그 처방들이 의술의 본보기로 전시되고 있지 않은가?

하지만 너는 여전히 파우스투스, 한 인간일 뿐이다.

네가 인간을 영원히 살 수 있게 하거나,

혹은 죽은 자들을 다시 살려낼 수 있다면,

의학은 높이 평가받을 수 있을 것을.

의학이여, 잘 가거라! 유스티니아누스는 어디 있지?

만약 한 가지 물건이 두 사람에게 상속된다면,

한 사람이 그 물건을 가질 것이고, 다른 사람은

그것과 동일한 가치가 있는 것을 갖게 될 것이다.

하찮은 유산에 대한 보잘것없는 소송이군!

아버지는 아들에게 유산 상속을 안 할 수 없으니, 그 예외는—

이런 것이 유스티니아누스 법전의 주제이고,

법률의 일반적인 내용이로군.

이런 학문은 그저 쓰레기 같은 돈이나 노리는

천박한 놈에게나 어울리지,

내가 하기에는 너무 굴욕적이고 세속적이야.

결국 신학이 최고군.

제롬의 성경이나 잘 보아라, 파우스투스.

죄의 삶은 사랑이라. 하!

죄의 대가가 죽음이라고? 이건 좀 심하군.

만약 우리가 죄가 없다고 말한다면,

우리는 우리 자신을 속이는 것이고, 우리 안에 진리가 없다.

아니, 그렇다면 우리는 죄를 지어야만 하고,

결과적으로 죽어야만 하겠군.

그래, 우리는 영원한 죽음을 당할 수밖에 없다.

이걸 무슨 교리라고 부르냐구? 케세라, 세라.

될 대로 되라는 거지! 신학이여, 안녕!

마법사들의 이 기본 원리들과

마법 서적들이야말로 신성하다.

선, 원, 문자, 기호들—

그래, 이것들이야말로 파우스투스가 가장 원하는 것들이다.

오 이것들을 열성적으로 연구하는 마법사에게

얼마나 훌륭한 이익과 기쁨, 권력, 명예,

그리고 전능함의 세계가 약속되어 있는가!

움직이지 않는 양극 사이에서 움직이는 모든 것들을

내 마음대로 할 수 있을 것이다. 황제들과 왕들은

자신들의 각자의 영역에서만 권력을 누릴 뿐이고,

바람을 일으키거나 구름을 쪼갤 순 없지.

하지만 마법을 능숙하게 행하는 자의 지배력은

인간의 정신만큼이나 멀리까지 미칠 수 있다.

숙련된 마법사는 반은 신이나 마찬가지이지.

자 나의 두뇌들아, 신성을 얻기 위해 전력을 다해라!

바그너!

(바그너 등장.)

나의 귀중한 친구들, 독일인 발데스와

코르넬리우스를 찾아 안부를 전하고,

나를 방문해달라고 정중하게 말씀드려라.

바그너 알겠습니다.   (퇴장.)

파우스투스 그들의 조언이 내가 기울이는 모든 수고보다도 더 큰

도움이 될 거야. 아무리 애써봐야 그렇게 빠를 순 없지.

(선한 천사와 악한 천사 등장.)

선한 천사 오 파우스투스, 그 저주받은 책을 치우시오.

다시는 그것을 들여다보지 마시오. 그것이 그대의 영혼을 유혹하고

하느님의 엄한 분노를 그대의 머리 위에 쌓지 않도록 말이오.

성경, 성경을 읽으시오. 그것은 불경스러운 책이오.

악한 천사 계속하시오, 파우스투스. 그 유명한 마법 속에는

자연의 모든 보물이 담겨 있소.

천상을 지배하는 조브 신처럼 당신은 이 지상에서,

만물의 주인이자 지배자가 되는 거요.   (천사들 퇴장.)

파우스투스 내 마음이 얼마나 이러한 열망으로 가득 차 있는지!

정령들에게 내가 원하는 것을 가져오게 하고,

내가 궁금해하는 모든 것들을 풀게 하고,
내가 원하는 어떤 모험이든지 감행하게 만들까?
그들에게 인도로 날아가 황금을 가져오게 할 거야.
빛나는 진주를 찾아 대양을 샅샅이 살피게 하고,
달콤한 과일들과 제왕들이 먹는 산해진미를 찾아
신세계의 구석구석을 뒤지게 해야지.
그들에게 기이한 철학을 해석하도록 부탁하고,
이국의 모든 왕들의 비밀을 들어야겠다.
그들에게 독일 전체에 황동으로 벽을 쌓게 하고,
라인 강물이 아름다운 비텐베르크를 감싸게 해야지.
또 대학의 강의실을 비단으로 가득 채우게 하여,
학생들이 그 비단으로 멋진 옷을 해 입게 해야지.
정령들이 가져오는 돈으로 군사들을 모집하여,
우리의 땅에서 파르마의 군주를 쫓아내고,
온 국토의 유일한 왕이 되어 다스릴 거야.
그래, 안트베르펜의 다리를 파괴한 화선보다도
더 신묘한 전쟁 무기들을 정령들을 시켜
만들게 해야지.

(발데스와 코르넬리우스 등장.)

어서 오게, 발데스 그리고 코르넬리우스.
자네들의 현명한 조언으로 내가 은총을 받게 해주게.
발데스, 친애하는 발데스와 코르넬리우스.
자네들 말대로 나는 마침내 마법과

은밀한 기술을 익히기로 결심했네.

하지만 자네들의 말 때문만이 아니라,

어떠한 학문에도 더 이상 관심을 갖지 않으려는

나 자신의 생각도 한몫 한 거지. 머리 속이 오직

마법에 대한 생각뿐이니 말일세.

철학은 불쾌하고 불분명하고,

법률과 의학은 둘 다 보잘것없는 자들에게나 어울리며,

신학은 그 셋보다도 훨씬 더 천박하지.

불쾌하고, 거칠며, 경멸받아 마땅하고, 시시하다네.

나를 사로잡은 것은 바로 마법, 마법이라네!

그러니, 친구들이여, 내가 이것을 하도록 도와주게나.

간결한 삼단논법으로 독일 교회의 목사들을 쩔쩔 매게 만들고,

무세우스가 지옥에 왔을 때,

그의 달콤한 노래를 듣고 망령들이 몰려들었듯이,

비텐베르크의 한창 피어나는 젊은이들을 논쟁으로

끌어들였던 나는 망령들을 불러모아 전 유럽에서 칭송이

자자했던 아그리파처럼 대단한 마법사가 될 것이야.

발데스 파우스투스, 이 책들, 자네의 지혜, 그리고 우리의 경험이

합쳐지면 온 세상이 우리를 성인으로 추앙하게 될 걸세.

인디언과 무어인들이 스페인 주인에게 복종하듯이,

모든 만물의 정령들이 우리 세 사람에게 항상

순종하게 될 걸세.

우리가 원할 때면 그들은 사자들처럼 우리를 지킬 것이며,

창으로 무장한 독일의 창기병들처럼,

혹은 라플란드의 거인들처럼

우리 옆을 따라다닐 걸세.

때로는 사랑의 여왕의 하얀 젖가슴보다도

더 아름다운 경쾌한 이마를 가진 여자들이나

결혼하지 않은 처녀들처럼 우리를 섬길 걸세.

그들은 베네치아에서 거대한 상선들을 끌고 올 것이며,

아메리카로부터는 매년 늙은 펠리페 왕의 보고를

채우는 황금 양가죽을 가져올 걸세.

만약 박식한 파우스투스가 의지만 확고하다면 말이야.

파우스투스 발데스, 자네의 삶의 의지가 강렬한 만큼이나 나 역시 이 일에

확고한 관심을 가지고 있네. 그러니 그런 조건은 달지 말게.

코르넬리우스 마법이 행할 기적들을 보면 자넨 마법 외엔

어떤 것도 연구하지 않겠다고 맹세하게 될 걸세.

점성학에 기초가 있고, 외국어에 능통하며,

광물의 속성에 일가견이 있는 자는 마법에 필요한

모든 기초 지식을 갖고 있는 셈일세.

그러니, 파우스투스, 명성을 얻는 건 의심하지 말게.

델포이의 신탁에 몰려든 것보다 더 많은 사람들이

마법을 보러 몰려들 테니 말일세.

정령들이 내게 말하길, 그들은 바다를 마르게 할 수도 있고,

해외에서 난파된 온갖 배에서 보물을 가져올 수도 있으며,

그래, 우리 조상들이 지구의 거대한 내부 속에

숨겨놓은 모든 재물들도 가져올 수 있다는 거야.

그러니 말해보게, 파우스투스, 우리 셋에게 부족한 게 뭘까?

파우스투스 없네, 코르넬리우스. 오 자네 말을 들으니 날아갈 것 같군!

자, 와서 마법을 행하는 것을 내게 보여주게.

어떤 울창한 숲 속에서 주문으로 영혼을 불러내어

이러한 기쁨을 만끽할 수 있도록 말일세.

발데스   그럼 서둘러서 외딴 숲으로 가게.

베이컨과 아바누스의 책들,

히브리 시편 그리고 신약 성경을 갖고 가게.

그밖에 필요한 것들은 우리의 모임이

끝나기 전에 자네에게 알려주겠네.

코르넬리우스   발데스, 먼저 그에게 마법의 주문들을 알려주게.

그 다음에 다른 의식들을 모두 익히게 되면,

파우스투스는 혼자서 마법을 할 수 있을 걸세.

발데스   먼저 자네에게 기초 원리들을 가르쳐주겠네.

그러고 나면 자네가 나보다 더 완벽해질 걸세.

파우스투스   그럼 가서 함께 식사하세. 그러고 나서

마법의 모든 본질적인 특징을 함께 토론하세나.

잠자기 전에 내가 할 수 있는 것을 해볼 걸세.

그 때문에 죽더라도 오늘 밤에 주문을 걸어보겠네.   (함께 퇴장.)

〈제2장〉

(두 사람의 학자 등장.)

학자 1   파우스투스가 어떻게 되었는지 궁금하군. 이렇게 증명한다

라는 표현으로 우리 학교를 뒤흔들어놓곤 했었는데.

학자 2   곧 알게 될 걸세. 그의 하인이 이리로 오는군.

(바그너 포도주를 들고 등장.)

학자 1 이봐, 자네 주인은 어디 계시는가?

바그너 하늘에 계신 하느님이나 아시겠죠.

학자 2 아니, 그럼 모른단 말인가?

바그너 아니요, 압지요. 하지만 반드시 아는 건 아닙지요.

학자 1 이런, 이런, 농담은 그만 하고 주인이 어디 계신지 말해보게.

바그너 그렇게 억지로 강요하는 것은 학위를 가진 학자들께서 취하실 태도가 아닙지요. 그러니 실수를 인정하고 정중한 태도를 보이세요.

학자 2 그럼 말하지 않겠다는 건가?

바그너 잘못 아셨군요, 말씀드릴 테니까요. 하지만 나리들께서 바보가 아니라면, 그런 질문은 결코 하지 않으실 텐데. 우리 주인님은 자연물이 아닌가요? 그리고 자연물은 움직이는 것 아닌가요? 그렇다면 왜 제게 그런 질문을 하시죠? 제가 원래 냉정하고, 화를 쉽게 내지 않고, 색을 밝히는 경향(사랑을 말하는 거지요)이 있어서 그렇지, 나리들께서는 식당 근처에 오지도 못하실 겁니다. 물론 두 분께서 다음 재판에서 교수형 당하는 것을 보게 될 것을 의심치 않지만요. 이렇게 두 분께 승리를 거두었으니, 청교도와 같은 얼굴을 하고 연설을 시작합지요. 자, 사랑하는 형제님들, 제 주인님은 지금 발데스 나리와 코르넬리우스 나리와 함께 식사 중이신데, 이 포도주가 말을 할 수 있다면 두 분께 알려드릴 테지요. 그럼 하느님의 축복과 보호를 받으시기를, 사랑하는 형제님들.

(퇴장.)

학자 1 오 파우스투스, 그렇다면 내가 오랫동안 의심해온 것처럼
그가 그 저주받은 마법에 빠진 것이 아닌지 걱정스럽군.

그 두 사람은 온 세상에 마법으로 소문난 자들이니 말이야.

학자 2   그는 나와는 상관없는 타인이지만,

그의 영혼이 처한 위험은 한탄할 일일세.

하지만 가서 학장에게 알리세나.

학장의 간곡한 설득이 그의 마음을 바꾸게 할지도 모르니까.

학자 1   그의 마음을 돌이킬 방법이 없을까 걱정이네.

학자 2   하지만 우리가 할 수 있는 일을 알아보세.   (함께 퇴장.)

〈제3장〉

(파우스투스가 주문을 외우기 위해 등장.)

파우스투스   지금은 밤의 어두운 그림자가 오리온 성좌의

이슬에 젖은 모습을 보기 위하여

남극의 세계로부터 하늘로 뛰어올라

자신의 새까만 숨결로 하늘을 어둡게 하고 있으니,

파우스투스여, 주문을 시작하여

너의 기도와 희생 제의를 보고 악마들이

너의 명령에 순종하는지 시험해보라.

이 원 안에 앞뒤로 철자를 바꾸어 쓴   (땅 위에 원을 그린다.)

여호와의 이름이 있다.

거룩한 성인들 이름의 약자,

천체에 관련된 모든 숫자들,

12궁도와 수많은 떠돌이 별들의 기호들도 함께 있다.

이것들이 정령들을 나오게 하는 표지들이지.

그렇다면 파우스투스, 두려워 말고 단호하게

최고의 마법을 시도하라.   (천둥 소리.)

지옥의 신들이여 나를 지키소서! 삼위일체의 신이여 안녕히!

어서 오라 불, 공기, 물 그리고 흙의 정령들이여! 동방의 군주

루시퍼, 불타는 지옥의 군주 벨제버브 그리고 마왕이여, 원컨대

메피스토펠리스를 나타나게 하소서!

                (파우스투스 기다린다. 여전히 천둥 소리 들린다.)

뭘 기다리고 있는가? 여호와, 지옥, 지금 내가 뿌리는 성수, 지금

내가 긋는 성호에 걸고 맹세하노니, 메피스토펠리스가 나의 부름에

따라 지금 당장 나타나기를!

(원의 바깥에서 메피스토펠리스가 용의 모습으로 땅에서부터 솟아오른다.)

내가 명령하노니 돌아가서 모습을 바꾸어 오너라.

내 시중을 들기에는 너무 추한 모습이다.

가라, 늙은 프란체스코 수사의 모습으로 돌아오라.

그 거룩한 모습이 악마에게 가장 잘 어울리느니라.

                          (메피스토펠리스 퇴장.)

나의 거룩한 말에 힘이 있군 그래.

누가 이 마법에 능숙하게 되기를 원치 않겠는가?

이 메피스토펠리스가 얼마나 유순하고,

겸손하고 순종적인가!

그것이 바로 마법과 나의 주문의 힘이다.

자, 파우스투스, 그대는 위대한 메피스토펠리스에게

명령할 수 있는 최고의 마법사이다.

돌아오라, 메피스토펄러스, 수사의 모습으로.

(메피스토펄리스가 수사의 모습으로 다시 등장한다.)

메피스토펄리스   자, 파우스투스, 내게 뭘 원하는가?

파우스투스   네게 명하노니, 내가 살아 있는 동안, 내 시중을 들며

파우스투스가 명령하는 것은 무엇이든지 행하라.

달을 그 자리에서 떨어지게 하든지,

바닷물로 온 세상을 뒤덮으라는 명령이라도 말이다.

메피스토펄리스   나는 위대한 루시퍼의 하인이다.

그러니 그분의 허락이 없이는 그대를 따를 수 없다.

그분의 명령을 떠나서는 어떤 것도 해서는 안 돼.

파우스투스   네가 내 앞에 나타나도록 그가 명령하지 않았더냐?

메피스토펄리스   아니다, 내 스스로 이곳에 온 것이다.

파우스투스   나의 주문이 너를 불러내지 않았느냐?

말해보아라!

메피스토펄리스   그것 때문에 오긴 했지만, 우연이었지.

우리는 누군가 하느님의 이름을 조롱하거나

성서와 구세주 그리스도를 모독하는 것을 들으면,

그의 교만한 영혼을 얻으러 날아간다.

그가 스스로를 저주받을 위험에 빠뜨리는

그런 수단을 사용하지 않는 한 우리는 오지 않아.

그러므로 마법을 행하는 가장 빠른 지름길은

성 삼위일체를 단호하게 모독하고,

	지옥의 제왕에게 헌신적인 기도를 올리는 것이지.
파우스투스	파우스투스는 이미 그렇게 했고, 이 원칙을 믿고 있다.
	즉 파우스투스가 몸을 바쳐 섬길 분은
	오직 벨제버브 외엔 없다는 것을 말이야.
	'저주'라는 말도 내겐 두렵지 않아.
	내겐 낙원이나 지옥이 다를 바 없으니 말이야.
	나의 영혼이 옛 철학자들과 함께하기를!
	하지만 인간의 영혼에 대한 하찮은 얘기들은 그만두고—
	말해보라, 너의 주인 루시퍼는 어떤 존재인가?
메피스토필리스	모든 정령들의 우두머리이자 지배자이지.
파우스투스	그 루시퍼도 한때는 천사가 아니었느냐?
메피스토필리스	하느님에게 가장 사랑을 받던 천사였지.
파우스투스	그럼, 어떻게 그가 악마들의 제왕이 되었지?
메피스토필리스	오, 야심에 찬 교만함과 무례함 때문이지.
	그것 때문에 하느님이 그를 천국에서 내쫓았어.
파우스투스	그럼 루시퍼와 함께 사는 너는 어떤 존재인가?
메피스토필리스	루시퍼와 함께 타락한 정령,
	루시퍼와 함께 하느님께 반역을 꾀하고,
	루시퍼와 함께 영원히 저주받은 정령이지.
파우스투스	네가 저주받은 곳은 어디인가?
메피스토필리스	지옥.
파우스투스	그럼 어떻게 지옥에서 나왔지?
메피스토필리스	아, 이곳이 지옥이니 나도 그곳에서 나온 게 아니지.
	신의 얼굴을 마주보고 하늘의 영원한 기쁨을
	맛보았던 내가 그 영원한 축복을 빼앗겼을 때,

무한한 지옥의 고통을 당하지 않을 것이라

생각하는가?

오 파우스투스, 내 연약한 영혼을 공포에 떨게 하는

이 하찮은 질문들을 그만두라.

파우스투스 아니, 위대한 메피스토필리스가 천국의 기쁨을 빼앗긴

것 때문에 그렇게 힘들어하는가?

파우스투스에게서 남자다운 강인함을 배워

네가 결코 소유할 수 없는 그 기쁨을 경멸하라.

가서 위대한 루시퍼에게 이 소식을 전하라.

파우스투스가 조브 신에게 대항하는 생각을 품어

영원한 죽음을 초래하였으니,

24년의 기간을 주어 온통

쾌락 속에서 살 수 있도록 허락한다면,

내 영혼을 루시퍼에게 바치겠다고 말하라.

다만 네가 항상 나의 시중을 들면서

내가 요청하는 것은 무엇이든지 주고,

내가 묻는 것은 무엇이든지 대답해주며,

나의 적들은 죽이고 나의 친구들은 도와주고,

항상 나의 뜻에 순종하는 것을 전제로 말이다.

가라, 그리고 위대한 루시퍼에게 돌아갔다가

자정에 내 서재로 나를 만나러 오라.

그리고 그때 네 주인의 결심을 알려다오.

메피스토필리스 그렇게 하겠다, 파우스투스.   (퇴장.)

파우스투스 내가 하늘의 별들만큼 많은 영혼들을 갖고 있다면,

그것들을 모두 메피스토필리스에게 줄 텐데!

그로 인해 나는 전세계의 위대한 황제가 될 것이며,

공중에 다리를 만들어 사람들의 무리를 이끌고

바다를 건너갈 것이다.

아프리카 연안을 둘러싸고 있는 산들을 합쳐

스페인과 연결된 나라를 만들 것이며,

두 나라가 나의 왕국에 복종하게 할 것이다.

로마 제국의 황제도 나의 허락 없이는 살지 못할

것이며, 독일의 군주도 마찬가지이다.

이제 나는 원하는 것을 얻었으니

메피스토펠리스가 다시 돌아올 때까지

이 마법에 전념하여 살아야겠다.   (퇴장.)

〈제4장〉

(바그너와 광대 로빈 등장.)

바그너   야 꼬마야, 이리 와라.

광대   꼬마라고! 오 나를 모욕하다니! 제기랄, 네 눈에는 꼬마로 보이느냐!
이런 턱수염을 단 꼬마들을 많이 본 모양이군 그래.

바그너   이봐, 돈 들어오는 게 없느냐?

광대   그래, 그리고 보시다시피 나가기도 하지.

바그너   불쌍한 놈, 벌거벗고 있는 모습에 가난이 익살을 부리는군. 너는 일
자리도 잃었으니, 너무 배가 고파 피가 철철 흐르는 날고기라도 양고기
한 조각이면 악마에게 영혼이라도 팔 거야.

광대   천만에, 그렇지 않아. 그렇게 비싼 값을 치른다면, 잘 구워서 맛있는 양념을 쳐야만 하겠다.

바그너   이봐, 내 하인이 되어 내 시중을 들래? 그럼 내가 너를 나의 어떤 학생으로 삼아주지.

광대   어쭈, 시구를 사용하서?

바그너   아니지, 수를 놓은 비단과 참제비고깔을 사용하지.

광대   참제비고깔이라고! 그건 해충을 죽이는 데 좋은데. 그럼, 내가 너를 섬기게 되면 해충이 들끓겠구면.

바그너   아, 시중을 들건 안 들건 그렇게 될 거야. 이것 봐, 네가 당장 7년 동안 내 시중을 들지 않는다면, 네 몸 안에 있는 모든 이들을 마귀로 변하게 하여 너를 갈가리 찢게 만들 테니 말이다.

광대   아닙죠, 나리, 그렇게 수고하실 필요가 없어요. 그들은 마치 뜯어먹는 고기 값과 피 값을 지불이나 한 것처럼 저와 친숙하니 말입죠.

바그너   좋아, 농담은 그만두고 이 은화들을 받아라.

광대   아이구, 나리, 감사합니다.

바그너   이제 언제 어디에서든지 악마가 한 시간 내로 너를 데리러 올 거다.

광대   여기 은화를 도로 받아라. 받지 않겠다.

바그너   안 돼, 넌 고용된 거야. 마음의 준비를 해라. 내가 곧 두 악마를 불러 내어 너를 데려가게 할 테니 말이야. 바니오! 벨처!

광대   벨처라구! 그럼 이리 와라 벨처, 내가 뱉어줄 테니. 난 악마 따위를 무서워하지 않아.

(두 악마 등장. 광대는 소리를 지르며 위아래로 뛰어다닌다.)

바그너   어떠신가, 이젠 내 시중을 들 테냐?

광대 예, 예, 훌륭하신 바그너 님, 악마들을 물리쳐주세요.

바그너 악마들아, 사라져라!   (악마들 퇴장.)

자, 애야, 날 따라오너라.

광대 그럽지요. 하지만 주인님, 제게도 이 마법을 가르쳐주시겠습니까?

바그너 오냐, 너 자신을 개나, 고양이, 생쥐 혹은 쥐, 그밖에 어떤 것으로든
지 바꾸는 법을 가르쳐주지.

광대 개, 고양이, 생쥐 혹은 쥐라고요! 오 대단한 바그너!

바그너 이놈아, 바그너 주인님이라고 불러라. 그리고 오른쪽 눈을 직선으로
항상 내 왼쪽 발꿈치에 고정시키고 조심스럽게 걸어라. 내 발자국을
따를 수 있게 말이다.

광대 그럽지요, 주인님.   (함께 퇴장.)

제2막

〈제1장〉

(파우스투스 자신의 서재에 등장.)

파우스투스 파우스투스, 너는 이제 저주를 받아야만 하고
구원을 받을 수 없다.
그렇다면 하느님이나 천국을 생각하는 것이 무슨 소용이냐?
그런 헛된 생각들일랑 집어치우고, 절망해라―
하느님에게 절망하고 벨제버브를 믿어라.

자 후퇴하지 말아라, 아니, 마음을 단단히 해라!

왜 흔들리는가? 오 내 귀에 무슨 소리가 들린다.

"이 마법을 버리고 다시 하느님께 돌아오라!"

그래, 파우스투스는 다시 하느님께 돌아갈 것이다.

하느님께로? 그분은 너를 사랑하지 않아.

네가 섬기는 하느님은 네 자신의 욕망에 불과해.

벨제버브에 대한 사랑이 바로 거기에서 연유하는 거지.

나는 벨제버브를 위해 제단과 교회를 세우고

갓 태어난 아기들의 미지근한 피를 바칠 것이다.

(선한 천사와 악한 천사 등장.)

선한 천사	사랑하는 파우스투스, 그 저주받은 마법을 떠나라.
악한 천사	계속하라 파우스투스, 그 유명한 마법을.
파우스투스	회개, 기도, 후회—이런 것들이 다 무슨 소용인가?
선한 천사	오 그것들은 그대를 천국으로 이끌어줄 것들이지!
악한 천사	오히려 그것들은 환상이며 광기의 열매들이야.
	그걸 많이 사용하는 사람들을 바보로 만들지.
선한 천사	사랑하는 파우스투스, 천국과 천국의 일들을 생각하라.
악한 천사	아니, 파우스투스, 명예와 재물을 생각하라.　　　　(천사들 퇴장.)
파우스투스	재물이라!
	오, 엠덴이 내 것이 될 것이다.
	메피스토필리스가 내 시중을 든다면, 어떤 힘이
	나를 해칠 수 있겠는가? 파우스투스, 넌 안전하다.
	더 이상 의심하지 말라! 오라, 메피스토필리스,

438

위대한 루시퍼로부터 기쁜 소식을 가져오라.

지금, 자정이 아닌가? 오라, 메피스토필리스.

오라, 오라, 메피스토펄리스!

(메피스토필리스 등장.)

자, 너의 주인 루시퍼가 뭐라 했는지 말해보아라.

메피스토필리스 나는 파우스투스가 살아 있는 동안 시중을 들고,

그는 그 대가로 영혼을 팔 것이라 했소.

파우스투스 파우스투스는 이미 그것을 각오했다.

메피스토필리스 하지만 이제 당신은 그것을 엄숙하게 양도해야 하고,

당신 자신의 피로 양도 증서를 써야만 하오.

루시퍼 님은 그 보증만을 원하오.

만약 당신이 이를 거부하면, 나는 지옥으로 돌아가야만 하오.

파우스투스 잠깐, 메피스토필리스, 내 영혼이 그에게 무슨 이익이

되는지 말해보아라.

메피스토필리스 그의 왕국을 확장시키는 거지.

파우스투스 그가 이처럼 우리를 유혹하는 것이 그 때문인가?

메피스토필리스 *불행한 자는 동무를 얻고자 한다.*

파우스투스 너희들에게도 다른 사람을 괴롭히는 데 따른 고통이 있는가?

메피스토필리스 인간의 영혼 못지않게 고통을 느끼지.

그런데 말해보시오, 파우스투스, 영혼을 팔겠소?

그럼 내가 당신의 노예가 되어 시중을 들 것이며,

당신이 원하는 것보다 더 많은 것을 줄 것이오.

파우스투스 알겠다, 메피스토필리스, 영혼을 주겠다.

메피스토필리스	그렇다면, 파우스투스, 용감하게 팔을 찔러
	당신의 영혼을 묶고, 언젠가 위대한 루시퍼가
	그것을 자신의 것으로 청구할 수 있게 하시오.
	그러면 당신도 루시퍼처럼 위대하게 될 테니.
파우스투스	자, 메피스토필리스, 너에 대한 사랑으로 (팔을 찌른다.)
	파우스투스는 팔을 찌르고, 그 피로 자신의 영혼을
	영원한 밤의 군주이자 지배자,
	위대한 루시퍼에게 바칠 것을 서약한다.
	여기 내 팔에서 흐르는 피를 보라.
	이 피로 인하여 내 소망이 이루어지기를!
메피스토필리스	하지만, 파우스투스,
	그것을 양도 증서 형식으로 써주시오.
파우스투스	그렇게 하지. (쓴다.) 하지만 메피스토필리스,
	피가 응고되어 더 이상 쓸 수가 없다.
메피스토필리스	피를 녹일 수 있도록 즉시 불을 가져다주겠소. (퇴장.)
파우스투스	피가 이렇게 멈추는 것은 무슨 징조일까?
	내가 이 계약서를 쓰는 것이 내키지 않는 걸까?
	새로 쓸 수 있도록 왜 피가 흐르지 않는 걸까?
	"파우스투스는 영혼을 그대에게 준다." 오, 거기서 멈췄군.
	왜 주어선 안 되지? 네 영혼은 네 자신의 것이 아닌가?
	그럼 다시 쓰자. "파우스투스는 영혼을 그대에게 준다."

(메피스토필리스가 화로를 가지고 등장.)

메피스토필리스	파우스투스, 여기 불이 있소. 피를 녹이시오.

파우스투스 이제야 피가 다시 흐르기 시작하는군.

즉시 끝을 맺겠다. (쓴다.)

메피스토필리스 (방백) *그의 영혼을 얻으려면 무슨 짓이든 못하겠는가!*

파우스투스 다 이루었다. 이 계약서는 끝났다.

파우스투스는 영혼을 루시퍼에게 양도했다.

그런데 내 팔에 새겨진 이 글씨는 무엇이지?

"*인간이여, 달아나라!*" 어디로 달아나란 말인가?

하느님께로 가면, 그가 나를 지옥으로 던져버릴 것이다.

내가 헛것을 본 거야. 아무 글씨도 없지 않은가.

오, 있어. 분명하게 보이는군. 여기에도 쓰여 있군.

"*인간이여, 달아나라!*" 하지만 파우스투스는 달아나지 않으리라.

메피스토필리스 그의 마음을 즐겁게 해줄 뭔가를 가져다주어야겠군. (퇴장.)

(메피스토필리스가 악마들과 함께 다시 등장. 그들은 파우스투스에게 왕관과 화려한 의상을 주고 춤을 춘다. 그러고는 퇴장.)

파우스투스 이건 뭘 의미하는 거지?

말해보라, 메피스토필리스.

메피스토필리스 아무것도 아니오, 파우스투스, 당신 마음을 즐겁게 하고

마법이 행할 수 있는 것을 보여준 것뿐이오.

파우스투스 하지만 내가 원할 때, 저런 정령들을 불러낼 수 있을까?

메피스토필리스 물론, 파우스투스, 이보다 더 큰 일들도 할 수 있소.

파우스투스 그렇다면, 메피스토필리스, 내 몸과 영혼의

양도 증서인 이 계약서를 받으라.

하지만 네가 우리 두 사람 사이의 모든 계약 조항을

이행한다는 조건을 전제로 하는 거야.

메피스토필리스 파우스투스, 우리 사이에 한 모든 약속을 반드시

지킬 것을 지옥과 루시퍼를 걸고 맹세하오.

파우스투스 그럼 내가 읽는 것을 들어보라, 메피스토필리스.   (읽는다.)

"다음과 같은 계약을 맺는다.

첫째, 파우스투스는 외형적으로나 실질적으로 영이 될 수 있다.

둘째, 메피스토필리스는 그의 하인이 되어 그의 명령에 순종할 것이며,

셋째, 메피스토필리스는 그를 위해 무슨 일이든지 하고, 무엇이든지

가져올 것이며,

넷째, 그는 그의 방이나 집 안에 보이지 않는 형태로 있을 것이며,

마지막으로, 존 파우스투스가 부르면 언제든지 그가 원하는 어떤 형

태나 모습으로든지 나타날 것이다.

나, 비텐베르크의 박사, 존 파우스투스는 이러한 조건으로 육체와 영

혼을 동방의 왕자, 루시퍼와 그의 사자인 메피스토필리스에게 바친다.

그리고 나아가서 위의 항목들을 어기지 않는다면 24년의 기간이 만료

된 후에 존 파우스투스의 육체와 영혼, 살, 피 혹은 재물을 어디든지 그

들이 정한 거주지로 가져갈 수 있는 전권을 그들에게 허락한다.

존 파우스투스"

메피스토필리스 말해보시오, 파우스투스, 이것을 증서로 양도하겠소?

파우스투스 그래, 그걸 가져가라. 악마가 그 공로로 네게 상을 내리리라!

메피스토필리스 자, 파우스투스, 무엇이든지 물어보시오.

파우스투스 먼저 지옥에 대해서 물어보겠다.

말해보라, 사람들이 지옥으로 부르는 곳이 어디 있는가?

메피스토필리스 하늘 아래에.

파우스투스	그래, 하지만 어디쯤에?
메피스토펠리스	우리가 영원히 고통 받으며 머무르는
	이 우주의 4원소 내부에 있소.
	지옥은 경계가 없고, 둘레가 쳐진 곳도 아니오.
	우리가 있는 곳이 바로 지옥이니까 말이오.
	그리고 우리는 그 지옥에 영원히 있어야 하는 거지.
	간단히 말하면, 온 세상이 파멸되고
	모든 피조물이 정화될 때, 천국이 아닌 곳은
	모두 지옥일 것이오.
파우스투스	난 지옥이 우화에 불과하다고 생각한다.
메피스토펠리스	그래, 그렇게 생각하시오. 겪어봐야 생각이 바뀌겠지.
파우스투스	아니, 너는 파우스투스가 저주를 받을 거라고 생각하는가?
메피스토펠리스	물론이지, 여기 그대가 루시퍼에게 영혼을 바친 것을
	증거하는 증서가 있으니 말이오.
파우스투스	그래, 육체도 주었지. 하지만 그게 어떻다는 거야?
	파우스투스가 현세의 삶 이후에 어떤 고통이 있으리라고
	상상할 정도로 어리석다고 생각하는가?
	아니야, 쓸데없는 생각, 늙은 아낙네들의 이야깃거리일 뿐이야.
메피스토펠리스	하지만 나 자신이 그렇지 않다는 것을 증명하는 본보기지.
	나는 저주받았고 지금 지옥에 있으니 말이오.
파우스투스	아니, 여기가 지옥이라면 나는 기꺼이 저주를 받겠다.
	잠자고, 먹고, 걷고, 논쟁하는 것 아닌가?
	하지만 이런 건 집어치우고, 내게 아내를 구해다오.
	전 독일에서 가장 아름다운 처녀를.
	나는 바람기가 있는 데다 음탕하여

아내가 없이는 살 수가 없어.

메피스토필리스　제발, 파우스투스, 아내 얘기는 하지 마시오.

파우스투스　아니, 착한 메피스토필리스, 꼭 가져야겠으니 한 사람만

데려다다오.

메피스토필리스　좋아, 아내를 구해주지. 내가 올 때까지 거기 앉아 있으시오. (퇴장.)

(메피스토필리스가 여장을 한 악마를 데리고 다시 등장한다. 꽃불놀이 배경.)

파우스투스　이게 뭐야?

메피스토필리스　자 파우스투스, 아내가 맘에 드시는가?

파우스투스　이건 진짜 음탕한 창녀로군! 아니, 아내는 필요 없어.

메피스토필리스　결혼이란 의례적인 장난에 불과하오.

날 사랑한다면, 더 이상 아내 생각은 마시오.

내가 가장 아름다운 창녀들을 골라 매일 아침

당신 침대로 데려다줄 테니 말이오.

그녀가 페넬로페처럼 정숙하건,

시바의 여왕처럼 현명하건,

타락하기 전의 루시퍼처럼 아름답건 간에,

당신 눈에 좋은 여자라면 당신 마음도 좋아할 거요.

잠깐, 이 책을 받아 철저하게 숙독하시오.

이 글들을 반복해서 읽으면 황금을 얻을 수 있고,

땅 위에 이 원을 그리면 회오리바람, 태풍,

천둥 그리고 번개를 부를 수 있소.

이것을 세 번 정성을 다하여 불러보시오.

그러면 무장을 한 병사들이 나타나

당신이 원하는 것을 이루어줄 것이오.

파우스투스 고맙다, 메피스토필리스, 하지만 나는 모든 주문과 마법이

담겨 있어 내가 원할 때 정령들을 불러낼 수 있는 그런

책을 갖고 싶다.

메피스토필리스 여기 이 책 안에 그것들이 있소.   (책을 펼친다.)

파우스투스 하늘의 모든 부호들과 행성들에 관한 정보가

담겨 있는 책을 갖고 싶어. 그들의 움직임과 특징을

알 수 있도록 말이야.

메피스토필리스 그것들도 여기 있지.   (그쪽을 펼친다.)

파우스투스 한 권만 더 있었으면 좋겠군. 그럼 만족하겠다.

지구상에서 자라는 모든 식물들과 약초들 그리고

나무들을 볼 수 있는 책 말이야.

메피스토필리스 여기에 있소.

파우스투스 오 아니잖은가!

메피스토필리스 쳇, 분명하다니까.   (그쪽을 펼쳐보이며 함께 퇴장.)[1]

〈제2장〉

(파우스투스의 서재에 파우스투스와 메피스토필리스 등장.)

파우스투스 하늘을 바라볼 때면 나는 후회를 하고

사악한 메피스토필리스 너를 저주한다.

---

1 이 장면 후에 희극 장면 하나가 원문에서 누락되었다. 그 장면은 분명히 광대와 로빈이 파우스투스의 마법책을 훔쳐 바그너를 떠나는 내용이었을 것으로 추정된다.

네가 나에게서 그 기쁨들을 빼앗아 갔기 때문이다.

메피스토펠리스   그건 당신 자신이 원한 것이었다. 스스로에게 감사해라.

하지만 천국이 그렇게 대단한 것이라고 생각하는가?

파우스투스, 천국은 당신이나 이 땅 위에서 숨쉬는

어떤 인간의 반만큼도 아름답지 않아.

파우스투스   그걸 어떻게 증명하지?

메피스토펠리스   천국은 인간을 위해 만들어졌지. 그러니 인간이 더 훌륭한 거야.

파우스투스   천국이 인간을 위해 만들어졌다면, 그건 나를 위해 만들어진 거다.

난 이 마법을 포기하고 회개를 할 테다.

(선한 천사와 악한 천사 등장.)

선한 천사   파우스투스, 회개하라. 하느님께서 너를 불쌍히 여기실 것이다.

악한 천사   너는 악령이다. 하느님께서 널 불쌍히 여기실 리 없지.

파우스투스   내가 악령이라고 누가 내 귀에 중얼거리는가?

비록 내가 악마일지라도 하느님께서는 날 불쌍히 여기실 것이다.

그래, 내가 회개를 하면, 하느님께서 날 불쌍히 여기실 거야.

악한 천사   맞아, 하지만 파우스투스는 결코 회개할 수 없을걸.   (천사들 퇴장.)

파우스투스   내 마음이 완악해져서 회개할 수가 없어.

구원, 신앙 혹은 천국과 같은 말을 입에 올릴 수조차 없어.

오직 내 귀엔 무서운 메아리만 천둥처럼 울려 퍼진다.

"파우스투스, 넌 저주받았다!" 그러고 나서 총들과 비수들,

칼들, 독약, 교수용 올가미들 그리고 독을 바른 검들이

나 자신을 죽이기 위해 내 앞에 놓여 있다.

달콤한 쾌락이 깊은 절망을 정복하지 않았더라면,

오래 전에 나는 자살을 감행했을 것이다.

나는 눈이 먼 호메로스가 내게 알렉산드로스의 사랑과

오이노네의 죽음을 노래하게 만들었고,

매혹적인 하프 소리로 테베의 성벽을 쌓았던 자가

메피스토필리스와 함께

음악을 연주하지 않았던가?

그렇다면 왜 내가 죽어야 하고 비굴하게 절망해야 하지?

결심이 섰다. 파우스투스는 후회하지 않으리라.

오라, 메피스토필리스, 우리 다시 논쟁하자.

신성한 천문학의 이치를 밝혀보자.

말해보라, 달 위에 더 많은 천체들이 있는가?

모든 천체들이 우주의 중심인 이 지구처럼

하나의 구체로 이루어져 있는가?

메피스토필리스   우주의 4원소처럼, 하늘도 마찬가지지.

달에서부터 천체에 이르기까지, 이들은

서로의 구체 속에 함께 포함되어 있고,

하나의 축을 중심으로 얽혀서 움직이며,

그 축의 끝은 우주의 대극이라고 불린다.

토성, 화성 혹은 목성의 존재도 거짓은

아니지만, 떠돌이 별들에 불과하지.

파우스투스   하지만 그들이 모두 시공간적으로

같은 움직임을 갖는단 말인가?

메피스토필리스   모든 별들은 우주의 축들을 중심으로 24시간 동안

동쪽에서 서쪽으로 움직인다. 하지만 황도대를

중심으로 할 때는 그 움직임이 다르지.

파우스투스	이런 시시한 질문들은 바그너도 대답할 수 있다.
	메피스토필리스가 그 정도 능력밖에 없나?
	행성들의 이중의 운행을 누가 모르는가?
	첫번째 운행은 하루 만에 끝이 나고, 두번째 운행은
	토성은 30년, 목성은 12년, 화성은 4년, 태양, 금성
	그리고 수성은 1년, 달은 28일이 걸리지. 이런 것들은
	대학 신입생들도 알고 있는 것이야. 하지만, 말해보아라,
	모든 구체에 천사나 지적인 영이 있는가?
메피스토필리스	그렇다.
파우스투스	얼마나 많은 천체들이 있지?
메피스토필리스	아홉이지. 다시 말해, 일곱 개의 행성들, 창공
	그리고 최고천이 있지.
파우스투스	불과 수정으로 된 천체도 있지 않느냐?
메피스토필리스	아니다, 파우스투스, 그것들은 우화에 불과하다.
파우스투스	그렇다면 이 문제도 해결해다오.
	행성들의 합, 충, 시좌, 식 현상들이 동시에 일어나지 않고,
	어떤 해에는 더 많이, 어떤 해에는 더 적게 일어나는 이유가 뭐지?
메피스토필리스	천체 내에서 행성들의 속도가 다르기 때문이지.
파우스투스	좋아, 알겠다. 말해보아라, 누가 세상을 만들었지?
메피스토필리스	대답하지 않겠어.
파우스투스	착한 메피스토필리스, 말해보아라.
메피스토필리스	나를 화나게 하지 마라, 파우스투스.
파우스투스	악당놈, 무엇이든 내게 말하겠다고 약속하지 않았느냐?
메피스토필리스	그랬지, 그 약속은 우리 왕국에 해가 되지 않아. 하지만
	이건 해가 돼. 넌 저주받았어. 지옥을 생각해라.

448

파우스투스	파우스투스, 세상을 만드신 하느님을 생각해라!
메피스토필리스	지금 한 말 기억하거라! (퇴장.)
파우스투스	그래, 가라, 저주받은 악령아, 추한 지옥으로.
	고뇌에 찬 파우스투스의 영혼을 저주로 이끈 것은 바로 네놈이다.
	너무 늦었는가?

(선한 천사와 악한 천사 등장.)

악한 천사	너무 늦었다.
선한 천사	결코 늦은 게 아니야, 파우스투스가 회개를 한다면.
악한 천사	회개하면 악마들이 널 갈가리 찢어놓을걸.
선한 천사	회개하라, 그들은 너의 살갗 하나 다치지 못할 것이다.(천사들 퇴장.)
파우스투스	오 그리스도, 나의 구세주! 나의 구세주!
	불쌍한 파우스투스의 영혼을 구해주소서.

(루시퍼, 벨제버브와 메피스토필리스 등장.)

루시퍼	그리스도는 올바르신 분이기 때문에 네 영혼을 구할 수 없다.
	네 영혼에 관심을 갖고 있는 자는 나밖에 없다.
파우스투스	오 끔찍한 모습을 한 너는 누구인가?
루시퍼	나는 루시퍼다.
	그리고 이쪽은 나의 동료 지옥의 왕자다.
파우스투스	오 파우스투스, 그들이 네 영혼을 데리러 왔어!
벨제버브	우리는 네가 우리에게 해를 입히고 있다는 말을 하러 왔다.
루시퍼	너는 약속에 어긋나게 그리스도를 부르고 있어.

벨제버브 하느님에 대해 생각해서는 안 돼.

루시퍼 악마에 대해 생각해라.

벨제버브 그의 어미에 대해서도.

파우스투스 앞으로는 그러지 않겠소. 이번 일은 용서해주시오.

파우스투스는 결코 하늘을 쳐다보지 않고,

하느님의 이름을 부르거나 기도하지도 않으며,

성서들을 불태워버리고, 성직자들을 죽이며,

정령들을 시켜 교회를 무너뜨리겠다고 맹세하오.

루시퍼 그렇게 충직한 하인의 모습을 보여라, 그러면 우리가 상으로

너를 더욱 만족스럽게 해주리라.

벨제버브 파우스투스, 우린 너에게 재미있는 것을 보여주려고 몸소

지옥에서 왔다. 자리에 앉아라. 7대 죄악이 그들 본래의 모습으로

네 앞에 나타나리라.

파우스투스 그 광경은 천지 창조의 첫째 날 낙원을 보고 아담이 느꼈던

것과 같은 즐거움을 내게 줄 것이오.

루시퍼 낙원이나 창조에 관한 얘기는 하지 말고, 구경이나 해라.

메피스토필리스, 그들을 데려와라.

(7대 죄악이 피리 부는 자를 따라 등장.)

자 파우스투스, 그들에게 이름과 성격을 물어보아라.

파우스투스 곧 그렇게 하겠소. 첫번째, 넌 무엇이냐?

교만 나는 교만이다. 나는 양친이 있는 것을 경멸하지. 나는 오비디우스의

벼룩과 같아서 처녀의 몸 어느 구석에도 기어들어갈 수 있지. 때로는

가발처럼 그녀의 이마 위에도 앉고, 다음에는 목걸이처럼 그녀의 목 둘

레를 기어 다니고. 그러고 나서 깃털로 만든 부채처럼 그녀의 입술에 키스를 하지. 그 다음에는 자수를 놓은 속옷으로 향하여 내가 원하는 짓을 한다. 그런데 제길, 여기 냄새는 정말 지독하군! 땅에 향수를 뿌리고 아라스 천으로 덮지 않으면, 더 이상 말하지 않겠어.

파우스투스 정말 교만한 놈이구나. 두번째, 너는 무엇이냐?

탐욕 나는 탐욕이다. 가죽 자루를 뒤집어쓴 늙은 시골뜨기에게서 태어났지. 지금 내가 소망을 이룰 수만 있다면, 이 집은 물론 너희 모두를 황금으로 변하게 하여 내 금고 속에 넣고 안전하게 자물쇠를 채우는 것이 내가 원하는 거지. 오 나의 사랑스런 황금!

파우스투스 세번째, 너는 무엇이냐?

시기 나는 시기다. 굴뚝 청소부와 굴 따는 아내에게서 태어났지. 나는 읽을 줄을 모르니 모든 책들을 다 불태워버렸으면 좋겠다. 다른 사람이 먹는 것을 보면 몸이 말라. 오 온 세상에 기근이 닥쳐서 모두 다 죽어버리고, 나 혼자만 살아 남으면 좋을 것을. 그때에 내가 얼마나 살이 찌는지 당신이 봐야 하는데! 그런데 왜 당신은 앉아 있고 나는 서 있어야 하지? 내려와, 복수다!

파우스투스 꺼져라, 시기심이 가득 찬 놈! 네번째, 너는 무엇이지?

분노 나는 분노다. 내겐 아비도 어미도 없다. 나는 잉태된 지 한 시간도 채 되기 전에 사자의 입에서 튀어나왔다. 그후로는 이 칼들을 차고 온 세상을 돌아다녔어. 싸울 상대가 없을 때는 나 자신에게 상처를 내면서 말이야. 나는 지옥에서 태어났고, 지옥을 주시하지. 당신들 중의 누군가가 나의 아비일 테니 말이야.

파우스투스 다섯번째, 너는 무엇이냐?

대식 나는 대식이다. 내 부모는 죽으면서, 내게 보잘것없는 푼돈을 남겨주었어. 그 돈으로 나는 하루에 30끼니와 열 번의 간식을 먹는데, 날 만족시키기에는 너무 부족하지. 나는 왕족의 혈통을 타고났어. 내 아비는 베이컨의 아래쪽 살이었고, 어미는 커다란 적포도주 한 통이었지. 대부는 피터 피클헤링과 마틴 마틀마스비프였다. 그런데 대모는, 오, 그녀는 쾌활한 귀부인이어서 가는 곳마다 사랑을 받았는데, 이름은 마저리 마치비어였어. 자, 파우스투스, 내 얘기를 모두 들었으니 날 저녁 식사에 초대하지 않겠나?

파우스투스 싫다, 네놈은 내 음식을 모두 먹어치울 거야.

대식 그럼 악마한테 목 졸려 뒈져라!

파우스투스 너나 뒈져라, 이놈. 여섯번째, 넌 무엇이냐?

게으름 아함! 나는 게으름일세. 나는 햇빛이 따사로운 강둑에서 태어나서 그곳에 계속 누워 있었지. 그러니 당신이 나를 그곳에서 데려온 건 내게 큰 해를 입힌 거야. 대식과 호색을 시켜 날 다시 그곳으로 데려다주게. 아함! 막대한 돈을 준다고 해도 더 이상 말을 하지 않겠다.

파우스투스 그럼, 일곱번째이자 마지막인 넌 무엇이냐, 왈가닥 아가씨?

호색 누구, 나 말인가요? 나는 기름에 튀긴 건어보다는 날양고기를 더 좋아하는 여자지요. 내 이름의 첫 자는 호색으로 시작한답니다.

루시퍼 지옥으로 사라져라, 사라져! 피리를 연주해라.

(7대 죄악과 피리 연주자 퇴장.)

파우스투스 오 이 광경이 얼마나 내 영혼을 기쁘게 하는가!

루시퍼 쯧쯧, 파우스투스, 지옥에는 모든 형태의 기쁨이 있다.

파우스투스 오, 지옥을 보고 다시 돌아올 수만 있다면, 얼마나 행복할까!

루시퍼 파우스투스, 그렇게 해주겠다. 자정에 널 데리러 올 거다. 그동안 이 책을 숙독하고 철저하게 보아두어라. 네가 원하는 어떤 형태로든 변신할 수 있을 테니 말이야.

파우스투스	고맙소, 위대한 루시퍼.
	이 책을 내 생명처럼 조심스럽게 보존하겠소.
루시퍼	자, 잘 있거라, 파우스투스.
파우스투스	안녕히, 위대한 루시퍼. 오라, 메피스토펠리스. (모두 퇴장.)

〈제3장〉

(광대 로빈 등장.)

로빈 오, 딕, 내가 다시 돌아올 때까지 말들을 지키고 있거라. 내가 파우스투스 박사의 마법책을 한 권 얻었는데, 이제 우리도 그 마법을 써먹어 보는 거야.

(딕 등장.)

딕 뭐라고, 로빈, 넌 와서 말들을 산책시켜야 하잖아.

로빈 말들을 산책시킨다고! 정말이지 난 그 일이 경멸스러워. 내겐 다른 일들이 있어. 말들은 내버려둬, 그러면 제 스스로들 걸어 다닐 거야. 아페, 세, 아, 터, 흐, 에, 더, 오페, 세, 오, 디나이, 오르곤, 고르곤.[2] 내게서 더 멀리 떨어져, 글자도 모르는 무식한 마부야.

딕 아니, 너 뭘 가졌지, 책이냐? 넌 그 책에 쓰인 글자 하나도 읽을 줄

---

2 로빈이 글을 잘 읽지 못하는 것을 알 수 있다. 디나이 오르곤 고르곤 deny orgon gorgon은 'demogorgon'을 읽느라 애쓰는 것이다. 파우스투스가 1막 3장에서 마왕을 부르던 주문을 패러디하고 있다.

모르잖아.

로빈 그렇지 않다는 건 곧 보여주지. 원에서 떨어져 있어. 내가 보복으로 널 여인숙에 보내버리지 않도록 말이야.

딕 제발, 바보 짓은 그만두는 게 좋아. 우리 주인님이 오시면 네놈에게 마법을 걸어버릴 거야.

로빈 주인이 내게 마법을 건다고! 내 말해주지, 만약 주인이 이리로 오면, 나는 지금까지 네가 본 중에 가장 예쁘게 생긴 뿔을 주인 머리에 나게 할 거야.[3]

딕 그렇게 할 필요도 없어. 주인 마님은 이미 그 짓을 했으니까.

로빈 그래, 우리 중에도 그 문제에 깊숙이 말려든 자가 있을 거야, 만약 그들이 말하려고만 한다면.

딕 빌어먹을 놈! 나도 네놈이 까닭 없이 주인 마님 꽁무니를 쫓아다니지는 않는다고 생각했어. 하지만 솔직하게 말해봐, 로빈, 그게 마법책이냐?

로빈 내게 무엇이든지 하라고 말만 해봐. 그대로 해보일 테니까. 벌거벗고 춤추고 싶으면, 옷을 벗어. 그럼 내가 즉시 너에게 마법을 걸어줄 테니까. 또 나와 함께 한잔하러 가고 싶으면, 백포도주, 적포도주, 클라레 포도주, 색주, 무스카트 포도주, 맘지 백포도주, 그리고 향료 포도주를 배가 터지도록 마시게 해주지. 그러고도 우린 한푼도 내지 않을 거야.

딕 오 대단해! 제발 당장 그렇게 해보자. 난 지금 목이 말라 죽을 지경이니까 말이야.

로빈 좋아, 그럼 가자. (함께 퇴장.)

---

3 예부터 전해오는 얘기로 엘리자베스 시대 사람들이 즐겨 하던 농담이다. 즉 아내가 부정한 짓을 저지르면 남편의 머리에 뿔이 난다는 것이다.

제3막

(코러스 등장.)

코러스 박식한 파우스투스는,

조브 신의 높은 창공에 관한 책에 쓰인

천문학의 비밀을 알기 위해,

올림포스의 꼭대기까지 올라갔습니다.

거기에서 멍에를 씌운 용들이 끄는

화려한 마차 속에 앉아,

구름들, 행성들 그리고 별들,

초승달의 밝은 원형에서부터

천고천에 이르기까지

열대 지방들 그리고 하늘의 모든 지역들을 바라봅니다.

우주의 축의 안쪽 범위 내에서

이 영역 주변을 빙빙 돌며,

그의 용들은 동쪽에서 서쪽으로 빠르게 날아가

8일 만에 그를 다시 집으로 데려다주었습니다.

이 피곤한 모험이 끝난 후 휴식을 취하기 위해

자신의 조용한 집에서 오래 머물지도 않았지만,

새로운 모험심이 그를 다시 끌어당겨서,

그는 용의 등에 올라탔고,

용의 날개가 허공을 가르자

지금 우주의 구조를 입증하기 위해 떠났습니다.

지구상의 해안들과 왕국들을 측정하는 것이지요.

추측건대 그는 맨 먼저 로마에 도착하여
교황과 그의 궁정을 볼 것이며,
오늘 참으로 엄숙하게 진행될
거룩한 베드로의 축제일에 참여할 것입니다.　　　　　(퇴장.)

〈제1장〉

(파우스투스와 메피스토필리스 등장.)

파우스투스　　자, 메피스토필리스, 우리는 하늘 높이 솟은
산봉우리들, 부싯돌로 만든 성벽과 깊게 파인
호수들로 둘러싸여 있고, 어떠한 침략자에게도
정복당한 적이 없는 트리어의 위풍당당한
도시를 기쁘게 지나왔다.
다음에는 파리에서부터, 프랑스의 영토를 따라가면서,
마인 강이 라인 강으로 흘러들어가는 것을 보았고,
라인 강변은 열매가 풍성한 포도 숲들로 덮여 있었지.
다음에는 나폴리의 풍요로운 캄파니아로 갔다.
그곳에는 아름답고도 호화스러운 건물들이 있었고,
거리들은 곧게 뻗어 있었으며 고운 벽돌로 포장되어
있었고, 도시는 네 구역으로 똑같이 나누어져 있었다.
그곳에서 우리는 대학자 마로의 황금 무덤과
그가 단 하룻밤 만에 바위를 뚫어 만든, 길이가
1마일이나 되는 길도 보았다.

456

그곳에서 베네치아, 파도바 그리고 나머지 도시들에도
갔는데, 그중의 한 곳에는 하늘 높이 솟아오른 꼭대기가
하늘의 별들을 위협하는 찬란한 사원이 서 있었지.
그 사원은 다양한 색깔을 가진 돌들로 이루어져 있었고,
높이 솟은 지붕은 황금으로 진기하게 장식되어 있었다.
이렇게 파우스투스는 여기까지 시간을 보내왔다.
하지만 말해보라, 지금 쉬고 있는 이곳은 어디인가?
내가 전에 명령했듯이, 나를 로마의 성내로
인도했느냐?

메피스토펠리스   그렇다, 파우스투스.
이곳은 교황의 궁중이다.
우리는 평범한 손님이 아니기 때문에
우리가 쓸 곳으로 그의 내실을 골랐지.

파우스투스   교황이 우리를 환영해주었으면 좋겠군.

메피스토펠리스   상관없어. 우리는 그의 사슴 고기를 마음대로 먹게
될 테니까. 하지만, 파우스투스, 이제 당신은 로마에
눈을 즐겁게 할 무엇이 있는지 알 수 있을 거야.
이 도시는 같은 수의 토대를 떠받쳐주는
일곱 개의 언덕 위에 서 있다는 것을 알아두어라.
도시 한가운데를 뚫고 티베르 강이 흐르고,
로마를 두 구역으로 나누는 강둑들이 있는데,
그 위로 네 개의 위풍당당한 다리가 놓여 있어
로마의 각 지역으로 통하는 안전한 통로가 된다.
폰테 안젤로라고 불리는 다리 위에는
견고한 성이 한 채 서 있는데,

그곳에 수많은 무기가 저장되어 있으며

횡동으로 주조된 쌍포는 1년 365일에

일치하는 숫자만큼 저장되어 있다는

것을 알게 될 거다.

그외에도 성문들과 율리우스 카이사르가

아프리카에서 가져온 높은 오벨리스크도 있지.

파우스투스 자, 지옥의 통치를 받는 왕국들과,

스틱스 강, 아케론 강 그리고 플레게톤 강의

영원히 불타는 호수에 걸고 맹세하노니,

화려하고 장엄한 로마의 지형과

기념물들을 참으로 보고 싶다.

자, 떠나자.

메피스토필리스 아니, 잠깐, 파우스투스. 그대가 교황도 만나고

성 베드로의 축제에 참여하고 싶어할 거라는 걸 알아.

이 축제는 교황의 빛나는 승리를 기념하여

로마와 이탈리아 전역에 걸쳐

위풍당당하고 장엄하게 열리지.

파우스투스 착한 메피스토필리스, 날 기쁘게 하는구나.

내가 지상에 있는 동안 인간의 마음을 즐겁게 하는

모든 것들을 포식할 수 있게 해다오.

내게 주어진 24년간의 자유를

쾌락과 유희를 즐기며 보낼 거야.

이 지구가 유지되는 동안, 파우스투스의 이름이

멀리까지 숭배될 수 있도록 말이야.

메피스토필리스 좋은 말이다, 파우스투스. 그럼 내 옆으로 오라.

그들이 오는 것을 곧 보게 될 테니까.

파우스투스   아니, 잠깐만 기다려, 친절한 메피스토필리스.

먼저 내 요청을 들어다오, 그러면 갈 테니까.

8일 동안 우리는 하늘과 땅 그리고 지옥의 모습을 보았어.

우리의 용들은 하늘로 너무도 높이 날아올라

아래로 내려다보이는 지구의 크기가

내 손바닥보다도 더 크지 않더군.

거기에서 우리는 세계의 수많은 왕국들과,

내 눈을 즐겁게 하는 것들을 보았지.

그렇다면 이 구경거리에서 내가 배우가 되게 해다오.

이 거만한 교황이 파우스투스의 마법을 볼 수 있도록 말이야.

메피스토필리스   그렇게 해라, 파우스투스, 하지만 먼저 기다렸다가

그들이 이 길로 지나갈 때 그 축제 행렬을 지켜보아라.

그 다음에 그대 마음에 가장 흡족한 방법을 고안하여,

마법을 사용해 교황을 대적하거나

이 점잔 빼는 자들의 거만함을 혼내주어라.

수도사들과 수도원장들이 원숭이처럼 서서,

우스꽝스런 모습으로 3단으로 된 왕관[4]을 가리키게 만들고,

염주를 수도사들의 머리통에 두드리거나

혹은 추기경들의 머리 위에 커다란 뿔을 만들어주거나

혹은 어떤 악행이라도 그대가 생각해내기만 하면,

그대로 이루어주겠다, 파우스투스. 쉿, 그들이 온다!

오늘 그대는 로마에서 유명하게 될 것이다.

---

4 교황이 쓰는 관을 암시한다.

(추기경들과 주교들이 홀장[5]과 지팡이를 들고 등장. 수도사들과 수사들은 노래를 부르며 뒤따른다. 이어서 교황과 헝가리의 왕 레이먼드가 사슬에 묶인 브루노를 끌고 등장.)

교황　　우리의 발판을 내려놓아라.

레이먼드　　　　　　　　　　　　색슨 브루노, 엎드려라.

네 등을 밟고 교황께서 성 베드로의 의자와

교황의 옥좌에 올라가실 수 있도록 말이다.

브루노　　거만한 루시퍼야, 그 옥좌는 내 것이다.

하지만 이렇게 베드로 님께 엎드린다, 네놈에게 엎드리는 게 아냐.

교황　　너는 나와 베드로 님께 굴복하고,

교황의 권위 앞에 몸을 굽히게 될 것이다.

그럼, 브루노의 등을 밟고 성 베드로의 의자에 오르는

성 베드로의 후계자를 위해 나팔을 울려라.

　　　　　　　　　(그가 올라가는 동안 나팔 소리 울려 퍼진다.)

신께서는 양모와 같은 부드러운 발로 오시지만

쇠와 같은 강한 손으로 인간을 벌하시는 것처럼,

우리의 잠들어 있는 복수심이 이제 발동하여

너의 가증스런 행위를 징벌하고 죽음에 이르게 할 것이다.

프랑스와 파도바의 추기경들이여,

즉시 우리의 성스러운 회의실로 가서

교황의 법령집 가운데서

---

5 주교나 수도원장의 직위를 나타내는 십자 모양의 목장.

트렌트[6]에서 열린 신성한 회의의 결정에 따라

선출 절차를 거치지 않고

혹은 동의를 얻지 않고도

교황을 참칭하는 자를 어떻게 징벌하는지

그 내용을 가져와 읽으시오.

어서 가서 그 글을 가져오시오.

추기경 1 알겠습니다.   (추기경들 퇴장.)

교황 레이먼드 전하—

파우스투스 상냥한 메피스토필리스, 서둘러서

회의실로 가는 추기경들을 쫓아가거라.

그리고 그들이 그 미신에 젖은 책을 펼칠 때,

졸음과 게으름으로 마법을 걸어 그들을

깊게 잠들게 한 후, 너와 내가 그들의 모습으로

변신하여 황제[7]에게 대적하는

이 거만한 교황과 담판을 지어,

그가 지닌 신성의 여부를 떠나

브루노를 자유롭게 풀어주고

그에게 독일의 형편을 맡길 수 있을 것이다.

메피스토필리스 알겠다, 그럼, 파우스투스.

파우스투스   서둘러라.

교황은 파우스투스가 로마에 온 것을 저주하게 될 것이다.

(파우스투스와 메피스토필리스 퇴장.)

---

6 1545년부터 1563년까지 지속되었던 트렌트 공의회를 가리킨다.
7 신성 로마 제국의 황제. 파우스투스는 교황과 황제 사이의 갈등을 언급하고 있다. 교황이 승리하여 황제가 교황으로 선택한 브루노를 사로잡았다.

브루노   아드리안 교황, 내게 법적인 권리를 행사하게 해다오.

        나는 황제가 뽑은 사람이다.

교황   우리는 바로 그 행위의 대가로 황제를 폐위시키고,

        그에게 복종하는 자들을 저주할 것이다.

        황제와 너는 둘 다 파문을 당하고 교회의 특권과

        종교인들의 모든 모임에서 추방당하게 될 것이다.

        황제는 권력 행사로 너무 교만해져서

        그 거만한 목을 구름 위까지 끌어올리고,

        첨탑처럼 교회를 내려다본다.

        그러나 우리는 그의 거만함을 끌어내릴 것이다.

        우리의 선조인 알렉산데르 교황께서는

        독일의 프리드리히의 목을 짓밟으며[8]

        우리의 찬미가에 다음과 같은 금언을 더하셨다.

        "베드로의 후예들이 황제들을 짓밟으며

        무서운 독사의 등을 밟고 걸어가고,

        사자와 용을 복종시키며

        무서운 바실리스크[9]를 담대하게 쫓아낸다."

        이처럼 우리도 그 거만한 교회 분리론자를 복종시키고,

        로마 교황의 권위에 의거해 그들을

        폐위시킬 것이다.

브루노   율리우스 교황은 지기스문트 황제에게

        그 자신과 그 이후의 모든 로마 교황들이

        황제들의 합법적인 권위를 인정할 것을 맹세했다.[10]

---

8 교황 알렉산데르 3세가 독일의 황제 프리드리히 1세를 굴복시킨 일을 말한다.

9 아프리카에 살며 시선만으로도 사람을 죽인다고 알려져 있는 전설적인 파충류.

교황	율리우스 교황은 교회의 권리를 남용했으니,
	그의 포고 내용은 어떤 것도 유효하지 않다.
	지구상의 모든 권력이 나에게 있지 않은가?
	그러니 내가 틀릴 리 없다.
	이 은 벨트를 보아라. 이 벨트에는 일곱 개의 인장으로
	단단히 봉인된 일곱 개의 황금 열쇠가 달려 있는데,
	이는 하늘이 허락한 나의 일곱 가지 권력을 증거한다.
	즉 묶거나 혹은 풀고, 단단히 잠그고, 저주하거나 혹은 판단하고,
	개봉하거나 혹은 봉인하고, 혹은 무엇이든 원하는 대로 하는 거지.
	그때에는 황제와 너 그리고 모든 세계가 굴복하거나
	또는 우리의 무서운 저주가 지옥의 고통만큼이나
	무겁게 임하리라는 것을 확신하게 될 것이다.

(파우스투스와 메피스토필리스가 추기경들로 변장하여 등장.)

메피스토필리스	말해보아라, 파우스투스, 옷이 잘 맞지 않는가?
파우스투스	그렇군, 메피스토필리스, 그리고 그 두 추기경은
	거룩한 교황을 우리처럼 잘 섬기지는 못할 거야.
	하지만 그들이 회의실에서 잠들어 있는 동안,
	존경하는 교황님께 인사를 해야지.
레이먼드	보십시오, 교황 전하, 추기경들이 돌아옵니다.
교황	어서 오시오, 추기경들, 어서 말씀해주시오.
	우리의 거룩한 종교 회의에서 나의 지위와

---

10 이것은 비역사적인 사실이다. 지기스문트 황제(1368~1437)가 살아 있는 동안 율리우스 교황은 존재하지 않았다.

교황권에 대적한 그들의 음모에 대한 보복으로
브루노와 황제에 관히여 무엇을 선포했는지
말이오.

파우스투스　　로마 교회의 가장 거룩한 보호자시여,
모든 일반 성직자들과 고위 성직자들이 모인 종교 회의의
완전한 동의를 얻어 선포된 내용은 이렇습니다.
브루노와 독일의 황제는
이단자이자 뻔뻔스러운 교회 분리론자이며
교회의 평화를 깨트리는 교만한 자들로 간주된다.
그리고 만약 브루노가
독일 귀족들의 권유 없이
스스로 교황의 관을 쓰려 하고
필사적으로 성 베드로의 의자에 오르려 한다면,
교회법은 다음과 같이 선포한다.
그는 즉시 이단으로 저주를 받을 것이며
장작 더미 위에서 화형에 처해질 것이다.

교황　　그 정도면 충분하오. 추기경들께선 그자를 즉시
폰테 안젤로의 성으로 끌고 가서 가장 견고한
탑 속에다 그를 단단히 가두어두시오.
내일, 모든 근엄하신 추기경들과
함께하는 회의 석상에서 우리는 그를 살릴 것인지
죽일 것인지 결정할 것이오.
여기 그의 왕관도 함께 가지고 가서
교회의 보고에 넣어두시오.
서둘러 돌아와주시오,

그리고 교황의 축복을 받으시기를.

메피스토필리스 흠, 흠, 악마가 이처럼 축복을 받아본 적이 없었지.

파우스투스 어서 떠나자, 메피스토필리스.

추기경들은 이 일로 인해 큰 곤경에 처할 거야.

(파우스투스와 메피스토필리스가 브루노와 함께 퇴장.)

교황 즉시 가서 잔칫상을 들여보내라.

헝가리 왕 레이먼드 전하와 함께

성 베드로의 축제를 엄숙하게 기념하고,

우리의 승리를 축하할 수 있도록 말이다.   (함께 퇴장.)

〈제2장〉

(잔칫상이 들어온다. 이어서 파우스투스와 메피스토필리스가 본래의 모습으로 등장한다.)

메피스토필리스 자, 파우스투스, 즐길 준비를 해라.

마법에 걸려 졸고 있는 추기경들은 브루노를 탄핵하러

오기 어렵다. 브루노는 이미 준마에 올라타고,

알프스를 넘어 풍요로운 독일을 향해

날듯이 달려가, 슬픔에 빠진 황제를

만나러 가고 있겠지.

파우스투스 교황은 오늘 잠든 사이에 브루노와 그의 왕관을

잃어버린 그들을 저주할 거야.

하지만 파우스투스는 즐거움을 누릴 수 있고,

그들의 어리석음을 보고 재미를 맛볼 수 있지.

사랑스런 메퓌스토뷜리스, 내게 마법을 걸어

사람들에게 보이지 않게 해다오.

보이지 않는 상태에서 마음대로 할 수 있도록 말이야.

메피스토필리스 파우스투스, 그렇게 해주겠다. 그럼 즉시 무릎을 꿇어라.

내가 그대의 머리 위에 손을 올려놓고

마법 지팡이로 마법을 거는 동안.

먼저 이 허리띠를 착용해라. 그러면

여기에 있는 사람들 눈에 보이지 않게 되리라.

일곱 개의 행성들, 음울한 공기,

지옥 그리고 복수의 여신들의 갈라진 머리칼,

지옥의 신 플루톤의 유황불 그리고 헤카테[11]의 나무가

마법의 주문과 함께 그대를 감싸

아무도 그대의 몸을 볼 수 없게 되어라.

자, 파우스투스, 그들의 신앙심은 상관 말고

하고 싶은 대로 해라. 결코 눈에 띄지 않을 테니.

파우스투스 고맙다, 메피스토필리스. 자, 수도사들아, 조심해라.

너희들의 빡빡 민 머리통에서 피 나지 않도록 말이다.

메피스토필리스 파우스투스, 잠깐. 그 추기경들이 오는 것을 보아라.

(나팔 소리. 교황과 영주들 등장. 추기경들이 책 한 권을 들고 등장.)

---

11 그리스 신화에 나오는 마법의 여신. 그녀가 어떤 특별한 '나무tree'를 가지고 있다고는 전해진
바가 없다. 'tree'는 'three'를 잘못 표기한 것일 수 있다. 헤카테는 흔히 하늘, 땅, 지옥을 나타내는
세 가지 형태의 신성을 지닌다고 알려져 있기 때문이다.

교황	잘 왔소, 추기경들. 와서 앉으시오.
	레이먼드 전하, 앉으시지요. 수도사들은 주의하여
	이 엄숙한 축제에 어울리게 모든 일들이
	잘 준비되고 있는지 살펴보라.
추기경 1	먼저 브루노와 황제에 관한 종교 회의의
	선고문을 보시는 것이 교황 전하의
	마음에 들지 않겠습니까?
교황	그게 무슨 말이오? 내가 내일 회의 석상에서
	그의 처벌에 대해 결정하겠다고
	말하지 않았소?
	당신들이 방금 전에 선고문을 가져왔고,
	그 내용은 브루노와 저주받은 황제가
	가증스런 이단자로서 그리고 천한 교회 분리론자로서
	거룩한 종교 회의에 의해 둘 다 저주를 받았다는 것이었소.
	그런데 무엇 때문에 내게 그 책을 보여주려는 것이오?
추기경 1	아닙니다. 전하께서는 그런 명령을 내리시지 않았습니다.
레이먼드	부인하지 마시오. 우리 모두가 증인이오.
	이곳에 있던 브루노를 당신들이 데려갔고
	그의 왕관도 잘 보관하여
	교회의 보고에 넣도록 지시하지 않았소.
두 추기경	사도 바울에 걸고 맹세하지만, 저희는 그들을 보지 못했습니다.
교황	성 베드로에 걸고 맹세하지만, 당장 그들을 데려오지 않으면
	두 사람 다 살려두지 않겠다.
	이들을 감옥에 처넣고, 팔다리에 차꼬를 채워라.
	가짜 추기경놈들, 이 가증스런 배신의 대가로

너희들의 영혼이 지옥의 고통을 맛보게 되리라.

(수행원들이 두 추기경을 데리고 퇴장.)

파우스투스   그들은 안전해. 자, 파우스투스, 축제에 참여해보자.

교황이 결코 이처럼 유쾌한 손님을 맞이한 적이 없을 거야.

교황   랭스의 대주교님, 우리와 함께 앉으시지요.

대주교   감사합니다.

파우스투스   먹어라, 아끼면 악마가 목을 조를지도 몰라!

교황   방금 말한 게 누구지? 수도사, 주위를 살펴보아라.

레이먼드 전하, 드시지요. 이 귀한 선물은 밀라노의

주교가 보내준 것입니다.

파우스투스   고맙소이다.   (교황으로부터 고기를 낚아챈다.)

교황   아니 이런! 누가 내게서 고기를 낚아챘지?

악당놈들, 왜 말을 하지 않는 거냐?

수도사   이곳에는 아무도 없습니다.

교황   대주교님, 이 맛있는 음식은 프랑스의 추기경이

보내준 것입니다.

파우스투스   그것도 내가 먹어주지.   (교황으로부터 접시를 낚아챈다.)

교황   어떤 이단자가 감히 우리에게 이런 무례한

모욕을 준단 말인가?

내게 포도주를 좀 다오.

파우스투스   그래, 어서 다오. 파우스투스가 목이 마르니 말이야.

교황   레이먼드 전하, 전하를 위해 건배합니다.

파우스투스   그대를 위해 축배를 들지.   (교황으로부터 잔을 가로챈다.)

교황   포도주도 없어져? 이 미련퉁이들아, 주위를 살펴보고

이 따위 짓을 하는 놈을 찾아내어라.

그렇지 않으면 내 지위를 걸고 네놈들을 살려두지 않겠다.

여러분, 이 말썽 많은 연회를 괘념치 마시오.

대주교 교황 전하, 어떤 영혼이 연옥에서 빠져나와 교황님께

용서를 구하기 위해 이곳에 와 있다는 생각이 듭니다.

교황 그럴 수도 있지요.

그럼 가서, 사제들에게 진혼가를 불러

이 골치 아픈 영혼의 분노를 가라앉히도록 명하여라.

다시 한 번, 여러분, 듭시다.　　　　　　(교황이 성호를 긋는다.)

파우스투스 저런!

한입 먹을 때마다 십자가로 양념을 쳐야 하나?

좋아, 충고하니 그 따위 속임수는 더 이상 쓰지 마라.

　　　　　　　　　　　　　　　　(교황이 성호를 긋는다.)

흥, 두번째로군. 세번째는 조심하게.

내 경고하겠어.　　　　　　(또다시 교황이 성호를 긋는다.)

그래도? 그럼 이거나 먹어라.　(파우스투스가 교황의 따귀를 갈긴다.)

교황 아이고, 나 죽네! 살려주시오, 여러분.

와서 몸을 피하게 도와주시오.

이 영혼은 이 짓의 대가로 영원히 저주받아라.　(교황과 수행원들 퇴장.)

메피스토펠리스 자, 파우스투스, 이제 어떻게 하겠나?

그대는 종, 책 그리고 촛불과 함께 저주받을 거야.

파우스투스 종, 책 그리고 촛불아. 촛불, 책 그리고 종이여.

앞뒤로 바꾸어서 파우스투스에게 지옥의 저주를 내려라.

(수도사들이 종, 책, 촛불을 들고 진혼가를 부르러 등장.)

수도사   자, 형제들이여, 정성을 다하여 우리 임무를 수행합시다.

(모두들 노래한다.)

식탁에서 교황님의 고기를 훔친 자에게 저주가 있으라—

주님께서 그를 저주하시기를!

교황님의 얼굴을 때린 자에게 저주가 있으라—

주님께서 그를 저주하시기를!

산델로 수도사의 머리를 갈긴 자에게 저주가 있으라—

주님께서 그를 저주하시기를!

우리의 거룩한 진혼가를 방해하는 자에게 저주가 있으라—

주님께서 그를 저주하시기를!

교황님의 포도주를 가로챈 자에게 저주가 있으라—

주님께서 그를 저주하시기를! 그리고 모든 성인들께서 그를 저주하

시기를! 아멘.

(파우스투스와 메피스토필리스가 수도사들을 때린다. 그리고 그들 가운데 불꽃
을 던지고, 모두 함께 퇴장.)

〈제3장〉

(광대 로빈과 딕이 잔 하나를 들고 등장.)

딕   이봐, 로빈, 악마를 시켜 이 잔을 훔친 것에 대해 대답하게 하는 게
좋겠어. 술집 급사가 곧바로 우리를 쫓아오니까 말이야.

로빈   문제없어. 올 테면 오라지. 그놈이 우릴 쫓아오면, 내가 그놈에게 한
번도 걸려본 적이 없는 마법을 걸어줄 테니. 그 잔을 이리 줘봐.

(술집 주인 등장.)

딕　여기 있어. 저기 그자가 오는군. 자, 로빈, 지금이야말로 자네의 마법을 보여줄 때일세.

주인　오, 여기 있었나? 너희들을 찾아서 다행이다. 나쁜 놈들 같으니라구! 술집에서 훔친 잔은 어디 있지?

로빈　뭐라구? 우리가 잔을 훔쳤다구! 말조심해. 우린 잔 도둑처럼 생기지는 않았어.

주인　거짓말하지 마. 너희가 훔쳤다는 것을 알고 있으니까. 몸수색을 해야겠어.

로빈　몸수색을 한다구? 그래 맘대로 해보라구. 잔을 갖고 있어, 딕. 자, 자, 찾아봐, 찾아봐.

주인　이봐, 이번엔 너를 수색해봐야겠어.

딕　아, 그래 해봐, 해봐. 잔을 갖고 있어, 로빈. 몸수색 따윈 겁내지 않는다구. 우린 치사하게 잔 따위를 훔치진 않아.

주인　뻔뻔스럽게 굴지 마라. 잔은 분명히 너희 둘 중에 가지고 있어.

로빈　아니, 그렇지 않아. 그건 우리 손을 벗어나 있어.

주인　제기랄! 잔을 훔쳐 간 건 너희들 소행이 틀림없어. 잔을 다시 돌려줘.

로빈　아무렴, 흥! 언제 훔쳤는지 말할 수 있어? 딕, 원을 하나 그려다오. 그리고 내 뒤에 바짝 붙어서, 절대 움직이지 마라. 이봐, 곧 잔을 돌려받게 될 거다. 아무 말도 하지 마라, 딕. 오 페르 세 오, 데모고르곤, 벨처 그리고 메피스토필리스![12]

---

12 악마들을 부르는 주문.

(메피스토필리스 등장.)

메피스토필리스　지옥의 제왕의 통치하에

위대한 군주들도 두려운 마음으로 무릎을 꿇고,

그분의 제단에 수천의 영혼이 엎드리는데,

내가 이 천한 놈들의 주문 때문에 얼마나 귀찮은지!

이 저주받은 놈들을 기쁘게 해주려고 내가

콘스탄티노플에서 여기까지 불려왔다.　　　　　(주인 퇴장.)

로빈　성모 마리아에 걸고, 정말 못마땅한 여행을 하셨군요. 저녁 식사에 양
고기 한 덩어리를 먹고, 지갑에 6펜스를 담아 다시 돌아가시겠습니까?

딕　그래, 제발 그렇게 하시지요. 우린 그저 장난 삼아 당신을 불렀으니
까요.

메피스토필리스　이런 못된 장난을 친 대가로

먼저 너는 이 추한 모습으로 변해라.

어리석은 짓의 대가로 원숭이가 되는 거다.

로빈　오 대단해! 원숭이라! 제가 이 원숭이를 데리고 다니며 재주를 부릴
수 있게 해주세요.

메피스토필리스　그렇게 해주지. 너는 개로 변해서, 등에 원숭이를 태우고 다녀라. 가
거라, 꺼지란 말이야!

로빈　개라구! 그거 훌륭하군! 하녀들에게 죽 냄비를 잘 지키라고 하세요.
내가 곧 부엌으로 들어갈 테니까요. 가자, 딕, 가자.　　(로빈과 딕 퇴장.)

메피스토필리스　이제는 영원히 꺼지지 않는 불꽃으로

날개를 달아 나의 파우스투스에게,

터키 황제의 궁중으로 쏜살같이 날아가야겠다.　　　　　(퇴장.)

제4막

(코러스 등장.)

코러스 파우스투스는 즐거운 마음으로 진기한 것들과

왕들의 화려한 궁중들을 살펴보고 난 후,

여행을 중단하고 집으로 돌아왔습니다.

그곳에서는 그의 부재를 슬퍼하던 사람들,

즉 그의 친구들과 가까운 동료들이

그의 안전한 귀향을 친절한 말로 반겼습니다.

그리고 세계와 하늘을 여행하며 그가 겪은

것들을 서로 나누는 자리에서

그들은 천문학에 대해 물었습니다.

이에 대해 파우스투스는 너무도 능숙하게 답변을 하여

모두들 그의 지혜에 존경과 경이를 표했습니다.

이제 그의 명성은 모든 나라에 퍼졌습니다.

황제 카롤루스 5세도 그의 명성을 흠모하는 자

중의 하나였는데, 지금 그의 궁중에서 파우스투스는

귀족들이 함께 모인 자리에서 성찬을 대접받고 있습니다.

그곳에서 그가 마법을 시도하여 어떤 일을 했는지는

말씀드리지 않을 테니, 여러분의 눈으로 직접 확인하십시오. (퇴장.)

〈제1장〉

(마르티노와 프리드리히가 서로 다른 입구에서 등장.)

마르티노 들으시오, 관리들, 귀족분들!
　　　　　황제 폐하를 뵈러 알현실로 모이시오.
　　　　　프리드리히, 한 사람도 남아 있지 않도록 살펴보게.
　　　　　폐하께서 연회장으로 오고 계시오.
　　　　　돌아가서 준비 상태를 살펴보게.

프리드리히 그런데 복수의 여신의 등에 실려 로마에서 돌아온
　　　　　우리가 세운 교황, 브루노는 어디 있지?
　　　　　교황은 황제 폐하를 수행하지 않으려 할까?

마르티노 오 아닐세, 비텐베르크의 영광이자,
　　　　　마법으로 인해 전세계의 경이로운 존재가
　　　　　된 독일의 마법사, 박식한 파우스투스가
　　　　　그와 함께 온다네.
　　　　　그가 위대한 카롤루스 황제께 그의
　　　　　용감한 선조들을 보여주고, 폐하 앞에
　　　　　알렉산더 대왕과 그의 아름다운 왕비의
　　　　　용맹하고 화려한 모습을 보여줄 작정이라네.

프리드리히 벤볼리오는 어디 있지?

마르티노 잠에 푹 빠져 있는 게 틀림없어.
　　　　　어제 저녁에 브루노의 건강을 축배하며
　　　　　라인 백포도주를 그렇게 마셔댔으니,
　　　　　그 게으름뱅이가 오늘 하루 종일 이불 속에 있는 거지.

프리드리히   저기, 저기, 그의 창문이 열려 있군. 그를 불러보세.

마르티노   이봐, 벤볼리오!

(창문 위에서, 벤볼리오가 잠잘 때 쓰는 모자를 쓰고 옷의 단추를 채우면서 등장.)

벤볼리오   뭐야, 악마가 괴롭히기라도 하는 거야?

마르티노   악마가 듣지 않도록 조용히 말하게.

         파우스투스가 방금 궁중에 도착했으니 말이야.

         그리고 그의 뒤에는 수천의 악마들이 박사가

         원하는 것을 행하려고 기다리고 있단 말일세.

벤볼리오   그게 무슨 소린가?

마르티노   자, 먼저 방에서 나오게. 그러면 자네는

         이 마법사가 교황과 황제 폐하 앞에서

         지금껏 독일에서 본 적이 없는 진기한

         마법을 행하는 것을 보게 될 걸세.

벤볼리오   교황은 아직도 마법이 부족하다는 건가?

         그는 얼마 전에도 악마의 등에 타고 있었지 않았나.

         만약 그[13]가 악마와 그렇게 깊은 사랑에 빠졌다면,

         그자[14]가 교황을 다시 로마로 보내버렸으면 좋겠구먼.

프리드리히   말해보게, 와서 이 흥미 거리를 볼 텐가?

벤볼리오   싫네.

마르티노   그럼 창가에 서서 그걸 구경하겠나?

벤볼리오   그렇게 하지, 그동안에 잠들어버리지 않는다면 말일세.

---

13 브루노를 가리킨다.
14 파우스투스를 가리킨다.

마르티노   황제께서 곧 오시네. 마법으로 인해 어떤 놀라운

          일이 일어날 수 있는지 보시려는 거지.

벤볼리오   알았어, 자네들이나 가서 황제 폐하를 모시게. 나는 이것 때문에

          창문에서 머리를 내민 것만으로도 족하니까. 밤새도록 술에

          취한 자는 악마도 아침에 해치지 않는다고들 하니까 말이야.

          만약 그게 사실이라면, 내 머리 속에 있는 마법은

          악마뿐만 아니라 그 마법사도 이길 수 있을 걸세.

                           (프리드리히와 마르티노 퇴장.)

〈제2장〉

(나팔 소리가 들리며 독일의 황제 카를, 작센의 공작, 브루노, 파우스투스, 메피
스토필리스, 프리드리히, 마르티노, 수행원들 등장. 벤볼리오는 창문에 남아 있다.)

황제   사람들의 경이, 명성 높은 마법사,

      대단히 박식한 파우스투스, 궁중에 온 걸 환영하오.

      우리의 공공연한 적으로부터

      브루노를 풀어준 그대의 공은

      강력한 마법으로 전세계를

      복종시킬 수 있는 것 이상으로

      그대의 마법을 드높이게 될 것이오.

      그대는 영원히 카롤루스의 존경을 받게 될 것이오.

      그리고 최근에 그대가 구해준 이 브루노가

      평화롭게 교황의 권좌를 얻어,

필연적으로 베드로의 의자에 앉는다면,

그대는 이탈리아 전역에 걸쳐 유명해질 것이며,

독일의 황제로부터 영예를 얻을 것이오.

파우스투스   존귀하신 카롤루스 폐하, 황공하옵신 말씀에

보답하여 파우스투스는 온 힘을 다하여

독일의 황제 폐하를 섬기고 충성할 것이며,

거룩하신 브루노 님의 발 앞에 생명을 바칠 것입니다.

그 증거로서, 만약 폐하께서 원하신다면,

저는 마법을 펼쳐보일 준비가 되어 있습니다.

이 마법은 영원히 불타는 지옥의 시커먼 입구를

관통하여 완고한 정령들을 그들의 동굴에서

끌어내어 폐하께서 명령하시는 것은 무엇이든지

수행하게 할 것입니다.

벤볼리오   *(방백) 저놈, 말하는 게 끔찍하군! 하지만 그래 봐야 나는 그를 믿지*
않아. 교황이 행상인처럼 보이는 것처럼 놈도 마법사처럼 보이는군.

황제   그렇다면 파우스투스, 그대가 약속했듯이,

우리는 저 유명한 정복자, 알렉산더 대왕과

그분의 왕비를 당당하고 위엄 있는 실제 모습

그대로 보고 싶소. 우리가 그들의 용맹하고

아름다운 모습에 감탄할 수 있도록 말이오.

파우스투스   폐하께 곧 그들을 보여드리겠습니다.

메피스토필리스, 떠나라!

엄숙한 나팔 소리와 함께

존귀하신 황제 폐하 앞에 알렉산더 대왕과

그분의 아름다운 왕비를 보여드려라.

메피스토펠리스 그렇게 하리다.   (퇴장.)

벤볼리오 (방백) 좋아, 박사 선생, 만약 악마들이 빨리 나타나지 않으면, 난 곧
잠들어버릴 거야. 제기랄, 멍청하게도 지금까지 저 악마 조련사를 넋놓
고 바라보고 있다가, 아무것도 볼 수 없을 거라는 생각을 하면 화가 나
서 죽을 지경이군.

파우스투스 (방백) 만약 내 마법이 실패하지 않는다면, 네게 곧 뭔가
느끼게 해주지.
폐하, 미리 말씀드리지만,
저의 정령들이 알렉산더 대왕과 왕비의
기품 있는 모습을 보여드릴 때,
폐하께서는 왕에게 아무런 질문도 하지 마시고,
조용히 그들이 왔다가 가도록 해주십시오.

황제 그렇게 하시오. 나는 괜찮소.

벤볼리오 (방백) 그래, 그래, 나도 상관없어. 네가 알렉산더와 왕비를
황제 앞에 불러온다면, 나는 악타이온이 되어 수사슴으로
변신하겠다.

파우스투스 (방백) 그럼 내가 아르테미스 역을 하여 네게 즉시 뿔이 나게 해주지.

(나팔 소리. 한쪽 문에서는 알렉산더 대왕이, 다른 쪽 문에서는 다리우스 대왕
이 등장한다. 그들은 서로 싸운다. 다리우스가 쓰러진다. 알렉산더가 그를 죽이고 그
의 왕관을 빼앗은 후 나가려고 할 때, 왕비가 알렉산더를 맞는다. 그는 그녀를 포옹
하고 그녀의 머리 위에 다리우스의 왕관을 씌워준다. 그리고 두 사람이 다시 돌아와
서 황제에게 인사한다. 황제는 자리에서 일어나서 그들을 포옹하려 한다. 파우스투
스가 이것을 보고 갑자기 그를 막는다. 그때 나팔 소리 멈추고 음악 소리 들려온다.)

	존귀하신 폐하, 정신 차리십시오.
	그들은 환영에 불과하지, 실체가 아닙니다.
황제	오, 미안하오. 과인이 이 유명한 황제의
	모습을 보고 너무나 황홀하여
	과인의 팔로 그들을 포옹할 뻔하였소.
	하지만 파우스투스, 그들에게 말할 수 없으니,
	과인의 궁금증을 만족시키기 위해
	과인의 말을 좀 들어주시오. 과인은 이 아름다운 왕비에게는
	살아 있는 동안 목 위에 작은 사마귀가
	있었다고 들었는데, 그 말이 사실이라는 것을
	어떻게 증명할 수 있겠소?
파우스투스	폐하께서 가서 확인해보시죠.
황제	파우스투스, 분명히 있구려.
	이 광경을 보여주어서 그대는 새로운 나라를
	얻는 것 이상으로 과인을 기쁘게 해주었소.
파우스투스	그만 사라져라! (정령들 퇴장.)
	보십시오, 폐하, 저기 어떤 이상한 짐승이 창문으로
	목을 내밀고 있습니다.
황제	오, 놀라운 광경이군! 보게, 작센의 공작, 두 개의 길게 뻗은
	뿔이 참으로 기묘하게도 젊은 벤볼리오의 머리 위에 붙어 있구려.
작센의 공작	아니, 그가 잠들었나요, 아니면 죽었나요?
파우스투스	자는 겁니다, 폐하, 하지만 자신의 뿔이 꿈꾸는 건 아니지요.
황제	이건 정말 재미있는 구경거리군. 그를 불러 깨워야겠어.
	이보게, 벤볼리오!
벤볼리오	제기랄! 조금만 자게 해줘.

황제	그런 머리통을 하고 있으니, 잠을 많이 잔다고 꾸짖는 건 아니다.
작센의 공작	고개를 들어라, 벤볼리오, 황제 폐하께서 부르신다.
벤볼리오	황제라구! 어디? 오, 제기랄, 아이구 머리야![15]
황제	아니, 걸린 건 자네 뿔이야. 머리는 괜찮아, 충분히
	무장이 되어 있으니 말이야.
파우스투스	저런, 어쩌신가, 기사 나으리? 아니, 뿔이 걸리셨나?
	정말 끔찍하군. 에잇, 창피하니까 머리를 집어넣게.
	온 천하에 놀림감이 되지 않으려면 말이야.
벤볼리오	제기랄, 박사, 이건 당신 짓인가?
파우스투스	오, 그렇게 말하지 말게. 박사는 이 존귀하신
	황제 폐하 앞에 위대한 군주, 용맹한
	알렉산더 대왕을 불러올 아무런 기술도,
	재주도, 능력도 없으니 말일세.
	만약 파우스투스가 그런 재주가 있다면, 자네는 즉시
	대담한 악타이온의 모습에서 수사슴으로 변할 생각이지.
	그러니 폐하, 즐겁게 지켜보시지요.
	제가 한 떼의 사냥개들을 불러내어 그를 사냥하게 할 것이니,
	그의 도주 솜씨가 사냥개들의 무서운 송곳니로부터
	자신의 몸을 보호하지는 못할 것입니다.
	호, 벨리모테, 아르기론, 아스테로테!
벤볼리오	잠깐! 잠깐! 제기랄, 저자가 곧 악마들을 떼거리로 불러낼 거야. 전하, 저를 도와주십시오. 저는 이 고통을 도저히 참을 수 없습니다.
황제	그렇다면, 훌륭하신 박사.

---

15 벤볼리오가 창문에서 머리를 빼낼 때 뿔이 걸린 것을 알 수 있다.

청컨대 그의 뿔을 없애주시오.

그도 이제 충분히 후회를 하였소이다.

파우스투스 　자애로우신 폐하, 제가 피해를 입은 것 때문이라기보다는 폐하께

좀더 즐거움을 드리기 위해서 파우스투스는 이 무례한 기사에게

정당하게 복수했습니다. 그것만이 제가 원하는 것이었기에,

저도 기꺼이 그의 뿔을 없애겠습니다. —메피스토필리스, 그를 변신

시켜라—

그리고 기사 나리, 앞으로는 학자들에 대해 조심해서 말하시오.

벤볼리오 　*(방백) 잘도 말하는군! 제길, 학자들이 이 따위로 정직한 사람들 머*

리에 뿔이나 생기게 해 오쟁이를 지게 만드는 자들이라면, 수염이 없고 작

은 주름 깃을 달고 있는 자들[16]*을 결코 더 이상 신뢰하지 않겠어. 하지*

만 만약 내가 이 일을 복수하지 않는다면, 나는 입을 벌리고 있는 굴로

변해 짜디짠 바닷물이나 마시게 될 거야.

황제 　자, 파우스투스, 황제가 살아 있는 동안,

그대의 이 놀라운 구경거리에 대한 보답으로,

그대는 독일의 왕국을 다스리고,

위대한 카롤루스의 사랑을 받게 될 것이오. 　　　　　(모두 퇴장.)

〈제3장〉

(벤볼리오, 마르티노, 프리드리히, 병사들 등장.)

---

16 당대의 학자들은 수염을 말끔하게 면도하고 궁중인들이 착용하는 커다란 칼라을 달고 다니지 않
았다. 하지만 다음 장면에서 우리는 파우스투스가 턱수염을 기르고 있음을 알 수 있다.

마르티노	이보게, 벤볼리오, 마법사를 혼내주려는 이번 시도는
	그만두는 게 좋겠어.
벤볼리오	무슨 소리! 자넨 날 사랑하지 않는군. 날 이렇게 설득하다니.
	천한 하인놈들이 여기저기 다니면서
	"오늘 벤볼리오의 머리에 뿔이 났다네" 하면서
	모두 내가 당한 일을 조롱하는데, 그런 엄청난
	모욕을 당하고도 가만 있으란 말인가?
	오, 이 칼로 그 마법사놈을 죽일 때까지
	이 눈꺼풀이 다시는 닫히지 않을 걸세.
	자네들이 이 일에서 나를 도와주려면,
	칼을 빼어들고 마음을 단호히 정하게.
	그렇지 않으면, 떠나게. 이곳에서 벤볼리오는 죽을 테니.
	하지만 파우스투스의 죽음이 나의 불명예를 씻어줄 걸세.
프리드리히	아니, 어떤 일이 일어나더라도, 우리는 자네와 함께 있겠네.
	그리고 그 박사가 이리로 오면 그를 죽일 걸세.
벤볼리오	그럼, 친절한 프리드리히, 자넨 숲에 몸을 숨기고
	하인들과 병사들을 나무들 뒤에 있는 덤불 속에
	숨겨서 배치해두게.
	이것으로 나는 그 마법사가 가까이 있는 것을 아네.
	나는 그자가 무릎을 꿇고 황제의 손에 키스하고
	푸짐한 상을 받아 싣고 떠나는 것을 보았네.
	그럼, 병사들아, 용감하게 싸워라. 만약 파우스투스가 죽으면,
	재물은 너희들이 취하고, 우리에겐 승리만 남겨다오.
프리드리히	자, 병사들아, 나를 따라 숲으로 가자.
	그를 죽인 자는 황금과 영원한 사랑을 받게 될 것이다.

벤볼리오   내 머리는 뿔이 달려 있을 때보다 가벼워.

하지만 내 심장은 머리보다 더 무겁고

그 마법사가 죽는 걸 볼 때까지 헐떡일 거야.

마르티노   우리는 어디에 숨을까, 벤볼리오?

벤볼리오   우리는 첫번째 공격을 위해 이곳에 있을 걸세.

오, 그 저주받은 지옥의 개가 이곳에 있기만 하다면,

자네는 곧 나의 치욕이 씻기는 것을 보게 될 텐데.

(프리드리히 등장.)

프리드리히   숨어, 숨어! 마법사가 가까이 왔다.

외투를 입은 채 혼자서 걸어오고 있다.

그럼 그 촌놈을 쓰러뜨릴 준비를 해라.

벤볼리오   그럼 그 영광은 내 것이야. 자, 칼아, 제대로 찔러라.

그자가 뿔을 주었으니, 나는 곧 그자의 머리를 갖겠다.

(파우스투스가 가짜 머리를 쓰고 등장.)

마르티노   저기, 저기, 그가 온다.

벤볼리오   말이 필요 없다. 이 칼이 끝장을 보지.

영혼은 지옥에나 떨어져라. 몸뚱어리는 이렇게 쓰러지니.

파우스투스   오!

프리드리히   고통스러운가, 박사 선생?

벤볼리오   심장이 고통 때문에 미어질 수도 있지. 사랑하는

프리드리히, 보게. 이렇게 즉시 그의 고통을 끝내주겠어.

(파우스투스의 가짜 머리를 내려친다.)

마르티노 도와주는 셈치고 내려치게. 머리가 떨어졌군.

벤볼리오 악마는 죽었다. 복수의 여신들이 이제야 웃을 수 있겠군.

프리드리히 이것이 바로 그 무시무시한 표정으로 지옥의 정령들의

험상궂은 제왕을 떨게 하고, 주문에 꼼짝 못하게 한

그 엄격한 얼굴이었던가?

마르티노 이것이 황제 앞에서 벤볼리오를 치욕스럽게 만든

저주받은 머리통이었던가?

벤볼리오 그래, 그게 바로 그 머리통일세. 그리고 몸뚱이는 여기 있지.

악행에 합당한 보상을 받은 거야.

프리드리히 자, 그의 증오스런 이름이 가진 사악한 추문에 더 많은

치욕을 덧붙일 방법을 생각해보세.

벤볼리오 먼저, 내가 당한 일에 대한 보복으로, 그의 머리통에

커다란 뿔을 못으로 박아 그가 전에 나를

매달리게 했던 창문 안쪽에 매달아놓겠어.

온 세상이 나의 정당한 복수를 알 수 있도록 말이야.

마르티노 놈의 턱수염은 어디다 쓸까?

벤볼리오 그건 굴뚝 청소부에게 팔 걸세. 그걸로 자작나무 빗자루

열 개는 만들 수 있을걸.

프리드리히 놈의 눈으로는 뭘 하지?

벤볼리오 눈은 뽑아내서 놈의 입술에 단추로 달아 혀가

감기 걸리는 걸 막게 해줘야지.

마르티노 훌륭한 계획일세. 그런데, 여보게들, 그를 반으로 나눴으니

그의 몸뚱이는 뭐에다 쓰지?　　　　(파우스투스 일어난다.)

벤볼리오	제기랄, 악마놈이 다시 살아났어!
프리드리히	제발 그에게 머리를 넘겨주게.
파우스투스	아니, 그냥 가지고 있어.

파우스투스는 이 짓에 보답해줄 많은 머리와 손,

그래 너희 모두의 심장을 가질 테니까.

비겁한 놈들, 너희는 내가 24년 동안 이 땅에서

숨쉬도록 정해져 있는 것을 알지 못했느냐?

너희가 칼로 내 몸을 베거나, 또 이 살과 뼈를

모래 알처럼 잘게 썰었다 할지라도, 내 영혼은 순식간에

다시 돌아와 나는 머리털 하나 다치지 않는다.

그런데 왜 내가 복수를 기다리고 있지?

아스테로스, 벨리모스, 메피스토필리스!

(메피스토필리스와 다른 악마들 등장.)

가라, 이 비겁한 놈들을 너희들의 불타는 등에

태우고 하늘 높이 날아올라라.

그 다음에 놈들을 지옥에 거꾸로 던져버려라.

아니, 잠깐. 온 세상이 그들의 불행을 지켜보고,

지옥은 나중에 그들의 배신을 징계하게 하리라.

가라, 벨리모스, 이 비겁한 놈을 끌고 가서

진흙과 오물이 있는 호수에 던져버려라.

너는 이 다른 놈을 찌르는 가시들과 날카로운

찔레 덩굴이 있는 숲 속으로 질질 끌고 가라.

그동안에 이 배신자는 친절한 메피스토필리스와 함께

가파른 암석으로 날아가 거기에서 굴러 떨어지면

그기 니를 절단해 죽이려 했던 것처럼

이 악당의 뼈들이 산산조각 날 것이다.

어서 날아가 나의 명령을 즉시 수행해라.

프리드리히　불쌍히 여겨주세요, 파우스투스, 목숨만 살려주세요!

파우스투스　가거라!

프리드리히　악마가 이끄는 대로 가야만 하는구나.　　　(악마들과 기사들 퇴장.)

(매복한 병사들 등장.)

병사 1　자, 여러분, 준비들 하시오.

이 귀족분들을 돕기 위해 서둘러라.

나는 그분들이 마법사와 담판하는 것을 들었다.

병사 2　그가 오는군. 어서 가서 저놈을 죽여라.

파우스투스　이건 뭐야? 날 죽이려고 복병이 있었군!

그렇다면, 파우스투스, 마법을 사용해라.

천한 놈들, 서라! 내 명령이면 이 나무들이 움직여

네놈들의 가증스런 배신으로부터 나를 보호하기 위해

네놈들과 나 사이에 성채처럼 설 것이다.

너희의 보잘것없는 공격을 맞으러

즉시 군대가 오는 것을 보아라.

(파우스투스가 문을 치자, 한 악마가 북을 치며 나타나고 그 뒤로 또 다른 악마
가 깃발과 약간의 무기를 들고, 메피스토필리스는 불꽃을 들고 나타난다. 그들은 병
사들을 공격하여 쫓아낸다. 모두 퇴장.)

〈제4장〉

　(서로 다른 방향에서 벤볼리오, 프리드리히, 마르티노 등장. 그들의 머리와 얼굴은 피를 흘리며 진흙과 오물로 범벅이 되어 있다. 그리고 모두 다 머리에 뿔이 나 있다.)

마르티노　이보게, 벤볼리오!

벤볼리오　여기야! 여, 프리드리히!

프리드리히　오, 날 좀 도와주게, 친구. 마르티노는 어디 있는가?

마르티노　프리드리히, 여기 있네.

　　　　　더러운 진흙탕 호수 속에서 거의 숨이 막힐 지경이네.

　　　　　악마들이 내 발을 잡고 더러운 호수 속으로 질질 끌고 다녔다네.

프리드리히　마르티노, 보게! 벤볼리오의 뿔이 다시 생겼네.

마르티노　오 저럴 수가! 이보게, 벤볼리오!

벤볼리오　하느님, 절 보호하소서, 아직도 고통을 당해야 하나요?

마르티노　아니, 두려워 말게. 친구, 우린 자넬 죽일 힘이 없으니까.[17]

벤볼리오　내 친구들이 이렇게 변하다니! 오 빌어먹을,

　　　　　자네들 머리에 모두 뿔이 생겼어.

프리드리히　그래 바로 맞았네.

　　　　　자네 뿔을 말하는 거겠지. 자네 머리를 만져보게.

벤볼리오　제기랄, 또 뿔이 생겼잖아!

마르티노　아니, 화내지 말게, 친구, 우리 모두 다 뿔을 달고 있어.

벤볼리오　무슨 짓을 해도 오히려 배로 당하니,

---

17 그리스 신화에 등장하는 악타이온의 사냥개들처럼 수사슴의 뿔이 돋은 벤볼리오를 사냥하지 않겠다는 뜻으로 여겨진다.

어떤 악마놈이 이 저주받은 마법사를 돕는단 말인가?

프리드리히 우리의 수치스런 모습을 숨기려면 어떻게 해야 하지?

벤볼리오 우리가 복수를 하러 그자를 쫓아가면,

그자가 이 커다란 뿔에다가 기다란 당나귀 귀마저 붙여,

우릴 온 세상에 웃음거리로 만들 걸세.

마르티노 그럼 우린 어떻게 해야 하는가, 벤볼리오?

벤볼리오 난 이 숲 가까이에 성을 한 채 가지고 있네.

우선 그곳에서 치료를 하고 시간이 지나 이 짐승의

뿔이 변할 때까지 사람들 눈에 띄지 않게 살아야지.

시커먼 치욕이 우리의 명성을 이처럼 가렸으니,

치욕스럽게 사느니 차라리 죽는 게 나을 걸세.   (모두 퇴장.)

〈제5장〉

(파우스투스와 말 장수 등장.)

말 장수 제발 40달러만 받으시지요.

파우스투스 이보게, 그렇게 싼 값으로 이렇게 좋은 말을 살 수는 없네. 나는 말을
꼭 팔아야 할 필요는 없지만 만약 자네가 10달러만 더 낸다면 말을 가
져가게. 자네가 말을 맘에 들어하는 것 같으니 말일세.

말 장수 제발, 나리, 이 돈만 받아주세요. 전 매우 가난한 사람이고 최근에 말
고기 때문에 많은 돈을 잃었습니다. 이 거래가 절 다시 일으켜줄 것입
니다.

파우스투스 좋아, 자네하고 말다툼하지 않겠네. 그 돈을 주게. 그런데, 이봐, 내

말해두지만 말을 타고 울타리와 도랑은 얼마든지 건너가도 좋네. 하지만—내 말 듣고 있나?—어떤 경우에도 말을 타고 물 속으로 들어가진 말게.

말 장수   아니, 물 속엔 들어가지 말라구요? 물도 못 마신단 말인가요?

파우스투스   물론 물은 마실 걸세. 하지만 말을 타고 물 속에 들어가진 말게나. 울타리나 도랑 또는 어디든지 가도 좋지만 물 속은 안 되네. 마부에게 말을 데려다달라고 말하게. 그리고 내가 말한 것을 잊지 말게.

말 장수   그럽지요, 나리. 오 기쁜 날! 이젠 성공할 게 틀림없어.   (퇴장.)

파우스투스   넌 뭐냐, 파우스투스, 죽을 수밖에 없는 자 아닌가?

운명의 시간이 다가오고 있어.

절망감이 나를 불신으로 몰아넣고 있어.

한숨 자면서 이 절망감을 쫓아버리자.

쳇, 그리스도께서는 십자가 위에서 도둑을 구하셨지.

그렇다면 파우스투스, 편안한 마음으로 쉬어라.

(의자에 앉아서 잠이 든다.)

(말 장수가 물에 젖은 모습으로 등장.)

말 장수   오, 이런 사기꾼 박사가 있나! 말에게 어떤 숨겨진 비밀이 있을 거라 생각하고 말을 타고 물 속으로 몰고 갔는데, 내 밑에 약간의 지푸라기밖에 없어서 완전히 물에 빠져 죽을 뻔했어. 좋아, 이자를 깨워서 내 40달러를 다시 돌려달라고 해야지. 이봐, 박사, 이 사기꾼 건달아! 박사선생, 일어나서 내 돈을 돌려줘. 당신 말은 지푸라기 한 단으로 변해버렸으니까 말이야. 박사 선생!   (파우스투스의 다리를 잡아당긴다.)

아이고, 큰일났네! 이걸 어쩌지? 내가 그의 다리를 뽑아버렸어.

파우스투스 사람 살려, 사람 살려! 악당놈이 나를 죽였다.

말 장수 살인이건 아니건 이제 그는 다리 한 짝밖에 없으니 그보다 더 빨리 달려 이 다리를 도랑 같은 곳에 버려야겠다.   (퇴장.)

파우스투스 저놈 잡아라, 저놈 잡아, 저놈 잡아!─하, 하, 하! 파우스투스는 다시 다리가 생겼으니, 그 말 장수는 40달러로 지푸라기 한 단을 산 거지.

(바그너 등장.)

그래, 바그너, 무슨 소식이냐?

바그너 반홀트의 공작께서 나리를 뵙기를 간절히 청하시며, 나리의 여행에 필요한 식량과 함께 나리를 섬길 하인들을 보내셨습니다.

파우스투스 반홀트 공작께서는 훌륭하신 분이다. 그분께는 나의 마법을 기꺼이 보여드려야지. 자, 가보자!   (모두 퇴장.)

〈제6장〉

(로빈, 딕, 말 장수, 짐마차꾼 등장.)

짐마차꾼 이리들 오시지요, 내가 유럽 최고의 맥주를 여러분에게 살 테니 말이야─이봐, 안주인!─아가씨들은 어디 있어?[18]

(여주인 등장.)

---

18 술집 여주인과 여종업원들을 가리킨다.

여주인	예, 예! 뭐가 부족하신가요? 아이구, 어서 오세요, 단골 손님들.
로빈	이봐, 딕, 내가 왜 입다물고 서 있는지 알아?
딕	몰라, 로빈, 왜 그러는데?
로빈	18펜스나 외상이 있거든. 하지만 아무 말도 마라. 여주인이 나를 잊었나 보게.
여주인	혼자서 저렇게 근엄하게 서 계신 분은 누구시죠? 아이구, 예전에 오셨던 분이군!
로빈	오, 여주인, 안녕하신가? 내 외상 값은 그대로 있겠지.
여주인	그럼요, 여부가 있나요. 그렇게 서둘러 갚지 않아도 돼요.
딕	자, 여주인, 우리에게 맥주를 갖다주시오.
여주인	곧 가져다드리죠. 이봐, 홀을 봐드려라, 여기!　　　　　(퇴장.)
딕	자, 여러분, 여주인이 올 때까지 뭘 하지?
짐마차꾼	좋아, 어떤 마법사가 내게 어떤 짓을 했는지 정말 굉장한 얘길 해드리지. 파우스투스 박사라고 아시는가?
말 장수	알지, 그놈 염병에나 걸려라! 그놈을 알고 있는 이유가 있지. 놈이 당신에게도 마법을 사용했소?
짐마차꾼	그자가 내게 한 짓을 말해드리지. 어느 날 내가 비텐베르크로 가는 도중에 그를 만났는데, 그자가 내게 묻기를, 자신이 먹을 수 있는 정도의 건초를 사려면 얼마를 내야 하느냐는 거요. 나는 약간이면 될 거라고 생각하고, 3파싱[19]만 내고 먹을 수 있는 만큼 먹으라고 했지요. 그러자 그자는 내게 돈을 주고 먹기 시작했지요. 그런데, 내 기독교도로서 맹세코 말하지만, 그자는 내 건초 더미를 모두 다 먹어치울 때까지 먹

---

19 1/4펜스에 해당하는 영국의 옛 화폐 단위.

는 걸 멈추지 않았다오.

모두들 오 그럴 수가, 건초 더미 전체를 먹어치우다니!

로빈 그래요, 그래, 그럴 수 있어요. 통나무 한 짐을 모두 먹어치운 자가 있다고 들었으니까요.

말 장수 자, 여러분, 그자가 내게 얼마나 나쁜 짓을 했는지 들려주지. 어제 나는 말 한 마리를 사려고 그자에게 갔소. 그런데 그자는 40달러 이하로는 말을 팔려고 하질 않았소. 나는 그 말이 울타리와 도랑을 뛰어넘고도 지칠 줄 모르는 말이라는 걸 알았기에 그자에게 돈을 지불했소. 내가 말을 가졌을 때, 파우스투스 박사는 그 말을 밤낮으로 타도 좋다고 말했소. "하지만," 그자가 말하길, "어떤 경우에도 말을 타고 물 속으로 들어가지 말라"는 거요. 여러분, 나는 말에 내가 모르는 어떤 비밀이 있다고 생각하여 말을 타고 커다란 강으로 들어갔지요. 그런데 내가 강 가운데로 막 들어갔을 때 말은 갑자기 사라져버리고, 나는 건초 한 다발 위에 타고 있었단 말이오.

모두들 오 정말 대단해!

말 장수 하지만 그 대가로 내가 얼마나 멋지게 그자에게 갚아주었는지 들려드리지. 나는 그자의 집으로 찾아가서, 그자가 잠들어 있는 걸 발견했소. 그자의 귀에 대고 소리를 지르고 고함을 쳤지만, 그자는 꿈쩍도 하지 않았지. 그래서 그자의 다리를 붙잡고 힘껏 잡아당겼는데, 그만 다리가 빠져버리고 말았소. 지금 그 다리는 내가 집에 보관하고 있지.

딕 그럼 박사는 다리가 한 짝밖에 없단 말이오? 정말 잘됐군. 그자의 악마 중 하나가 나를 원숭이 얼굴로 변하게 만들었으니까.

짐마차꾼 술 더 갖다줘, 여주인!

로빈 내 말 좀 들어보시오. 다른 방에 들어가 좀더 마시고, 그 다음에 박사를 찾으러 갑시다.　　　　　　　　　　　　　(모두들 퇴장.)

⟨제7장⟩

(반홀트의 공작, 공작 부인, 파우스투스, 메피스토필리스 등장.)

공작 이 즐거운 광경들을 보여줘서 고맙소, 박사. 공중에 마법의
성을 세워준 그대의 노력에 어떻게 보상해야 할지 모르겠소.
그 성의 모습은 너무도 훌륭하여 세상의 어떤 것도 나를 더
즐겁게 할 수는 없을 것이오.

파우스투스 공작 각하, 제가 보여드린 마법이 각하를 그렇게 즐겁게
해드렸다는 것만으로도 저는 충분히 보상을 받았다고 생각합니다.
하지만 부인, 부인께서는 그 광경에서 아무런 즐거움도
누리지 못하신 것 같습니다. 그러니 부인께서 가장 원하시는
것이 무엇인지 말씀해주십시오. 세상에 있는 것이라면
무엇이든 가져다드리겠습니다. 임신을 하신 부인들은
진기하고 맛 좋은 음식을 좋아하신다고 들었습니다.

공작 부인 맞습니다, 박사께서 그렇게 친절하시니 제가 진심으로 원하는
것을 말씀드리지요. 지금이 1월이라 만물이 죽은 겨울이지만,
만약 여름이라면 어떤 음식보다도 잘 익은 포도
한 접시를 청하고 싶습니다.

파우스투스 그건 간단합니다. 가라, 메피스토필리스, 떠나라!

(메피스토필리스 퇴장.)

부인을 위해서라면 이보다 더한 것도 하겠습니다.

(메피스토필리스가 포도를 가지고 다시 등장.)

여기 이것들을 맛보시지요. 맛이 좋을 겁니다.

아주 먼 나라에서 온 것이니까요.

공작 이건 다른 무엇보다도 나를 놀라게 만드는구려.

모든 나무들이 메말라버린 이 계절에 어디에서

이렇게 잘 익은 포도를 가져왔단 말이오.

파우스투스 공작 각하, 1년은 전 지구상에서 두 반구로 나뉩니다.

그래서 우리가 사는 곳이 겨울일 때, 반대편에 있는

반구에서는 여름이랍니다. 즉 인도, 시바 그리고

극동에 있는 나라들처럼 1년에 두 번 열매를

얻는 곳들이지요. 바로 그곳에서 제가 거느린 재빠른 정령을 시켜

보시는 바와 같이 이 포도들을 가져오게 한 것입니다.

공작 부인 정말이지, 이것들은 제가 먹어본 중에 가장 달콤한 포도입니다.

(광대들이 무대의 안쪽 문을 크게 두드린다.)

공작 어떤 무례한 훼방꾼들이 문 앞에 와 있는 거지?

가서 조용히 시키고, 문을 열어주어라.

그리고 무엇을 원하는지 물어보아라.

(그들이 다시 문을 두드리며 파우스투스를 소리쳐 부른다.)

하인 이런, 이보시오들, 도대체 무슨 일들이오?

무슨 이유로 공작님을 방해하는 거요?

딕 쳇, 이유 따위는 없다!

하인 아니, 건방진 놈들, 감히 어찌 이렇게 무례하단 말이냐?

말 장수 우리도 환영받는 것 이상으로 무례할 정도의 재치가 있었으면 좋겠
군 그래.

하인 그런 것 같구나. 제발 다른 곳에 가서 떠들어라.

우리 공작님을 방해하지 말고.

공작	그들이 원하는 게 뭐냐?
하인	모두 파우스투스 박사께 할말이 있다고 합니다.
짐마차꾼	그래, 그자와 얘기를 해야겠어.
공작	그러시겠다? 그 악당들을 가두어라.
딕	우리와 같이 잔다고! 우리와 자는 건 아버지와 함께 자는 거나 마찬가지지.[20]
파우스투스	각하, 청하오니 저들을 들어오게 하십시오. 그들은 좋은 오락 거리입니다.
공작	원하는 대로 하시오, 박사. 허락하겠소.
파우스투스	감사합니다.

(로빈, 딕, 짐마차꾼, 말 장수 등장.)

	아이구, 이런, 친구들? 정말이지, 너무 난폭하시군. 하지만 가까이들 오시게. 공작님의 허락을 받았으니 모두들 환영하네!
로빈	아니, 우리 돈 때문에 환영하는 거겠지. 우리가 먹는 건 값을 치르겠다. 이봐! 여기 맥주 여섯 병만 가져와, 우라질 녀석.
파우스투스	글쎄, 내 말 좀 들어보게. 자네들이 지금 어디 있지?
짐마차꾼	그래, 대답할 수 있지. 하늘 아래 있다.
하인	그래, 하지만, 건방진 친구, 어떤 곳에 있는지 알아?
말 장수	그럼, 그럼, 술 마시기에 좋은 집이지. 제기랄, 맥주나 채워줘. 그렇지 않으면, 집 안에 있는 술통들을 모두 깨트려 병으로 네놈들 머리를

---

20 'commit'란 단어를 가지고 말장난을 하고 있다. 공작은 그 말을 '감금하다'라는 의미로 사용하고 있으나, 딕은 십계명에 나오는 '간음하다commit adultery'의 의미로 곡해하여 놀리고 있다.

모두 부숴줄 테니까.

파우스투스   그렇게 화내지 말게. 자, 맥주를 마시게 해주지.

각하, 잠시만 허락해주시지요.

제 명성을 시험해볼 텐데, 각하도 만족하실 겁니다.

공작   기꺼이 허락하니, 박사, 나의 하인들과 궁중을
마음대로 하시오.

파우스투스   진심으로 감사드립니다. 그럼 맥주를 좀 갖다주십시오.

말 장수   그래, 이제야 박사가 제대로 말했군. 정말이지, 그 말씀의 보답으로
당신의 의족을 위해 건배하겠소이다.

파우스투스   내 의족이라! 그게 무슨 소리요?

짐마차꾼   하, 하, 하! 들었나, 딕? 자기 다리를 잊어버렸군.

말 장수   그래, 그래, 그에겐 다리가 그다지 중요치 않은 거지.

파우스투스   아니오, 정말이지 의족 따위를 의지하지는 않아.

짐마차꾼   살과 피가 박사 나으리께는 다 헛된 것이겠지! 당신은 말을 팔았던
말 장수를 기억하지 못하는가?

파우스투스   그래, 말 한 마리 판 적이 있지.

짐마차꾼   그리고 당신이 그에게 말을 타고 물 속으로 가지 말라고 말한 것도
기억하시는가?

파우스투스   그렇소, 아주 잘 기억하고 있지.

짐마차꾼   그런데도 당신 다리에 대해서는 아무 생각도 나지 않소?

파우스투스   정말이지, 생각이 나지 않소.

짐마차꾼   그럼 무릎을 굽혀 인사하는 걸 생각해보시오.

파우스투스   고맙소.

짐마차꾼   그렇게 감사할 필요 없소. 한 가지만 말해주시오.

파우스투스   그게 무엇이오?

짐마차꾼   당신 다리가 둘 다 매일 밤 함께 잠자리에 드시는가?

파우스투스   내게 그런 질문들을 하다니, 나를 거대한 아폴론 상[21]으로 만들 작정
　　　　　이오?

짐마차꾼   아니, 나는 당신을 하찮은 존재로 만들 것이오. 하지만 그것을 알고
　　　　　싶소.

(술집 여주인이 술을 가지고 등장.)

파우스투스   두 다리 모두 분명히 잠자리에 들지요.

짐마차꾼   고맙소, 이젠 됐소.

파우스투스   그런데 그걸 왜 묻는 거요?

짐마차꾼   아무것도 아니오. 하지만 난 당신 다리 중 하나는 의족이라고 생각하오.

말 장수   이보시오, 박사, 당신이 잠들었을 때, 내가 당신 다리 하나를 잡아 뽑
　　　　　지 않았소?

파우스투스   하지만 깨어보니 다시 하나가 있더군. 여기를 보시오.

모두들   오 끔찍해! 박사는 다리가 셋이었나?

짐마차꾼   기억하시는가, 선생, 당신이 어떻게 날 속여 건초 더미를 먹어—
　　　　　　　　　　　(파우스투스 마법을 걸어 그를 벙어리로 만든다.)

딕   기억하시는가, 당신이 어떻게 나를 원숭이로—
　　　　　　　　　　　(파우스투스 마법을 걸어 그를 벙어리로 만든다.)

말 장수   이 비열한 마법사놈, 기억하느냐 네가 어떻게 나를 속여 말—
　　　　　　　　　　　(파우스투스 마법을 걸어 그를 벙어리로 만든다.)

---

21 세계 7대 불가사의 중 하나로 로도스 항구 입구에 서 있는 아폴론 신의 거대한 상. 그 상의 다리
사이로 배들이 다녔다. 파우스투스는 광대들에게 자신의 다리를 그렇게 대단한 것으로 여기느냐고
묻고 있는 것이다.

로빈　나를 잊었는가? 주문을 외어 넋을 빼앗는다고 생각하겠지. 기억하느

냐 개의 얼— 　(파우스투스 마법을 걸어 벙어리로 만든다. 광대들 퇴장.)

여주인　술 값은 누가 내지? 박사 선생, 당신이 내 손님들을 보내버렸으니,

누가 내게 돈을 내지, 술 값—

　　　　　　　(파우스투스 마법을 걸어 그녀를 벙어리로 만든다. 여주인 퇴장.)

공작 부인　여보,

이 박식한 분께 많은 신세를 졌어요.

공작　그렇소, 부인. 우리가 드릴 수 있는 모든 사랑과

친절로 그분의 노고를 보상해드릴 것이오.

그의 마법은 슬픈 생각들을 모두 쫓아버리는구려.　　　(함께 퇴장.)

제5막

〈제1장〉

　(천둥과 번개. 악마들이 천으로 덮은 접시들을 들고 등장. 메피스토필리스가 그
들을 파우스투스의 서재로 이끈다. 이어서 바그너 등장.)

바그너　주인님이 곧 죽을 작정이신 것 같군.

유언장을 작성하시고 내게 재산을 주셨어.

집, 재물 그리고 황금 접시들,

그밖에도 동전으로 2천 더컷[22]이라.

---

22 옛날 유럽 대륙에서 사용한 금화.

하지만 궁금한 것은, 만약 죽음이 가까웠다면

주인님이 지금 하시고 있는 것처럼 학생들과 함께

진탕 먹고 마시지는 않을 텐데.

내 평생에 본 적이 없는

성찬을 차려놓고 말이야.

그들이 오는군. 연회가 끝난 것 같군.   (퇴장.)

(파우스투스와 메피스토필리스가 둘 혹은 세 명의 학자들과 함께 등장.)

학자 1 파우스투스 박사님, 누가 전세계에서 가장 아름다운 아가씨인가

하는 토론에서, 우리는 그리스의 헬레네가 가장

흠모할 만한 아가씨라고 결정을 했습니다.

그러니, 박사님, 전세계가 흠모하는 그 유례없는

그리스의 아가씨를 볼 수 있도록 호의를 베풀어주신다면,

우리는 박사님께 참으로 많은 신세를 지는 거라고

생각할 것입니다.

파우스투스 여러분,

여러분의 우정이 거짓이 아님을 알고 있으니,

파우스투스는 자신을 아끼는 사람들의 정당한

요청을 거부하지는 않소이다.

여러분께 그리스의 그 유례없는 아가씨를 보여드리겠소.

파리스가 그녀와 함께 바다를 가로질러

그 전리품들을 풍요로운 다르다니아에 가져왔을 때와

그 화려함이나 위엄이 다르지 않은 그대로의 모습으로.

그럼, 입을 다무시오. 위험은 말에 있으니까.

(음악 소리. 메피스도필리스가 헬레네를 데려온다. 그녀가 부대를 지나간다.)

학자 2   전세계가 흠모하는 아름다움을 지닌 그녀를
          찬미하기에는 나의 지혜가 너무 짧구나.

학자 3   분노한 그리스군이 어떤 것에도 비할 수 없는
          천상의 아름다움을 지닌 이 여왕을 약탈당한 것 때문에
          10년간의 전쟁을 치렀지만 놀랄 일이 아니로다.

학자 1   우리가 자연의 걸작 중의 걸작 그리고
          최고로 뛰어난 것을 보았으니,
          이제 떠나세. 그리고 이 놀라운 공적으로 인해
          파우스투스가 영원히 행복하고 축복받기를.

파우스투스   여러분, 잘 가시오. 여러분께도 행복과 축복을 비오.   (학자들 퇴장.)

(노인 등장.)

노인   오 착한 파우스투스, 이 저주받은 마법,
        네 영혼을 지옥으로 이끌고, 네게서 구원을
        완전히 빼앗는 마법을 떠나라.
        비록 너는 지금 인간처럼 죄를 지었지만,
        악마처럼 그 죄 속에서 살지 말라.
        만약 죄가 습관적으로 본성이 되지만 않았다면,
        아직, 너는 착한 영혼을 갖고 있다.
        파우스투스여, 죄가 본성이 되어버린다면
        그때는 회개해도 너무 늦을 것이고,

그때는 천국에서 추방당할 것이다.

어떤 인간도 지옥의 고통을 표현할 수 없다.

나의 권고가 귀에 거슬리고 불쾌할지라도 그렇게 여기지 말라.

착한 아들아, 나는 분노나 너에 대한 나쁜 의도로

말하는 것이 아니라, 오직 네가 장래에 겪을

고통에 대한 연민과 사랑 때문에 말하는 것이다.

그러니 너의 육신을 점검하여, 나의 친절한 꾸중이

너의 영혼을 고칠 수 있도록 희망을 가지라.

파우스투스 파우스투스, 어디 있느냐? 불쌍한 놈, 무슨 짓을 한 거냐?

넌 저주받았다, 파우스투스, 저주받았어. 절망하고 죽어라!

(메피스토필리스가 그에게 단검을 준다.)

지옥이 권리를 요구하며 천둥 같은 목소리로

말한다. "파우스투스, 오라. 갈 시간이 다되었다."

파우스투스는 이제 너와의 약속을 지킬 것이다.

노인 오, 잠깐, 착한 파우스투스. 절망적인 행동을 멈추라!

너의 머리 위에 천사가 떠도는 것이 보인다.

그리고 귀중한 은혜가 가득 찬 유리병으로

너의 영혼에 똑같은 은혜를 부어주려 한다.

그러니 자비를 구하고, 절망하지 말라.

파우스투스 오 친구여, 그대의 말들이 비탄에 잠긴

나의 영혼을 위로하는 것이 느껴진다.

내 죄에 대해 생각하게 잠시 나를 내버려두게.

노인 파우스투스, 나는 가겠지만 절망에 찬 너의 영혼이

파멸할까 두렵다. (퇴장.)

파우스투스 저주받은 파우스투스, 지금 자비는 어디 있는가?

나는 후회한다. 하지만 또 절망한다.

지옥이 나의 가슴을 점령하려고 신의 은총과 싸운다.

죽음의 올가미를 피하려면 어떻게 해야 할 것인가?

메피스토필리스   배신자, 파우스투스, 나의 주인님께 불복종한

대가로 너의 영혼을 체포한다. 돌아오라,

그렇지 않으면 너의 육체를 갈가리 찢어놓겠다.

파우스투스   그분을 화나게 한 것을 후회한다.

사랑하는 메피스토필리스, 너의 주인님께 나의

부당한 뻔뻔스러움을 용서해달라고 청해라.

그리고 나는 나의 피로 루시퍼에게 했던

이전의 맹세를 다시 한 번 다짐하겠다.

메피스토필리스   그럼 거짓 없는 마음으로 그렇게 해라, 파우스투스.

더 큰 위험이 닥쳐오지 않도록 말이야.

파우스투스   메피스토필리스, 감히 나를 설득하여 루시퍼로부터

떼어놓으려는 저 천한 늙은이를 고문해라.

지옥이 줄 수 있는 가장 큰 고통을 주란 말이야.

메피스토필리스   그의 믿음이 커서 나는 그의 영혼을 건드릴 수 없다.

하지만 그의 육신을 괴롭힐 수 있는 방법을 시도해

보겠다. 별로 효과는 없겠지만 말이야.

파우스투스   착한 종아, 나의 가슴이 갈망하는 것을 풀기 위해

내가 원하는 것을 한 가지만 들어다오.

방금 전에 본 아름다운 헬레네를 나의 애인으로

삼을 수 있게 해다오. 그녀의 달콤한 포옹은

나의 맹세로부터 나를 떼어놓으려는 저 생각들을

완전히 없애버리고, 루시퍼에게 했던 맹세를

지킬 수 있게 해줄 것이다.

메피스토펠리스   그 부탁이나 다른 것도 파우스투스가 원하는 것은
눈 깜짝할 사이에 이루어질 것이다.

(헬레네 다시 등장하여, 두 큐피드 사이로 지나간다.)

파우스투스   이것이 바로 수천 척의 군함을 진수시키고, 하늘 높이
솟은 일리움의 탑들을 불태웠던 얼굴인가?
사랑하는 헬레네, 키스로 나를 불멸케 해다오.
그녀의 입술이 내 영혼을 빨아들인다. 보라 내 영혼이
날아간다! 자, 헬레네, 내 영혼을 돌려다오.
나는 이곳에서 살리라. 천국이 이 입술에 있고,
헬레네가 아닌 것은 모두 찌꺼기에 불과하다.

(노인이 등장하여 파우스투스를 지켜본다.)

나는 파리스가 될 것이다. 그리고 그대의 사랑을 위해
트로이 대신 비텐베르크가 약탈당하게 할 것이며,
약해빠진 메넬라오스와 결투를 벌일 것이고,
깃털 달린 투구에 그대의 휘장을 달 것이다.
그래, 아킬레우스의 발꿈치에 상처를 입히고
돌아와 헬레네에게 키스를 해야지.
오 그대는 수많은 아름다운 별들이 빛나는
저녁 하늘보다도 더 아름답도다!
그대는 불행한 세멜레에게 나타났던

번쩍이는 제우스보다도 더 밝으며,

바람둥이 아레투사의 파란 팔에 안긴

하늘의 군주보다도 더 사랑스럽구나.

오직 그대만이 나의 애인이 될 것이다.

(모두 퇴장하고 노인만 남는다.)

노인 저주받은 파우스투스, 불쌍한 인간.

자신의 영혼에서 하늘의 은총을 내몰고,

신의 심판대를 피해 달아나다니.

(악마들이 그를 괴롭히기 위해 등장.)

시련을 통해 하느님께서 나의 믿음을 시험하시듯이,

사탄이 교만하게 나를 시험하기 시작하는군.

더러운 지옥아, 나의 믿음은 너를 이겨낼 것이다!

교만한 악마들아, 하늘이 너희들의 패배에 미소 짓고,

너희들의 초라한 모습을 비웃는다.

지옥은 물러가라! 나는 하느님을 향해 날아갈 테니.   (함께 퇴장.)

〈제2장〉

(천둥 소리. 루시퍼, 벨제버브, 메피스토필리스 등장.)

루시퍼 이렇게 우리의 지배를 받는 백성들, 죄악이

지옥의 검은 아들들로 낙인 찍은 영혼들을

보기 위해 우리는 지옥에서 올라온다.

그중에서도 우리의 주 목적은, 파우스투스, 너의

영혼에 최후의 저주를 하는 것이다.

너의 영혼을 데려갈 시간이 다되었다.

메피스토필리스 이 우울한 밤 여기 이 방에

불쌍한 파우스투스가 있을 것입니다.

벨제버브 우리는 여기에 있으면서,

그가 어떻게 행동하는지 지켜보겠다.

메피스토필리스 절망적인 광기에 빠져 있는 것 외에 그가 무엇을 하겠습니까?

어리석은 속물, 지금 그의 심장의 피는 슬픔 때문에

말라버리고, 그의 양심이 그 슬픔을 죽입니다.

열심히 머리를 굴려 악마를 이기는 어리석은 환상을

만들어내지만, 모두 부질없는 짓이지요.

그가 누렸던 쾌락들에는 고통이 따를 수밖에 없습니다.

그와 그의 하인 바그너가 곧 올 겁니다.

파우스투스의 유언장을 막 작성하고 오는 거지요.

그들이 옵니다.

(파우스투스와 바그너 등장.)

파우스투스 바그너, 너는 내 유언장을 꼼꼼히 읽었다.

어떻게 생각하느냐?

바그너 너무나 훌륭하게 쓰셔서

저는 주인님의 사랑에 보답코자 목숨을 다하여

주인님을 섬기겠습니다.

(학자들 등장.)

파우스투스 고맙다, 바그너. 어서들 오시오, 여러분.　　　　　(바그너 퇴장.)

학자 1　존경하는 파우스투스, 안색이 변하신 것 같습니다.

파우스투스 아, 여러분!

학자 2　왜 그러십니까?

파우스투스 아, 사랑하는 친구여, 그대와 함께 지냈더라면

계속해서 살 수 있었을 텐데. 하지만 이제 나는 영원히 죽어야

하오. 살펴보시오, 그가 오지 않소? 그가 오지 않아?

학자 1　오 친애하는 파우스투스, 무엇 때문에 이렇게 두려워하십니까?

학자 2　우리의 즐거움이 모두 슬픔으로 변해버리는가?

학자 3　너무 혼자만 있어서 몸이 좋지 않은 걸세.

학자 2　만약 그렇다면, 의사를 불러야겠군. 파우스투스를 치료하도록 말일세.

학자 3　이건 단지 과식 때문이니, 너무 걱정 마시오.

파우스투스 몸과 영혼을 모두 저주하는 치명적인 죄를 과식한 것이오.

학자 2　하지만, 파우스투스, 하늘을 우러러보고 하느님의 자비가

무한하다는 것을 기억하시오.

파우스투스 하지만 파우스투스의 죄악은 결코 용서받을 수 없소. 이브를 유혹한
뱀은 용서받을 수 있어도, 파우스투스는 아니오. 아, 여러분, 인내심을
갖고 내 말을 들어보고 두려워 떨지 마시오. 내가 지난 30년 동안 이곳
에서 학생이었던 것을 기억하면 내 가슴은 두근거리고 떨리지만, 오 비
텐베르크를 보지 않았더라면, 책이라곤 읽지 않았더라면 좋았을 것을!
모든 독일이, 아니 전세계가 증거할 수 있는 놀라운 일들을 내가 행하
지 않았던가. 그런데 그 때문에 파우스투스는 독일과 세계를 둘 다 잃었

소. 그래 천국, 하느님의 보좌, 축복받은 자들의 자리, 기쁨의 왕국을 모두 잃어버리고, 영원히 지옥에 머물러야 한다오. 지옥, 아, 지옥에, 영원히! 사랑하는 친구들, 지옥에 영원히 있으면 파우스투스는 어떻게 될까?

학자 3   하지만, 파우스투스, 하느님을 부르시오.

파우스투스   하느님을, 파우스투스가 버린 그분을? 하느님을, 파우스투스가 모독한 그분을? 오, 나의 하느님, 눈물을 흘리고 싶어도 악마가 나의 눈물을 빨아들여버리니! 눈물 대신에 피를 뿜어라. 그래, 생명과 영혼도! 오 놈이 내 혀를 막는다. 내 손을 들어올리고 싶지만, 보라, 그들이 내 손을 붙잡는다, 내 손을 붙잡아!

모두들   파우스투스, 누구 말이오?

파우스투스   루시퍼와 메피스토필리스 말이오.

아, 여러분, 마법을 얻는 대가로 그들에게 내 영혼을 주었다오.

모두들   하느님 맙소사!

파우스투스   정녕 하느님께서 금하신 일이지요. 하지만 파우스투스는 그 짓을 했소. 24년 동안의 헛된 쾌락을 위해서 파우스투스는 영원한 기쁨과 축복을 잃어버렸소. 그들에게 내 피로 증서를 써주었다오. 기한이 만료되었으니, 지금이 바로 그 시간이고 그들이 나를 데려갈 것이오.

학자 1   왜 이 일을 진작 우리에게 말하지 않았소, 성직자들이 당신을 위해 기도해주었을 텐데?

파우스투스   나도 그렇게 하려고 자주 생각했었지만, 내가 하느님 이름을 부르기만 하면 악마가 나를 갈기갈기 찢겠다고 위협했소. 내가 하느님께 귀를 기울이기만 하면 나의 몸과 영혼을 데려가려고 말이오. 그리고 이제는 너무 늦었소. 여러분, 나와 함께 죽지 않으려면, 어서 떠나시오.

학자 2   오 파우스투스를 구하기 위해 우리가 무엇을 할 수 있을까?

파우스투스 나에 대해선 말하지 말고, 그대들 생명을 구하고 떠나시오.

학자 3 하느님께서 나를 강하게 하실 거요. 난 파우스투스와 함께 있겠소.

학자 1 하느님을 시험하지 마시오, 친구. 우리는 옆방으로 가서

그를 위해 기도하세.

파우스투스 그래, 날 위해 기도해주시오, 날 위해 기도를! 그리고 어떤 소리를

듣더라도 내게 오지 마시오. 어떤 것도 날 구할 수 없으니.

학자 2 당신도 기도하시오. 우리는 하느님께서 당신에게 자비를 베풀도록

기도하겠소.

파우스투스 여러분, 잘 가시오. 만약 내가 아침까지 살아 있으면 당신들을

만나러 가겠소. 그렇지 않으면, 파우스투스는 지옥으로 간 거요.

모두들 잘 있으시오, 파우스투스.   (학자들 퇴장.)

메피스토필리스 그렇다, 파우스투스, 이제 네겐 천국의 희망이 없어.

그러니 절망하고, 지옥만을 생각해라.

그곳이 너의 집. 네가 살 곳이 될 테니 말이다.

파우스투스 오, 이 사람을 홀리는 악마, 내게서 영원한 행복을 빼앗아

간 것은 바로 네놈의 유혹이었다.

메피스토필리스 솔직히 인정한다, 파우스투스, 그리고 기뻐하지.

네가 하늘로 가는 길에 있을 때, 바로 내가 너의 길을

저주하였지. 네가 성경을 보려고 책을 집었을 때,

내가 페이지들을 넘겨 너의 눈을 인도했지.

아니, 울고 있느냐? 이젠 너무 늦었어.

절망하고 잘 가거라! 지상에서 웃는 바보들은

지옥에서 울어야 하지.   (퇴장.)

(선한 천사와 악한 천사, 서로 다른 문을 통해 등장.)

선한 천사 아 파우스투스, 그대가 내 말에 귀기울였다면,

헤아릴 수 없는 기쁨이 그대를 따랐을 텐데.

하지만 그대는 속세를 사랑하였다.

악한 천사   내 말에 귀기울였으니,

이제는 영원히 지옥의 고통을 맛보아야 한다.

선한 천사 오 그대의 모든 재산, 쾌락, 화려한 겉치레가 이제

무슨 소용이 있는가?

악한 천사   너를 더욱 고통스럽게 할 뿐이지.

지상에는 그렇게 쌓아두고, 지옥에는 없으니 말이야.

                        (옥좌가 내려오는 동안 음악 소리가 들린다.)

선한 천사 오, 그대는 천상의 행복, 형언할 수 없는 즐거움,

무한한 축복을 잃어버렸다.

만약 그대가 하느님을 사랑했더라면,

지옥이나 악마가 그대를 지배할 수 없었을 것을.

그대가 그 길로 갔더라면, 보라, 파우스투스,

저기 밝게 빛나는 성인들처럼 저기 있는 옥좌에

앉아 찬란한 영광을 누리고, 지옥을 이겨 승리하였을 것을.

그것을 그대는 잃어버렸다. 그리고 이제, 불쌍한 영혼이여,

그대의 선한 천사는 그대를 떠나야만 한다.

지옥의 아가리가 그대를 받아들이기 위해 열려 있다.

                        (선한 천사 퇴장하고, 지옥이 보인다.)

악한 천사 자, 파우스투스, 너의 두려운 눈으로 거대하고 영원한

고통의 집 안을 들여다보아라.

거기에는 고통 받는, 불타는 포크 위에서 뒹구는 저주받은

영혼들이 있다. 그들의 몸은 납 속에서 끓는다.

석탄 위에서 구워지지만 결코 죽을 수 없는 살아 있는

육체들이 있다. 이 영원히 불타오르는 의자는

지나치게 고통을 당한 영혼들이 앉아 쉬는 곳이지.

불이 타오르는 빵 조각을 먹어야 하는 이자들은 대식가들이었고

맛있는 음식만 좋아했으며, 가난한 사람들이 자신들의

문 앞에서 굶주리는 것을 보고 웃음을 터뜨리던 자들이다.

하지만 이 정도는 아무것도 아니다. 너는 더욱 끔찍한

수만 가지 고통들을 알게 될 것이다.

파우스투스   오, 지금 본 것만으로도 충분히 고통스럽다.

악한 천사   아니, 너는 그것들을 느껴야 하고, 모든 고통을 맛보아야 한다.

쾌락을 사랑하는 자는 쾌락 때문에 파멸해야 한다.

파우스투스, 이제 나는 곧 떠난다.

그럼 너는 영원한 파멸을 맞이하게 될 것이다.

(악한 천사 퇴장.[23] 시계가 열한 번 친다.)

파우스투스   아, 파우스투스.

이제 살아 있을 시간이 한 시간밖에 남아 있지 않다.

그 다음에는 너는 영원히 저주받아야만 한다.

끊임없이 움직이는 하늘의 별들아, 움직이지 말아다오.

시간이 멈추어 자정이 오지 않도록.

태양아, 솟아라, 다시 솟아서 영원한 낮을 만들어다오.

그렇지 않으면 이 한 시간이 1년, 한 달, 일주일, 아니

하루만이라도 되게 해다오. 파우스투스가 회개를 하고

---

23 악한 천사는 커튼 뒤로 물러나거나, 지옥을 그린 천과 자신을 감추기 위해 커튼을 끌어당길 수 있을 것이다.

영혼의 구원을 받을 수 있도록.

오 밤의 말들이여, 천천히, 천천히 달려라.

별들은 여전히 움직이고, 시간은 흐르고, 시계는 치겠지.

악마는 올 것이고, 파우스투스는 저주를 받아야만 한다.

오, 나의 하느님께 뛰어오르리라! 누가 나를 끌어내리는가?

보라, 보라, 그리스도의 피가 창공에 흐르는구나!―

한 방울이면 내 영혼을 구할 텐데―반 방울만이라도! 아 그리스도여!

그리스도의 이름을 부른다고 나의 심장을 찢지 마라.

그래도 그분을 부르리라―오 날 용서해다오, 루시퍼!

피는 어디 있지? 사라졌어. 보아라, 하느님께서 팔을 뻗어

성난 표정을 보이시는 것을.

산들과 언덕들아, 다가와 내 위로 무너져서,

하느님의 무서운 분노로부터 나를 숨겨다오.

싫어? 싫다고?

그럼 곤두박질하여 땅속으로 숨으리라.

대지여, 입을 벌려라! 오, 대지도 나를 품어주지 않는구나.

나의 탄생을 주관했던 별들이여,

너희들의 영향으로 죽음과 지옥이 정해졌으니,

이제 파우스투스를 자욱한 안개처럼

저기 흘러가는 구름 속으로 끌어올려다오.

너희들이 대기 속으로 숨을 토할 때, 나의 사지가

너희들의 안개 자욱한 입에서 떨어져 나와,

나의 영혼이 하늘로 올라갈 수 있도록 말이다.   (시계가 한 번 친다.)

아, 30분이 지났어. 곧 시간이 다 지날 거야.

오 하느님,

저의 영혼에 자비를 베푸실 생각이 없으시면,

저를 위해 피를 흘려 대속하신 그리스도를 위해서

끝없이 계속되는 저의 고통을 끝내주소서.

파우스투스가 지옥에서 천년, 아니 10만 년을

살고 나서, 결국은 구원을 얻게 해주소서!

오, 저주받은 영혼들에게는 끝이라는 게 없지!

왜 영혼이 없는 피조물로 태어나지 못했던가?

왜 네가 가진 영혼은 불멸인가?

아, 피타고라스의 윤회설—그것이 사실이라면,

이 영혼은 내게서 떠나, 어떤 야만스런 짐승으로

변했을 것을. 짐승들은 모두 행복하다.

죽으면 그들의 영혼은

곧 우주의 요소들로 분해되니까 말이다.

하지만 나의 영혼은 지옥의 고통을 겪으며 영원히 살아야 한다.

나를 낳은 부모는 저주를 받아라!

아니, 파우스투스, 너 자신을 저주해라, 너에게서

천국의 기쁨을 빼앗아 간 루시퍼를 저주해라. (시계가 열두 번 친다.)

시계가 친다, 시계가 친다! 이제, 육체야 공기로 변해버려라.

그렇지 않으면, 루시퍼가 너를 산 채로 지옥으로 끌어가리라.

(천둥과 번개.)

오 나의 영혼이여, 작은 물방울들로 변하여,

바다로 떨어져 결코 발견되지 말아라.

나의 하느님, 나의 하느님, 저를 그렇게 무섭게 보지 마소서!

(악마들 등장.)

독사들과 뱀들아, 잠시만 숨을 쉬게 해다오!

추악한 지옥아, 아가리를 벌리지 마라—오지 마라, 루시퍼—

나의 마법책들을 불태우겠다—아, 메피스토필리스!

(악마들 파우스투스를 끌고 퇴장.)

〈제3장〉

(학자들 등장.)

학자 1 자, 여러분, 파우스투스를 만나러 갑시다.

천지 창조가 시작된 이래로 그렇게 무서운

밤은 처음이었고, 그렇게 무서운 비명 소리와

울부짖는 소리가 들린 적이 없었소.

제발 박사가 그 위험을 피했기를.

학자 2 오 하늘이여, 도우소서! 보라, 여기 파우스투스가

사지가 갈가리 찢겨 죽어 있지 않은가.

학자 3 파우스투스가 섬겼던 악마들이 그를 이렇게 찢어놓았어.

열두 시와 새벽 한 시 사이에 그가 비명을 지르며

큰소리로 도움을 청하는 것을 들은 것 같아.

그 시간에 이 저주받은 악마들에 대한 두려움 때문에

집 전체가 불이 붙은 것 같았네.

학자 2 자, 여러분, 비록 파우스투스의 종말은 모든

기독교도들의 마음을 슬프게 할 만한 것이지만,

그는 놀라운 지식으로 인해 독일의 학교들에서

한때 존경받는 학자였기 때문에,

그의 토막 난 사지를 당연히 매장해주어야 할 것이오.

그리고 모든 학생들은 검은 상복을 입고,

그의 슬픈 장례식을 지켜야 할 것이오.　　　　　　(함께 퇴장.)

(코러스 등장.)

코러스　곧게 자랐을지도 모르는 가지가 꺾였으며,

이 박식한 사람의 내부에서 한때 자라났던

아폴론 신의 월계수 가지도 불타버렸습니다.

파우스투스는 갔습니다. 그의 지옥으로의 추락을 생각하십시오.

악마와 함께한 그의 운명은 현명한 사람들에게는

그 불법적인 것들에 단지 놀라움을 느끼게 할지 모릅니다.

마법의 심연은 재능 있는 지식인들에게 하늘이 허락하는

이상의 것을 행하도록 유혹하기 때문입니다.　　　　(퇴장.)

대단원의 막.

위반과 욕망의 미학

크리스토퍼 말로의 대표적인 희곡 작품들, 「탬벌레인 대왕Tamburlaine the Great」, 「몰타의 유대인The Jew of Malta」, 「파우스투스 박사Doctor Faustus」는 영국뿐만 아니라 서구 유럽 문화의 전성기였던 르네상스 시기가 인간의 사고와 가치관에 어떤 강렬한 변화를 가져왔는지 극명하게 보여준다. 즉 중세의 봉건적, 신 중심, 계급 중심의 세계관과 새롭게 대두한 자본주의, 인간 중심, 개인의 능력 위주의 세계관이 대립, 갈등, 공존하였던 르네상스 시기에, 말로는 그 혼란스러우면서도 격정적이었던 사회가 추구하였던 권력과 지식, 부의 욕망을 대변하는 비극적이면서도 영웅적인 인물들을 창조함으로써 영국 문학사에서 놀라운 업적을 이루었다.

하지만 그는 윌리엄 셰익스피어와 동시대인이라는 이유로 그 빛이 많이 가려졌다. 셰익스피어의 걸작들이 르네상스 시기 영국을 대표하는 희곡들로 평가받음으로써 그의 작품들은 상대적으로 그 가치가 평가 절하된 것이다. 그렇지만 우리가 한 가지 기억할 점은 셰익스피어가 존재하게 된 배경에는 크리스토퍼 말로가 있었다는 것이다. 셰익스피어가 극작가로서 성공하기 전에 이미 당시 극장가에서 놀라운 성공을 거두고 있었던 말로의 주요 작품들(이 책에 번역된 작품들)은 셰익스피어의 문학적 상상력과 작품 세계에 커다란 영향을 미친 것으로 알려져 있다. 말로의 극단적인 작품 세계가 있었기에 셰익스피어는 그 활동 범위가 더욱 넓어졌으며, 또한 그와의 경쟁을 통해 더욱 분발할 수 있었던 것이다.

20대 초반에 영국 드라마 역사에서 가히 혁명적이라고 할 만한 놀라운 작품들을 발표한 말로가 29세라는 아까운 나이에 요절하지 않았더라면 영국의 문학사는 다시 쓰였을지도 모른다. 그의 작품들은 르네상스 시기뿐만 아니라 현대에도 얼마든지 우리에게 개인의 삶과 사회에 대한 새로운 인식을 깨우칠 수 있는 걸작들이다. 더구나 말로의 작품들에서 나타나는 중요한 특징은 바로 실험 정신으로, 그는 반복과 중복을 거부하고 각 작품마다 항상 새로운 세계를 보여주고 있다.

「탬벌레인 대왕」의 경우 주인공 탬벌레인은 극단적으로 대립되는 평가가 가능할 정도로 모호한 양면성을 지니고 있다. 탬벌레인은 자신과 자신이 해야 할 일에 대해 분명한 확신을 갖고 있으며, 도덕적으로도 자신의 행위에 대해서 흔들림이 없다. 그는 패배를 모르는 정복자로서 죽음을 맞이할 때조차, 아들들과 추종자들의 애도 속에서 하늘에서의 영원한 권좌에 대한 확신을 갖는다. 하지만 이 극의 매력은 그러한 탬벌레인의 확신에 찬 영웅적 언행의 타당성에 대해 우리가 결코 확신할 수 없다는 데서 비롯된다. 탬벌레인의 적들은 그를 천하고 야만적이고 잔인하며 야비한 도둑이자 찬탈자, 괴물, 악마로 부르지만, 또 다른 순간에는 그의 놀라운 능력에 경이를 표하고 그를 지지하기도 한다.

탬벌레인에 대한 이러한 긍정적이면서도 부정적인 모호한 태도는 비평가들의 시각에서도 드러난다. 어떤 비평가들은 그의 적들이 내리는 평가는 잘못된 것이고, 작가는 우리가 탬벌레인 자신의 확신을 받아들이기를 원한다고 주장한다. 다른 비평가들은 표면적으로는 탬벌레인이 매력적인 존재로 묘사되지만 그의 거만한 자기 과장은 본질적으로 악한 것이라고 평가한다. 또 한편으로는 작가가 위의 상반되는 견해들 중 어느 쪽도 지지하지 않으며, 혼합과 변화를 추구했다고 보는 시각도 있다.

「몰타의 유대인」은 주인공 바라바스가 끊임없이 사악한 음모를 꾸미는 탐욕의 화신이기에, 그 극단적인 상상력에서 「탬벌레인 대왕」과 어떤 유사성을 찾을 수 있을지 모른다. 하지만 극의 표현 방식이나 스타일은 많이 다르다. 「탬벌레인 대왕」이 화려한 대사와 볼 거리를 제공하는 작품인 반면, 「몰타의 유대인」은 볼 거리가 거의 없으며 액션이 중요한 부분을 차지한다. 그리고 이러한 액션의 강조는 주인공의 내면 세계를 소홀히 하는 원인이 되어 이 극을 비극보다는 멜로드라마나 소극에 가깝게 만든다.

하지만 극장에서의 성공 이상으로 이 극이 갖는 중요한 의미는 사회에 대한 강하면서도 일관된 풍자적 비판에 있다고 할 수 있다. 즉 이 작품에는 겉으로는 숭고한 종교적 가치들을 추구하는 것처럼 보이지만, 실제로는 물질주의와 이기주의에 사로잡혀 있는 사회에 대한 통렬한 비난이 담겨 있다. 성서에 등장하는 유대인들이 예수 대신 십자가의 형벌에서 구한 인물과 똑같은 이름을 가진 유대인 주인공의 운명은 기독교가 지배하던 당시 르네상스기 영국 사회에서 이미 정해진 것이었다. 극의 표면에 드러난 질서는 바로 사악한 유대인과 터키인에 대한 기독교인의 승리다. 그러나 결말이 보여주는 아이러니와 극의 전반적인 효과는 이러한 표면적인 결과에 대한 확신을 모호하게 만든다. 결국 말로는 이 작품을 통해 기독교인과 비기독교인이 도덕적으로 차이가 없다는 점을 분명하게 암시해준다.

놀라운 천부적 재능을 지닌 「파우스투스 박사」의 주인공 역시 그 극단적인 상상력에서 탬벌레인과 바라바스를 닮았다고 할 수 있다. 그러나 그가 추구하는 위대한 존재는 환상에 불과하다. 그것은 파우스투스가 처음에 열망했던 것과 영혼을 판 후에 그가 이루는 것과의 차이에서 분명해진다. 신학과 철학, 법학 등 세상의 모든 학문을 모두 섭렵하고 더 이상 새로운 것이 없기에 루시퍼와 계약하여 현세에서 가장 경이로운 존재가 되었지만, 파우스투스는 신과 같은 존재가 될 수는 없었고 그가 얻은 것들은 아름다운 헬레네로 모습을 바꾼 악마처럼 허구에 불과하다.

이 극에 대한 평가는 대조적이다. 즉 우주의 섭리에 대항하는 파우스투스의 빈린을 인간 정신의 위대성의 증거로 보고자 하는 시도들이 있는가 하면, 이 극이 인간의 한계와 그 한계를 부인하는 어리석음을 보여주고 있다고 평가하는 시각도 있다. 물론 작품의 전반적인 내용과 구조를 볼 때, 후자의 견해가 훨씬 무게를 지니는 것은 사실이다. 하지만 파우스투스의 비극은 의미심장하고 우리의 심금을 울린다. 파우스투스가 종교적인 인물이었고 결말 부분에서 그가 겪는 고뇌가 너무나도 깊기 때문에, 그가 받게 될 영원한 저주는 더욱 비극적으로 느껴진다.

이처럼 말로의 주인공들은 작가 자신의 삶처럼 강렬하고 극단적이다. 그들은 동시대의 시인 스펜서의 주인공들과는 정반대로, 자신들의 욕망을 제한하고 억압하는 것들을 깨트리려고 애쓰는 인물들이다. 말로는 인간의 정체성은 정치적, 종교적, 사회적 질서가 위반되는 순간에 형성된다고 본다. 이러한 시각이 반영된 말로의 작품들은 후기 구조주의의 지평 위에서 볼 때, 매우 현대적인 의미를 담고 있다. 후기 구조주의는 인간이라는 존재가 이성과 권력, 질서의 틀 안에서 구성되고 만들어진다고 보며 인간을 그러한 권력과 질서의 틀에서 해방시키고자 노력한다. 이러한 현대의 사상적 흐름을 미루어 볼 때, 말로의 작품들은 르네상스기라는 독특한 시대적 상황을 통해 현대 사회가 지향하는 인간 존재의 해방과 권력의 연관 관계를 새롭게 비추어볼 수 있는 훌륭한 거울 역할을 할 수 있으리라 생각한다.

1. 「탬벌레인 대왕」

「탬벌레인 대왕」은 1587년에 제1부가 쓰였고, 제2부가 상연을 위해 같은 해나 1588년 초반에 쓰였을 것으로 추정되며, 같은 해에 1, 2부가 함께 공연된 것으로 알려져 있다. 1590년에는 최초로 제1부와 제2부를 한 권으로 묶은 작품집이 고딕체 8절판으로 출판되었다. 이 판본은 작가의 이름이 밝혀져 있지는 않지만, 매우 정교하게 작품의 의미를 전달한다. 예를 들어 이 판본의 표지에는 탬벌레인 이야기의 두 중심 주제가 언급되어 있다. 즉 탬벌레인이 미천한 신분에서 황제의 자리에까지 올랐으며 자신을 '신의 응징'으로 평가한다는 점을 이야기하고 있는 것이다.

제1부의 서막에서 우리는 말로가 당대의 문학 전통에 상당한 불만을 표시하고 있다는 점을 주목해야 한다. 작가는 "운율에 맞춘 진부한 표현들의 혼란스런 분위기"와 "광대들이나 보여주는 그런 익살"로부터 관객들을 구해내어, "놀라운 말로 천하를 위협하고, 그의 칼로 왕국들을 정복하는" 스키타이인 탬벌레인에게로 초대한다고 선언한다. 문학과 극장의 전통을 무시하고 비난하는 대담한 표현은 작품 속에서 패배를 모르는 정복자 탬벌레인이 보여주는 영웅적 행위와 그 영웅적 행위의 이면에 존재하는 야만성이라는 이중적인 모습을 통해 잘 구현되어 있다고 하겠다.

권력과 명예를 향한 이상과 꿈을 형상화한 「탬벌레인 대왕」은 한 개인뿐만 아니라 한 시대를 구체화한 작품이다. 권력과 명예를 향한 르네상스 혹은 엘리자베스 시대의 열정은 천한 양치기이자 노상 강도의 신분에서 오직 용기와 굽힐 줄 모르는 확신과 자신감을 가지고 수십 개의 왕권을 차지한 스키타이의 정복자를 통해 실현된다. 존 가스너John Gassner가 지적하듯이, 탬벌레인은 "행동으로 자신을 표현한 시인"이다. 그는 자신이 가진 정복의 꿈을 행동과 더불어 화려한 언어로 표현해낸다. 왕권을 얻기 위해 수많은 왕들을 차례로 굴복시킬 뿐만 아니라, 자신을 물리치기 위해 엄청난 대군을 이끌고 온 테리다마스를 마력과 같은 수사로 사로잡아버린다. 그는 또한 아름다움을 사랑하는 인물이기도 하다. 아름다운 제노크라테를 얻기 위해 화려한 미사여구를 사용하는가 하면 진심으로 그녀를 사랑하여 자신의 모든 것을 바칠 수 있고, 자신이 정복하는 아름다운 도시의 장관에 매료되기도 하는 인물인 것이다.

제2부에서 그가 제노크라테를 잃은 후 맏아들 칼리파스를 죽이고 갑작스런 죽음을 맞는 것을 근거로, 비평가들 중에는 이 작품을 르네상스 비극의 시초로 보는 이들이 있다. 하지만 작품에 나타난 비극적 요소는 매우 피상적이다. 그는 결코 스스로를 배반하는 행동을 하지 않으며, 제노크라테와의 이별도 육체적으로만 이루어질 뿐이다. 그들은 죽음으로 인해 오히려 영원한 결합을 이룬다고 할 수 있다. 또한 그의 친구들 역시 끝까지 그를 향한 변함없는 충성과 사랑을 버리지 않는다. 그는 죽음을 맞이할 때까지 자신에 대한 확신에 차 있으며, 자신이 누구이며 무엇을 해야 하는지 알고 있다. 따라서 그의 삶은 비극적이라기보다는 분명히 영웅적이라고 할 만하다.

커닝햄 J. S. Cunningham은 백과 흑, 자비와 운명, 불과 물, 삶과 죽음, 조브 신과 하데스, 천국과 지옥 같은 대립적인 요소들이 이 작품의 시각적, 언어적 수사를 지배한다고 주장한다. 이런 요소들은 단순한 대립을 넘어 이중적이고 복합적인 면을 드러낸다. 예를 들어 탬벌레인과 그에게 대적하는 자들의 관계에서, 또한 탬벌레인과 제노크라테의 관계에서 대립적인 요소들은 분명하게 드러나지만, 우리는 그것이 탬벌레인 자신의 두 얼굴이기도 하다는 사실을 간과할 수 없다. 그를 통해 드러나는 대립은 삶과 죽음의 대립으로 대변될 수 있다. 그의 용기와 위엄, 결단력 등은 우리에게 존경심을 불러일으키며 삶의 측면을 대변하는가 하면, 다른 한편으로 그의 정복욕과 잔인함은 공포와 혐오감을 불러일으키며 상대적으로 죽음의 측면을 대변한다.

그런데 이처럼 「탬벌레인 대왕」에 나타나는 대립적인 요소들은 주로 성서적이고 기독교적인 패러다임과 고전 신화와 중세 기사도의 이상형을 섞어놓은 신화적 패러다임을 통해 표현된다. 그리고 이러한 패러다임들은 교묘한 조화를 이루며 궁극적으로 탬벌레인의 영웅성을 부각시키는 역할을 하고 있다. 우리는 이 극에서 그리스 로마 신화의 신들의 이름과 기독교의 신이 복합적으로 언급되는 이유가 무엇인지 생각해볼 필요가 있다. 맥앨린던McAlindon이 주장하는 것처럼 탬벌레인은 기독교의 옹호자이고 기독교 신의 대리인으로 묘사된다. 그렇지만 그에 못지않게 중요한 점은 그가 바로 신의 지위를 넘보는 인물이기도 하다는 것이다. 고전 신화 속의 조브 신과 다른 신들이 자주 등장하는 이유가 바로 여기에 있다. 엘리자베스 시대의 극장 상황을 고려해볼 때, 말로가 기독교의 패러다임을 벗어날 수 없었으리라는 것은 자명한 일이다. 따라서 그는 성서적 패러다임과 고전 신화의 패러다임을 복합적으로 이용하여 르네상스인의 욕망을 대변하고 있다고 볼 수 있다. 탬벌레인은 유일한 하느님의 대리인이면서, 조브 신에게 비견될 만한 놀라운 운명과 능력을 갖춘 인물이다. 즉 신의 대리인으로서의 인간의 영웅성을 부각시키는 기독교 전통과, 인간이 신과 경쟁하고 때로는 결혼하며 신에 버금가는 영웅이 탄생하기도 하는 고전 신화가 말로의 작품에서 복합적으로 재현되고 있는 것이다.

작품의 초반부터 탬벌레인은 그가 도전하는 자들과 분명한 대조를 이룬다. 그리고 그것은 본질적으로 화려한 웅변보다는 왕다운 결단력에서 비롯된다. 그의 적들의 호언장담과 허풍스런 맹세가 아무런 결과도 없이 헛된 말로 끝나버리는 반면, 탬벌레인의 맹세와 장담은 필연적이라고 할 정도로 행동으로 연결된다. 그가 최초로 대적하는 페르시아의 왕 뮤세테스는 나약하고 결단력 없는 왕이다. 그는 동생 코스로에게 조롱당하면서도 아무런 행동도 취할 수 없고, 모든 결정은 미앤더라는 신하에게 의존해서 내린다. 반면 탬벌레인은 결코 다른 이의 조언이나 지혜에 기대는 인물이 아니다. 마치 태양이 정해진 길을 따라 움직이듯이, 탬벌레인은 어떠한 주저함이나 흔들림 없이 정해진 자신의 궤도를 따라간다.

사실 탬벌레인이 등장하는 모든 장면에서 그는 자신이 하는 일이 이미 정해진 것이며, 따라서 자신은 전쟁에서 패할 수 없다고 선언한다. 극의 초반에 그가 자신의 말을 뒷받침하는 증거로 제시하는 것은 때로는 별들과 운명이고, 때로는 신의 계시다. 하지만 제1부의 중반쯤에서 그는 자신을 신의 응징으로 묘사하면서, 별들과 운명 역시 신의 십리를 실현하고 있다는 생각을 불러일으킨다. 한편 이 작품이 비섭리적인 역사관을 표현하고 있다고 보는 비평가들도 있다. 그들에 따르면 이 작품은 역사는 운이나 운을 통제할 수 있는 인간의 의지에 의해 형성된다는 사고를 표현하고 있다는 것이다. 이러한 시각은 작품 속에서 신의 섭리를 표현하는 부분들을 무시하거나, 탬벌레인을 끊임없이 스스로를 속이는 인물로 평가할 때 가능해진다. 작품 속에도 극의 시작부터 결말에 이르기까지, 탬벌레인이 잘못된 예언을 믿고 있으며 신들이 그를 패배하게 할 것이라고 믿는 인물들이 있다. 그렇지만 전투가 끝난 후에 그들은 예외 없이 자신들의 생각이 잘못된 것이었음을 깨닫는다. 탬벌레인의 예언은 그대로 이루어지고, 그를 이길 수 있는 자는 아무도 없다. 결국 자신이 신의 대리인이라고 호언하는 탬벌레인의 주장이 설득력을 가질 수밖에 없는 것이다.

더구나 마호메트교와 기독교에 대한 탬벌레인의 태도는 이러한 시각을 지지해준다. 터키군과 그들의 동맹국들은 기독교국을 정복하고 기독교인들을 파멸시키는 것을 즐거워하는 거만한 이교도들로 묘사된다. 제1부와 제2부에서 탬벌레인이 터키 제국을 정복하는 것은 터키군이 유럽으로 진출하는 것을 막는다는 의미도 있다. 하지만 탬벌레인의 행동이 기독교도들을 난관에서 구해주는 단순한 구세주 역할만을 하는 것은 아니다. 물론 그는 이슬람 국가들에 사로잡힌 기독교도들에 대해서 특별한 동정심을 보이며, 그들을 해방시키는 역할을 한다. 이러한 태도는 그가 마호메트에 대한 믿음을 포기하고 유일한 신에 대한 충성을 선언하는 장면에서도 나타난다.

> 내가 보건대, 사람들은 헛되이 마호메트를 숭배한다.
> 나의 칼은 수백만의 터키인들을 지옥으로 보냈고,
> 그들의 모든 사제들과 친척들 그리고 친구들을 살해했다.

그런데도 마호메트는 나에게 손끝 하나 대지 않고, 나는 살아 있다.

복수의 분노로 가득 찬 진정한 신이 계신다.

천둥과 번개가 그분에게서 터져 나오고,

나는 그분의 응징을 대신하는 자이며, 그분께 복종할 것이다.

(제2부 제5막 제1장)

하지만 바빌론을 약탈한 후에 마호메트를 경멸하는 그의 행동은 신성 모독으로 여겨질 수 있으며, 그 장면 이후에 곧이어 그가 죽는 것은 마호메트의 저주를 받았기 때문이라는 주장이 제기되어왔다. 또한 그의 신이 사랑과 자비의 신이 아니라 보복적인 정의를 행하는 신이기 때문에 기독교의 신과 일치하지 않는다고 여겨져오기도 했다. 우리가 주목해야 할 것은 구약의 선지자들이 언급한, 기독교도들을 박해하는 이교도 군주들에 대한 신의 분노이다. 특히 바빌론의 멸망에 대해서는 구약의 선지자들이 계속해서 반복적으로 언급하고 있으며, 성도들을 박해하는 폭군에 대한 정죄는 신약인 「요한계시록」의 절정을 이룬다. 바빌론은 교만과 포악의 도시로 유명하지만 무엇보다도 우상 숭배의 도시이다. 우상 숭배는 성경에서 가장 증오스럽게 여겨지는 죄이다. 「요한계시록」에서 사람들을 속인 거짓 선지자들이 유황불이 타오르는 불의 호수에 산 채로 던져지는 이유가 바로 여기에 있다.

맥앨린던은 탬벌레인의 영웅성이 서로 대립되는 요소의 조화와 통일에 기초하고 있다고 지적한다. 그 대표적인 예가 바로 제노크라테와의 관계에서 나타난다고 할 수 있다. 제노크라테는 탬벌레인의 성격과 운명을 이해하는 데 가장 중요한 인물이다. 이는 극의 구성이나 무대 지시 등을 통해서도 드러나는데, 탬벌레인은 항상 제노크라테와 운명을 함께한다는 느낌을 준다. 제1부의 마지막 장면은 탬벌레인이 그의 친구들과 함께 제노크라테의 머리에 왕관을 씌우는 것이고, 제2부의 마지막 장면은 임종을 앞둔 탬벌레인이 방부 처리를 한 그녀의 시체를 자신의 곁에 놓고 영원한 결합을 위해 합장해달라고 부탁하는 것이다.

이 작품에서 사랑은 단순히 성적 또는 심미적 차원만이 아니라, 조화와 결합의 형태로 나타난다. 이는 탬벌레인과 그의 충직한 신하들, 그의 세 아들과의 관계에서도 확인된다. 탬벌레인은 자신의 병사들 중의 가장 천한 자도 인도의 모든 보물보다 더 귀하다고 선언한다. 그리고 테켈레스, 우섬카사네, 테리다마스는 탬벌레인과 참으로 이상적인 군주와 신하, 사랑하는 친구로서의 관계를 보여준다. 탬벌레인은 자신이 얼마나 사랑하는 친구들에게 의지하고 있는지 인정하고, 자신의 영광을 친구들과 함께 누리며 그들의 우정과 충성에 합당한 보상을 아끼지 않는다. 그런데 탬벌레인의 사랑과 조화의 관계에서 유일하게 벗어나는 인물이 바로 그의 맏아들 칼리파스이다. 탬벌레인이 칼리파스를 죽이는 것을 포로가 된 왕들은 야만적인 행위로 규정 짓지만, 우리는 탬벌레인의 행위가 바로 조화와 통일을 깨는 행위를 용납하지 않는 것임을 알 수 있다. 칼리파스가 보여주는 비겁함과 게으름, 음탕함은 바로 탬벌레인이 지향하는 영웅적 삶의 조화와 통일을 깨는 요소들이다. 따라서 칼리파스를 죽이는 것은 마치 그가 신의 대리인으로서 터키인들을 몰살시키는 것과 같이 자연과 신의 정의를 실현하는 의미로 받아들여질 수 있다.

하지만 탬벌레인에게는 전통 담론이 규정하는 완벽한 미덕을 지닌 영웅이라고 보기 어려운 요소들이 존재하는 것 또한 사실이다. 탬벌레인은 고대나 중세의 로망스 등에서 나타나는 전통적인 영웅의 자질을 지니고 있지만, 또한 거기에서 벗어나는 자질들도 보여준다. 그는 자신의 백성들을 보호하고 지키는 힘과 미덕을 겸비한 군주만이 아니라, 오히려 끝없는 정복욕과 권력욕에 사로잡혀 있는 인물이다. 그의 태생이 천한 스키타이인이라는 점도 걸림돌로 작용한다. 당대 관객들에게 기독교 세계를 위협하는 이교도들을 물리치는 놀라운 영웅의 모습으로 비칠 수도 있지만, 다른 한편으로 그는 전쟁과 정복의 광기에 사로잡힌 야만스럽고 잔인한 인물이기도 한 것이다.

이방 국가에 대한 정복을 실현하는 영웅에 대한 묘사는 에밀리 바텔스Emily Bartels가 지적하는 것처럼 말로 당대 영국의 제국주의와 식민주의에 대한 동경과 밀접한 연관을 맺고 있다. 스페인이나 포르투갈이 경쟁적으로 해외 무역과 식민지 개척에 나서 새로 발견된 소위 '신세계'를 식민지로 삼는 동안, 1550년 당시 경제적 침체로 인해 어려움을 겪던 영국도 해외 무역과 식민지 개척을 끊임없이 추진했다. 이처럼 새로운 세계에 대한 동경은, 사이먼 셰퍼드Simon Shepherd가 지적하듯이, 강력한 힘과 용기를 지니고 전세계를 정복하는 탬벌레인과 같은 초인적 인물을 스페인이나 터키를 물리칠 새로운 영웅에 대한 당대 영국인들의 소망과 연결시킬 수 있게 한다. 이교도국뿐만 아니라 세계 어느 곳이든지 신의 응징이라는 이름으로 정복해나가는 탬벌레인의 모습은 당대 영국의 외국에 대한 주류 정치 담론을 반영한다고 볼 수 있다. 이는 탬벌레인이 죽기 직전 그동안 정복해온 국가들을 돌이켜보며, 아직 정복하지 못한 땅들에 대한 아쉬움을 아들들에게 표현하는 장면에서 잘 드러난다.

> 우리의 시야에서 사라지는 태양이 바로 그곳에서
> 우리의 반대편에 사는 사람들과 함께 하루를 시작한다.
> 그런데 이곳을 정복하지 않은 채 내가 죽어야 하는가?
> 자, 아들들아, 여기에는 수많은 금광들이 있으며,
> 아시아와 그 옆 대륙보다도 더 가치 있는
> 헤아릴 수 없이 진기한 것들과 보석들이 있다.
> 그리고 남극으로부터 동쪽으로 지금껏
> 밝혀진 적이 없는 더 많은 땅을 보아라.
> 그곳에는 하늘을 아름답게 하는 모든 별들만큼이나
> 밝게 빛나는 진주 덩어리들이 있다.
> 그런데 이곳을 정복하지 못한 채, 내가 죽어야 하는가?

사랑하는 아들들아, 여기 죽음이 내게 허락지 않는 곳이 있다.

너희들이 죽음을 무릅쓰고라도 정복하도록 해라.

(제2부 제5막 제3장)

    탬벌레인의 정복욕이 단순한 신의 응징 차원이 아니라, 정복하지 못한 새로운 세계에 넘쳐나는 빛나는 보석과 진주들에 대한 열망으로 표현되고 있다는 점을 우리는 기억해야 한다. 이는 분명히 종교적 차원의 응징만이 아니라 정치적, 경제적 팽창주의를 반영하고 있는 것이다.

    하지만 탬벌레인은 결코 이러한 정치적, 경제적 팽창주의라는 주류 담론의 신화를 형성하는 데 기여하는 인물이 아니다. 그것은 탬벌레인의 존재 자체가 영웅적 이상의 추구라는 주류 담론을 손상시키는 회의적 요소들을 내포하고 있기 때문이다. 그의 야심과 야만성은 우선 그가 양치기에서 페르시아의 왕이 되기까지의 과정에서 잘 나타난다. 양치기의 신분에서 왕의 자리를 찬탈하는 것은 분명 당대의 신분 계급 질서를 전복시키는 의미를 갖는다. 물론 탬벌레인과 비교되는 페르시아의 왕들이 어리석고 무력하기 때문에, 신분 상승은 오히려 그의 영웅성을 부각시키는 의미를 갖는다고 볼 수도 있다. 하지만 코스로에와 힘을 합하여 나약하고 무능한 왕 뮤세테스를 몰아낸 탬벌레인이 곧이어 코스로에마저 배신하여 자신의 야심을 달성할 때, 우리는 그의 영웅성에 대해 회의를 품지 않을 수 없다. 테리다마스는 이러한 탬벌레인을 "위로 상승하지 않으려 하고, 군주다운 행동으로 최고의 지위 이상으로 날아오르려 하지 않는 자는 천박한 쓰레기 같은 자"(제1부 제2막 제7장)라고 주장하며 그의 야심을 옹호하지만, 이는 탬벌레인의 영웅성이 결코 당대 계급 질서의 이상적 가치를 대변하는 것이 아니라는 점을 분명히 보여준다. 그는 당대의 지배 담론을 실현하는 인물이 아니라, 오히려 억압되어 있는 개인의 폭력적 욕망을 자유롭게 표현하고 그 욕망대로 행하는 인물인 것이다.

따라서 우리는 말로가 탬벌레인의 영웅성이 지닌 모순을 분명하게 드러내고 있음을 알아야 한다. 패배를 모르는 탬벌레인의 승리와 정복은 그 이면에 야만성과 잔인함을 수반하고 있다. 그의 놀라운 승리는 환호와 함께 수많은 살육과 약탈을 포함하고 있는 것이다. 탬벌레인의 야만성과 잔인성은 그가 적국의 왕들이나 백성들을 대하는 태도에서 잘 드러난다. 우선 그는 자신과 정정당당하게 싸운 터키의 황제 바자제스를 발판으로 사용하고, 그를 동물처럼 철창에 가두어 모멸감을 주는 야만성을 보여준다. 주목해야 할 점은 말로가 바자제스를 비굴한 황제로 그리지 않는다는 것이다. 그와 그의 부인 자비나는 비록 싸움에 졌지만 탬벌레인 앞에서 비굴하게 생명을 구걸하는 모습을 보이지 않으며, 짐승 같은 대우를 받으며 살기보다는 스스로 비참한 죽음을 선택함으로써 탬벌레인의 야만성을 더욱 부각시키는 역할을 한다. 또한 용서와 자비를 구하는 다마스커스의 처녀들을 잔인하게 죽여 그들의 목을 성벽에 걸어놓는 탬벌레인의 행위는 그의 잔인함을 더욱 구체적으로 보여준다고 할 수 있다.

　　그렇다면 말로는 탬벌레인이 실현하는 영웅적 이상의 경이로움을 묘사하면서도, 영웅주의에 가려진 야만적이고 치명적인 결함을 동시에 보여주고 있는 것이다. 패배를 모르고 승승장구하면서 이방 국가들을 정복하는 탬벌레인이 대변하는 제국주의적 사고는 그 야만적 속성을 숨길 수 없다. 결국 탬벌레인이 보여주는 완전히 상반된 모습은 당대 사회가 지니고 있는 이상적이고 영웅적인 가치관이나 질서의 이면에 숨겨진 광기와 폭력성을 나타낸다고 볼 수 있다.

　　어떤 측면에서 탬벌레인은 기독교적 세계관과 계급 질서라는 지배 담론을 위반하여 개인의 무한한 가능성과 힘을 과시하는 인물이기도 하다. 즉 그는 기독교의 패러다임을 뛰어넘어 신의 지위를 넘보는 반 기독교적인 '영웅'의 요소를 지닌 인물인 것이다. 탬벌레인은 유일한 하느님의 대리인이면서, 조브 신에게 비견할 만한 놀라운 운명과 능력을 갖고 있다고 스스로 떠벌리는 인물이기도 하다. 그의 영웅 신화는 기존 지배 담론의 욕망을 철저하게 충족시킴으로써 철저하게 위반하는 아이러니를 담고 있는 것이다.

2. 「몰타의 유대인」

말로 작품들의 연대기는 매우 불확실하여 주요 작품의 집필 시기에 대해 학자들간의 견해가 일치하지 않지만, 「몰타의 유대인」은 1589년이나 1590년, 공공 극장에서 상연되었던 말로의 첫번째 작품 「탬벌레인 대왕」이 쓰인 바로 직후에 집필된 것으로 알려져 있다. 이 작품은 16세기 말과 17세기 초반의 당시 관객들에게 상당한 반향을 일으켰으며, 특히 1594년 엘리자베스 여왕의 주치의였던 유대인 로페즈가 사형당한 사건 때문에 그 인기가 더욱 높아졌을 것으로 추정된다. 「몰타의 유대인」은 셰익스피어의 「베니스의 상인」과 벤 존슨의 「볼포네」에 영향을 미쳤으며, 그밖에도 당대의 수많은 다른 작품들에서 그 영향이 직간접적으로 드러난다고 한다. 그리고 유일한 초기 판본인 1633년 4절본의 표지를 통해, 우리는 이 작품이 바로 그 시기에 투계극장이나 불사조극장에서 공연했던 헨리에타 여왕 극단의 수중에 넘어갔음을 알 수 있다.

그런데 「몰타의 유대인」에 대한 현대 비평은 많은 학자들이 1633년의 4절본에 대해 말로가 최초로 쓴 작품이 아니지 않느냐는 의심을 품으면서 복잡하게 전개되어왔다. 그리고 이러한 의심은 언어적 혹은 전기적인 분명한 증거가 있다기보다는 주로 작품에 대한 비평적 평가에서 비롯된 것이었다. 즉 후반부 3, 4, 5막은 전반부 1, 2막에 비해 현저하게 열등한데, 이는 작품이 출판되기 전 누군가 다른 사람이 수정을 가하여 심각한 손상을 입혔기 때문이라는 믿음이 바로 그것이다. 하지만 이 작품에 대해 철저한 본문 연구 분석을 소개한 본 번역문의 원문 편집자 보컷 N. W. Bawcutt은 이 작품이 초기 비평가들이 지적한 것보다 훨씬 더 많은 통일성을 지니고 있으며 후기 작가가 수정한 흔적이 없는 말로 자신의 것임을 분명하게 확인해주고 있다.

「몰타의 유대인」은 제목에서도 나타나듯이 유대인 바라바스가 주인공이고, 작품에 대한 해석은 그를 어떻게 보느냐에 따라 달라진다. 초기 비평가들 사이에서는 그가 "구경꾼들을 즐겁게 하기 위해 색칠한 커다란 코를 붙인 단순한 괴물 같은 존재"냐 아니면 "부당함과 박해 때문에 비뚤어진 인간"이냐를 놓고 논쟁이 이루어졌다. 그후 19세기에는 바라바스가 「탬벌레인 대왕」과 「파우스트 박사」에서 말로가 그리려 했다고 보이는 야심에 찬 르네상스인의 한 유형으로 여겨졌다. 그리고 최근에 이르러 그는 말로 자신의 종교적, 정치적 신념과 관련된 논쟁의 대상이 되어왔다. 일부 비평가들은 작품에 나타난 종교적 암시가 바라바스의 악행을 분명하게 응징하는 것이라고 주장하는 반면, 다른 비평가들은 말로가 기독교인들의 위선을 풍자하고 있다고 주장한다.

작품의 표면에 드러나는 유대인 바라바스는 비인간적이고 잔인한 악인의 모습에서 벗어나지 않는다. 아무 죄도 없는 마티아스와 로도윅을 서로 증오하게 만들어 죽이고, 자신의 딸마저도 수녀들과 함께 독살하는가 하면, 자코모와 베르나딘 수사를 함정에 빠트려 죽이고, 자신을 배신한 이타모어와 창녀 벨라미라, 필리아보르자 등을 독살하는 등 배신과 음모를 끊임없이 자행하는 바라바스의 행위는 저주받아 마땅한 악당의 전형을 보여주고 있다. 하지만 우리는 바라바스의 악행이 어디에서부터 시작되었는지 기억할 필요가 있다. 바라바스는 어떤 정치적 권력을 추구하는 인물이 아니라, 기독교도들의 통치를 받으며 평화롭게 장사하기를 원하는 상인이다. 그가 원하는 것은 물질적인 부이다. 작품은 그가 평화롭게 돈을 벌 수 없게 된 사건에서 출발한다. 몰타의 기사들은 정기적으로 터키에 바쳐야 할 공물을 무시했고, 그 결과로 닥친 정치적, 재정적 위기를 바라바스의 의지와 상관없이 그에게 뒤집어씌운 것이다.

미국의 대표적인 신역사주의 학자 그린블랏Stephen Greenblatt이 주장하는 것처럼, 바라바스는 말로의 다른 작품의 주인공들, 즉 탬벌레인과 파우스투스와 마찬가지로 절대적인 권위에 순종하기보다는, 권위에 도전하고 저항하는 인물이다. 탬벌레인이 계급 질서에 대적하고, 파우스투스가 신에게 대적한다면, 바라바스는 기독교의 권위에 대적하는 인물이다. 바라바스는 기존 권위에 대한 말로의 전복 전략을 가장 효과적으로 드러내는 인물이라고 할 수 있는데, 그 이유는 바로 그가 당대 기독교 관객들이 증오하고 두려워하던 악당의 전형, 유대인이라는 점에 있다. 더구나 당대 영국 사회에서 신의 섭리를 무시하고 인간의 권모술수와 속임수를 신봉하는 사악한 인물로 여겨졌던 마키아벨리의 소개로 등장하는 바라바스는 이미 그 성품과 운명이 정해져 있다고 해도 과언이 아니다. 하지만 자신의 악행에 의해 파멸하는 전통적인 악당의 모습을 그리면서, 말로는 바라바스가 그 사회에서 예외적인 존재가 아니라 오히려 자신의 사회를 대표하는 인물임을 분명하게 보여주고 있다.

바라바스는 단순한 고리대금업자가 아니라 상선들을 세계 곳곳으로 보내 물건들을 사고 파는 거상이다. 그리고 돈과 재산을 추구하는 그의 행위는 유대인이자 수전노만의 특징으로 비난의 대상이 되기보다는, 오히려 극중 모든 인물들이 추구하는 바를 대변하는 것으로 나타난다. 즉 터키인들은 기독교도들에게 공물을 강요하고, 기독교도들은 유대인으로부터 돈을 빼앗고, 수도원의 수사들은 부자 개종자를 끌어들이기 위해 서로 싸우고, 창녀와 소매치기도 돈을 얻기 위해 안달이다. 따라서 돈을 향한 바라바스의 탐욕은 이 사회가 추구하는 가장 중요한 가치를 풍자하는 것이다. 물론 사랑이나 믿음, 명예와 같은 다른 가치들도 표현되지만 언제든지 금전의 유혹 앞에서 무너질 수 있는 나약한 것들이고, 이 작품 속의 사회는 오로지 돈으로 대변되는 경제적 힘에만 매달린다.

극의 초반부에 바라바스는 자신에게만 해가 없으면 몰타의 운명에는 관심이 없는 전적으로 이기적인 인물로 드러난다. 그는 심지어 동족인 다른 유대인들에게도 속마음을 털어놓지 않으며 철저히 고립된 삶을 살아가는데, 이러한 태도는 자신의 이익을 챙길 때는 편리하지만 위기가 닥치면 아무도 도와줄 사람이 없다는 게 문제다. 이 점이 바로 그가 다양한 형태의 속임수와 음모에 의존하는 이유를 설명해준다. 대군에 맞서 싸우는 게릴라처럼 그는 적의 약점과 허점을 간파해야만 한다. 그리하여 그가 적을 대적하는 방법 중 하나는 적들 사이에 내분을 일으켜 서로 싸우게 하는 것이다. 로도윅과 마티아스, 자코모와 베르나딘 수사의 경우가 그러하고, 크게는 기독교도와 터키군 사이의 갈등과 반목을 이용하는 것 또한 거기에 해당한다. 바라바스가 적을 대적하는 또 다른 방법은 감정과 태도를 꾸며 역할 놀이를 하는 것이다. 제4막의 프랑스 악사 역할과 제5막의 죽은 시체의 역할은 우스꽝스럽고 터무니없어 보이지만, 극 전반에 걸쳐서 그가 보여주는 꾸밈과 가장이 그의 생존 전략에서 가장 중요한 부분을 차지하는 것은 분명하다.

분명 바라바스가 가장 좋아하는 역할은 부유한 상인의 역할이다. 하지만 위기 상황이 닥치면 자신의 역할을 빨리 바꿔야 한다는 것을 바라바스는 잘 알고 있다. 사실 그는 너무나 빨리 태도를 바꿔, 어떤 상황에서는 그가 하는 말의 진의가 의심스러울 정도다. 예를 들어 그가 이타모어에게 나열하는 악행 기록들은 사실 그대로 받아들여야 하는 것인지, 아니면 그가 이타모어에게 바라는 행위를 알려주기 위해 꾸며낸 것인지 분간하기 어렵다. 하지만 바라바스뿐만 아니라 기독교도들도 상황이 바뀌면 전혀 다른 모습을 보여준다. 친구인 로도윅과 마티아스는 사랑 때문에 서로 증오하게 되고, 자코모와 베르나딘은 재물을 얻을 욕심에 싸우게 되며, 위선적인 페르네즈는 상황에 따라 비굴해지기도 하고 허풍을 떨기도 한다. 이러한 점들을 볼 때, 어떤 의미에서 바라바스는 유대인뿐만 아니라 기독교도나 터키인까지 포함하여 인간 본성의 나약함과 변덕스러움을 대변하는 인물로도 볼 수 있을 것이다.

바라바스에 대한 박해는 극중에서 어떠한 종교적 정당성도 갖지 못한다. 페르네즈와 몰타의 기사들은 과거 유대인들이 그리스도에게 범했던 죄의 대가를 언급하면서 바라바스에 대한 경멸을 정당화하고 있지만, 그것은 그의 돈을 뺏기 위한 수단일 뿐이다. 더구나 그들은 터키에 바칠 공물로 압수한 돈을 터키에 대적하기로 마음을 바꾼 후에도 돌려주지 않고 다른 목적으로 사용해버린다. 이러한 기사들의 태도는 "유대인을 파멸시키는 건 자선을 베푸는 거지, 죄가 아니"(제4막 제4장)라고 말하는 이타모어의 입을 통해 좀더 적나라하게 표현되고 있다. 하지만 이렇게 종교적으로 바라바스를 경멸하고 핍박하는 몰타의 기사들 자신도 기독교도의 적들을 공격하는 데 헌신하겠다는 종교적인 맹세를 했음에도, 터키에 공물을 바치면서 자신들의 안위만을 추구하고 있었음을 우리는 기억해야 한다. 이러한 기사들의 태도를 비난하는 스페인의 장군 마틴 델 보스코 또한 상업적 목적을 위해 전쟁을 수행하는 인물이다. 그가 몰타에 온 것은 자신이 생포한 터키의 포로들을 노예로 팔아 넘기기 위해서였을 뿐이다. 이 극에 등장하는 노예 시장은 인간이 가축처럼 사고 파는 대상으로 다뤄지는 가장 비인간적인 사회의 전형을 보여준다. 이러한 시각은 로도윅이 아비게일을 원할 때, 그녀에게 직접 구애하는 것이 아니라 바라바스를 통해 마치 다이아몬드를 사듯이 "가격은 얼마인가"(제2막 제3장)라고 물으며 거래하려고 드는 데서도 분명하게 암시되고 있다.

이처럼 물질에 대한 탐욕과 이기주의가 판치는 사회 속에서 전통적인 도덕은 설 자리가 없다. 바라바스와 이타모어, 수사들의 입을 통해 간접적으로 드러나는 수도원, 수녀원 같은 종교 기관의 모습은 이미 타락할 대로 타락했고, 경건한 가면 뒤에서 음란과 탐욕을 일삼고 있다. 보컷은 「몰타의 유대인」에서 방백, 말장난, 동음 이의어, 종교적 비유, 격언 등이 말로의 다른 작품들보다도 훨씬 많이 사용되고 있다고 지적한다. 그리고 이러한 비일관적인 언어적 장치들이 몰타 사회의 위선적이고 이중적인 가치관을 반영하는 역할을 한다고 주장한다. 이 극에서 미묘하고 모호한 언어적 표현들은 자아 성찰과 자기 발견이 아니라, 아이로니컬한 부조화에서 기인하는 것이다. 아비게일이 죽으면서 "제가 기독교도로 죽는 것을 지켜봐주세요"(제3막 제6장)라고 했을 때, 베르나딘의 반응은 "그래, 그것도 순결한 처녀로. 그것이 가장 가슴 아프군"이었다. 그의 잔인한 대답은 아비게일의 죽음을 우스꽝스럽게 만들 뿐만 아니라, 이 사회에서 그녀가 순결하게 사는 것이 얼마나 어려운 일인가를 단적으로 증명해준다.

결론적으로 「몰타의 유대인」은 매우 염세적인 작품이라고 할 수 있다. 제3막 제3장에서 아비게일이 "지상에 사랑이라곤 없"다고 탄식하듯이, 이 극에서 일어나는 사건들은 정도의 차이는 있겠지만 온통 위선과 속임수로 가득 차 있다. 「몰타의 유대인」은 흔히 우리에게 웃음을 선사하는 작품으로 여겨진다. 하지만 그 웃음은 기쁨과 편안함을 주는 즐거운 웃음이라기보다는 현대의 블랙 코미디처럼 조롱과 경멸에 가까운 웃음이다. 그리고 이 웃음은 작품의 심각함으로부터 우리를 풀어놓는 것이 아니라, 오히려 심각함을 더욱 강조하는 역할을 한다. 이 작품은 우리의 태도가 갖는 불합리성을 꼬집고, 정상적인 인간의 행동을 패러디하는 현대 극을 연상시킨다고 할 수 있다.

3. 「파우스투스 박사」

「파우스투스 박사」는 엘리자베스 시대에 셰익스피어의 작품들보다도 훨씬 인기가 높아 수많은 공연을 가진 것으로 알려져 있다. 1594년과 1597년 사이에 초기 공연들이 있었고, 5년 후에 재공연 계획이 있었을 정도였다. 이 작품의 가장 초기 판본은 1604년에야 나타나는데, 현재 보들레이안 도서관에 소장되어 있는 유일한 블랙 활자체의 4절본이 그것이다. 이 판본은 일반적으로 A텍스트라고 알려져 있고, 1609년과 1611년에 다른 출판업자들에 의해 A2, A3판본이 다시 출판되었다. 그런데 1616년에 A2판본을 출판했던 존 라이트라는 출판업자가 완전히 다른 판본을 출판했다. 그 판본은 A텍스트와 너무나 달라 보통 B텍스트라고 불린다. 이 블랙 활자체의 B1판본은 현재 대영박물관에 소장되어 있다. 그리고

B1판본 이후 1619, 1620, 1624, 1628, 1631년에 B2부터 B6까지 새로운 판을 거듭하였다.

그렇다면 A텍스트와 B텍스트 중에 어느 판본이 원래 말로의 작품인가? A텍스트는 B텍스트에 비해 훨씬 짧다. A텍스트가 1,517행인 데 비해 B텍스트는 2,121행으로 약 6백 행 정도 차이가 있다. B텍스트에서 두드러지게 추가된 부분은 파우스투스가 로마에 도착한 후부터다. A텍스트에는 독일 황제가 내세운 또 다른 교황 브루노에 대한 언급이 전혀 없으며, 파우스투스에게 농락당한 벤볼리오와 그의 친구들에 대한 장면도 없다. 그리고 말 장수와 그의 동료들이 파우스투스에게 복수하기 위해 음모를 꾸미고, 반홀트에서 파우스투스가 그들을 모두 벙어리로 만드는 장면도 빠져 있다. 또한 마지막 세 장면에서 루시퍼와 악마들이 등장하는 초자연적이고 볼 거리가 풍성한 내용들도 없다. 그런데 사실 이러한 장면들이 없으면, 작품 전체의 구조가 너무 단편적이고 장면간의 연결이 단절되는 측면이 있다.

학자들은 두 원문을 놓고 논란을 거듭해왔는데, 그 요지는 다음과 같다. A텍스트가 원래 말로의 작품이라고 생각하는 학자들은, B텍스트는 나중에 다른 사람들에 의해서 새로운 내용이 덧붙여진 것이라고 주장한다. 반면 B텍스트가 원본이라고 생각하는 학자들에 따르면 A텍스트는 B텍스트를 축약하여 공연한 것이다. 어느 쪽이 옳은지는 확실하지 않다. 다만 1980년대까지는 셰익스피어의 작품에 언급되는 파우스투스에 관련된 내용을 근거로 B텍스트가 원문으로 여겨졌으며, 따라서 영문학의 정전이라 할 수 있는 『노턴 앤솔러지 *Norton Anthology*』의 초기 판본에는 B텍스트가 실렸다. 하지만 최근에는 A텍스트를 원본으로 선호하는 경향이 생겨, 『노턴 앤솔러지』의 제6판 이후부터는 이 텍스트가 실리고 있다. 그러나 이러한 텍스트의 문제는 그다지 큰 문제가 아니라고 생각한다. 사실 현대에도 작가가 작품을 공연한 후에 마음에 들지 않는 부분을 삭제한다거나 새로운 내용을 첨가하는 경우가 있지 않은가? 희곡 작품은 공연을 목적으로 하기 때문에 관객의 반응이나 극장의 상황 등과 같은 요소들에 의해서 장면이나 내용이 새롭게 쓰일 가능성이 얼마든지 있는 것이다.

「파우스투스 박사」는 말로의 작품들 중에서 가장 성공한 작품으로 알려져 있다. 그것은 위에서 말한 대로 수많은 판본들이 나온 역사적 사실만을 보더라도 쉽게 알 수 있다. 「파우스투스 박사」가 「탬벌레인 대왕」이나 「몰타의 유대인」보다 더 성공적일 수 있었던 것은 이 작품에 당시의 관객을 사로잡았을 풍성한 볼 거리와 당대의 사상을 대변하는 심오하면서도 비극적인 정신이 담겨 있기 때문이다. 무엇보다도 엘리자베스인들이 실재한다고 믿었던 마법을 행하는 장면과 악마의 등장, 또 광대나 말 장수, 교황 등이 등장하는 장면들에서 표현되는 코믹하면서도 초자연적인 내용들은 대단한 호기심과 호응을 불러일으켰을 것이다. 또한 당대의 관객들은 주인공인 파우스투스의 욕망과 파멸에 대해 두려움과 연민을 느끼면서도, 르네상스의 새로운 욕망이 가져다주는 쾌감을 동시에 느꼈을 것이다.

표면적인 구성으로 보면 「파우스투스 박사」는 중세 도덕극의 패턴을 그대로 보여주고 있다. 세속적인 욕심 때문에 하느님께 죄를 범하고 쾌락에 빠져 살다가 죄의 결과가 사망이라는 것을 깨닫고, 다시 회개를 통해 구원에 이르는 것이 도덕극의 전형적인 패턴이다. 다만 도덕극은 회개를 통한 구원과 영생의 결말을 보여주는 희극의 정신을 바탕으로 하는 반면, 「파우스투스 박사」는 구원이 아닌 저주와 파멸의 비극적 운명을 보여준다는 점이 다르게 느껴진다. 그래서 이 극을 기독교 비극으로 분류하는 비평가들도 있다. 하지만 이 극을 도덕극처럼 도덕적 교훈을 목적으로 쓰인 작품으로 평가하는 것은 이 작품이 지닌 또 다른 중요한 측면을 간과하는 오류를 범하는 것이다. 파우스투스는 중세적 가치가 아닌 르네상스의 새로운 가치와 욕망을 대변하는 인물이다. 그는 천한 태생이면서도 위대한 학자가 된 인물이며, 그의 출신과 지위가 상이하다는 것부터가 중세의 계급 질서관에서 벗어나 있다. 극의 초반에 그가 철학, 의학, 법학, 신학까지 거부하고 마법사가 되기로 결심하는 배경에는 부, 쾌락, 권력, 명예 그리고 신과 같은 전지전능의 능력에 대한 욕망이 도사리고 있다. 그리고 이러한 욕망들은 말할 것도 없이 르네상스적 욕망들이다.

이 극의 초반에서 파우스투스가 열망하는 것들은 지리상의 발견, 교육의 확대, 계급 질서의 와해, 무역의 발달 등으로 인해 변화와 혼란을 겪던 당대의 사회 상황을 반영해주고 있다. 파우스투스는 동인도 제도에서 가져온 황금과 대양 깊숙한 곳에서 꺼내 온 진주, 미국 대륙에서 가져온 맛있는 과일과 음식을 탐한다. 또한 파우스투스의 친구 발데스는 스페인 식민지의 인디언들, 라플란드의 거인족들, 베네치아의 대상선들, 신세계에서 가져오는 보물들을 언급한다. 이들은 모두 당시 관객들의 호기심과 상상력을 한껏 자극했을 것이며, 그들은 파우스투스의 열망에 대해 두려워하면서도 동시에 동일한 욕망을 느꼈을 것이다. 그리고 "숙련된 마술사는 반은 신이나 마찬가지"라는 그의 언급은 그가 분명히 인간 이상의 존재가 되고자 한다는 것을 보여주는데, 여기에도 단순히 파우스투스 개인의 특별한 욕망이라기보다는 신의 절대적인 섭리와 지배로부터 탈주하고자 하는 르네상스인의 욕망이 반영되어 있다고 할 수 있다.

사실 파우스투스의 파멸은 스스로 선택한 것이다. 존 점프John D. Jump가 지적한 것처럼 파우스투스가 루시퍼에게 자신의 영혼을 파는 계약서를 작성하고 서명한 것이 그를 영원히 저주받게 한 것은 아니었다. 만약 파우스투스에게 회개할 기회가 없었다면 그후에 등장하는 선한 천사와 악한 천사의 대사들은 아무 의미 없는 것들이 되어버린다. 파우스투스가 회개를 결심할 때 메피스토필리스가 악마들을 동원하여 이를 저지하려 하는 것도 구원의 가능성을 분명하게 보여주는 대목이다. 하지만 파우스투스는 인간 이상의 존재가 되고자 하는 욕망에 사로잡혀 자신을 신으로부터 분리시키는 데 성공한다. 결국 그는 죄에 대한 회개를 할 수 없어서가 아니라, 스스로 선택한 쾌락과 권력에 대한 욕망이 더 커서 회개와 구원을 포기한 것이라고 할 수 있다.

물론 파우스투스는 탬벌레인과 같은 영웅으로 그려지지는 않는다. 몇몇 비평가들이 지적하는 것처럼, 극의 초반에 묘사되는 파우스투스의 놀라운 학식과 평판 그리고 그가 마법을 통해 얻고자 하는 것들을 열망할 때의 모습은 극의 중반과 결말에서 그가 보여주는 모습과 많은 차이가 있기 때문이다. 그는 신과 같은 대단한 존재가 되고자 했으며 지구 전체와 바람과 구름마저 마음대로 할 수 있기를 바랐다. 하지만 마법을 얻은 후 그가 한 일들은 말 장수를 속이거나 교황을 골탕먹이고 그리스의 헬레네를 불러오는 등 처음에 품었던 원대한 야망에 비해서는 하찮은 일들이고, 결국 종말에 가서는 너무도 비참하고 나약한 인간의 모습으로 파멸당한다. 그렇다면 말로는 파우스투스를 통해서 르네상스의 새로운 시대 정신을 구현함과 동시에 그러한 욕망에 사로잡히는 것이 얼마나 위험한 것인지도 함께 드러내고 있다고 할 수 있다. 단지 우리가 생각해볼 것은, 파우스투스가 누리는 세속적 쾌락은 당대 기독교적 시각에서 보면 보잘것없고 죄악된 것들이지만, 기독교적 권위에 저항하고 탈주를 시도하도록 만드는 르네상스적 욕망은 바로 그러한 현세적 쾌락에서 기인한다는 점이다. 파우스투스가 파멸하는 것은 정해진 수순이다. 그가 다시 회개하고 구원을 얻는다면 그는 르네상스적 욕망을 제대로 표현하지 못하는 인물이 되고 말 것이기 때문이다.

■ 작가 연보

1564   2월 26일 캔터베리 성 조지 St. George 교회에서 세례를 받음.

        캔터베리의 부유한 제화업자였던 존 말로 John Marloew와 캐서린 아서
        Katherine Arthur 사이에서 출생.

1578   1월 14일 캔터베리에 있는 킹스 스쿨 King's School에 입학.

1580/1 캔터베리 대주교였던 매튜 파커 Matthew Parker가 설립한 장학금을 받고 케임
        브리지 대학교 코퍼스 크리스티 칼리지 Corpus Christi College에 진학.

1584   학사학위 취득.

1586   「카르타고의 여왕 디도의 비극 The Tragedy of Dido Queen of Carthage」을 토
        머스 내시 Thomas Nashe와 공동 집필한 것으로 추정됨.

1587   당시 영국은 헨리 8세 때부터 로마 가톨릭과 절연하고 영국 국교회를 설립, 가
        톨릭 신자들을 박해하고 있었는데, 말로는 가톨릭과 관련되어 있다는 의심을
        받아 어려움을 겪었으나 추밀원의 개입으로 6월 29일 석사학위를 취득함. 이 시
        기에 「탬벌레인 대왕 Tamburlaine the Great」을 쓴 것으로 추정됨. 이 작품은
        1587년이나 1588년에 무대에 올려진 것으로 알려져 있음.

1588   「파우스투스 박사 Doctor Faustrs」를 쓴 것으로 추정됨.

1589   토머스 윗슨 Thomas Watson과 윌리엄 브래들리 William Bradley가 싸움을 벌이
        다 브래들리가 살해되는 사건이 일어났는데, 이 싸움에 관련되어 뉴게이트 New

Gate 감옥에 2주일간 수감됨.

1590 『탬벌레인 대왕』 1부와 2부가 연속적으로 리처드 이오네스 Richard Ihones에 의해 출간.

1590/1 이 시기에 「몰타의 유대인 The Jew of Malta」이 쓰여지고 공연된 것으로 추정됨.

1591 토머스 키드 Thomas Kyd와 작업실을 함께 사용하기 시작함.

1592 「에드워드 2세 Edward II」와 「파리의 대학살 The Massacre at Paris」이 이 시기에 쓰여지고 공연된 것으로 추정됨.

재정 법원 원장인 로저 맨우드 Roger Manwood 경의 비문 epitaph 작성.

1593 5월 18일 토머스 키드가 말로를 무신론자라고 고발하여 추밀원이 말로의 체포 영장 발부. 5월 30일 데트퍼드의 엘리노어 불이라는 술집에서 잉그럼 프라이저 Ingram Frizer의 칼에 찔려 사망. 6월 1일 데트퍼드 성 니콜라스 St. Nicholas 교회에 매장됨.

1594 『에드워드 2세』가 윌리엄 이오네스 William Ihones에 의해 출간.

『카르타고의 여왕 디도의 비극』 위도우 오윈 Widdowe Orwin에 의해 출간.

1598 설화시 『히어로와 리앤더 *Hero and Leander*』 출간.

1599 목가시 「정열적인 목동이 그의 애인에게 The Passionate Shepherd to His Love」가 실린 『정열적인 순례 *The Passionate Pilgrim*』 출간. 말로가 번역한 오비디우스(Ovid)의 『아모레스 *Amores*』가 출판 금지되고 불태워짐.

1602 『파리의 대학살』이 에드워드 화이트 Edward White에 의해 출간.

1604 『파우스투스 박사 *The Tragical History of Doctor Faustus*』 A텍스트 출간.

1616 『파우스투스 박사 *The Tragical History of the Life and Death of Doctor Faustus*』 B텍스트 출간.

1633 『몰타의 유대인』 출간.

'대산세계문학총서'를 펴내며

　근대 문학 100년을 넘어 새로운 세기가 펼쳐지고 있지만, 이 땅의 '세계 문학'은 아직 너무도 초라하다. 몇몇 의미있었던 시도에도 불구하고, 전체적으로는 나태하고 편협한 지적 풍토와 빈곤한 번역 소개 여건 및 출판 역량으로 인해, 늘 읽어온 '간판' 작품들이 쓸데없이 중간되거나 천박한 '상업주의적' 작품들만이 신간되는 등, 세계 문학의 수용이 답보 상태에 머물러 있었음을 부인하기 힘들다. 분명한 자각과 사명감이 절실한 단계에 이른 것이다.

　세계 문학의 수용 문제는, 그 올바른 이해와 향유 없이, 다시 말해 세계 문학과의 참다운 교류 없이 한국 문학의 세계 시민화가 불가능하다는 의미에서, 보다 근본적으로, 우리의 문화적 시야 및 터전의 확대와 그 질적 성숙에 관련되어 있다. 요컨대 이것은, 후미에 갇힌 우리의 좁은 인식론적 전망의 틀을 깨고 세계 전체를 통찰하는 눈으로 진정한 '문화적 이종 교배'의 토양을 가꾸는 작업이며, 그럼으로써 인간 그 자체를 더 깊게 탐색하기 위해 '미로의 실타래'를 풀며 존재의 심연으로 침잠하는 작업이라 할 수 있다.

　우리의 현실을 둘러볼 때, 그 실천을 위한 인문학적 토대는 어느 정도 갖추어진 듯이 보인다. 다양한 언어권의 다양한 영역에서 문학 전공자들이 고루 등장하여 굳은 전통이나 헛된 유행에 기대지 않고 나름의 가치있는 작가와 작품을 파고들고 있으며, 독자들 또한 진부한 도식을 벗어나 풍요로운 문학적 체험을 원하고 있다. 새롭게 변화한 한국어의 질감 속에서 그 체험이 이루어지기를 바라는 요청 역시 크다. 그러므로 필요한 것은 어쩌면 물적 토대뿐일지도 모른다는 판단이 우리를 안타깝게 해왔다.

이러한 시점에서, 대산문화재단의 과감한 지원 사업과 문학과지성사의 신뢰성 높은 출판을 통해 그 현실화의 첫발을 내딛게 된 것은 우리 문화계의 큰 즐거움이 아닐 수 없다. 오늘의 문학적 지성에 주어진 이 과제가 충실한 결실을 맺을 수 있도록, 우리는 모든 성실을 기울일 것이다.

'대산세계문학총서' 기획위원회